셜록 홈스
베스트 장편선

2

셜록 홈스 베스트 장편선 2

초판 1쇄 인쇄일 ǀ 2022년 11월 15일   초판 1쇄 발행일 ǀ 2022년 11월 25일

지은이 ǀ 아서 코난 도일
옮긴이 ǀ 조미영
그린이 ǀ 신혜원
펴낸이 ǀ 강창용
책임기획 ǀ 강동균
디자인 ǀ 김동광
책임편집 ǀ 정민규

펴낸곳 ǀ 느낌이있는책
출판등록 ǀ 1998년 5월 16일 제10-1588
주 소 ǀ 경기도 고양시 일산동구 중앙로 1233(현대타운빌) 302호
전 화 ǀ (代)031-932-7474
팩 스 ǀ 031-932-5962
이메일 ǀ feelbooks@naver.com

ISBN 979-11-6195-184-3 (03840)

셜록 홈스
베스트 장편선

2

아서 코난 도일 지음 | 조미영 편역

Contents

공포의 계곡
The Valley of Fear

바스커빌 가의 개
The Hound of the Baskervilles

어떤 비밀이라도
관찰과 추리로 밝혀낼 수 있다

1년 내내 안개가 끼지 않은 날이 없는 도시, 런던 베이커가 221B 하숙집. 사냥 모자를 쓰고 돋보기를 든 한 남자가 파이프 담배를 물고 골똘히 생각에 잠긴 채로 앉아 있다.

자신의 친구이자 조수인 왓슨의 슬리퍼만 보고도 그가 감기에 걸렸음을 증명할 수 있는 천재 탐정 홈스다. 그는 베일에 싸인 어떤 범죄라도 관찰과 추리로 해결할 수 있으며, 세계의 어떤 비밀조차도 이성과 논리로 모두 벗겨낼 수 있다고 말한다.

홈스는 말한다.

"나에게 문제를 던져주게. 가장 난해한 암호, 가장 복잡한 분석 과제를 던져주게. 나는 무미건조한 일상을 혐오하네."

한때 추리소설은 작품성이 없다는 이유로, 또는 순수 문학만이 진정한 문학이라고 생각하는 사회 풍조에 밀려 저급한 읽을거리로 취급당했다. 그러나 이제 추리 문학도 대중소설의 한 분야로서 당당히 그 지위를 차지하면서 순수 문학에도 추리소설적 기법을 사용하는 작품들을 어렵지 않게 만날 수 있게 되었다.

오늘날 수많은 장르의 문학 작가들이 작품성을 인정받는 작품들을 내놓고 있지만, 1887년 등장한 이후 100년도 더 지난 지금까지 셜록 홈스는 명탐정으로서 최고의 명성을 떨치고 있다. 추리소설 마니아가 아니더라도 홈스는 어른, 아이 구분할 것 없이 함께 즐기는 명작으로 세계인의 변함없는 사랑을 받고 있다.

자, 이제 불후의 명탐정 홈스가 보여주는 긴장감 넘치는 활약을 통해 홈스만의 명쾌한 추리 비법과 고품격의 트릭을 즐겨보자.

셜록 홈스 SHERLOCK HOLMES

1854년 영국 잉글랜드 요크셔 출신으로 옥스퍼드 케임브리지 대학을 수학했다. 키 185센티미터에 약간 마른 체형이어서 실제보다 더 키가 커 보이며, 번뜩이는 눈과 콧날이 선 매부리코 때문에 전체적으로 날카롭고 강한 인상을 준다. 또한 각진 턱은 의지가 강한 성품임을 엿보이게 한다.

평소 화학 실험을 즐겼기 때문에 두 손은 늘 잉크나 화학 약품으로 얼룩져 있지만, 손놀림이 날렵해서 다루기 쉽지 않은 물건도 아주 익숙하게 다룰 줄 안다. 친구인 왓슨조차도 알아보지 못할 정도로 뛰어난 변장 솜씨와 연기력을 가지고 있다. 과학적인 지식도 해박해 '과학계는 명민한 이론가를 잃고 연극계는 훌륭한 배우를 놓치고 말았다'라고 하기도 한다. 파이프 담배(엽궐련)를 즐기고 위스키와 포도주를 좋아하며 가끔은 코카인을 즐기기도 한다.

런던 베이커가 221B에서 평생을 독신으로 살았고, 23년간 탐정 생활을 하면서 아무리 많은 돈을 조건으로 사건을 의뢰해도 내용이 시시하면 냉정히 거절했다.

존 H. 왓슨 JOHN H. WATSON

의학박사이며 예비역 군의관인 왓슨은 23년
동안 지속한 홈스의 탐정 생활 중 17년을 함
께하며 홈스의 활약상을 기록했다. 각진 턱에 콧수염을 기른 건장
한 체격의 사나이로 홈스의 가장 가까운 친구이자 조수 역할을 했
으며, 알카디아 담배를 좋아하고 연금의 절반을 쏟아부을 정도로
경마를 즐겼다. 의학 지식뿐 아니라 문학 지식도 상당한 수준의
지식인이었다.

1889년 '네 개의 서명' 사건에서 만난 메리 모스턴과 결혼해 베
이커가와 가까운 패딩턴가에 병원을 개업하고 신혼살림을 시작했
다. 1891년 라이헨바흐 폭포에서 홈스가 죽은 줄 알고 켄싱턴으로
옮겨 병원을 개업했다. 1894년 왓슨은 홈스가 살아 돌아오자 병원
을 팔고 베이커가의 하숙집으로 되돌아온다. 1929년 사망하기까
지 홈스의 변치 않는 친구, 신뢰할 수 있는 협력자로서 늘 홈스의
곁에 있었다.

홈스의 말에 따르면 왓슨은 변화의 물결 속에서도 바위처럼 변
하지 않는 사람이다.

공포의 계곡

The Valley of Fear

존 더글러스

강인하고 엄격해 보이는 인상에 회색 콧수염과 회색 눈빛
이 유난히 빛나는 중년남성이다. 미국 캘리포니아 금광에
서 큰돈을 번 뒤 영국으로 건너와 버미사에서 5년 동안 살
았다. 어느 날 갑자기 벌스톤 저택 살인 사건의 피해자가
되고 만다.

더글러스 부인

더글러스의 두 번째 부인으로 런던에서 만나 결혼했다. 남
편의 갑작스러운 죽음에 너무나 의연한 태도를 보인 데다
바커와 친근한 모습을 보여 왓슨의 의심을 산다.

세실 바커

존 더글러스의 절친한 친구로 미국에서 광산업을 함께 했
다. 체격이 좋고 깔끔한 인상이며 쾌활한 성격의 소유자이
다. 존 더글러스를 따라 영국으로 이사한 뒤 그들 부부와
가족처럼 지냈다. 더글러스의 시신을 가장 먼저 발견한 사
람이다.

맥도널드 경감

홈스로부터 사건 해결에 도움을 받은 경험이 여러 번 있으
며 그 때문에 홈스를 진심으로 존경하고 있다. 벌스톤 저
택에서 벌어진 기이한 사건을 해결하기 위해 홈스를 찾아
왔다.

화이트 메이슨

서섹스 주 경찰의 형사반장으로 뚱뚱하지만 다부진 체격을 가졌다. 더글러스 살해 사건을 보고받고 맥도널드 경감과 홈스의 도움을 청했다.

잭 맥머도

시카고에서 버미사 계곡으로 도망쳐 온 젊은이로 다부진 몸에 성격이 매우 당차고 용감하다. 프리맨의 단원으로 보디마스터의 절대적인 신뢰와 동료들의 지지를 한 몸에 받는다. 하숙집 딸인 에티 샤프터를 진심으로 사랑한다.

맥긴티

버미사 지부의 보디마스터로 절대 권력을 휘두르는 인물이다. 검고 거대한 체격에 냉정하고 잔혹한 성격을 가져 그의 말을 따르지 않는 자가 없다. 맥머도의 당당하고 거침없는 일처리 방식에 반해 그를 차기 보디마스터로 점찍는다.

에티 샤프터

잭 맥머도가 머문 하숙집 딸로 외모가 아름답고 성격이 온화하다. 마음으로는 맥머도를 사랑하지만 무시무시한 테드 볼드윈의 청혼을 받은 터라 심적 갈등을 겪는다.

테드 볼드윈

프리맨의 단원으로 잘생기고 위풍당당한 청년이다. 그러나 성격이 포악하고 잔인해 눈도 깜짝하지 않고 살인을 저지를 만큼 위험한 인물이다. 에티 샤프터를 사이에 두고 맥머도와 갈등 관계에 있다.

스캔런

맥머도와 기차에서 만난 인연으로 같은 하숙집에 머물게 된다. 프리맨의 행동 단원이지만 마음이 약해 폭력적인 동료들을 속으로 혐오하고 있다.

모리스

나이가 지긋한 프리맨의 단원으로 매우 온화한 인물이다. 진심으로 조직의 안위를 걱정해 입바른 소리를 잘해 동료들에게 비난을 듣기 일쑤다.

테디 마빈 경감

철도 회사와 광산주들이 고용한 특별 경찰로 버미사 계곡의 범죄를 소탕하기 위해 파견되었다. 시카고에서 범죄를 저지르고 도망쳐 온 맥머도를 한눈에 알아본다.

제이콥 샤프터

독일 출신으로 에티 샤프터의 아버지이다. 정직함을 최우선으로 꼽으며 하숙집을 운영하며 산다. 프리맨 단원인 맥머도가 에티에게 구애하는 것을 탐탁지 않게 생각한다.

『공포의 계곡』(원제: The Valley of Fear)은 아서 코난 도일의 셜록 홈스 시리즈 장편 소설 중 하나다.

1915년에 발표된 이 작품의 내용상 연대는 1880년대 말이라고 기록되어 있다. 여기에 큰 의문이 있다. 이 작품에서 왓슨은 모리어티에 대해 들은 적이 있다고 말한다. 그러나 작품 속 연대가 1891년인 <최후의 사건>에서는 모리어티에 대해 모르고 있었다. 이는 저자인 코난 도일이 <최후의 사건>(1893년)을 쓰고 난 뒤 이 작품(1915년)을 썼기 때문에 생긴 실수로 보인다.

작품은 전체 2부로 구성되어 있다. 1부는 사건 개요와 사건 해결에 접근해가는 홈스의 추리를, 2부에서는 사건의 배경이 된 버미사 계곡에서의 사건을 기록하고 있다.

제 1 부

벌스톤 저택의
비극

1
이상한 암호문

"내 생각에는 말이야……."

내가 말을 시작하자마자 셜록 홈스가 말을 자르며 끼어들었다.

"왓슨, 생각은 내가 하겠네."

나는 누구보다도 인내심이 강한 사람이라고 자부한다. 하지만 이렇게 남의 말을 자르는 홈스를 견디기란 결코 쉬운 일이 아니다. 나는 불쑥 치밀어 오르는 화를 참을 수가 없었다.

"홈스! 자네는 가끔씩 사람의 화를 돋울 때가 있어."

나는 딱딱하게 굳은 얼굴로 목소리를 높였다. 하지만 홈스는 자기만의 생각에 깊이 빠져 있느라 내 항의에는 대꾸도 하지 않았다. 게다가 식탁에 준비되어 있는 아침 식사에도 손도 대지 않고 있었다. 그저 턱을 괸 채로 편지봉투에서 꺼낸 편지만 하염없이 바라볼 뿐이었다. 그러더니 이제는 아예 편지봉투를 들어 불빛에 이리저리 비춰 보면서 봉투 겉과 속을 자세히 살피기 시작하는 것이었다.

"이건 폴록의 필체야."

홈스가 진지한 표정으로 말했다.

"이제껏 두 번밖에 못 보긴 했지만 폴록의 필체가 분명하네. 'e'를 그리스체로 흘려 쓴 것을 보면 알 수 있어. 그런데 이게 폴록의 편지가 맞다면 그 안에 대단한 내용이 담겨 있을 게 분명한데."

그는 지금 내게 말하는 것이 아니라 혼잣말을 하고 있는 중이었다. 하지만 나는 홈스의 말을 듣자마자 호기심이 발동했다. 방금 전에 나를 뒤흔들던 불쾌감 따위는 잊은 채로.

"폴록이 누구지?"

내가 물었다.

"왓슨, 그것은 일종의 필명이라네. 그 이름 자체는 단순한 표시에 불과하지만, 이름 뒤에 숨은 남자는 아주 교활한 자라네. 예전에 내게 보낸 편지에서 폴록이라는 이름은 자기 본명이 아니라고 했지. 게다가 수백만 명이 뒤엉켜 사는 런던에서 자기를 추적할 수 있으면 해보라고 도전장을 내밀더군."

"재미있는 자로군."

"그런데 폴록은 별로 중요한 사람이 아니야. 중요한 건 그와 관련된 거물이지. 그는 마치 상어를 따라다니는 물고기나, 사자에게 먹잇감을 알려주는 자칼 같은 역할을 할 뿐이야. 무서운 존재와 어울려 다니는 하찮은 존재! 하지만 왓슨, 그가 접촉하는 거물은 단순히 무섭기만 한 존재가 아니야. 아주 사악하고 불길하기 그지없지."

홈스는 생각만으로도 끔찍하다는 듯 몸을 부르르 떨었다.

"왓슨, 전에 내가 모리어티 교수에 대해 얘기했던 걸 기억하나?"

"과학적인 두뇌를 가졌다는 사람 말인가? 과학을 범죄에 활용하기로 범죄자들 사이에서 유명한……."

"왓슨! 그만두게!"

홈스가 못마땅한 얼굴로 소리쳤다.

"홈스, 나는 그저 그자가 일반인들에게 잘 알려져 있지 않은 인물이라는 얘기를 하려고 했을 뿐이야."

"하하하! 왓슨, 당했네. 내가 당했어."

홈스가 키득거리며 말했다.

"자네는 정말 교활하기 짝이 없는 유머 감각을 가졌군. 앞으로는 거기에 대비하는 방법을 배워야겠어. 그런데 왓슨, 모리어티를 범죄자라고 한다면 자네는 명예훼손으로 고소당할지도 몰라. 그는 정말 불가사의한 존재야. 역사상 최고의 음모가, 극악무도한 범죄 행위의 배후, 지하세계의 지배자, 나라의 운명을 좌우할 수 있을 정도의 두뇌를 가진 사람! 그가 바로 모리어티라네. 그는 온갖 나쁜 일을 저지르면서도 세상 사람들에게 어떠한 의심이나 비판도 받지 않을 수 있는 능력을 지녔어. 자기 흔적을 지우는 데도 천부적인 능력을 발휘한다네. 그러니 방금 자네가 한 말을 가지고 소송을 건다면 명예훼손에 대한 위자료로 자네의 1년치 연금을 고스란히 빼앗아 갈 수도 있을 걸세."

나는 홈스가 열변을 토하는 것을 보자 모리어티라는 인물이 더욱 궁금해졌다.

"왓슨, 그는 〈소행성 역학〉이라는 책의 저자로도 유명해. 그 책은 순수과학의 최고봉에 도달했다는 찬사를 받고 있지. 학계에서조차 그 책에 대해 비판을 하지 못할 정도라고 하니 정말 대단하지 않은가? 그러니 이런 사람을 어떻게 중상모략할 수 있겠나? 사람들은 아마 그자는 억울하게 명예를 훼손당한 교수로, 자네는 독설가로 생각하게 될 거야. 한마디로 그는 천재라네. 하지만 내가 시시한 놈들과의 대결을 완전히 끝내고 나면 그자를 상대할 날이 반드시 오겠지."

"그날이 정말 기대되는군."

나는 열의를 다해 소리쳤다.

"홈스, 이제 폴록에 대해 더 말해보게."

"그래, 자칭 폴록이라는 자는 이 거물과 연결된 하나의 고리라네. 하지만 아주 중요하거나 튼튼한 고리는 아니지. 지금까지 알아본 바에 따르면, 그는 거물과 연결된 고리들 중에서 치명적으로 약한 고리라고 할 수 있어."

"하지만 아무리 튼튼한 쇠사슬이라고 해도 가장 약한 고리가 끊어지면 그걸로 끝이 아닌가!"

"바로 그거야, 왓슨! 그 때문에 폴록은 아주 중요한 인물이라 할 수 있지. 다행스럽게도 아직까지 그의 마음속에는 일말의 양심이나 정의감 같은 게 있어. 게다가 그동안 내가 우회적인 경로로 보내줬던 10파운드 지폐가 꽤나 효력을 발휘했지. 덕분에 놈은 내게 한두 번 정도 가치 있는 정보를 미리 알려줬다네. 그 정보는 이미 저질러진 범죄에 대한 보복이 아니라, 범죄를 예측하고 예방하는 데 더 큰 가치가 있었어."

홈스는 자기가 들고 있던 편지를 빈 접시 위에 올려놓으며 말했다.

"만약 여기에 사용된 암호를 푸는 열쇠만 있다면 이 편지도 그런 가치를 지니고 있다는 것이 충분히 드러날 거야."

나는 자리에서 일어나 그의 어깨 너머로 고개를 쑥 내밀고 흥미로운 암호문을 쳐다보았다.

534 C2 13 127 36 31 4 17 21 41

더글러스 109 293 5 37 벌스톤

26 벌스톤 9 47 171

"홈스, 이것을 어떻게 생각하나?"

"아마 비밀정보를 전달하려는 시도인 것 같아."

"하지만 암호를 푸는 열쇠가 없다면 암호문이 무슨 소용이겠나?"

"이 경우에는 소용이 없겠지."

"'이 경우'라고 말하는 건 왜지?"

"내가 신문 광고란을 읽듯이 쉽게 해독할 수 있는 암호는 많아. 그런 조잡한 암호는 재미를 줄 뿐 머리를 아프게 하지는 않지. 하지만 이것은 다르네. 이 암호문의 숫자들은 어느 책의 몇 페이지에 있는 몇 번째 단어를 가리키는 것이 분명해. 하지만 그게 어떤 책인지 알아내지 못하는 이상 어쩔 도리가 없어."

홈스는 답답하다는 듯 인상을 찌푸렸다.

"그런데 홈스, '더글러스'와 '벌스톤'은 왜 글로 쓴 걸까?"

"그야 문제의 책에 나오지 않는 단어이기 때문이야."

"그렇다면 그 책의 제목은 왜 알려주지 않은 거지?"

"왓슨, 생각해보게. 자네라면 암호와 암호 열쇠를 같은 봉투에 넣어서 보내겠나? 혹시라도 전달이 잘못되면 그걸로 끝장인데. 암호와 암호 열쇠를 두 개로 나눠서 보내면 봉투 두 개가 한꺼번에 잘못되지 않는 이상 피해는 없을 게 아닌가."

"정말 그렇겠군."

"이제 두 번째 편지가 올 때가 됐는데. 그 편지에는 보다 상세한 내용이 적혀 있을 거야. 아니면 문제를 해결해줄 책이 도착할지도 몰라."

역시나 홈스의 예상은 정확히 적중했다. 불과 몇 분도 지나지 않아 급사 빌리가 편지를 가지고 온 것이었다.

"같은 필적이군."

홈스는 기대에 찬 표정으로 두 손을 비볐다. 그리고 봉투를 뜯으며 말했다.

"게다가 서명까지 있군."

편지지를 펼치며 홈스는 들뜬 목소리로 덧붙였다.

"자, 왓슨, 이제 일이 잘 풀릴 것 같군."

그런데 편지를 읽는 홈스의 얼굴이 급속히 어두워졌다.

"이런! 정말 실망스럽군. 우리의 기대가 전부 물거품이 되고 말았어."

"대체 무슨 일인가?"

"글쎄, 폴록에게 나쁜 일이 생기지는 않을 거야. 일단 내가 편지를 읽어보겠네."

홈스는 천천히 편지를 읽기 시작했다.

친애하는 홈스 씨.

아무래도 더 이상 이 일을 하는 것은 무리일 것 같습니다. 너무 위험합니다. 상황으로 보아 그가 나를 의심하기 시작한 것 같습니다. 당신에게 암호문의 열쇠를 보내려고 편지봉투를 쓰고 있을 때, 갑자기 그가 찾아왔습니다. 재빨리 봉투를 감춘 덕분에 들키지는 않았습니다. 만약 그가 편지를 발견했다면 나는 큰 봉변을 당했을 게 뻔합니다. 하지만 나를 바라보는 그의 눈빛 속에는 의심의 기운이 가득했습니다. 이제 저는 이 일에서 손을 떼고 싶습니다. 그러니 부디 암호문을 태워버리십시오. 어차피 당신에게는 쓸모없을 테니까요.

- 프레드 폴록

홈스는 잠시 동안 난롯불을 물끄러미 바라보았다. 그러다 갑자기 편지를 두 손으로 마구 구겨버렸다.

"왓슨, 특별한 일은 없었을 걸세. 그저 혼자서 양심의 가책을 느낀 나머지 상대방이 나를 의심할 거라고 착각한 게 분명해."

"상대방이라면 모리어티 교수를 말하는 건가?"

"그렇지. 그쪽 일당들 사이에서 '그'라고 할 만한 사람은 단 한 명뿐이야. 그들 무리에게 있어 '그'는 마음대로 권력을 휘두르는 유일한 사람이지."

"하지만 대체 그가 뭘 할 수 있단 말인가?"

"중요한 질문이군. 나와 대적하고 있는 상대는 유럽에서 제일가는 두뇌의 소유자야. 게다가 배후에는 악의 범죄 세력이 버티고 있지. 그런 그가 못 할 일이 뭐가 있겠나? 아무튼 폴록은 겁에 질리는 바람에 판단력을 잃고 말았어."

홈스는 내 앞으로 편지봉투와 편지지를 내밀었다.

"여기 편지봉투와 편지지의 글씨를 비교해보게. 폴록의 말에 따르면 봉투 글씨를 쓴 다음에 그가 나타났어. 그래서 봉투의 글씨는 또박또박 정확한 데 비해 편지지의 글씨는 알아보기 힘들 정도지."

"그런데 왜 이 편지를 보냈을까? 봉투는 그냥 버리면 될 텐데."

"아마 내가 이 사건과 관련해서 뒷조사를 할 거라 생각했겠지. 그렇게 되면 말썽에 휘말릴 가능성이 높아지니까 그걸 피하고 싶었을 거야."

"그렇겠군."

나는 고개를 끄덕였다. 그리고 먼저 배달되었던 원래의 암호문을 유심히 살펴보았다.

"여기에 어떤 중요한 비밀이 숨겨져 있을 텐데 우리에게 알아낼 능력이 없다니! 정말 미칠 노릇이군."

나는 짜증 섞인 목소리로 한탄했다. 홈스는 아무 말 없이 손도 대지 않은 아침 식사를 옆으로 밀어놓았다. 그리고 깊은 생각에 빠질 때나 피우는 맛없는 파이프 담배에 불을 붙였다.

"과연 그럴까?"

홈스는 의자에 몸을 깊숙이 파묻은 채로 천장을 바라보았다.

"자네의 지성으로도 미처 발견하지 못한 점들이 있을지 몰라. 일단 이 문제를 순수한 추리력만으로 생각해보세. 이 사람의 암호문은 책과 관련 있네. 우리의 출발점이 바로 그것이지."

"그런데 너무 막연한 출발 같군."

"그렇다면 문제의 범위를 조금 더 좁혀봐야지. 정신을 집중시키면 그렇게 어렵지만은 않을 거야. 우선 우리는 이 책에 대해 어떤 단서를 갖고 있지?"

"아직 없는데."

"아니, 그렇게 단정 지을 일은 아니야. 암호문은 534라는 숫자로 시작해. 534는 꽤 큰 숫자지. 그걸 암호가 담긴 페이지의 숫자라고 생각해보면? 우리가 찾는 책은 상당히 두껍다는 걸 알 수 있어."

"오! 정말 그렇군."

"그렇다면 이 두꺼운 책에 대해서는 어떤 단서가 있을까? 다음 기호는 C2야. 왓슨, 자네는 이게 뭘 의미한다고 생각하나?"

"틀림없이 제2장(Chapter 2)일 거야."

"그게 아니야! 이미 페이지를 알려놓은 상태에서 몇 장인가 하는 것이 뭐가 중요하겠나? 그리고 534페이지가 겨우 2장에 있다면, 1장은 얼마나 길다는 말이겠나?"

"아! 칼럼(Column)!"

내가 무릎을 탁 치며 소리쳤다.

"훌륭하네, 왓슨. 오늘 아침에는 자네 두뇌가 회전이 잘되는 모양이군. 그건 칼럼이 분명해. 그럼 지금부터 각 페이지가 2단으로 인쇄된 두꺼운 책을 찾아보세. 참! 칼럼 하나의 길이는 꽤 길 거야. 그중 한 단어에 293이라는 숫자가 붙어 있는 걸 보면 알 수 있지."

"알겠네."

"왓슨, 우리가 추리력으로 알아낼 수 있는 것은 이게 다일까?"

"그런 것 같은데."

내 대답을 들은 홈스는 실망스럽다는 듯 아랫입술을 약간 내밀며 나를 쳐다보았다.

"자네는 자신을 너무 과소평가하고 있어. 자, 다시 한 번 기지를 발휘해보게. 영감을 떠올리란 말이야. 만약 그 책이 쉽게 구하기 힘든 것이었다면 폴록은 그 책을 내게 보냈을 거야. 하지만 그는 암호의 열쇠를 편지봉투에 넣어서 보낼 생각이었어. 그 말은 그 책을 내가 손쉽게 구할 수 있을 거라 생각했기 때문일 거야. 그러니까 왓슨, 문제의 책은 아주 흔한 책일 걸세."

"정말 그럴듯하군."

"따라서 우리가 찾는 책은 이중 칼럼으로 된 두꺼운 책으로 아주 흔하게 구할 수 있을 거야."

"혹시 성경이 아닐까?"

내가 의기양양하게 소리쳤다.

"그것도 괜찮은 생각이군. 하지만 솔직히 말하면 쓸데없는 생각이야. 모리어티 패거리에게 성경처럼 어울리지 않는 책도 없어. 게다가 성경의 판본이 얼마나 다양한지는 자네도 알 걸세. 폴록이 갖고 있는 성경과 내가 갖고 있는 성경의 페이지가 일치할 확률은 매우 낮네. 그렇다면 그 책은 표준화된 책이 분명해. 그가 가진 책의 534페이지가 내 책의 534페이지와 정확히 일치하는 책으로 말이야."

"하지만 그런 조건을 충족시키는 책이 어디 흔할까?"

"바로 그거야. 거기에 우리의 희망이 있어. 우리가 찾는 책은 누구나 갖고 있는, 규격화된 책일 거야."

"철도 시간표!"

나는 재빨리 소리쳤다. 하지만 홈스는 탐탁지 않은 듯한 표정을 지었다.

"그것도 문제가 있어. 철도 시간표에 나오는 단어들은 간단하지만 매우 한정적이야. 거기서 말을 추려서 편지를 쓰기는 어려울 거야. 그러니 철도 시간표는 잊어버리게. 사전도 같은 이유로 제외시켜야 할 거야. 그럼 이제 남는 게 뭐가 있을까?"

나는 그 순간 머릿속에 떠오른 단어를 외쳤다.

"연감!"

"훌륭하군, 왓슨! 나는 자네가 그걸 알아낼 거라고 생각했어. 맞았네! 연감이야! 〈휘태커 연감〉을 한번 생각해보세. 일단 흔하게 사용되는다는 점, 페이지 분량도 충분하다는 점, 그리고 이중 칼럼으로 인쇄되어 있다는 점, 이런 조건들을 모두 충족시키는군. 내 기억이 맞다면 앞부분에는 어휘가 적지만 뒤로 갈수록 많아질 거야."

홈스는 자리에서 벌떡 일어나 책장에 꽂힌 연감을 꺼내 들었다.

"여기 534페이지를 보세. 칼럼 2, 영국령인 인도의 무역과 자원에 대해 다루고 있군. 왓슨, 일단 단어들을 이어서 써보게."

나는 홈스의 말에 따라 펜과 종이를 준비했다. 홈스는 두 눈을 빛내며 열심히 단어를 찾았다.

"13번은 '마라타'군. 어쩐지 시작이 별로 좋은 것 같지 않은데. 127번째 단어는 '정부'야. 우리나 모리어티 교수와는 특별한 관계가 없을 것 같긴 하지만 그래도 뜻이 통하는 느낌은 드는군."

홈스는 고개를 살짝 갸웃거리더니 다시 단어를 찾기 시작했다.

"다시 해보세. 마라타족 정부가 뭘 어떻게 한다는 걸까? 이런, 세상에! 다음 단어는 '돼지털'이야. 아무래도 안 되겠어. 왓슨! 다 틀린 것 같네."

그는 농담처럼 말했지만 굵은 눈썹이 꿈틀거리는 것을 보니 속으로는 상당히 실망한 것 같았다. 그리고 치밀어 오르는 짜증을 억지로 참고 있는 것이 분명했다. 나는 아무런 도움이 되지 못하는 것이 미안해서 그저 난롯불만 쳐다보고 있었다. 한동안 방 안에는 정적만 흘렀다. 몇 초쯤 지났을까. 갑자기 홈스가 튕겨 나가듯 벌떡 일어서며 비명을 지르는 것이었다. 그는 나는 듯이 책장으로 달려가 노란 표지의 연감을 꺼내들었다.

"왓슨! 우리는 새로운 것을 찾는 일에만 급급했어. 시대를 너무 앞서갔기 때문에 대가를 치른 거라고."

"그게 무슨 말인가?"

"오늘은 1월 7일이네. 그래서 우리는 너무나 당연하게 새 연감을 사용했지. 하지만 폴록은 작년 연감을 사용했을 거야. 만약 그가 두 번째 편지에서 암호문의 열쇠를 알려줄 수 있었다면 작년 연감을 사용하라고 썼을 거야."

홈스는 선물 포장지를 벗기는 아이처럼 기대에 부푼 얼굴로 연감을 펼쳤다.

"자, 이 책 534페이지에는 무엇이 있는지 보세. 13번은 'There'로군. 아까보다는 희망이 생긴 것 같아. 127번째는 'is'야. 둘을 합하면 'There is'가 되는군."

홈스의 두 눈은 흥분으로 반짝였고, 단어를 찾는 길고 여윈 손가락은 파르르 떨리고 있었다.

"다음은 'danger'야. 하하하! 아주 멋지군! 왓슨! 어서 받아 적게. 'There is danger—may—come—very—soon—one.(위험이 있다. 위험이 곧 닥칠 것이다)' 다음은 'Douglas(더글러스)'라는 이름이야. 'Douglas, rich—country—now—at—Birlston—House—Birlston—confidence—is—pressing.(벌스톤의 벌스톤 저택에 사는 부유한 더글러스—확신—임박했음)'"

단어를 다 찾아낸 홈스는 나를 쳐다보며 활짝 웃었다.

"왓슨, 어떤가? 순수한 추리력을 바탕으로 이런 결과물을 얻은 걸 보니 무슨 생각이 드는가? 식품점에서 월계관을 판다면 지금 당장 빌리를 시켜서 사 오게 했을 텐데."

홈스는 월계관을 쓴 자기 모습을 상상하는지 키득키득 웃기 시작했다. 나는 홈스가 해석한 내용을 받아 적은 종이를 무릎 위에 놓고 물끄러미 바라보았다.

"자기 뜻을 표현하는 방법이 너무 이상하고 복잡해."

"아니야, 폴록은 매우 잘 해냈어."

홈스가 만족스러운 표정으로 말했다.

"한 개의 칼럼 안에서 자기의 생각을 전할 말을 다 찾기는 힘들어. 원하는 단어가 거기에 모두 들어 있지 않으니까. 나머지 부분은 결국 상대방의 이해력에 맡기는 수밖에 없다네. 하지만 이 메시지에는 의미가 분명히 드러나 있어. 벌스톤에 사는 부유한 신사 더글러스에게 뭔가 나쁜 일이 벌어지고 있다는 내용이지. 폴록은 그에게 틀림없이 위험이 닥칠 거라고 믿고 있는 거야. 그래서 'confidence(확신)'라는 단어를 쓴 거야. 물론 'confident'를 쓰는 게 맞지만 그 단어가 없었기 때문에 그와 가장 가까운 'confidence'를 썼겠지. 어떤가? 아주 멋진 분석 아닌가?"

홈스는 자신만만한 표정으로 미소를 지었다. 그는 원하는 결과를 얻지 못했을 때는 심한 우울감에 빠지지만, 지금처럼 성공적인 결과물을 얻었을 때는 진정한 예술가처럼 순수한 기쁨을 느끼곤 했다. 홈스가 여전히 즐거움을 만끽하고 있을 때였다. 급사 빌리가 거실로 들어왔다.

"맥도널드 경감님이 오셨습니다."

맥도널드 경감은 런던 경찰청 소속으로 상당한 명성을 얻고 있는 형사였다. 하지만 1880년대 말 무렵만 하더라도 그는 지금처럼 전국적으로 주목받는 사람이 아니었다. 동료들에게 깊은 신뢰를 받고는 있었지만 아직은 젊은 햇병아리 경관에 불과했다. 그래도 자신이 맡은 몇몇 사건에서 두각을 나타내고, 맡은 바 책임을 잘 수행해내고 있었다. 큰 키와 건장한 체격 덕분에 인상은 한층 강렬해 보였고, 커다란 두상과 숱이 많은 눈썹 아래에서 빛나는 두 눈은 번득이는 총명함을 말해주었다. 그는 말수가 적고 빈틈없는 사람이었다. 그리고 그의 말투 속에는 스코틀랜드의 애버딘 사투리가 섞여 있었다.

그와 홈스의 인연은 각별했다. 그는 두 번씩이나 홈스의 도움을 받아 사건을 해결했었다. 홈스가 받은 보상이라고는 오직 지적인 기쁨뿐이었지만, 홈스는 그것만으로도 만족했다. 그 때문에 경감은 아마추어 동업자인 홈스에게 무한한 애정과 존경심을 갖게 되었다. 그 후로도 경감은 어려운 일이 생길 때마다 홈스를 찾아와 도움을 청했다. 평범한 사람은 자기보다 나은 존재를 알아보지 못하지만, 비범한 사람은 한눈에 천재를 알아보는 법이다. 그래서 경감은 유럽에서 가장 훌륭한 탐정에게 도움을 받는 것이 결코 창피한 일이 아니라고 생각하고 있었다. 홈스는 거구의 스코틀랜드 형사와 우정을 돈독히 하려는 생각은 없었지만, 그래도 그에게 관대한 태도를 보였다. 그는 미소를 지으며 경감을 반갑게 맞이했다.

"맥 경감! 일찍 일어나는 새가 벌레를 잡는다는데, 벌레 좀 잡으셨습니까? 그런데 이렇게 이른 시간에 방문한 걸 보니 무슨 문제가 생긴 건 아닌지 걱정이 되는군요."

"정말 걱정한다는 말이 맞습니까? 제가 보기엔 오히려 기대하시는 것 같은데요."

경감이 알 듯 말 듯한 미소를 지으며 말했다.

"이렇게 추운 아침에는 식사를 든든히 해둬야 추위를 견디기 수월하지요."

홈스는 탁자 위에 놓인 담배를 들어 경감에게 권했다. 그러나 경감은 두 손을 내저으며 다급히 말했다.

"아니, 담배는 사양하겠습니다. 갈 길이 바쁘거든요. 사건이 발생했을 때는 현장에 빨리 도착하는 것이 급선무니까요. 물론 홈스 선생께서 가장 잘 알고 계시겠지만 말입니다. 그런데 도대체 이것이……."

경감은 갑자기 말을 멈추고 탁자 위의 종이쪽지를 뚫어져라 쳐다보았다. 그것은 내가 휘갈겨 쓴 암호 해독문이었다.

"오! 더글러스!"

두 눈이 휘둥그레진 경감이 더듬거리며 소리쳤다.

"벌스톤! 이게 어떻게 된 일입니까? 홈스 씨! 정말 귀신에 홀린 것 같군요. 대체 이 이름들은 어디서 튀어나온 겁니까?"

"그건 왓슨 박사와 내가 함께 풀어낸 암호 해독문입니다. 그런데 그 이름에 문제라도 있습니까?"

경감은 너무 놀라 동그랗게 커진 눈으로 우리를 번갈아 쳐다보며 말했다.

"어젯밤, 벌스톤 저택의 더글러스 씨가 끔찍하게 살해됐습니다!"

2
어둠의 배후

극적인 순간이었다. 어쩌면 홈스는 그런 순간을 위해서 존재하는지도 몰랐다. 경감이 전한 소식은 실로 놀라운 것이었다. 그러나 홈스가 그 때문에 충격을 받았다거나 흥분했다고 할 수는 없었다. 그것은 홈스가 잔혹한 기질을 타고났기 때문이 아니었다. 그동안 지나치게 자극적인 사건들을 다뤄오면서 웬만한 자극에는 무감각해져버린 것이 틀림없었다. 하지만 감정이 무뎌졌다고 해서 그의 머리도 멈춰버린 것은 아니었다. 홈스의 머릿속은 지금 정신없이 활발하게 움직이고 있을 게 분명했다. 나는 경감의 말을 듣는 순간 공포심을 느꼈지만 홈스에게서는 어떠한 감정의 변화도 읽을 수 없었다. 오히려 그의 얼굴에는 과포화용액에서 형성되는 결정체를 지켜보는 화학자의 냉정함과 침착함이 묻어 있었다.

"흥미롭군. 아주 흥미로워."

홈스가 침착하게 말했다.

"별로 놀라지 않으신 모양이군요."

"재미있는 사건이긴 하지만 놀랍지는 않군요."

"그럴 만한 이유라도 있습니까?"

"중요한 정보원에게서 누군가가 위험에 처해 있다는 연락을 비밀리에 받았었거든요. 그런데 연락을 받은 지 한 시간도 채 되지 않아 그의 말이 현실이 되었군요. 그가 말한 문제의 인물이 사망했으니 말입니다. 아무튼 그 사실에 흥미는 느끼지만 그다지 놀라지는 않았습니다."

홈스는 경감에게 암호 편지에 대해 간략하게 설명했다.

두 손으로 턱을 괴고 앉아 홈스의 이야기를 경청하던 경감의 얼굴이 꿈틀거리기 시작했다.

"저는 오늘 아침에 벌스톤으로 가려고 합니다. 홈스 씨와 친구 분께서 저와 함께 가실 생각이 있는지 여쭤보려고 여기 온 겁니다. 그러나 지금 이야기를 듣고 보니 홈스 씨는 런던에서 수사를 시작하는 게 더 나을 것 같군요."

"아니, 난 그렇게 생각하지 않습니다."

홈스가 정색을 하며 말하자 경감이 소리쳤다.

"제 말을 들어보세요, 홈스 씨! 하루 이틀 안에 영국의 모든 신문은 벌스톤에서 일어난 수수께끼 같은 사건에 대해 떠들어댈 겁니다. 하지만 사건이 발생하기도 전에 런던에서 그것을 예측한 사람이 있다고 한다면 그건 절대 수수께끼라고 할 수 없지요. 편지를 보낸 사람만 잡으면 나머지는 저절로 풀릴 테니까요."

"그야 그렇지요. 그런데 폴록을 어떻게 잡을 건가요?"

경감은 홈스가 건네준 편지를 뒤집어 보았다.

"캠버웰에서 부쳤군요. 하지만 그건 별로 도움이 안 됩니다. 이름은 가명이라고 했으니 추적해봤자 소용이 없을 테고."

난감한 표정으로 눈을 질끈 감고 있던 경감이 갑자기 눈을 번쩍 뜨고 소리쳤다.

"홈스 씨, 전에 그에게 돈을 보낸 적이 있다고 하셨죠?"

"두 번 보냈습니다."

"어떻게 보내셨습니까?"

"지폐를 편지봉투에 넣어서 캠버웰 우체국으로 보냈습니다."

"돈을 누가 찾아갔는지 알아보셨습니까?"

"아니요."

경감은 약간 충격을 받은 모양이었다.

"왜 알아보지 않으셨습니까?"

"맥 경감, 나는 신의를 지키는 사람입니다. 폴록이 처음에 편지를 보냈을 때 나는 그에게 추적하지 않겠다고 약속했었어요."

경감은 실망감이 역력한 얼굴로 질문을 이어 갔다.

"그의 배후에 누가 있다고 생각하십니까?"

"난 그게 누군지 알고 있습니다."

"전에 말했던 교수입니까?"

"바로 그렇습니다."

그제야 경감의 얼굴에 미소가 떠올랐다. 그런데 나를 흘낏 바라보는 그의 눈꺼풀이 미세하게 떨리고 있었다.

"홈스 씨, 솔직히 말씀드리자면 런던 경찰청 수사과의 입장은 홈스 씨의 생각이 틀렸다는 쪽입니다. 아무래도 당신이 그 교수에 대해 오해하고 있다고 생각합니다. 저도 직접 알아봤지만 그분은 학식과 재능이 뛰어나고 여러 사람에게 존경받는 인물입니다."

"그의 재능을 알아봤다니 다행입니다."

홈스가 심드렁하게 대꾸했다.

"어떻게 그걸 알아보지 못하겠습니까? 그에 대한 당신의 생각을 듣고 저는 매우 혼란스러웠습니다. 그래서 아예 그를 찾아가기로 결심했지요. 우리는 일식에 대한 이야기를 나누었습니다. 대화 내용이 어떻게 그 방향으로 흘러갔는지 기억나지는 않지만, 그분은 반사 전등과 지구의 하나를 가지고 일식에 대해 정확히 설명해주더군요. 또 저한테 책도 빌려주셨는데 제 머리로는 이해하기가 힘들었습니다. 애버딘에서 고등교육을 받았던 저였는데 말입니다. 그는 마른 얼굴에 군데군데 흰머리가 많았습니다. 또 말투가 근엄해서 꼭 기품이 넘치는 성직자처럼 보였습니다. 그리고 헤어질 때는 제 어깨에 손을 얹더군요. 그 모습은 마치 험난한 세상으로 나가는 아들을 축복하는 아버지 같았습니다."

경감이 모리어티에 대한 찬사를 늘어놓는 것을 본 홈스는 두 손을 비비며 웃음을 참지 못했다.

"아주 멋집니다. 그런데 맥도널드 경감, 그렇게 즐겁고 감동적인 민남이 교수의 서재에서 이루어졌습니까?"

"그렇습니다."

"상당히 훌륭한 방이었겠지요?"

"정말로 잘 꾸며놓은 방이었습니다."

"당신은 그의 책상 앞에 앉아 있었겠군요."

"맞습니다."

"그리고 당신은 해를 받고 있었지만 모리어티는 그늘 속에 있었을 테고요."

"그랬을 겁니다. 그때가 저녁 무렵이었거든요. 아무튼 등불의 빛이 제 얼굴을 비췄던 게 생각납니다."

"혹시 교수의 머리 위에 걸려 있는 그림을 보셨습니까?"

"저는 무엇이든 놓치는 법이 없습니다. 당신에게 배운 덕분이지요. 당연히 그림을 보았습니다. 두 손으로 얼굴을 받친 채로 살짝 옆을 돌아보는 그림이었습니다."

"그것은 장 밥티스트 그뢰즈의 작품입니다."

경감은 마음이 바빴지만 홈스의 말에 관심을 보이려고 최대한 애쓰는 중이었다. 홈스는 양손을 깍지 낀 채로 의자에 몸을 깊숙이 파묻으며 말했다.

"그는 1750년부터 1800년까지 활발히 활동했던 프랑스 화가입니다. 아, 여기서는 단순히 화가로서 활동경력을 말하는 겁니다. 현재의 비평가들은 그가 활동했던 당시보다 그를 더 높이 평가하고 있지요."

설명을 듣는 경감의 눈이 멍하게 흐려지기 시작했다.

"그보다는 사건 해결이……."

경감이 중얼거리듯 말했다.

"지금 사건을 해결하는 중입니다."

홈스가 경감의 말을 가로막고 나섰다.

"지금 말하는 내용은 당신이 말했던 벌스톤 사건과 직접적이고 중요한 관련을 맺고 있습니다. 어찌 보면 사건의 핵심이라고 볼 수도 있지요."

경감은 애써 미소를 지으며 내게 시선을 던졌다. 그 눈빛은 마치 도와달라고 호소하는 것처럼 느껴졌다.

"홈스 씨, 당신은 지금 너무 앞서 나가고 계십니다. 제가 따라가기가 힘들군요. 그렇게 중간 고리를 빼놓고 말씀하시면 무슨 말인지 도무지 알 수가 없습니다. 대관절 이 죽은 화가가 벌스톤 사건과 어떤 관계가 있단 말입니까?"

"탐정에게는 어떤 지식이든 쓸모가 있지요."

홈스가 피식 웃으며 말을 이었다.

"1865년에 그뢰즈가 그린 〈라뇨의 아가씨〉는 포탈리스 경매에서 120만 프랑, 즉 4만 파운드 이상에 팔렸습니다. 사소한 사실 같지만 당신에게 어떤 생각의 실마리를 던져주지 않습니까?"

경감은 정말 흥미를 느끼는 것처럼 보였다.

"하나 알려줄 것이 있습니다."

홈스가 계속해서 말을 이었다.

"믿을 만한 자료를 통해 알아낸 결과, 교수의 급여는 연봉 7백 파운드였습니다."

"오! 그런데 어떻게 그런 그림을 살 수가 있었지요?"

"바로 그겁니다!"

"참 희한한 일이군요."

경감이 생각에 잠겨 말했다.

"홈스 씨, 어서 말씀해주십시오. 아주 흥미롭군요."

홈스는 흐뭇한 미소를 지었다. 그는 상대로부터 진심으로 차사하는 말을 들을 때면 즐거운 기색을 감추지 못했다. 이것 또한 진정한 예술가의 특성 아니겠는가.

"벌스톤에 가야 하지 않습니까?"

홈스가 묻자 경감이 흘낏 시계를 보며 말했다.

"아직 여유가 있습니다. 문 앞에 마차를 대기시켜 놓았고, 빅토리아 역까지는 채 20분도 안 걸릴 테니까요. 그런데 그 그림 말입니다. 당신은 모리어티 교수를 만난 적이 한 번도 없다고 하지 않으셨습니까?"

"맞습니다. 만난 적이 없어요."

"그런데 그 방에 대해서 어떻게 알고 계십니까?"

경감이 의심스러운 표정으로 물었다.

"아, 그건 다른 문제입니다. 나는 그의 방에 세 번이나 가봤습니다. 두 번은 각각 다른 핑계를 대고 그를 기다리는 척했었지요. 그리고 나머지 한 번은……. 그 한 번에 대해서는 현역 경찰 앞에서 말하기가 곤란하군요. 아무튼 그때 나는 그의 서류를 재빨리 훑어보았었는데 아주 뜻밖의 결과를 얻었답니다."

"뭔가 의심스러운 거라도 발견하셨습니까?"

경감이 눈빛을 반짝이며 물었다.

"아니, 전혀요. 내가 놀란 건 바로 그 때문입니다. 어쨌든 그림이 왜 문제가 되는지 이해가 갑니까? 그것만으로도 모리어티가 엄청난 부자라는 걸 짐작할 수 있지요. 그렇다면 그는 어떻게 재산을 모은 걸까요? 그는 독신이고, 동생은 서부 잉글랜드에서 역장을 하고 있습니다. 게다가 연봉은 고작 700파운드일 뿐입니다. 그런데도 그뢰즈의 그림을 소장하고 있단 말이지요."

"그걸 어떻게 이해해야 합니까?"

"결론은 불 보듯 뻔합니다."

"그러니까 그가 불법으로 엄청난 수입을 올리고 있단 말이지요?"

"그렇습니다. 내가 그렇게 생각하는 이유는 또 있습니다. 수십 가닥의 가느다란 실이 얽힌 거미줄을 떠올려 보십시오. 모든 실은 중앙을 향해 뻗어 있고, 한가운데는 독을 잔뜩 품은 거미가 숨어 있습니다. 내가 그뢰즈의 작품을 언급한 것은 당신이 상황을 쉽게 파악하게 하기 위해서입니다."

"정말 흥미롭군요. 방금 하신 이야기가 대단하고 훌륭하다고 인정하지 않을 수 없을 정도예요. 하지만 좀 더 분명한 설명이 필요해요.

대체 그 돈은 어디서 나는 거지요? 위조화폐를 만드는 걸까요? 아니면 강도짓을 하는 걸까요?"

경감은 답답해 죽겠다는 표정이었지만 홈스는 언제나처럼 여유롭기 그지없었다.

"맥 경감, 조너선 와일드에 대해서 읽어본 적이 있습니까?"

"글쎄, 어디서 들어본 듯한 이름이군요. 혹시 소설 속 인물 아닙니까? 그런데 저는 소설에 등장하는 탐정에게는 관심이 없습니다. 그들은 사건을 해결하고도 어떻게 한 건지 과정을 설명해주지 않으니까요. 단순히 영감으로 문제를 해결할 뿐 현실성이 전혀 없어요."

"조너선 와일드는 탐정도 아니고 소설 속 인물도 아닙니다. 1750년대에 세상을 경악하게 했던 범죄계의 대부입니다."

홈스의 말을 들은 경감은 어깨를 으쓱하며 말했다.

"그렇다면 제게 아무런 필요도 없겠군요. 저는 현실주의자니까요."

그러자 홈스가 손가락을 저으며 정색했다.

"맥 경감, 당신 인생에서 가장 현실직인 일을 하려거든 세 달 동안 방 안에 틀어박혀 하루 12시간씩 범죄 기록을 읽으십시오. 모든 것은 돌고 돈다는 진리를 깨닫게 될 겁니다. 모리어티 교수도 마찬가집니다. 조너선 와일드는 런던 범죄자들의 배후에서 가장 강력한 힘을 발휘했던 인물입니다. 무려 15퍼센트의 수수료를 받고 자신의 두뇌와 조직력을 팔았지요. 그와 같은 자는 과거에도 존재했고, 앞으로도 존재할 겁니다. 이제 모리어티 교수에 대해 한두 가지 재미있는 일을 알려드리겠습니다."

"오, 정말 궁금합니다."

경감은 앞으로 몸을 쑥 내밀고 귀를 쫑긋 세웠다.

"저는 우연히 모리어티에게 연결된 사슬의 첫 번째 고리가 누군지 알게 되었습니다. 그 사슬의 한쪽 끝에는 어둠 속에서 사악한 기운을 발산하는 사내가 있었고, 다른 끝에는 수백 명의 폭력배와 공갈범, 사기꾼과 소매치기 등이 도사리고 있었습니다. 그들을 중심으로 수많은 범죄가 일어나고 있습니다. 그리고 모리어티 교수의 오른팔 역할을 하는 세바스찬 모란 대령을 주목할 필요가 있어요. 그는 교수만큼이나 완벽한 방어태세를 갖추고 있기 때문에 교묘하게 법망을 빠져나가는 능력이 탁월합니다. 그가 모리어티에게 받는 돈이 얼마나 되는지 아십니까?"

"얼마입니까?"

"1년에 무려 6천 파운드입니다."

액수를 듣는 순간 경감의 입이 쩍 벌어졌다.

"경감, 그건 두뇌를 빌려준 자들에게 주는 대가입니다. 미국식 사업 원칙이라고 할 수 있지요. 저는 아주 우연한 기회에 그 사실을 알게 되었습니다. 그 돈은 영국 수상이 받는 연봉보다 많습니다. 이것만 보더라도 모리어티의 수입과 사업 규모를 대충 짐작할 수 있겠지요?"

"정말 놀랍습니다."

"얼마 전에 저는 모리어티가 발행한 수표를 추적해보았습니다. 그건 집에서 일하는 하인들에게 지불한 평범한 수표였지요. 그런데 그 수표들은 모두 여섯 곳의 각기 다른 은행에서 인출된 것이었습니다. 뭔가 이상하다는 생각이 들지 않습니까?"

"진짜 이상하군요. 홈스 씨는 어떻게 생각하십니까?"

"그건 모리어티가 자기 재산이 남들 입에 오르내리는 걸 싫어하기 때문입니다. 그래서 그 누구도 그의 재산 규모를 알 수가 없답니다.

제 생각에는 그가 거래하는 은행만 20곳이 넘을 것 같습니다. 아마도 재산 대부분은 외국계 은행으로 빼돌려 놓았을 겁니다. 그러니 혹시 여유가 생긴다면 모리어티 교수에 대해서 연구해보십시오."

홈스가 깊은 이야기를 풀어놓자 맥도널드 경감은 점점 더 강렬한 인상을 받는 듯했다. 하지만 곧바로 스코틀랜드인 특유의 현실감각을 되살려 눈앞에 당면한 문제를 다시 언급했다.

"일단 모리어티에 대한 이야기는 잠시 미뤄둬도 될 것 같군요. 홈스 씨가 흥미로운 일화를 얘기하시는 바람에 주제에서 잠시 엇나가고 말았습니다. 어쨌든 가장 중요한 점은 모리어티 교수가 이 사건과 관련 있다는 겁니다. 당신은 방금 폴록이라는 사람에게서 경고장을 받았다고 하셨지요? 지금 당면한 문제를 해결하기 위해 그 편지에서 더 유추해낼 이야기가 없을까요?"

"범죄의 동기를 추측해볼 수 있겠지요. 처음에 당신이 말한 대로 보자면 이 사건은 설명이 불가능합니다. 하지만 우리가 의심하는 대로 그 사건을 모리어티가 저질렀다고 본다면, 범행 동기를 크게 두 가지로 생각할 수 있습니다. 첫째로 모리어티는 매우 강력한 권력을 바탕으로 부하들을 엄격하게 다스리는 것으로 보입니다. 아마 그의 명령을 어기는 자는 무서운 벌을 받게 될 겁니다."

"벌이라면?"

"그것은 곧 죽음입니다. 살해당한 사내는 분명히 우두머리의 명령을 배반한 벌로 처벌당했습니다. 그런데 두목은 그 사실이 외부에 알려지도록 내버려 두었지요. 다른 부하들에게 본보기로 보여주기 위해서였을 겁니다."

"그럴 법하군요."

경감이 심각한 얼굴로 고개를 끄덕였다.

"또 다른 가능성은 어떤 사업을 하던 와중에 모리어티가 직접 저지른 일이라는 겁니다. 혹시 도난당한 물건이 있습니까?"

"그런 얘기는 아직 못 들었습니다."

"만약 도난당한 물품이 있다면 첫 번째 가정보다는 두 번째 가정이 맞을 확률이 높습니다. 모리어티는 약탈품을 나누기로 약속하고 일을 저질렀을 수도 있고, 아니면 다른 대가를 받기로 하고 일을 저질렀을 수도 있습니다. 어쩌면 두 가지 모두 가능하고요. 분명한 것은 이유가 무엇이든 간에 해답은 벌스톤에서 찾아야 한다는 점입니다. 저는 그에 대해 아주 잘 알고 있습니다. 그가 자신을 범죄와 연결시킬 단서를 런던에 남겨뒀을 리는 없어요."

"당장 벌스톤으로 가야겠군요!"

경감이 자리에서 벌떡 일어서며 소리쳤다.

"이런! 큰일입니다. 생각보다 늦었어요. 앞으로 5분 안에 준비를 마칠 수 있겠습니까?"

"그 정도면 충분합니다."

홈스는 재빨리 일어나 외출복으로 갈아입었다.

"맥 경감, 가는 동안 사건에 대해 전부 설명해주십시오."

그런데 실망스럽게도 경감이 말해준 사건 경위는 특별할 것이 하나도 없었다. 그저 이제부터는 전문가가 개입해 철저히 조사하는 것이 중요하다는 생각을 더 강하게 만들어줄 뿐이었다. 그런데 홈스는 빈약하기 짝이 없는 경감의 설명을 열심히 듣고 있었다. 무엇이 그리 흥미로운지 두 눈을 반짝거리거나 가끔씩 두 손을 비비기도 했다. 지난 몇 주 동안 아무 사건도 없이 지내던 홈스에게 드디어 비범한 능력을 발휘할 만한 일이 생긴 것이었다. 비범한 능력을 가진 사람들은 그것을 발휘하지 못할 때 극심한 괴로움을 느끼게 된다. 면도날 같은 두뇌를 사용하지 못하면 결국 녹슬고 무뎌지기 때문이다.

자신의 능력을 제대로 발휘할 수 있는 사건을 만났다는 생각에 홈스는 한껏 들뜬 표정이었다. 두 눈은 밝게 빛나고 창백했던 두 뺨은 붉게 달아올랐다. 경감이 서섹스에서 우리를 기다리고 있을 사건에 대한 간략한 설명을 하는 동안, 홈스는 앞으로 몸을 쑥 내민 채 열심히 귀를 기울였다.

경감은 이른 새벽에 우유열차 편으로 배달된 보고서의 내용을 전해줬다. 그 지역 경찰인 화이트 메이슨은 맥도널드 경감과 절친한 사이였다. 그 때문에 평상시 런던 경찰국에서 지역 경찰의 지원 요청을 받을 때보다 훨씬 빠르게 연락을 받을 수 있었다. 솔직히 런던의 전문가가 지원 요청을 받고 지방에 내려가 보면 사건 현장이 훼손된 경우가 너무나 많았다.

경감이 읽어준 편지 내용은 다음과 같다.

친애하는 맥도널드 경감에게.

공식적으로 도움을 청하는 지원서는 별도로 보냈네. 이것은 자네에게 개인적으로 보내는 편지일세. 벌스톤행 기차를 오전 몇 시에 탈지 연락을 미리 준다면 내가 역으로 마중을 나가겠네. 여의치 않으면 다른 사람이라도 내보내겠네. 이 사건은 아주 복잡하고 난해하다네. 그러니 조금도 지체하지 말고 빨리 내려와 주게. 혹시 가능하다면 홈스 씨를 모셔 오게. 홈스 씨라면 뭔가를 알아낼 가능성이 매우 크니까. 희한하게도 살인 사건의 상황 자체가 매우 연극적으로 꾸며 놓은 느낌이 드네. 거듭 말하지만 정말 난해하기 짝이 없는 사건이야.

"당신 친구가 바보는 아니군요."

홈스가 말했다.

"물론입니다. 화이트 메이슨은 아주 똑똑한 사람입니다."

"내가 알아야 할 게 또 있습니까?"

"이 친구를 만나면 자세히 들을 수 있을 겁니다."

"그런데 더글러스 씨가 끔찍하게 살해당했다는 사실은 어떻게 알았습니까?"

"동봉된 문서를 보고 알았습니다. 실은 거기에 '끔찍하게' 살해당했다는 말은 없었습니다. 그 단어는 공식적으로 사용하지 않으니까요. 문서에는 존 더글러스라는 사내가 머리에 산탄총을 맞았다고 기록되어 있었습니다. 사건이 발생한 시간은 어젯밤 자정에 가까운 시각이고요. 이 사건은 분명히 살인 사건입니다. 그것도 아주 복잡하고 괴이한 점이 많은! 아직 용의자는 체포하지 못했습니다. 제가 알고 있는 내용은 이게 전부입니다."

"흠, 그러면 이 정도에서 이야기를 멈춥시다. 불충분한 자료를 가지고 설익은 결론을 내는 것은 우리가 절대로 피해야 할 일입니다. 지금 내가 확실히 알 수 있는 것은 두 가지입니다. 런던에 있는 뛰어난 두뇌의 소유자, 그리고 서섹스에서 살해당한 한 남자! 이제부터 이 두 가지를 연결할 쇠사슬의 연결고리를 추적해봅시다!"

3
기이한 살인 사건

여기서 잠시 변변치 않은 내 생각은 **빼도록** 하겠다. 일단 나중에 우리가 알게 된 사실을 바탕으로 우리가 현장에 도착하기 전까지 일어난 일들을 정리해보겠다. 이런 식이 아니고서는 독자들이 쉽게 이해하기가 힘들 게 분명했다. 사건에 연관된 사람들과 그들의 운명이 연출된 기이한 무대에 대해서 말이나.

벌스톤은 서섹스 주 북쪽 경계에 자리한 마을이다. 그곳에는 옹기종기 모인 목재 골조의 시골집들이 수백 년 동안 변함없는 모습으로 서 있었다. 그런데 지난 몇 년 사이에 그림 같은 풍경과 좋은 환경에 반한 부자들이 이 마을로 몰려들기 시작했다. 그들은 근처 숲에 앞다투어 별장을 지었다.

그 숲은 월드 대삼림의 끝자락에 위치했다. 숲의 북부는 나무가 드문 석회암 구릉으로 이어졌다. 인구가 점점 증가하자 작은 상점들이 빠른 속도로 늘어나기 시작했다. 아름다웠던 시골 마을은 점점 현대적인 모습으로 바뀌어 갔다. 머지않아 벌스톤도 현대적인 도시가 될 거라는 말이 나올 정도였다. 그 주변에서 가장 큰 도시는 턴브리지 웰스로 켄트 주의 경계를 넘어 동쪽으로 16킬로미터에서 20킬로미터가량 떨어져 있었다. 그 때문에 벌스톤은 꽤 넓은 지역의 중심지 역할을 담당했다.

마을에서 1킬로미터쯤 떨어진 곳에는 키가 큰 너도밤나무 숲으로 유명한 사냥터가 있었다. 그 안에는 유서 깊은 벌스톤 영주 저택이 자리하고 있었다. 이 고풍스러운 건물의 유래는 제1차 십자군 시절까지 거슬러 올라간다. 당시 휴고 드 카프스는 레드 킹에게서 하사받은 영지 한가운데 요새를 지었다. 그러나 1543년에 화재로 소실되고 말았다. 제임스 1세 시대에 다시 건물을 증축했는데, 폐허가 되어 연기에 그을린 주춧돌 일부를 그대로 사용했다고 한다.

수많은 박공과 마름모꼴 창문으로 이루어진 이 저택은 17세기 초에 세워진 원형 그대로의 모습을 간직하고 있었다.

또 중세에 성으로 사용될 때 방어용으로 만들었던 이중 해자는 전혀 다른 용도로 사용되고 있었다. 바깥쪽 해자는 흙으로 메운 뒤 소박한 텃밭으로 만들어 놓았다. 그나마 본래의 모습을 유지한 안쪽 해자는 이제 깊이가 1미터 정도밖에 되지 않았지만 폭이 12미터에 달해 저택 전체를 길게 둘러싸고 있었다. 또 작은 시내에서 공급된 물이 해자를 통해 흘러가게 되어 있어서 물은 탁한 편이었다. 그러나 도랑처럼 더럽거나 비위생적이지는 않았다. 건물의 1층 창문은 해자에서 30센티미터도 안 되는 높이에 있었다.

저택에 들어가기 위해서는 오직 도개교를 건너는 수밖에 없었다. 오랜 시간 동안 도개교의 사슬과 다리를 감아올리는 권양기는 녹슬고 부서진 채로 방치되어 있었다. 최근에 이 저택의 주인이 된 사람이 모든 것을 완벽하게 수리한 덕분에 도개교는 예전처럼 제 역할을 담당하게 되었다. 실제로 매일같이 밤에는 그것을 들어 올리고 아침에는 다시 내려놓았다. 이처럼 오래된 봉건 시대의 풍습을 재현하고 보니, 밤이 되면 저택은 섬처럼 변했다. 그리고 이 사실은 곧 영국 전체를 뒤흔들어놓은 수수께끼 같은 사건과 직접적인 관련을 맺게 되었다.

더글러스 부부가 이 저택을 구입할 때까지 그곳은 수 년 동안 방치된 상태였다. 관리하는 사람이 없었기 때문에 금세라도 무너질 것 같은 폐허의 모습이었다. 더글러스에게 다른 가족은 없었다. 그의 곁에는 오직 부인뿐이었다. 그는 성격이나 인품이 매우 특이한 사람이었다. 나이는 50세 정도였고, 강인한 턱과 주름진 얼굴에는 회색 콧수염이 뒤덮여 있었다. 그래서인지 회색 눈은 더욱 부리부리해 보였다. 나이에 비해 훨씬 탄탄하고 활기찬 몸은 젊었을 때의 기운을 그대로 간직하고 있었다. 성격도 매우 밝아서 누구에게나 친절하게 굴었다. 다만 사람을 대하는 태도가 세련되지 못해서 서섹스의 사교계 사람들과는 잘 어울리지 못했다.

스스로를 교양 있는 사람이라 자부하는 이들은 호기심과 비웃음이 섞인 시선으로 더글러스 부부를 바라보았다.

하지만 그들은 이내 마을 사람들에게서 큰 인기를 얻게 되었다. 더글러스는 지역에서 벌어지는 기금 마련 행사에 참여해 아낌없이 기부금을 내놓았다. 또 마을 음악회를 비롯한 다른 모임에 적극적으로 참가했다. 게다가 그는 풍부한 성량을 가진 테너였기 때문에 어느 자리에서건 노래를 청하는 사람이 있으면 기꺼이 앞으로 나서곤 했다. 그는 재산이 아주 많았다. 그가 미국 캘리포니아의 금광에서 떼돈을 벌었다는 소문이 사람들 사이에 돌았다. 모든 내용을 확인할 수는 없지만, 그들이 미국에서 살았다는 것은 틀림없는 사실인 듯했다.

사람들은 그의 서민적이고 관대한 태도를 좋아했다. 또 위험을 두려워하지 않는 용맹함에 반했다. 그는 승마에 서투른 편이었지만 사냥 대회가 있을 때마다 빠지지 않고 나타났다. 그리고 최고의 기수에게 절대로 지지 않겠다는 신념으로 대회에 열성을 다했다. 아쉽게도 대부분의 경우 그는 낙마했지만 도전을 포기하는 일은 없었다. 한번은 사제관에 큰 불이 난 적이 있었는데 지방 소방대마저 불끄기를 포기했었다. 하지만 더글러스는 용감하게 건물로 뛰어 들어가 재로 변할 뻔한 재산을 구해냈다. 이렇게 해서 벌스톤 저택의 존 더글러스는 그 지역에 이주한 지 5년 만에 대단한 명성을 얻게 되었다.

더글러스 부인도 사람들 사이에서 좋은 평가를 받고 있었다. 하지만 영국인들의 습성상 아무런 연고도 없이 그 지역에 이사 온 외지인을 방문하는 일은 드물었다. 그런데 더글러스 부인에게 그것은 별 문제 될 게 없었다. 그녀는 원래 소극적인 데다 남편과 집안일에만 몰두하고 있었기 때문이다. 그래서 그런 일에 신경 쓰거나 아쉬워할 이유가 없었다. 소문에 의하면 원래 영국 출신인 그녀는 런던에서 홀아비로 살고 있던 더글러스를 만났다고 한다.

그녀는 키가 크고 호리호리한 몸에 살결이 검은 미녀였다. 남편과 나이 차이가 스무 살 이상이나 났지만 그것은 큰 문제가 되지 않았다.

하지만 그들 부부를 잘 알고 있는 사람들은 그들이 서로를 신뢰하는 것 같지 않다고 말했다. 이유는 단순했다. 더글러스 부인은 남편의 과거에 대해 말하기를 꺼려했는데, 그것은 남편의 과거에 대해 잘 알지 못하기 때문일 거라고 했다. 또 남을 관찰하기 좋아하는 몇몇 이들의 말에 따르면 더글러스 부인은 신경과민 증상을 보인다고 했다. 특히 남편의 귀가가 늦을 때는 필요 이상으로 불안해한다는 것이었다. 특별한 일이 별로 없는 시골마을은 이들 부부에 대한 입

방아로 조용할 날이 없었다. 이런 상황에서 각별한 의미가 있는 사건이 터지고 나면 소문은 눈덩이처럼 커질 뿐만 아니라 불명확한 사실도 기정사실화되어 버렸다.

그리고 이따금씩 저택에 와서 머무르는 사람이 한 명 더 있었다. 지금부터 설명하려는 이상한 사건이 일어났을 때 그는 그곳에 있었다. 덕분에 그의 이름은 유명해졌다. 그는 햄스테드 헤일스 저택에 사는 세실 제임스 바커였다. 그는 유독 벌스톤 저택을 자주 방문했기 때문에 사람들은 저택 근처에서 키가 크고 느릿하게 걷는 세실 바커를 자주 볼 수 있었다. 그는 영국이라는 새로운 환경에서 살고 있고, 과거가 알려지지 않은 더글러스의 유일한 친구라는 점 때문에 사람들의 주목을 받았다. 바커 자신은 틀림없는 영국인이었지만 그가 더글러스를 처음으로 알게 된 곳은 미국이었다. 그리고 바커는 상당한 재력을 지닌 데다 독신이었다.

나이로 치면 바커가 더글러스보다 젊었다. 나이는 많아봐야 고작 45살이나 됐을까 싶었다. 또 키가 훌쩍 크고 어깨가 떡 벌어졌으며 언제나 말끔하게 면도를 하고 다녔다. 눈썹이 유독 검고 억센 데다 검은 눈동자도 위압적인 분위기를 풍겼기 때문에 적들에게 포위를 당했다 해도 혼자서 충분히 이겨낼 사람처럼 보였다. 그는 승마나 사냥은 하지 않았다. 그러나 고풍스러운 마을 주변을 산책할 때면 항상 입에 파이프를 물고 다녔다. 대부분 더글러스와 함께했지만, 그가 없을 때는 부인과 함께 아름다운 시골길을 마차로 달리곤 했다.

"바커 씨는 아주 쾌활하고 인심이 좋은 분이십니다."

집사 에임스가 말했다.

"하지만 명령을 거역하거나 심기를 불편하게 했다가는 불호령이 떨어진답니다."

바커는 더글러스와 아주 친한 사이였고 부인에게도 다정다감하게 굴었다. 그런데 더글러스 부인에게 너무 친절하게 대한 것이 문제가 될 때도 있었다. 더글러스는 바커의 행동 때문에 몇 번이나 불쾌감을 느꼈고, 저택의 하인들조차 그것을 알아챌 정도였다. 벌스톤 저택에서 비극적인 사건이 일어났을 때 가족의 한 사람처럼 그 자리에 존재했던 제3의 인물은 바로 이런 사람이었다.

그 외에 이 저택에 오래 살았던 사람으로 집사와 하인들이 있었다. 집사 에임스는 일처리가 깔끔하고 부지런한 데다 점잖은 성품 덕에 여러 사람으로부터 존경받는 인물이었다. 또 더글러스 부인의 집안일을 돕는 앨런 부인은 뚱뚱하고 쾌활한 성격이었다. 그 밖에 다른 6명의 하인들이 있었는데, 그들은 1월 6일 밤에 벌어진 비극적인 사건과는 아무런 상관이 없었다.

서섹스 주 경찰인 윌슨 경사 관할 파출소에 최초로 신고가 접수된 시각은 11시 45분이었다. 몹시 흥분한 세실 바커가 파출소 문을 열고 달려들더니 미친 듯이 벨을 누르는 것이었다.

"버, 벌스톤 저택에서 끔찍한 살인 사건이 벌어졌습니다. 존 더글러스가 살해당했어요!"

바커는 가쁜 숨을 몰아쉬며 힘겹게 말을 뱉어냈다. 그러고는 다급히 저택으로 돌아갔다. 윌슨 경사는 곧바로 주 경찰에 심각한 사건이 발생했음을 보고했다. 그런 뒤 그도 바커의 뒤를 따라 사건 현장으로 달려갔다. 그때는 12시가 조금 지난 시각이었다.

저택에 도착해보니 도개교가 내려져 있었고, 창문마다 불이 켜져 있었다. 집안은 온통 공포와 혼란의 도가니였다.

하인들은 얼굴이 하얗게 질린 채 홀 한쪽에 모여 있었고, 겁에 질린 집사는 두 손으로 현관문을 꽉 쥐고 있었다. 애써 두려움을 누르며 참고 있는 사람은 세실 바커뿐이었다.

그는 현관에서 가장 가까운 문을 열고 윌슨 경사를 향해 들어오라는 손짓을 했다. 그때 이 마을의 유능한 의사인 우드 선생이 도착했다. 세 사람은 비극적인 살인 사건이 벌어진 방으로 들어갔다. 공포에 질린 집사가 그 뒤를 따라 들어가며 벌벌 떨리는 손으로 방문을 닫았다. 혹시라도 하녀들이 끔찍한 장면을 볼까 염려했기 때문이다.

죽은 사람은 손발을 뻗은 채로 방 한가운데 누워 있었다. 그는 잠옷 위에 붉은 실내복을 걸치고 있었고, 맨발에 모직 슬리퍼를 신은 채였다. 우드 선생은 시신 옆에 무릎을 꿇고 앉은 뒤 탁자 위에 놓인 등불을 바닥에 내려놓았다. 그가 사인을 찾는 것은 불필요한 일인 듯했다. 피해자의 상태를 슬쩍 보는 것만으로도 그 이유를 알 수 있었기 때문이다. 한마디로 피해자의 상태는 처참했다. 그의 가슴에는 총신을 30센티 정도 잘라낸 산탄총 같은 무기가 놓여 있었다. 총은 가까운 곳에서 발사된 것이 분명했고, 총알은 모두 피해자의 얼굴을 관통했다. 그 때문에 피해자의 머리는 거의 박살 난 상태였다. 방아쇠는 철사로 묶여 있었는데 총알 두 방을 한꺼번에 발사해 파괴력을 높이려는 의도로 만든 것이었다.

그 장면을 본 윌슨 경사는 자신을 억누르는 무거운 책임감 때문에 부담스러워 죽을 지경이었다.

"상부에서 사람이 올 때까지 아무것도 손대지 않는 게 좋겠습니다."

처참하게 살해된 시신에서 눈을 떼지 못하며 경사가 말했다.

"지금까지는 아무것도 만지지 않았습니다. 그건 내가 보증할 수 있습니다. 더글러스를 발견했던 당시 모습 그대로입니다."

바커가 탄식하듯 말했다.

"시신을 언제 발견했습니까?"

경사가 수첩을 꺼내며 물었다.

"11시 30분쯤이었습니다. 옷을 갈아입지 않은 채로 내 방 난롯가
에 앉아 있었는데 느닷없이 총성이 들려왔습니다. 그런데 총소리가
아주 크지는 않았습니다. 아마 소리를 낮추려고 일부러 뭔가에 가린
듯했습니다. 나는 황급히 이 방으로 뛰어왔습니다. 어찌나 빨랐는지

30초도 걸리지 않았을 겁니다."

"방문은 열려 있었습니까?"

"그렇습니다. 가엾은 더글러스는 이렇게 누워 있었습니다. 탁자 위에는 촛불이 타고 있었고요. 여기 등불은 몇 분 후에 내가 켰습니다."

"아무도 못 보셨습니까?"

"못 봤습니다. 그저 더글러스 부인이 계단 내려오는 소리가 났기 때문에 부인이 이 끔찍한 광경을 보게 해서는 안 된다는 생각뿐이었습니다. 마침 가정부 앨런 부인이 나타나 부인을 모시고 위층으로 다시 올라갔습니다. 그리고 나는 놀란 얼굴로 다가온 에임스 집사와 함께 이 방으로 다시 들어왔습니다."

"그런데 밤에는 도개교가 올려 있지 않습니까?"

"맞습니다. 지금 내려져 있는 것은 원래 올려 있던 것을 아까 내가 내렸기 때문입니다."

경사는 도무지 이해할 수 없다는 듯 고개를 갸웃거렸다.

"그렇다면 살인범은 어디로 도망친 길까요? 이건 도무지 말이 안 됩니다. 아무래도 더글러스 씨는 자살한 것 같군요."

그러자 바커가 고개를 절레절레 저었다.

"우리도 처음에는 그렇게 생각했습니다. 하지만 이걸 보십시오."

바커는 커튼을 젖히고는 마름모꼴 창틀이 달린 창문을 보여주었다. 창문은 완전히 열린 상태였다.

"이것을 보란 말입니다."

바커는 등불을 아래로 내려 나무 창틀에 찍힌 피 묻은 발자국을 비췄다.

"누군가가 밖으로 나가기 위해 여기 올라갔던 게 분명합니다."

"그러니까 범인이 해자를 건너서 도망쳤다는 말입니까?"

"그렇습니다."

바커가 확신에 찬 어조로 대답했다. 그러나 경사의 얼굴은 여전히 의문이 가득했다.

"하지만 당신은 총소리를 들은 지 30초도 안 돼서 이 방으로 왔다고 하지 않았습니까? 그랬다면 범인은 그때 해자 안에 있었겠군요."

"그럴 겁니다. 그때 창문을 열고 해자 안을 살폈어야 했는데! 하지만 커튼 때문에 미처 그런 생각을 못 했습니다. 게다가 더글러스 부인의 발자국 소리가 들리자 부인을 방에 들이지 말아야 한다는 생각만 하느라 정신이 없었지요. 만약 그녀가 이렇게 끔찍한 광경을 보게 된다면 정신을 잃을지도 모르니까요."

바커는 침울한 얼굴로 주먹을 불끈 쥐며 말했다. 스스로를 책망하는 모양이었다.

"부인을 막은 건 잘한 일입니다. 보통 사람이 견디기에는 너무나 끔찍하지요. 벌스톤 철도 충돌 사고 이후로 이렇게 끔찍한 모습은 처음입니다."

의사가 산산조각 난 머리와 그 주위의 참혹한 흔적을 보며 말했다. 하지만 경사는 여전히 열려 있는 창문에 시선을 고정시킨 채로 말했다.

"범인이 해자를 건너서 도망쳤다는 것은 그럴듯한 추측입니다. 그런데 한 가지만 더 묻겠습니다. 도개교가 올라가 있었는데 범인은 어떻게 집 안으로 침입했을까요?"

"아! 그게 문제로군요."

바커가 두 손을 마주치며 소리쳤다.

"다리는 몇 시에 올렸습니까?"

경사가 물었다.

"아마 6시 무렵이었을 겁니다."

집사 에임스가 대답하자 경사가 눈초리를 올리며 다시 물었다.

"내가 듣기로는 보통 해가 질 무렵에 다리를 올린다고 하던데요. 요즘은 6시가 아니라 4시 30분쯤이면 해가 지지 않습니까?"

"더글러스 부인과 차를 마시러 오신 손님들이 계셨거든요. 손님들이 돌아가시기 전까지는 다리를 올릴 수가 없었습니다. 그래서 그분들이 돌아가시자마자 제가 다리를 직접 올렸습니다."

경사는 한 손으로 턱을 쓸며 잠시 생각에 잠겼다. 그러더니 이내 입을 열었다.

"그러면 이렇게 가정해볼 수 있겠군요. 만약 누군가가 외부에서 침입했다고 한다면 그는 틀림없이 6시 이전에 도개교를 건너 저택으로 들어왔을 겁니다. 그리고 더글러스 씨가 자기 방으로 들어간 11시 무렵까지 어딘가에서 숨어 있었겠지요."

"맞습니다. 더글러스 씨는 매일 밤 잠자리에 들기 전에 집 안 단속을 하고 돌아다니는 습관이 있습니다. 등불이 꺼진 곳은 없는지 확인하는 거죠. 그날도 단속을 끝마치고 방으로 돌아왔다가 범인에게 총을 맞은 겁니다. 범인은 살인 무기를 남겨둔 채 창문 밖으로 도망쳤고요. 다른 방법으로는 도무지 이 상황을 설명할 도리가 없습니다."

바커가 말했다. 그때 경사가 시신 근처에서 무언가를 발견했다. 그가 몸을 굽히고 보니 방바닥에 카드 한 장이 떨어져 있었다. 거기에는 조잡한 글씨로 'V. V'라는 머리글자와 '341'이라는 숫자가 쓰여 있었다.

"이게 뭘까요?"

경사가 카드를 들고 혼잣말처럼 중얼거렸다. 바커는 호기심 어린 눈으로 그것을 보았다.

"그런 게 있는지도 몰랐군요. 혹시 범인이 떨어뜨리고 간 게 아닐까요?"

"흠, V.V와 341이라……. 도대체 뭐가 뭔지 모르겠군."

경사는 머리를 긁적이며 카드를 뒤집었다.

"V.V가 뭘까요? 누구의 머리글자인 것 같은데. 그런데……."

갑자기 경사의 시선이 우드 선생에게 향했다. 우드 선생이 서 있는 옆자리, 벽난로 매트 위에 작업할 때 쓰는 망치가 놓여 있었기 때문이다. 가까이서 보니 그것은 상당히 크고 튼튼해 보였다. 그때 바커가 벽난로 선반 위에 놓인 청동 못 상자를 가리키며 말했다.

"더글러스는 어제 벽에 걸린 그림을 바꿔 달았습니다. 그가 이 의자에 올라가 커다란 그림을 거는 모습을 내가 직접 보았어요. 망치는 그 때문에 여기 있는 겁니다."

"그렇다면 망치는 원래 있던 자리에 놓아두는 게 좋겠군요."

경사는 혼란스러운 듯 머리를 흔들며 말했다.

"이 사건을 해결하기 위해서는 전문적인 수사 인력이 투입되어야 할 것 같습니다. 아무래도 런던 경찰청에서 직접 수사에 착수해야 할 것 같군요."

그는 등불을 들고 방 안을 천천히 돌아다녔다.

"이럴 수가!"

갑자기 경사의 날카로운 목소리가 들려왔다. 그는 창문 커튼을 한쪽으로 밀어젖히더니 흥분한 목소리로 외쳤다.

"이 커튼은 몇 시에 쳤습니까?"

"등불을 켰을 때입니다."

집사가 대답했다.

"아마 4시가 조금 지났을 때였을 겁니다."

"누군가가 여기 숨어 있었어!"

사건을 벌써 해결이라도 한 듯 경사의 목소리는 한껏 들뜬 상태였다. 그가 등불을 아래로 비추자 한쪽 구석에 진흙투성이의 구두 발자국이 확연히 드러났다.

"바커 씨, 이것으로 당신의 추측이 입증되었다고 할 수 있겠군요. 범인은 4시가 지난 시각부터 6시 사이에 저택 안으로 침입한 게 분명한 것 같습니다. 그가 이 방으로 들어온 이유는 여기가 가장 먼저 눈에 띄었기 때문이겠지요. 이제 상황이 모두 명확해지는군요. 범인은 분명 물건을 훔치기 위해 여기로 숨어들었을 겁니다. 그러다 우연히 더글러스 씨에게 들켜버리는 바람에 그를 우발적으로 살해했을 가능성이 큽니다."

마치 사건을 마무리 짓는 사람처럼 경사는 의기양양한 목소리로 말했다.

"나도 그럴 거라 생각합니다. 그렇다면 우리는 지금 귀중한 시간을 낭비하고 있는 셈이로군요. 범인이 도망치기 전에 어서 이 근처를 수색하는 것이 좋지 않겠습니까?"

바커가 말하자 경사는 잠시 생각에 잠겼다.

"아침 6시까지는 여기서 출발하는 기차가 없습니다. 그러니 기차로 도망치지는 못할 겁니다. 또 다리가 물에 젖은 채 도망치는 것도 쉽지 않을 겁니다. 누군가의 눈에 띄기 쉬우니까요. 아무튼 도움을 줄 누군가가 오기 전까지 나는 이곳을 떠날 수 없습니다. 여러분도 마찬가지입니다. 상황 파악이 분명히 될 때까지 누구도 집을 떠나서는 안 됩니다."

그때 등불을 들고 시신을 자세히 살피던 의사가 시신의 팔을 가리키며 물었다.

"이 표시는 뭐죠? 혹시 범죄와 관련 있는 게 아닐까요?"

시신의 오른팔 쪽 실내복이 위로 둘둘 말려 올라가 있어서 팔꿈치까지 그대로 노출되어 있었다. 그런데 과연 팔뚝 중간쯤에 이상한 그림이 새겨져 있었다. 동그라미 속에 삼각형이 갈색으로 그려져 있었는데 창백한 피부 위라 그런지 그림은 더욱 도드라져 보였다.

"문신은 아니군요."

안경을 끼고 자세히 살피던 의사가 말했다.

"이런 건 처음 봅니다. 마치 소에게 낙인을 찍듯이 찍은 것 같군요. 대체 이게 무슨 의미일까요?"

"전혀 모르겠습니다. 지난 10년 동안 더글러스의 몸에서 계속 보긴 했습니다만."

바커가 고개를 갸웃거리며 말했다.

"저도 봤습니다. 주인님이 소매를 걷어 올리실 때마다 그 그림이 보였습니다. 저도 그게 뭘 의미하는지 궁금했지만 여쭤보지는 않았습니다."

이번에는 집사가 나서서 말했다.

"그렇다면 그 그림은 사건과 아무런 관련이 없겠군요. 하지만 이상합니다. 정말 이상해요."

경사는 혼잣말처럼 웅얼거렸다.

그때 갑자기 집사가 외마디 비명을 질렀다. 그는 벌벌 떨리는 손가락으로 시신의 손을 가리켰다.

"결혼반지, 결혼반지가 사라졌습니다."

집사가 숨을 헐떡이며 말했다.

"뭐라고?"

"정말입니다. 주인님은 항상 왼손 새끼손가락에 아무런 장식이 없는 결혼반지를 끼고 계셨습니다."

"하지만 손에 반지가 있는데?"

"아닙니다. 결혼반지 위에 금반지를 끼셨고, 가운데 손가락에는 뒤틀린 뱀 모양의 반지를 끼고 계셨습니다. 금반지랑 뱀 모양 반지는 그대로 있는데 결혼반지만 없어졌습니다."

"맞는 말입니다."

바커가 말했다.

"이상하군요. 다른 반지 안쪽에 결혼반지를 끼고 다녔단 말입니까?"

경사는 이해가 되지 않는다는 듯 고개를 갸웃거리며 물었다.

"제가 아는 한 항상 그랬습니다."

바커가 확신에 찬 어조로 대답했다.

"그렇다면 범인은 금반지를 먼저 뺀 다음에 결혼반지를 훔쳤습니다. 그런 뒤에 다시 금반지를 끼웠단 밀이 되는군요."

"그렇지요!"

경사는 멍한 표정으로 머리를 흔들었다.

"아, 어서 빨리 런던에서 소식이 왔으면 좋겠습니다. 이곳 주 경찰인 화이트 메이슨은 아주 똑똑한 사람입니다. 이제껏 그는 이 지방에서 벌어진 사건을 훌륭히 해결해 왔습니다. 이제 곧 그가 와서 우리를 도와줄 겁니다. 하지만 그의 힘만으로는 부족할 겁니다. 내 생각에는 런던의 지원을 받아야만 이 문제가 해결될 것 같습니다. 아무래도 나 같은 경관에게 이 사건은 너무 벅차거든요."

4
흔적

새벽 3시. 서섹스 주 경찰서 형사반장인 화이트 메이슨은 벌스톤 지서의 윌슨 경사로부터 다급한 연락을 받았다. 기이한 살인 사건이라는 말에 자리에서 벌떡 일어선 그는 경찰본부의 이륜마차를 타고 재빨리 현장에 도착했다. 그는 오전 5시 50분 기차 편으로 런던 경찰청에 보고서를 보냈고, 정오에는 우리를 마중하기 위해 벌스톤 역에 나왔다.

헐렁한 트위드 정장 차림의 화이트 메이슨은 조용하고 푸근한 인상이었다. 깔끔하게 면도한 얼굴은 혈색이 돌아 건강한 느낌을 주었다. 약간 비대한 편이긴 하지만 다부진 체격에 튼튼한 다리를 가진 그의 모습은 작은 농장의 주인이나 은퇴한 사냥터지기처럼 보였다. 외모만 보고서는 그를 형사반장이라고 생각하기 힘들었다.

"맥도널드 경감, 상당히 어려운 사건이야."

화이트 메이슨은 몇 번이나 이 말을 되풀이했다.

"신문기자들이 냄새라도 맡게 되면 파리 떼처럼 몰려들 걸세. 그렇게 되면 현장이 쑥대밭이 되는 것도 한순간이지. 그러니 그 전에 빨리 사건을 처리했으면 좋겠네. 지금까지 이렇게 끔찍한 사건을 본 적이 없어."

그는 심각한 표정으로 짧은 한숨을 내쉬었다. 그러다 이내 맥도널드 경감 옆에 서 있던 홈스와 나를 발견하고 반갑게 인사를 건넸다.

"홈스 씨, 이렇게 와주셔서 고맙습니다. 당신이라면 사건 현장에서 뭔가를 느낄 수 있을 거라 생각합니다. 그리고 왓슨 선생, 의사의 의견도 필요하니 도와주시면 감사하겠습니다."

"알겠습니다."

우리의 대답을 들은 화이트 메이슨의 얼굴이 한결 밝아졌다.

"웨스트빌 암스에 숙소를 잡아 놓았습니다. 깨끗하고 괜찮은 여관이라고 하더군요. 그럼 이쪽으로 오십시오."

화이트 메이슨은 우리의 짐을 짐꾼에게 건넨 뒤 우리를 여관으로 안내했다. 그는 상당히 수다스럽기는 했지만 무척 친절했다.

10분쯤 뒤 우리는 여관에 도착해 방을 배정받았다. 그리고 다시 10분 후에 여관 휴게실에 모여 사건 경위를 간략하게 전해 들었다. 맥도널드 경감은 가끔 메모를 했지만 홈스는 열심히 경청할 뿐이었다. 식물학자가 희귀한 꽃을 관찰하듯이 놀라움과 흥분이 뒤섞인 표정을 하고서.

"주목할 만한 사건이군요. 이제껏 수많은 사건들을 보아왔지만 이렇게 기이한 사건은 처음입니다."

"홈스 씨, 그러실 줄 알았습니다."

화이트 메이슨이 기뻐하며 소리쳤다.

"서섹스 경찰은 아주 기민하게 움직이는 조직입니다. 대충대충 일 처리를 하는 곳이 아니지요. 방금 저는 오늘 새벽 3시부터 4시 사이에 윌슨 경사에게서 사건을 인계받기 전까지 벌어진 상황에 대해 모두 설명했습니다. 저는 보고를 듣자마자 캄캄한 어둠을 뚫고, 거기에 늙은 말을 채찍질해가며 사건 현장으로 정신없이 달려갔습니다. 하지만 그럴 필요가 없었어요. 내가 당장 할 수 있는 일이 없었으니까요. 모든 상황은 이미 윌슨 경사가 파악한 뒤였고, 나는 그저 몇 가지 사실만 더 확인하면 됐습니다."

"당신이 확인한 내용이 뭡니까?"

홈스가 날카로운 시선을 던지며 물었다.

"일단 망치를 조사했습니다. 그 자리에 있던 우드 선생이 저를 도왔지요. 그런데 망치를 아무리 살펴봐도 폭력적으로 사용한 흔적은 없었습니다. 만약에 더글러스 씨가 자기를 방어하기 위해 망치를 사용했다면 범인에게 부상을 입혔을 수도 있습니다. 망치가 매트 위에 떨어지기 전에 말이지요. 하지만 망치에는 핏자국이 전혀 없었어요."

"그건 아무것도 증명하지 못하네. 망치로 사람을 죽였어도 핏자국이 남지 않는 경우는 많으니까."

맥도널드 경감이 말했다.

"결국 망치는 썼다는 증거도, 쓰지 않았다는 증거도 없는 거로군. 만약 핏자국이 남아 있었다면 우리에게 도움이 됐을 텐데 아쉽게 됐습니다."

화이트 메이슨이 입맛을 다시며 말했다.

"다음으로 무얼 확인하셨습니까?"

홈스가 물었다.

"총을 조사했습니다. 사슴 사냥용 총이더군요. 총알은 알이 굵은 산탄을 사용했고요. 윌슨 경사의 말처럼 방아쇠를 한데 묶어두었기 때문에 한쪽 방아쇠를 당기면 두 개의 총신이 동시에 총알을 발사하게 되어 있었습니다. 그렇게 개조한 총은 표적을 빗맞힐 리가 없지요. 게다가 총신을 짧게 잘라냈기 때문에 총의 길이가 60센티미터도 채 안 됐습니다. 덕분에 범인은 총을 옷 속에 쉽게 감추고 다닐 수 있었을 겁니다."

"총기회사 이름을 보셨습니까?"

"네, 하지만 일부밖에 남아 있지 않더군요. 총신 사이의 홈에 〈P-E-N〉이라는 글씨가 새겨져 있었습니다. 나머지는 톱으로 잘려 나가버렸고요."

"혹시 P는 장식체로 쓴 대문자고, E와 N은 소문자였습니까?" 홈스가 물었다.

"맞습니다."

"펜실베이니아 소총회사 제품이군요. 미국에서는 꽤나 유명한 회사지요."

홈스가 팔짱을 낀 채로 고개를 끄덕이며 말했다. 화이트 메이슨은 그런 홈스의 모습을 멍하니 바라보았다. 치료가 어려운 병을 앞에 두고 쩔쩔매던 시골 개업의가 난 한마디로 문제를 해결해버린 도시 전문의를 존경 어린 눈으로 바라보는 것처럼.

"대단하십니다, 홈스 씨! 게다가 방금 말씀하신 건 아주 유용한 정보예요. 훌륭합니다! 아주 훌륭해요! 그런데 당신은 전 세계의 총기회사 이름을 다 외우고 계시는 겁니까?"

홈스는 별것 아니라는 듯 손을 휘휘 내저었다. 하지만 화이트 메이슨은 흥분한 표정을 감추지 못하고 소리쳤다.

"그 총은 미국 제품이 확실합니다. 언젠가 미국의 일부 지역에서 총신을 짧게 자른 총을 사용한다는 기사를 읽은 적이 있습니다. 총신에 새겨진 회사 이름까지는 몰랐지만 적어도 그런 생각은 했었지요.

그런데 홈스 씨는 회사 이름까지 알아내다니! 아무튼 이렇게 해서 더글러스 씨를 살해한 범인은 미국인이라는 증거가 나온 셈입니다."

화이트 메이슨의 말을 들은 맥도널드 경감이 고개를 내저으며 말했다.

"그렇게 속단해선 안 되네. 우선 외부에서 침입했다는 증거가 없지 않나?"

"창문은 열려 있는 상태였고, 창틀에는 피가 묻어 있었네. 그리고 이상한 카드에 구석의 발자국까지! 게다가 총은 또 뭐겠나?"

화이트 메이슨이 답답하다는 듯 소리쳤다.

"하지만 그런 것쯤은 얼마든지 조작해놓을 수 있어. 그리고 더글러스 씨는 미국인일 가능성이 높아. 설령 그렇지 않다고 해도 미국에서 오래 살았지. 그건 바커 씨도 마찬가지야. 미국인이 범행을 저질렀다고 하기 위해서 미국인을 일부러 끌어들일 필요는 없네."

맥도널드 경감이 말했다.

"에임스 집사는……."

"찰스 산도스 경 집에서 10년 동안 집사 일을 맡아온 사람이지. 안심하고 믿어도 괜찮아. 5년 전에 더글러스 씨가 저택을 산 뒤로 그곳에서 쭉 일해왔지. 그의 말에 따르면 그렇게 생긴 총을 한 번도 집에서 본 적이 없다고 하더군."

경감이 이렇게 말하자 화이트 메이슨이 손을 내저으며 반박했다.

"하지만 이 총은 일부러 감출 수 있게 만들었네. 괜히 총신을 잘랐겠나? 그 정도 길이라면 웬만한 상자에는 다 들어갈 수 있어. 그런데도 그 집에 총이 없었다고 어떻게 장담할 수 있나?"

"자네 말도 그럴듯하긴 하네만, 어쨌든 집사는 그 총을 본 일이 없다고 말했네. 그리고 나는 누군가가 저택에 침입했다는 말을 믿지 못하겠네."

고집 센 스코틀랜드 사람답게 경감은 물러설 생각이 없어 보였다. 그가 자기주장을 펴는 동안 스코틀랜드 사투리는 점점 심해졌다.

"그러니까 범인이 외부에서 그 총을 가지고 들어왔다, 그리고 기이한 사건들을 저질렀다? 하지만 그런 일은 있을 수가 없어. 완전히 상식 밖의 일이네. 불가능해."

경감은 이렇게 소리친 뒤 홈스를 바라보며 말을 이었다.

"홈스 씨, 지금까지의 상황을 종합한 결과 나는 이런 판단을 내렸습니다."

그러자 홈스는 아무런 감정이 섞이지 않은 목소리로 말했다.

"맥 경감, 그러면 당신이 어떤 판단을 내렸는지 어디 한번 들어볼까요?"

"일단 범인은 도둑이 아닙니다. 반지와 카드만 두고 보더라도 개인적인 원한을 품은 자가 계획적으로 살인을 저질렀다는 걸 알 수 있습니다. 좋습니다. 살인을 저지르기 위해 저택으로 침입한 사람이 있다고 칩시다. 정상적인 판단력을 지닌 사람이라면 이 집이 해자로 둘러싸여 있기 때문에 도망치기 힘들다는 걸 잘 알고 있을 겁니다. 그렇다면 그는 어떤 흉기를 선택해야 할까요?"

경감은 잠시 말을 멈추고 사람들을 둘러보았다. 그리고 양팔을 옆으로 들어 올리며 큰 소리로 말했다.

"최대한 소리가 나지 않는 것! 그래야만 범행을 저지른 뒤 안전하게 빠져나갈 시간을 확보할 수 있으니까요. 총소리를 듣고 사람들이 우르르 몰려오는데 어떻게 해자를 건너 도망칠 수 있겠습니까? 정말 그런 일이 있을 수 있다고 생각하십니까? 어떻습니까, 홈스 씨?"

"일리가 있는 설명이군요."

홈스가 손가락으로 관자놀이를 톡톡 치며 말했다. 아마도 머릿속으로 복잡한 생각을 하는 모양이었다.

"맥 경감, 당신의 질문에 답하려면 많은 설명이 필요하겠군요."

홈스는 몸을 돌려 이번에는 화이트 메이슨을 쳐다보며 물었다.

"화이트 메이슨 씨, 혹시 해자 건너편에 어떤 흔적이 있는지 살펴보셨습니까?"

"물론입니다. 하지만 흔적은 없었어요. 그런데 해자의 바깥쪽은 돌로 만들어졌기 때문에 흔적이 남아 있기를 기대하긴 힘듭니다."

"발자국이나 어떤 표시 같은 것도?"

"전혀요."

"알겠습니다. 자, 이제 저택으로 출발합시다. 사소한 단서라도 남아 있을지 모르니까요."

홈스가 자리에서 일어서며 말했다.

"그렇지 않아도 가시자고 할 작정이었습니다. 하지만 그곳에 도착하기 전에 모든 사실을 파악해 두시는 게 나을 것 같다고 생각했습니다. 홈스 씨, 혹시 뭐라도 떠오르는 것이 있습니까?"

화이트 메이슨은 의심스러운 눈초리로 홈스를 쳐다보았다.

"나는 전에도 홈스 씨와 일해본 적이 있네. 이분은 공정하게 행동하시지만 주로 혼자 일하는 것을 좋아하지."

맥도널드 경감이 나서서 설명하자 홈스가 빙긋 웃으며 말했다.

"나는 법과 경찰을 돕기 위해 사건을 맡습니다. 혹시 내가 경찰과 인연을 끊은 일이 있다면 그것은 경찰이 먼저 나와 거리를 두었기 때문일 겁니다. 경찰을 이용해서 내 성공을 거두고 싶은 마음은 추호도 없습니다. 그리고 화이트 메이슨 씨!"

화이트 메이슨을 쳐다보는 홈스의 얼굴에는 어느새 웃음기가 싹 사라져 있었다. 자기의 뜻을 정확하고 분명히 전달하려는 생각인 듯했다.

"나는 내 방식대로 일합니다. 사건의 결과는 내가 원할 때 알려드리겠습니다. 그러니 단계적으로 조금씩 알려주지 않는다고 투덜거리지 마십시오. 나는 완전한 결과를 한꺼번에 발표하고 싶습니다."

"알겠습니다. 우리는 당신과 함께 일하게 된 것을 영광으로 생각합니다. 또한 우리가 알고 있는 정보를 하나도 빠짐없이 제공할 것을 약속드립니다."

화이트 메이슨이 공손한 태도로 홈스에게 말했다. 그리고 나를 향해서도 최대한 예의를 갖추어 이렇게 말하는 것이었다.

"왓슨 박사님도 함께 가시지요. 때가 되면 우리도 당신의 책에 이름이 오르길 바라고 있습니다."

우리는 가지치기를 한 느릅나무가 줄지어선, 고풍스러운 마을길을 걸어 내려갔다. 길 맞은편에는 오랜 시간 비바람을 맞아 색이 변하고 이끼가 낀 오래된 돌기둥 두 개가 서 있었다. 기둥 위에는 카퍼스 가를 상징하는 사자가 볼품없는 모습으로 자리를 차지하고 있었다. 그렇게 영국의 시골에서나 볼 법한 풀밭과 참나무 사이로 구불구불 난 길을 걷다보니 제임스 1세풍의 저택이 눈앞에 나타났다. 우중충한 붉은 벽돌로 지어진 저택 양쪽에는 잘 다듬어진 주목 정원이 펼쳐져 있었다. 저택 가까이로 다가가자 나무로 만든 도개교와 폭이 넓고 아름다운 해자가 모습을 드러냈다. 해자에 가득 찬 물은 차가운 겨울 햇살을 받아 수은처럼 고요하게 반짝이고 있었다.

이 저택이 지어진 것은 무려 3백여 년 전이었다. 그동안 이곳에서는 많은 사람이 태어나고 귀향했으며, 수많은 무도회와 여우 사냥이 벌어졌다. 그렇게 유서 깊은 저택으로 기억되던 곳이 이제는 살인 사건의 어두운 그림자에 휩싸이게 되었다. 하지만 뾰족하게 솟아오른 지붕과 고풍스럽게 돌출된 박공들은 어쩐지 음침한 음모와 잘 어울리는 것 같았다. 나는 움푹 들어간 창문과 탁한 빛에 좌우가 긴 모양의 저택을 바라보며, 실은 이처럼 비극에 잘 어울리는 풍경도 없을 거라 생각했다.

"저기 도개교 오른쪽 방향에 난 창문이 아까 말씀드린 창문입니다. 어젯밤 상태 그대로 열려 있습니다."

화이트 메이슨이 창문을 가리키며 말했다.

"사람이 드나들기에는 좀 좁아 보이는군요."

"분명 범인은 뚱뚱한 놈은 아닐 겁니다. 그 정도 추리는 저도 할 수 있지요. 아마 홈스 씨나 나 정도의 몸집이라면 충분히 빠져나갈 수 있지 않을까요?"

해자 쪽으로 걸어간 홈스는 건너편에 깔린 돌과 아래쪽 풀밭을 살펴보았다.

"홈스 씨, 거기는 제가 다 조사했습니다."

화이트 메이슨이 말했다.

"사람이 그곳을 올라갔다거나 밟고 지나간 흔적은 없었습니다. 물론 범인이 항상 흔적을 남기는 것은 아니지만요."

"맞습니다. 흔적이 없을 수도 있어요. 그런데 해자의 물은 언제나 이렇게 탁합니까?"

"거의 대부분 그렇습니다. 시냇물에 흙탕물이 섞여 들어오니까요."

"깊이가 얼마나 되죠?"

"양쪽 가장자리는 60센티미터 정도고 가운데는 90센티미터 정도 됩니다."

"범인이 해자를 건너다 빠져 죽을 염려는 없겠군요."

"그럼요. 어린아이도 끄떡없이 건너갈 겁니다."

도개교를 건너가자 바짝 마른 얼굴에 주름살이 가득한 남자가 우리를 맞이했다. 집사 에임스였다. 불쌍한 노인은 충격을 이기지 못하고 새파랗게 질린 채로 바들바들 떨고 있었다. 그는 살인이 일어난 운명의 공간으로 우리를 안내했다.

안으로 들어가자 딱딱한 인상의 경사가 우울한 표정으로 서재를 지키고 있었다. 의사는 이미 가고 없었다.

"월슨 경사, 새로운 일이라도 생겼나?"

화이트 메이슨이 물었다.

"없었습니다."

"그럼 자네는 가보게. 그동안 수고했네. 필요할 때 다시 부르도록 하지."

화이트 메이슨은 월슨 경사를 돌려보내고 나서 집사 에임스에게 말했다.

"집사는 밖에서 기다리는 게 낫겠네. 일단 자네는 세실 바커 씨와 더글러스 부인, 그리고 가정부에게 가서 곧 조사가 시작될 거라고 전하게."

집사가 서재 밖으로 나가자 화이트 메이슨은 그 자리에 모인 사람들을 둘러보며 말했다.

"자, 신사 여러분! 우선 사건에 대한 저의 생각을 말씀드리겠습니다. 제 생각을 들은 뒤에 여러분의 생각을 정리해 말씀해주십시오."

나는 이 시골 형사에게 깊은 감명을 받았다. 그는 냉철하고 명석한 두뇌를 이용해 눈앞에 벌어진 사태를 분명히 파악하고 있었다. 일처리 과정을 지켜보니 경찰로서 승승장구할 가능성이 매우 높아

보였다.

평소에 홈스는 형사들의 이야기를 들을 때 조급한 기색을 보이지 않고 열심히 귀를 기울이곤 했다. 이번에도 그는 화이트 메이슨의 말을 주의 깊게 듣고 있었다.

"이 사건에서 첫 번째 의문은 더글러스 씨의 죽음이 과연 자살이냐 타살이냐 하는 것입니다. 그렇지 않습니까? 만약 이것이 자살이라면 더글러스 씨는 가장 먼저 결혼반지를 뺀 뒤 어딘가에 감췄을 겁니다. 그리고 실내복 차림으로 이 방에 들어왔겠지요. 그런 뒤 누군

가가 자기를 기다리고 있었던 것처럼 꾸미기 위해 창문을 열어놓고 피를 묻혔을 겁니다. 커튼 뒤에는 발자국을……."

"그럴 가능성은 전혀 없네."

맥도널드 경감이 말을 자르며 끼어들었다. 하지만 화이트 메이슨은 조금도 밀리지 않고 목소리를 높였다.

"나도 그렇게 생각하네. 아무리 생각해봐도 자살은 말이 되지 않거든. 타살이 분명하네. 이제 우리가 해야 할 일은 범인이 외부인인가 아니면 내부인인가를 밝혀내는 것뿐일세."

"자네 생각은 어떤가?"

경감이 물었다. 하지만 화이트 메이슨은 경감보다는 홈스에게 자신의 생각을 설명하려는 듯 시선을 맞추며 말을 이었다.

"어느 쪽이든 상당한 문제가 있습니다. 하지만 둘 중 하나임에는 틀림없겠지요. 먼저 집안사람 중 한 명이 범인이라고 가정해봅시다. 범인은 사방이 조용하지만, 아직은 잠든 사람이 없는 그 시각에 피해자를 이 방으로 불러들였습니다. 그런 뒤에 세상에서 가장 이상하고 괴이한 무기로 살인을 저지른 거지요. 그 소리만 듣고도 온 집안사람들이 무슨 일이 생겼는지 알 수 있도록 말입니다. 하지만 이런 일은 있을 수가 없지요. 안 그렇습니까?"

화이트 메이슨은 사람들의 동의를 구하려는 듯 차례로 우리를 둘러보았다.

"총소리가 울려 퍼진 뒤 1분도 채 지나지 않아 사람들이 이 방으로 모여들었습니다. 바커 씨나 에임스 집사를 비롯한 모든 사람들이 그렇게 증언했습니다. 그렇다면 그 짧은 시간 안에 범인은 커튼 뒤의 발자국을 만들고, 창문을 연 뒤, 창틀에 피까지 묻혔단 말입니까? 게다가 죽은 사람의 손가락에서 결혼반지까지 빼고요? 그게 가능한 일입니까?"

"아주 정확하게 정리했군요. 나도 당신의 의견에 동의합니다."

홈스가 말했다. 그러자 화이트 메이슨이 신이 나서 말을 이었다.

"그렇다면 이제 남은 가정은 외부인이 저지른 짓이라는 것뿐입니다. 그런데 여기에도 몇 가지 문제점이 있습니다. 하지만 이 문제들은 해결이 가능합니다. 우선 범인은 오후 4시 30분에서 6시 사이, 즉 어두워진 후부터 다리를 들어 올린 사이에 저택에 침입했습니다. 당시 집에는 손님들이 있었기 때문에 문은 열려 있었습니다. 그러니까 범인에게 방해물이 없었다는 말이지요. 어쩌면 범인은 단순한 도둑이었을지도 모릅니다. 아니면 더글러스 씨에게 개인적인 원한을 품고 있었을지도 모르고요. 더글러스 씨가 오랫동안 미국에서 살았고, 흉기로 사용된 총도 미국제인 것을 감안하면 개인적인 원한이 더 맞을 것 같습니다. 범인은 집 안으로 들어오자마자 가장 먼저 눈에 띈 이 방에 들어왔습니다. 그리고 커튼 뒤에 숨었습니다. 밤 11시가 넘은 시각까지 말입니다. 그때 더글러스 씨가 이곳으로 들어왔습니다. 만약 두 사람이 대화를 나누었다면 그건 아주 짧았을 겁니다. 더글러스 부인의 말에 따르면 남편이 방에서 나간 지 몇 분도 채 되지 않아서 총소리가 났다고 했으니까요."

"그건 촛불로도 알 수 있습니다."

홈스가 말했다. 그러자 화이트 메이슨이 손뼉을 치며 의기양양하게 말했다.

"맞습니다! 그날 밤 더글러스 씨가 들고 있던 초는 새것이었는데 채 1센티미터도 타지 않았습니다. 그는 아마 공격당하기 전에 초를 탁자 위에 내려놓았을 겁니다. 그렇지 않다면 더글러스 씨가 쓰러질 때 초도 바닥에 떨어졌을 테니까요. 그 말은 곧 더글러스 씨가 방에 들어오자마자 공격받은 것은 아니라는 말이지요. 바커 씨의 증언에 따르면 그가 방에 들어왔을 때 촛불은 켜져 있었고 등불은 꺼져 있었습니다."

화이트 메이슨은 잠시 말을 멈추고 사람들을 둘러보았다. 그의 얼굴에는 벌써 사건을 해결한 듯한 자신감이 흘러넘쳤다.

"그러면 이제 이 모든 것을 조합해 사건을 재구성해보겠습니다. 늦은 밤, 더글러스 씨가 서재 안으로 들어옵니다. 그는 곧바로 탁자 위에 촛불을 내려놓습니다. 바로 그때 한 남자가 커튼 뒤에서 나타납니다. 그는 총을 들고 있습니다. 그리고 더글러스 씨에게 결혼반지를 내놓으라고 윽박지릅니다. 이유는 알 수 없지만 분명 범인은 결혼반지를 요구했습니다. 더글러스 씨는 어쩔 수 없이 반지를 건네줍니다. 그리고 두 사람 사이에 격투가 벌어졌을 수도 있습니다. 그 와중에 더글러스 씨는 매트 위에서 발견된 망치를 집어 들었을 겁니다. 그러자 범인은 더글러스 씨를 향해 총을 발사해버립니다. 그는 총을 떨어뜨리고, 무엇을 뜻하는지 알 수 없는 'V.V.341'이 적힌 카드를 떨어뜨린 뒤 창문을 통해 노망쳤습니다. 아까 세실 바커 씨가 범행 현장으로 뛰어든 바로 그 순간 해자를 건너갔을 겁니다. 홈스 씨, 어떻게 생각하십니까?"

화이트 메이슨은 홈스에게서 찬사를 받을 거라 생각하는 모양이었다. 하지만 홈스는 전혀 그럴 마음이 없어 보였다.

"아주 흥미로운 가정입니다만 설득력이 부족하군요."

그러자 맥도널드 경감이 못마땅한 얼굴로 나섰다.

"아까 말했던 가정보다는 낫지만 역시나 말이 안 되는 소리야. 더글러스 씨는 누군가에게 살해당했네. 그건 분명하지. 그리고 범인이 누구든지 나는 그가 그런 방법을 쓰지 않았다는 걸 증명할 수 있어.

그것도 아주 확실하게! 범인은 도주로도 확보하지 않은 상태에서 왜 집 안으로 들어왔을까? 게다가 조용히 일처리를 해야 쉽게 도망갈 수 있을 텐데 굳이 총을 사용한 이유는 뭘까?"

경감은 홈스 쪽으로 몸을 돌렸다.

"홈스 씨, 방금 당신은 화이트 메이슨의 가정을 납득할 수 없다고 하셨지요? 그렇다면 당신의 생각은 어떻습니까?"

홈스는 그처럼 긴 토론이 이어지는 동안 사람들의 말을 한 마디도 빼놓지 않고 경청했다. 그는 지금 빛나는 눈동자를 이리저리 굴리며 깊은 생각에 빠져 있었다.

"내 의견을 말하기 전에 몇 가지 사실을 확인해야겠습니다."

홈스는 시신 옆에 무릎을 꿇고 앉아 시신의 상태를 살펴보았다.

"상처가 정말 소름 끼칠 정도로 무시무시하군요. 집사를 잠시 불러주십시오."

채 몇 분도 되지 않아 집사는 홈스 앞으로 달려왔다.

"여보게, 에임스. 더글러스 씨의 팔뚝 위에 있는 이상한 기호를 여러 번 봤다고 했는데 사실인가?"

"그렇습니다. 자주 봤지요."

"이것이 뭘 의미하는지 들어본 적은 없고?"

"없습니다."

"이건 낙인을 찍은 거야. 피부를 태우는 낙인이라 무척 아팠을 걸세. 그런데 에임스, 더글러스 씨의 턱 밑에 작은 반창고가 붙어 있는데, 그가 살아 있을 때도 붙이고 있었나?"

"네, 어제 아침에 면도하다 베셨거든요."

"전에도 면도를 하다가 다친 것을 본 적이 있나?"

"그런 일은 거의 없었습니다."

그 말을 들은 홈스의 두 눈이 밝게 빛났다.

"흠, 예사롭지 않은 일이군. 단순한 우연의 일치일 수도 있지만 어쩌면 더글러스 씨는 자신에게 위험이 닥쳐온다는 걸 미리 눈치 채고 있었을지도 몰라. 그 때문에 불안에 떨다 살을 베었을 가능성이 있지."

홈스가 혼잣말처럼 중얼거렸다. 그는 다시 집사에게 물었다.

"에임스, 어제 더글러스 씨의 행동 중에서 뭔가 이상한 점은 없었나?"

"그렇지 않아도 다른 때와 다르게 약간 흥분한 상태인 것 같았습니다."

"그렇다면 그는 전혀 뜻밖의 일을 당한 게 아니었군."

홈스는 고개를 들고 우리를 바라보며 말했다.

"여러분, 이제 수사가 조금 진전된 것 같군요. 맥 경감, 당신이 질문하겠습니까?"

"아닙니다. 저보다 훨씬 잘하고 계신걸요."

홈스는 고개를 끄덕인 뒤 시신 옆에 떨어져 있던 카드를 에임스의 눈앞에 내밀었다.

"에임스, 이건 싸구려 마분지로 만든 카드네. 혹시 집에서 이런 카드를 본 적이 있나?"

"없습니다."

홈스는 책상 앞으로 다가가 각기 다른 잉크병에서 잉크를 조금씩 찍은 뒤 압지에 묻혀보았다.

"이 방에서 쓴 카드가 아니로군. 카드의 잉크는 검은색인데 방에 있는 잉크는 자주색이야. 또 카드의 글씨는 굵은 데 비해 방에 있는 펜의 촉은 가늘어. 즉 카드는 다른 곳에서 썼다는 말이 되지. 에임스,

카드에 적힌 〈V.V.341〉이 무슨 뜻인지 알고 있나?"

"전혀 모르겠습니다."

"맥 경감, 어떻게 생각하십니까?"

홈스가 물었다.

"무슨 비밀 결사 단체를 상징하는 것 같은 느낌이 드는군요. 팔뚝에 새겨진 기호도 그렇고요."

"제 생각도 그렇습니다."

경감의 말에 화이트 메이슨도 맞장구를 쳤다.

"그럼 이것을 가설로 세워놓고 우리가 제시했던 문제들이 얼마나 해결됐는지 생각해봅시다. 그날 밤, 비밀 단체의 범인이 저택에 침입해서 잠복해 있었습니다. 그는 더글러스 씨가 나타나자 이 총으로 머리를 쏜 뒤 해자를 건너 도망쳤습니다. 시신 옆에 카드를 남긴 이유는 신문에 그 사실이 보도되어 단체에 소속된 조직원들에게 복수가 성공했음을 알리기 위해서였습니다. 대충 앞뒤가 맞는 것 같군요. 그런데 많고 많은 무기 중에 왜 하필 이것을 사용했을까요?"

홈스가 말했다.

"바로 그게 문제입니다."

맥도널드 경감이 소리쳤다.

"그리고 결혼반지는 왜 가지고 갔을까요?"

홈스는 중얼거리듯 말했다.

"맞습니다. 그것도 이상합니다."

"게다가 지금쯤이면 범인이 체포되어야 할 것 같은데요. 벌써 2시가 넘지 않았습니까. 이 지역 경찰관들이 오늘 새벽부터 반경 60킬로미터 안을 샅샅이 뒤지고 있는데 말이지요. 젖은 옷을 입고 있는 외부인만 찾으면 되지 않습니까."

"맞습니다, 홈스 씨."

"근처에 은신처가 있을지도 모르겠군요. 아니면 범인이 미리 갈아 입을 옷을 준비했을지도 모르지요. 그렇지 않다면 경찰이 발견하지 못했을 리가 없습니다. 하지만 지금까지 못 잡는 것을 보면 경찰은 범인을 놓친 게 분명합니다."

홈스는 창가로 다가가더니 확대렌즈를 꺼내들고 창틀의 핏자국을 들여다보았다.

"이건 분명히 구두 발자국입니다. 마당발처럼 폭이 굉장히 넓어요. 그런데 이상한 점이 있군요."

"그게 뭡니까?"

"커튼 뒤에 찍힌 흙 묻은 발자국은 이보다 훨씬 갸름한 모양이거든요. 발자국이 희미하긴 합니다만."

그때 홈스의 시선이 탁자 아래로 향했다.

"그런데 여기 보조 탁자 아래 있는 게 뭡니까?"

"더글러스 씨의 아령입니다."

집사 에임스가 대답했다.

"아령이라. 그런데 하나밖에 없군. 에임스, 다른 아령 하나는 어디 있나?"

"모르겠습니다. 원래 하나밖에 없었는지도 모릅니다. 다른 것은 본 적이 없거든요."

"아령이 하나뿐이다……."

홈스는 심각한 표정으로 턱을 쓰다듬으며 어떤 말을 내뱉으려 하고 있었다. 그때 갑자기 문 두드리는 소리가 요란스레 들려왔다. 홈스는 입을 다물고 방문 쪽을 쳐다보았다.

이내 햇볕에 검게 그을린 피부에 깔끔하게 면도를 한 남자가 방 안으로 들어왔다. 나는 그를 본 순간 그가 말로만 듣던 세실 바커라는 것을 알 수 있었다. 그는 강렬한 눈빛으로 우리를 휙 둘러보았다.

"말씀 중에 죄송합니다. 방금 들은 새로운 정보를 알려드려야 할 것 같아서요."

"혹시 범인이 잡혔습니까?"

"그랬다면 오죽 좋겠습니까. 하지만 범인이 버리고 간 자전거를 발견했습니다."

"어디서요?"

"현관에서 1백 미터도 안 되는 곳에 있었습니다. 어서 와서 보시지요."

밖으로 나가자 마부들과 남자 하인들이 삼삼오오 모여 상록수 숲에서 끌어다 놓은 자전거를 구경하고 있었다. 꽤나 오래 탄 흔적이 역력한 것으로 〈러지 휘트워스〉 제품이었다. 흙투성이가 된 걸로 봐서 상당히 먼 거리를 달려온 듯했다. 스패너와 기름통이 든 가방이 매달려 있었지만 주인에 대한 단서는 전혀 없었다.

이리저리 자전거를 살펴보던 맥도널드 경감이 말했다.

"자전거에 번호판이 있다면 큰 도움이 됐을 텐데요. 하지만 이것을 발견한 것만으로도 일단 만족해야겠군요. 범인이 간 곳은 알 수 없어도 최소한 어디서 왔는지는 알 수 있을 테니 말입니다. 그런데 놈은 왜 이걸 남겨두고 간 걸까요? 그리고 이것 없이 어떻게 도망쳤을까요?"

맥도널드 경감은 심란한 표정으로 홈스를 빤히 쳐다보았다.

"홈스 씨, 사건이 점점 미궁으로 빠져드는 것 같습니다."

깊은 생각에 잠겨 있던 홈스가 팔짱을 낀 채로 말했다.

"과연 그럴까요?"

5
사건의 재구성

"서재에 대한 조사는 다 끝난 겁니까?"

저택으로 돌아가자 화이트 메이슨이 물었다.

"일단 그렇네."

경감이 대답하자 홈스도 고개를 끄덕였다.

"이제 집안사람들의 증언을 들을 차례군요. 식당으로 갑시다. 우선 집사의 이야기부터 들어봐야겠습니다."

식당에 도착한 우리는 집사 에임스의 증언을 들었다. 그의 진술은 간단명료했다. 볼수록 성실하다는 인상이 강하게 풍기는 사람이었다. 그는 5년 전, 더글러스가 벌스톤에 처음 왔을 때부터 그의 밑에서 일했다. 그는 더글러스가 미국에서 탄탄한 기반을 잡은 부자라고 생각했다. 더글러스는 친절하고 이해심 많은 주인이었다. 물론 모든 면에서 최고라고 하기에는 모자랐지만, 지금껏 모셔왔던 다른 주인들에 비해서는 훨씬 좋은 사람이었다. 그는 평소에 주인이 불안감에 떠는 모습을 본 적이 없었다. 어찌나 용감한지 그가 알고 있는 사람들 중에 가장 겁이 없는 사람으로 꼽힐 정도였다. 더글러스는 매일 밤 도개교를 올리라고 명령했다. 왜냐하면 그것은 오래전부터 내려오는 관습이었고 그는 옛 방식을 지키는 것을 좋아했기 때문이다.

더글러스는 런던에 나가거나 마을을 떠나지 않았다. 하지만 사건이 일어난 날에는 턴브리지 웰스로 쇼핑을 나갔다. 그런데 이상하게도 에임스는 그날따라 더글러스가 어딘지 모르게 불안해하는 것 같다고 생각했다. 평상시 성격과 다르게 자꾸 조바심을 치고 짜증을 냈기 때문이다.

그리고 그날 밤, 에임스는 잠자리에 들지 않고 집 뒤쪽에 있는 식기실에서 은그릇을 정리하고 있었다. 그때 갑자기 요란한 벨소리가 울려 퍼졌다. 총소리는 듣지 못했다. 하지만 그것은 당연한 일이었다. 식기실과 부엌은 저택의 맨 뒤쪽에 있었고, 그 사이에 길게 난 복도에는 겹겹이 문들이 닫혀 있었기 때문이다. 요란한 벨소리를 듣고 가정부도 방에서 뛰쳐나왔다. 두 사람은 황급히 저택 앞쪽으로 달려갔다.

층계 밑에 도착하자 더글러스 부인이 계단을 내려오고 있었다. 그런데 부인은 그다지 서두르고 있지 않았다. 특별히 흥분한 것 같지도 않았다. 부인이 계단을 다 내려왔을 즈음에 바커가 서재에서 뛰쳐나왔다. 그는 부인 앞을 막아서며 다급히 소리쳤다.

"제발 부탁이니 방으로 돌아가세요!"

바커는 식은땀을 뻘뻘 흘리며 손을 저었다.

"제발 방으로 돌아가세요! 불쌍한 존이 죽었습니다. 지금 부인이 할 수 있는 일은 아무것도 없습니다. 부디 돌아가세요."

계단에 멍하게 선 채로 바커의 설명을 들은 부인은 잠시 망설이는 듯하더니 곧 방으로 돌아갔다. 그녀는 울부짖거나 통곡하지 않았다.

그저 가정부를 따라 2층 침실로 조용히 돌아갈 뿐이었다. 집사는 바커와 함께 서재로 들어갔다.

서재 안은 경찰이 올 때까지 아무것도 손을 대지 않기로 했다. 다만 촛불은 꺼져 있었고 등불만이 켜진 상태였다. 두 사람은 창밖을 내다보았다. 하지만 너무 어두웠기 때문에 아무것도 보이지 않았다. 아무런 소리도 들리지 않았다. 그들은 다시 홀로 뛰어나갔다. 집사 에임스는 서둘러 도개교를 내렸고, 바커는 파출서로 달려갔다. 집사의 증언 내용은 대강 이런 것이었다.

뒤이은 가정부 앨런 부인의 진술은 집사의 진술을 뒷받침해주는 것이었다. 그녀의 방은 에임스가 일하고 있던 식기실보다 집 앞쪽에 더 가까웠다. 벨소리가 요란스럽게 울릴 때 그녀는 잠자리에 들 준비를 하고 있었다. 가정부는 귀가 약간 어두운 편인 데다 그녀의 방과 서재와의 거리도 상당히 먼 편이었다. 그녀가 총소리를 듣지 못한 것은 바로 그 때문이었다. 다만 문이 쾅 닫히는 소리를 들은 것 같다는 정도만 기억하고 있었다. 그것은 벨소리가 나기 30분쯤 전의 일이었다. 집사가 홀을 향해 달려갈 때 그녀도 함께 뛰어갔다. 그때 흥분한 바커가 하얗게 질린 얼굴로 서재에서 뛰쳐나오는 모습이 보였다. 그는 계단에서 내려오는 더글러스 부인을 가로막았다. 그리고 부인에게 방으로 돌아가라고 간청했다. 부인이 뭐라고 대답한 것은 보았지만 가정부는 그 말을 듣지는 못했다.

"어서 부인을 모시고 올라가시오. 부인과 함께 있어요!"

바커가 가정부에게 말했다.

더글러스 부인을 데리고 침실로 올라간 가정부는 최선을 다해 주인을 위로하려 애썼다. 부인은 몹시 흥분한 상태로 온몸을 부들부들 떨고 있었다. 하지만 아래층으로 내려가려고는 하지 않았다. 그저

실내복 차림으로 침실 벽난로 옆에 앉아서 얼굴을 두 손에 파묻고 있을 뿐이었다. 가정부는 그날 밤새도록 부인 곁을 지켰다. 그녀를 상대로 심문을 해보았지만 비탄과 놀라움만 표시할 뿐 더 이상 얻어낼 수 있는 정보는 없었다.

다른 하인들은 잠자리에 든 상태였기 때문에 경찰이 도착하기 직전에야 사건이 벌어졌다는 것을 알았다. 하인들은 저택의 가장 뒤쪽에서 머물렀기 때문에 아무런 소리도 듣지 못했을 테고 실제로 그랬다.

가정부 앨런 부인 다음으로 나선 사람은 세실 바커였다. 그는 전날 밤 사건에 대해서 경찰에 진술한 것 이외에 덧붙일 만한 내용은 없다고 했다. 개인적으로 그는 범인이 창문을 통해 도망쳤을 거라 확신하고 있었다. 창틀에 찍힌 핏자국이 결정적인 증거인 데다, 도개교도 올려 있었기 때문에 달리 도망칠 방법이 없다는 것이 그 이유였다. 하지만 범인이 이 집에서 도망친 후에 어떻게 됐는지, 자전거가 범인의 것이었다면 왜 버리고 갔는지에 대해서는 설명하지 못했다. 다만 범인이 90센티미터 깊이의 해자에 빠져 죽었을 리는 없다고 믿고 있었다.

바커는 더글러스가 살해당한 것에 대해 나름대로의 의견을 갖고 있었다. 더글러스는 상당히 과묵한 사람이었고 자신의 삶의 한 부분에 대해서만큼은 절대로 털어놓지 않았다. 그는 아주 어린 시절에 미국으로 이주했고 사업에 성공했다. 바커가 더글러스를 처음 만난 곳은 캘리포니아였다. 두 사람은 공동 출자해서 베니토 협곡에 광구를 샀다. 광구에서는 노다지가 쏟아졌고 사업은 날로 번창했다.

그런데 어느 날 갑자기 더글러스가 자신의 지분을 팔고 영국으로 떠나버렸다. 그때 그는 독신의 몸이었다. 얼마 후 바커도 재산을 정리해서 런던으로 이사했다. 그리고 두 사람은 옛날의 절친한 친구 사이로 돌아갔다.

그런데 바커는 더글러스 주변에 어떤 위험이 있다는 느낌을 자주 받았다고 했다. 어딘지 모르게 더글러스가 쫓기는 듯한 인상을 풍기고 있었기 때문이다. 또 너무나 갑작스레 캘리포니아를 떠난 것도 도무지 이해가 가지 않았다. 아무래도 영국의 이런 시골 마을에 저택을 산 것도 그와 관련한 이유가 있을 것 같다는 의심이 들었다. 바커는 어떤 비밀 결사대나 더글러스에게 앙심을 품은 어둠의 단체가 그를 뒤쫓고 있을 거라 상상했다. 그리고 더글러스를 죽이기 전까지는 절대 추적을 멈추지 않을 거라 생각했다. 하지만 더글러스는 자신이 어떤 조직에 쫓기고 있다는 말 따위는 절대 하지 않았다. 그저 바커 혼자서 그런 느낌을 받고 있었고 카드에 쓰여 있는 이상한 숫자도 그 조직과 관련 있을 거라고 추측할 뿐이었다.

"캘리포니아에서는 더글러스 씨와 얼마 동안이나 같이 지내셨습니까?"

맥도널드 경감이 물었다.

"5년쯤 됩니다."

"당시 더글러스 씨는 독신이었다고 했지요?"

"부인이 먼저 세상을 떠났다고 들었습니다."

"전 부인의 고향이 어디인지 들은 적이 있습니까?"

"아니요. 그저 독일계라고 한 것만 기억나는군요. 언젠가 초상화를 본 적이 있는데 굉장한 미인이었습니다. 그녀는 내가 더글러스를 만나기 1년 전에 장티푸스에 걸려 사망했습니다."

"혹시 더글러스 씨의 과거 이야기로 미루어 보아 미국의 특정 지역과 관련되어 있었는지 추측할 수 없을까요?"

"전에 시카고 이야기를 한 적이 있습니다. 그곳에 대해 잘 알고 있었고 또 거기서 일한 적이 있다고 했습니다. 그리고 탄광에 대한 이야기도 했지요. 정말 안 가본 곳이 없을 정도로 여행을 많이 한 사람이었습니다."

"혹시 정치와 관계가 있었습니까? 이 비밀 조직도 정치와 관련되어 있지 않을까요?"

"아닙니다. 정치에는 조금도 관심이 없었습니다."

"혹시 범죄 조직와 연관되어 있지는 않았을까요?"

그러자 바커는 단호하게 고개를 저으며 말했다.

"절대 아닙니다. 이제껏 저는 그보다 더 정직한 사람을 본 적이 없습니다."

"흠, 캘리포니아에서 사는 동안 이상한 일은 없었습니까?"

"그는 광산에 틀어박혀 일하는 걸 가장 좋아했습니다. 그래서 특별한 경우가 아니면 다른 사람들이 모인 장소로 가지 않으려고 했어요. 실은 그때부터 그가 누군가에게 쫓기는 것이 아닐까 하는 의심을 품었습니다. 그런데 어느 날 갑자기 유럽으로 떠나버린 거예요. 그래서 저는 제 추측이 맞았다고 확신하게 되었습니다. 그는 분명 위험을 알리는 경고를 받았을 거예요. 아니나 다를까, 그가 떠난 지 1주일도 채 지나지 않아 대여섯 명의 사내가 몰려들었습니다. 그리고 더글러스에 대해 꼬치꼬치 캐묻는 것이었습니다."

순간 맥도널드 경감의 두 눈이 밝게 빛났다.

"어떤 사람들이었습니까?"

"굉장히 험상궂게 생긴 사람들이었습니다. 그들은 광산으로 몰려와 다짜고짜 더글러스의 행방을 물었습니다. 나는 그가 유럽으로 떠났다는 것만 알지 구체적인 것은 모르겠다고 둘러댔습니다. 한눈에도 거칠고 못된 사람들이라는 것을 알아챘기 때문이죠."

"미국 캘리포니아 사람들이던가요?"

"그것까지는 모르겠습니다만, 미국 사람들인 것만은 확실했습니다. 하지만 광부는 아니었습니다. 정확한 정체를 알 수는 없었지만 그들이 돌아간 후에야 겨우 안도의 한숨을 쉬었답니다."

"그게 6년 전 일이라고요?"

"거의 7년이 돼갑니다."

"두 분이 캘리포니아에서 5년을 함께 지냈다고 했으니, 적어도 11년 전에 그 패거리와 안 좋은 일이 있었다는 말이로군요."

"그렇습니다."

"정말 원한이 깊었나 보군요. 그렇게 긴 세월 동안 복수의 칼을 갈아왔다니 말입니다. 아무래도 사소한 일은 아니었던 것 같습니다."

맥도널드 경감의 말을 들은 바커의 얼굴이 급격히 어두워졌다.

"경감님, 그는 평생 그 그늘에서 벗어나지 못했습니다. 한시도 그 일을 떨쳐버리지 못하고 괴로워했으니까요."

"그런데 신변이 위태롭다는 걸 알면서도 왜 경찰에 도움을 요청하지 않았을까요?"

"경찰이 자기를 지켜줄 수 없을 거라고 생각했을 겁니다. 그리고 한 가지 더 알고 계셔야 할 게 있습니다. 그는 언제나 무기를 지니고 다녔습니다."

"권총이었습니까?"

"네, 그는 무기를 주머니에서 빼놓은 적이 한 번도 없었습니다. 하지만 무슨 운명의 장난인지 어젯밤에는 실내복 차림이었기 때문에 권총을 침실에 놔뒀던 겁니다. 아마 도개교를 올렸기 때문에 안전할 거라고 생각한 것 같습니다."

"날짜 관계를 정확히 해둘 필요가 있겠습니다."

맥도널드 경감이 주머니에서 수첩을 꺼내 들고 말했다.

"더글러스 씨가 캘리포니아를 떠난 것이 6년 전의 일입니다. 그리고 바커 씨, 당신은 그다음 해에 미국을 떠나 영국으로 왔습니다. 맞습니까?"

"그렇습니다."

"더글러스 씨는 5년 전에 결혼을 했습니다. 당신은 그가 결혼할 때쯤 영국에 돌아왔겠군요."

"결혼식 한 달 전쯤에 왔습니다. 더글러스의 둘도 없는 친구로서 당연한 일이지요."

"당신은 더글러스 부인을 결혼 전부터 알고 있었습니까?"

"아니요, 몰랐습니다. 거의 10년 동안 영국을 떠나 있었으니까요."

"하지만 결혼 후에는 부인을 자주 만났겠군요."

순간 바커의 얼굴이 무섭게 굳어갔다. 그는 경감을 차가운 눈초리로 노려보며 말했다.

"결혼 후에는 더글러스를 더 자주 만났습니다. 부인을 만난 것은 더글러스를 방문할 때마다 함께 만난 것이 전부입니다. 이 집을 방문해서 더글러스만 볼 수는 없지 않습니까? 만약 부인과 나를 이상한 시선으로 보고 있다면……."

"아! 바커 씨, 사건과 관련 있는 것은 무엇이든지 물어야 하는 게 나의 의무입니다. 기분을 상하게 하려는 의도는 없었습니다."

"하지만 그런 질문은 상당히 불쾌하군요!"

바커가 꽉 쥔 주먹을 부르르 떨며 소리쳤다. 그와는 대조적으로 맥도널드 경감은 침착하게 말을 이어갔다.

"우리가 원하는 것은 오직 사실뿐입니다. 당신을 위해서나 다른 사람들을 위해서나 사실을 말씀하시는 게 좋습니다. 바커 씨, 더글러스 씨는 당신이 자신의 부인과 친하게 지내는 것을 전적으로 찬성하셨습니까?"

바커는 새파랗게 질린 얼굴로 온몸을 부들부들 떨었다. 그는 이마에 시퍼런 핏줄이 설 정도로 화를 내고 있었다.

"어떻게 감히! 당신은 그런 질문을 할 권리가 없습니다! 그게 사건과 무슨 상관이 있다는 겁니까?"

"질문을 다시 해야겠군요."

"절대 대답하지 않겠습니다!"

"물론 대답하지 않으셔도 좋습니다. 하지만 그것 또한 일종의 대답이라는 것을 아셔야 합니다. 숨길 게 없다면 대답을 피할 이유도 없으니까요."

맥도널드 경감은 여전히 침착한 태도를 유지하고 있었다.

바커는 얼굴을 잔뜩 찌푸린 채로 골똘히 생각에 잠겼다. 그의 굵고 진한 눈썹이 뱀처럼 꿈틀거렸다. 삼시 후 그는 고개를 들고 미소를 짓더니 이렇게 말했다.

"좋습니다. 당신들은 그저 맡은 바 책임을 다하는 것뿐이겠지요. 게다가 내가 수사를 방해할 이유도 없고요. 다만 이 일 때문에 더글러스 부인이 난감한 상황에 처하지 않았으면 하는 바람입니다. 그녀는 지금 너무나 큰 충격을 받았으니까요."

바커는 짧은 한숨을 내쉬더니 말을 이었다.

"더글러스에게는 한 가지 단점이 있었습니다. 그것은 질투심이었지요. 그는 분명 나를 좋아했습니다. 세상 누구도 그보다 더 친구를 소중히 여기지는 않을 겁니다. 그는 내가 이곳에 오는 것을 좋아해서 툭하면 날 부르러 사람을 보냈답니다. 하지만 내가 부인과 이야기를 나누거나, 우리 사이에 뭔가 교감이 있는 것 같으면 금세 자제력을 잃어버렸습니다. 질투심을 견디지 못하고 거친 욕설을 마구 내뱉었지요. 그 때문에 나는 다시는 이 집에 오지 않겠다고 맹세했습니다. 하지만 그는 금세 그 일을 후회하면서 제발 다시 와달라고 애원하는 내용의 편지를 보냈지요. 그 편지를 받고 나면 얼어붙었던 내 마음도 금세 풀려버렸습니다."

바커는 괴로운 듯 인상을 찌푸리더니 우리를 둘러보며 큰 소리로 힘주어 말했다.

"하지만 여러분! 이것만은 믿어주십시오. 더글러스 부인처럼 남편에게 충실하고 정숙한 아내는 없습니다. 또 나처럼 친구에게 충실한 사람도 없습니다."

바커는 열의를 다해 호소했다. 하지만 맥도널드 경감은 물러설 생각이 없어 보였다.

"바커 씨, 더글러스 씨의 손가락에서 결혼반지가 없어졌다는 사실을 알고 계시지요?"

"그런 것 같군요."

"그런 것 같다니요? 그게 무슨 말입니까? 결혼반지가 사라졌다는 사실은 당신도 이미 알고 있지 않습니까?"

바커는 무척 혼란스러워 보였다. 어쩐지 마음의 갈피를 못 잡는 모습이었다.

"내가 '그런 것 같다'고 말한 것은 어쩌면 더글러스 자신이 반지를 빼놓았을 수도 있다는 뜻이었습니다."

"반지를 뺀 사람이 누구든지, 반지가 없어졌다는 사실만으로도 이 비극이 결혼과 관련 있다는 것을 짐작할 수 있습니다. 그렇지 않습니까?"

그러자 바커가 넓은 어깨를 으쓱하며 대답했다.

"그게 무슨 의미인지는 잘 모르겠습니다. 하지만 그것이 부인의 정숙함을 의심하고 그녀의 명예를 더럽히려는 의도에서 나온 거라면……."

순간 바커의 눈초리가 무섭게 올라갔다. 하지만 그는 애써 감정을 추스르며 겨우 말을 이었다.

"그것은 완전히 틀린 생각입니다."

"알겠습니다. 지금으로서는 더 물을 게 없습니다."

맥도널드 경감이 냉랭하게 말했다.

"한 가지 묻고 싶은 게 있습니다."

이번에는 셜록 홈스가 나섰다.

"바커 씨, 당신이 방에 들어갔을 때 탁자 위에는 촛불만 켜져 있다고 했지요?"

"그렇습니다."

"그리고 끔찍한 장면을 보셨겠군요."

"맞습니다."

"시신을 발견하고 바로 벨을 눌렀다고요?"

"네. 도움을 청해야 했으니까요."

"사람들이 당장 뛰어오던가요?"

"1분도 안 돼서 몰려들었습니다."

바커는 뻔히 아는 이야기를 왜 되묻는지 궁금한 표정이었다. 홈스는 그에는 아랑곳하지 않고 손가락으로 턱을 톡톡 두드리며 말했다.

"그런데 사람들이 달려왔을 때 촛불은 꺼져 있고 등불은 켜져 있었습니다. 참 이상한 일이지 않습니까?"

바커는 또다시 혼란스러운 표정이었다.

"홈스 씨, 그게 이상한 일입니까? 나는 그런 생각이 전혀 들지 않는걸요?"

그는 잠시 뜸을 들인 후에 말을 이었다.

"촛불은 빛이 아주 약했습니다. 그래서 좀 더 밝은 불을 켜야겠다고 생각했지요. 마침 탁자 위에 등잔이 있길래 그것을 켰습니다."

"그런 다음에 촛불을 껐습니까?"

"그렇습니다."

홈스는 더 이상 질문을 하지 않았다. 바커의 얼굴빛은 본래대로 돌아와 있었다. 그는 다소 도전적인 시선으로 우리를 둘러본 뒤 방을 나갔다.

맥도널드 경감은 더글러스 부인에게 방으로 찾아가 만나겠다는 뜻을 전했다. 하지만 부인은 식당에서 우리를 만나고 싶다는 전갈을 보내왔다. 부인은 키가 크고 아름다운 미인으로 대략 30세쯤 돼보였다. 나는 이제 막 남편을 잃은 충격으로 넋이 나가 있지는 않을까 상상했지만, 그녀는 슬픔에 빠져 흐트러진 모습이 아니었다. 물론 얼굴은 종잇장처럼 창백하게 일그러져 있었지만 침착함만은 유지하고 있었다. 탁자 위에 올려놓은 길고 가는 손가락에도 아무런 떨림이 없었다. 부인의 슬픈 눈은 대체 무슨 일이 생긴 거냐고 묻는 듯이 우리를 차례대로 바라보고 있었다. 그러다 갑자기 부인이 불쑥 말을 꺼냈다.

"새롭게 알아낸 거라도 있나요?"

그런데 희한하게도 그녀의 질문 속에는 희망보다 두려움이 서려 있는 것 같았다. 그것은 나만의 착각이었을까?

"필요한 모든 조치를 취하고 있습니다. 너무 걱정하지 마십시오."

맥도널드 경감이 말했다.

"비용은 얼마가 들어도 좋습니다. 최선을 다해 수사해주세요."

힘없는 목소리로 부인은 담담하게 말했다.

"혹시 사건 해결에 도움이 될 만한 내용을 알고 계십니까? 있다면 사실대로 알려주십시오."

"하지만 제가 아는 것은 이미 말씀드렸는걸요."

"바커 씨에게 듣기로는 부인은 직접 보지 않으셨다고 하던데요. 그러니까 비극이 일어난 방에 들어가지 않으셨다고요."

"맞습니다. 제가 계단에서 내려가자 바커 씨가 저를 말렸습니다. 그냥 방에 돌아가 있으라고 간절히 말씀하셨어요."

"그렇군요. 그러면 부인은 총소리를 듣자마자 내려오신 겁니까?"

"실내복을 걸치고 아래층으로 내려갔지요."

"총소리를 들은 뒤부터 바커 씨를 만나기까지 시간이 얼마나 걸린 것 같습니까?"

"아마 2~3분 정도 지났을 거예요. 물론 정확한 시간을 계산하기는 힘들지요. 아무튼 바커 씨는 제게 올라가 있으라고 하셨어요. 제가 가봤자 아무런 할 일도 없으니 서재에 들어가지 말라고요. 그래서 앨런 부인과 함께 2층으로 다시 올라갔습니다. 오! 악몽을 꾸는 것이면 좋으련만!"

그녀는 두 손으로 얼굴을 감싸 쥐며 고통스러워했다.

"남편이 아래층으로 내려가고 얼마 후에 총소리가 들렸는지 아시겠습니까?"

"글쎄요, 잘 모르겠군요. 남편이 화장실에 있다가 나가는 바람에 그가 나가는 소리를 듣지 못했거든요. 남편은 화재가 나는 걸 두려워했기 때문에 매일 밤 집안 단속을 철저히 했어요. 그가 두려워했던 건 화재뿐이었지요."

부인의 말을 듣던 맥도널드 경감의 표정이 갑자기 밝아졌다.

"부인! 제가 묻고 싶었던 게 바로 그겁니다! 부인은 남편을 영국에서 만나셨지요?"

"네, 그리고 5년 전에 결혼했습니다."

"혹시 남편께서 미국에 거주했을 때 생긴 일 때문에 신변에 위험을 느낀다고 한 적이 있습니까?"

더글러스 부인은 골똘히 생각한 뒤 입을 열었다.

"저는 항상 남편에게 위험이 닥칠지도 모른다는 생각을 했어요. 하지만 그는 제게 아무런 말도 하지 않았어요. 저를 믿지 못해서가 아니라 걱정을 끼치고 싶지 않았던 것 같아요. 우리는 진심으로 사랑했고 서로를 완벽히 믿었으니까요. 다만 남편은 제가 모든 걸 다 알게 되면 불안해할까봐 말을 하지 않았던 거예요."

"그러면 부인은 그런 것에 대해 어떻게 알게 됐습니까?"

그러자 더글러스 부인의 얼굴에 미소가 번졌다.

"부인에게 평생 동안 비밀을 간직할 수 있는 남편이 몇이나 될까요? 그리고 남편을 사랑하는 아내가 그런 비밀을 눈치 채지 못할까요? 남편은 미국에 있을 때 일어난 일들에 대해 말하려 하지 않았어요. 게다가 남편이 경계하는 모습이나 무심코 흘리는 말들! 그런 것만으로도 충분히 짐작할 수 있었지요. 그리고 뜻밖에 낯선 사람이 찾아왔을 때 그를 바라보는 눈빛만 보고도 저는 알 수 있었습니다. 그에게 분명 무서운 적이 있다는 걸, 그리고 남편은 그들이 자기를 뒤쫓는다고 믿고 있다는 걸, 그래서 항상 그들을 경계하고 있다는 걸 말입니다. 그 때문에 저는 남편이 예상보다 늦게 집에 들어오면 겁부터 덜컥 나곤 했답니다."

"하나만 묻겠습니다."

홈스가 말했다.

"남편에게서 들은 이야기 중에 인상에 남는 말이 있습니까?"

"그러니까 '공포의 계곡'이라는 말이었어요."

"공포의 계곡?"

"네, 남편은 이렇게 말했어요. '나는 공포의 계곡에 있소. 아직도 거기서 벗어나지 못하고 있소.' 남편이 평소보다 더 심각해 보일 때 제가 물었어요. '우리가 공포의 계곡에서 벗어날 방법은 없나요?' 그러자 남편이 침울한 표정으로 대답했지요. '가끔씩은 그곳을 절대 벗어날 수 없다는 생각이 드오.'"

"공포의 계곡이 무엇을 의미하는지 물어보셨습니까?"

"물론이지요. 하지만 남편은 어두운 표정으로 고개를 저었어요. 그리고 이렇게 말했어요. '그 그늘에서 벗어나지 못하는 것은 나 혼자만으로도 충분하오. 오! 하나님! 부디 당신만은 그 그림자에 들지 않게 해주소서!' 그곳은 남편이 실제로 살았던 계곡이었어요. 그리고 남편은 그곳에서 어떤 끔찍한 일을 겪었고요. 하지만 그 이상은 저도 모릅니다."

"혹시 남편이 어떤 이름을 말하지는 않았습니까?"

"있습니다. 3년 전쯤일 거예요. 남편이 사냥을 갔다가 사고를 당한 적이 있어요. 그날 밤 그는 열이 펄펄 끓었는데 잠자리에서 헛소리를 하더군요. 그때 계속해서 어떤 이름을 불렀던 기억이 나요. 분노와 공포가 뒤섞인 듯한 감정으로 그 이름을 불렀어요. 미친 듯이!"

"이름이 뭐였습니까?"

"'보디마스터(Bodymaster) 맥긴티'라고 했어요. 남편의 몸이 회복된 후에 제가 물었죠. 보디마스터 맥긴티가 누구냐고, 대체 누구의 보디마스터(몸의 주인)란 말이냐고요. 그랬더니 남편은 피식 웃으면서 그런 것은 잊으라고 하더군요. 하지만 보디마스터 맥긴티와 공포의 계곡 사이에 어떤 연관이 있는 것은 분명해요."

"또 하나 묻고 싶은 게 있습니다. 부인은 런던의 하숙집에서 더글 러스 씨를 만나서 결혼하게 됐다고 하셨죠? 혹시 두 분이 결혼하는 데 있어서 비밀스럽거나 이상한 일은 없었습니까?"

"아니요. 우리는 서로 사랑해서 결혼했고 비밀 따위는 없었습니 다."

"혹시 남편에게 경쟁자는 없었습니까?"

"아니요. 제게 다른 남자는 없었어요."

"남편의 결혼반지가 없어졌다는 이야기는 들으셨지요? 그 얘기를 듣고 뭔가 짚이는 게 없습니까? 더글러스 씨를 노리는 자들이 그를 뒤쫓다가 살인을 저질렀다고 할 때, 결혼반지를 빼 갈 만한 이유가 대체 뭐였을까요?"

아주 짧은 순간이었다. 하지만 나는 부인의 입가에 희미한 미소가 번지는 것을 알아차릴 수 있었다.

"전혀 모르겠어요. 정말 이상한 일이에요."

부인이 고개를 저으며 말했다.

"알겠습니다. 더 이상 부인을 붙잡지 않겠습니다. 충격이 꽤나 컸 을 텐데 번거롭게 해드려서 죄송합니다. 앞으로 더 묻고 싶은 것이 생기면 다시 찾아뵙겠습니다."

맥도널드 경감이 말했다. 부인은 조심스럽게 자리에서 일어났다. 그때 나는 아까 우리를 재빠르게, 그리고 캐묻는 듯한 시선으로 훑 어보던 부인의 눈길을 다시 느낄 수 있었다. 그 시선은 마치 '내 진술 이 당신들에게 어떤 인상을 주었나요?' 하고 묻는 것 같았다. 부인은 살짝 고개를 숙여 인사한 뒤 방을 나섰다.

"정말 대단한 미인이군!"

맥도널드 경감은 골똘히 생각에 잠긴 표정으로 중얼거렸다. 그리고 담담하게 자기 생각을 꺼내놓았다.

"바커라는 사람은 이 집에서 거의 대부분의 시간을 보냈습니다. 그자가 저런 미인에게 반했을 가능성은 매우 높지요. 바커 역시 여자들에게 인기가 있을 정도로 매력적인 남자입니다. 게다가 그는 더글러스가 자신을 질투했다는 사실도 인정했지요. 그가 어떤 이유로 질투했는지는 바커 자신이 가장 잘 알고 있을 겁니다. 그리고 결혼반지 문제도 마음에 걸립니다. 그건 절대 간과할 수 없는 사안이에요. 죽은 사람의 손가락에서 결혼반지를 빼간다니……."

심각한 표정으로 고개를 갸웃거리던 맥도널드 경감이 홈스를 보며 물었다.

"홈스 씨, 당신은 어떻게 생각하십니까?"

내 친구 홈스는 깍지 낀 손으로 턱을 고인 채 깊은 생각에 잠겨 있었다. 그러더니 말없이 일어서서 벨을 눌렀다.

"에임스, 바커 씨는 지금 어디 있나?"

집사가 방으로 들어오자 홈스가 물었다.

"찾아보고 오겠습니다."

잠시 후 방에 들어온 집사는 바커가 정원에 있다고 말했다.

"에임스, 어젯밤에 서재에서 바커 씨를 만났을 때 그가 무엇을 신고 있었는지 기억할 수 있겠나?"

"물론입니다. 바커 씨는 침실용 슬리퍼를 신고 계셨습니다. 그래서 그분이 경찰을 부르러 가실 때 제가 구두를 가져다 드렸지요."

"그 슬리퍼는 지금 어디 있나?"

"홀에 있는 의자 아래에 있습니다."

"좋아, 에임스. 우리는 어떤 것이 바커 씨의 발자국이고, 어떤 것이 범인의 발자국인지 구별해내야 하네. 이건 아주 중요한 문제야."

홈스의 말에 집사는 약간 긴장한 표정으로 고개를 끄덕였다.

"알겠습니다. 그때 바커 씨의 슬리퍼에는 피가 잔뜩 묻어 있었습니다. 제 슬리퍼에도 피가 묻었지요."

"방 안의 상황을 생각하면 당연한 일이네."

홈스는 집사의 어깨를 살짝 두드렸다.

"수고했네, 에임스. 다시 도움이 필요하면 벨을 누르겠네."

잠시 후 우리는 서재로 들어갔다. 그 전에 홈스는 홀에 있던 바커의 슬리퍼를 찾아왔다. 에임스의 말대로 슬리퍼의 양쪽 바닥은 피가 묻어 검게 변해 있었다.

"이상하군!"

빛이 들어오는 밝은 창가에서 슬리퍼를 자세히 살펴보던 홈스가 중얼거렸다.

"흠, 아주 이상해."

그는 먹이를 낚아채려고 준비하는 고양이처럼 몸을 구부린 채로 슬리퍼를 창틀 핏자국 위에 올려놓았다. 놀랍게도 그것은 정확히 일치했다. 홈스는 아무런 말도 하지 않은 채 우리를 휙 둘러보며 싱긋 웃었다.

경감은 흥분해서 어쩔 줄 몰라 하고 있었다. 순간 그의 입에서는 고향 사투리가 빠르게 튀어나왔다.

"오! 이럴 수가! 창문의 발자국은 바커가 찍은 것이로군요! 그 발자국이 이상하리만치 넓다고 했었는데, 다 그 때문이었군요. 그런데 어떻게 된 일일까요? 홈스 씨?"

"글쎄요. 어떻게 된 일일까요?"

홈스는 경감의 말을 되풀이하고는 깊은 생각에 빠져들었다. 그때 화이트 메이슨이 킥킥대고 웃으며 두 손을 마구 비벼댔다.

"그러니까 내가 난해한 사건이라고 하지 않았습니까!"

6
진실 찾기

홈스와 두 형사는 세부적으로 조사해야 할 사항이 아직 많았다. 그래서 나는 혼자서 마을 여관으로 돌아가기로 했다. 그 전에 나는 저택 앞에 있는 정원을 산책했다. 저택 앞에 위치한 정원은 이상한 모양으로 가지치기를 한 주목나무들에 둘러싸여 있었다. 그 안쪽에는 싱그러운 잔디밭이 펼쳐져 있었고 잔디밭 중앙에는 오래된 해시계가 있었다. 정원의 고요하고 평온한 분위기는 날카로워졌던 내 신경을 달래기에 충분했다. 이렇게 아늑하고 평화로운 분위기에서라면 피투성이가 되어 쓰러져버린 남자에 대한 우울한 생각을 잠시나마 까맣게 잊어버릴 수도 있을 것만 같았다. 혹시 생각이 난다고 해도 하룻밤의 악몽으로 치부해버릴 수 있을 것도 같았다.

그렇게 정원에서 퍼지는 은은한 향기에 젖어 마음을 놓고 있을 때였다. 전혀 생각지도 못했던 이상한 일이 벌어지고 말았다. 그 때문에 집안에서 벌어졌던 비극이 머릿속에 다시 떠올랐고, 내 마음속에는 불길함이 가득 차올랐다.

앞서 언급했듯, 정원은 주목나무들로 둘러싸여 있었다. 저택에서 가장 먼 곳의 나무들은 빽빽하게 우거져 울타리 같은 모양을 이루고 있었다. 그 건너편에는 돌의자가 놓여 있었는데 나무에 가려 있어서 집 쪽에서 오는 사람들에게는 보이지 않았다.

그런데 내가 돌의자 근처에 갔을 때였다. 어디선가 사람들의 목소리가 들려왔다. 그것은 분명 이미 들어본 목소리였다. 굵직한 남자 목소리와 나지막하게 웃는 여자의 목소리! 울타리 끝 부분을 돌아선 나는 그들이 나를 발견하기 전에 내가 먼저 그들을 볼 수 있었다. 그들은 바로 더글러스 부인과 바커였다. 그런데 나는 부인의 모습을 보고 화들짝 놀랐다. 아까 식당에서 봤던 그녀의 모습은 매우 차분하고 신중했었다. 하지만 지금 그 모습은 온데간데없이 사라지고 없었다. 슬픔은커녕 삶의 기쁨과 흥겨움만이 그녀의 두 눈에 가득했다. 남자가 무슨 말을 했는지 진심으로 즐거워하는 빛이 얼굴에 역력히 드러났다. 두 손을 맞잡은 두 남녀는 서로의 눈을 바라보며 미소를 짓고 있었다. 바커의 잘생긴 얼굴에도 행복이 가득했다. 바로 그때 내 존재를 알아차린 두 사람은 재빨리 손을 놓았다. 그들은 곧바로 심각한 표정을 지었지만 이미 늦은 일이었다. 바커는 낮은 목소리로 부인에게 몇 마디 말을 건넸다. 그런 뒤 자리에서 일어나 내게 다가왔다.

"혹시 왓슨 박사님 아니십니까?"

나는 그를 차갑게 바라보며 고개를 숙였다. 그것은 조금 전에 내가 보았던 그들의 모습에 대한 솔직한 내 감정을 표현한 것이었다.

"셜록 홈스 씨와 당신의 관계는 워낙 잘 알려져 있어서 모르는 사람이 없습니다. 그래서 부인과 저는 당신이 왓슨 박사님일 거라고 생각했습니다. 이리로 오셔서 더글러스 부인과 잠시 얘기를 나누시겠습니까?"

나는 떨떠름한 표정으로 바커의 뒤를 따랐다. 순간 피투성이가 된 채로 바닥에 쓰러져 있던 한 남자의 모습이 또렷이 떠올랐다. 입에 담기도 힘들 정도로 처참한 비극이 일어난 지 채 몇 시간도 지나지 않은 지금, 살해당한 자의 아내와 그의 절친한 친구가 고인의 소유였던 정원에서 낄낄거리며 웃고 있는 것이다. 나는 부인을 향해 말없이 고개를 숙였다. 억지로 미소를 짓기도 힘들었다. 식당에서 그녀를 만났을 때 나는 그녀의 불행을 동정했었다. 하지만 지금은 그녀의 호소하는 듯한 눈길을 냉담한 시선으로 바라볼 뿐이었다.

"저를 차갑고 냉정한 여자라고 생각하시겠지요?"

부인이 말했다.

"그건 제가 상관할 바가 아닙니다."

내가 어깨를 으쓱해 보이며 대답했다.

"언젠가는 당신도 저를 이해하게 되실 겁니다. 박사님께서 그것 하나만 아신다면……."

"왓슨 박사가 알아야 할 필요는 없습니다!"

갑자기 바커가 그녀의 말을 자르며 끼어들었다.

"방금 말씀하신 것처럼 박사님의 일이 아니니까요."

"그렇습니다. 그러니 저는 계속 산책이나 하겠습니다."

나는 여전히 차가운 목소리로 말했다.

"잠깐만요, 왓슨 박사님!"

부인이 애원하는 목소리로 외쳤다.

"세상 누구보다 가장 정확한 답을 해주실 분은 박사님뿐이에요. 그러니 제발 대답해주세요. 저에게는 아주 중요한 일이니까요. 박사님은 홈스 씨, 그리고 홈스 씨와 경찰의 관계에 대해 누구보다도 잘

알고 계시지요?"

"그렇습니다."

"혹시 경찰이 모르는 사실을 홈스 씨가 알게 되었을 경우 반드시 경찰에게 알려야만 하나요?"

"그러니까 홈스 씨가 독자적으로 일을 하시는지, 아니면 경찰과 함께 일하고 있는 건지 알고 싶다는 말이지요."

바커도 옆에서 거들고 나섰다.

"그걸 제가 말씀드릴 필요가 있는지 모르겠군요."

심드렁한 내 대답에도 부인은 간절한 목소리로 애원했다.

"제발 부탁입니다. 왓슨 박사님, 제발 저를 도와주세요. 알려주신다면 제게 큰 도움이 될 겁니다."

그녀의 목소리가 어찌나 절절하고 진실하게 들렸던지 나는 순간적으로 그녀의 가벼웠던 행동을 잊어버리고 말았다.

"홈스는 독자적으로 일하는 탐정입니다. 그는 자기 방식대로 일하고 자기 판단대로 행동합니다. 다만 같은 사건을 조사하는 경찰에게 인간적인 의무감을 느낀다고 할까요. 그래서 범죄자를 법의 심판대에 세우는 데 도움이 되는 일이라면 경찰에게 아무것도 숨기지 않습니다. 제가 말씀드릴 수 있는 것은 여기까지입니다. 만약 더 알고 싶으시다면 홈스에게 직접 묻는 편이 나을 겁니다."

나는 모자를 슬쩍 들어 인사한 뒤 자리를 떠났다. 울타리 끝을 돌아가면서 흘낏 뒤를 돌아보니 두 사람은 여전히 돌의자에 앉아 열심히 대화를 나누고 있었다. 분명 내가 답한 내용을 두고 토론을 벌이는 것 같았다.

나중에 숙소로 돌아온 홈스에게 그때의 일을 전하자 그는 대수롭지 않다는 듯 말했다.

"나는 그들의 이야기는 듣고 싶지 않네."

홈스는 오후 내내 저택에서 두 형사와 회의를 하고 5시가 되어서야 숙소로 돌아왔다. 시장했는지 그는 내가 주문해둔 저녁 식사를 맛있게 먹어치우고 있었다.

"왓슨, 그들이 내게 비밀 이야기를 한다고 해서 내가 비밀유지를 해준다는 약속을 할 수는 없네. 잘못하다가 살인죄와 공모죄를 함께 뒤집어쓸 수 있으니까."

"정말 그렇게 될 거라 생각하나?"

홈스는 기분이 좋은 듯 즐거운 표정으로 대답했다.

"왓슨, 이 네 번째 달걀을 다 먹은 후에 얘기해주겠네. 아직 상황을 다 파악했다고 보기는 힘들어. 하지만 사라진 아령의 행방만 알 수 있다면……."

"아령이라니?"

나는 뜻밖의 단어에 깜짝 놀랐다. 그러자 홈스가 답답하다는 듯 말했다.

"왓슨, 자네는 이 사건의 열쇠가 사라진 아령에 있다는 사실을 아직 몰랐단 말인가?"

내 표정이 급격하게 어두워진 것을 본 홈스는 피식 웃으며 말을 이었다.

"그렇게 풀이 죽을 것까진 없어. 우리끼리 얘기지만 맥도널드 경감이나 이 지방에서 날고 긴다는 그 형사도 없어진 아령이 얼마나 중요한지 모르고 있으니 말이네."

홈스는 물을 벌컥벌컥 들이키더니 만족스러운 표정을 지었다.

"생각해보게. 운동을 한다는 사람이 아령 한 개만 가지고 있다니! 그렇게 했다가는 몸이 한쪽만 발달하고 척추는 뒤틀리고 말 거야.

정말 소름끼치는 일이지. 그렇지 않은가?"

그는 입안 가득 토스트를 집어넣고는 장난기 가득한 눈으로 나를 쳐다보았다. 붉게 달아오른 얼굴로 어쩔 줄 몰라하는 내 모습을 보는 것이 재미난 모양이었다. 게다가 식욕이 그렇게 왕성한 걸로 봐서 문제 해결의 실마리를 제대로 잡은 것이 분명했다. 그것은 확실한 사실이었다. 홈스는 사건 해결이 제대로 되지 않거나 난관에 부딪힐 때면 음식 따위는 거들떠보지도 않았다. 그저 문제에만 매달려서 밤낮없이 머리를 싸매고 있을 뿐이었다. 그럴 때면 가뜩이나 여윈 그의 얼굴이 더 말라버리기 일쑤였다. 홈스에게 있어 정신집중은 일종의 고행과도 같았다.

잠시 후 엄청난 양의 음식을 먹어치운 홈스는 파이프를 입에 문 채 따뜻한 난롯가에 앉아 있었다. 그는 시간 순서와 상관없이 생각나는 대로 사건에 대해 이야기하기 시작했다. 어찌 보면 그것은 상대방에게 말한다기보다 혼자서 중얼거리는 것에 가까웠다.

"거짓말이야, 왓슨! 아주 엄청나고 터무니없는, 그것도 뻔뻔하기 짝이 없는 거짓말! 우리가 서 있던 출발점부터 거짓말이었네. 우리가 방에 들어가자마자 보았던 모든 게 거짓말이었어."

나는 너무 놀란 나머지 입을 다물 수가 없었다.

"왓슨, 바커가 한 말은 모두 거짓말이네."

"하지만 더글러스 부인의 진술과 일치하지 않았나."

"그러니까 부인도 거짓말을 하고 있다는 말이야. 그들은 서로 짜고 거짓말을 하고 있어. 이제 문제는 분명해졌네. 대체 그들은 왜 거짓말을 할까? 거짓말까지 해가면서 감추고 싶은 진실은 무엇일까? 왓슨, 이제 우리가 거짓말의 배후를 캐고 진실을 재구성해봐야겠네."

"그런데 홈스, 그게 다 거짓인지는 어떻게 알아냈나?"

"생각보다 쉬웠네. 그들은 진실이라고 믿을 수 없을 만큼 상황을 아주 서투르게 꾸며놓았거든. 생각해보게. 그들의 말에 따르면 범인은 살인을 저지른 지 채 1분도 안 되는 시간 안에 죽은 사람의 손가락에서 반지를 빼냈네. 그것도 다른 반지 안쪽에 끼고 있던 반지를 말이야. 또 시신 옆에 카드까지 떨어뜨려 놓았어. 나는 범인이 이런 짓을 저질렀다고는 생각하지 않아. 이건 도저히 있을 수 없는 일이야."

"하지만 더글러스가 살해당하기 전에 반지를 빼앗겼을 수도 있지 않을까?"

내가 묻자 홈스가 키득거리며 말했다.

"자네가 그렇게 생각할 거라 짐작하고 있었네. 하지만 왓슨, 촛불이 켜져 있었던 시간은 아주 짧았네. 그 말은 곧 범인과 더글러스가 긴 이야기를 나누지 않았다는 걸 의미해. 우리가 들은 바대로라면 더글러스는 아주 용감한 남자였어. 그런 사람이 순순히 결혼반지를 빼줬을까? 그것도 제 손으로?"

"그러지는 않았을 것 같군."

"왓슨, 범인은 등불을 켠 상태에서 상당히 오랫동안 시신 옆에 서 있었네. 그 점에 대해서는 의심할 여지가 없어."

"하지만 총소리가 들리지 않았나?"

"분명 총소리는 증인들이 말한 시간보다 훨씬 전에 들렸을 거야."

"그렇지만 홈스, 총소리처럼 큰 소리를 잘못 들었을 리가 있을까?"

"당연히 잘못 들었을 리가 없지. 그러니까 총소리를 들었다고 한 두 사람, 더글러스 부인과 바커가 공모해서 거짓말을 했다는 걸 알수 있어. 게다가 바커는 경찰을 혼란에 빠트리기 위해 창틀에 피 묻은 발자국까지 묻혀 놓았네."

"홈스, 자네 말대로라면 상황이 점점 바커에게 불리하게 돌아가는군."

"이제 우리는 실제로 살인이 벌어진 시간이 언제인지를 알아내야 해. 적어도 10시 반까지는 하인들이 집 안을 돌아다니고 있었네. 그러니까 범행 시각은 그 이후가 되겠지. 10시 45분에는 각자 방으로 들어가고 집사 에임스만 식기실에 남아 있었어. 나는 자네가 숙소로 떠난 뒤에 몇 가지 실험을 해봤네. 복도의 문을 전부 닫아놓은 상태에서는 서재에서 나는 소리를 식기실에서 전혀 들을 수가 없었어. 하지만 가정부의 방은 다르더군. 그 방은 복도에서 그리 멀지 않기 때문에 서재에서 큰 소리를 내면 그 소리를 작게나마 들을 수 있었네."

"오호! 그렇군."

나는 무릎을 탁 치며 소리쳤다.

"아주 가까운 거리에서 총을 쏘면 총소리는 상당히 줄어드네. 하지만 고요한 밤이었기 때문에 가정부 앨런 부인의 방까지 그 소리가 들렸을 거야. 물론 그녀는 귀가 약간 어두운 편이야. 그렇다고는 해도 벨소리가 나기 30분쯤 전에 문을 쾅 닫는 것 같은 소리를 들었다고 증언했어."

"그렇다면 그 소리가?"

"맞아. 총소리였네. 나는 바로 그 시각에 살인이 일어났다고 믿네."

"놀랍군. 그런데 두 사람은 왜 그런 거짓말을 했을까?"

"차근차근 생각하다보면 답을 찾을 수 있겠지. 자, 이제 바커와 더글러스 부인이 범인이 아니라는 가정하에 생각해보세. 그들은 10시

45분에 총소리를 듣고 뛰어 내려와 11시 15분에 벨을 울렸네. 그 사이 30분 동안 두 사람은 대체 무엇을 했을까? 그리고 왜 곧바로 벨을 울리지 않았을까? 이 의문에 대한 해답만 찾으면 문제는 상당히 해결되었다고 볼 수 있어."

"홈스, 두 사람 사이에 뭔가가 있는 게 틀림없어. 남편이 죽은 지 얼마나 됐다고 저렇게 웃고 떠든단 말인가? 저 여자는 정말 냉혹하기 짝이 없는 사람이야."

나는 아까 정원에서 봤던 두 사람의 모습을 떠올리며 인상을 찌푸렸다.

"맞아. 더글러스 부인의 진술을 듣는 동안 나는 줄곧 믿을 수 없다는 생각을 했었네. 왓슨, 자네도 알다시피 나는 여자를 찬미하는 사람이 아닐세. 하지만 남편을 사랑하고 존중하는 마음이 손톱만큼이라도 있는 여자라면, 남편의 시신을 코앞에 두고 다른 남자와 농담을 주고받지는 않을 거라는 것쯤은 잘 알고 있다네."

홈스는 씁쓸한 표정으로 담배를 깊숙이 빨아들였다.

"왓슨, 내 아내라는 여자가 넣 미러 앞에 쓰러진 내 시신을 살피지도 않고 가정부의 부축을 받은 채 방으로 돌아가버린다면 나는 어떤 마음이 들까. 생각만 해도 끔찍하군. 만약 내가 결혼을 하게 된다면 그런 일이 절대 발생하지 않도록 아내에게 사랑을 베풀 생각이네."

홈스는 끔찍한 기분이 떨쳐지지 않는 듯 몸을 부르르 떨며 말을 이었다.

"아무튼 상당히 서투른 연출이었네. 경험이 없는 수사관이 보기에도 더글러스 부인의 태도는 이상했어.

남편이 죽었는데 그렇게 태연할 수가 없으니 말이야. 다른 것은 둘째치고 나는 이런 사실 하나만 보고서도 무슨 음모가 있을 거라 예상했었네."

"그렇다면 자네는 바커와 더글러스 부인이 범인이라고 생각하나?"

"왓슨, 자네의 질문은 너무 직선적이야."

홈스가 나를 향해 파이프를 흔들며 말했다.

"꼭 총알처럼 나를 꿰뚫고 지나가는군. 자네가 만약 두 사람이 살인범에 대한 진실을 알고 있으면서도 서로 짜고 그 사실을 감춘 건지를 묻는 거라면? 그렇다고 대답해주겠네. 하지만 그 두 사람이 살인범이냐고 묻는 거라면? 확실하게 대답할 수 없네."

"흠, 잘 알겠네."

"자, 이제 또 다른 가정을 해보세. 불륜으로 맺어진 두 남녀가 자신들에게 방해가 되는 남자를 없애기로 작정했다! 하지만 이 가정은 지나친 면이 있네. 하인들과 다른 사람들을 심문해봤지만 그런 가정을 뒷받침할 만한 증거는 없었으니까. 차라리 더글러스 부부가 서로 사랑하고 있었다는 증거가 더 많았지."

"절대 그럴 리가 없네."

나는 확신에 찬 어조로 소리쳤다. 내 머릿속에는 정원에서 들었던 부인의 웃음소리가 메아리처럼 울려 퍼지고 있었다.

"왓슨, 자네가 그렇게 생각하는 것도 무리는 아니야. 두 사람이 그런 인상을 심어준 것은 사실이니까. 아무튼 두 남녀가 교활하게도 남편을 살해하기로 공모했다고 가정해보세. 그런데 마침 남편은 어떤 위험 속에서 살아가고 있고……."

"하지만 그건 두 사람이 했던 말뿐이지 증거가 없지 않은가?"

내가 볼멘소리를 하자 홈스는 잠시 깊은 생각에 빠졌다.

"알겠네, 왓슨. 그러니까 자네는 두 사람의 말이 처음부터 끝까지 거짓이라고 생각하는군. 애초에 은밀한 협박도, 비밀 단체도, 공포의 계곡도, 맥 뭐라고 하는 우두머리도 없었다고 말이야."

"맞아."

"그럴듯한 생각이긴 하지. 그런데 자네의 생각에 얼마나 빈틈이 있는지 따져볼까? 우선 두 사람은 범행을 감추기 위해 여러 증거물을 날조했네. 일단 외부인이 침입한 것처럼 꾸미기 위해 정원에 자전거를 버렸어. 또 창틀에 핏자국도 묻혔지. 집 안에서 준비했을 게 분명한 카드도 시신 옆에 떨어뜨려 놓았고. 이 모든 것은 자네의 가설과 완벽하게 들어맞는군. 하지만 이제부터 자네의 생각에 도저히 끼워 맞출 수 없는 문제들을 얘기해보겠네."

홈스는 옅은 미소를 지으며 말을 이었다.

"우선 하고많은 무기 중에 왜 하필 총신을 자른 엽총을 썼을까? 그것도 미국제로 말이야. 또 총소리를 듣고 아무도 달려오지 않을 것을 어떻게 알았을까? 앨런 부인이 문이 쾅 닫히는 소리를 듣고도 나와 보지 않은 것은 정말 대단한 우연이었네. 설마 자네가 범인으로 의심하는 두 사람이 그런 우연까지 알고 있었겠나?"

"그것까지 설명하기는 힘들군."

"그리고 또 하나! 여자가 애인과 짜고 남편을 살해했다면 죽은 남자의 손에서 굳이 결혼반지를 뺄 이유가 있었을까? 그것은 자신들이 범행을 저질렀다고 온 세상에 알리는 일일 텐데. 왓슨, 자네는 그들이 의심받을 것을 뻔히 알면서 그런 짓을 했다고 생각하는 건가?"

"그렇지 않네."

"한 가지 더 있네. 범인이 놓고 갔다는 증거로 자전거를 남겨두었다? 그런데 자전거는 범인이 도주하는 데 가장 필요한 물건이다? 왓슨, 초보 수사관이라도 이 두 가지 사실만 보고서 그게 뻔한 속임수라는 걸 금방 알아차리고 말 걸세."

"정말 설명하기 힘들군."

속사포처럼 쏟아지는 홈스의 설명에 나는 할 말을 잃고 말았다. 그의 말에 반박할 거리를 전혀 찾을 수 없었기 때문이다.

"왓슨, 이 모든 문제들을 상식적으로 설명할 수 있어야 하네. 사람이 설명할 수 없는 일들이 이렇게 한꺼번에 겹쳐서 일어나는 일은 없어. 하지만 너무 골치 아파 하지는 말게. 두뇌운동 하는 셈치고 하나씩 차분히 생각해보면 되니까. 물론 사실이 아니라는 전제하에 말이네. 단순한 상상이 때로는 진실을 찾아주기도 한다는 걸 기억하게."

"좋은 생각이군."

"일단 더글러스라는 사내에게 떳떳지 못한 비밀이 있다고 가정해보세. 그 때문에 그는 제3의 인물에게 복수를 당한 거야. 그런데 무슨 이유에서인지 살인범은 더글러스의 손가락에서 결혼반지를 빼갔어. 여기에 상상력을 더해보세. 어쩌면 더글러스의 첫 번째 결혼에 그 원인이 있을지도 몰라. 아무튼 살인범은 도망치려는 순간에 바커와 더글러스 부인에게 들키고 말았네. 범인은 자기를 경찰에 넘길 경우 더글러스의 끔찍한 과거가 세상에 공개될 거라며 두 사람을 설득했네. 그 이야기를 들은 두 사람은 범인을 놓아주기로 결정하지. 그래서 범인이 도망갈 수 있도록 몰래 도개교를 내렸다가 다시 올렸지. 저택에서 빠져나온 범인은 무슨 이유에서인지 자전거보다는 걷는 것을 선택하네. 그게 더 안전하다고 생각한 것 같아. 그래서 자기가 안전하게 도망간 뒤에야 발각될 만한 곳에 자전거를 숨겼네. 여기까지는 상당히 가능성 있는 이야기야. 그렇지 않나?"

"음, 가능한 이야기군."

나는 귀를 쫑긋 세우며 홈스의 이야기를 열심히 들었다.

"왓슨, 무슨 일이 일어났든지 간에 그것이 굉장히 이상하다는 것만큼은 반드시 기억하게. 자, 계속해서 이야기를 전개시켜보세. 비록 범인은 아니었지만 두 사람은 자신들이 자칫 위험할 수도 있는 상황에 처했다는 것을 깨달았네. 그들은 직접 범죄를 저지르지 않았으며, 살인을 방조하지도 않았다는 걸 증명하기 어렵다는 것을 알게됐지. 그래서 그 상황을 벗어날 수 있는 방법을 생각해냈어. 하지만너무 급했던 탓일까. 그 방법이라는 게 서툴기 짝이 없었어. 특히 바커가 창틀에 피 묻은 슬리퍼를 찍어서 범인이 창문을 통해 도망친 것처럼 꾸민 것은 어리석은 짓이었네. 어쨌든 두 사람이 총소리를 들었다는 점, 그리고 그들이 벨을 울린 것은 사건이 일어난 지 30분이흐른 뒤였다는 점은 분명한 사실이야."

"그런데 이걸 어떻게 증명할 셈인가?"

"만약 외부에서 침입한 사람이 있다면 그는 반드시 체포될 거야. 그것처럼 좋은 증거는 없지. 하지만 그렇지 않다면……. 내 생각에는 서재에서 혼자 하룻밤 지내보는 것만으로도 큰 도움이 될 것 같아."

"혼자서 하룻밤을 보낸다고?"

"그래. 좀 이따 서재로 갈 생각이네. 나는 이 일에 대해 충직한 에임스 집사와 미리 약속을 해두었네. 그는 바커에게 충성할 필요도 없는 데다 그를 그리 좋아하지도 않거든."

"대체 서재에서 뭘 할 셈인가?"

"서재에 앉아서 그곳 분위기가 어떤 영감을 가져다주는지 볼 작정이야. 나는 각 장소의 수호신을 믿는 사람이거든."

순간 나는 소리 내어 웃어버렸다.

"이런, 왓슨! 그렇게 웃다니! 어디 두고 보세."

홈스가 장난스럽게 웃으며 눈을 흘겼다.

"그나저나 왓슨, 혹시 큰 우산을 가지고 왔나?"

"그래."

"그것 좀 빌려주게."

"당연히 빌려주겠지만 무기로 사용하기에는 너무 약하지 않을까? 만약에 위험한 상황이 닥치기라도 하면⋯⋯."

내가 걱정스럽게 말하자 홈스가 오른손을 내저으며 말했다.

"걱정 말게. 전혀 위험할 건 없으니까. 혹시라도 그럴 것 같았으면 자네에게 도움을 청했을 거야. 어쨌든 우산은 내가 가지고 가겠네."

"그런데 두 형사는 지금 뭘 하고 있나?"

"안 그래도 턴브리지 웰스에 간 맥 경감 일행이 돌아오기를 기다리는 중이야. 그들은 지금 자전거 주인을 찾아 헤매고 있다네."

맥도널드 경감과 화이트 메이슨은 밤이 깊어갈 무렵에야 돌아왔다. 피곤에 지친 기색이 역력했지만 목소리만은 활기찼다.

"수사에 진전이 있었습니까?"

홈스가 물었다.

"물론입니다. 처음에 나는 외부에서 침입한 사람이 없다고 생각했는데 지금은 그렇지 않습니다. 그리고 자전거 주인이 누군지도 알아냈습니다."

맥도널드 경감이 어깨를 쭉 펴며 말했다.

"드디어 사건이 막바지에 이른 것 같군요. 진심으로 축하합니다."

홈스가 빙긋 웃으며 말했다. 그러자 맥도널드 경감이 미소를 지으며 상황을 설명하기 시작했다.

"저는 더글러스 씨가 어제 턴브리지 웰스에 다녀온 후부터 불안해하기 시작했다는 사실에 주목했습니다. 그는 분명 그곳에서 어떤 위험을 느끼고 돌아온 게 틀림없었습니다. 그래서 자전거를 타고 온 사람이 있다면 그는 턴브리지 웰스에서 왔을 가능성이 있다는 결론을 내리게 되었지요. 우리는 자전거를 가지고 곧장 턴브리지 웰스로 향했습니다. 그리고 여러 호텔을 돌아다니며 자전거를 알아보는 사람이 있는지 확인하기 시작했습니다."

"효과가 있던가요?"

"다행히도 이글 커머셜 호텔 지배인이 자전거를 알아보더군요. 이틀 전에 그 호텔에 투숙했던 히그레이브라는 사람의 것이라고 확인해주었습니다. 또 자전거와 거기에 매달려 있던 손가방이 그 손님이 지닌 소지품의 전부라고도 했습니다."

"숙박부에 주소는 없었습니까?"

"그냥 런던에서 왔다는 내용만 적혀 있을 뿐 자세한 주소는 없었습니다. 조사한 바에 따르면 그의 손가방과 안에 들어 있던 물건들 모두 영국 제품이었습니다. 하지만 히그레이브라는 사람은 미국인이 분명합니다."

"오호! 정말 잘하셨군요."

홈스가 기분 좋게 외쳤다.

"나는 왓슨과 함께 앉아서 머리만 굴리고 있었는데 당신들은 몸으로 뛰며 조사를 했다니! 맥 경감! 이것이야말로 실천적으로 행동하라는 교훈을 그대로 실행한 사례군요."

"맞습니다, 홈스 씨."

홈스의 칭찬에 경감은 만족스러운 표정을 지었다.

"그런데 홈스, 이것은 자네의 이론과 꼭 들어맞는 것 같은데."

내가 말하자 홈스는 애매한 표정을 지으며 대답했다.

"그럴 수도 있고 그렇지 않을 수도 있어. 아무튼 턴브리지 웰스에 다녀온 이야기를 끝까지 들어봐야겠습니다. 맥 경감, 그 남자의 신원에 대해 더 알아낸 것은 없습니까?"

"워낙 흔적이 없어서 말이지요. 그는 자신의 신분을 노출시키지 않으려고 상당히 애를 쓴 것 같았습니다. 어찌나 주도면밀한지 알아낼 수 있는 게 거의 없었지요. 서류나 편지뿐만 아니라 심지어 옷에도 상표가 없었습니다. 그저 침실 옆 탁자에 이 지역 자전거 여행 지도가 놓여 있을 뿐이었습니다."

"그자는 호텔로 돌아왔습니까?"

"아니요. 어제 아침 식사를 하고 자전거를 타고 나간 뒤로 아무런 소식이 없다고 합니다."

경감은 아쉽다는 표정으로 혀를 끌끌 찼다. 그때 화이트 메이슨이 입을 열었다.

"홈스 씨, 정말 이상하지 않습니까? 만약 그가 추적을 피하고 싶었다면 호텔로 돌아와서 평범한 여행자처럼 행동했어야 합니다. 그가 안 돌아오면 호텔 지배인이 경찰에 신고할 것이기 때문이죠. 그렇게 되면 더글러스 살인 사건에 결부될 것이 뻔하지 않겠습니까?"

"물론 그렇게 생각할 수도 있지요. 하지만 그 사람이 아직 잡히지 않은 걸 보면 지금까지는 그가 현명한 선택을 했다고 볼 수 있겠습니다."

홈스는 이렇게 말한 뒤 맥도널드 경감에게 물었다.

"맥 경감, 그의 인상착의는요?"

홈스의 말이 끝나기가 무섭게 경감은 수첩을 뒤적이기 시작했다.

"사람들에게서 들은 내용을 모두 적어두었습니다. 호텔 사람들 중 누구도 그를 눈여겨본 것 같지는 않습니다. 아주 자세한 내용까지는 기억하지 못하는 걸 보면 말입니다. 하지만 급사, 프런트 담당, 객실 청소원 등이 그에 대해 한목소리로 말한 내용을 추려보면 다음과 같습니다. 키는 180센티미터가량, 나이는 50살 안팎, 머리카락은 약간 회색빛을 띠고 있으며, 콧수염도 회색빛이라고 하더군요. 그런데 매부리코에 험상궂은 표정 때문에 가까이 다가가기가 힘들었다고 했습니다."

"그러니까 얼굴 표정만 빼면 더글러스 씨와 거의 흡사하군요. 그도 50살이 넘었고, 머리카락과 콧수염이 회색빛이니 말입니다. 게다가 키까지 비슷하군요."

홈스가 혼잣말처럼 중얼거렸다.

"옷차림은 어땠다던가요?"

"투박한 회색 양복바지에 재킷을 입고 노란색 코트를 걸쳤다고 합니다. 모자도 쓰고 있었고요."

"엽총에 대한 것도 알아보았습니까?"

"엽총은 길이가 채 60센티미터노 안 됩니다. 그의 손가방에도 쉽게 넣을 수 있을 정도죠. 코트 속에 감추고 다니기에 충분했을 겁니다."

경감의 대답을 열심히 들은 홈스는 물 한 모금을 마신 뒤 말했다.

"맥 경감, 이 모든 것이 사건과 관계가 있다고 생각하시는 거죠?"

경감은 당연한 것을 묻는 게 어이없다는 듯 실소를 머금었다.

"하하, 물론이죠. 홈스 씨, 그자를 붙잡기만 하면 모든 상황을 자세히 알 수 있을 겁니다. 그의 인상착의에 대한 목격자 진술을 듣고 곧바로 전보를 쳐서 전 경찰서에 알렸습니다. 아직 놈을 잡지는 못했지만 우리는 많은 것을 알아냈어요. 범인의 윤곽을 어느 정도 파악했으니까요."

"좋습니다. 다시 한 번 정리해주시죠."

"범인은 히그레이브라는 미국인입니다. 그는 자전거에 손가방 하나를 싣고 턴브리지 웰스에 도착했습니다. 손가방 안에는 총신을 잘라 짧게 만든 엽총이 들어 있었을 겁니다. 그자는 애초에 범행을 저지를 목적을 갖고 있었습니다. 그리고 어제 아침, 그는 코트 속에 엽총을 숨긴 채 자전거를 타고 저택을 향해 출발했습니다. 우리가 조사한 바로는 그자가 여기 도착한 것을 목격한 사람은 없습니다. 하지만 저택에 도착하기 위해서 꼭 마을을 통과해야 하는 것은 아닙니다. 또 길에는 자전거를 탄 사람들이 많으니 그들의 시선을 피하기 위해 숨어서 왔을 테죠. 아마도 그는 자전거를 월계수 숲속에 감춰두고 자기도 거기에 숨어 집을 감시하고 있었을 겁니다. 그리고 더글러스 씨가 밖으로 나오기를 기다렸겠지요."

"왜 밖으로 나오기를 기다렸지요?"

홈스가 묻자 경감은 답답하다는 듯 인상을 찌푸렸다.

"홈스 씨, 엽총은 집 안에서 사용하는 무기가 아닙니다. 범인은 분명 집 밖에서 사용할 목적으로 엽총을 가져왔을 겁니다. 엽총은 목표물을 조준해서 맞히기가 쉽지요. 게다가 영국의 사냥터 근처에서는 총소리가 흔하게 들리기 때문에 사람들의 의심을 살 일도 없으니까요."

"흠, 아주 명쾌한 설명이군요."

홈스가 놀랍다는 듯 말하자 경감은 더욱 신이 나서 설명을 이어갔다.

"그런데 아무리 기다려도 더글러스 씨는 집 밖에 나타나지 않았습니다. 자, 이제 범인은 어떤 결정을 내렸을까요?"

경감은 침을 꿀꺽 삼키며 우리를 차례로 둘러보았다.

"주위가 어두워지자 그자는 자전거를 숨겨두고 저택으로 향했습니다. 도개교는 내려져 있었고, 주위에는 아무도 없었지요. 혹시 누군가와 마주치게 되더라도 어떤 핑계를 대기로 미리 준비하고 있었을 겁니다. 하지만 놈에게는 아주 다행스럽게도 아무도 나타나지 않았습니다. 저택으로 들어간 그자는 일단 현관에서 가장 가까운 방으로 들어가서 커튼 뒤에 숨었습니다. 얼마 후 그는 창문으로 도개교가 올라가는 모습을 보았지요. 그리고 이제 자신이 도망칠 수 있는 방법은 해자를 건너는 것뿐이라는 것을 알게 되었습니다.

그자는 11시 15분까지 인내심을 가지고 때가 오기만을 기다리고 있었습니다. 언제나처럼 집 안 단속을 하기 위해 더글러스 씨가 그곳에 들어올 때까지 말입니다. 더글러스 씨를 발견한 놈은 곧바로 총을 쏘고 미리 보아둔 길로 도망쳤습니다. 그런데 그는 자전거를 버리고 가기로 결정했지요. 호텔 사람들이 자전거를 보았기 때문에 자신에게 불리할 것을 염려한 겁니다. 그래서 그는 다른 교통수단을 이용해 런던 혹은 미리 마련해둔 은신처로 달아났습니다. 내 생각은 이렇습니다. 어떻게 생각하십니까, 홈스 씨?"

"맥 경감, 그것이 당신 추리의 결론이로군요. 아직까지는 아주 명쾌하고 분명한 설명이었습니다. 하지만 내 결론은 다릅니다."

홈스의 대답을 들은 경감의 눈썹이 심하게 꿈틀거렸다. 하지만 홈스는 태연한 표정으로 자신이 추리한 내용을 꺼내놓았다.

"우선 범행은 알려진 것보다 30분 더 빨리 일어났습니다. 더글러스 부인과 바커 씨는 무언가를 숨기기 위해 공모하고 있는 게 틀림없습니다. 게다가 두 사람은 살인자가 도망치는 것을 도왔을 겁니다. 적어도 그들은 범인이 도망치기 전에 서재에 도착했고, 그가 도망갈

수 있도록 도개교를 내렸을 가능성이 큽니다. 그리고 수사를 교란시
키기 위해 범인이 창문을 넘어 도망간 것처럼 증거를 조작했습니다.
이것이 사건의 전반부에 대한 내 견해입니다."

그러자 두 형사는 절레절레 고개를 흔들었다.

"하지만 홈스 씨, 그것이 사실이라면 연속되는 수수께끼에 계속해
서 부딪히는 꼴이 됩니다."

맥도널드 경감이 난감한 표정으로 말했다.

"그런데 더글러스 부인은 한 번도 미국에 가본 적이 없습니다. 그
런 부인이 미국인 살인자를 어떻게 알고 무슨 이유로 도와준단 말입
니까?"

화이트 메이슨이 못마땅한 표정으로 물었다.

"맞는 말입니다. 나도 그 의문을 풀어야 한다고 생각해요. 그래서
오늘 밤 나 혼자 조사를 해볼 참입니다. 그것이 수수께끼를 푸는 데
조금이나마 도움이 될 겁니다."

"혹시 우리가 도울 일은 없습니까?"

두 형사가 물었다.

"아닙니다. 내게 필요한 것은 어둠과 왓슨의 우산뿐입니다. 그리
고 충실한 에임스 집사도 분명히 나를 도와줄 겁니다. 지금 내 머릿
속에는 오직 한 가지 질문만 맴돌고 있어요."

"대체 그게 뭡니까?"

맥도널드 경감이 호기심에 가득 찬 눈을 반짝이며 물었다.

"아령! 도대체 왜 아령 하나만 가지고 운동을 한 걸까요? 그것은
아주 부자연스러운 행동인데 말입니다."

두 형사는 아령은 또 무슨 말이냐는 표정으로 서로의 얼굴을 멍하
니 바라보았다.

단독수사를 마친 홈스는 그날 밤 늦게야 숙소로 돌아왔다. 우리 방에는 침대가 두 개 놓여 있었다. 그것은 시골의 작은 여관에서 제공할 수 있는 최상의 시설이었다. 깜빡 잠이 들었던 나는 홈스가 들어오는 소리에 눈을 떴다.

"홈스, 뭣 좀 알아냈나?"

나는 잠에 취한 목소리로 중얼거렸다. 하지만 홈스는 촛불을 손에 든 채로 아무 말 없이 서 있었다. 잠시 후 그는 키가 훌쩍 크고 마른 몸을 내게 굽히더니 이렇게 속삭였다.

"미친 남자, 아니면 머리에 이상이 생긴 남자, 또는 정신이 오락가락하는 바보와 한 방에서 잔다면 무섭지 않겠나?"

"아니, 조금도."

뜬금없는 질문에 놀란 내가 눈을 동그랗게 뜨고 대답했다.

"그렇다면 다행이로군."

이 말을 끝으로 그날 밤 홈스는 한 마디 말도 꺼내지 않았다.

7
의외의 결말

다음 날, 아침 식사를 마친 우리가 경찰서 사무실에 도착했을
때 맥도널드 경감과 화이트 메이슨은 일에 열중하고 있었다. 그들은
탁자 위에 잔뜩 쌓인 편지와 전보를 조심스럽게 분류하고 내용을 요
약하는 중이었다. 그중 편지 세 통은 한쪽 옆에 따로 놓여 있었다.

"아직도 자전거 주인을 찾는 중입니까?"

홈스가 밝은 목소리로 물었다.

"그에 대한 최신 소식은 없습니까?"

그러자 심란한 표정의 경감이 산더미처럼 쌓인 통신문들을 힘없
이 가리켰다.

"레스터, 노팅엄, 사우스햄프턴, 더비, 이스트햄, 리치먼드 외에
도 무려 14개 지역에서 제보가 들어왔습니다. 그중에서도 이스트햄,
레스터, 리버풀에서는 인상착의가 정확히 일치하는 자를 잡아놓았
다고 합니다. 온 나라에 노란 코트를 입은 사람이 이렇게 많을 줄은
꿈에도 몰랐습니다."

"저런!"

홈스는 기가 막힌다는 표정으로 혀를 끌끌 찼다.

"그런데 맥 경감, 그리고 화이트 메이슨 씨. 진심으로 충고를 하고 싶군요. 여러분도 기억하겠지만, 이 사건을 조사하기 시작할 때 나는 완전하게 증명되지 않은 이론은 말하지 않겠다고 했습니다. 내 추측이 확실히 증명될 때까지 내 생각을 확인하고 검증하겠다는 의지도 밝혔습니다. 그런 이유 때문에 지금 나는 내 생각을 밝히지 않는 것입니다. 하지만 나는 공정하게 승부를 겨루고 싶습니다. 당신들이 쓸데없는 일에 힘을 낭비하는 꼴을 그대로 보고만 있을 수는 없다는 말입니다. 그래서 여러분에게 충고를 할 생각으로 여기 왔습니다. 지금 하는 수사를 당장 그만두십시오!"

홈스가 큰 목소리로 힘주어 말하자 두 형사는 깜짝 놀라 두 눈만 깜빡거리고 있었다.

"더 이상 희망이 없다고 생각하시는 겁니까?"

경감이 소리쳤다.

"당신들이 지금 하는 수사가 희망이 있다고 생가할 뿐입니다, 진실을 밝히는 일이 희망이 없을 수는 없습니다. 그것은 분명히 가능한 일이니까요."

"하지만 이 자전거 주인은 가상의 인물이 아닙니다. 실존하고 있어요. 게다가 우리는 놈의 인상착의를 알고 있고 가방과 자전거까지 확보하고 있습니다. 놈은 분명히 어딘가에 숨어 있습니다. 그런데 우리가 그자를 못 잡을 거라 생각하는 겁니까?"

맥도널드 경감이 불쾌한 듯 인상을 찌푸리며 물었다.

"그자는 틀림없이 어딘가에 숨어 있을 것이고, 당신들은 그를 잡아낼 겁니다. 하지만 이스트햄이나 리버풀에서 정력을 낭비하는 것은 아무런 쓸모도 없는 일입니다. 나는 그 방법 말고 더 빠른 지름길로 사건 해결에 다가갈 수 있다고 생각합니다."

"홈스 씨, 당신은 뭔가를 숨기고 있군요. 그건 공정하지 못합니다!"

화가 치밀어 오르는지 경감의 얼굴이 붉게 달아올랐다.

"맥 경감, 당신은 내가 일하는 방식을 잘 알고 있지 않습니까. 가능한 한 빠른 시간 안에 모든 사실을 밝히겠습니다. 나는 다만 몇 가지 의문점에 대해 진상을 밝히고 싶을 뿐입니다. 그다음에는 내가 찾아낸 결과물을 당신들에게 맡겨두고 곧바로 런던으로 돌아갈 생각입니다. 두 사람에게 내가 신세를 너무 진 것 같아서 말입니다."

"신세라니요?"

"이렇게 흥미롭고 이상한 사건을 맡게 해준 것 자체가 내게는 큰 선물입니다."

홈스가 싱글거리면서 대답했다.

"하지만 정말 이해할 수 없군요. 홈스 씨, 우리는 어제 턴브리지 웰스에서 돌아오는 길에 당신을 만났습니다. 그때 당신은 우리의 수사 결과에 대체로 동의하지 않으셨습니까? 그런데 그사이 무슨 일이 있었기에 생각이 완전히 바뀌신 겁니까?"

맥도널드 경감은 못마땅한 표정으로 볼멘소리를 했다.

하지만 홈스는 어깨를 으쓱하며 태연히 말했다.

"이미 말한 대로 어젯밤에 나는 그 저택에서 몇 시간을 보내고 왔습니다."

"거기서 무슨 일이 있었습니까?"

"지금은 자세한 이야기를 할 수 없습니다."

그러자 두 형사의 얼굴에 짜증 섞인 실망의 표정이 떠올랐다. 하지만 홈스는 그들의 감정에 대해 일부러 모른 척하고 있었다.

"그건 그렇고 어제 나는 그 저택에 대해 아주 흥미롭고 재미있는 내용을 담은 책을 읽었습니다. 그 동네 담배가게에서 1페니만 주면 살 수 있는 책이지요."

홈스는 옛 영주 저택의 판화가 조잡하게 찍혀 있는 작은 책을 주머니에서 꺼내 들었다.

"맥 경감, 주변의 역사에 대해 잘 알고 공감하게 되면 수사에 열의를 갖게 되는 법입니다. 그렇게 조급해하지 말고 지금부터 내가 하는 설명을 잘 들어보십시오. 아주 단순한 글이지만 이걸 읽고 나면 과거의 한 장면이 마음속에 떠오르게 될 겁니다."

홈스는 미리 표시해둔 책장을 펼치더니 차분한 목소리로 읽기 시작했다.

> 벌스톤의 영주 저택은 제임스 1세 재위 5년에 건축했다. 옛 건물이 서 있던 대지에 세운 벌스톤 저택은 해자로 둘러싸인 제임스 왕조풍의 저택으로 현존하는 건물 중에 가장 훌륭한……

"홈스 씨! 지금 뭐 하자는 겁니까? 우리를 놀리는 겁니까?"

맥도널드 경감이 버럭 화를 내며 소리쳤다.

"맥 경감, 그렇게 화내는 건 처음 봅니다. 싫으시다면 그만 읽어야겠군요. 허나 1644년에 의회파의 대령이 저택을 점령했던 일이며, 내란 중에 찰스 1세가 이곳에서 은신했던 일, 그리고 조지 2세가 이곳을 찾았던 일에 대한 설명을 읽어보면 당신도 생각이 달라질 겁니다.

그만큼 벌스톤 저택은 유서가 깊고 흥미로운 사건에 얽혀 있답니다."

"물론 그럴 수도 있겠지요. 하지만 그게 이 사건과 무슨 상관이란 말입니까?"

"상관이 없다고 생각하는 겁니까? 맥 경감! 우리 같은 직업을 가진 사람들은 넓은 시야를 가져야만 합니다. 전혀 관계가 없는 일 같아도 서로 상호작용하는 경우가 있다는 걸 이해하지 못하는군요. 또 풍부한 지식은 간접적으로나마 사건 해결에 도움을 주고 뜻밖의 결과를 얻어낼 수 있다는 걸 인정해야 합니다. 물론 나는 한낱 범죄 전문가에 지나지 않습니다. 하지만 나는 당신들보다 나이도 많고 경험도 풍부합니다. 그러니 내 이야기를 너무 기분 나쁘게 듣지 마세요."

"아닙니다. 홈스 씨의 그런 점들을 진심으로 인정하고 있습니다."

맥도널드 경감이 한결 누그러진 목소리로 말했다.

"하지만 홈스 씨, 당신은 진실을 밝혀내기까지 너무 돌려서 말하는 경향이 강합니다. 그 방식을 따라가자면……."

"알겠습니다. 그러면 이제 지난 역사 이야기는 뒤로 밀어놓고 현재의 사건으로 돌아가봅시다. 이미 말했던 대로 나는 어젯밤에 저택에 갔습니다. 하지만 바커 씨나 더글러스 부인은 만나지 않았습니다. 그들을 귀찮게 할 필요는 없었으니까요. 집사에게 듣자니 부인은 슬픔에 힘겨워하지도 않았고 저녁 식사도 맛있게 했다고 하더군요. 다행스러운 일이지요. 나는 집사 에임스를 만나서 여러 가지 이야기를 나누었습니다. 그리고 그 덕분에 서재에서 한참 동안 머무를 수 있었습니다."

"아니, 시신 옆에서 말인가?"

나는 깜짝 놀라 소리쳤다.

"아니야, 지금은 모두 정리가 되었다네. 맥 경감이 시신을 치워도 된다고 허가한 덕분에 서재는 평상시 모습으로 돌아가 있었네. 나는 거기서 15분가량을 아주 유익하게 보냈지."

"거기서 대체 무엇을 했습니까?"

맥도널드 경감은 도무지 이해할 수 없다는 표정으로 고개를 갸웃거렸다. 더 이상 조사할 것이 없다고 생각했기 때문이다.

"아령을 찾고 있었습니다. 별것 아닌 것 같은 물건이지만, 사실은 이 사건 전체에서 상당히 큰 비중을 차지하지요. 하지만 이제 아령을 찾았으니 문제는 해결됐습니다."

"어디서 찾았습니까?"

"우리가 미처 찾아보지 못한 곳에 있더군요. 그런데 지금 아령에 대해서 자세히 말하기는 곤란합니다. 내게 시간을 조금만 더 주세요. 더 조사한 뒤에 내가 알고 있는 것을 모두 알려주겠다고 약속하겠습니다."

"하는 수 없지요."

경감이 체념한 듯 고개를 끄덕였다.

"그나저나 홈스 씨, 수사를 그만두라는 충고는 받아들이기 힘들군요. 우리가 왜 수사를 그만둬야 합니까?"

"맥 경감, 이유는 간단합니다. 당신들은 지금 무엇을 수사하는지조차 모르고 있기 때문입니다."

"그게 무슨 소립니까? 우리는 지금 벌스톤 저택에서 벌어진 존 더글러스 살인 사건을 조사하고 있습니다."

경감이 미간을 찌푸리며 소리쳤다.

"그거야 당연하지요. 그런데 지금 내 말은 수수께끼의 인물인 자전거 주인을 찾는 일에 정력을 쏟지 말라는 것입니다. 그건 수사에 아무런 도움이 안 되니까요."

"그러면 대체 어떻게 하라는 말입니까?"

"내 말대로 따를 생각이 있다면 무엇을 할지 정확히 알려드리겠습니다."

맥도널드 경감은 두 팔을 양옆으로 펼치며 어깨를 으쓱해 보였다.

"당신의 희한한 수사 방식에는 항상 이유가 있었지요. 좋습니다. 홈스 씨 당신의 조언을 따르겠습니다."

"그럼 화이트 메이슨 씨 당신은?"

화이트 메이슨은 어찌할 바를 모르겠다는 듯 우리를 번갈아 쳐다보았다. 그에게 있어 홈스의 수사 방식은 아주 낯선 것일 터였다.

"맥도널드 경감이 좋다면 저도 좋습니다."

화이트 메이슨이 어딘지 찜찜한 표정으로 대답했다.

"좋습니다! 나는 두 분께 이 근처의 산책로를 기분 좋게 거닐고 돌아오시라고 권하고 싶습니다. 듣자하니 벌스톤 산마루에서 윌드 지역의 삼림지대를 내려다보는 전망이 아주 좋다고 하더군요. 점심 식사는 적당한 여관에서 해결하면 될 겁니다. 내가 이 지방에 대해서 잘 알았다면 좋은 여관을 추천해줄 수 있을 텐데! 아무튼 몸은 피곤하지만 기분 좋게 산책을 하면서……."

"세상에! 농담이 지나치군요!"

맥도널드 경감이 자리에서 벌떡 일어나며 소리쳤다. 그의 얼굴은 화를 이기지 못하고 벌겋게 달아올랐다.

"아무튼 기분 내키는 대로 하루를 즐겁게 보내십시오. 하고 싶은 일도 하고, 가고 싶은 곳에도 가보세요. 하지만 어두워지기 전에는 꼭 나를 찾아오십시오. 반드시 어두워지기 전에 나를 찾아와야 합니다."

홈스가 맥도널드 경감의 어깨를 가볍게 두드리며 말했다.

"그 말은 좀 더 현실적으로 들리는군요."

경감은 화를 억누르느라 심호흡을 하며 말했다.

"내가 권한 일들을 모두 할 필요는 없습니다. 다만 내가 당신을 필요로 할 때만큼은 반드시 이곳으로 와주십시오. 그리고 떠나기 전에 바커 씨에게 보낼 편지를 써주십시오."

"편지라니요?"

"내가 불러주는 대로만 쓰면 됩니다."

경감은 종이와 펜을 서둘러 준비했다. 홈스는 자리에서 일어나 사무실을 서성거리며 편지 내용을 읊었다.

세실 바커 씨에게

　내일 아침 해자의 물을 빼내기 위해 인부들을 보낼 생각입니다. 수사에 도움이 될 만한 단서를 찾을 수 있을 것 같습니다.

"그건 불가능합니다!"

경감이 소리쳤다.

"그냥 내 말대로 하십시오."

홈스가 단호한 표정으로 힘주어 말하자 경감은 어쩔 수 없다는 듯 고개를 끄덕였다.

"알겠습니다. 계속하세요."

해자로 들어오는 물줄기를 돌리는 작업만 하면 됩니다. 미리 알려드리는 것이 도리일 것 같아 이렇게 편지를 보냅니다.

"맥 경감, 거기에 서명을 하고 오후 4시경에 인편으로 편지를 보내십시오. 그리고 우리는 그 시간에 여기서 다시 만납시다. 그때까지는 각자 하고 싶은 일을 하세요. 수사는 잠시 멈출 겁니다."

어둠이 내릴 무렵, 우리는 다시 한자리에 모였다. 홈스는 매우 진지했고, 나는 호기심에 가득 차 있었다. 하지만 두 형사는 심사가 뒤틀린 듯 불쾌한 표정이 역력했다. 무거운 침묵을 가장 먼저 깬 것은 홈스였다.

"여러분, 이제부터 내가 시험해볼 일에 대해 말씀드리겠습니다. 집중해서 들어주십시오. 그리고 내가 내린 결론이 정당한지에 대한 판단은 여러분 각자에게 맡기겠습니다. 오늘 밤은 날씨가 꽤 쌀쌀한 데다, 얼마나 오랫동안 잠복해야 할지도 알 수 없습니다. 그러니 옷을 최대한 따뜻하게 입으십시오. 날이 어두워지기 전에 도착해야 하니 서둘러 출발합시다."

우리는 저택 정원의 울타리를 따라 걷다가 나무 난간이 부서진 곳을 찾아냈다. 그곳을 통해 안으로 들어간 우리는 홈스의 뒤를 따라 숲으로 향했다. 그곳에서는 저택의 정문과 도개교를 숨어서 볼 수 있었다. 사방이 어둑어둑해지고 있었고 도개교는 아직 내려진 상태였다. 홈스는 월계수 관목 뒤에 숨었다. 우리 셋도 그를 따라 몸을 낮추었다.

"지금부터 뭘 해야 합니까?"

맥도널드 경감이 퉁명스럽게 물었다.

"인내심을 가지고 기다립시다. 되도록 소리를 내지 마십시오."

홈스가 낮은 목소리로 속삭였다.

"대체 여기는 왜 온 겁니까? 우리에게 좀 더 솔직해야 한다고 생각하지 않습니까?"

경감이 투덜거리자 홈스가 빙그레 미소를 지었다.

"왓슨은 나를 일상 속의 연극인이라고 말합니다. 내 안에 자리한 예술가적 기질 때문에 나는 연출된 무대를 원하곤 하지요. 맥 경감, 우리의 승리를 빛낼 수 있을 만한 무대를 마련해두지 않으면 우리의 직업은 단조롭고 우울한 것이 되고 말 거예요. 무섭게 죄를 고발하고 냉정하게 범인의 어깨를 낚아채기만 한다고 생각해보세요. 그런 연극의 대단원을 사람들이 뭐라고 생각하겠습니까? 그보다는 기민한 추리와 교묘하게 만든 덫, 미래에 대한 날카로운 예측, 그리고 대담한 이론을 성공적으로 입증하는 것이 훨씬 낫지 않겠습니까? 이것이야말로 우리의 직업을 더 멋지게 정당화시킬 겁니다."

홈스는 우리를 차례로 둘러보며 말을 이었다.

"지금 이 순간 이토록 매력적인 상황 앞에서 사냥꾼 특유의 긴장감과 흥분이 느껴지지 않습니까? 아니라고는 못 하겠지요? 하지만 만약 기차 시간표처럼 움직이게 된다면 아무런 스릴도 흥분도 없을 겁니다. 그러니 조금만 더 인내심을 갖고 기다리십시오. 모든 것이 금세 명확하게 드러날 겁니다."

"방금 말씀하신 긍지나 정당함, 자존심 따위가 우리가 얼어 죽기 전에 찾아오길 진심으로 바랍니다."

맥도널드 경감은 이제 체념했다는 듯 농담처럼 말을 받아넘겼다. 솔직히 그런 생각을 한 것은 경감만이 아니었다. 그 자리에 있던 우리 모두는 기다림의 시간이 길어질수록 추위를 견디기가 힘들었다. 살을 에는 듯 차가운 밤공기 때문에 뼛속까지 시려왔다. 특히 해자에서 올라오는 차갑고 축축한 공기가 우리를 덮치는 바람에 이가 딱딱 부딪힐 정도로 온몸을 떨어야 했다.

얼마나 지났을까. 저택의 현관과 참극이 벌어졌던 서재에 등불이 켜졌다. 그 두 곳을 제외한 다른 장소는 모두 어둠에 잠겨 있었다. 사방은 쥐 죽은 듯 고요했다.

"언제까지 기다려야 합니까? 대체 뭘 기다리는 겁니까?"

경감이 더 이상 참지 못하고 물었다.

"나도 모릅니다."

홈스가 퉁명스럽게 대답했다.

"범죄자들이 기차처럼 시간에 맞춰서 움직여준다면 얼마나 좋겠습니까. 그리고 우리가 감시하는 것은……."

순간 홈스는 두 눈을 가늘게 뜨고 어딘가를 응시했다.

"바로 저것입니다!"

그때였다. 서재에서 흘러나온 빛이 흐려졌다 밝아지기를 반복하는 것이었다. 누군가가 등불 앞을 서성거리는 모양이었다. 우리가 숨어 있는 월계수 관목은 창문 맞은편에 있었고, 그곳까지 거리는 채 300미터도 되지 않았다. 잠시 후 삐걱거리는 소리가 나더니 이내 창문이 활짝 열렸다. 그리고 한 사나이의 머리와 어깨 윤곽이 흐릿하게 드러났다. 잠시 동안 그는 자신을 지켜보는 사람이 있는지 확인하는 듯 고개를 쑥 내밀고 앞을 살펴보았다. 그리고 곧바로 몸을 아래쪽으로 굽혔다. 우리는 숨을 죽인 채 그의 모습을 바라보고 있었다. 몇 초의 시간이 흘렀을까. 깊은 적막감을 깨고 물이 철썩대는 소리가 들려왔다. 사내는 어부가 물고기를 낚아채듯 무언가를 끌어

올리고 있었다. 곧바로 크고 둥근 모양의 물체가 열린 창문 안으로 끌려 들어갔다.

"지금이다! 어서!"

홈스가 소리쳤다. 우리는 재빨리 몸을 일으켜 홈스의 뒤를 따랐다. 오랫동안 추위에 떠느라 온몸이 굳어 있었지만 모두들 최대한 빠르게 몸을 움직이려 애쓰고 있었다. 홈스는 날쌔게 다리를 건너 저택의 벨을 마구 눌러댔다. 곧바로 안에서 빗장 여는 소리가 들렸다. 문이 열리자 깜짝 놀란 표정의 집사 에임스가 두 눈을 동그랗게 뜬 채 우리를 쳐다보고 있었다. 홈스는 아무 말도 없이 그를 밀어내고 서재로 달려 들어갔다. 우리도 우르르 그 뒤를 쫓았다. 서재에는 아직도 그 사내가 있었다.

사내는 기름등잔을 들고 서 있었다. 그것은 우리가 밖에서 보았던 바로 그 불빛이었다. 우리가 들어가자 사내는 우리 쪽으로 등잔을 내밀었다. 그러자 밝은 빛에 깨끗하게 면도한 사내의 얼굴과 불타는 두 눈이 확연히 드러났다.

"세실 바커 씨!"

홈스가 소리쳤다.

"아니! 이게 무슨 짓입니까?"

바커가 외쳤다. 하지만 홈스는 그의 말 따위는 듣는 척도 하지 않고 방 안을 재빨리 둘러보았다. 순간 홈스의 시선이 탁자 아래에 꽂혔다. 그는 순식간에 몸을 날려 물에 젖은 꾸러미를 꺼내 들었다.

"바커 씨! 우리는 바로 이것을 찾고 있었습니다. 아령이 들어 있는 이 꾸러미! 당신이 방금 해자 밑바닥에서 건져 올린 것 말입니다."

화들짝 놀란 바커는 홈스를 멍하니 바라보았다.

"도대체 그걸 어떻게 알았습니까?"

"내가 거기 두었으니까요."

뜻밖의 말에 그 자리에 모인 사람들은 입을 쩍 벌린 채로 홈스를 쳐다보았다.

"당신이 거기에 두었다고? 당신이?"

"아, 정확히 말하자면 '내가 다시 넣었다'라고 해야겠군요."

홈스는 팔짱을 낀 채로 맥도널드 경감을 쳐다보았다.

"경감, 아령 하나가 없어진 걸 내가 이상하게 생각했던 것을 기억하지요?"

"그렇습니다."

"나는 당신이 그쪽에 주의를 기울여주기를 바랐지만, 당신은 다른 일에 신경을 쓰느라 바쁘더군요. 조금만 생각했더라면 당신도 추리를 발전시킬 수 있었을 겁니다. 근처에 물이 있는 조건에서 무거운 물건 하나가 없어졌다! 그렇다면 그것을 물에 가라앉혔을 수도 있겠다고 가정하는 것은 그리 터무니없는 일이 아닙니다. 그래서 나는 그 일을 실험해보기로 했지요."

"그럼 어젯밤에?"

"맞습니다. 집사 에임스의 도움으로 서재에 들어간 나는 왓슨의 우산 손잡이를 이용해 이 꾸러미를 건져냈습니다."

사람들의 시선은 모두 홈스가 들고 있는 꾸러미에 고정되었다.

"그런데 가장 중요한 문제는 이 꾸러미를 누가 그곳에 넣었는지 밝혀내는 일이었습니다. 그래서 내일 해자의 물을 뺀다는 통보를 한 겁니다. 솔직히 그건 너무나 뻔한 수법이었어요. 꾸러미를 버린 사람이 이 소식을 듣고 그것을 건져 올릴 것을 미리 계산한 행동이었지요. 이제 그 사람이 누구인가를 목격한 사람이 여기 네 명이나 생겼습니다."

홈스는 날카로운 시선으로 바커를 바라보았다.

"바커 씨, 이제 당신이 말할 차례군요."

홈스는 물에 젖은 꾸러미를 탁자 위의 등불 옆에 내려놓았다. 그리고 끈을 풀어 아령을 꺼낸 다음 그것을 방구석 쪽으로 던졌다. 그다음에는 꾸러미에서 구두 한 켤레를 꺼냈다.

"보다시피 미국제입니다."

홈스가 구두코를 가리키며 말했다. 다음으로 칼집에 들어 있는 길고 무시무시한 칼을 꺼내 탁자 위에 올려놓았다.

마지막으로 속옷과 양말, 회색 트위드 정장과 노란 코트도 펼쳐놓았다.

"여기 있는 옷들은 흔하게 볼 수 있는 것들입니다. 하지만 이 코트만은 다르지요."

홈스는 코트를 불빛에 비추었다.

"이 옷을 유심히 봐주십시오. 여기 안주머니는 안으로 꽤 깊게 파여 있어서 총신을 자른 엽총도 넣을 수 있을 정도입니다. 목에 붙은 상표를 보니 〈미국 버미사, 닐 의상실〉이라고 쓰여 있군요."

맥도널드 경감은 홈스가 건넨 코트를 이리저리 살펴보았다. 그의 얼굴에는 놀라는 기색이 역력했다. 홈스는 여전히 바커를 뚫어져라 쳐다보며 말을 이었다.

"오늘 오후 나는 목사관 도서실에서 상당히 유익한 시간을 보냈습니다. 알고 보니 버미사는 미국의 유명한 탄광이 자리한 소도시더군요. 바커 씨, 나는 당신이 더글러스 씨의 전 부인과 탄광 지구를 연관시켜 이야기한 것을 기억하고 있습니다. 그래서 시신 옆에 있던 카드의 'V.V'가 버미사 계곡(Vermissa Valley)을 의미할지도 모른다고 추측해보았습니다. 그리고 이 계곡이 바로 살인자를 보낸 공포의 계곡

일 거라 추정했습니다. 이건 절대 억지를 부리는 것이 아닙니다. 여기까지는 분명한 사실이니까요."

명탐정의 설명을 듣는 바커의 표정은 참으로 볼 만했다. 그의 얼굴에는 놀라움과 분노, 탄식과 망설임이 차례로 교차하고 있었다. 그 표정을 읽어낸 홈스가 바커를 부추겼다.

"이제는 당신이 설명할 차례입니다."

잠시 머뭇거리던 바커가 마침내 입을 열었다. 그런데 그는 나의 예상과는 달리 지나치리만큼 빈정거리는 것이었다.

"홈스 씨, 그렇게 많이 아시는 분이 계속 말씀해보시지요."

"물론 얼마든지 말할 수는 있습니다. 하지만 당신이 직접 말하는 게 더 나을 것 같군요."

"아, 그렇게 생각하신단 말이지요? 그런데 이걸 어쩝니까? 여기에 어떤 비밀이 있다고 해도 그건 내 비밀이 아닙니다. 그러니 내가 마음대로 밝힐 수도 없지요."

"바커 씨, 그런 식으로 나온다면 우리는 체포영장을 청구하겠습니다. 그리고 당신을 구속할 때까지 계속 감시할 겁니다."

맥도널드 경감이 낮은 목소리로 위협하듯 말했다.

"좋을 대로 하십시오."

바커는 경감의 말에는 전혀 아랑곳하지 않고 도전적인 목소리로 대답했다. 이제 더 이상 방법은 없는 것 같았다. 고집스럽게 꽉 다문 입술만 보더라도 그가 절대 입을 열지 않으리라는 것을 알아차릴 수 있었다.

그런데 바로 그때 어디선가 여자의 목소리가 흘러나왔다. 고개를 돌려보니 목소리의 주인공은 반쯤 열린 문 앞에서 상황을 지켜보던 더글러스 부인이었다.

"세실, 당신은 할 만큼 했어요. 앞으로 무슨 일이 생기든 그건 당신 탓이 아니에요."

부인이 부드러운 목소리로 말했다.

"충분하고도 남을 만큼 했지요."

홈스가 진지한 표정으로 부인을 보며 말했다.

"부인, 저는 진심으로 당신의 처지를 동정합니다. 이제 당신이 할 일은 우리 사법 체계의 상식을 믿으시고 경찰에게 모든 사실을 털어놓는 것뿐입니다. 부인이 왓슨을 통해 내게 전달한 뜻을 받아들이지 않은 것은 내 실수였는지도 모릅니다. 하지만 그때는 부인이 범죄에 직접적으로 관련되어 있다고 믿을 만한 이유가 있었습니다. 그런데 지금은 그렇지 않다는 확신이 서는군요. 그렇다 해도 아직 설명하지 못한 부분들이 남아 있습니다. 그러니 부인께서는 더글러스 씨에게 직접 나와서 설명하라고 설득해주십시오."

바로 그 순간이었다. 홈스의 말이 끝나기가 무섭게 한 남자가 어두운 벽 쪽에서 튀어나왔다. 상상조차 할 수 없는 일이 눈앞에서 벌어진 것이었다. 두 형사와 나는 너무 놀란 나머지 저도 모르게 비명을 지르고 말았다. 그 남자는 방의 구석진 곳에서 우리를 향해 걸어오고 있었다. 더글러스 부인은 곧바로 몸을 돌려 남자를 꽉 끌어안았다. 그녀의 몸이 파르르 떨리고 있었다. 바커는 침통한 표정으로 남자가 내미는 손을 꽉 붙잡았다.

"존, 이게 최선이에요. 이게 최선이에요."

부인은 떨리는 목소리로 같은 말을 되풀이했다.

"그렇습니다. 더글러스 씨, 저도 이게 최선의 선택이라고 생각합니다."

홈스가 말했다. 두 형사와 나는 너무 놀라서 입을 다물지 못했다.

어두운 곳에서 밝은 곳으로 걸어 나온 남자는 눈이 부신 듯 우리를 향해 눈을 깜빡이고 있었다. 남자의 얼굴은 정말 인상적이었다. 두려움을 모르는 회색 눈동자, 짧게 자른 반백의 콧수염, 각진 턱과 재미있게 생긴 입매까지, 정말 특이한 얼굴이었다. 그는 우리를 한 사람씩 차례로 쳐다보았다. 그리고 놀랍게도 내게로 다가와 한 뭉치의 서류를 건네는 것이었다.

"왓슨 박사님, 당신에 대해서는 익히 들어 잘 알고 있습니다."

그의 발음과 억양은 영국식도 아니고 그렇다고 미국식도 아니었다. 하지만 상당히 부드럽고 듣기 좋은 목소리였다.

"왓슨 박사님, 이제껏 이렇게 재미있는 이야기를 쓰신 적은 없지요? 이야기는 쓰고 싶은 대로 쓰십시오. 하지만 사실대로 쓴다고 약속해주십시오. 거기 적힌 대로만 쓴다면 독자들을 단번에 사로잡을 수 있을 겁니다."

그의 얼굴은 피곤한 기색이 역력했지만 두 눈만은 강렬하게 빛나고 있었다.

"나는 이틀 동안이나 저 어두운 굴속에서 갇혀 지냈습니다. 그리고 낮 동안에 작은 틈으로 새어 들어오는 한 줄기 빛에 의존해 겨우 이 글을 썼습니다. 이제 힘들게 적어놓은 글을 당신에게 드리겠습니다. 이걸 읽어보시면 당신은 물론이고 독자들도 모두 만족할 겁니다."

"이게 대체 뭡니까?"

"바로 공포의 계곡에 대한 이야기입니다."

그러자 홈스가 재빨리 끼어들었다.

"더글러스 씨, 그것은 과거의 이야기입니다. 우리는 현재의 이야기를 원합니다."

더글러스는 옅은 미소를 지으며 말했다.

"걱정 마십시오. 모두 말씀해드릴 테니까요. 그보다 먼저 담배 좀 피워도 될까요?"

홈스는 주머니에서 시가를 꺼내 더글러스에게 건넸다. 시가에 불을 붙인 더글러스는 담배연기를 깊숙이 빨아들이고는 한결 편해진 얼굴로 입을 열었다.

"홈스 씨, 내 기억이 정확하다면 당신도 애연가일 테지요?"

"맞습니다."

"그렇다면 아마 담배연기가 새어 나갈까봐 이틀 동안이나 담배를 피우지 못한 사람의 심정을 누구보다 잘 이해하시겠군요."

홈스는 대답 대신 고개를 끄덕이며 미소를 지었다. 더글러스는 벽난로 선반에 몸을 기댄 채로 시가를 맛있게 피웠다.

"홈스 씨, 당신에 대한 이야기는 들었지만 이렇게 만나게 될 줄은 꿈에도 몰랐습니다."

그는 방금 내게 건네준 서류 뭉치를 고갯짓으로 가리키며 말했다.

"하지만 저것을 읽으신다면 내가 아주 새로운 이야기를 가져왔다는 것을 알게 될 겁니다."

너무 놀라 말을 잇지 못하던 맥도널드 경감은 경악한 표정으로 겨우 소리쳤다.

"이게 도대체 무슨 일이랍니까? 당신이 정말 벌스톤 저택의 주인인 존 더글러스 씨라면 우리는 지난 이틀 동안 누구의 죽음을 조사한 겁니까? 그리고 당신은 지금 어디서 튀어나온 겁니까? 마술처럼 마룻바닥에서 튀어나온 겁니까?"

홈스는 엄한 표정으로 경감을 향해 손가락을 흔들었다.

"맥 경감! 그러게 이 지방에서 발행한 소책자를 보라는 내 조언을 무시하지 말았어야지요. 당신이 그런 질문을 하는 것은 찰스 왕이 이곳에 은신했던 기록이 적힌 책을 읽지 않았기 때문입니다."

"그게 무슨 상관이란 말입니까?"

"당시 사람들은 훌륭한 은신처가 아니면 몸을 숨기지 않았습니다. 그런데 한 번 사용했던 은신처는 다시 사용할 수 있지요. 그래서 나는 더글러스 씨가 이 지붕 밑에 숨어 있을 거라고 확신할 수 있었습니다."

"그렇다면 홈스 씨, 당신은 언제부터 우리를 속여온 겁니까? 우리의 수색작업이 아무 소용없다는 것을 알았으면서 왜 가만히 보고만 있었습니까?"

더글러스 경감이 분을 참지 못하고 씩씩대며 소리쳤다.

"맥 경감, 나는 한순간도 그런 적이 없습니다. 어젯밤에야 비로소 사건의 윤곽을 그려낼 수 있었으니까요. 게다가 확실한 증거는 오늘 저녁이 되어서야 잡을 수 있었습니다. 그리고 아까 내가 두 분 형사에게 오늘 하루 휴가를 가져보라고 권하지 않았습니까. 내가 할 수 있는 일은 거기까지였습니다. 더 이상은 할 수 있는 일이 없었어요."

"그렇다면 여기 방 안에서 발견된 시신은?"

맥도널드 경감이 퉁명스럽게 물었다.

"그야 당연히 턴브리지 웰스에서 자전거를 타고 온 사람의 시신이지요. 다른 결론은 있을 수 없습니다. 해자에서 옷 꾸러미를 찾아낸 순간 나는 그 사실을 알아차렸습니다. 그래서 더글러스 씨를 찾는 것이 급선무라고 생각했습니다. 그러자 어쩌면 더글러스 씨는 저택 어딘가에 숨어 있을지도 모른다는 생각이 들더군요. 아무래도 부인과 친구의 도움을 받기 쉬운 곳에 있을 가능성이 높았지요."

홈스가 말하자 더글러스가 말없이 고개를 끄덕였다.

"언제까지 숨어 지낼 생각이었습니까?"

경감이 묻자 이번에도 홈스가 대답했다.

"일정 기간 숨어 지내다가 사건이 잠잠해지면 도망칠 생각이었겠지요."

더글러스는 감탄의 눈으로 홈스를 바라보며 고개를 끄덕였다.

"홈스 씨, 역시 대단하시군요. 제대로 파악하셨습니다. 나는 일단 법망을 피하는 게 상책이라고 생각했습니다. 과연 영국 법이 내가 저지른 행위를 어떻게 처리할지 알 수 없었기 때문이죠. 또 그래야만 나를 추적하는 놈들을 따돌릴 수 있다고 판단했습니다. 그렇다고 내가 부끄러운 행동을 했다고 생각하지는 마십시오. 나는 처음부터 끝까지 후회할 만한 짓은 전혀 하지 않았으니까요. 다만 내 이야기를 듣는 동안 판단은 여러분 스스로 하십시오. 대신 나는 진실만을 말하겠습니다."

그는 소리가 날 정도로 침을 꿀꺽 삼키고는 맥도널드 경감을 쳐다보았다.

"경감님, 나는 처음부터 이야기하지는 않겠습니다. 그건 모두 저기 있으니까요."

더글러스는 내가 들고 있는 서류를 가리켰다.

"저 안에는 세상에 둘도 없이 기괴한 이야기가 담겨 있습니다. 대강의 내용은 이렇습니다. 어떤 이유로 나를 미워하는 사내들이 있습니다. 그들은 수단과 방법을 가리지 않고 나를 죽이려 덤벼듭니다. 내가 살아 있고 놈들이 살아 있는 한 내게 안전한 곳은 없습니다. 그들은 시카고에서부터 캘리포니아까지 나를 쫓아왔습니다. 급기야는 미국 밖으로까지 나를 쫓아왔습니다. 하지만 나는 결혼을 하고 이곳에 정착했기 때문에 평화로운 말년을 보낼 수 있을 거라 믿고 있었습니다."

그는 안타까움과 서글픔이 담긴 눈으로 부인을 바라보았다.

"이 사람에게는 그 일에 대해 이야기하지 않았습니다. 그녀까지 괜스레 고통 속으로 밀어 넣고 싶지 않았기 때문입니다. 하지만 아내는 무언가를 눈치 챈 것 같았습니다. 어쩌면 내가 무심코 흘린 말을 듣고 그랬을지도 모르지요. 그렇다고는 해도 이 사람은 어제 당신들을 만나기 전에는 사건의 진상조차 제대로 파악하지 못하고 있었습니다. 아내는 자신이 알고 있는 내용을 여러분에게 다 털어놓았습니다. 여기 있는 바커도 마찬가지입니다. 왜냐하면 사건이 터진 날에는 설명할 시간이 부족했기 때문입니다. 이제 아내는 모든 것을 다 알고 있습니다. 내가 더 현명한 사람이었다면 그녀에게 조금 더 일찍 말해줬을 텐데……."

더글러스는 미안함이 가득한 눈으로 부인을 바라보며 그녀의 손을 꼭 쥐었다.

"미안하오, 여보. 하지만 쉽지 않은 일이었소. 그저 나는 모든 일이 다 잘되기를 바랄 뿐이었다오."

그는 한숨을 길게 내쉬며 힘겹게 말을 이어갔다.

"여러분! 사건이 일어나기 전날, 나는 턴브리즈 웰스에 갔다가 우연히 한 남자를 보게 되었습니다. 그저 흘낏 봤을 뿐이지만 나는 그가 누군지 곧바로 알아차릴 수 있었습니다. 그는 나의 적들 중에서도 가장 무서운 적이었습니다. 최근 몇 년 동안 그는 순록을 쫓는 굶주린 늑대처럼 내 주위를 맴돌고 있었습니다. 나는 턱밑까지 위험이 다가왔다는 것을 깨달았습니다. 그래서 당장 집으로 돌아와 공격에 대비하기로 했지요. 솔직히 나는 내 힘만으로도 그와 싸워 이길 수 있다고 생각했습니다. 1876년 미국에서 크나큰 행운을 경험한 일이

있었는데 지금도 그 운이 나를 감싸고 있다고 믿고 있었으니까요. 다음 날 나는 하루 종일 집 밖으로 한 발자국도 나가지 않았습니다. 정원에도 나가지 않았지요. 그렇게 하기를 얼마나 잘했는지 모릅니다. 만약 주의하지 않고 평소대로 돌아다녔다면 놈은 내게 사냥총을 쏘아댔을 겁니다. 낮 동안은 불안감에 휩싸여 지냈지만, 해가 질 무렵에는 마음을 놓을 수 있었습니다. 도개교를 올리고 나면 놈이 침입할 수 없으니까요."

그런데 다음 말을 이으려던 더글러스가 두 주먹을 불끈 쥐고 부르르 떠는 것이었다.

"하지만 놈은 이미 집 안으로 들어와서 나를 기다리고 있었습니다. 오! 그럴 줄은 정말 꿈에도 몰랐습니다. 그래서 나는 평상시처럼 실내복만 입은 채로 집안을 단속하고 아무런 의심 없이 서재로 들어갔던 겁니다. 그러나 서재 안에 발을 내딛는 순간! 나는 온몸으로 위험을 감지했습니다. 평생 동안 위험 속에서 살다보니 내 몸의 털 하나하나가 위험에 반응하는 모양이었습니다. 그런데 나는 위험이 코앞에 있다는 사실을 알아차리기만 했을 뿐 그것이 무엇 때문인지는 눈치 채지 못했습니다."

더글러스는 짧은 한숨을 내쉬며 이를 악물었다.

"그러다 문득 커튼 밑으로 튀어나온 구두코를 보게 된 겁니다. 그제야 내 육감이 가리키던 위험의 존재를 정확히 알 수 있었습니다. 그때 내가 손에 쥐고 있던 것은 촛불 한 자루뿐이었습니다. 하지만 열린 문을 통해 홀의 밝은 불빛이 서재까지 흘러들어왔습니다. 그래서 나는 탁자 위에 촛불을 내려놓고 벽난로 선반 위에 있는 망치를 향해 달려갔습니다. 그 순간이었습니다. 놈이 커튼 밖으로 튀어나오더니 하이에나처럼 내게로 덤벼드는 것이었습니다. 그때 내 눈에 번쩍이는 칼날이 보였고, 나는 놈을 향해 정신없이 망치를 휘둘렀습니다. 마구 휘두른 망치에 어디를 맞았는지는 모르겠지만 칼이 쩽 하는 소리를 내며 바닥에 떨어졌습니다. 놈은 뱀장어처럼 빠르게 탁자 뒤로 몸을 피했습니다. 그러더니 순식간에 코트 속에서 총을 빼어들더군요. 나는 놈이 공이치기를 잡아당기는 소리를 똑똑히 들었습니다. 그래서 바람처럼 몸을 날려 놈의 총을 붙잡았습니다. 방아쇠를 당기기 전에 놈을 막아야 한다는 생각밖에 없었거든요. 나는 총신을 꽉 붙잡았고 우리는 거의 1분 동안 총을 뺏기 위해 몸싸움을 벌였습니다. 총을 먼저 뺏기는 자는 죽을 운명이니 사력을 다해 싸울 수밖에 없었습니다."

잠시 말을 멈춘 더글러스는 그날 밤의 일이 생생히 떠오르는지 두 눈을 질끈 감았다.

"놈은 총을 절대 놓지 않더군요. 그런데 가만 보니 개머리판을 아래쪽으로 하고 있었습니다. 오! 어쩌면 내가 방아쇠를 당겼는지도 모르겠습니다. 아니면 싸우는 와중에 방아쇠를 건드렸는지도 모르지요. 아무튼 순식간에 두 개의 총신이 불을 뿜었습니다. 그리고 발사된 총알 두 방이 그의 얼굴을 관통해버렸습니다. 나는 멍한 표정으로 테드 볼드윈의 남은 몸뚱이를 내려다보았습니다."

"테드 볼드윈?"

맥도널드 경감이 놀랍다는 듯 소리치자 더글러스가 힘없이 고개를 끄덕였다.

"턴브리지 웰스에서도, 그리고 서재에서 악마 같은 얼굴로 내게 덤벼들었을 때도 나는 그가 누구인지 한 번에 알아볼 수 있었습니다. 하지만 총알에 맞아 쓰러진 그의 모습은 그를 낳아준 어머니라고 해도 알아보지 못할 정도였습니다. 그동안 험한 꼴을 많이 봐왔지만 그 모습만큼은 제정신으로 지켜보기 힘들었습니다."

더글러스는 이마에 흥건히 고인 땀을 닦아냈다. 그날의 일을 기억하는 것만으로도 힘겨운 듯 보였다.

"나는 탁자에 의지한 채로 가까스로 몸을 버티고 있었습니다. 그때 바커가 다급히 달려오는 소리가 들리더군요. 뒤이어 아내가 계단을 내려오는 소리도 들렸습니다. 나는 황급히 문밖으로 뛰어나가 아내를 막아섰습니다. 그렇게 끔찍한 장면을 여자에게 보여줄 수는 없었으니까요. 아내는 놀란 표정으로 무슨 일인지 물었습니다. 하지만 나는 아무 일 없으니 올라가 있으라고만 했습니다. 나도 곧바로 올라갈 테니 걱정하지 말라고 다독이면서요. 아내는 불안한 기색을 감추지 못하면서도 내 말을 듣고 다시 방으로 들어갔습니다. 하지만 바커는 달랐습니다. 그는 새파랗게 질린 내 얼굴을 보고 나쁜 일을 직감했는지 성큼성큼 서재로 들어갔습니다. 그리고 눈앞에 펼쳐진 광경을 보더니 한눈에 사태를 파악하더군요. 우리는 멍하게 앉아서 다른 사람들이 나타나기만 기다렸습니다. 그런데 웬일인지 아무도 나타나지 않는 것이었습니다. 그제야 우리는 깨달았습니다. 아무도 총소리를 듣지 못했다는 것을 말입니다. 그러니까 이 사건을 알고 있는 사람은 바커와 나, 우리 둘뿐이었습니다. 그때 내 머릿속에 한 가지 생각이 떠올랐습니다. 나 스스로도 깜짝 놀랄 만큼 훌륭한 아이디어였어요. 놈의 소매가 말려 올라간 덕에 팔뚝에 찍힌 비밀 결사대의 낙인이 확연히 드러났습니다. 바로 이런 모양의 표식 말입니다."

더글러스는 우리 앞으로 팔을 쭉 내밀더니 셔츠 소매를 단번에 걷어 올렸다. 그러자 정말 시신에 있는 것과 똑같은 모양의 갈색 낙인이 확연히 드러났다.

"그것을 본 순간 좋은 생각이 연달아 떠올랐습니다. 덕분에 짧은 시간 동안 아주 훌륭한 계획을 세울 수 있었지요. 놈은 키나 머리색, 체격이 나와 비슷했습니다. 얼굴은 아주 엉망이 되었기 때문에 누구도 얼굴로 신원을 파악할 수는 없었습니다. 그래서 나는 지금 입고 있는 옷을 위층에서 가지고 내려온 다음 놈에게 내 실내복을 입혔습니다. 그리고 여러분이 본 대로 놈을 바닥에 눕혀두었습니다. 놈의 소지품은 한데 모아서 아령과 함께 묶은 뒤 창밖으로 던져버렸습니다. 물에 가라앉도록 말입니다. 그 후 놈이 나를 죽이고 내 시신 옆에 놓아두려 했던 카드를 그의 시신 옆에 던져놓았습니다. 마지막으로 끼고 있던 반지를 빼서 놈의 손가락에 끼워두었습니다. 하지만 결혼반지는……."

그는 길고 굵은 손가락을 우리 앞에 펼쳐보였다. 아니나 다를까, 그의 손가락에는 결혼반지가 끼워져 있었다.

"너무 꽉 끼어 있어서 빠지지 않더군요. 결혼 후에 반지를 빼본 적이 없기 때문에 이것을 빼려면 실이 필요했습니다. 그런데 솔직하게 말하자면 결혼반지만큼은 빼기 싫더군요."

그는 애틋한 표정으로 부인을 바라보았다. 부인은 눈물이 그렁그렁 맺히자 얼굴을 붉히며 고개를 숙였다.

"아무튼 빼고 싶어도 뺄 수 없는 상황이 되자 나머지 반지만 끼워놓기로 했습니다. 결혼반지에 관한 문제는 나중에 잘 해결되기를 바라면서요. 또 반창고를 가져와서 내가 붙인 자리와 똑같은 자리에 붙여 주었습니다."

그는 웃음기를 머금은 얼굴로 홈스를 바라보며 말했다.

"홈스 씨, 당신은 아주 훌륭하고 똑똑한 탐정입니다. 하지만 한 가지 실수를 했습니다. 만약 그 반창고를 떼어 보았다면 피부에 상처가 없다는 것을 바로 발견할 수 있었을 겁니다."

홈스는 아무런 말도 하지 않은 채로 그의 말을 묵묵히 듣고만 있었다.

"자, 이게 사건의 진상입니다. 나는 잠시 동안 숨어 지내다가 다른 곳으로 도망친 뒤 아내와 다시 만나야겠다고 작정했습니다. 그렇게 하면 남은 인생을 편안하게 지낼 수 있다고 생각했지요. 저 사악한 인간들은 내가 살아있는 한 끝까지 내 뒤를 쫓을 겁니다. 하지만 볼드윈이 나를 살해했다는 기사가 신문에 나기만 한다면 이런 걱정은 할 필요가 없게 되지요. 나의 사랑하는 아내와 고마운 친구 바커는 내게 자세한 설명을 듣지는 못했습니다. 하지만 나를 이해하고 믿으며 끝까지 도와주었습니다."

더글러스는 감정이 북받쳐 오르는지 잠시 말을 멈추고 입술을 꽉 깨물었다.

"나는 이 집에 있는 은신처들을 모두 알고 있었습니다. 집사 에임스도 그것을 알고 있었지만 이 사건과 연관 지을 생각은 하지 못했을 겁니다. 그래서 나는 은신처 중 한 곳에 숨었고 나머지는 모두 바커가 처리했습니다."

흘끗 보니 바커는 힘겹게 말을 잇는 친구를 안타까운 눈으로 지켜보고 있었다.

"그다음에 바커가 한 일은 여러분이 짐작하시는 대로입니다. 그는 창틀에 범인이 도망가다 남긴 것 같은 흔적을 만들어 놓았습니다. 어쩌면 필요 없는 짓이었는지도 모릅니다. 하지만 도개교가 올라간 상태에서 달리 도망칠 방법이 없었으니까요. 그렇게 모든 상황이 정리되자 바커는 벨을 울렸습니다. 다음 일은 나보다 여러분이 더 잘 알고 있을 테지요."

그는 비장한 표정으로 우리를 둘러보며 말했다.

"여러분, 이제 당신들이 원하는 대로 하십시오. 다만 내가 진실만을 말했다는 것은 믿어주십시오. 그리고 한 가지, 영국 법에 따라 내가 어떤 처벌을 받게 되는지 알고 싶습니다."

모두들 깊은 침묵에 빠져 있었다. 그것을 가장 먼저 깨뜨린 사람은 바로 홈스였다.

"영국법은 대체로 공정합니다. 그러니 당신은 숨기보다는 법 앞에 당당한 편이 나을 겁니다. 그런데 묻고 싶은 게 있습니다. 그 남자는 당신의 집 주소를 어떻게 알았고, 저택에는 어떻게 들어왔으며, 당신을 죽이기 위해 어디에 숨어야 하는지를 대체 어떻게 알았을까요?"

"글쎄요, 그것은 나도 모릅니다."

더글러스가 어깨를 으쓱하며 대답했다. 별로 중요한 문제가 아니라는 표정이었다. 하지만 홈스는 달랐다. 나는 그의 얼굴이 몹시 창백하고 심각하게 변해가는 것을 눈치 챘다.

"아무래도 아직 사건이 끝나지 않은 것 같습니다. 어쩌면 당신은 영국 법보다, 미국의 적보다 더 무서운 위험에 노출되어 있는지도 모릅니다. 더글러스 씨, 제발 내 충고를 받아들여 경계를 늦추지 마십시오."

홈스를 제외한 나머지 사람들은 도무지 이해할 수 없다는 얼굴로 서로를 쳐다보고 있었다.

인내심이 강한 나의 독자 여러분! 지금부터 나와 함께 서섹스의 벌스톤 저택으로부터, 또 존 더글러스라는 남자의 이상한 이야기로부터 잠시 벗어나보자. 나는 여러분과 함께 약 20년 전으로 거슬러 올라가려고 한다. 또 공간상으로는 서쪽으로 수천 킬로미터나 떨어진 곳으로 향하려고 한다.

앞으로 여러분 앞에는 소름끼치도록 무서운 이야기가 펼쳐질 것이다. 그것은 실제로 일어났던 사건이지만 여러분은 믿을 수 없다고 고개를 저을지도 모르겠다. 한 가지 이야기를 끝맺기도 전에 다른 이야기를 끼워 넣는다고 오해하지 말길 바란다. 책장을 넘기는 동안 여러분은 그렇지 않다는 것을 깨닫게 될 테니까.

이제 아득한 시절에 일어난 사건들에 대해 자세한 이야기를 들어보자. 그리고 지나간 수수께끼를 풀어보자. 그런 다음 다시 한 번 베이커 가의 방에 모여 이 사건을 마무리 짓도록 하자.

제 2 부

스코러즈

1
도망자

1875년 2월 4일. 매서운 추위가 몰아치던 날이었다. 길머튼 산맥의 골짜기에는 눈이 깊게 쌓여 있었다. 하지만 증기 제설기가 철도 선로의 눈을 말끔히 치워놓았기 때문에 기차 운행에는 문제가 없었다. 밤기차는 평지인 스태그빌을 지나 버미사 계곡 위쪽에 자리한 소도시 버미사를 향하고 있었다. 그런데 철로의 경사가 어찌나 가파른지 기차가 힘겨워 보일 정도였다. 기차는 탄광촌과 제련소 촌락을 연결하는 긴 노선을 운행했다. 버미사를 지난 기차는 곧장 내리막길을 달려갔다. 선로는 바톤 크로싱, 헬름데일, 그리고 순수한 농업지대인 머톤을 잇고 있었다. 선로는 단선이었는데, 수많은 측선에는 석탄과 철광석을 실은 화물 열차가 끝이 보이지 않을 정도로 길게 늘어서 있었다. 땅속에 묻힌 광물들은 부를 가져다주는 보물이었다. 그래서 거친 사나이들은 미국의 외지고 황폐한 땅으로 물밀듯이 밀려들고 있었다.

그런데 돈을 위해 모여들기는 했지만 이곳은 너무나 황량했다. 최초로 이 지역을 지나간 개척자들은 시커먼 바위산과 울창한 숲이 전부인 이 땅이 푸르른 초원과 물이 풍부한 목장보다 더 가치 있다는 사실을 상상이나 했을까? 산허리에는 사람이 접근할 엄두를 내지 못할 정도로 빽빽하게 숲이 우거져 있었다. 또 산꼭대기에는 흰 눈에 덮인 뾰족한 바위봉우리가 우뚝 솟아 있었다. 그 가운데로 구불구불한 계곡이 길게 뻗어 있었고 그 계곡 위로 작은 기차가 힘겹게 기어오르는 중이었다.

기차에는 대략 20~30명의 승객이 타고 있었다. 열차 객실 안에는 기름등잔이 불을 밝히고 있었다. 승객들 대부분은 계곡 아래에서 힘든 노동일을 마치고 집으로 돌아가는 사람들이었다. 시커멓게 더러워진 얼굴을 하고 안전등을 휴대한 사람들이 열두서너 명가량 되었는데, 그들은 한눈에 봐도 광부임을 알 수 있었다. 이들은 한군데로 몰려 앉아 담배를 피우거나 낮은 목소리로 이야기를 나누었다. 가끔씩은 맞은편에 앉아 있는 두 남자를 흘낏거리기도 했다. 정복 차림에 배지를 단 모양으로 봐서 두 남자는 경관임이 틀림없었다. 그 밖에 여자 노동자 몇 명과 지방에서 작은 상점을 꾸릴 것 같은 여행객 한두 명이 눈에 띄었다. 이런 사람들 틈에 끼지 않고 한쪽 구석에 홀로 앉아 있는 남자가 있었다. 그는 어느 쪽 직업군에도 속하지 않을 것 같아 보였다. 이제 우리가 관심을 갖고 지켜보려 하는 사람이 바로 이 남자다. 다시 말하지만 우리는 반드시 이 남자를 눈여겨보아야 한다. 그는 그럴 만한 가치가 충분히 있으니까.

이제 갓 서른을 넘긴 것으로 보이는 남자는 생기 넘치는 얼굴에 안경을 끼고 있었다. 그는 보통 체격에 특별히 눈에 띄는 타입은 아니었다. 하지만 크고 날카로우며 장난기가 넘치는 회색 눈만큼은 그 누구보다 밝게 빛나고 있었다. 그는 호기심 가득한 시선으로 주위 사람들을 둘러보았다. 그것만 보더라도 그가 사교적이고 붙임성이 있는 성격이며, 누구와도 쉽게 친해질 수 있으리라는 것을 짐작할 수 있었다. 누구든지 그를 만나면 그가 사람들과 대화하는 것을 좋아하며 재치가 넘치고 쾌활하다는 것을 알 수 있을 것이다. 하지만 고집스러운 턱과 꽉 다문 입매를 보면 그가 쉽게 상대할 만한 사람은 아니라는 것도 깨닫게 될 것이다. 아무튼 이 명랑한 갈색머리의 아일랜드 남자는 어느 조직에 발을 들여놓든 자신의 인상을 강하게 남겨놓을 게 분명해 보였다. 좋은 쪽으로건, 나쁜 쪽으로건.

남자는 입을 꼭 다문 채로 차창 밖 풍경만 바라보았다. 바깥 풍경은 썩 좋아 보이지 않았다. 서서히 어둠이 내리는 가운데 산중턱에서는 용광로가 시뻘겋게 타오르고 있었다. 용광로 양쪽 옆에는 광석 부스러기와 석탄재가 산더미처럼 쌓여 있었고, 그 위에는 탄광 갱도의 샤프트가 높이 솟아 있었다. 그리고 철로 부근에는 초라한 목조 가옥이 무질서하게 흩어져 있었다. 열차는 자주 멈춰 섰다. 그때마다 거뭇한 얼굴의 사람들이 타고 내리기를 반복했다. 버미사 지방의 탄광 계곡은 한가한 사람들이나 교양 있는 사람들의 휴양지가 아니었다. 어디를 둘러봐도 가혹한 삶에 시달린 흔적이 역력한 사람들과 거친 일을 하는 노동자들이 넘쳐났다.

음침한 고장을 바라보는 젊은 여행자의 표정에는 혐오스러움과 호기심이 가득했다. 아마도 이곳을 처음 방문하는 모양이었다. 그는 가끔씩 주머니에서 두툼한 편지를 꺼내 들여다보기도 하고 종이 가장자리에 뭔가를 적어 넣기도 했다. 어느 때는 온화한 인상과는 어울리지 않는 물건을 꺼내들기도 했다. 그것은 초대형 해군용 권총이었다. 권총을 비스듬히 들고 불빛에 비춰보자 탄창 내부의 구리 탄피 가장자리가 반짝 빛을 발했다. 그것은 권총이 완전히 장전된 상태임을 의미했다. 상태를 확인한 그는 재빨리 권총을 주머니에 집어넣었다. 하지만 옆자리에 앉아 있던 노동자가 그 모습을 보고 먼저 아는 체를 했다.

"어이, 형씨! 무기를 갖고 다니는 걸 보니 누군가에게 쫓기는 모양이로군."

노동자가 말했다. 젊은이는 당황스러웠지만 애써 미소를 지었다.

"전에 내가 살던 곳에서는 이게 필요할 때가 종종 있었거든요."

"그곳이 어디오?"

"시카고입니다."

"여기는 처음인 모양이군."

"맞습니다."

"여기서도 그게 필요할지 모르지."

"그렇습니까?"

노동자의 말에 젊은이는 대단히 흥미를 느끼는 모양이었다.

"이 지역에서 일어난 일에 대해 들어본 적이 있소?"

"별로."

"저런! 나라 전체에 소문이 퍼졌을 거라 생각했는데, 아니라고? 아무튼 조만간 듣게 될 거요. 그나저나 무슨 일로 여기까지 왔소?"

"일자리가 많다는 얘기를 들었습니다."

"노동조합에 가입했소?"

"네."

"그럼 금방 일자리를 구할 수 있을 거요. 그런데 아는 사람은 있소?"

"지금은 없습니다. 하지만 친구를 사귈 방법을 알고 있지요."

"방법이라면?"

노동자가 호기심 가득한 표정으로 물었다.

"나는 '프리맨'의 단원입니다. 그 지부가 없는 마을은 없습니다. 그러니 이곳 지부에서 친구를 사귈 수 있을 겁니다."

이 말은 상대방에게 묘한 효과를 불러일으켰다. 노동자는 객차 안의 다른 사람들을 조심스럽게 둘러보았다. 광부들은 아직도 삼삼오오 모여 낮은 목소리로 이야기를 나누는 중이었고, 두 경찰관은 꾸벅꾸벅 졸고 있었다. 그는 젊은이 옆으로 바짝 다가앉으며 손을 내밀었다.

"나는 당신 말을 믿소. 하지만 뭐든지 정확한 것이 좋지."

두 사람은 굳게 손을 맞잡았다. 노동자가 먼저 오른손을 오른쪽 눈썹에 가져다댔다. 그러자 젊은이가 왼손을 왼쪽 눈썹에 대는 것이었다.

"어두운 밤은 불쾌하다."

노동자가 속삭였다.

"그렇다. 낯선 사람이 여행을 하기에는."

젊은이가 말을 받았다.

"그 정도면 충분하군. 나는 버미사 계곡 341지부의 스캔런 형제요. 이렇게 만나게 돼서 정말 반갑소."

노동자가 밝게 미소 지으며 말했다.

"감사합니다. 나는 시카고 29지부의 잭 맥머도 형제입니다. 그곳의 보디마스터는 J.H.스콧입니다. 이렇게 빨리 형제를 만나게 될 줄은 몰랐는데, 내 운이 좋은 모양입니다."

젊은이도 활짝 웃으며 말했다.

"어디를 가나 우리 형제들이 많이 퍼져 있소. 미국에서도 버미사 지부만큼 번성한 곳은 없을 거요. 하지만 우리는 당신 같은 젊은이들이 더 필요하오. 그런데 당신처럼 혈기왕성한 젊은이가 시카고에서 일자리를 구하지 못했다는 것은 이해할 수 없군."

"일자리는 많았습니다."

맥머도가 말했다.

"그런데 왜 시카고를 떠났소?"

스캔런이 묻자 맥머도는 턱으로 경관들을 가리키며 씩 웃었다.

"저 친구들이 알면 좋아할 일 때문이지요."

스캔런은 알겠다는 듯 고개를 끄덕였다.

"사고를 친 모양이군."

"그것도 아주 대형사고로요."

"교도소에 갈 정도로?"

"워낙 여러 가지라."

"설마 사람을 죽인 것은 아니겠지?"

스캔런이 최대한 목소리를 낮추어 물었다.

"그런 대화를 나누기에는 아직 이른 것 같군요."

맥머도는 필요 이상의 이야기를 털어놓았다는 생각이 들자 기분이 나빠졌다.

"시카고를 떠난 데는 다 그만한 이유가 있었습니다. 당신은 그 정도만 알면 충분할 텐데 왜 자꾸 캐묻는 겁니까?"

안경 너머로 맥머도의 회색 눈동자가 무섭게 불타올랐다.

"뭐, 악의가 있었던 건 아니니 진정하시게. 당신이 무슨 일을 했건 우리 형제들은 당신을 나쁘게 생각하지 않을 테니. 그런데 지금은 어디로 가는 길이오?"

"버미사."

"거기는 여기서 세 번째 역이오. 어디서 묵을 생각이오?"

맥머도는 봉투 하나를 꺼내더니 흐릿한 기름등잔 가까이로 가져갔다.

"여기 주소가 있군요. 셰리던 거리에 있는 제이콥 샤프터의 하숙집. 시카고에서 알고 지내던 사람이 추천해준 곳입니다."

"못 들어본 이름이군. 하기야 버미사는 내 구역이 아니니까. 나는 홉슨 패치에 살고 있소. 다음 정거장에서 내려야 하지. 그런데 헤어지기 전에 한 가지 충고해둘 게 있소. 버미사에서 말썽거리가 생기거든 곧장 조합이 있는 곳으로 가시오. 그리고 보디마스터 맥긴티를 만나시오. 그는 버미사 지부의 보디마스터로 이 부근에서 일어나는 일은 모두 그가 관리하고 있소."

기차가 멈춰 서자 스캔런은 자리에서 일어서며 조용히 속삭였다.

"아무튼 잘 가시오, 형제여! 조만간 저녁에 지부에서 만나보겠군. 아무튼 내 말을 절대 잊지 마시오. 무슨 문제가 생기면 곧장 보디마스터 맥긴티를 찾으시오!"

스캔런이 기차에서 내리자 맥머도는 다시 혼자가 되었다. 그는 깊은 생각에 잠긴 채로 어둠에 싸인 차창 밖을 바라보았다. 밖에는 어둠이 짙게 깔려 있었고, 활활 타오르는 용광로의 불꽃만이 무섭게 춤을 추고 있었다. 시뻘건 용광로를 배경으로 사람들의 검은 그림자가 쉬지 않고 움직였다. 그들은 철커덕거리는 기계 소음에 맞춰 윈치나 권양기를 조작했다.

"지옥의 모습도 저렇겠지."

어떤 남자의 말소리가 들려왔다. 맥머도가 돌아보니 경관 한 명이 어느새 옆자리에 앉아 불타는 용광로를 바라보고 있었다. 그때 다른 경관이 인상을 찌푸리며 말했다.

"저기 있는 놈들은 진짜 지옥에 있는 놈들보다 더 난폭할 거야. 그런데 젊은이, 자네는 이곳이 처음인 모양이군."

"그래서 어떻단 말이오?"

맥머도가 퉁명스럽게 대답했다. 그러자 경관은 멋쩍은 표정으로 말했다.

"나는 그저 친구를 잘 사귀어야 한다는 충고를 해주고 싶었을 뿐

이네. 내가 자네라면 마이크 스캔런이나 그 패거리들과는 절대 친하
게 지내지 않을 걸세."

"내가 누구와 친하게 지내든 당신들이 무슨 상관이오?"

맥머도는 기분 나쁜 표정으로 고함을 질렀다. 그러자 객차 안에
있던 사람들의 시선이 모두 두 사람 쪽으로 쏠렸다.

"누가 당신보고 충고해달라고 했소? 아니면 내가 당신 충고 없이
는 움직이지도 못하는 바보인 것 같소? 내가 먼저 말을 걸지 않은 이
상 잠자코 있으란 말이야! 물론 당신에게 내가 말을 걸 일은 없겠지
만!"

맥머도는 날카로운 이빨을 드러내고 으르렁거리는 사냥개 같았
다. 그는 위협적으로 소리를 지르며 경관들 앞으로 얼굴을 바짝 들
이댔다. 뚱뚱하고 사람 좋게 생긴 두 경관은 좋은 뜻으로 말을 걸었
다가 뜻밖에 호된 질책을 듣자 어찌할 바를 몰랐다.

"나쁜 뜻으로 한 소리는 아니네. 보아하니 이곳에 처음 온 것 같아
서 한 말일 뿐이야."

한 경관이 달래듯 말했다.

"이곳은 처음이지만 당신 같은 사람들이 처음은 아니오! 부탁도
하지 않았는데 충고랍시고 이런저런 말을 늘어놓는 꼴이란! 경찰들
은 어딜 가나 마찬가지지!"

맥머도는 잔뜩 인상을 찌푸린 채로 투덜거렸다.

"머지않아 이 친구를 또 만날 것 같군."

경관 한 명이 피식 웃으며 말했다.

"내가 보기에 보통 놈이 아니야."

"맞아. 그런 것 같군."

두 경관은 낮은 목소리로 속삭였다.

"젊은이, 또 만나게 될 것 같군."

"흥! 나는 당신들을 겁내지 않아! 절대로! 나는 잭 맥머도다! 나를 만나고 싶다면 버미사의 셰리던 거리에 있는 제이콥 샤프터 하숙집으로 와라. 나는 숨을 생각이 전혀 없다. 밤이고 낮이고 언제든지 만나줄 테니 내가 도망친다고 생각하지는 말라고!"

낯선 젊은이의 겁 없는 행동을 본 광부들은 서로 수군거리기에 바빴다. 그들의 눈에는 동정심과 존경심, 감탄의 감정이 뒤섞여 있었다. 두 경관은 어쩔 수 없다는 듯 어깨를 으쓱하고는 자기들만의 이야기 속으로 다시 빠져들었다.

그로부터 몇 분 후, 기차는 어두운 정거장에 도착했다. 버미사가 전 노선 중에서 가장 큰 도시였기 때문에 대부분의 승객이 이곳에서 하차했다. 가죽 가방을 든 맥머도가 어둠 속으로 발을 내딛으려는 순간, 광부 한 사람이 그의 어깨를 잡았다.

"이봐! 경관들을 대하는 모습이 아주 인상적이었어. 가만히 듣고 있자니 속이 다 시원하더군."

그는 존경스럽다는 듯 말했다. 그러더니 맥머도가 들고 있던 가방을 뺏어들었다.

"이 가방은 내가 들어주겠네. 길 안내를 해줄 테니 나만 따라오게. 우리 집 가는 길에 샤프터 하숙집이 있다네."

맥머도는 남자의 뒤를 따르기로 했다. 두 사람이 플랫폼을 빠져나갈 때 여기저기서 광부들이 외치는 소리가 들려왔다.

"잘 가시오!"

버미사에 발을 들여놓기도 전에 난폭한 맥머도는 이 고장의 명사가 된 것이었다.

그런데 도시의 중심부로 들어갈수록 음산한 느낌은 심해졌다. 물론 교외도 공포스러운 느낌을 자아내기는 했다. 하지만 긴 계곡 아래에서 활활 타오르는 불길과 자욱하게 솟아오르는 연기는 장엄한 분위기를 연출하고 있었다. 또 거대한 굴 옆에 산더미처럼 쌓인 광물들은 인간의 힘과 부지런함을 여실히 보여주었다. 그러나 시내에는 그런 분위기가 전혀 없었다. 어디를 돌아봐도 그저 더럽고 추잡했으며 누추하기 짝이 없었다. 거리는 오가는 마차 바퀴 때문에 흙과 눈이 뒤범벅된 진창으로 변한 지 오래였다. 보도도 비좁고 울퉁불퉁하기는 마찬가지였다. 거리에는 수없이 많은 가스등이 켜져 있었는데, 그 때문에 더러운 목조 주택이 한층 더 도드라져 보였다.

두 사람이 시내 중심가에 거의 이르렀을 무렵 줄지어 선 상점들이 불을 환히 밝히기 시작했다. 덕분에 거리 분위기는 한층 밝아졌다. 거리 곳곳에는 술집과 도박장이 가득했다. 고된 하루 일을 마친 광부들은 힘들게 번 돈을 이곳에서 탕진하고 있었다.

"저것이 조합 건물이네."

남자는 마치 호텔처럼 우뚝 솟은 술집을 가리키며 말했다.

"잭 맥긴티가 저곳의 사장이지."

"맥긴티가 누구요?"

맥머도가 묻자 남자는 어이없다는 표정으로 그를 바라보았다.

"세상에! 이름도 들어본 적이 없나?"

"여기 처음 왔는데 내가 어떻게 알겠소?"

"나는 그의 이름이 온 나라에 알려졌을 거라고 생각했는데. 신문에도 여러 번 실렸으니 말이지."

"무슨 일 때문에?"

남자는 이리저리 눈을 굴려 주위를 살펴보더니 낮은 목소리로 말했다.

"사건 때문이지."

"무슨 사건 말이오?"

"맙소사! 자네는 정말 이상한 사람이로군. 이 지역에서 발생하는 사건은 단 한 가지뿐이네. 바로 스코러즈 사건!"

"아하! 시카고에서 스코러즈 사건에 대한 기사를 읽은 적이 있소. 아마 살인 조직이었지?"

남자는 깜짝 놀라 그 자리에 멈춰 섰다. 그는 겁에 질린 표정으로 맥머도를 쳐다보았다.

"조심해! 죽고 싶지 않으면! 길거리에서 그런 소리를 했다가 소리 없이 사라지게 될지도 몰라. 이것보다 더 하찮은 일 때문에 죽은 사람이 얼마나 많은데!"

"글쎄, 나는 아무것도 모르오. 그저 그런 내용의 기사를 읽었을 뿐이지."

남자는 불안한 표정을 지은 채로 계속해서 주위를 살폈다. 그는 혹시라도 어둠속에서 무서운 존재가 튀어나오지는 않을까 걱정하는 것처럼 보였다.

"자네가 읽은 게 거짓은 아니네. 사람을 죽이는 게 살인이라면 이 고장은 살인이 넘치게 일어나는 곳이라고 할 수 있지. 신도 이 사실을 분명히 알고 계실 거야. 하지만 맥긴티의 이름을 거기에 연관 지을 생각은 꿈에도 하지 말게. 아무도 모르게 속삭였다고 해도 그는 모든 이야기를 다 듣고 있으니까. 게다가 그는 그런 이야기를 듣고 가만히 있을 사람이 아니지."

남자가 이야기를 하는 사이 두 사람은 목적지에 도착했다.

"저기가 자네가 찾는 집이네. 큰길에서 약간 들어가 있는 집! 하숙집 주인 제이콥 샤프터는 그 누구보다도 정직한 사람이지."

"고맙소."

맥머도는 남자와 악수한 다음 가방을 들고 하숙집으로 난 길을 걸어갔다. 현관 앞에 도착한 그는 문을 세게 두드렸다.

곧바로 문이 열렸다. 그런데 그 앞에 나타난 사람은 눈이 부실 정도로 아름다운 처녀였다. 독일계로 보이는 그녀의 피부는 눈처럼 새하얗고 밝은 빛의 금발 머리는 물결처럼 출렁이고 있었다. 또렷한 검은 눈동자는 피부나 머리카락과 선명한 대조를 이루었다. 그녀는 낯선 남자를 보자 깜짝 놀라는 눈치였다. 하지만 그리 싫지만은 않은 듯 새하얀 얼굴이 금세 붉게 달아올랐다. 그 모습을 보자 맥머도의 가슴이 거세게 뛰기 시작했다. 활짝 열린 문으로 쏟아지는 불빛을 배경으로 서 있는 여자의 모습은 이제 막 하늘에서 내려온 천사처럼 보였다. 특히 지저분하고 음산한 주변 환경과 대조돼서 그런지 그녀의 모습은 더 매력적으로 보이는 것이었다. 산더미처럼 쌓인 시커먼 석탄 더미 속에서 제비꽃을 발견했다고 해도 이보다 놀라지는 않을 것이다. 맥머도는 황홀한 기분에 빠져 멍하니 여자의 얼굴만 쳐다보고 있었다. 그러자 여자가 먼저 싱긋 웃으며 입을 열었다.

"아버지가 오신 줄 알았습니다."

그녀의 말투에는 독일식 억양이 살짝 섞여 있었다. 그냥 듣기에도 기분 좋은 목소리였다.

"혹시 아버지를 만나러 오셨나요? 지금 시내에 가셨는데 금방 돌아오실 거예요."

맥머도는 여전히 그녀에게서 감탄의 눈길을 떼지 못하고 있었다. 그 시선을 감당하기 민망했는지 여자는 당황한 표정으로 고개를 숙였다.

"아닙니다, 아가씨. 당장 아버님을 봬야 할 일은 아니에요. 아는 사람이 이 집을 하숙집으로 추천해줘서 방문한 것뿐입니다. 그런데 집이 정말 마음에 드는군요."

맥머도는 뛰는 가슴을 진정시키며 최대한 침착하게 말했다.

"결정이 정말 빠르시군요."

여자가 빙그레 웃으며 말했다.

"장님이 아니고서야 다들 마찬가지겠지요."

맥머도의 말에 여자는 까르르 소리 내어 웃었다.

"어서 들어오세요. 저는 샤프터 씨의 딸인 에티 샤프터입니다. 어머니가 돌아가신 뒤로 제가 살림을 꾸려가고 있답니다. 아버지가 오실 때까지 거실 난로 앞에 앉아 계시면 될 것 같군요."

그때 에티의 시선이 맥머도의 어깨 너머로 향했다. 뒤를 돌아보니 체격이 큰 노인이 골목길을 올라오고 있었다. 맥머도는 그와 악수를 나누며 용건을 간단히 설명했다.

"시카고의 머피가 이곳을 추천해주더군요. 머피도 다른 사람에게 소개받았다고 했습니다."

샤프터는 곧바로 승낙했고 맥머도도 하숙 조건을 모두 받아들였다. 맥머도는 돈이 궁한 것 같지는 않았다. 그는 일단 1주일에 7달러를 선불로 지급하고 식사도 그곳에서 해결하기로 했다.

이렇게 해서 법망을 피해 도망친 맥머도는 샤프터의 집에서 하숙을 하게 되었다. 이때만 해도 이것을 시발점으로 일련의 어두운 사건들이 일어나리라고는 생각지도 못했었다. 심지어 머나먼 나라로 도망치는 신세가 되리라고는 더욱더……

2
위대한 보디마스터

맥머도는 남들에게 자신의 존재를 잘 부각시키는 사람이었다. 어디를 가든지 그는 눈에 띄는 존재였다. 덕분에 샤프터 하숙집에 들어온 지 채 1주일도 안 됐음에도 그곳에서 가장 중요한 인물이 되었다. 하숙집에는 그 외에도 10명 이상의 사람들이 살았다. 그들은 모두 성실하게 일하는 노동자들이거나 가게 점원이었다. 그들 대부분은 맥머도와는 전혀 다른 부류의 사람들이었다. 하숙인들이 모이는 저녁 시간이 되면 맥머도는 재미있는 농담을 던지며 분위기를 주도했다. 게다가 그는 노래 실력도 상당했다. 그는 주변 사람들을 즐겁게 만드는 재주를 타고난 사람임이 분명했다.

하지만 그가 항상 웃는 것만은 아니었다. 기차 안에서 그랬던 것처럼 불같이 화를 내는 경우가 잦았다. 그래서 시간이 흐를수록 사람들은 그를 어려워하기 시작했고, 심지어 두려워하기도 했다. 특히 법과 관련이 있는 사람들은 맥머도를 끔찍이도 경멸했다. 결국 그런 이유들로 인해 하숙인들의 절반쯤은 그를 좋아했고 나머지는 그를 몹시도 싫어했다.

맥머도는 사람들 앞에서 하숙집 딸에게 첫눈에 반했다는 사실을 공공연히 떠들어댔다. 그는 다른 사람들의 시선 따위는 완전히 무시한 채로 그녀를 향한 애정표현에 무척이나 적극적이었다. 심지어 하숙집에 도착한 다음 날, 그녀에게 사랑한다고 고백할 정도였다. 그녀는 여러 번이나 정중하게 거절했지만 그는 전혀 아랑곳하지 않았다. 그러자 그녀가 맥머도에게 폭탄선언을 했다.

"제게는 이미 남자가 있어요."

"다른 남자가 있다고요?"

질투심에 휩싸인 맥머도는 주먹을 불끈 쥐고 소리쳤다.

"불쌍한 놈이로군! 앞으로 조심하라고 전하시오. 설마 내가 다른 남자 때문에 일생일대의 사랑을 포기할 것 같소? 에티! 계속해서 내 사랑을 거절해도 좋소. 하지만 당신은 분명히 나를 받아들이게 될 거요. 나는 아직 젊으니 그때까지 충분히 기다릴 수 있소."

맥머도는 위험한 구혼자였다. 그는 아일랜드 사람 특유의 뛰어난 말솜씨를 갖고 있었다. 또 여자의 흥미를 끌고 사랑을 얻어내는 재주가 뛰어났다. 이것은 모두 오랜 경험에서 비롯한 것이었다.

그는 아득히 먼 곳에 있는 아일랜드 출신이었다. 그는 자신의 고향인 모내건 군의 아름다운 계곡과 환상적인 섬들, 그리고 푸르른 초원에 대해 말하기를 즐겼다. 질척거리는 눈에 뒤덮여 있는 데다 더럽기 그지없는 이곳에서는 도저히 볼 수 없는 풍경이었다. 그의 말을 들으며 두 눈을 감고 있으면 마치 그곳의 아름다운 광경이 눈앞에 펼쳐지는 것 같은 착각이 들 정도였다. 게다가 그는 미국 북부의 디트로이트와 미시건의 벌목 캠프, 그리고 시카고의 제재소에 대해서도 이야기하기를 좋아했다.

시간이 조금 흐르자 맥머도는 자신의 지난 연애 경험도 슬쩍 늘어놓았다. 그리고 시카고에서 어떤 이상한 일을 겪었다는 듯한 분위기를 내비쳤는데, 너무나 기이하고 사적인 일이라 자세히 말하기는 곤란한 것 같았다. 때때로 그는 갑자기 그곳을 떠나버린 일, 오래된 친구들과의 이별, 낯선 땅으로의 도주, 그리고 결국엔 이곳에 오게 된 사연을 중얼거렸다. 그럴 때면 그의 두 눈에는 그리움과 슬픔이 가득 차올랐다. 에티는 연민과 동정이 가득한 눈을 반짝이며 열심히 그의 이야기에 귀를 기울였다. 오! 연민과 동정! 이 두 가지 감정은 자연스럽게 사랑으로 변해갔다.

맥머도는 비록 임시직이긴 하지만 부기 담당 일자리를 얻었다. 그는 고등교육을 받은 사람이라 그 정도의 일은 비교적 쉽게 해낼 수 있었다. 하지만 하루의 대부분을 직장에서 보내야만 했기 때문에 그는 프리맨의 보디마스터에게 신고를 할 기회를 갖지 못하고 있었다.

그러던 어느 날이었다. 기차에서 만났던 마이크 스캔런이 그를 찾아왔다. 작은 체구에 날카로워 보이는 얼굴, 그리고 신경질적인 눈빛의 남자는 맥머도를 보자 반갑게 악수를 청했다. 마치 안부를 묻기 위해 찾아온 사람처럼. 하지만 위스키 한두 잔을 마시고 나자 스캔런은 심각한 표정으로 찾아온 용건을 털어놓았다.

"맥머도, 자네의 하숙집 주소를 기억한 덕분에 이렇게 찾아올 수 있었네. 그런데 내가 듣기로 자네는 아직 보디마스터를 찾아가지도 않았다면서? 대체 무슨 일인가? 왜 아직도 맥긴티를 만나지 않은 건가?"

"직업을 찾느라 좀 바빴습니다."

스캔런은 굳은 얼굴로 두 손을 내저었다.

"말도 안 되는 소리! 아무리 대단한 일이 있다고 해도 보디마스터를 만나는 일만큼 중요하지는 않아. 세상에! 이곳에 오자마자 조합에 가서 인사를 드리지 않은 것은 최대의 실수였어. 바보 같은 짓이었다고! 만약 그의 기분을 조금이라도 언짢게 하는 날에는 무슨 일이 벌어질지 모른다니까! 알겠나?"

스캔런은 눈앞에 무서운 장면이 떠오르는 듯 온몸을 부르르 떨며 맥머도의 팔을 흔들었다. 맥머도는 놀라고 당황한 표정이었다.

"스캔런, 나는 지난 2년 동안이나 단원으로 활동했지만 보디마스터를 만나는 일이 그렇게 급하다는 얘기는 처음 듣습니다."

"여기는 시카고가 아니잖나!"

"하지만 같은 단체가 아닙니까?"

"과연 그럴까?"

스캔런은 맥머도의 얼굴을 뚫어져라 쳐다보았다. 어쩐지 그의 시선에서 불길함이 느껴졌다.

"그러니까 둘이 서로 다르다는 말입니까?"

"앞으로 한 달쯤 지난 뒤에 다시 얘기하세. 그나저나 내가 기차에서 내린 뒤에 경관들과 말다툼을 벌였다고 들었네."

"어떻게 알았습니까?"

"이곳은 소문이 빠르지. 좋은 일이든 나쁜 일이든."

"그 사냥개 같은 놈들에게 내가 무슨 생각을 갖고 있는지 똑똑히 알려주었습니다."

"자네는 분명히 맥긴티의 마음에 들 거야."

스캔런이 빙그레 웃으며 말했다.

"그분도 경찰을 싫어합니까?"

맥머도의 대답에 스캔런은 웃음을 참지 못하고 킥킥댔다. 하지만 금세 웃음기를 거두더니 맥머도를 똑바로 쳐다보며 말했다.

"어서 가서 그분을 만나게. 자네가 가지 않으면 그가 싫어하는 대상은 경찰에서 자네로 바뀌게 될 거야. 어서 내 충고를 받아들이게."

그날 저녁이었다. 에티에 대한 구애를 너무 노골적으로 한 탓인지, 선량하고 둔한 독일인 주인 앞에서 다른 하숙인들이 그 이야기를 자꾸 꺼낸 탓인지는 모르겠다. 이유가 무엇이든 노인은 맥머도를 자기 방으로 불렀다. 그리고 단도직입적으로 이야기를 꺼내놓았다.

"맥머도, 에티에게 지나친 관심을 갖는 것 같던데. 맞나?"

노인은 독일어 억양이 심하게 섞인 말투로 다그쳤다.

"맞습니다."

"쓸데없는 짓이야! 자네가 나타나기 훨씬 전부터 그 아이의 짝은 정해져 있었어."

"에티도 그렇게 말하더군요."

맥머도가 대수롭지 않다는 듯 말했다.

"그건 사실이네. 그런데 그 상대가 누군지도 말하던가?"

"아니요. 아무리 물어도 대답하지 않더군요."

"바보 같은 녀석! 하지만 사랑스러운 내 딸은 자네를 위험에 빠트리고 싶지 않았을 거야."

"위험에 빠트리다니요?"

맥머도가 버럭 화를 내며 소리쳤다.

"진정하게, 맥머도. 그 사람을 무서워한다고 해도 부끄러워할 것은 없어. 그는 바로 테드 볼드윈이니까."

"그 자식이 대체 누굽니까?"

"스코러즈의 간부지."

"스코러즈라고요? 그거라면 전에 들은 적이 있습니다. 여기저기 온통 스코러즈 얘기뿐이더군요. 그런데 왜 그렇게 기어들어가는 목소리로 수군거리기만 한답니까? 뭘 무서워하는 거예요? 놈들이 누구기에?"

노인은 그 무서운 단체에 대해 이야기하는 사람들이 누구나 그랬듯 본능적으로 목소리를 낮추었다.

"스코러즈가 바로 프리맨이라네."

맥머도는 깜짝 놀라 노인을 빤히 쳐다보았다.

"나도 그 단원이에요."

"설마 자네도? 그런 줄 알았다면 우리 집에 살게 하지 않았을 거야. 설령 자네가 1주일에 100달러를 낸다고 해도 말일세."

노인은 잔뜩 인상을 찌푸리며 고개를 홱 돌렸다.

"도무지 이해할 수 없군요. 프리맨이 뭐가 나쁘다는 말입니까? 우리 단체의 목적은 자선과 친목이에요. 규약에도 그렇게 쓰여 있습니다."

"다른 곳에서는 그럴지 모르지. 하지만 여기서는 완전히 다르네."

"여기서는 어떻단 말입니까?"

"살인 집단이야."

맥머도는 어처구니없다는 듯 피식 웃고 말았다.

"증거가 있습니까?"

"증거? 살인이 무려 50건이나 일어났는데도 증거를 내놓으란 말인가? 밀만과 반 쇼스트, 니콜슨 가족, 하이암, 어린 빌리 제임스 말고도 수없이 많은 사람들이 죽었는데 증거가 있냐고? 남녀노소를 막론하고 이 골짜기에서 그 사실을 모르는 사람은 없네."

맥머도는 정색을 하고 노인을 노려보았다.

"샤프터 씨! 방금 하신 말씀을 취소하든지 아니면 확실한 증거를 대십시오. 그렇지 않으면 이 방을 나가지 않겠습니다. 입장을 바꿔서 생각해보세요. 나는 이 고장에 처음 온 사람입니다. 그리고 아주 건전한 단체에 소속되어 있습니다. 당신도 아시겠지만 그 단체는 미국 전역에 흩어져 있습니다. 그런데 지금 이곳으로 와서 그 단체에 합류할 생각을 갖고 있는 내게 그 단체는 살인집단이라고 말하다니! 어서 내게 사과를 하든지 아니면 설명을 자세히 해주십시오."

노인은 한숨을 푹 내쉬며 입을 열었다.

"나는 그저 세상 사람들이 다 아는 사실을 말했을 뿐이네. 이쪽 단체의 우두머리는 저쪽 단체의 우두머리이기도 하네. 한쪽의 비위를 거스르는 날에는 다른 단체에게 보복을 당한단 말이야. 나는 그런 일을 너무나 자주 봐왔네."

"그것은 헛소문에 불과해요. 증거를 대십시오!"

"자네도 여기서 좀 더 살다보면 증거를 볼 수 있을 걸세. 하지만 자네도 그 단체의 회원이라고 하니 곧 그들과 똑같아지겠군. 금세 사악하게 변해버릴 거야. 이제 나는 자네가 이 집에서 머무르는 것을 더는 허락할 수 없네. 그러니 어서 다른 하숙집을 구하게. 가뜩이나 그들 중 하나가 에티에게 청혼한 것을 거절하지 못해 곤란해하고 있었는데, 그런 사람을 또 하나 들여놓으라고? 아이고! 그럴 수는 없네. 그러니 내일 날이 밝는 대로 여기서 나가게."

노인은 단호하게 손을 내저으며 자리에서 벌떡 일어섰다.

맥머도는 한순간에 아늑한 숙소와 사랑하는 여자를 잃을 처지에 놓이고 말았다.

그날 저녁 에티는 거실에 홀로 앉아 있었다. 노인이 없는 것을 확인한 맥머도는 그녀 옆에 앉은 뒤 자신의 상황에 대해 설명하기 시작했다.

"당신 아버지는 나를 내보낼 작정이오. 그저 방에서 쫓겨나는 것이라면 아무 상관없소. 하지만 당신 없이 산다는 것은 말도 안 되는 소리요. 비록 당신을 알게 된 지 1주일밖에 되지 않았지만 당신은 내 인생에 가장 소중한 존재가 되었소."

에티는 괴로운 듯 고개를 저으며 말했다.

"맥머도 씨, 그런 말씀 마세요. 이미 늦은 일이라고 여러 번 말씀 드렸잖아요. 제게는 다른 사람이 있어요. 내가 그 사람과 결혼하겠다고 약속한 것은 아니지만, 다른 사람과 약속할 수 있는 처지도 아니랍니다."

"오! 에티! 내가 조금만 더 빨리 당신을 만났더라면, 가장 먼저 당신에게 청혼한 사람이었다면 내게도 희망이 있었을까?"

맥머도가 넋두리하듯 중얼거렸다. 그 말을 들은 에티는 두 손에 얼굴을 파묻은 채 어깨를 들썩였다.

"당신이 먼저 찾아왔더라면 얼마나 좋았을까요!"

맥머도는 곧바로 그녀 앞에 무릎을 꿇었다.

"부탁이오, 에티! 그렇게 하찮은 약속 때문에 우리의 인생을 망치지 말아주시오. 당신의 마음이 가는 대로 따라요. 지키고 싶지 않은 약속 때문에 불행의 나락으로 떨어질 수는 없지 않소. 마음이 원하는 대로 따르시오. 분명 행복이 당신을 기다리고 있을 거요."

그는 햇볕에 그을린 억센 손으로 가늘고 하얀 에티의 손을 꽉 움켜 쥐었다.

"자, 내 아내가 되겠다고 말해주시오. 우리 함께라면 어떤 어려움도 이겨낼 수 있어요."

"이곳에서요?"

"그렇소. 이곳에서."

"안 돼요! 안 돼요! 제발 나를 데리고 다른 곳으로 도망쳐 주세요!"

에티는 가슴을 쥐어뜯으며 울부짖었다. 맥머도는 파르르 떨고 있는 그녀의 가녀린 어깨를 포근히 감싸 안았다. 한순간 그의 얼굴에 갈등의 빛이 스치고 지나갔다. 하지만 곧바로 차가운 돌처럼 굳어버리는 것이었다.

"에티, 그건 안 되오. 대신 어떤 일이 있더라도 당신을 지켜주겠다고 약속하겠소. 우리가 서 있는 바로 이곳에서 말이오."

"왜 여기를 떠나면 안 되는 거죠?"

"나는 여기를 떠날 수 없소."

맥머도의 얼굴은 고통으로 일그러져 있었다.

"대체 왜요?"

"더 이상 쫓겨났다는 느낌을 받으며 살고 싶지 않소. 또다시 그랬다가는 더 이상 고개를 들고 살지 못할 거요. 게다가 겁낼 게 뭐가 있소? 우리는 자유로운 나라에 사는 자유로운 사람들이오. 우리가 서로 사랑하는데 감히 누가 우리를 갈라놓는단 말이오?"

"오! 잭! 당신은 몰라요. 여기에 온 지 얼마 안 돼서 정말 모르는 거예요. 볼드윈이라는 자가 어떤 사람인지, 맥긴티와 스코러즈가 어떤지도."

에티는 안타까운 표정으로 맥머도를 바라보았다.

"그렇소. 나는 그들에 대해 아무것도 모르오. 그렇다고 그들이 무섭지도 않고 그들을 믿지도 않소. 그동안 나는 거친 사람들 속에서 살아왔소. 하지만 내가 그들을 두려워하는 대신에 그들이 나를 두려워하게 만들었소. 언제나 말이오! 만약 당신 아버지 말대로 놈들이 수십 번이나 살인을 저질렀다면 왜 아무도 처벌받지 않았소? 그것은 어떻게 설명할 거요?"

"그건 증인으로 나서겠다는 사람이 한 명도 없었기 때문이에요.

괜히 증인으로 나서서 불리한 말을 늘어놓았다가는 결코 살아남지 못할 테니까요. 그리고 그들은 항상 자기 쪽 사람들을 증언대에 세울 준비를 해놓더군요. 피고가 범행현장에 없었다고 증언해줄 사람으로 말이에요. 잭, 당신도 이런 이야기를 들어본 적이 있지요? 미국의 모든 신문에서 떠들어댄 사실이니까요."

"물론 나도 그런 기사를 읽은 적이 있소. 하지만 누군가가 지어낸 이야기인 줄 알았소. 또 그 사람들이 그런 행동을 하는 데는 어떤 이유가 있을 거라고 생각했소. 설령 그들이 잘못했다고 하더라도 어쩔 수 없는 상황이 있었을지도 모르고."

"오! 잭! 제발 그런 식으로 말하지 마세요. 그 남자랑 똑같이 말하지 마세요."

"볼드윈이라는 자도 그렇게 말했단 말이오?"

"나는 그래서 그 사람이 싫어요. 오, 잭! 이제 나는 진실을 말하겠어요. 나는 그 남자를 죽도록 혐오해요. 그만큼 무섭기도 하고요. 그런데 가장 걱정되는 것은 나보다 아버지예요. 만약 내가 내 감정을 솔직히 드러낸다면 우리 부녀에게 어떤 위험이 닥칠지 몰라요. 내가 의사표현을 정확히 하지 않은 채로 결혼을 뒤로 미루는 건 그 때문이에요. 그것만이 우리가 안전할 수 있는 유일한 방법이니까요. 그러니 잭, 아버지와 나를 데리고 그들이 찾지 못할 곳으로 도망쳐 주세요. 그럼 우리는 영원히 행복하게 살 수 있을 거예요."

맥머도의 얼굴에 다시 갈등의 빛이 떠올랐다. 하지만 또다시 냉정한 표정으로 바뀌는 것이었다.

"에티, 당신에게 어떤 위험도 닥치지 않게 지켜주겠소. 당신 아버지도 마찬가지요. 솔직히 악당으로 따지자면 나도 만만치 않은 사람이오. 그들 중에 제일가는 놈도 나보다 못하다는 것을 보여주고 말겠소."

"거짓말 마세요. 제발 거짓말 마세요! 난 당신을 믿어요!"

에티가 고개를 가로저으며 소리쳤다. 맥머도는 씁쓸한 미소를 지으며 탄식했다.

"당신은 나에 대해서 너무 모르고 있소. 사랑하는 여인이여! 당신의 영혼은 너무나 순수해서 내 마음속에 어떤 생각이 자리하고 있는지 짐작도 못할 거요."

그때였다. 노크소리도 없이 현관문이 열리더니 한 남자가 안으로 성큼성큼 걸어 들어왔다. 그는 마치 집주인이라도 되는 양 거들먹거리며 거실로 들어섰다. 맥머도와 나이와 체격이 비슷해 보이는 남자는 매부리코이기는 했지만 눈에 띄는 미남이었다. 그는 테가 넓은 검정색 중절모를 벗지도 않은 채 난롯가에 앉아 있는 두 남녀를 거만하게 노려보았다. 순간 겁에 질린 에티가 자리에서 벌떡 일어섰다.

"볼드윈 씨, 어서 오세요. 생각보다 일찍 오셨군요."

볼드윈은 허리에 두 손을 댄 채 맥머도를 위아래로 훑어보았다. 그리고 매우 퉁명스럽게 물었다.

"이자는 누구지?"

"볼드윈 씨, 우리 집에서 새로 하숙하게 된 분이에요. 맥머도 씨, 이분은 볼드윈 씨입니다."

두 남자는 무뚝뚝한 표정으로 살짝 고개를 숙였다.

"우리가 어떤 사이인지는 에티 양에게 들었겠지?"

볼드윈이 거만하게 물었다.

"두 사람이 어떤 관계인지 나는 모르오."

맥머도가 당당한 태도로 대답했다.

"그래? 그렇다면 똑똑히 가르쳐주지. 잘 들으시오. 이 여자는 내 사람이야. 그리고 지금 밤공기가 꽤나 시원하니 당신은 나가서 산책이나 하게."

"고맙지만 산책할 기분은 아니오."

"그래?"

볼드윈은 분노로 이글거리는 눈으로 맥머도를 죽일 듯이 노려보았다.

"그럼 싸울 기분은 있고?"

"얼마든지! 처음부터 당신은 시비조였지."

맥머도가 날카롭게 소리쳤다.

"오! 제발! 이러지 마세요!"

가엾은 에티는 어쩔 줄을 모르고 발을 동동 굴렀다.

"잭! 그러다 다칠 거예요."

"뭐야? 잭이라고? 벌써 이름을 부르는 사인가?"

잔뜩 화가 난 볼드윈이 어이없다는 표정으로 소리쳤다.

"오, 테드! 오해하지 마세요. 나를 사랑한다면 너그러운 마음으로 용서해주세요. 제발 부탁이에요."

"에티, 당신은 나가 있는 게 좋을 것 같소. 우리 둘이서 이 문제를 해결할 수 있을 거요."

맥머도가 차분하게 말했다.

"그게 아니면 볼드윈 씨, 나와 함께 밖으로 나가는 게 어떨까? 날씨도 좋은 데다 한 구역만 지나면 공터가 있으니까."

"흥, 나는 내 손을 더럽히지 않고도 너 정도는 흔적 없이 없애버릴 수 있어. 나에게 당하고 나면 이 집에 발을 들여놓은 것을 후회하게 될 거다."

볼드윈이 코웃음을 치며 말했다.

"지금 당장 붙어보자!"

맥머도가 소리쳤다.

"시간은 내가 정한다. 그보다 먼저 이걸 봐라!"

볼드윈은 거칠게 옷소매를 걷어 올렸다. 그러자 그의 팔뚝에 낙인처럼 찍힌 이상한 그림이 눈앞에 드러났다. 그것은 동그라미 안에 든 삼각형 모양의 그림이었다.

"이게 무슨 뜻인지 알고 있나?"

"그따위는 관심 없다."

"곧 알게 될 거다. 내가 약속하지. 그 짧은 시간도 기다리기 힘들다면 에티 양에게 물어봐도 좋다. 아무튼 확실한 것은 네가 숨 쉴 수 있는 시간이 얼마 남지 않았다는 거야."

볼드윈은 비열한 표정으로 맥머도와 에티를 번갈아 보았다.

"에티, 당신은 분명히 무릎을 꿇고 내게 돌아오게 될 거야. 반드시 무릎을 꿇고 말이야. 그때가 되면 당신이 어떤 벌을 받게 될지 알려주겠어. 이 모든 일은 당신이 뿌린 씨야. 그러니 그 결과물도 당신이 거둬야겠지."

그는 분노에 찬 얼굴로 두 사람을 노려보더니 몸을 휙 돌렸다. 잠시 후 바깥문이 요란스레 닫히는 소리가 들려왔다.

맥머도와 에티는 그 자리에 말없이 서 있었다. 얼마나 흘렀을까. 갑자기 에티가 맥머도를 꽉 끌어안는 것이었다.

"잭! 당신은 정말 용감한 분이에요. 하지만 소용없는 노릇이에요. 그러니 도망치세요. 오늘 밤 당장 도망치세요. 그것만이 살 길이에요. 그는 분명히 당신을 죽여버릴 거예요. 악마같이 번들거리던 그의 눈을 보았나요? 나는 그의 눈빛을 보고 그의 속마음을 알아버렸어요. 게다가 당신이 상대해야 할 사람은 그 사람만이 아니에요. 보디마스터 맥긴티와 그 배후에 있는 지부까지! 당신이 이길 가능성은 전혀 없답니다."

맥머도는 자신에게 매달린 에티의 손을 풀고는 부드럽게 입을 맞추었다. 그리고 창백하게 질린 얼굴로 파르르 떠는 그녀를 의자에 앉혀주었다.

"내 사랑, 여기 앉아요. 나 때문에 걱정하거나 두려워할 필요는 없소. 나도 프리맨의 일원이니까. 당신 아버지도 그 사실을 알고 있소. 솔직히 말하자면 내가 그들보다 나을 건 하나도 없소. 그러니 나를 성자처럼 생각하지 말아요. 다만 한 가지 마음에 걸리는 건 이제 내 말을 들었으니 당신도 나를 증오하지 않을까 하는 것뿐이오."

맥머도가 한숨을 내쉬며 말하자 에티는 그의 두 손을 자신의 뺨에 가져다 댔다.

"내가 숨 쉬는 한 당신을 증오하는 일은 절대 없을 거예요. 다른 지역의 프리맨은 별 문제가 없다는 걸 나도 알아요. 그러니 당신이 프리맨 단원이라고 해서 당신을 증오할 이유는 전혀 없지요."

그런데 힘겹게 말을 잇던 에티의 말소리가 갑자기 빨라졌다.

"잭, 그런데 왜 보디마스터 맥긴티를 찾아가지 않았죠? 당신도 그곳의 단원이라면 서둘러 인사를 드리세요. 한시가 급해요. 무서운 사냥개들이 쫓아오기 전에 당신이 먼저 가서 말하세요."

"나도 같은 생각을 하고 있었소. 지금 당장 가서 문제를 해결하겠소. 당신 아버지에게는 오늘 밤만 여기에 머무르고 내일은 다른 숙소를 알아볼 거라고 전해주시오."

에티는 잭의 손을 꼭 쥔 뒤 그의 눈을 바라보며 고개를 끄덕였다.

맥긴티의 술집은 여느 때처럼 흥청거리고 있었다. 사람들로 꽉 찬 바는 그야말로 발 디딜 틈이 없었다. 지금 그곳은 시내에서 거칠기로 소문난 사람들이 죄다 몰려든 상태였다.

그런데 사람들이 몰려드는 데는 맥긴티의 시원시원하고 명랑한 성격이 한몫했다. 하지만 맥긴티의 그런 모습은 가면에 불과했다. 그는 가면 안에 본래의 모습을 숨겨놓고 있었다. 사실 그는 매우 두렵고 무서운 사람이었다. 그 공포심은 도시 전체, 그리고 사방 50킬로미터에 이르는 버미사 계곡 전체와 계곡 너머의 산맥까지 영향을 미치고 있었다. 그 이유만으로도 맥긴티의 바는 번창할 수밖에 없었다. 감히 그의 심기를 건드리거나 그를 무시할 수 있는 사람은 한 명도 없었다.

비밀스럽게 막강한 권력을 휘두른다는 사실 이외에도 그는 시의원에다 철도 이사라는 직함까지 갖고 있었다. 그는 지위를 이용해 시민들에게 엄청난 세금을 부과했다. 또 검사관들을 매수해 회계조사를 피해 가기 일쑤였다. 그의 밑에서 일하는 깡패들이 시민들을 협박해 돈을 뜯어냈지만 누구 하나 그것에 대해 입을 열지 못했다. 혹시라도 보복을 당할까 두려웠기 때문이다. 시간이 갈수록 맥긴티의 넥타이핀에 박힌 다이아몬드의 크기는 점점 커져갔다. 또 화려한 조끼에 달린 금줄은 더욱더 무거워졌다. 그의 술집도 크기가 확장돼서 이제는 시장 광장의 한쪽 면을 완전히 점령해버릴 정도였다.

술집 앞에 다다른 맥머도는 가슴을 쭉 펴고 당당한 자세로 술집 문을 열어젖혔다. 한 발짝 안으로 내딛자마자 메케한 담배 냄새와 술 냄새가 콧속을 파고들었다. 사람들이 잔뜩 모인 술집 안은 등불이 휘황찬란하게 켜져 있었다. 등잔에서 새어나온 불빛들은 금칠한 대형 거울에 반사되어 화려한 불빛을 내뿜었다. 셔츠 소매를 걷어붙인 바텐더 몇이 부지런히 칵테일을 만들어 손님들에게 내놓느라 정신이 없었다.

그리고 시가를 삐딱하게 문 채로 카운터 끝에 몸을 기대고 선 남자가 있었다. 그는 한눈에 보기에도 눈에 띌 정도로 키가 훌쩍 크고 기골이 장대했다. 맥머도는 그가 맥긴티라는 것을 대번에 알아보았다. 그런데 재미있게도 맥긴티의 온몸은 검은 털로 뒤덮여 있었다. 그 때문에 그는 흡사 검은색 거인처럼 보였다. 흐트러진 검은 머리카락은 목덜미까지 늘어져 있었고, 턱수염은 광대뼈까지 시커멓게 나 있었다. 피부는 이탈리아 사람처럼 거무스름했고 검은 색의 두 눈은 불길한 기운을 강하게 내뿜고 있었다. 특히나 눈이 사시인 탓에 기분 나쁜 느낌은 더 오랫동안 지속되었다.

그렇지만 맥긴티의 커다란 몸집과 잘생긴 얼굴, 그리고 거리낌 없이 솔직한 성격은 그의 쾌활한 태도와 잘 어울렸다. 사람들은 그런 그를 보고 때로는 허풍을 치지만 실은 솔직하고 정직한 사람이라고 할 게 분명했다. 가끔씩 언행이 무례할 때는 있지만 마음만은 따뜻한 사람이라고 말이다. 하지만 어둡고 잔인한 그의 눈과 마주친 사람은 곧바로 몸을 움츠릴 수밖에 없었다. 자기 앞에 서 있는 사람이 사실은 무한한 잠재력을 가진 악인임을 알아차렸기 때문에! 그리고 그 배후에는 막강한 세력이 자리하고 있다는 것을 깨달았기 때문에!

맥머도는 당당한 자세로 사람들을 헤치고 앞으로 나갔다. 술집 안을 가득 메운 사람들은 힘센 두목에게 쩔쩔매고 별것 아닌 농담에도 배를 쥐고 웃는 아첨꾼들이었다. 그런데 이 낯선 젊은이는 두려움을 모르는 눈으로 조금의 머뭇거림도 없이 맥긴티를 뚫어져라 쳐다보는 것이었다. 맥긴티는 자신을 향해 성큼성큼 다가오는 젊은이를 날카로운 시선으로 응시했다.

"어이, 젊은이! 처음 보는 얼굴인걸?"

"이곳에 온 지 얼마 되지 않습니다, 맥긴티 씨."

그러자 사방에서 맥머도를 질책하는 소리가 날아들었다.

"아무리 처음이라도 그렇지, 상대방의 정식 직함도 모르고 왔단 말인가?"

"그분은 맥긴티 의원이시네."

맥머도는 일단 옷매무새를 바로잡고 최대한 정중하게 말했다.

"죄송합니다, 의원님. 이 지방의 풍습을 잘 몰라서 그런 거니 용서하십시오. 저는 당신을 만나 뵈라는 충고를 듣고 이렇게 찾아왔습니다."

"그래? 나를 만나러 왔다? 이렇게 보고 나니 무슨 생각이 들지?"

"이런 말씀 드리기는 아직 이르지만, 의원님의 마음이 그 몸집만큼 크고 영혼이 그 얼굴처럼 훌륭하다면 더 바랄 게 없겠군요."

"허허, 아일랜드 사람답게 말은 잘하는군."

맥긴티는 이 대담한 방문객의 기분을 맞춰줄 것인지, 아니면 위엄을 지켜야 할지 몰라 잠시 망설였다.

"내 외모가 자네 마음에 든다는 말이로군."

"당연하지요."

맥머도가 말했다.

"누가 자네더러 나를 만나라고 하던가?"

"버미사 341지부의 스캔런 형제입니다. 그런데 의원님, 의원님의 건강과 우리의 친교를 위해 건배를 제안하고 싶습니다."

맥머도는 술잔을 들면서 새끼손가락을 치켜 올렸다. 맥머도의 모습을 유심히 살피던 맥긴티는 까맣고 굵은 눈썹을 꿈틀거리면서 말했다.

"자네에 대해서 좀 더 알고 싶은데, 이름이?"

"맥머도입니다."

"맥머도, 자네에 대해서 좀 더 자세히 알아볼 필요가 있군. 우리는 남의 말을 무턱대고 믿는 사람들이 아니야. 그러니 카운터 뒤로 잠깐 와보게."

카운터 뒤로 돌아가자 술통이 연달아 놓여 있는 작은 방이 있었다. 조심스럽게 문을 닫은 맥긴티는 술통 위에 털썩 걸터앉았다. 그는 시가를 피워 물더니 무언가 생각하는 듯한 얼굴로 맥머도를 뚫어져라 쳐다보았다. 그렇게 2분 정도의 시간이 흘렀다.

하지만 그는 한 마디 말도 하지 않았다. 맥머도는 자리에 선 채로 맥긴티의 따가운 시선을 고스란히 받아내야만 했다. 하지만 한 손은 주머니에 넣고 다른 손은 콧수염을 배배 꼬면서 아무렇지도 않은 척 딴청을 피우고 있었다. 그러다 갑자기 맥긴티가 몸을 홱 구부리는가 싶더니 불길함이 가득한 권총을 꺼내 드는 것이었다.

"어이, 건방진 놈! 만약 우리에게 이상한 장난질을 하는 거라면 네 놈은 절대 살아남지 못할 게다!"

맥긴티는 험악한 표정으로 맥머도를 노려보며 윽박질렀다. 하지만 맥머도는 조금의 흔들림도 없이 태연하게 말했다.

"프리맨의 보디마스터가 다른 지역의 형제를 맞이하는 방법치고는 좀 이상하군요."

"그래? 그렇다면 네가 단원이라는 걸 증명해봐. 증명하지 못하면 어떻게 될지 알겠지?"

"물론입니다."

"어디서 입단했나?"

"시카고의 29지부입니다."

"언제?"

"1872년 6월 24일."

"보디마스터의 이름은?"

"제임스 H. 스콧입니다."

"지구 책임자는 누군가?"

"바솔로뮤 윌슨입니다."

맥긴티의 질문이 떨어지기가 무섭게 맥머도가 대답했다. 하지만 맥긴티의 얼굴에는 의심의 빛이 여전히 가득했다.

"쳇, 대답은 그럴듯하게 하는군. 그런데 여기서 뭘 하는 거지?"

"보통 사람들처럼 일을 하고 있습니다. 의원님이 그러시듯 말이지요. 물론 의원님의 일보다는 한참 보잘것없지만 말입니다."

"대답 한번 잘하는군."

"어디서 말 못한다는 소리를 들은 적은 없습니다."

"행동도 빠른가?"

"물론입니다. 저를 아는 사람들은 모두 인정한답니다."

"흠, 우리는 자네가 생각하고 있는 것보다 훨씬 더 빨리 자네를 시험할 수도 있어. 그런데 이곳 지부에 대해서는 어떤 이야기를 들었나?"

"진정한 사나이라면 형제가 될 수 있다고 하더군요."

이 말은 들은 맥긴티의 입가에 묘한 미소가 떠올랐다.

"흥, 그 말은 사실이지. 그나저나 맥머도, 시카고를 떠난 이유가 뭐지?"

"그건 말하지 않겠습니다."

순간 맥긴티의 눈이 커다래졌다. 이제껏 그는 그런 식의 대답을 들어본 적이 없었다. 그래서일까, 화가 나기보다는 오히려 재미가 느껴지는 것이었다.

"왜 말 못 하지?"

"형제에게는 거짓말을 할 수 없으니까요."

"남에게는 말할 수 없을 정도로 안 좋은 일인가?"

"그렇다고 할 수 있지요."

"흥, 자네는 보디마스터인 내가 과거에 대해 말하지도 않는 사람을 단원으로 들여놓을 것 같나?"

순간 난처해진 맥머도는 입술을 꽉 깨물었다. 그는 잠시 망설인 끝에 안주머니에서 낡아서 너덜거리는 신문지 조각을 꺼냈다.

"형제의 일을 남들에게 말하지는 않겠지요?"

맥머도가 낮은 목소리로 물었다.

"감히 나에게 그런 말을 하다니! 얻어맞고 싶은 게냐?"

맥긴티가 버럭 화를 내며 소리쳤다. 그러자 맥머도는 고개를 조아리며 순순히 말했다.

"아닙니다. 당신 말씀이 옳습니다. 용서해주십시오. 아무 생각 없이 어리석은 말을 했군요. 당신에게 말해도 안전하다는 걸 믿고 있습니다."

맥머도는 신문조각을 맥긴티에게 건넸다. 그것을 받아든 맥긴티는 신문기사를 읽어 내려갔다. 그것은 1874년 초, 시카고 마켓가의 레이크 술집에서 조나스 핀토가 총을 맞고 살해당했다는 내용의 기사였다.

"자네가 한 짓인가?"

맥긴티가 신문을 돌려주며 물었다. 맥머도는 말없이 고개를 끄덕였다.

"왜 죽였나?"

"저는 정부에서 달러를 찍어내는 일을 돕고 있었습니다. 제가 만든 돈이 나라에서 만든 것보다 조금 떨어지는 면이 있긴 했지만, 생긴 것도 똑같고 비용은 싸게 먹혀서 훨씬 더 좋았지요. 그런데 이 핀토라는 자가 위조지폐 돌리는 일을……."

"뭘 했다고?"

"위조지폐를 유통시켰다는 얘깁니다. 그자는 나중에 저를 밀고하겠다고 협박했습니다. 그래서 놈을 죽이고 탄광촌으로 도망쳐 온 겁니다."

"왜 하필 탄광촌이지?"

"여기서는 많은 것을 따지지 않고 사람들도 무난하다는 소리를 들었거든요."

맥긴티는 소리 내어 웃었다.

"그러니까 처음에는 위조지폐를 만들고, 다음에는 사람을 죽였다? 그래놓고서 여기에 와서 환영받을 생각을 했단 말이지?"

"대충 그렇습니다."

맥머도가 어깨를 으쓱하며 말했다.

"좋아. 자네라면 여기서 성공할 수 있을 것 같군. 그런데 지금도 달러를 만들 수 있나?"

맥머도는 주머니에서 지폐 몇 장을 꺼내들었다.

"이건 필라델피아 조폐국에서 나온 돈이 아닙니다."

"오호! 그래?"

맥긴티는 고릴라처럼 털이 잔뜩 난 커다란 손으로 지폐를 뺏어 들더니 불빛에 비춰보았다.

"세상에! 진짜 지폐라고 해도 믿겠군. 뭐가 다른지 도저히 알 수 없겠어."

맥긴티는 입이 찢어져라 웃으며 맥머도의 어깨를 툭 쳤다.

"여보게! 자네는 아주 쓸모 있는 형제가 될 거야. 자네같이 멋진 친구가 한둘쯤은 있어야 우리 조직도 잘 풀릴 수 있지."

"저도 다른 형제들과 같이 맡은 바 임무를 완수하겠습니다."

맥머도가 큰소리로 외치자 맥긴티의 얼굴에 만족감이 차올랐다.

"아주 배짱이 두둑하군. 아까 권총을 들이댈 때도 꼼짝도 하지 않더니만."

"위험한 건 제가 아니었습니다."

"뭐라고? 그럼 누가 위험했지?"

"의원님이었습니다."

맥머도는 재킷 주머니에서 공이치기를 잡아당겨 놓은 권총을 꺼냈다.

"실은 아까부터 의원님을 겨냥하고 있었습니다. 만약 총을 쏘았다면 제가 더 빨랐을 겁니다."

그 순간 맥긴티의 얼굴이 시뻘겋게 달아오르면서 숨소리가 거칠어지기 시작했다. 그런데 그것도 잠시, 그는 큰소리로 껄껄대며 웃기 시작했다.

"이럴 수가! 자네같이 무서운 친구는 몇 년 만에 처음이야. 자네는 우리 지부의 자랑거리가 될 걸세."

그때 비쩍 마른 바텐더가 문 앞에 나타났다. 그는 말할 기회만 엿보며 몸을 배배 꼬고 있었다.

"무슨 일이야? 손님과 5분도 이야기를 못 하게 만들다니!"

맥긴티가 버럭 소리를 지르자 바텐더는 당황한 얼굴로 고개를 조아렸다.

"죄송합니다, 의원님. 테드 볼드윈 씨가 지금 당장 뵙고 싶어하셔서요."

그 말이 끝나기도 전에 잔뜩 화가 난 볼드윈이 바텐더의 어깨 너머로 고개를 들이밀었다. 그리고 바텐더를 방 밖으로 밀쳐내더니 문을 쾅 닫아버렸다. 테드 볼드윈은 맥머도를 죽일 듯이 노려보며 고래고래 악을 썼다.

"그러니까 나보다 먼저 여기로 달려왔다 이거지?"

그는 굳은 표정으로 맥긴티에게 말했다.

"의원님, 이놈에 대해 드릴 말씀이 있습니다."

"내 앞에서 말하시지!"

맥머도가 소리쳤다.

"웃기는 소리! 시간이나 방법은 내가 정한다고 말했을 텐데! 너 따위가 끼어들 문제가 아니야!"

"잠깐, 잠깐만!"

맥긴티가 술통에서 풀쩍 뛰어내리며 소리쳤다.

"볼드윈, 여기 새로 들어온 형제와 인사하게. 사나이답게 악수하고 화해해!"

"절대 그럴 수 없습니다!"

볼드윈이 인상을 찌푸리며 고함을 질렀다.

"저 때문에 피해가 발생했다면 한번 붙어보자고 제가 제안했습니다. 맨주먹으로 싸워도 좋고, 그게 싫으면 저 사람이 원하는 방식으로 싸워도 좋습니다. 이제 의원님께서 보디마스터로서 우리에게 판결을 내려주십시오."

맥머도가 나서서 말했다.

"대체 뭣 때문에 그러나?"

"여자 문제입니다. 하지만 그녀에게는 선택의 자유가 있습니다. 저 사람은 그걸 인정하려 하지 않지만요."

맥머도가 말하자 볼드윈이 어이없다는 표정으로 소리쳤다.

"선택의 자유? 말도 안 되는 소리!"

"지금 같은 지부의 두 형제가 한 여자 때문에 싸우고 있단 말이지? 흠, 내 선택은 이렇다. 그 여자에게는 선택의 자유가 있다!"

맥긴티의 말이 떨어지자마자 볼드윈의 눈초리가 매섭게 올라갔다.

"허허! 그게 의원님의 판정이란 말이지요?"

"그렇다, 테드 볼드윈. 따를 수 없다는 건가?"

"나는 지난 5년 동안 당신 곁을 지키며 온갖 궂은일을 마다하지 않은 사람입니다. 그런데 오늘 처음 만난 녀석 때문에 그런 나를 버리시는 겁니까? 맥긴티! 당신이 평생 동안 보디마스터로 있을 것 같습니까? 내 반드시 이번 선거에서는……."

그런데 볼드윈이 말을 마치기도 전에 맥긴티가 날쌘 맹수처럼 그에게 달려들었다. 그는 커다란 손으로 볼드윈의 목을 꽉 움켜쥐더니 숨통 위에 홱 넘어뜨렸다. 만약 맥머도가 말리지 않았다면 맥긴티는 볼드윈을 목 졸라 죽였을지도 몰랐다.

"참으십시오! 진정하세요!"

맥머도가 맥긴티의 팔을 잡아끌며 소리쳤다. 맥긴티가 손을 풀어주자 볼드윈은 거친 숨을 몰아쉬며 온몸을 벌벌 떨었다. 방금 지옥의 모습을 보고 온 듯, 그는 완전히 넋이 나간 상태였다.

"진작부터 네놈을 한번 손봐야지 싶었다! 테드 볼드윈! 이제 제정신이 드나?"

맥긴티가 넓은 가슴을 들썩이며 말했다.

"내가 보디마스터 선거에서 떨어지면 네놈이 그 자리를 차지하려고 했겠지? 웃기는 소리! 그것은 지부가 결정할 문제야. 그리고 내가 보디마스터로 있는 한 누구든지 내게 반대하는 놈은 죽을 수도 있다는 걸 명심해라."

"저, 저는 의원님에게 반대할 생각은 없습니다."

볼드윈은 벌벌 떨리는 손으로 목을 쓰다듬으며 기어들어가는 목소리로 말했다. 그러자 맥긴티는 금세 쾌활한 모습으로 돌아가 두 손을 비벼댔다.

"좋아. 이제 우리는 다시 친구가 됐다. 그리고 문제는 해결됐다."

그는 선반에서 샴페인 병을 들어 아래로 내린 뒤 코르크 마개를 비틀어 열었다.

"자, 이제 화해의 축배를 들자!"

맥긴티는 술잔 세 개에 샴페인을 따른 뒤 말을 이었다.

"다들 알고 있겠지만, 이 술을 비운 다음에는 조금의 원한도 남겨둬서는 안 된다."

그는 볼드윈을 향해 술잔을 들어 올리며 물었다.

"테드 볼드윈! 내가 왼손으로 나의 목젖을 누르며 묻는다. 자네가 화를 낸 이유는 무엇인가?"

"구름이 잔뜩 끼었기 때문입니다."

볼드윈이 대답했다.

"하지만 구름은 영원히 개일 것이다."

"그렇다면 나는 이렇게 맹세합니다."

두 사람은 동시에 잔을 들이켰다. 곧이어 볼드윈과 맥머도도 똑같은 의식을 치렀다. 맥긴티는 기분 좋게 웃으며 두 사람을 번갈아 쳐다보았다.

"이것으로 원한은 사라졌고 싸움은 끝났다. 만약 방금 했던 맹세를 어긴다면 지부의 징계를 받게 될 것이다. 볼드윈 형제는 이미 알고 있지만, 이 지역의 규율은 다른 곳과 비교도 할 수 없을 만큼 엄격하고 무섭다. 맥머도 형제, 괜한 짓을 벌였다가 그런 꼴을 당하지 말도록!"

"걱정 마십시오. 그런 일은 절대 벌이지 않겠습니다."

맥머도는 볼드윈에게 정중하게 손을 내밀며 말했다.

"저는 싸움도 빠르지만 화해와 용서도 빨리 합니다. 사람들은 아일랜드인 특유의 혈기 때문이라고 하더군요. 아무튼 이제 모든 문제가 끝났고 원한 따위는 전혀 남아 있지 않습니다."

볼드윈은 내키지 않았지만 맥머도가 내민 손을 잡았다. 무시무시한 두목의 두 눈이 자신을 뚫어져라 지켜보고 있었기 때문이다. 하지만 그의 얼굴에 드러난 서운함과 분함을 완전히 감출 수는 없었다. 맥긴티는 모르는 척 두 사람의 어깨를 두드리며 말했다.

"항상 여자가 문제야! 게다가 한 여자를 놓고 내 아이들 둘이 싸우다니! 이거야말로 악마의 농간질이 아니고 뭐겠냔 말이지. 이제 문제를 풀어야 할 사람은 내가 아니라 그 여자일세. 그런 일이 아니라도 보디마스터인 내가 할 일은 산더미처럼 많거든."

그는 맥머도를 자기 앞에 바로 세운 뒤 시선을 맞췄다.

"맥머도 형제, 341지부에 입단하는 것을 허락한다. 우리는 시카고와 다르게 우리만의 규칙과 방식을 따르고 있다. 이번 토요일 밤에 모임이 있다. 그때 참석하면 우리는 자네가 버미사 계곡을 자유롭게 다닐 수 있도록 도와주겠다."

3
버미사 341지부의 비밀

이런저런 사건이 발생한 다음 날, 맥머도는 샤프터의 하숙집에서 짐을 꾸려 나왔다. 그는 도시 변두리에 위치한 맥나마라 부인의 집에 거처를 정했다. 얼마 후 기차에서 만났던 스캔런이 버미사로 이사를 왔고, 두 사람은 같은 하숙집에서 살게 되었다. 그 집에 다른 하숙인은 없었다. 하숙집 주인은 아일랜드계로 성격이 워낙 밝고 느긋해서 두 사람 일에 전혀 간섭하지 않았다. 덕분에 같은 비밀을 갖고 있는 두 사람은 말과 행동의 자유를 누리며 살아갈 수 있었다.

제이콥 샤프터도 처음보다 한결 누그러진 상태였다. 맥머도를 식사에 초대할 정도로 마음을 연 것이었다. 덕분에 에티와 맥머도의 사이는 날이 갈수록 가까워졌다.

맥머도는 새 하숙집에 위폐 주형을 꺼내 놓아도 안전할 것 같다고 판단했다. 그는 일단 지부의 형제들에게 몇 번씩이고 비밀 엄수를 약속받은 뒤 자신의 방에 초대했다. 형제들은 기쁨을 감추지 못했고 가짜 돈을 주머니에 쑤셔 넣기 바빴다. 맥머도가 어찌나 정교하게 만들었는지 위조지폐를 사용하는 데 전혀 어려움이 없었다. 누구도 지폐의 진위 여부를 의심하지 않을 정도였다. 형제들은 이렇게 기막힌 기술을 가진 맥머도가 왜 보조 일을 하고 있는지 의아해했다.

"확실한 일자리가 없으면 괜히 경찰에게 의심을 받을 수도 있으니까."

그런데 사실은 그를 뒤쫓는 경관이 있었다. 그러나 어찌 된 일인지 그 일은 맥머도에게 좋은 결과를 가져다주었다.

맥긴티와의 첫 만남 이후, 맥머도는 매일 밤 맥긴티의 술집을 출입했다. 그리고 그곳의 '젊은이들'과 사귀었다. '젊은이들'이란 그 지역을 활보하는 위험한 패거리들을 부르는 별명이었다. 맥머도의 거침없는 태도와 대담한 말솜씨, 당당한 기세는 그들의 마음을 사로잡기에 충분했다. 술집에서 싸움이 벌어지기라도 하면 맥머도는 상대방을 신속하게 제압해버렸다. 그때마다 거친 사내들은 탄성을 질러대며 환호했다. 그런데 그의 명성을 더 높여준 또 다른 사건이 발생했다.

어느 날 밤이었다. 술집이 한창 북적이는 시간에 술집 문이 활짝 열렸다. 그리고 수수한 푸른 제복 차림에 챙 달린 모자를 쓴 남자가 저벅저벅 걸어 들어왔다. 그는 철도와 광산주들이 고용한 특별 경찰이었다. 당시 경찰들이 조직 폭력배들에게 힘을 쓰지 못하는 것을 답답히 여긴 나머지 경찰을 지원하기 위해 만든 특수 조직이었다. 그가 들어서자 실내는 찬물을 끼얹은 듯 조용해졌다. 호기심에 가득 찬 시선들이 남자의 온몸에 꽂혔다.

그런데 미국의 일부 지역에서는 경찰과 범죄자의 관계가 특별한 것이기도 했다. 카운터 뒤에 서 있던 맥긴티는 경찰이 사람들을 헤치고 걸어오는 모습을 보고도 전혀 놀라지 않았다.

"꽤나 쌀쌀한 밤이군. 위스키 스트레이트!"

바텐더에게 술을 주문한 남자가 맥긴티를 흘낏 보며 말했다.

"의원님, 처음 뵙겠습니다."

"새로 온 경감이시구먼."

"그렇습니다. 이 지역의 법과 질서를 지키는 데 도움을 아끼지 않으시리라 믿습니다. 의원님과 지도층 인사들 모두 말입니다."

맥긴티는 입꼬리를 올리며 묘한 미소를 지었다. 경감은 맥긴티의 눈을 빤히 쳐다보며 말했다.

"저는 마빈 경감입니다."

"그런데 마빈 경감, 우리는 당신 같은 사람이 없어도 충분히 잘할 수 있소이다. 우리 시는 자체적으로 경찰력을 가지고 있소. 그러니 외부 경찰 따위는 필요 없소. 당신들은 자본가들에게 고용된 도구에 불과하오. 불쌍한 시민들을 몽둥이로 패고 총으로 쏘는 대가로 돈을 받는 도구 말이오."

맥긴티가 냉랭한 목소리로 쏘아붙였다.

"자, 그런 이야기는 그만둡시다. 말싸움을 해봤자 아무 소용도 없는데. 우리 모두가 각자 맡은 일에 충실하면 그만이지요. 물론 각자가 생각하는 직무는 다르겠지만."

경감은 싱글싱글 웃는 얼굴로 말하고는 술을 단숨에 들이켰다. 그런데 그가 몸을 돌린 순간, 경감의 눈앞에 잭 맥머도가 버티고 서 있었다.

"아니! 이게 누군가!"

그는 맥머도를 위아래로 훑어보며 목소리를 높였다.

"쳇, 구면이로군. 하지만 나는 당신 같은 경찰 나부랭이와 친할 생각이 없소."

맥머도가 몸을 휙 돌리며 말했다.

"물론 안다고 해서 친해야 한다는 법은 없지. 그런데 자네는 시카고의 잭 맥머도가 틀림없어. 어때, 내 말이 틀렸나?"

맥머도는 어깨를 으쓱하며 피식 웃었다.

"아니라고 하지는 않겠다. 내 이름을 부끄러워할 이유는 없으니까."

"부끄러워할 이유가 있는 것 같은데?"

경감이 빈정거리자 맥머도가 주먹을 불끈 쥐고 고함을 질렀다.

"그게 무슨 소리야?"

"이봐, 잭! 그렇게 허세 부려봤자 소용없어. 나는 이 빌어먹을 탄광촌에 오기 전에 시카고의 경찰이었어. 그런 내가 시카고의 악당을 못 알아볼 것 같나?"

그 말을 들은 맥머도의 얼굴에 실망의 기색이 역력했다.

"설마 시카고 본서의 마빈은 아니겠지?"

"내가 바로 테디 마빈이다. 나는 그곳에서 벌어진 조나스 핀토 살해 사건을 똑똑히 기억하고 있지."

경감은 맥머도를 날카롭게 쏘아보며 소리쳤다.

"나는 그를 쏜 적이 없소."

"말도 안 되는 소리! 핀토가 죽고 나니 얼마나 편해지던가? 자네에게는 정말 다행스러운 일이었겠지. 만약 그가 살아 있었다면 위폐 유통 건으로 교도소 신세를 져야 했을 테니 말이야. 하지만 지나간 이야기라 잊어버릴 수도 있어. 자네의 범행을 증명할 만한 증거를 찾아내지 못했기 때문이지. 이런, 직무상 기밀을 너무 많이 말해버렸군. 아무튼 자네는 내일 당장이라도 시카고로 돌아갈 수 있어."

"난 여길 떠날 생각이 없소."

"저런! 아주 중요한 정보까지 줬는데, 고맙다는 인사는 고사하고 신경질만 내고 있군."

"알겠소. 고맙다고 생각해주겠소."

맥머도는 실소를 머금은 채 빈정거렸다.

"자네가 마음을 잡고 올바르게 산다면 나도 그 일에 대해서 입을 열지 않겠네. 하지만 이것만큼은 분명히 맹세하지. 만약 자네가 못된 짓을 계속한다면 상황은 완전히 달라질 거야."

경감은 의미심장한 말을 남기고 술집을 나섰다. 술집 안을 가득 메운 사람들은 시카고에서 맥머도가 저지른 일에 대해 수군대기 시작했다. 맥머도는 쓸데없이 남들 입에 오르내리는 것을 결코 원하지 않았다. 그래서 이제까지는 사람들이 아무리 집요하게 물어도 과거에 대해서 절대 대답하지 않았었다. 하지만 오늘부로 그 일은 공식적인 것이 되고 말았다. 거나하게 취한 건달들이 하나둘씩 그에게 다가와 악수를 청했다. 그들은 맥머도를 존경 어린 눈으로 쳐다보며 마치 영웅처럼 대접했다. 맥머도는 원래 아무리 술을 마셔도 크게 티가 나지 않았다. 그러나 그날 밤에는 스캔런의 부축을 받고 겨우 하숙집으로 돌아갈 수 있을 정도로 만취하고 말았다. 만약 그렇지 않았다면 술집 카운터 아래에 쓰러진 채로 밤을 새웠을 게 뻔했다.

토요일 밤이 되었다. 맥머도는 정식으로 지부에 입단했다. 시카고에서 이미 단원이었기 때문에 특별한 의식은 필요 없을 거라고 생각했지만, 그렇지 않았다. 버미사에는 그곳만의 특별한 의식이 있었고 단원들은 그 의식을 자랑스럽게 생각했다. 그 때문에 맥머도도 그 의식을 치러야만 했다. 집회가 열린 곳은 조합 건물 내부에 있는 커다란 방이었다. 60명가량의 단원이 그 자리에 모였다. 하지만 이들이 전체 조직을 대표하는 인원의 전부는 아니었다. 버미사 계곡에만 두세 개의 지부가 있었고, 계곡 너머에도 지부가 있었다. 각 지부에서는 중대한 사건이 발생하면 서로 단원들을 바꿔서 일처리를 하곤 했다. 이렇게 해서 그 지역에 살지 않는 외부인들에 의해 범죄가 발생되는 것이었다. 그들 입장에서는 일을 수습하기도 매우 쉬웠다. 그렇게 탄광촌에 흩어져 있는 단원들의 수는 모두 500명이 넘었다.

단원들은 회의실의 긴 탁자를 사이에 두고 모여 있었다. 탁자 옆에는 술병과 술잔을 모아놓은 보조 탁자가 있었다. 단원들 중 몇몇은 그 탁자에서 눈을 떼지 못했다. 상석에 앉은 맥긴티는 헝클어진 검은 머리에 납작한 검은 벨벳 모자를 쓰고 있었다. 거기에 화려한 자주색 법복을 걸치고 있는 모습은 마치 악마의 의식을 집전하는 사제처럼 보였다. 그의 양옆으로는 지부의 고급 간부들이 줄지어 앉아 있었다. 간부들의 대부분은 나이가 지긋한 중장년층이었다. 그들은 각자 자신의 지위를 상징하는 스카프를 매거나 메달을 걸고 있었다. 그 사이에 잘생겼지만 냉혹한 얼굴의 테드 볼드윈의 모습도 보였다.

그 외 하급 단원들은 18세에서 25세가량의 젊은이들이었다. 그들은 상급자의 명령을 충실히 받들어 실행에 옮기는 유능한 대원들이었다. 나이 든 사람들의 얼굴에서는 오랜 시간 동안 스며든 사악한 기운이 엿보였다. 그런데 젊은 단원들의 얼굴을 보고 있노라면, 이렇게 순진하고 열정적인 젊은이들이 정말 악의 대리인 역할을 할까 하는 의문이 절로 들었다. 하지만 그들은 능숙하게 살인하는 것을 자랑으로 생각했다. 자기에게 해를 끼친 적이 없는 사람이나, 얼굴조차 모르는 사람이라도 상관없었다. 그저 남보다 앞장서서 일처리를 하는 것이 용감하고 사내다운 일이라고 믿었다. 그들은 범행을 마친 뒤 자기들끼리 모여서 누가 가장 치명상을 입혔는지 떠들어대는 것을 즐겼다. 또 살해당한 사람이 고통에 찬 비명을 지르며 괴로워한 모습을 묘사하며 낄낄대기 일쑤였다.

처음에 이들은 범죄에 대한 비밀을 지켰다. 하지만 시간이 흐를수록 노골적으로 드러내놓고 범죄를 저질렀다. 그것은 경찰이 여러 차례에 걸쳐 범인을 잡지 못한 탓도 있었지만, 아무도 증인으로 나서려 하지 않기 때문이기도 했다. 이제 그들에게 무서울 것은 없었다. 자신의 알리바이를 입증해줄 증인은 얼마든지 만들어낼 수 있었다. 또 돈이 풍족했기 때문에 최고의 변호사를 선임할 수도 있었다. 그들이 법의 그물망을 빠져나가는 일은 땅 짚고 헤엄치기만큼이나 쉬웠다. 그래서 10여 년의 시간이 흐르는 동안, 그들 중 누구도 유죄 판결을 받은 사람이 없었다. 그들이 수많은 폭력을 행사하고 살인을 저질렀음에도 불구하고 말이다. 스코러즈가 유일하게 걱정하는 일이라고는 싸우는 과정 중에 제 몸이 다치는 것뿐이었다. 아무리 많은 수의 사람들이 함께 공격했다고 해도, 피해자가 목숨을 걸고 달려들 때는 그 공격을 완전히 피할 수 없기 때문이었다. 실제로 그런 일들은 심심치 않게 발생했다.

한편 맥머도는 이제 곧 시련을 맞이하게 될 것이라는 경고를 받았다. 하지만 그것이 무엇인지에 대해서는 아무도 말해주지 않았다. 그는 일단 조바심을 내지 않고 기다려보기로 했다. 잠시 후 엄숙한 표정의 두 형제가 그를 바깥에 위치한 대기실로 안내했다. 판자로 만든 칸막이 틈으로 회의실 안에 모인 사람들의 목소리가 흘러들어왔다. 언뜻 듣기에도 그의 이름이 한두 번 거론되는 것으로 보아 입단 자격을 놓고 심사를 벌이는 모양이었다.

잠시 후에 파란색과 금색 띠를 가슴에 두른 단원이 대기실로 들어왔다.

"보디마스터께서 당신을 밧줄로 묶고 눈을 가린 다음 데리고 오라고 하셨다."

말이 끝나기가 무섭게 세 사람이 맥머도에게 달려들었다. 그들은 다짜고짜 맥머도의 웃옷을 벗기더니 오른팔 소매를 걷어 올렸다. 그리고 밧줄로 팔꿈치 위를 단단히 묶었다. 마지막으로 검은색의 두꺼운 두건을 머리에 씌웠다. 대원들은 앞을 볼 수 없는 그를 이끌고 회의실로 들어갔다. 두건 속은 캄캄할 뿐만 아니라 몹시 답답했다. 하지만 맥머도는 최대한 침착함을 유지하려고 애썼다. 그는 주위 사람들이 움직이는 소리, 낮게 속삭이는 소리, 그리고 맥긴티의 목소리에 귀를 기울였다.

"잭 맥머도, 그대는 이미 프리맨에 가입해 있나?"

맥머도는 긍정의 의미로 고개를 끄덕였다.

"시카고 제29지부인가?"

이번에도 그는 고개를 끄덕였다.

"어두운 밤은 불쾌하다."

맥긴티의 목소리가 들려왔다.

"그렇다. 낯선 사람이 여행을 하기에는."

맥머도가 대답했다.

"먹구름이 깔렸다."

"그렇다. 폭풍우가 다가오고 있다."

"형제들이여, 모두 만족하는가?"

보디마스터가 묻자 모두들 고개를 끄덕이며 찬성했다.

"그 정도면 충분하군. 우리는 암호를 주고받은 것으로 그대가 우리 단원임을 확인했다. 이제 그대는 시험을 받을 준비가 되어 있는가?"

"그렇습니다."

"그대에게 용기는 있는가?"

"물론입니다."

"그렇다면 한 걸음 앞으로 나와서 그것을 증명하라."

말이 떨어지기가 무섭게 단단하고 뾰족한 무언가가 그의 두 눈을 압박했다. 맥머도는 등줄기가 서늘해지는 느낌이었다. 그것이 무엇인지 볼 수 없었기 때문에 함부로 앞으로 나갔다가 큰 낭패를 볼 수도 있었다. 하지만 그는 용기를 내서 단호하게 발걸음을 내디뎠다.

그러자 눈을 짓누르던 뾰족한 물건이 사라지는 것이었다. 여기저기서 박수치는 소리가 들려왔다.

"용기가 있구나."

맥긴티가 말했다.

"고통은 참을 수 있는가?"

"남들만큼은 참을 수 있습니다."

"시험하라!"

맥긴티의 말이 떨어지기가 무섭게 그의 팔뚝에서 극심한 고통이 느껴졌다. 그는 이를 악물고 터져 나오려는 비명을 가까스로 참아냈다. 너무나 갑작스럽고 심한 충격에 쓰러질 것만 같았다. 그러나 그는 피가 나도록 입술을 꽉 깨물며 고통을 참아냈다.

"이보다 더한 고통도 참을 수 있습니다!"

맥머도는 안에서 새어나오는 신음소리를 억지로 누르며 이렇게 소리쳤다. 그러자 이번에는 더 큰 박수 소리가 터져 나왔다. 이 지부에서 입단식을 치를 때 이보다 잘 참았던 사람은 없었다. 여러 사람이 맥머도의 주위로 몰려들어 등을 두드렸고, 곧바로 두 건도 벗겨주었다. 맥머도는 그제야 미소를 지으며 형제들의 축하를 받았다.

"맥머도 형제, 마지막으로 한 마디만 더 하겠다. 그대는 이미 비밀 엄수와 충성에 대한 맹세를 했다. 만약 그것을 위반할 때는 죽음이 그대를 찾아갈 것이다. 알고 있는가?"

맥긴티가 엄한 목소리로 물었다.

"네."

맥머도가 다부지게 대답했다.

"당분간은 어떤 경우든 보디마스터에게 복종해야 한다."

"물론입니다."

"좋다. 버미사 341지부의 이름으로 그대의 입단을 환영한다. 그대
는 이제 단원의 특권과 회의 참석권, 그리고 발언권을 얻게 되었다."

맥긴티는 호탕하게 웃으며 맥머도의 어깨를 두드렸다. 그리고 보
조 탁자를 보며 말했다.

"스캔런 형제, 어서 술을 준비하게. 우리의 훌륭한 형제를 위해 축
배를 들어야지."

누군가가 맥머도의 웃옷을 가져다주었다. 그러나 그는 곧바로 옷
을 입기가 힘들었다. 오른팔이 아직도 심하게 욱신거렸기 때문이다.
팔뚝에는 동그라미 속에 든 삼각형의 표시가 뻘겋게 낙인찍혀 있었
다. 가까이 서 있던 단원 둘이 각자 자기 소매를 걷어 올리더니 똑같
은 표시가 찍힌 팔뚝을 앞으로 내밀었다.

"우리 모두에게 있다네."

한 남자가 말했다.

"하지만 자네처럼 용기 있게 견딘 사람은 본 적이 없군."

다른 남자도 존경의 눈빛으로 맥머도를 쳐다보며 말했다.

"그 정도는 아무것도 아니오."

생살을 불로 지진 고통에서 벗어나지 못했지만 맥머도는 거만하
게 말했다.

입단을 축하하는 건배가 이어졌다. 잔을 모두 비운 후에 사람들은
지부 사업에 대해 논의하기 시작했다. 시카고 지부에서 단조로운 활
동만 보아왔던 맥머도에게는 신기한 경험이었다. 그는 귀를 쫑긋 세
우고 회의의 진행 과정을 유심히 관찰했다. 안건은 상당히 놀라운
것이었다. 하지만 맥긴티는 눈도 깜짝하지 않고 회의를 진행시켰다.

"첫 번째 안건은 머튼 주 249지부의 윈들 보디마스터가 보낸 편지
와 관련된 것이다. 먼저 편지 내용을 읽어주겠다."

친애하는 형제들이여

　이 지역 레이 앤 스터매시 탄광의 앤드류 레이를 손봐줄 일이 생겼소. 지난 가을, 우리 지부의 두 형제가 당신들의 순찰 경찰 건을 잘 해결했던 일을 기억할 거라 믿소. 이제 그 빚을 갚을 기회를 드리겠소. 솜씨 좋은 형제 둘을 우리 지부의 재정 책임자인 히긴스에게 보내주시오. 구체적인 내용과 장소는 그가 알려줄 것이오. 히긴스의 주소는 변함없소.

－프리맨 보디마스터 J.W.윈들

　"이제껏 윈들은 우리의 부탁을 거절한 적이 없다. 그러니 우리도 그의 부탁을 거절해서는 안 된다."

　갑자기 말을 멈춘 맥긴티는 무서운 눈으로 방안을 둘러보았다.

　"지원하고 싶은 형제는?"

　그때 젊은이 몇 명이 손을 들었다. 보디마스터는 흐뭇한 미소를 지으며 그들을 바라보았다.

　"타이거 코맥? 자네 정도면 충분하겠군. 지난번처럼만 일처리를 해준다면 걱정할 것 없다. 그리고 윌슨!"

　"그런데 저는 권총이 없습니다."

　윌슨은 앳된 얼굴의 10대 소년이었다.

　"이런 일은 처음이지? 하지만 무슨 일이든 처음은 있는 법이지. 이 일은 네게 있어 멋진 출발이 될 게다. 그리고 권총은 곧 지급될 것이다. 월요일까지만 그곳에 도착하면 시간은 충분하겠군. 아무튼 일을 잘 치르고 오면 성대한 환영식이 너를 기다리고 있을 거다."

　"혹시 보수가 있습니까?"

타이거 코맥이 물었다. 그는 땅딸막한 체구에 매우 검고 험상궂은 얼굴을 한 젊은이였다. 또 성질이 어찌나 흉포한지 타이거라는 별명이 붙었을 정도였다.

"보수는 기대도 하지 말거라. 이 일은 오직 명예를 위해서 하는 것이다. 기껏해야 몇 달러 정도 손에 쥘 수 있을까?"

"그자가 무슨 짓을 했습니까?"

소년 윌슨이 묻자 맥긴티의 얼굴이 무섭게 일그러졌다.

"그건 너 같은 놈이 물어볼 문제가 아니다. 어차피 놈을 해치우기로 한 마당에 놈이 무슨 짓을 했는지가 무슨 소용이란 말이냐? 그건 우리가 상관할 바가 아니야. 우리가 할 일은 그저 그들을 위해 소리 없이 일처리를 해주는 것뿐이야. 참, 그리고 보니 다음 주에 머튼 지부에서 우리 일을 처리해주기 위해 형제 둘이 올 것이다."

"누가 옵니까?"

어디선가 질문이 날아들었다. 이번에도 맥긴티는 이맛살을 찌푸리며 소리쳤다.

"그런 건 묻지 않는 것이 좋다. 아는 것이 없으면 증언할 것도 없고 귀찮은 일도 생기지 않을 테니까. 어쨌든 맡은 일을 제대로 처리해줄 사람이 오는 것만은 확실하다."

"그런데 이곳 사람들이 점점 말을 듣지 않습니다. 지난주에도 탄광에서 일하던 우리 형제가 세 명이나 해고당했습니다. 블레이커 감독! 그자는 아주 오래전부터 우리를 귀찮게 했습니다. 이제 더는 못 참겠습니다. 그자를 보내버려야 합니다."

테드 볼드윈이 이를 으드득 갈며 소리쳤다.

"대체 어디로 보낸단 말이지?"

맥머도는 옆 사람에게 작은 소리로 물었다.

"어디긴? 총알을 퍼부어서 지옥으로 보내준다는 말이지."

그 말을 들은 사람들은 키득거리며 웃기 시작했다.

"형제여, 우리의 방식이 마음에 드는가?"

맥머도는 범죄자의 천성을 타고난 사람이었다. 그는 이미 타락한 조직의 극악무도한 정신을 가슴 깊이 새기고 있었다.

"아주 마음에 드는군."

맥머도가 대답하자 여기저기서 박수소리가 터져 나왔다.

"이곳은 자네처럼 활기찬 젊은이가 살기에 딱 좋은 곳이야."

그때 박수소리를 들은 보디마스터 맥긴티가 탁자를 탁 치며 말했다.

"무슨 일인가?"

"새로 가입한 형제가 우리 일이 아주 마음에 든답니다."

말이 끝나기가 무섭게 맥머도가 자리에서 벌떡 일어났다.

"보디마스터 님, 사람이 필요하다면 부디 저를 뽑아주십시오. 지부를 위해 일하는 것은 제게도 큰 영광입니다."

사방에서 박수가 쏟아졌다. 그것은 마치 시핑신 위로 새로이 떠오르는 태양을 맞이하는 느낌과 같았다. 그런데 간부들 몇몇의 얼굴이 급격히 어두워졌다. 그들은 일이 너무 빨리 진행되는 것을 염려하고 있었다.

"내가 한마디 하겠소. 맥머도 형제는 조직에서 필요로 할 때까지 기다리는 것이 좋겠소."

맥긴티 옆에 앉아 있던 보디마스터의 비서 해러웨이가 말했다. 그는 희끗한 턱수염에 매처럼 날카로운 얼굴을 한 노인이었다.

"제 말이 바로 그 말입니다. 저는 조직의 뜻을 최우선으로 따르겠습니다."

맥머도가 말했다.

"자네에게도 기회가 주어질 테니 기다리게. 맥머도 형제, 내 생각에 자네는 자진해서 일을 처리할 사람이야. 그리고 그 누구보다도 이 지역 일을 잘 처리할 거라고 믿네. 일단 오늘 밤에 처리할 작은 일거리가 하나 있는데 원한다면 참석해도 좋아."

보디마스터 맥긴티가 말했다.

"좀 더 보람 있는 일이 있을 때까지 기다리겠습니다."

"그래도 오늘 밤에 오게. 우리가 이 지역에서 어떤 위치에 있는지 아는 데 도움이 될 테니. 일단 그 일은 나중에 발표하는 걸로 하겠네."

그는 잠시 앞에 놓인 서류를 훑어보았다.

"회의를 시작하기 전에 한두 가지 말할 것이 있다. 우선 재정담당, 우리의 재정 상태에 대해서 설명해주게. 짐 캐너웨이 부인에게 연금을 지급해야 할 것 같아. 짐은 지부의 일을 하던 중 목숨을 잃었으니 우리에게는 그 부인을 부양할 의무가 있다."

"짐 캐너웨이는 지난달에 말리 클릭의 체스터 윌콕스를 없애려다 죽었지."

맥머도 옆자리에 서 있던 사내가 말했다.

"현재 재정 상태는 좋습니다."

재정담당이 장부를 앞에 놓고 말했다.

"최근 회사들이 납부를 잘하고 있습니다. 맥스 린더 사에서 5백을, 워커 브러더스 사에서 1백을 보냈습니다. 하지만 워커 브러더스 사의 돈은 돌려보내고 5백을 보내라고 말했습니다. 만약 수요일까지 답이 없으면 그쪽의 권선기 기어를 부숴버릴 겁니다. 작년에도 파쇄기에 불을 지르고 나니까 겨우 정신을 차리더군요. 그리고 서부 지구 광업소에서도 해마다 내는 돈을 잘 납부했습니다. 그러니 우리에게는 재정적 여유는 충분합니다."

"아키 스윈던은 어떻게 됐소?"

한 남자가 물었다.

"그는 회사를 팔고 이곳을 떠났소. 그 영감은 공갈단이 권력을 장악한 곳에서 탄광 주인 노릇을 하느니 뉴욕의 청소부가 되는 편이 낫겠다는 편지를 남겼지. 젠장! 그 편지가 우리 손에 들어오기 전에 도망을 쳐버리다니! 이제 놈은 두 번 다시 이곳으로 돌아오지 않을 거요."

그때 탁자 끝에 앉아 있던 남자가 자리에서 벌떡 일어났다. 그는 상당히 깔끔하고 온화한 분위기를 풍기고 있었다.

"그자의 재산은 누가 사들였소?"

"모리스 형제, 그 회사는 스테이트 앤 머튼 철도 회사가 샀소."

"그렇다면 작년에도 그런 식으로 시장에 나왔던 토드만 앤 리 광산은 누가 샀소?"

"그것도 같은 회사에서 사들였소."

"그러면 최근에 폐업한 맨슨 앤 슈만, 반 네어 앤 에드운드 제철소는?"

"웨스트 길머튼 광업 회사에서 사들였소."

질문이 이어지자 보디마스터가 못마땅한 얼굴로 끼어들었다.

"모리스 형제, 그런 걸 왜 묻는 건가? 어차피 공장을 다른 지방으로 가져갈 수 있는 것도 아닌데. 그걸 누가 샀느냐는 우리에게 중요한 문제가 아니지."

그러자 모리스가 심각한 표정으로 고개를 저었다.

"보디마스터, 나는 당신을 진심으로 존경합니다. 그런데 그것과는 별개로 이 문제는 아주 중요합니다. 절대로 당신을 비판하려고 하는 말이 아닙니다. 잘 생각해보십시오. 벌써 10년 동안이나 이런 일들이 반복되고 있습니다. 우리는 지금 중소기업인들이 경영을 포기하도록 만드는 중입니다. 그런데 그 결과는 어떻습니까? 그들이 나간 자리에 철도 회사나 제너럴 제철소 같은 대기업이 들어서지 않았습니까. 그 기업들의 본사는 대부분 뉴욕이나 필라델피아에 있습니다. 그러니 우리가 아무리 협박을 해도 눈도 깜짝하지 않습니다. 결과적으로 보면 우리 스스로가 우리를 위험에 빠트린 셈입니다. 중소기업을 운영하는 사람들은 우리에게 절대 해를 끼치지 못합니다. 돈도 없고 힘도 없으니까요. 우리가 그들을 가혹할 정도로 쥐어짜지만 않는다면 우리에게서 도망치지는 않을 겁니다. 하지만 대기업은 완전히 다릅니다. 그들은 자기 회사에 방해가 되는 것들을 끝까지 추적해서 없애버리려고 할 겁니다. 게다가 그들에게는 돈이 넘쳐나지 않습니까."

모리스가 이야기하는 동안 회의실은 찬물을 끼얹은 듯 조용해졌다. 사람들은 우울한 표정으로 서로의 얼굴을 쳐다보았다. 지금껏 이들은 자신들이 누군가에게 보복당하는 일 따위는 생각해본 적이 없었다. 그만큼 그들 조직의 힘을 굳게 믿고 있었다. 하지만 방금 모리스의 이야기를 듣자 등골이 서늘해지는 느낌이었다. 가장 용감하다는 평가를 받는 단원조차도 온몸의 털이 곤두서는 것만 같아 기분이 나빠졌다. 그러나 모리스는 그런 분위기에는 아랑곳하지 않고 계속해서 말을 이었다.

"내가 하고 싶은 말은 중소기업인들을 좀 더 부드럽게 대해야 한다는 것입니다. 그들이 모두 이 지역을 떠나고 나면 우리 조직도 무너질 가능성이 큽니다."

항상 그렇듯이 불편한 진실은 듣기 싫은 법이다. 모리스가 자리에 앉자마자 여기저기에서 고함소리가 터져 나왔다.

맥긴티는 잔뜩 인상을 찌푸린 채 자리에서 일어났다.

"모리스 형제, 그대는 언제나 비관적이었지. 그러나 우리 지부 단원들이 단결하는 한 미국에서 우리를 건드릴 수 있는 놈은 아무도 없어. 이미 법정에서 여러 번 증명된 일이 아닌가? 대기업 놈들도 피터지게 싸우는 것보다 돈으로 해결하는 편이 훨씬 낫다고 생각할 게 분명해."

맥긴티는 검은 벨벳 모자와 법복을 벗은 뒤 자리에 모인 사람들을 둘러보며 말했다.

"오늘은 이것으로 마치겠다. 작은 일 하나가 남아 있기는 하지만 그건 나중에 이야기하기로 하지. 자, 이제 우리끼리 친목을 도모하고 휴식을 취하는 시간을 갖도록 하겠다."

생각해보면 인간만큼 희한한 존재도 없었다. 그 자리에 모인 사람들은 대부분 살인을 밥 먹듯이 했다. 특별한 이유나 원한이 없어도 살인을 망설인 적이 없었다. 죽은 이들을 그리워하며 흐느끼는 아내나 아이들을 보면 동정심은커녕 싸늘한 웃기 쳤다. 그런데 희한하게도 조용하고 애잔한 노래를 들으면 감동의 눈물을 흘리는 것이었다. 맥머도는 종종 테너처럼 훌륭한 목소리로 노래를 부르곤 했다. '마리, 나는 계단 위에 앉아 있다오'나 '앨랜 강둑 위에서'를 부를 때면 사람들은 눈물을 흘리며 박수를 아끼지 않았다. 입단식이 열린 바로 그날 밤, 감정을 담아 열창한 덕분에 맥머도는 형제들의 마음을 완전히 사로잡을 수 있었다. 고위직으로 승진하는 것은 당연한 수순이라는 말도 공공연하게 돌았다. 하지만 프리맨 단원이 되기 위해서는 친목만 중요한 것이 아니라 다른 자격도 필요했다. 그것이 무엇인지 맥머도는 그날 밤이 가기 전에 두 눈으로 똑똑히 목격하게 되었다.

위스키를 몇 병이나 비우고 나자 사람들의 얼굴은 붉게 달아올랐다. 슬슬 술주정이 튀어나오고 무슨 못된 짓을 하고 싶어질 때쯤 보디마스터가 자리에서 일어났다.

"얘들아, 이 도시에는 너희가 손봐줄 사람이 하나 있다. 그 자를 손보는 일은 너희 일이다."

"그게 누굽니까?"

"〈헤럴드〉지의 제임스 스탠저다. 그놈이 다시 우리를 비방하기 시작했다는 소식은 들었겠지?"

제임스 스탠저의 이름이 나오자마자 여기저기서 웅성거리는 소리가 들렸다. 사람들은 거친 욕설을 내뱉으며 허공에 주먹을 휘두르기도 했다. 맥긴티는 조끼 주머니에서 신문지 한 장을 꺼내들었다.

"그 녀석이 '법과 질서'라는 제목으로 기사를 썼다. 내가 읽어볼 테니 잘 들어보도록!"

광산 지역을 지배하는 공포

이 지역에 범죄조직이 존재한다는 것을 증명하는 암살 사건이 일어난 지도 벌써 12년이 흘렀다. 그날 이후로 극악무도한 범죄행위가 이어져 왔고, 이곳은 문명사회의 치부가 되고 말았다. 우리의 위대한 조국이 유럽의 전제정치로부터 도주한 이방인들을 받아들인 것은 이런 결과를 원해서가 아니었다. 그런데 언제부턴가 이들은 삶의 터전을 마련해준 사람들 위에 군림하기 시작했다. 그들은 인간이라면 누구나 갖는 자유를 빼앗고 이곳을 무법천지로 만들어 놓았다. 도대체 언제까지 이들의 만행을 지켜보고만 있어야 한단 말인가? 자유의 상징인 성조기가 세상 어느 군주 국가보다 더한 억압의 땅에서 휘날린다는 생각만으로도 공포심이 차오른다. 굳이 말하지 않아도 그들이 누군지 우리 모두가 알고 있다. 대관절 우리는 얼마나 더 참아야만 할까? 우리가 살아가는 동안…….

"젠장! 이런 쓰레기는 더 읽을 필요도 없어!"

보디마스터는 신문을 거칠게 내던지며 소리쳤다.

"놈은 우리에 대해 이렇게 지껄였다. 이제 내가 형제들에게 묻겠다. 그자에게 뭐라고 하면 좋겠는가?"

"죽여 버립시다!"

열댓 명의 사내가 사나운 목소리로 소리쳤다.

"나는 반대합니다."

온화한 표정의 모리스가 앞으로 나서며 말했다.

"형제 여러분, 그동안 우리는 우리 손을 너무 더럽혔습니다. 이대로 가다가는 이곳 사람들이 스스로 단결해서 우리를 공격하려 할지도 모릅니다. 제임스 스탠저는 힘없는 노인에 불과합니다. 게다가이 지역에서는 존경받는 인사입니다. 그리고 그의 신문은 이 지역여론을 대표하고 있지요. 만약 그가 살해당한다면 지역민들은 큰 소동을 일으킬 것입니다. 그러면 우리는 파멸되고 말 겁니다."

맥긴티는 치밀어 오르는 화를 참지 못하고 이글이글 불타는 눈으로 모리스를 노려보았다.

"이런 겁쟁이 같으니라고! 놈들이 어떻게 우리를 파멸시킨단 말인가? 경찰을 동원해서? 흥, 경찰의 절반은 우리에게 돈을 받고 있고나머지 반은 우리를 두려워하고 있어. 아니면 법원과 재판관의 힘으로? 그 정도는 얼마든지 상대해줄 수 있어. 지금까지 해왔던 것처럼말이야."

"하지만 린치 판사가 재판을 맡게 되면……."

모리스가 말을 끝맺기도 전에 사람들이 버럭 화를 내며 자리에서 일어났다. 맥긴티는 굵고 시커먼 눈썹을 무섭게 찡그리며 목소리를 높였다.

"그러면 행동 개시다. 조직원 200명만 동원하면 온 시내를 쓸어버릴 수 있어. 그리고 모리스 형제, 나는 전부터 당신을 주목해왔다. 당신에게는 손톱만큼의 용기도 없어. 게다가 다른 사람의 사기마저 꺾어놓고 있다."

"맞소! 맞소!"

사방에서 맥긴티를 지지하는 목소리가 터져 나왔다.

"모리스 형제, 당신의 이름이 우리의 회의에 오르게 된다면 그때는 큰일을 당하고 말 거다. 그런데 나는 지금 당장 당신의 이름을 올리고 싶다는 생각을 하고 있어."

모리스는 창백하게 질린 채 온몸을 벌벌 떨었다. 그는 무릎에서 힘이 빠져나갔는지 자리에 털썩 주저앉았다. 그리고 떨리는 손으로 술잔을 들어 한 모금 마신 뒤 길게 한숨을 내쉬었다.

"보디마스터 님, 그리고 모든 형제 여러분. 내 말이 너무 지나쳤다면 진심으로 사과드리겠습니다. 나는 우리 단체를 걱정하는 마음에서 그런 말을 했을 뿐입니다. 내가 얼마나 충성스러운 단원인지 모두들 아시지 않습니까. 이제부터는 보디마스터 님의 의견만 충실히 따르겠습니다. 앞으로는 절대 이런 이야기를 하지 않겠다고 약속합니다."

모리스가 고개를 조아리며 반성의 말을 쏟아내자 보디마스터 맥긴티의 얼굴이 서서히 밝아졌다.

"알겠소, 모리스 형제. 당신을 처벌하는 것도 즐거운 일은 아니니까. 그리고 내가 이 자리에 있는 한 우리 조직은 말이나 행동에 있어서 모든 단원들이 일치단결하는 모습을 보여야만 한다."

그는 자리에 모인 사람들을 죽 둘러보며 말했다.

"형제들이여! 잘 들어라. 스탠저가 죽으면 우리가 곤란에 처할 수도 있다. 신문 편집자들이 단결해서 경찰과 군대를 동원하라고 강력히 요구할 게 뻔하다. 그렇다고 뒤로 물러서자는 말은 절대 아니다. 적어도 그에게 강력한 경고장을 날려줘야 한다는 생각은 변함없다. 볼드윈 형제, 자네가 이 일을 맡지 않겠나?"

"좋습니다."

젊은이가 힘찬 목소리로 대답했다.

"몇 명이나 데리고 가겠나?"

"여섯 명 정도면 될 것 같습니다. 그리고 현관에서 망을 볼 사람 두 명만 더 있으면 됩니다. 가워, 맨슬, 스캔런, 그리고 월라비 형제! 자네들이 와주게."

"맥머도 형제도 현장에 보내주겠다고 말했었다."

맥긴티가 말했다. 그런데 맥머도를 쳐다보는 테드 볼드윈의 눈빛은 싸늘하기만 했다. 그는 에티와 관련된 일을 아직도 잊지 못하고 있는지 퉁명스러운 목소리로 말했다.

"가고 싶다면 데리고 가겠습니다. 그리고 인원은 이 정도면 충분합니다. 서둘러 일을 시작하는 게 좋겠습니다."

사람들은 술에 취해 흥청거리며 고함을 질러대거나 고래고래 노래를 불렀다. 술집에는 아직도 술꾼들이 가득했다. 대부분의 형제들이 그 자리에 남아 술을 마셨고, 일을 처리하기로 한 사람들만 큰길로 나섰다. 그들은 사람들의 눈에 띄지 않기 위해 두세 명씩 짝을 지어 인도 위를 걸어갔다.

밤하늘에는 별들이 푸른빛을 내고 있었고, 반달도 밝게 빛나고 있었다. 밖은 지독히도 추워서 모두들 옷깃에 얼굴을 파묻었다. 그들은 높은 건물 앞 공터에서 걸음을 멈추었다. 불이 환하게 켜진 창과 창 사이에는 〈버미사 헤럴드〉라는 금박 글씨가 박혀 있었다. 안에서는 윤전기가 돌아가는 소리가 크게 울렸다. 볼드윈이 탐탁지 않은 눈으로 맥머도를 쳐다보며 말했다.

"어이, 너는 아서 윌라비와 함께 1층 현관 앞을 지켜라. 여기서 반드시 퇴로를 확보해야 한다. 다른 사람들은 나를 따라와라. 겁낼 건

전혀 없어. 저 술집에 우리의 알리바이를 증명해줄 친구들이 수없이 많으니까.”

자정이 가까운 시간이었다. 휘청휘청 집으로 돌아가는 주정꾼 몇을 제외하고 거리는 텅 비어 있었다. 도로를 건너간 그들은 신문사 현관문을 밀치고 안으로 들어갔다. 맥머도와 윌라비는 현관 앞에 남았고, 나머지는 계단을 뛰어올라 위층으로 향했다. 곧이어 위층에서 고함 소리가 터져 나왔다. 연달아 도움을 청하는 비명소리가 울려 퍼졌다. 그리고 구둣발로 쾅쾅 내리치는 소리와 의자 넘어지는 소리도 요란스럽게 울렸다. 뒤이어 회색 머리의 남자가 계단 쪽으로 정신없이 달려 나왔다. 하지만 그는 더 이상 도망가지 못한 채 금세 잡히고 말았다. 그의 안경이 맥머도의 발 아래로 날아와 굴러 떨어졌다. 이내 쿵 하고 쓰러지는 소리와 고통에 찬 신음소리가 이어졌다.

남자가 바닥에 고꾸라지자 대여섯 개의 몽둥이가 그의 몸으로 날아들었다. 힘껏 내리치는 몽둥이를 온몸으로 받아내며, 남자는 길고 여윈 팔다리를 꿈틀거렸다. 잠시 후 매서운 몽둥이질이 멈췄다. 하지만 볼드윈은 악마 같은 미소를 지으며 남자의 머리를 사정없이 내리쳤다. 남자는 필사적으로 머리를 감싸려 했지만 아무 소용이 없었다. 회색으로 바랜 머리털 사이로 붉은 피가 맺히기 시작했다. 하지만 볼드윈은 전혀 아랑곳하지 않고 빈틈이 보일 때마다 호되게 몽둥이질을 해댔다. 계단을 뛰어올라간 맥머도는 볼드윈을 옆으로 밀쳐냈다.

“그러다가 사람 죽이겠어! 어서 몽둥이를 내려놔!”

맥머도가 소리치자 볼드윈은 두 눈을 동그랗게 뜨고 맥머도를 노려보았다.

“네가 뭔데 간섭이야? 풋내기 주제에 감히 끼어들어?”

볼드윈은 몽둥이를 번쩍 들어 맥머도를 위협했다. 그러자 맥머도는 재빨리 주머니에서 권총을 꺼내들었다.

"만약에 나를 건드리는 날에는 네 얼굴을 날려버리겠어. 보디마스터께서 이자를 죽이지 말라고 명령하셨다. 그런데 넌 지금 죽이려 하고 있잖아."

"맥머도의 말이 맞네."

패거리 중 한 명이 말했다.

"젠장! 어서 내려와!"

아래층을 지키던 남자가 다급히 소리쳤다.

"집집마다 불이 켜지고 있다. 5분도 안 돼서 사람들이 몰려올 거야!"

말이 끝나자마자 거리에서 사람들의 고함소리가 들려왔다. 아래층 홀에서는 식자공과 인쇄공, 그리고 기자들이 모여 패거리에 대항할 태세를 갖추고 있었다. 정신을 잃고 축 늘어져 있는 편집장을 버려둔 채 패거리는 계단을 재빨리 뛰어 내려가 거리로 도망쳤다. 그들 중 일부는 맥긴티의 술집으로 돌아가 임무를 성공적으로 완수했음을 보고했다. 맥머도를 비롯한 몇몇은 샛길로 접어든 다음 일부러 먼 길을 돌아서 각자의 집으로 돌아갔다.

4
공포의 계곡

다음 날 아침 맥머도는 눈을 뜨자마자 전날의 입단식을 떠올릴 수밖에 없었다. 술 때문에 머리가 지끈거린 데다 낙인찍힌 팔이 욱신욱신 쑤시며 퉁퉁 부어올랐기 때문이다. 그래서 그날 아침에는 늦은 아침식사를 마치고 집 안에서 시간을 보내기로 했다. 그는 수입원이 따로 있어서 직장에 불규칙적으로 출근하는 경우가 잦았다. 그는 책상 앞에 앉아 친구에게 장문의 편지 한 통을 썼다. 그리고 〈헤럴드〉를 집어 들었다. 마감 직전에 실린 것으로 보이는 특집 기사란에는 다음과 같은 기사가 실려 있었다.

괴한에게 피습당한 〈헤럴드〉 신문사 – 중상을 입은 편집장

기사에는 맥머도가 더 자세한 내용을 알고 있는 사건이 간략하게 설명되어 있었다. 기사의 끝부분은 다음과 같았다.

이 사건은 이제 경찰의 손에 넘어갔다. 그러나 경찰 수사가 어떤 가시적인 결과를 이끌어낼지는 알 수가 없다. 범인 중 일부는 신원이 밝혀졌기 때문에 유죄 판결을 받아낼 가능성이 있다. 극악무도한 범죄를 저지른 조직에 대해서는 따로 설명할 필요조차 없다. 그들은 아주 오랫동안 이 지역을 속박해온 악명 높은 단체다. 본지는 그들과 절대 타협하지 않을 뿐만 아니라 그들에 대항하여 저항의 의지를 강하게 드러내왔다. 그 때문에 편집장 스탠저 씨가 무참하게 구타를 당해 머리에 중상을 입게 된 것이다. 다행스럽게도 스탠저 씨의 생명에는 지장이 없다.

그 밑에는 윈체스터 소총으로 무장한 경찰 경비대가 소집되어 〈헤럴드〉 신문사를 철저히 경비하고 있다는 기사도 실려 있었다. 맥머도는 신문을 내려놓고 파이프에 불을 붙였다. 간밤에 술을 너무 마셔서 그런지 손이 덜덜 떨려왔다. 그때 문 두드리는 소리와 함께 하숙집 주인이 안으로 들어왔다.

"심부름꾼 소년이 이걸 가져왔어요."

그녀가 건넨 것은 편지 한 통이었다. 봉투에는 서명도 주소도 적혀 있지 않았다. 내용은 다음과 같았다.

급히 할 말이 있는데 당신의 하숙집에서는 하고 싶지 않소. 밀러 힐의 깃대 옆에서 기다리고 있을 테니 지금 나와 주시오. 당신과 나에게 아주 중요한 일이라는 것만 미리 말해두겠소. 자세한 이야기는 만나서 합시다.

맥머도는 깜짝 놀라 편지를 두 번씩이나 읽었다. 그는 편지를 쓴 의도가 무엇인지, 편지를 보낸 이가 누군지 도무지 알 수가 없었다. 여자의 필체였다면 연애 문제 정도로 생각할 수 있었겠지만, 그것은 남자 필체였다. 그것도 상당히 높은 수준의 교육을 받은 사람이 보낸 것 같았다. 방 안을 잠시 서성거리던 맥머도는 직접 가서 확인하기로 결심했다.

시내 한가운데 위치한 밀러 힐은 관리가 제대로 되고 있지 않은 공원이었다. 그래도 여름에는 사람들이 많이 찾는 유원지였지만, 겨울에는 사람의 발길이 뚝 끊겨 적막하기 그지없었다. 공원의 꼭대기에 서면 검게 그을린 시내의 전경뿐만 아니라 구불구불 이어진 계곡의 전경까지 한눈에 볼 수 있었다. 또 계곡 옆의 광산과 공장이 주변에 쌓인 눈을 시커멓게 물들인 모습도 보였다.

맥머도는 상록수가 늘어선 길을 따라 천천히 걸어 올라갔다. 꼭대기에 도착하자 한적한 식당이 모습을 드러냈고 그 옆에 깃대가 세워져 있었다. 깃대 아래에는 외투 깃을 바짝 세우고 모자를 푹 눌러 쓴 남자가 서 있었다. 맥머도가 다가가서 남자는 고개를 들고 그를 쳐다보았다. 남자는 바로 지난밤에 보디마스터의 노여움을 샀던 모리스 형제였다. 두 사람은 우선 조직의 암호를 주고받았다.

"이렇게 나와 줘서 고맙네. 자네와 이야기를 하고 싶었거든."

나이가 지긋한 모리스는 잠시 주저하다가 입을 열었다. 그는 마음속으로 상당히 망설이는 것 같았다.

"왜 편지에 이름을 쓰지 않았습니까?"

"우리는 항상 경계를 늦춰서는 안 되네. 요즘은 어떤 일로 보복을 당할지 몰라. 게다가 누구를 믿어야 할지, 누굴 경계해야 할지도 도무지 종잡을 수가 없어."

"하지만 형제들은 믿을 수 있습니다."

"아니, 항상 그렇지는 않네."

모리스가 인상을 찌푸리며 말했다.

"우리가 나누는 이야기 하나하나, 심지어 생각하는 것조차 맥긴티의 귀에 흘러들어가는 걸 보면 말이야."

이 말을 들은 맥머도는 몹시 기분이 상했다. 그는 차갑게 굳은 얼굴로 힘주어 말했다.

"이보시오! 당신도 알다시피 나는 지난밤에 보디마스터에게 충성을 맹세했습니다. 그런데 지금 그 맹세를 깨뜨리라는 말입니까?"

실망한 표정의 모리스가 한숨을 내쉬며 탄식했다.

"자네가 그렇게 나온다면 나도 할 말이 없군. 수고스럽게 여기까지 나오라고 해서 미안하네. 이제는 자유로운 두 사람이 자기 생각도 마음대로 털어놓지 못하게 돼버렸으니 이 일을 어쩌면 좋단 말인가!"

맥머도는 상대를 뚫어져라 쳐다보다 약간 누그러진 목소리로 말했다.

"나는 자유로운 생각을 말하고 있습니다. 그런데 나는 아직 새파란 신입이고 모든 것이 낯설기만 합니다. 게다가 아는 것이 없으니 특별히 할 말도 없지요. 하지만 당신이 할 말이 있다면 들어줄 의향은 있습니다."

그러자 모리스가 쓸쓸한 미소를 지으며 말했다.

"맥긴티 보디마스터에게 그대로 전하려고?"

"무슨 소리! 나는 절대로 그런 사람이 아닙니다! 나는 프리맨의 충실한 단원으로서 솔직한 내 생각을 말했을 뿐입니다. 그리고 당신의 비밀을 다른 사람에게 전하는 나쁜 놈은 아닙니다. 무슨 일이 있어도 비밀을 지킨다는 것은 약속할 수 있습니다. 다만 미리 경고하는데 그 이야기를 들었다고 해서 당신을 돕거나 동정하지는 않겠습니다."

"도움을 청하는 일 따위는 진작 포기했네. 자네에게 이 이야기를 하고 나면 내 목숨은 자네 손에 달린 거나 마찬가지가 되겠지. 솔직히 간밤에 보니 자네는 악인이 될 가능성이 매우 높아 보이더군. 아직은 신입이니 그들처럼 악행에 무감각하지는 않겠지만 말이야. 그래서 나는 자네에게 얘기를 하기로 결심한 걸세."

"좋습니다. 시작해보세요."

"만약 약속을 어기면 천벌을 받을 거야."

"나는 약속을 지키는 사람입니다."

"먼저 하나 묻겠네. 자네는 시카고에서 프리맨에 가입해 충성을 맹세할 때 그것이 범죄의 길로 들어가는 입구라는 것을 생각해본 적이 있는가?"

"그걸 만약 범죄라고 본다면……."

"범죄로 본다면? 그렇다면 그게 범죄가 아니란 말인가?"

근심에 찬 모리스의 목소리는 파르르 떨리고 있었다.

"그게 범죄가 아니면 대체 뭐가 범죄란 말인가? 자네는 이 단체의 활동을 제대로 못 봤기 때문에 그런 소리를 하는 걸세. 어젯밤 일만 해도 그렇지. 노인의 허연 머리에서 피가 뚝뚝 떨어질 때까지 몽둥이를 휘두르는 것이 죄가 아니란 말인가? 그건 명백한 범죄행위야. 그게 아니면 그것을 뭐라고 부를 수 있겠나?"

"전쟁이라고 말하는 사람도 있겠지요. 두 계급 간의 전쟁 말입니다. 그래서 누구든지 온 힘을 다해 싸우는 거지요."

맥머도가 말했다.

"그럼 시카고에서 프리맨에 가입할 때 그런 일이 있을 거라고 생각했었나?"

"아니요."

"내가 필라델피아에서 프리맨에 처음 가입했을 때도 그랬지. 나는 그곳을 단순한 친목단체 정도로 생각했네. 그러던 중 이 지역에 대한 이야기를 듣게 됐지. 오! 그 이름을 듣지 말았어야 했는데! 신이시여! 나는 부자가 되고 싶은 욕망 때문에 이곳으로 왔네. 아내와 세 아이들을 데리고 말이지. 처음에 시장광장에서 포목상을 했는데 장사가 꽤나 잘됐어. 그런데 내가 프리맨의 단원이었다는 소문이 퍼지자 어젯밤 자네처럼 반강제적으로 지부에 가입하게 됐지. 내 팔뚝에는 수치스러운 낙인이 찍혔고 내 마음에는 그보다 더한 상처가 남았네. 그렇게 나는 세상에서 가장 악질적인 조직에 가담한 범죄자가 되어버렸어. 내가 할 수 있는 일은 아무것도 없었지. 일이 좀 더 나은 방향으로 진행되었으면 하는 마음에 어젯밤과 같은 말을 하면 단원들은 나를 배신자 취급하기 일쑤였네. 이곳을 떠나고 싶은 마음은 굴뚝같지만 내 전 재산이 그 상점에 묶여 있기 때문에 도망칠 수도 없어. 만약 조직을 떠난다면 그들은 나를 갈기갈기 찢어죽일 게 분명하네. 그러면 내 아이들과 아내는 어떻게 될까? 오! 끔찍한 일이야!"

그는 두 손에 얼굴을 파묻고 축 처진 어깨를 들썩였다.

맥머도는 난감한 표정으로 말했다.

"당신은 이런 일을 하기에는 마음이 너무 약하군요. 이런 일에는 맞지 않는 사람이에요."

"나에게는 양심이 있었고 종교도 있었네. 하지만 그들은 나를 범죄자로 만들어 버렸지. 결국 나는 조직의 사업에 가담하게 되었네. 그 일을 거절했다가는 무서운 보복을 받을 게 뻔했지. 나를 비겁한 사람이라고 겁쟁이라고 욕해도 할 말이 없네. 하지만 아이들과 아내 때문에 애초부터 내게 선택권은 없었어. 결국 나는 그들이 시킨 일을 처리하기 위해 단원들을 따라나섰지. 그때의 일은 죽을 때까지 잊지 못할 걸세."

모리스의 얼굴은 고통으로 심하게 일그러져 있었다.

"우리가 간 곳은 여기서 30킬로미터 정도 떨어진 외딴 집이었네. 나는 어젯밤 자네처럼 문 앞에서 망을 보았지. 그들은 나를 미덥지 못하다 여겼기 때문에 그런 일을 시켰던 거야. 다른 사람들은 안으로 우르르 몰려 들어갔어. 그런데 나올 때 보니 손목까지 시뻘건 피로 물들어 있는 거야. 나는 속으로 겁이 났지만 애써 태연한 척하며 그곳을 떠나려고 했네. 그런데 그때 집안에서 어린아이의 울음소리가 들려오더군. 세상에! 겨우 5살 먹은 사내애가 제 아버지가 살해당한 것을 목격하고 울부짖고 있었네. 나는 너무나 무서워서 기절할 것 같았지만 아무렇지도 않은 듯 웃어야만 했어. 그렇지 않으면 피를 뚝뚝 떨어뜨리는 저 손이 다음에 우리 집을 찾을지도 모르니까. 눈앞에서 아버지의 죽음을 보고 울부짖는 아이가 내 아이가 될지도 모르니까."

모리스는 그때의 일이 생생하게 떠오르는지 두 눈을 질끈 감으며 고개를 저었다.

"아무튼 그 순간부터 나는 범죄자가 되었네. 이 세상에서도 영원히 죄인이고, 저 세상에서도 절대 구제받을 수 없는 살인 사건의 공범이 된 거야. 그때까지만 해도 나는 독실한 천주교 신자였네. 하지만 신부님은 내가 스코러즈의 단원이라는 사실을 알고부터 나에게 말도 걸지 않으셨지. 지금은 천주교에서 파문당한 상태라네."

모리스는 긴 한숨을 내쉰 뒤 내 눈을 지그시 바라보며 말을 이어

나갔다.

"내 처지가 이렇네. 그런데도 자네는 나와 같은 길을 가고 싶은 겐가? 자네는 어떤 결말을 맞이할 것 같나? 자네도 냉혈한 살인마가 되고 싶은 건 아니겠지? 그게 아니라면 우리가 힘을 합쳐 그것을 막을 가능성이 있다고 생각하나?"

"어떻게 하고 싶은데요? 설마 경찰에 밀고하려는 건 아니겠지요?"

맥머도가 의심에 찬 눈초리로 쳐다보며 물었다.

"말도 안 되는 소리! 그런 생각만으로도 죽을 수 있는걸."

모리스가 소리쳤다.

"좋습니다. 내가 보기에 당신은 나약하기 짝이 없는 사람입니다. 그래서 별것 아닌 일도 과장되게 확대해석하는 경향이 있는 것 같군요."

"과장이라고? 확대해석이라고? 여기서 조금만 더 살아보면 알게 될 걸세. 저 아래 계곡을 내려다보게. 수백 개의 굴뚝에서 뿜어져 나온 연기가 계곡을 뒤덮고 있는 걸 보란 말이네. 그런데 저것보다 더 지독한 게 뭔지 아는가? 사람들의 머리 위를 덮고 있는 살인 구름이야. 더 낮고 더 짙게 깔려 있는 살인 구름!"

모리스는 덜덜 떨리는 손가락을 들어 계곡 아래를 가리키며 소리쳤다.

"저것은 공포의 계곡! 죽음의 골짜기야! 새벽부터 저녁까지 사람들의 마음속에서 공포가 떠날 새가 없지. 두고 보게. 머지않아 알게 될 걸세."

"좋습니다. 좀 더 많은 것을 보고 나면 내 생각을 말해드리지요."

맥머도는 건성으로 대답했다.

"그런데 분명한 것은 당신은 이 고장과 맞지 않는 사람이라는 겁니다. 1달러짜리를 10센트 받고 파는 한이 있더라도 빠른 시일 내에 가게를 정리해 버리세요. 그게 당신에게 이로울 겁니다. 그리고 당신이 한 말은 절대 입 밖에 내지 않겠습니다. 대신 당신이 밀고자라면……."

"제발 그런 소리는 말게. 나는 절대 아니니까. 자네 말은 기억해두지. 그리고 나는 자네가 호의를 가지고 그 말을 했다고 생각하고 싶네."

모리스는 간절한 눈으로 맥머도를 바라보았다. 하지만 맥머도는 별로 그와 시선을 마주치고 싶지 않았다.

"참, 한 마디만 더 하겠네. 어쩌면 우리가 함께 있는 것을 누가 봤을지도 몰라. 그러면 그들은 우리가 무슨 이야기를 나누었는지 알고 싶어할 걸세."

"그럴 수도 있겠군요."

"내가 자네에게 우리 가게 점원 자리를 제안했다고 하면 좋을 것 같군."

"그리고 내가 거절한 걸로 하지요. 그게 바로 오늘 우리가 만났던 이유입니다. 그럼 살펴 가십시오. 당신 일이 잘 풀리기를 빌어드리겠습니다."

그날 오후, 맥머도는 거실 난로 앞에 앉아 담배를 피우며 깊은 생각에 빠져 있었다. 그런데 갑자기 거실 문이 활짝 열리더니 보디마스터 맥긴티의 거대한 몸집이 나타나는 것이었다. 그는 암호를 읊어 댄 뒤 맥머도를 마주 보고 앉았다.

잠시 동안 그는 아무런 말도 하지 않고 맥머도의 얼굴만 뚫어져라 쳐다보았다. 맥머도도 시선을 피하지 않고 대장의 눈을 바라보았다.

마침내 맥긴티가 먼저 입을 열었다.

"맥머도 형제, 나는 남의 집을 자주 찾아다니는 사람이 아니야. 나를 찾아오는 손님을 접대하기도 바쁘거든. 그런데 오늘은 자네를 방문하기 위해 특별히 시간을 냈지."

"이렇게 찾아주시다니 정말 고맙습니다."

맥머도는 선반에 놓인 위스키 병을 가지고 왔다.

"팔은 좀 어떤가?"

맥긴티가 묻자 맥머도가 얼굴을 찡그리며 말했다.

"아직 통증이 있긴 하지만 가치 있는 일이니까요."

"물론이야. 아주 가치 있는 일이지. 프리맨에 충성하고 조직에 도움이 되는 단원들에게는 말이야."

맥긴티는 매처럼 날카로운 시선으로 맥머도를 쏘아보며 물었다.

"오늘 아침에 모리스 형제와 무슨 이야기를 나눴지?"

매우 기습적인 질문이었다. 맥머도는 속으로 미리 대답을 준비해두기를 잘했다고 생각하며 안도의 한숨을 내쉬었다. 그리고 못 참겠다는 듯 큰 소리로 웃음을 터뜨렸다.

"모리스 형제는 제가 집에서도 돈을 번다는 사실을 몰랐습니다. 하지만 앞으로도 알게 하고 싶지는 않습니다. 워낙 양심을 따지는 사람이니까요. 그런데 그 사람이 마음씨가 곱다는 것만큼은 인정해야 할 것 같습니다. 제가 할 일 없이 노는 줄 알고 자기 가게에서 점원 일을 해볼 생각이 없는지 묻더군요."

"그래?"

"네."

"그래서 뭐라고 했나?"

"당연히 거절했지요. 제 방에서 네 시간만 일하면 거기서 일하는 것보다 10배는 더 벌 수 있으니까요."

"그렇지. 하지만 모리스와 너무 가까이 지내지 말게."

"그건 왜 그렇습니까?"

순간 맥긴티의 눈초리가 매섭게 올라갔다.

"하지 말라면 그뿐이지! 여기 사람들은 그렇게만 말하면 다 알아 듣네."

"그야 그렇겠지만 제게는 충분치 못합니다. 의원님이 사람들을 잘 판단하는 분이라면 그 정도는 잘 알고 계시겠지요."

맥머도가 대담하게 대꾸했다. 검은 피부에 위협적인 몸집을 한 사나이는 맥머도를 무섭게 노려보았다. 그리고 커다란 손으로 술잔을 움켜쥐고 던질 것처럼 몸을 움찔거렸다. 그러다 갑자기 큰 소리로 웃기 시작하는 것이었다. 하지만 웃음소리는 어딘지 모르게 가식적이었다.

"자네 정말 별난 사람이로군. 이유를 알고 싶다면 가르쳐주지. 혹시 모리스가 우리 조직에 대해 험담을 하지는 않던가?"

"아닙니다."

"나에 대해서도?"

"네."

"아직까지 자네를 믿지 못하는 모양이군. 그는 충실한 형제가 아니네. 우리 모두 그 사실을 잘 알고 있어. 그래서 때가 되면 본때를 보여줄 생각이네. 아무래도 그 시기가 앞당겨질 것 같아. 그처럼 나약한 겁쟁이를 우리 조직에 계속 머무르게 할 수는 없어. 그런데 자네가 그렇게 충성스럽지 못한 자와 어울린다면 자네도 똑같은 취급을 당하게 될 거야. 알겠나?"

맥긴티는 맥머도 앞으로 몸을 쑥 내밀더니 낮지만 위협적인 목소리로 말했다.

"그 사람과 어울릴 일은 없을 겁니다. 저는 그 사람이 싫거든요. 그리고 의장님이 아닌 다른 사람이 저의 충성심을 의심했다면 참고 있지 않았을 겁니다."

"아, 그럼 됐네."

맥긴티가 술을 들이키며 말했다.

"늦기 전에 충고해주고 싶었을 뿐이야."

"한 가지 여쭤 봐도 됩니까?"

"얼마든지."

"제가 모리스를 만난 걸 어떻게 아셨습니까?"

맥긴티는 재밌다는 듯 소리 내서 웃었다.

"이곳에서 벌어지는 일 중에 내가 모르는 일이 있다고 생각하나? 아무리 작은 일이라도 내 귀에 다 들어온다고 생각하면 될 거야."

맥긴티는 시계를 흘낏 보더니 자리에서 일어났다.

"시간이 꽤 지났군. 그럼……."

그런데 그의 작별인사는 뜻밖의 일로 중단되었다. 갑자기 방문이 활짝 열리더니 경찰 모자를 쓴 남자 셋이 들이닥친 것이었다. 맥머도는 자리에서 벌떡 일어나 주머니에 넣어둔 권총을 움켜쥐었다. 하지만 그는 한발 늦었다. 경찰 둘이 윈체스터 소총을 머리에 겨누는 바람에 어쩔 수 없이 손을 내릴 수밖에 없었다. 곧바로 경찰 제복을 입은 남자 하나가 6연발 권총을 들고 방 안으로 성큼성큼 들어왔다. 그는 바로 시카고 경찰 노릇을 하다 지금은 광산 경찰대에서 근무하는 마빈 경감이었다. 경감은 맥머도를 보고 쓴웃음을 지으며 고개를 저었다.

"시카고의 악당 맥머도! 네가 문제를 일으킬 걸 알고 있었다. 밖으로 나가야 하니 어서 모자를 써."

"마빈 경감, 대체 무슨 권한으로 남의 집에 무단침입을 하고 선량한 시민을 괴롭히는 거요? 가만히 두고 보지만은 않겠소."

맥긴티가 으드득 이를 갈며 말했다.

"맥긴티 의원님, 이 일은 당신과 상관없습니다. 우리는 당신이 아니라 맥머도를 체포하러 왔으니까요. 경찰의 공무집행을 돕지는 못할 망정 방해해서 되겠습니까?"

"이 사람은 내 친구니까 그의 행동에 대해서는 내가 책임지겠소."

"맥긴티 의원님, 그 말에 책임을 져야 할 겁니다. 이자는 이 지방으로 오기 전부터 범죄자였고 지금도 마찬가집니다."

경감은 맥긴티의 매서운 시선을 외면하며 경관에게 명령했다.

"경관, 내가 이자의 몸수색을 하는 동안 총을 겨누고 있게."

"내 권총 여기 있소. 우리 둘만 마주쳤다면 이렇게 쉽게 잡히지는 않았을 거요."

맥머도가 권총을 건네며 침착하게 말했다.

"영장은 있소? 당신 같은 사람이 경찰로 있다니! 대체 버미사가 러시아와 다를 게 뭐가 있소? 이것은 명백한 경찰의 횡포요!"

맥긴티가 소리쳤다.

"의원님, 당신 일이나 잘하시지요. 우리는 우리 할 일을 잘할 테니."

경감도 지지 않고 대꾸했다.

"내 죄목이 뭐요?"

맥머도가 경감을 노려보며 물었다.

"〈헤럴드〉 신문사 사옥에서 발생한 스탠저 구타 사건에 연루된 혐의다. 살인죄로 기소되지 않은 것만도 천만다행인 줄로 알아라."

그러자 맥긴티가 껄껄 웃으며 말했다.

"그게 맥머도의 혐의라면 지금 당장 그 사람을 놓아주는 게 좋을 거요. 이 사람은 내 술집에서 자정까지 포커를 쳤소. 증인이 열 명도 넘을걸?"

"그건 상관없소. 만약 억울한 점이 있다면 내일 법정에서 해결하면 될 일! 자, 맥머도! 머리에 구멍 뚫리기 싫으면 조용히 따라 나서라."

마빈 경감은 맥머도의 팔을 잡아끌었다. 맥긴티가 그 앞을 막아서며 노려보자 경감은 엄한 목소리로 소리쳤다.

"맥긴티 씨! 공무집행을 방해할 생각입니까? 그것만큼은 절대 용납할 수 없습니다."

경감의 태도가 너무나 강경했기 때문에 맥긴티는 길을 열어줄 수밖에 없었다. 맥머도도 하는 수 없이 경감의 말에 따르기로 했다. 다만 맥긴티는 맥머도와 헤어지기 전에 간신히 한두 마디 말을 속삭일 수 있었다.

"그건?"

맥긴티는 엄지손가락을 쳐들었다. 그것은 바로 위조지폐 제조기를 의미했다.

"걱정 마십시오."

마루 밑의 안전한 장소에 물건을 미리 숨겨두었던 맥머도가 속삭였다.

"몸조심하게. 라일리 변호사에게 변호를 맡기겠네. 그리고 분명히 말하지만 그들은 자네를 잡아둘 수 없을 거야."

맥긴티가 맥머도의 손을 잡으며 말했다.

"글쎄요, 나라면 그런 약속은 하지 않겠습니다."

마빈 경감이 의미심장한 표정으로 말했다. 그는 두 경관에게 맥머도를 넘겼다.

"자네들은 이자를 감시하고 있게. 허튼 수작을 부리면 발포해도 좋아. 나는 집을 수색해봐야겠어."

마빈 경감은 집 안을 샅샅이 뒤지기 시작했다. 하지만 위폐 제조기의 그림자도 찾지 못했다.

별다른 소득 없이 수색을 마친 경감은 맥머도를 끌고 경찰서로 향했다. 사방이 어둠에 잠기고 바람까지 매섭게 몰아쳐 거리는 텅 비어 있었다. 그때 종종걸음으로 길을 가던 행인 몇몇이 경찰에 끌려가는 맥머도에게 욕설을 퍼부었다.

"저주받을 스코러즈! 사형시켜 버리시오!"

"저런 쓰레기 같은 인간은 죽여 버려라!"

맥머도가 경찰서로 들어가는 것을 본 사람들은 더욱더 큰소리로 야유를 보냈다.

담당 경관에게 몇 가지 형식적인 조사를 받은 맥머도는 곧바로 유치장에 수감되었다. 그곳에는 볼드윈을 비롯해 전날 밤 범죄에 가담했던 단원 세 명이 이미 갇혀 있었다. 그들 모두 그날 오후에 체포되었고 다음 날 아침에 있을 재판을 기다리는 중이었다. 그런데 프리맨의 영향력은 생각보다 대단했다. 늦은 밤, 교도관이 깔개로 쓸 짚더미를 가져왔는데 그 속에 위스키 두 병과 술잔 몇 개, 그리고 카드한 벌이 들어 있었다. 덕분에 그들은 재판에 대해서는 아무런 걱정 없이 즐거운 밤을 보낼 수 있었다.

사실 처음부터 그들은 걱정할 필요조차 없었다. 치안 판사는 증거부족을 이유로 이들을 상급 법원에 보낼 수 없다는 판결을 내렸다. 우선 식자공과 인쇄공들은 사건 당시 매우 어두웠고 몹시 당황했기 때문에 범인의 얼굴을 정확히 보지는 못했다고 진술했다. 게다가 맥긴티가 선임한 변호사가 매우 노련하게 반대심문에 나서자 그들은 더 갈팡질팡하며 제대로 된 증언을 하지 못했다. 가장 큰 피해자였던 편집장도 마찬가지였다. 그는 너무나 갑작스럽게 습격을 당한 터라 맨 처음 자기를 가격한 사람이 턱수염을 기르고 있다는 것 외에는 아무것도 기억하지 못한다고 진술했다. 하지만 그는 자신을 습격한 사람들이 스코러즈 단원이 틀림없다고 말했다. 왜냐하면 이 지역에서 자신에게 원한을 품을 사람은 그들뿐이라는 판단 때문이었다. 그는 프리맨에 대한 솔직한 논설을 실은 이후로 그들에게 오랫동안 협박당해온 사실에 대해서도 언급했다. 한편 시의원 맥긴티를 포함해 6명의 시민들은 피고들이 사건이 일어난 시각보다 한참 늦은 시각까지 술집에서 포커를 쳤다고 증언했다.

두말할 필요도 없이 그들은 석방되었다. 게다가 이들은 재판관에게서 괜한 수고를 끼쳐 미안하다는 사과의 말까지 들었다. 반면 마빈 싱김과 그의 부하들은 과도한 의욕만으로 잘못된 수사를 했다는 비난을 들어야 했다. 판사가 선고를 내리자 방청석에서 환호성이 터져 나왔다. 맥머도가 돌아보니 낯익은 얼굴들이 자리를 가득 메우고 있었다. 그들은 요란하게 손뼉을 치기도 하고 손을 마구 흔들어대기도 했다. 하지만 무죄 판결을 받은 이들이 줄지어 통로를 빠져나오자 입술을 꽉 깨물고 어두운 표정으로 그 모습을 지켜보는 사람들도 있었다. 그중 한 사람은 체구가 작고 검은 턱수염을 기르고 있었다. 그는 석방된 자들이 자기 앞을 지나치자 의미심장한 말을 내뱉었다.

"이 살인자들아! 너희 죗값을 톡톡히 치르게 해주마!"

5
어둠의 구렁텅이

조직에서 잭 맥머도의 인기를 높이는 데 필요한 것은 딱 두 가지였다. 체포와 석방! 조직의 역사상 입단식을 치른 바로 다음 날 치안 판사 앞에 끌려가 재판을 받은 신입은 맥머도가 처음이었다. 단원들에게 그는 유쾌하게 잘 노는 친구이자 명랑한 술꾼으로 알려졌다. 또 권력을 움켜쥔 보디마스터에게도 할 말은 하고야 마는 대담한 사람이라는 소문도 자자했다. 또 그는 잔혹한 계획을 세우는 데 최고의 두뇌를 갖고 있으며, 누구보다 빠르게 실천에 옮기는 능력도 갖고 있다는 인상을 심어주었다.

"일 하나는 정말 완벽하게 해치우지."

간부들은 맥머도의 일솜씨에 만족감을 표시하면서 그를 자신이 담당한 일로 끌어들일 기회만 노리고 있었다.

맥긴티에게는 일처리 솜씨가 좋은 부하들이 많았다. 하지만 맥머도처럼 뛰어난 능력을 지닌 사람은 없었다. 맥긴티는 사나운 사냥개를 기르는 것 같은 기분이 들었다. 사소한 일에 써먹을 부하들은 얼마든지 있었다. 하지만 맥머도에게만큼은 제대로 된 사냥감을 물어 올 기회를 주고 싶었다.

단원들 중에는 맥머도가 승승장구하는 모습을 달갑지 않게 보는 사람들도 많았다. 물론 볼드윈도 포함해서 말이다. 하지만 그런 감정을 겉으로 드러내는 사람은 거의 없었다. 맥머도의 싸움 실력이 워낙 뛰어났기 때문이다.

맥머도는 동료의 호감과 인기를 한 몸에 받았다. 하지만 가장 중요한 것에 있어서는 그렇지 못했다. 에티 샤프터의 아버지는 그의 얼굴조차 보고 싶어하지 않았다. 심지어 맥머도가 자기 집 근처에 오는 것도 싫어했다. 하지만 에티는 맥머도를 진심으로 사랑하고 있었기 때문에 아버지의 반대에도 불구하고 그를 포기하지 못했다. 그러나 범죄자로 불리는 남자와의 결혼 생활은 평탄치 않을 것이 분명했다. 하룻밤을 꼬박 새우며 고민을 거듭하던 에티는 날이 밝자마자 맥머도를 찾아갔다.

'사랑하는 남자를 악의 구렁텅이에서 빼낼 수만 있다면 무슨 일이든지 하겠어.'

에티는 입술을 꽉 깨물며 다시 한 번 결심을 굳혔다.

그동안 맥머도는 자신의 집에 놀러오라고 졸라댔었다. 하지만 에티가 맥머도의 하숙집을 찾은 적은 없었다. 에티는 뛰는 가슴을 애써 진정시키며 거실로 들어갔다. 맥머도는 등을 돌려 앉은 채로 편지를 읽고 있었다. 순간 그녀는 인기척을 느끼지도 못한 채 편지에만 열중하는 맥머도를 놀려주고 싶었다. 19살 난 처녀의 장난기가 발동한 것이었다. 그녀는 발꿈치를 들고 살금살금 다가가 그의 어깨에 손을 살짝 얹었다. 에티가 맥머도를 놀래줄 생각이었다면 그것은 대성공이었다. 그런데 생각지도 못한 일이 터졌다. 깜짝 놀란 맥머도가 비호처럼 빠르게 몸을 돌려 에티의 목덜미를 꽉 움켜쥐려 한 것이었다. 그와 동시에 그는 읽고 있던 편지를 구겨 버렸다. 순간적으로 그의 두 눈은 야수의 그것처럼 매섭게 번득였다. 이제껏 그렇게 무서운 얼굴을 본 적이 없던 에티는 자기도 모르게 비명을 지르며 온몸을 벌벌 떨었다.

그제야 상황을 파악한 맥머도는 서둘러 손을 거두었다. 그리고 자기 어깨에 손을 얹은 사람이 사랑하는 에티라는 것을 깨닫자마자 그의 얼굴에는 놀라움과 기쁨이 가득 차올랐다.

"오! 당신이었군. 사랑하는 사람의 목을 조르려 했다니! 어서 이리로 와요."

그는 두 팔을 벌리며 사랑이 가득한 눈으로 에티를 바라보았다. 하지만 에티는 방금 전에 보았던 남자의 무시무시한 얼굴을 잊어버릴 수가 없었다. 그의 얼굴에 스쳐가던 두려움과 죄책감이 그녀의 가슴을 짓눌렀다. 그녀는 그것이 단순히 놀라는 표정이 아니라는 것을 본능적으로 알 수 있었다. 그것은 분명 죄책감이었다. 아주 깊은 죄책감과 공포심!

"대체 무슨 일이에요? 잭, 왜 나를 무서워했던 거죠? 양심에 걸릴 게 없다면 그런 눈으로 나를 보지 않았을 텐데요."

"아, 나는 다른 일을 생각하고 있었소. 당신이 그 요정 같은 발로 몰래 다가오는 바람에……."

"아니! 분명히 다른 이유가 있어요."

에티가 단호하게 소리쳤다. 그 순간 그녀의 마음속에 의심의 기운이 피어오르기 시작했다.

"읽고 있던 편지를 보여줘요."

"그럴 수는 없소, 에티."

맥머도가 거부하자 에티의 의심은 확신으로 변해갔다.

"다른 여자가 있군요! 그렇죠? 그게 아니라면 내게 숨길 이유가 없잖아요. 혹시 부인에게 편지를 쓰고 있었나요? 당신이 결혼하지 않았다는 걸 내가 어떻게 믿죠? 당신은 타지에서 온 사람이고, 당신에 대해 제대로 아는 사람도 없잖아요."

얼굴이 발갛게 상기된 에티가 다그치듯 물었다.

"에티, 난 결혼하지 않았소. 맹세할 수 있어요. 그리고 이 세상에 내가 사랑하는 여자는 당신밖에 없소. 십자가에 걸고 맹세하겠소!"

맥머도가 어찌나 진지하게 말했는지 에티는 그 말을 믿을 수밖에

없었다.

"그런데 왜 편지를 보여주지 않는 거죠?"

"아무에게도 보여주지 않겠다고 약속했기 때문이오. 나는 당신과의 약속을 소중히 지키는 것처럼 남들과의 약속도 잘 지키고 싶소. 게다가 이것은 지부와 관련된 일이고 당신에게도 비밀을 지켜야만 하오. 실은 내 어깨에 당신이 손을 얹었을 때 형사가 들어온 줄로만 알았소. 이런 나를 이해해줄 수 있소?"

에티는 그의 말이 진실이라고 생각했다. 에티의 표정이 한결 부드러워진 것을 본 맥머도는 그녀를 꼭 끌어안았다. 그리고 진심 어린 키스로 그녀의 두려움과 의심을 말끔히 씻어주었다.

"자, 내 곁에 앉아요. 당신 같은 여왕이 앉기에는 누추한 의자지만 당신의 가난한 애인이 마련할 수 있는 최고의 의자라오. 하지만 빠른 시일 안에 더 좋은 자리를 마련해 주겠다고 약속하리다. 자, 이제 마음이 편해졌소?"

맥머도의 부드러운 속삭임에도 불구하고 에티의 얼굴에는 어두운 그림자가 다시 드리워졌다.

"잭, 어떻게 내 마음이 편할 수 있겠어요? 당신이 범죄자 중의 범죄자라는 사실을 알고 있는데, 게다가 언제 살인죄로 법정에 끌려갈지 모르는데. 어제 우리 집에 하숙하는 사람 중 한 명이 당신을 '스코러즈의 맥머도'라고 부르더군요. 그 말은 날카로운 비수가 돼서 내 가슴을 도려내 버렸답니다."

"그런 말 따위는 잊어버려요."

"하지만 사실이잖아요."

그녀가 고개를 돌리며 탄식했다.

"에티, 당신이 생각하는 것만큼 나쁘지 않소. 우리는 우리만의 방식으로 권리를 찾으려는 것뿐이오."

에티는 사랑하는 남자의 목에 매달리며 간절히 애원했다.

"잭! 제발 그런 짓은 그만두세요. 나를 위해서 그만둬요! 이 말을 하려고 오늘 여기에 온 거랍니다. 잭! 이렇게 무릎을 꿇고 빌게요. 이렇게 고개를 숙이고 간청할게요."

맥머도는 무릎을 꿇은 채 고개를 숙이고 있는 에티를 일으켜 세웠다. 그리고 그녀의 향기로운 머리를 자신의 가슴에 꼭 끌어안았다.

"사랑하는 에티, 미안하지만 그 부탁은 들어줄 수 없소. 그것은 나의 굳은 맹세를 깨뜨리고 형제들을 저버리라는 말이지 않소? 내 입장을 알게 된다면 당신도 그런 말을 쉽게 하지는 못할 거요. 또 내가 조직을 버리고 싶다고 해서 그렇게 할 수 있을 것 같소? 당신이라면 자신의 비밀을 속속들이 알고 있는 사람을 곱게 놔줄 것 같냐는 말이오."

"물론 나도 생각해봤어요. 하지만 나는 이미 계획을 세워둔 걸요. 아버지에게 저축한 돈이 조금 있어요. 아버지도 그들 때문에 더 이상 이곳에서는 살고 싶지 않다고 하셨어요. 정말 이곳을 떠나고 싶어요. 우리 함께 필라델피아나 뉴욕 같은 곳으로 도망쳐요. 그들이 찾을 수 없는 곳으로요!"

에티는 진심을 담아 간청했다. 그러나 맥머도는 어두운 표정으로 실소를 터뜨렸다.

"에티, 조직이 찾을 수 없는 곳은 없소. 필라델피아나 뉴욕? 그곳이라고 해서 그들이 찾지 못할 것 같소?"

"그럼 저 멀리 서부로 떠나요. 아니면 영국도 좋고요. 우리 아버지의 고향인 독일로 가도 돼요. 이 공포의 계곡에서 떠날 수만 있다면 어디든 상관없어요."

그때 맥머도의 머릿속에 늙은 모리스의 얼굴이 떠올랐다.

"이 계곡을 그렇게 부르는 사람은 당신이 두 번째요. 정말이지 우리 조직은 이곳 사람들의 삶을 검은 구름으로 덮어버린 모양이오."

"우리는 그 구름에서 벗어나지 못하고 있어요. 당신은 정말 테드 볼드윈이 우리를 용서했다고 생각하세요? 만약 그가 당신을 두려워하지 않았다면 우리는 어떻게 되었을까요? 그는 멀쩡한 얼굴로 끔찍한 짓을 서슴지 않고 저지르는 사람이에요. 그가 얼마나 음흉하고 탐욕스러운 눈으로 나를 보는지 알고 있나요?"

맥머도는 화를 이기지 못하고 탁자를 쾅 내리쳤다.

"젠장! 그런 게 눈에 띄는 날에는 절대 가만두지 않겠소! 하지만 에티, 나는 여기를 떠날 수 없소. 그것만은 절대 안 되는 일이오. 아무튼 그 이야기는 나중에 하도록 합시다. 다만 내게 시간을 준다면 이곳을 명예롭게 떠날 수 있는 방법을 생각해보겠다고 약속하리다."

"그런 일에서 명예를 지킬 수 있을까요? 그건 불가능해요."

"하지만 그건 당신 생각일 뿐이오. 대신 내게 6개월만 여유를 주시오. 다른 사람 앞에서 부끄럽지 않게 여기를 떠날 방법을 찾아보겠소."

그제야 에티의 얼굴에 밝은 미소가 떠올랐다.

"6개월이라고요! 약속하신 거예요!"

"어쩌면 7개월이나 8개월이 될지도 몰라요. 하지만 적어도 1년 안에는 여기를 떠나도록 하겠소."

이제는 에티도 더 이상 어찌할 도리가 없었다. 하지만 그것만으로도 그녀에게는 의미가 깊었다. 깜깜하기만 하던 미래에 한 줄기 빛이 드리워진 느낌이었다. 그녀는 자신의 삶 속에 잭 맥머도가 걸어 들어온 이후 처음으로 편안함을 느낄 수 있었다.

한편 맥머도는 단원이 되고 나면 조직에 대해 모든 것을 다 알 수 있을 거라 생각했었다. 하지만 실제는 그와 달랐다. 그는 그 조직이 너무나 크고 복잡하다는 것을 깨달았다. 심지어 맥긴티조차도 알지 못하는 일이 많았다. 버미사에서 기차로 몇 정거장 떨어진 곳에 있는 홉슨 패치에는 '군(郡) 대표'가 있었다. 그는 몇 개의 지부를 손아귀에 넣고 마구 주물러대며 제멋대로 권력을 휘둘렀다.

맥머도는 그 사람을 딱 한 번 본 적이 있었다. 작은 체구에 회색머리를 한 남자는 쥐처럼 교활한 얼굴을 하고 있었다. 게다가 사악함이 가득한 눈동자를 굴려 사람들을 곁눈질하는 버릇이 있었다. 이 남자의 이름은 에번스 포트였다. 그 앞에서는 버미사의 절대 권력자인 보디마스터도 쩔쩔맬 수밖에 없었다. 그것은 마치 거대한 몸집의 당통(프랑스의 혁명가이자 정치가. 독재와 공포정치의 완화를 요구하다 로베스피에르에 의해 처형됨—편집자 주)이 보잘것없지만 실은 매우 위험한 인물인 로베스피에르(프랑스 대혁명 당시 급진파의 지도자로 공포정치를 펼친—편집자 주)에게 공포심과 혐오감을 갖는 것과 비슷했다.

그러던 어느 날이었다. 맥머도와 함께 하숙하는 스캔런은 맥긴티의 편지를 받았다. 그 안에는 에번스 포트가 맥긴티에게 보낸 편지가 동봉되어 있었다. 그 내용은 다음과 같았다.

친애하는 보디마스터 맥긴티

우리 행동대원인 롤러와 앤드루스를 버미사로 파견하겠소. 두 사람에게 내린 임무에 대해서는 조직의 대의를 위해 자세히 밝히지 않는 것이 좋겠소. 아무튼 그들이 행동을 개시하기 전까지 숙소를 제공해주고 편안하게 지낼 수 있도록 협조해주길 바라오.

이 사항과 관련해 맥긴티는 스캔런에게 몇 가지 당부 사항을 적어 두었다.

스캔런에게

행동대원 롤러와 앤드루스를 조합 건물에 들였다가는 비밀이 탄로 날 가능성이 짙다. 그러니 너희가 머무는 하숙집에서 며칠만 묵을 수 있 게 해주길 바란다.

그날 밤 두 남자가 맥머도의 하숙집에 도착했다. 두 사람 모두 손 가방을 하나씩 들고 있었다. 날카로운 인상의 롤러는 말수가 적은 중년 남자였다. 낡고 검은 프록코트에 중절모를 쓴 데다 덥수룩하게 수염을 기른 모습은 마치 순회목사 같은 느낌을 주었다. 함께 온 앤 드루스는 이제 막 소년티를 벗은 청년이었다. 솔직하고 명랑한 성격 때문에 그는 휴가를 즐기러 온 사람처럼 보였다.

두 사람 모두 술은 전혀 입에 대지 않았고, 모든 면에서 모범적인 사람처럼 행동했다. 하지만 이들은 살인에 있어서만큼은 전문가 소 리를 들을 정도였다. 롤러는 무려 14번, 앤드루스는 3번씩이나 살인 을 저질렀다. 그들은 맥머도에게 과거에 자기들이 한 일들을 숨김없 이 얘기해주었다. 그리고 마치 정의를 실현하기 위해 자기 한 몸 희 생한 사람처럼 행동하고 있었다.

그들에게 있어 살인은 범죄가 아니라 자부심을 느낄 만한 봉사나 다름없었다. 그런데 그들은 이번 임무에 대해서만큼은 한 마디도 하 지 않았다.

"상부에서 우리를 선택한 것은 우리 모두 술을 마시지 않기 때문이오. 그리고 그들은 우리가 쓸데없는 말을 늘어놓지 않을 거라고 믿고 있소. 그러니 우리가 말하지 않는다고 섭섭하게 생각하지 마시오. 우리는 단지 군(郡) 대표님의 명령을 따를 뿐이니까."

롤러가 차분하게 설명했다. 그러자 맥머도가 고개를 끄덕이며 말했다.

"이해합니다. 우리는 모두 한 형제가 아닙니까."

네 사람이 저녁 식사를 하는 동안 맥머도의 동료인 스캔런이 말했다.

"옳은 말이오. 찰리 윌리엄스나 사이먼 버드처럼 이미 해치워버린 사람들에 대한 이야기는 밤을 새워서라도 할 수 있소. 하지만 이번 일은 끝내기 전에는 절대 말할 수 없지."

"이 지역에는 내가 손봐주고 싶은 놈들이 대여섯 명 정도 있소."

롤러가 이렇게 말하자 맥머도가 슬쩍 눈치를 보며 물었다.

"혹시 당신이 노리고 있는 자가 아이언 힐의 잭 녹스가 아니오? 그놈이라면 나도 손봐주고 싶어서 죽을 노릇이오."

"아직은 그놈 차례가 아니오."

롤러가 단호하게 말했다.

"그렇다면 허먼 스트라우스?"

"아니, 그자도 아니오."

이번에도 롤러는 고개를 저었다. 맥머도는 멋쩍은 미소를 지으며 말했다.

"알고 싶은 마음은 굴뚝같지만 가르쳐주지 않으니 억지로 들을 방법이 없군."

롤러는 미소를 지으며 손을 저었다. 그에게는 조금의 빈틈도 보이지 않았다.

두 손님이 입을 꽉 다물고 있자 맥머도와 스캔런은 그들이 '장난질'이라고 부르는 일을 구경하기로 마음먹었다.

며칠 후 이른 아침이었다. 롤러와 앤드루스가 몰래 계단을 내려가는 소리를 들은 맥머도는 스캔런을 급히 깨웠다. 두 사람은 서둘러 옷을 입고 아래층으로 내려갔다. 롤러와 앤드루스는 이미 현관문을 활짝 열어놓은 채 집을 빠져나가고 없었다. 아직 동이 트기 전이었기 때문에 사방은 어두웠다. 하지만 희미한 가로등 덕분에 그들이 저 멀리서 걸어가는 모습을 볼 수 있었다. 맥머도와 스캔런은 깊이 쌓인 눈을 소리 나지 않게 밟으며 그들의 뒤를 몰래 쫓아갔다.

하숙집은 도시의 변두리에 있었기 때문에 롤러와 앤드루스는 금세 도시 외곽의 사거리에 도착할 수 있었다. 그곳에는 이미 남자 세 명이 먼저 도착해 그들을 기다리고 있었다.

롤러와 앤드루스는 잠시 동안 그들과 이야기를 나누었다. 그런 뒤 다섯 사람은 한꺼번에 움직이기 시작했다. 아무래도 여러 사람이 필요한 일임이 분명했다. 이 사거리에는 광산으로 통하는 좁은 길들이 여러 개 연결되어 있었다. 그들은 크로우 힐로 통하는 길을 선택했다. 이 탄광은 뉴잉글랜드 출신의 조시아 H. 던이 소장으로 일하는 곳이었다. 그는 원래 겁이 없는 성격에다 일을 하는 데 열정을 아끼지 않았기 때문에 공포의 땅에서도 질서와 규율을 정확히 지켜나갈 수 있었다.

날이 밝기 시작하자 광부들이 한 사람씩 혹은 서너 명씩 짝을 지어 시커먼 길을 걸어 올라갔다. 맥머도와 스캔런은 광부들 틈에 섞인 채로 일정 거리를 유지하며 뒤를 쫓았다.

짙게 깔린 안개 속에서 갑자기 날카로운 기적소리가 울려 퍼졌다.

그것은 하루 일을 시작하기 위해 갱 속으로 광부들을 내려 보내는 승강기가 운행되기 10분 전임을 알리는 신호였다.

갱 입구에 있는 공터에는 100여 명의 광부들이 모여 있었다. 그들은 추위를 이겨보려고 발을 동동 구르거나 손에 입김을 불어댔다. 다섯 명의 남자는 기관실 그늘 아래에 무리 지어 서 있었다. 스캔런과 맥머도는 아래쪽이 훤히 내려다보이는 광석 찌꺼기 더미 위로 기어 올라갔다. 잠시 후 턱수염을 덥수룩하게 기르고 덩치가 큰, 스코틀랜드 출신의 기사 멘지스가 기관실에서 나왔다. 그는 공터에 모인 광부들을 흘낏 쳐다보더니 승강기를 내리라는 신호로 호각을 불었다.

바로 그때였다. 깨끗이 면도한 얼굴에 성실한 인상의 현장감독이 갱 입구 쪽으로 걸어갔다. 그런데 갑자기 그의 표정이 흙빛으로 변했다. 기관실 그늘 아래 모여 있던 다섯 명의 낯선 사내를 발견했기 때문이다. 그의 시선을 느낀 패거리들은 얼굴을 감추려고 모자를 깊이 눌러 쓰거나 외투 깃을 바짝 세웠다. 그 순간 현장감독의 심장은 차갑게 얼어붙어 버렸다. 그는 죽음이 눈앞에 바짝 다가왔음을 직감했다. 하지만 그는 그 느낌을 애써 떨쳐버리고 낯선 침입자들로부터 일터를 지켜야 하는 의무만 생각하기로 했다.

"당신들은 누구요? 뭘 하는 사람들이길래 여기 모여 있는 거지?"

현장감독이 물었다. 하지만 누구도 대답하지 않았다. 그때 젊은 앤드루스가 앞으로 나서더니 그의 배를 향해 총을 쏴버렸다. 그 순간 공터에서 승강기를 기다리던 100여 명의 광부들은 모두 그 자리에 얼어붙어 버렸다. 너무나 갑작스럽게 당한 일이라 저지하려고 달려드는 사람조차 없었다. 현장감독은 두 손으로 배를 움켜쥔 채 비틀거리며 도망치기 시작했다. 하지만 또 한 번 총에서 불이 뿜어져

나왔다. 결국 땅 위에 쓰러지고만 그는 잿더미 위에서 사지를 버둥 거리며 괴로워했다. 그때 이 광경을 지켜본 기사 멘지스가 스패너를 들고 살인자들을 향해 미친 듯이 달려들었다. 하지만 그 또한 두 발의 총알을 얼굴에 맞고 살인자들의 발밑에 쓰러지고 말았다.

이에 분노한 광부 몇 명이 소리를 지르며 몰려들었다. 사방에서 탄식과 동정, 비난과 분노가 섞인 고함소리가 터져 나왔다. 그러나 패거리들이 그들 머리 위로 6연발 권총을 쏘아대자 광부들은 순식간에 흩어지고 말았다. 그들 중 일부는 뒤도 돌아보지 않고 집으로 도망쳤다. 잠시 후 가장 용감한 광부 몇몇이 사람들을 모아 다시 광산으로 돌아왔다. 하지만 살인자들은 이미 아침 안개 속으로 사라진 뒤였다.

그런데 희한한 일이 일어났다. 무려 100여 명의 사람들이 두 건의 살인 사건을 눈앞에서 목격했지만 살인자들의 인상착의를 증언할 사람은 아무도 없었던 것이다.

맥머도와 스캔런은 터덜터덜 집으로 발걸음을 옮겼다. 스캔런은 상당히 우울해 보였고 아무런 말도 하지 않았다.

그가 살인 사건을 목격한 것은 이번이 처음이었다. 그것은 생각만큼 재미있는 일이 아니었다. 살해당한 현장감독 부인의 슬픈 흐느낌이 발걸음을 재촉하는 그들의 귓가를 계속 맴돌았다. 맥머도 역시 깊은 생각에 잠겨 있느라 입을 열지 않고 있었다. 하지만 그는 마음이 약해진 스캔런에게 전혀 동정심을 보이지 않았다.

"이건 전쟁이나 마찬가지요. 어쩔 수 없이 벌이는 전쟁에서 우리는 적의 급소를 노려 반격에 성공해야만 하오."

그날 밤이었다. 조합 건물의 사무실에서는 성공을 축하하는 기념 파티가 열렸다. 사방에서 환호성이 터져 나왔다. 사람들은 다른 지부에서 나온 살인자들이 크로우 힐 탄광의 소장과 기사를 해치웠으니 그 지역의 다른 회사들도 무릎을 꿇을 수밖에 없을 거라며 즐거워했다. 또 다른 지부로 보냈던 단원들이 맡은 바 임무를 제대로 수행한 것에 대해서도 축배를 들어올렸다.

군(郡) 대표는 크로우 힐을 공격하기 위해 다섯 명의 단원을 파견해준 대가를 버미사 지부에 요구했다. 그것은 스테이크 로열의 광산주 윌리엄 헤일즈를 암살하라는 것이었다.

윌리엄 헤일즈는 모든 면에서 모범적인 사람으로 유명할 뿐만 아니라 매우 인기 있는 인물이었다. 세상에 적이라고는 없을 정도로 선량한 사람이었다. 하지만 일의 효율성을 중시하는 성격 때문에 게으른 주정꾼들은 즉시 탄광에서 해고시켰다. 그런데 그가 해고시킨 직원들의 대부분은 프리맨의 단원들이었다. 이에 불만을 품은 단원들이 공장 현관에 살인 협박 메시지를 적어두었지만 그는 눈도 깜짝하지 않았다. 그러나 결국엔 그로 인해 자유로운 문명국가에서 살해당하는 비극을 맞이하고 말았다.

살인은 너무나 쉽게 이루어졌다. 보디미스터이 옆자리에 앉아서 그날의 영예를 차지한 사람은 바로 테드 볼드윈이었다. 어찌나 술을 먹었는지 그의 얼굴은 시뻘겋게 달아올라 있었고 잠을 못 잔 탓에 흐릿한 눈은 빨갛게 충혈되어 있었다. 그와 함께 한두 명의 단원은 지난밤을 산속에서 지새웠다. 그들의 머리는 수세미 같았고 얼굴은 지저분했다. 게다가 비바람을 맞아서 옷은 더럽기 짝이 없었다. 하지만 외적인 것은 중요하지 않았다. 맡은 바 임무를 마치고 돌아온 그들은 동료들로부터 엄청난 환대를 받았다. 사방에서 환호성과 웃음소리가 터져 나왔다. 세 사람은 자신들의 무용담을 몇 번씩이고 되풀이하며 즐거워했다.

이야기의 대강은 이렇다. 지난밤 그들은 이가 딱딱 마주치는 추위와 싸우며 가파른 언덕 위에 잠복해 있었다. 그들이 기다리는 것은 목표물이 탄 마차였다. 이윽고 마차가 나타났고 단원들은 재빨리 마차를 막아섰다. 광산주 헤일즈는 황급히 권총을 꺼내려고 했지만 마음대로 되지 않았다. 추위 때문에 두꺼운 옷을 입어 몸이 매우 둔했던 것이다.

세 사람은 헤일즈를 마차에서 끌어내린 뒤 그를 향해 마구 총질을 해댔다. 헤일즈는 고통에 찬 비명소리를 질렀지만 그들의 총질을 막을 수는 없었다. 세 사람은 동료들에게 이 부분을 여러 차례 되풀이해서 이야기하며 낄낄거렸다.

"그놈이 어떻게 애원했다고? 살려달라고 꽥꽥 소리를 질렀단 말이지?"

사무실 안은 온통 헤일즈의 비명을 흉내 내는 소리로 시끄러웠다. 그들 중에 피해자를 알고 있던 사람은 아무도 없었다. 그들은 그저 살인이라는 것에 재미를 느끼고 있을 뿐이었다. 또 버미사 지부의 능력을 보여준 것 같아 자랑스럽다고 생각하고 있었다.

그런데 한 가지 뜻하지 않은 일이 발생했다. 그들이 이미 죽은 헤일즈를 향해 계속 총을 발사하고 있을 때였다. 그길로 부부를 태운 마차가 다가오는 것이었다. 단원들 중 한 명은 그 부부를 죽여버리자고 말했다. 하지만 부부는 광산과는 아무런 상관도 없는 사람들이었다.

"만약 이 일을 누구에게라도 발설한다면 절대 가만두지 않겠다!"

세 사람은 부부를 무섭게 협박했다. 부부는 두려움에 벌벌 떨며 무조건 고개를 끄덕였다. 그들은 단단히 약속을 받은 뒤 부부를 보내주었다. 그리고 피투성이가 된 시신을 남겨둔 채 산속으로 도망쳤다.

시신을 그 자리에 남겨놓은 것은 다른 사장들에게 경고의 메시지를 보내기 위함이었다. 만약 고분고분하게 굴지 않으면 똑같은 꼴을 당하게 되리라는 무언의 협박인 셈이었다. 그길로 그들은 인적이 드문 산속에 잠시 몸을 숨겼다. 그리고 임무수행을 완수한 것을 축하하는 동료들의 박수갈채를 받았다.

그날은 스코러즈에게 기념으로 남을 만큼 대단한 하루였다. 대신 계곡을 덮고 있던 검은 그림자는 더욱 짙어졌다. 그런데 현명한 장군은 참패한 적이 재정비할 틈을 주지 않는 법이었다. 보디마스터는 곧바로 새로운 작전을 세워 반항하는 무리에게 일격을 가했다.

그날 밤 취해서 흥청거리던 자들이 뿔뿔이 흩어지자 맥긴티가 맥머도의 팔을 잡아끌었다. 그는 두 사람이 처음 이야기를 나누었던 구석방으로 맥머도를 데리고 들어갔다.

"맥머도, 이제야 자네에게 알맞은 일이 생겼네. 직접 그 일을 처리하게."

"기다리고 있었습니다. 영광으로 알겠습니다."

"맨더스와 라일리를 데리고 가게. 그들에게는 일이 있다고 미리 말해두었네. 체스터 윌콕스를 없애버리지 않는 한 이 지역을 통제하는 것은 불가능해. 자네가 그놈을 쓰러뜨려 버리기만 한다면 탄광지역의 모든 지부가 환호하며 박수를 칠 걸세."

"최선을 다해보겠습니다. 그런데 그자는 누구고 어디에 가면 찾을 수 있습니까?"

맥긴티는 반쯤은 물고 반쯤은 피운 채로 항상 입에 물고 있는 시가를 내려놓았다. 그리고 공책 한 장을 쭉 찢어 간단히 약도를 그렸다.

"놈은 아이언 다이크 사의 현장감독이야. 절대 만만한 놈이 아니지. 참전 경험이 있는 퇴역 하사관 출신으로 온몸이 상처투성이에 머리카락은 하얗게 셌다네. 우린 벌써 두 번씩이나 놈에게 단원을 보냈지만 모두 실패했어. 심지어 짐 캐너웨이는 그에게 목숨을 잃기까지 했지."

"설마!"

"이제 자네가 놈을 맡아주게. 지도를 보면 알겠지만 아이언 다이크 사거리에 있는 외딴집이 바로 놈의 집이야. 총소리가 들릴 만한 곳에는 다른 집이 없어. 대신 낮에는 가봤자 소용없네. 놈은 항상 총을 지니고 다니다가 누구라도 접근할라치면 무조건 쏴버리거든. 그런데 그 솜씨가 아주 기가 막힌다네. 어찌나 빠르고 정확한지 조금이라도 틈을 주는 날엔 지옥으로 갈 준비를 해야 할 걸세. 밤에는 놈의 마누라와 세 아이, 그리고 하녀 한 명이 집에 있네. 그들 모두를 없애버려야 해. 현관에 폭탄을 장치해놓고 도화선에 불을 붙이기만 하면……."

"잠깐만요. 그자가 무슨 짓을 했지요?"

"짐 캐너웨이를 죽였다니까."

"왜 캐너웨이를 죽인 겁니까?"

맥머도가 계속 묻자 맥긴티는 기분이 상한 듯 인상을 찌푸렸다.

"그게 무슨 상관인가? 캐너웨이는 한밤중에 그자의 집에 들어갔다가 총에 맞아. 그 정도면 충분하지 더 이상 뭐가 필요하단 말이야?"

"그런데 여자와 아이들 모두를 죽이란 말씀입니까?"

"물론이지. 그렇다고 놈만 없애겠다는 말인가?"

맥긴티가 의심이 가득한 눈초리로 맥머도를 쳐다보며 물었다.

"아무 짓도 하지 않은 사람들이라 죽이기에는 가엾다는 생각이 들어서요."

맥머도의 대답을 들은 맥긴티는 자리에서 벌떡 일어서며 맥머도를 노려보았다.

"이게 지금 무슨 수작이야? 꽁무니를 빼려는 건가?"

"진정하십시오! 제발 진정하십시오! 제가 어떻게 보디마스터 님의 명령을 받들지 않겠습니까? 옳든 그르든 판단은 의원님 당신이 하시는 겁니다."

"그야 당연하지. 그러면 시키는 대로 할 텐가?"

"물론입니다."

"언제?"

"하루 이틀만 시간을 주십시오. 그 집을 미리 둘러보고 계획을 짜야 하니까요. 그런 다음에……."

"좋아!"

맥머도의 말이 끝나기도 전에 맥긴티가 손을 내밀며 말했다.

"그 일은 자네에게 맡기겠네. 놈들이 우리의 발밑에 무릎을 꿇게 해주게. 그날은 우리 모두에게 최고의 날이 될 걸세."

맥긴티와 헤어진 맥머도는 갑작스레 맡게 된 임무에 대해 오랜 시간 생각했다.

체스터 윌콕스가 사는 외딴집은 그곳에서 8킬로미터쯤 떨어진 계곡 근처에 있었다. 그날 밤 맥머도는 사전 답사를 하기 위해 혼자 그곳을 찾아갔다. 그는 다음 날 오후가 돼서야 답사를 마치고 돌아왔다. 그다음 날에는 행동대원 맨더스와 라일리를 만났다. 두 사람은 너무나 무모하고 겁이 없어서 마치 사슴 사냥을 떠나는 사람처럼 들떠 있었다.

이후로 이틀이 지난 날 밤, 세 사람은 도시 변두리에서 만났다. 그들은 모두 무기를 지니고 있었다. 그중 한 사람은 채석장에서 쓰는 발파용 화약이 든 자루를 메고 있었다.

그들이 외딴집에 도착한 것은 새벽 2시 무렵이었다. 그 시각 바람이 몹시 거세게 불었다. 바람 따라 빠르게 흘러가는 구름 사이로 이지러진 달이 가끔씩 얼굴을 드러냈다. 집 가까이로 다가가자 사나운 블러드하운드의 모습이 보였다. 하지만 미리 그 사실을 알고 있었기 때문에 그들은 전혀 동요하지 않았다. 그들은 권총의 공이치기를 당긴 뒤 조심스럽게 앞으로 나아갔다. 세찬 바람 소리와 머리 위에서 나뭇가지가 흔들리는 소리 말고는 아무런 소리도 들리지 않았다.

맥머도는 외딴집 문 앞에서 귀를 기울이며 인기척이 있는지 살폈다. 하지만 집 안은 쥐 죽은 듯 조용하기만 했다. 그는 문 앞에 세워둔 폭약 자루에 칼로 구멍을 냈다. 구멍 안에 도화선을 꽂은 뒤 조심스럽게 불을 붙였다. 그리고 두 단원과 함께 정신없이 앞으로 내달렸다.

집에서 거리가 조금 떨어진 도랑 속으로 몸을 날린 그들은 최대한 낮게 몸을 웅크렸다. 몇 초나 흘렀을까. 땅을 울리는 폭발음과 함께 집이 와르르 무너지는 소리가 들렸다. 이로써 이들은 임무를 성공적으로 마친 셈이었다. 피로 물든 조직의 역사에서 이처럼 깨끗하게 일처리가 된 적은 없었다.

그러나 참으로 안타까운 결말이 그들을 기다리고 있었다. 치밀한 계획과 과감한 행동으로 완벽한 일처리를 자신했던 맥머도! 그런데 알고 보니 그는 아무런 소득도 얻지 못한 것이었다. 여러 사람이 살해당했다는 소식과 자신도 목표물로 정해졌다는 정보를 전해 들은 체스터 윌콕스가 그보다 먼저 손을 쓴 것이었다.

윌콕스는 가족들을 데리고 경찰의 보호를 받으며 안전한 곳으로 거처를 옮겼다. 새로운 거처는 경관들이 교대로 지켜주고 있었다. 결국 세 사람이 화약으로 무너뜨린 것은 빈집이었고, 무사히 살아남은 퇴역 하사관은 여전히 아이언 다이크의 광부들에게 엄격하게 군기를 잡고 있었다.

"제게 맡겨주십시오. 놈은 제가 처리하겠습니다. 1년을 기다려서라도 반드시 해내겠습니다."

맥머도가 두 주먹을 불끈 쥐며 큰소리로 말했다. 버미사 지부 단원들은 모두 맥머도에게 감사와 신뢰를 드러내며 그의 뜻을 받아주기로 결정했다. 이렇게 해서 그 문제는 일단 마무리가 되었다.

몇 주일 후, 지역 신문들은 윌콕스가 총격을 당했다는 기사를 앞다투어 실었다. 그것은 곧 맥머도가 일을 멋지게 처리했음을 의미했다. 그리고 그 사실은 단원들 사이에서 공공연한 비밀이 되었다.

이것이 바로 프리맨의 일처리 방식이었다. 그것은 곧 이렇게 풍요로운 지역이 가공할 존재의 위협에 시달리며 공포의 칼날을 경험함을 의미했다. 아! 이보다 더 많은 범죄 이야기를 늘어놓아 책을 더럽힐 필요가 있을까? 그들의 인간됨과 일처리 방식을 설명하는 것은 지금까지의 이야기만으로도 충분할 것 같다. 그리고 이들의 행동은 이미 역사에 기록되었고 지금까지 전해지므로 의지만 있다면 자세한 내용은 손쉽게 찾아볼 수 있을 것이다. 그 기록에는 프리맨 단원 두 명을 체포한 헌트와 에반스 경관이 조직에게 저격당한 사건도 적혀 있다. 그것은 버미사 지부에서 계획한 일이었다. 그들은 비무장 상태에 있던 두 사람을 무참하게 살해했다. 또 구타당해 죽을 위기에 처한 남편을 간호하던 라비 부인이 보디마스터 맥긴티의 명령에 따라 살해당한 일도 있었다. 그리고 동생이 피살된 후에 형 젠킨스가 살해당한 사건, 제임스 머독이 토막 난 채 죽은 사건, 스텝하우스 집안의 폭파 사건, 스텐달 부부 살해 사건 등은 모두 같은 해 겨울에 연쇄적으로 일어난 사건들이었다.

공포의 계곡에는 여전히 어둠의 그림자가 내려앉아 있었다. 봄이 되자 얼었던 시냇물이 흐르기 시작했고 나뭇가지마다 꽃이 피어났다. 오랫동안 눈 속에 파묻혔던 자연에는 이처럼 새봄의 희망이 찾아들었다. 그러나 그곳에서 살아가는 사람들에게는 어떠한 희망도 없었다. 그들의 목을 옥죄는 공포의 멍에는 더욱더 무거워지기만 했다.

그리고 1875년의 여름, 사람들의 머리 위에는 공포와 두려움이 가득한 검은 구름이 더욱더 짙게 드리워졌다.

6
위험 신호

이제 공포는 최절정에 달했다. 맥머도는 조직 내부의 일을 담당하는 보디마스터의 보좌관으로 임명되었다. 단원들은 그가 맥긴티의 뒤를 이어 보디마스터가 될 거라고 믿고 있었다. 맥머도는 조직에서 없어서는 안 될 인물이었다. 단원들은 어떠한 일이든 그와 상의하려 했다. 실제로 그의 협조나 조언이 없으면 일이 제대로 이루어지지 않았다. 그런데 조직 내에서 그의 인기가 오를수록 버미사 거리를 지나는 사람들의 시선은 더욱 따가워져만 갔다. 단원들이 깡패 짓을 서슴없이 저지르는 것은 여전했다.

그런데 사람들의 생각이 조금씩 바뀌고 있었다. 그들은 압제자에 대항할 수 있는 힘을 모으는 중이었다. 〈헤럴드〉 신문사에서 비밀 집회가 열리고 있다거나, 평범한 시민들에게 무기가 분배되었다는 소문이 돌기 시작했다. 이 소문은 버미사 지부의 귀에도 들어갔다. 하지만 맥긴티와 부하들은 그런 소문 따위에는 조금도 신경 쓰지 않았다. 그들 생각에 자신들은 수적으로 우세할 뿐만 아니라 사기도 높았다. 게다가 무기도 충분했기 때문에 걱정할 이유가 없었다. 반면에 적들은 사방에 흩어져 있었고 힘도 약했다. 또 무기를 사용하는 데 익숙지 못할 게 뻔했다. 그들은 과거에 그랬던 것처럼 시민들의 계획이 실속 없이 끝날 거라고 믿었다. 그게 아니면 고작 단원 몇이 체포되었다가 금세 풀려나는 정도로 마무리될 거라고 생각했다. 맥긴티도, 맥머도도, 가장 용기 있다고 인정받는 몇몇 단원들도 한목소리로 이렇게 말했다.

5월의 어느 토요일 저녁이었다. 토요일 저녁에는 항상 지부 모임이 있었기 때문에 맥머도는 외출 준비를 하고 있었다. 그때 조직에서 가장 온건파인 모리스가 약속도 없이 그를 찾아왔다. 그의 이마에는 걱정과 불안 때문에 생긴 주름이 깊게 파여 있었다. 온화하기만 하던 얼굴은 어둡고 수척하게 변해 있었다.

"맥머도 형제, 자네와 솔직한 이야기를 나누고 싶네."

"좋습니다."

"전에 자네에게 내 속마음을 털어놓은 적이 있지. 그때 보디마스터가 자네를 찾아와 그 일에 대해 물었지만 자네가 비밀을 지켰다는 걸 알고 있네."

"내가 약속하지 않았습니까. 당신이 믿고 얘기했는데 비밀은 지켜야지요. 그렇다고 당신 말에 찬성한 것은 아니었지만 말입니다."

"그건 알고 있네. 하지만 내가 안심하고 말할 수 있는 사람은 맥머도 형제뿐이야. 지금 여기에 비밀이 있네."

모리스는 자신의 가슴에 손을 얹으며 말했다.

"그리고 그 때문에 죽을 지경이네. 나 혼자서 감당하기는 너무 힘들어. 만약 내가 사람들에게 이 얘기를 털어놓으면 틀림없이 살인이 일어날 거야. 만약 털어놓지 않으면 우리 모두가 파멸할지도 모르고. 오! 하나님! 나는 어떻게 해야 합니까?"

맥머도는 모리스의 얼굴을 빤히 쳐다보았다. 모리스의 얼굴은 고통으로 일그러져 있었다. 맥머도가 위스키를 따라 건네주자 모리스는 부들부들 떨리는 손으로 잔을 받았다.

"당신 같은 사람에게는 이게 약입니다. 이걸 마시고 어서 이야기를 해보세요."

모리스는 단숨에 술잔을 들이켰다. 그러자 하얗게 질렸던 얼굴에 점점 화색이 돌기 시작했다.

"간단하게 말하지. 어떤 탐정이 우리를 뒤쫓고 있네."

맥머도는 깜짝 놀라 그를 멍하니 바라보았다.

"뭐라고요? 지금 제정신입니까? 예전부터 이곳에는 경찰과 탐정들이 우글대고 있었소. 그런데 그들이 우리의 털끝 하나 다치게 할 수 있던가요?"

"아니, 그게 아니야. 그자는 이곳 사람이 아니네. 자네 말처럼 이곳 사람들은 우리에게 어떤 짓도 못하지. 하지만 그는 달라. 자네 혹시 핀커튼 탐정사무소라고 들어본 적이 있나?"

"신문에서 그런 이름을 본 적이 있는 것 같군요."

"내 말을 잘 듣게. 그놈들 손에 걸려들면 벗어날 방법이 없어. 정부 일을 하는 사람들은 일이 잘 되든 말든 상관하지 않지. 하지만 놈들은 일이 성사될 때까지 무조건 물고 늘어진다네. 그들에게 포기란 없어. 정말로 핀커튼 사무소 사람들이 이 일에 깊게 관여하고 있다면 우리는 모두 끝장난 거라네."

"없애버리면 될 거 아닙니까?"

"흥, 나도 그 생각은 했다네. 다른 단원들도 그렇게 생각하겠지. 아까 다른 사람들에게 말하고 나면 살인이 일어날 거라고 했던 것 기억하나?"

"이곳에서 살인이 뭐 대수입니까?"

"그렇긴 하지. 하지만 나는 저 사람을 죽이라고 내 손으로 지목하고 싶지는 않아. 그랬다가는 죽을 때까지 편하게 살 수 없을 걸세. 그러나 가만 내버려 뒀다가는 우리 목숨이 위험하겠지? 오! 어쩌면 좋단 말인가!"

모리스는 어찌할 바를 모르고 두 손으로 머리를 마구 쥐어뜯었다. 그 모습을 보고 있자니 맥머도의 마음도 조금씩 움직이기 시작했다. 위험이 닥쳐오고 있다는 사실과 그 위험에 대처할 필요가 있다는 모리스의 주장에 맥머도도 동의하게 된 것이었다. 그는 모리스의 어깨를 꽉 움켜쥐고 거칠게 흔들었다.

"이봐요! 날 좀 보시오!"

잔뜩 흥분한 맥머도는 고래고래 소리를 질러댔다.

"남편 잃고 우는 과부처럼 통곡해봤자 무슨 소용입니까? 하나씩 상황을 정리해봅시다. 그자는 대체 어떤 놈입니까? 지금 어디 있습니까? 그자에 대한 정보는 어떻게 알게 됐습니까? 왜 하필 나를 찾아왔습니까?"

맥머도가 다그치듯 연달아 질문을 던지자 모리스가 한숨을 내쉬며 말했다.

"내게 조언을 해줄 사람은 자네뿐이니까. 전에도 말했지만 나는 이곳에 오기 전에 동부에서 장사를 했었네. 나의 절친한 친구들은 아직도 그곳에 살고 있지. 그중에 전신국에서 근무하는 친구가 있는데 어제 내게 편지 한 통을 보내왔네. 편지의 맨 윗부분에 그 얘기가 적혀 있으니 직접 읽어보게."

모리스는 주머니에서 꺼낸 편지를 맥머도에게 건넸다. 맥머도가

읽은 편지 내용은 다음과 같다.

그쪽 스코러즈의 상황은 어떤가? 이쪽 신문들은 거의 매일같이 그들에 대한 기사를 싣고 있다네. 그런데 자네니까 하는 말인데, 머지않아 그쪽에서 심상치 않은 일이 벌어질 것 같네. 대기업 다섯 곳과 철도 회사 두 곳이 스코러즈를 주목하고 있어. 그들은 이 문제를 해결하려고 작정한 모양이네. 성공할 때까지 절대 포기하지 않을 게 분명해. 핀커튼 탐정사무소에 사건을 의뢰했고, 최고의 실력자라고 평가받는 버드 에드워즈가 조사에 착수했다네. 그들의 최종 목표는 스코러즈의 활동을 중지시키는 걸세.

"다음으로 추신을 읽어보게."

그리고 이 내용은 업무 처리 중에 알게 된 것이니 남에게 발설하지 말게. 그동안 많은 암호를 보아왔지만 그 전보의 경우 이상한 암호가 많이 적혀 있어서 뜻을 정확히 알 수 없었네. 아무튼 내가 알고 있는 내용은 여기까지네.

맥머도는 맥이 탁 풀려버렸다. 그는 떨리는 손으로 편지를 들고서 잠시 동안 멍하니 앉아 있었다. 눈앞의 안개가 사라지자 끝도 없는 심연이 앞을 가로막는 기분이었다.

"이 사실을 또 누가 알고 있습니까?"

"아무에게도 말하지 않았다니까."

"당신 친구가 다른 사람에게 편지를 보냈을 가능성은 없습니까?"

"어쩌면 한두 명 정도 더 있을 걸세."

"지부의 단원들 중에 있을 가능성은?"

"가능성이 있네."

맥머도는 팔짱을 낀 채 서성거리며 말했다.

"혹시나 당신 친구가 다른 사람에게 버드 에드워즈라는 자의 인상 착의를 알려주지 않았을까 싶어서 묻는 겁니다. 인상착의만 알면 그 자를 잡는 것은 식은 죽 먹기니까요."

"그렇겠군. 하지만 내 친구는 에드워즈에 대해 잘 모를 걸세. 그저 업무 중에 알게 된 일을 알려줬을 뿐이니까. 핑커튼 소속의 탐정을 그가 어떻게 알겠나?"

그 순간 맥머도가 갑자기 몸을 움찔했다.

"그렇지! 놈은 내 손안에 있습니다! 왜 그걸 깨닫지 못하고 있었을 까. 오, 하나님! 하지만 우리는 운이 아주 좋아요. 놈이 우리에게 해 를 끼치기 전에 우리가 먼저 잡아야 합니다."

맥머도는 이렇게 소리치더니 자신감 넘치는 얼굴로 모리스를 바 라보았다.

"모리스 형제, 내게 맡겨주십시오."

"내 어깨의 무거운 짐을 덜어준다면 그보다 고마운 일이 어디 있 겠나?"

모리스는 약간 어리둥절한 표정으로 고개를 끄덕였다.

"좋습니다. 당신은 뒤로 물러나 계십시오. 내가 다 알아서 할 테 니. 당신 이름을 거론할 필요도 없어요. 그리고 이 편지는 내게 온 것으로 하겠습니다. 괜찮지요?"

"물론일세. 그거야말로 내가 바라던 바라네."

"그럼 모든 일은 내게 맡기고 당신은 안심하십시오."

"그런데 대체 어떻게 하려는 건가?"

"일단 지부로 가봐야겠습니다. 그리고 핀커튼 놈들이 땅을 치고 후회하게 만들어 주겠습니다."

"설마 죽이려는 건 아니겠지?"

"모리스 형제, 차라리 아무것도 모르는 편이 나을 겁니다. 그래야 양심에 거리낄 게 없을 테니까요. 그러니 더 이상은 묻지 말고 편안하게 구경이나 하십시오."

그 말을 듣는 모리스의 얼굴이 급격히 어두워졌다.

"내 손에 그 사람의 피를 묻힌 기분이 드는군."

"자기 방어는 살인이 아닙니다."

맥머도가 의미심장한 미소를 지으며 말했다.

"그가 죽지 않으면 내 목숨을 내놓아야 할 판에 그런 걱정을 할 필요가 있습니까? 어차피 둘 중 하나는 죽어야 합니다. 놈이 이곳에서 오래 머물수록 우리의 목숨이 위태로워져요. 그런데 모리스 형제, 조직을 구하는 데 이렇게 큰 공을 세웠으니 당신을 차기 보디마스터로 선출해야겠습니다."

맥머도는 미소를 지으며 농담처럼 말했다. 그러나 그가 새로운 적의 침입을 매우 심각하게 받아들이고 있는 것만은 분명해 보였다. 단순히 양심의 가책 때문인지, 핀커튼의 명성이 주는 위압감 때문인지, 돈 많은 대기업이 스코러즈 소탕에 착수했다는 소식 때문인지는 알 수 없었다. 다만 그가 최악의 상황에 대비하기로 한 것만은 확실했다.

그는 집을 나서기 전에 자신의 혐의를 입증할 만한 문서를 모조리 태워버렸다. 그런 다음에야 비로소 안도의 한숨을 길게 내쉴 수 있었다. 그런데도 여전히 그의 마음은 짓눌린 듯 무겁기만 했다. 그래서 그는 지부로 가는 도중에 샤프터 노인의 집에 들렀다. 샤프터는 맥머도에게 출입금지령을 내렸지만, 에티를 만날 수는 있었다. 그가 창문을 두드리자 에티가 모습을 드러냈다. 그녀는 연인의 심각한 얼굴을 보자 가슴이 철렁 내려앉는 것만 같았다. 아일랜드인 특유의 장난기가 사라졌다는 것은 어떤 위험이 닥쳤음을 의미하기 때문이었다.

"무슨 일이 생겼군요! 오! 잭! 위험한 일이 생긴 거죠?"

"사랑스러운 에티, 그리 중요한 일이 아니니 걱정 마시오. 하지만 일이 더 악화되기 전에 여기를 떠나는 것이 좋을 것 같소."

"여기를 떠난다고요?"

"언젠가는 이곳을 떠나겠다고 약속했었지? 이제 그때가 된 것 같구려."

맥머도는 연인의 눈을 바라보며 힘겹게 말을 이었다.

"에티, 실은 오늘 밤에 좋지 않은 소식을 들었소. 아무래도 곧 일이 터질 것 같소."

"경찰 문제인가요?"

"아니, 핀커튼 문제요. 하지만 당신은 모를 거요. 그게 무엇을 뜻하는지, 나 같은 사람에게 어떤 결과를 가져올지 말이요. 나는 이 일에 너무 깊이 관련되어 있기 때문에 하루라도 빨리 도망쳐야 한다오. 그런데 당신은 나와 함께 간다고 했었지요?"

"오! 잭! 당신을 구할 수 있다면 무슨 일이든지 다 하겠어요."

"에티, 내게는 정직한 모습도 많이 있다오. 그러니 내 말을 믿어줘요. 어떤 일이 있더라도 당신의 머리카락 한 올도 다치지 않게 하겠소. 또 내가 항상 우러러보는 구름 위의 황금 왕좌에서 당신을 끌어내리는 일도 절대 없을 거요. 이런 나를 믿어주겠소?"

에티는 아무 말 없이 그의 손을 꼭 쥐었다.

"좋소, 에티. 그러면 내가 하는 말을 잘 듣고 시키는 대로 해요. 우리에게는 다른 방법이 없소. 머지않아 이 계곡에 어떤 일이 터질 거요. 나는 온몸으로 그것을 예감하고 있다오. 우리 조직 중에는 조심해야 할 사람들이 많은데 나도 그중 한 명이라오. 그런데 밤낮 상관없이 도망쳐야 할 상황이 생긴다면 당신도 함께 갈 거지요?"

"잭! 나는 뒤따라가겠어요."

"아니, 나와 함께 가야 해요. 어쩌면 나는 이곳으로 다시 돌아오지 못할 수도 있소. 그런데 어떻게 당신을 남겨두고 갈 수 있단 말이오? 게다가 경찰의 감시를 피하느라 당신에게 편지 한 통 마음대로 보낼 수도 없을 거요. 그러니 나하고 함께 가야만 하오. 전에 살던 곳에 마음씨 좋은 부인이 있소. 그곳에 데려다줄 테니 우리가 결혼할 때까지만 거기서 머무르시오. 그렇게 해주겠소?"

"알겠어요. 함께 갈게요."

에티가 흔쾌히 대답하자 그제야 맥머도의 얼굴에 미소가 떠올랐다.

"이렇게 나를 믿어주니 정말 고맙소. 당신의 믿음을 저버리는 일은 결코 없을 거요. 그랬다가는 천벌을 받을 테니까! 에티, 내가 당신에게 사람을 보내면 하던 일을 멈추고 무조건 기차역 대합실로 가서 나를 기다리시오. 알겠소?"

"낮이든 밤이든 상관없어요. 당신 말대로 할게요."

이제 탈출 준비를 모두 마친 맥머도는 한결 마음이 편해졌다. 지부에 도착하자 단원들이 모두 모여 있었다. 복잡한 암호문을 주고받은 후에 회의실로 들어가자 사방에서 요란한 환호성이 터져 나왔다. 기다란 방 안은 사람들로 북적이고 있었다. 자욱한 담배 연기 사이로 보디마스터의 헝클어진 검은 머리와 테드 볼드윈의 잔인하고 악의에 찬 얼굴이 보였다. 비서 해러웨이의 매처럼 날카로운 얼굴과 열댓 명쯤 되는 지도자들도 눈에 띄었다. 그렇지 않아도 자신이 입수한 정보에 대해 상의할 생각이었는데, 마침 사람들이 모두 모인 것을 보자 맥머도는 기분이 좋아졌다.

"맥머도 형제! 자네를 보니 정말 반갑군! 그렇지 않아도 현명한 사람의 판단이 필요하던 참이네."

보디마스터가 소리쳤다.

"랜더와 애건 문제라네. 스타일스 타운의 크랩 노인을 살해한 공로로 지부에서 내린 상금 때문에 다투고 있다는군. 서로 자기가 상금을 받아야 한다고 우기고 있어. 그런데 정작 누구의 총알에 맞았는지는 알 수가 없네."

맥머도의 옆자리에 앉은 단원이 회의 내용을 설명해주었다. 그런데 맥머도는 그 얘기에는 전혀 관심을 보이지 않고 심각한 표정으로 자리에서 일어나며 손을 들었다. 사람들은 평소와는 다른 그의 표정을 보고 의아해했다. 대체 무슨 일이기에 저렇게 심각한 표정일까 싶은 모양이었다.

"보디마스터 님, 긴급 안건을 발의하겠습니다."

맥머도가 엄숙한 목소리로 말했다.

"맥머도 형제가 긴급 안건을 발의하겠다는군. 지부의 규정에 따라 우선권을 주겠네. 그러니 어서 말해보게."

맥긴티가 말했다.

"보디마스터 님, 그리고 형제 여러분! 지금 저는 전혀 달갑지 않은 소식을 전하려고 합니다. 사전 경고 없이 공격당해 전멸하는 것보다 미리 알고 대비하는 것이 나을 것 같습니다. 제가 입수한 정보에 따르면, 이 나라에서 가장 돈 많고 강력한 기업들이 우리를 궤멸시킬 목적을 갖고 하나로 뭉치고 있다고 합니다. 지금 이 순간에도 핀커튼 탐정사무소의 버디 에드워즈라는 탐정이 활동 중이랍니다. 놈은 우리를 교수대나 독방으로 보낼 증거를 수집하고 있다는군요. 생각보다 상황이 심각한 것 같아 이 문제를 함께 논의했으면 합니다."

회의실 안은 한순간에 조용해졌다. 그저 무거운 침묵만이 사람들의 어깨를 짓누르고 있었다. 그 침묵을 가장 먼저 깨뜨린 것은 보디마스터였다.

"맥머도 형제, 증거가 있나?"

"증거는 이 편지에 있습니다."

맥머도는 편지를 꺼내들고 문제의 구절을 크게 읽어주었다.

"이 편지에 대해서는 더 이상 자세히 설명할 수 없습니다. 또 여러분에게 드릴 수도 없습니다. 저를 믿고 편지를 보낸 사람에게 의리를 지켜야 할 뿐만 아니라 제 명예와 관련된 일이기 때문입니다. 다만 편지 속에 우리 조직의 이익에 영향을 끼칠 만한 내용은 전혀 없다는 것은 보증할 수 있습니다."

맥머도가 말을 마치자 나이가 지긋한 형제 한 명이 입을 열었다.

"보디마스터 님, 내가 한마디 하겠습니다. 나는 버디 에드워즈에 대해서 들은 적이 있습니다. 그는 핀커튼 사무소에서도 가장 유능한 사람이라더군요."

"혹시 이 중에 그자의 얼굴을 아는 사람이 있는가?"

맥긴티가 물었다.

"제가 압니다. 그러니 놈은 우리 손에 있는 거나 마찬가지죠."

맥머도가 자신만만하게 소리쳤다. 그러자 회의실 여기저기에서 탄성이 터져 나왔다.

"여러분, 우리가 아주 신속하고 현명하게 행동한다면 이 문제는 쉽게 해결할 수 있습니다. 여러분이 저를 믿고 도와주신다면 두려워할 이유가 전혀 없습니다."

"우리가 뭘 두려워한다는 건가? 그깟 놈이 우리에 대해 뭘 알아낼 수 있다고!"

맥긴티가 못마땅한 표정으로 소리쳤다.

"보디마스터 님, 여기 모인 모든 사람들이 당신처럼 충실하다면 그렇겠지요. 하지만 그는 자본가들에게서 아낌없는 지원을 받고 있습니다. 한마디로 돈이 넘쳐난다는 말입니다. 과연 우리 지부 안에 그가 뿌린 돈에 매수될 만큼 나약한 형제가 한 명도 없다고 자신할 수 있을까요? 그자는 무슨 수를 써서라도 우리의 비밀을 캐내고 말 겁니다. 어쩌면 벌써 알아냈을지도 모르지요. 그렇다면 이제 우리가 할 수 있는 일은 한 가지밖에 없습니다."

"살아서는 여기를 떠나지 못하게 만들어야지."

볼드윈이 이를 으드득 갈며 말했다.

"볼드윈 형제, 오랜만에 의견이 일치하는군."

맥머도가 빙그레 웃으며 말했다.

"지금 놈은 어디에 있나? 어디를 가면 그자를 찾을 수 있지?"

보디마스터가 물었다.

"훌륭하신 보디마스터 님, 이 문제는 너무나 중요하기 때문에 모두가 있는 자리에서 밝히기는 곤란합니다. 물론 여러분을 의심하는 것은 아닙니다. 하지만 이런 일일수록 신중에 신중을 기울여야 합니다. 혹시 우리가 한 이야기가 한 마디라도 놈의 귀에 들어가면 그를 해치울 기회는 영영 사라지고 맙니다."

심각한 표정으로 맥머도의 말을 듣던 사람들의 대부분이 그의 말에 수긍했다.

"보디마스터 님, 그래서 저는 지부 안에 특별위원회를 구성할 것을 제안합니다. 특별히 믿음직한 사람들을 뽑아서 인원을 구성해야 할 것 같습니다. 제 생각에는 의장님과 볼드윈 형제, 그리고 다섯 형제를 더 선발하는 게 좋을 듯합니다. 그리고 나면 제가 알고 있는 모든 사실과 앞으로의 계획에 대한 제 생각을 솔직히 말씀드리겠습니다."

그의 제안은 곧바로 수용되었고 긴급히 위원회가 구성되었다. 보디마스터와 볼드윈 외에 날카로운 얼굴의 비서 해러웨이, 잔혹한 살인자 타이거 코맥, 재무부장 카터, 물불을 가리지 않고 달려드는 윌라비 형제가 위원으로 뽑혔다.

여느 때처럼 회의를 끝마치사 곧바로 술자리가 이어졌다. 하지만 그날만큼은 노래하고 떠들어대는 사람이 없었다. 그만큼 단원들의 마음은 무겁고 어두웠다. 그들은 처음으로 법의 이름을 한 복수의 먹구름이 자신의 머리 위에서 피어오르는 모습을 보았다. 이제껏 그들은 자신이 복수를 당한다는 것은 꿈에도 생각하지 못했었다. 남들에게 공포심을 불러일으키고 마음대로 살인을 저지르는 것이 이미 생활화되어 있었기 때문이다. 그런데 생각지도 못했던 일들이 눈앞에 닥쳐오니 놀랄 수밖에 없었다. 단원들이 서둘러 자리를 뜨자 위원들은 회의를 시작했다.

"맥머도, 어서 말해보게."

일곱 사람만 남게 되자 맥긴티가 무거운 목소리로 말했다.

"아까도 말씀드렸듯이 저는 버디 에드워즈를 알고 있습니다. 물론 여기서는 그 이름을 사용하지 않겠지요. 그는 분명 용감하지만 미친 놈은 아니니까요. 지금 그는 스티브 윌슨이라는 이름으로 홉슨 패치에 머물고 있습니다."

맥머도가 말했다.

"자네는 그걸 어떻게 알았나?"

"그와 우연히 이야기를 나눈 적이 있습니다. 물론 그때는 전혀 눈치를 채지 못했지요. 그러다 이 편지를 보고 나니 그자가 분명하다는 생각이 들더군요."

"그게 언제 일인가?"

"지난 수요일입니다. 기차 안에서 만났을 때 그자는 자기를 신문기자라고 소개하더군요. 그리고 뉴욕의 신문에 기사를 낼 작정이라며 스코러즈에 대해 여러 가지를 물었습니다. 특히나 잔혹한 행위들에 대해서 집요하게 캐묻더군요. 사소한 것 하나라도 알아내려고 애쓰는 게 보였습니다."

"그래서 어떻게 했나?"

"당연히 아무 말도 하지 않았습니다. 그랬더니 편집장이 좋아할 만한 정보를 준다면 돈을 주겠다고 하더군요. 저는 그자의 구미에 맞을 법한 이야기를 마음대로 지어서 들려주었습니다. 그랬더니 글쎄 20달러를 주지 뭡니까. 그러면서 자기가 원하는 정보를 모두 알려준다면 그 돈의 10배를 주겠다고 하더군요."

"자네는 뭐라고 말했나?"

"역시나 되는 대로 꾸며댔습니다."

"그가 신문기자가 아니라는 건 어떻게 알았지?"

"저는 홉슨 패치에서 내렸는데 놈도 거기에서 내리더군요. 그리고 볼일이 있어서 전신국에 들어갔는데 그자가 거기서 나오지 않겠습니까? 정말 우연히도 말입니다. 그런데 그가 나가자마자 전신국 직원이 전보용지를 보여주며 이렇게 말하더군요. '이런 전문은 요금을 두 배로 받아야겠습니다.' 무슨 소린가 싶어 용지를 봤더니, 무슨 중국 글씨 같은 것이 종이에 빽빽이 적혀 있는 것이었습니다. 직원 말에 따르면 그자는 매일같이 그런 전보를 발송한다고 했습니다. 또 그자가 '이것은 특종 기사인데 다른 신문사에서 가로챌까봐 이렇게 암호를 쓴다'고 하더란 말도 해줬습니다. 그때는 저도 그 말이 사실인 줄로만 알았습니다. 하지만 이제 와서 생각해보니 새빨간 거짓말이었습니다."

"젠장! 자네 말이 맞는 것 같군."

맥긴티가 탁자를 쾅 내리치며 말했다.

"이제 어떻게 해야 하지?"

"지금 당장 가서 해치워 버립시다!"

누군가가 소리쳤다.

"옳습니다. 빨리 없애버릴수록 좋습니다."

"그자가 어디 있는지만 알려주십시오. 제가 처리하겠습니다."

그때 맥머도가 나서서 말했다.

"홉슨 패치에 있는 것은 확실합니다.

다만 어느 집인지는 모르겠습니다. 일단 저에게 좋은 계획이 있습니다."

"그게 뭔가?"

"내일 아침 홉슨 패치로 가볼까 합니다. 전신국 직원

을 통하면 그자를 쉽게 찾을 수 있을 겁니다."

"찾아낸 다음에는?"

"나는 프리맨 단원인데 돈을 주면 조직의 모든 비밀을 밝히겠다고할 생각입니다. 그러면 놈은 눈에 불을 켜고 달려들겠지요. 그리고비밀을 담고 있는 서류가 우리 집에 있으니 밤 10시쯤 찾아오면 보여주겠다고 할 겁니다. 그러면 그자는 속아 넘어갈 게 분명합니다."

"그리고 나서 어떻게 할 생각인가?"

"이후의 일은 보디마스터 님께서 알아서 하십시오. 맥나마라 부인의 집은 외진 곳에 있는 데다 부인은 귀가 상당히 어둡답니다. 또 그집에는 스캔런과 저밖에 없습니다. 놈이 집으로 오겠다고 약속하면곧바로 알려드리겠습니다. 그러면 당신들은 9시까지 우리 집으로오십시오. 분명히 놈을 잡을 수 있을 겁니다. 혹시라도 놈이 살아서도망칠 수 있다면 그건 놈에게 있어 일생일대의 행운이 되겠지요."

맥머도의 계획을 들은 맥긴티는 만족스러운 표정으로 두 손을 비볐다.

"핀커튼 탐정사무소에도 곧 빈자리가 생기겠군. 좋아, 그렇게 일을 추진하기로 하세. 우리는 밤 9시까지 자네 집으로 가겠네. 놈이집 안으로 들어오면 나머지 일은 우리가 알아서 하겠네."

7
덫

맥머도의 말처럼 그의 하숙집은 시내에서 상당히 떨어진 외딴 곳에 있었다. 범죄를 벌이기에는 아주 적합한 장소였다. 다른 때였 다면 그들은 상대를 불러낸 뒤 마구 총을 쏘아대는 것으로 일처리를 끝내버렸을 것이었다. 하지만 이번에는 달랐다. 그를 죽이기 전에 조직에 대해 얼마나 알고 있는지, 어떻게 알게 되었는지, 배후세력 에게 어떤 내용을 알려줬는지를 알아볼 필요가 있었다. 어쩌면 이미 때가 늦어 그자가 임무를 마무리했을 가능성도 있었다. 혹시 그렇다 하더라도 그런 짓을 한 자에게는 반드시 복수를 해야만 했다.

그런데 그들은 가장 핵심적인 정보에 대해서는 그도 아직 모를 거 라는 기대를 가지고 있었다. 맥머도가 가르쳐준 엉터리 정보를 곧바 로 전송한 것만 보더라도 그는 비밀스러운 내용은 모르는 게 분명해 보였다. 그러나 모든 진실은 그자의 입으로 직접 들어서 확인해야만 했다. 일단 붙잡기만 하면 버드 에드워즈는 입을 열 수밖에 없을 것 이다. 프리맨 단원들에게 입을 다문 증인을 다루는 일은 식은 죽 먹기나 다름없기 때문이었다.

맥머도는 계획대로 홉슨 패치로 출발했다. 그런데 그날따라 경찰이 그에게 각별한 관심을 보이는 것이었다. 시카고에서부터 그를 알고 있었다고 했던 마빈 경감이 기차를 기다리는 맥머도에게 말을 걸어왔다. 하지만 맥머도는 고개를 돌린 채 아무런 대답도 하지 않았다.

오후에 일을 마치고 돌아온 맥머도는 곧바로 조합 건물로 향했다.

"놈이 온다고 약속했습니다."

"아주 좋아!"

맥머도의 보고를 받은 맥긴티는 기분 좋게 박수를 쳤다. 그는 셔츠 위에 조끼를 입고 있었는데 그 위로 인장과 금줄이 반짝거렸다. 또 조끼의 술 장식 주변에는 커다란 다이아몬드가 빛을 발하고 있었다. 보디마스터에게 엄청난 부와 권력은 주류 판매와 정치적 책략 때문임이 분명했다.

전에 없이 가깝게 다가온 감옥과 교수대의 그림자는 보디마스터에게도 기분 나쁜 공포를 몰고 온 모양이었다.

"그자가 많은 것을 알고 있는 것 같던가?"

맥긴티가 걱정스러운 표정으로 물었다. 맥머도는 침울하게 고개를 끄덕였다.

"그는 적어도 이곳에서 6주 이상 지냈다는군요. 그동안 그자가 철도 회사의 돈을 들고 단원들을 유혹했다면 분명히 많은 정보를 얻어낼 수 있었을 겁니다."

"아니! 우리 단원들 중에 그렇게 나약한 사람은 없어!"

맥긴티가 소리쳤다. 그러다 문득 무슨 생각이 떠올랐는지 입술을 꽉 깨물었다.

"오! 나약하기 짝이 없는 모리스가 있었지? 만약 누군가가 우리를 팔아먹었다면 그건 모리스가 분명해. 애들 몇을 보내서 본때를 보여줘야겠군. 대체 무슨 말을 지껄였는지 알아봐야겠어."

"그래도 나쁘지 않겠지요. 솔직히 말하자면 저는 모리스를 좋아했습니다. 그래서 그가 나쁜 꼴을 당하는 게 달갑지만은 않습니다. 저는 우리 지부 문제 때문에 그와 몇 번 대화를 나눈 적이 있습니다. 그가 우리와 생각이 다르다는 것은 맞지만 배신할 사람은 아닌 것 같습니다. 물론 일부러 그를 감쌀 생각은 아닙니다."

"아니, 나는 그놈을 없애버리겠어! 벌써 1년 전부터 놈을 손봐줄 때만 기다리고 있었지."

맥긴티가 인상을 찌푸리며 소리쳤다.

"그런 문제라면 의원님이 가장 잘 알고 계시겠지요. 하지만 무슨 일을 하든지 내일로 미뤄야만 합니다. 핀커튼 문제가 해결될 때까지는 문제를 일으키지 않는 게 좋으니까요. 특히 오늘은 경찰을 자극해서는 안 됩니다."

맥머도가 차분하게 설명하자 맥긴티가 고개를 끄덕이며 말했다.

"자네 말이 맞네. 어차피 버디 에드워즈는 실토하게 될 테니까. 그런데 혹시 놈이 낌새를 챈 건 아니겠지?"

"제가 놈의 약점을 잘 파고든 것 같습니다. 그는 스코러즈에 대한 정보만 입수할 수 있다면 지옥에라도 따라갈 기세였습니다. 입이 찢어져라 좋아하며 돈까지 주더군요."

맥머도는 지폐 한 다발을 꺼내 보이며 키득거렸다.

"그리고 제 서류를 다 보여주면 이만큼을 더 주겠다고 했습니다."

"서류라면?"

"서류 같은 건 당연히 없지요. 하지만 놈에게는 조직의 규약과 규정, 조직 구성도와 조직원의 명단을 기록한 서류가 있다고 말해주었습니다. 놈은 우리의 비밀을 모두 알 수 있을 거라고 잔뜩 기대하고 있었습니다."

"자네를 꽤나 믿는 모양이군."

맥긴티가 야비한 미소를 흘리며 말했다.

"그런데 왜 서류를 가지고 오지 않았냐고 묻지 않던가?"

"당연히 묻더군요. 그래서 저는 경찰의 의심을 받고 있기 때문에 그런 걸 가지고 다닐 수가 없다고 대답해주었습니다. 실제로 오늘 아침에 마빈 경감이 말을 걸기까지 하더군요."

"나도 그 얘기는 들었네. 이제 점점 중요한 상황이 돼 가는군. 일단 탐정 놈을 해치우고 나면 다음으로 마빈 경감을 없애버려야겠어. 내 반드시 경감 놈을 수직갱 속으로 밀어 넣어버릴 거야."

"뒤처리만 깔끔하게 한다면 우리가 탐정을 해치웠다는 걸 아무도 증명할 수 없을 겁니다. 밤늦은 시간에 이곳에 오기로 했으니 사람들 눈에 띄지 않을 겁니다. 또 놈이 떠나는 것을 볼 수 있는 사람은 아무도 없겠지요."

두 사람은 서로 마주 보며 음흉한 미소를 지었다.

"보디마스터 님, 이제 계획을 말씀드릴 테니 사람들을 배치해주십시오. 먼저 일곱 분 모두 제시간에 와주십시오. 충분한 여유를 두고 일찍 오시는 게 좋을 겁니다. 그리고 놈이 문을 세 번 두드리면 제가 문을 열어주기로 약속해 두었습니다. 그가 집 안으로 들어오면 문을 잠가버리겠습니다. 그러면 놈은 완전히 우리 것이 되는 겁니다."

"아주 간단하군."

"그렇습니다. 하지만 다음 단계는 쉽지만은 않을 겁니다. 놈은 결코 만만한 상대가 아닙니다. 분명히 중무장을 하고 있을 것이고 절대 경계를 늦추지 않을 겁니다. 하지만 집에 저 혼자만 있다고 생각했다가 일곱 명이 자기를 기다리고 있는 것을 눈치 채면 곧바로 총격전이 벌어질 게 뻔합니다. 그러면 누군가는 목숨을 잃을 수도 있습니다."

"그렇겠지."

"그리고 총소리가 나면 시내의 경찰들이 죄다 몰려오겠지요."

"자네 말이 맞는 것 같군."

"그래서 제 생각에는 이렇게 하는 게 좋을 것 같습니다. 일단 일곱 명 모두 큰방에 모여 있는 겁니다. 지난번에 저와 이야기를 나눴던 그 방에 말입니다. 놈이 오면 저는 현관 옆의 응접실로 데리고 가겠습니다. 그리고 서류를 가져오겠다고 하고 놈을 혼자 남겨둘 겁니다. 그렇게 방에서 나온 즉시 현재 상황에 대해 여러분께 알려드리겠습니다. 물론 그자에게는 가짜 서류를 가져다줄 거고요. 그자가 서류를 읽을 때 저는 놈을 덮쳐 무기를 뺏을 생각입니다. 제가 소리를 지르면 곧바로 달려오십시오. 빨리 올수록 좋습니다. 놈은 상당히 억세기 때문에 저 혼자 힘으로 감당하기 어려울 수도 있으니 말입니다. 그래도 다들 몰려올 때까지 붙잡고 있을 수는 있을 겁니다."

"아주 좋은 생각이네. 이번 일로 우리 지부는 자네에게 큰 빚을 졌군. 내가 보디마스터의 자리에서 물러설 때 자네를 후계자로 추천해주겠네."

맥긴티는 흡족한 표정으로 이렇게 말했다.

"저는 아직 풋내기에 불과한걸요. 그런 말씀은 아직 과분합니다."

맥머도는 이렇게 말했지만 엄청난 거물의 칭찬을 들은 기쁨을 완전히 감추지는 못했다.

하숙집으로 돌아온 맥머도는 앞으로 닥쳐올 피비린내 나는 일에 대해 철저히 준비하기 시작했다. 우선 그는 스미스 앤 웨슨 권총을 청소한 뒤 기름을 치고 실탄을 장전했다. 그리고 탐정을 함정에 빠뜨리게 할 방을 살펴보았다. 방은 크기가 상당히 넓었다. 방 중앙에는 기다란 전나무 탁자가 자리했고 한쪽에는 커다란 난로가 있었다. 창문들은 두 방향으로 나 있었는데 덧문이 없이 가벼운 커튼만 드리워진 상태였다. 맥머도는 작은 것 하나까지 주의 깊게 살펴보았다. 특히나 창문 쪽을 자세히 조사했다. 이번 일의 중요도에 비해서 이 방이 너무 외부에 노출된 것이 아닐까 하는 걱정이 들었다. 하지만 이곳이 큰길에서 워낙 떨어져 있었기 때문에 지나치게 걱정할 필요는 없을 것 같았다. 끝으로 그는 같이 하숙하는 단원인 스캔런에게 이제 곧 일어날 일에 대해 설명해주었다. 스캔런은 행동대원으로 활동하고는 있었지만 남에게 해를 끼치는 인물은 못됐다. 그저 마음이 약해서 동료들의 뜻을 반대하지 못할 뿐이었다. 어쩔 수 없이 살인을 저질러야 할 때는 마음속 깊이 혐오감과 두려움을 느끼고 있었다.

"마이크 스캔런, 내가 당신이라면 오늘밤엔 차라리 다른 곳에 가 있겠습니다. 곧 이 집안에 피비린내가 진동하게 될 테니까."

"맥머도, 나도 자네와 함께 하고 싶지만 정말 용기가 나지 않네. 탄광에서 현장감독 던이 죽는 것을 목격한 뒤로 얼마나 힘들었는지 몰라. 나는 자네나 맥긴티와는 다르게 이런 일에 익숙해질 수가 없네. 만약 지부에서 별다른 말을 하지 않는다면 나는 자네의 충고를 따르고 싶군."

일곱 명의 위원들은 약속한 시간에 모두 모였다. 겉모습만 보자면 이들은 모두 깨끗하고 단정하며 선량한 시민들이었다. 하지만 그들의 얼굴을 조금만 자세히 들여다보면 그 생각이 잘못되었음을 깨달을 수 있었다. 고집스럽게 꽉 다문 입술과 잔인하고 냉혹한 눈초리는 버디 에드워즈가 이미 죽은 목숨이라는 것을 말해주고 있었다. 이 자리에 모인 사람들 모두 열 번 이상이나 손에 피를 묻힌 경험이 있었다. 그들처럼 잔혹한 이들에게 한 사람을 죽여 없애는 일은 양한 마리를 죽이는 일과 다를 게 없었다.

그중에서도 외모로 보나 그동안 저지른 악행으로 보나 가장 잔인한 사람은 보디마스터였다. 바짝 마른 비서 해러웨이는 누구보다 강한 증오심을 가진 사람이었다. 앙상한 목에 팔다리를 신경질적으로 움직이는 이 남자는 지부의 재정에 관해서만큼은 청렴하고 충실했다. 그러나 조직과 관련 없는 일에 대해서는 결코 정의감이나 정직함을 보여주지 않았다. 재정담당 카터는 매우 냉정하고 무뚝뚝한 사람으로 피부가 유난히 노랬다. 그는 음모를 세우는 데 탁월한 재주를 가지고 있었다. 그동안 조직에서 행했던 악행들의 대부분은 그의 머리에서 나왔다고 해도 과언이 아니었다. 키가 훌쩍 큰 윌라비 형제는 날카로운 인상에 유연한 몸을 갖고 있었다. 그들 모두 날렵한 행동가였다. 그들의 친구인 타이거 코맥은 뚱뚱한 몸집에 피부가 검은 편이었다. 어찌나 잔인하고 흉포했는지 동료들마저도 그를 슬슬 피할 정도였다. 그날 밤 핀커튼 사무소의 탐정을 살해하기 위해 맥머도의 하숙집에 모인 사람들의 면모는 이러했다.

맥머도는 탁자 위에 위스키를 내려놓았다. 그들은 재빨리 잔을 채운 뒤 단숨에 잔을 들이켰다. 볼드윈과 타이거 코맥은 벌써 거나하게 취한 상태였다. 술이 들어가자 그들의 광포한 성격이 고스란히 드러나기 시작했다. 코맥은 난로에 슬쩍 손을 가져다 댔다가 재빨리 뗐다.

그날 밤은 꽤나 추웠기 때문에 난로에 불을 지펴둔 상태였다.

"이 정도면 됐군."

코맥이 욕설을 내뱉으며 말했다.

"좋아. 놈을 거기에 묶어두면 금세 불고 말 거야."

볼드윈이 코맥의 말을 알아듣고 킬킬댔다.

"단순히 겁을 주는 것으로 끝내선 안 돼. 반드시 자백하게 만들어야 해."

맥머도가 말했다. 그는 역시 무쇠 같은 신경의 소유자였다. 이렇게 중요한 일이 자기 손에 달려 있는데도 냉정함과 침착함을 잃지 않았다. 다른 사람들은 그 모습을 보고 감탄을 금치 못했다.

"자네라면 그놈을 충분히 다룰 수 있을 거야. 자네가 놈의 목을 조를 때까지 놈은 아무것도 눈치 채지 못할 걸세. 그런데 창에 덧문이 없는 게 좀 아쉽군."

맥긴티의 말이 떨어지기가 무섭게 맥머도는 창문마다 돌아다니며 커튼을 더 단단히 여몄다.

"이렇게 해두면 아무도 안을 들여다볼 수 없을 겁니다. 이제 약속 시간이 거의 됐군요."

맥머도가 시계를 쳐다보며 말했다.

"어쩌면 안 올지도 몰라. 혹시라도 냄새를 맡지는 않았을까?"

비서 해러웨이가 인상을 찌푸리며 말했다.

"반드시 올 거니 걱정 마십시오. 우리가 그를 기다리는 만큼 그자도 서류를 받고 싶어서 안달이 났을 겁니다. 잠깐만!"

바로 그때였다. 맥머도가 입에 손가락을 대더니 현관 쪽을 향해 귀를 쫑긋 세우는 것이었다. 모두들 제자리에서 숨소리도 내지 않고 서 있었다. 어떤 이는 술잔을 입으로 가져가는 모습 그대로 동작을 멈췄다. 과연 현관문을 두드리는 소리가 세 번 울렸다.

"쉿!"

맥머도는 그들에게 한 번 더 주의를 주었다. 사람들은 입을 틀어막고 눈으로 웃으며 각자의 무기를 움켜쥐었다.

"무슨 일이 있어도 소리를 내면 안 됩니다."

맥머도는 이렇게 속삭인 뒤 살그머니 방을 빠져나갔다.

냉혹한 살인마들은 밖의 상황을 상상하며 문에 귀를 바짝 댔다. 이들은 복도를 걸어가는 맥머도의 발자국 소리를 마음속으로 셌다. 잠시 후 맥머도가 인사말을 주고받는 소리가 들렸다. 그 안에는 낯선 남자의 목소리가 섞여 있었다. 그리고 집안으로 들어오는 남자의 발소리, 뒤이어 현관문을 쾅 닫는 소리, 그리고 자물쇠를 덜커덕 잠그는 소리가 차례로 들려왔다. 드디어 사냥감이 덫에 걸려든 것이었다. 타이거 코맥이 기쁨을 참지 못하고 소름끼치는 웃음을 터트렸다. 그러자 보디마스터 맥긴티가 인상을 찌푸리며 그의 입을 틀어막았다.

"조용히 해! 이 바보 같은 놈아! 너 내문에 다 망치겠다."

살인자들이 모인 방 안에는 다시 정적이 흘렀다. 옆방에서 소곤거리는 소리가 들려왔지만 정확히 알아들을 수는 없었다. 그들의 이야기는 끝나지 않을 것처럼 오랫동안 이어졌다.

시간이 얼마나 흘렀을까. 문이 열리고 맥머도가 나타났다. 그는 손가락을 입에 댄 채로 탁자 끝 쪽으로 걸어갔다. 그런데 아주 미세하기는 하지만 그의 태도에 분명한 변화가 엿보였다. 얼굴은 바위처럼 굳어 있었고, 안경 너머의 두 눈은 흥분으로 불타올랐다. 지금 그의 모습은 이 방에 모인 사람들의 우두머리처럼 보였다. 사내들의 시선은 모두 맥머도의 얼굴로 날아들었다. 하지만 그는 좀처럼 입을

열지 않았다. 그저 이상야릇한 시선으로 사람들을 둘러볼 뿐이었다.

"버디 에드워즈가 왔나? 어서 말을 해보게."

더는 참지 못하겠다는 듯 맥긴티가 초조하게 입을 열었다.

"물론이지."

맥머도가 아주 여유로운 목소리로 대답했다.

"버디 에드워즈는 여기 있다. 내가 바로 버디 에드워즈다!"

맥머도의 말이 끝나고 10초가 넘는 시간 동안, 방 안에는 정적만
이 감돌았다. 그저 난로 위에 얹어놓은 주전자의 물 끓는 소리만이
사람들의 귀를 괴롭히고 있었다. 방 안에 모인 7명의 사내들은 이제
껏 맥머도라고 알아왔던 그 남자에게 완전히 압도당한 상태였다. 그
들은 너무 놀란 나머지 얼굴이 하얗게 질린 채로 그 자리에 얼어붙어
버렸다.

그때였다. 갑자기 유리창 깨지는 소리가 시끄럽게 울려 퍼졌다.
곧이어 커튼이 방바닥으로 후두둑 떨어졌다. 그리고 창문마다 번쩍
거리는 소총이 불쑥 튀어나와 스코러즈 패거리들을 겨냥하는 것이
었다. 본능적으로 상황을 파악한 맥긴티는 상처 입은 곰처럼 몸부짓
으며 반쯤 열린 방문을 향해 달려갔다. 하지만 문 앞에서 그가 마주
한 것은 싸늘하게 빛나는 권총이었다. 권총 조준기 뒤로 광산 경찰
대 마빈 경감의 매서운 푸른 눈이 강렬하게 빛나고 있었다. 맥긴티
는 조금씩 뒷걸음질을 치면서 의자에 풀썩 주저앉았다.

"의원 양반, 그 자리에 가만있는 게 안전할 거요."

그들이 맥머도로 알고 있었던 남자가 말했다. 그는 나머지 사람들
을 둘러보며 소리쳤다.

"볼드윈, 죽고 싶지 않으면 권총을 바닥에 던져라."

남자가 무섭게 윽박지르자 볼드윈은 분한 표정으로 바닥에 권총

을 내려놓았다.

"아주 좋아. 지금 무장 경찰관 40명이 이 집을 포위하고 있다. 아무리 애써봤자 도망칠 방법 따위는 없어! 마빈 경감, 어서 놈들의 권총을 압수하십시오."

수십 개의 소총이 자신들을 겨누고 있는 상황에서 저항할 방법은 없었다. 방 안에 모여 있던 사내들은 모두 무기를 몰수당했다. 상상치도 못했던 배신의 충격에 휩싸인 그들은 온몸을 부르르 떨며 이를 갈았다. 하지만 경감이 시키는 대로 얌전히 탁자 앞에 앉을 수밖에 없었다. 그러자 그들을 덫으로 유인한 사내가 앞으로 나서서 의기양양하게 말했다.

"헤어지기 전에 한마디 하지. 내가 법정의 증언대에 설 때까지 너희를 만나는 일은 없을 거다. 나는 그때까지 네놈들이 생각해볼 만한 이야깃거리를 들려주겠다. 이제 내가 누군지 알겠나?"

"네놈이 정말?"

맥긴티가 무서운 눈초리로 쏘아보며 소리쳤다.

"그래, 나는 핀커튼 탐정사무소의 버디 에드워즈다. 나는 너희 집단을 무너뜨리기 위해 선발된 사람이다. 그것은 아주 어렵고 위험한 일이었다. 내가 이 일을 한다는 사실은 아무도 몰랐다. 나와 가장 가까운 사람조차 내 정체를 알지 못했다. 오직 나를 고용한 사람과 여기 있는 마빈 경감만 알고 있었지. 그리고 오늘 밤, 길고도 지루했던 내 임무가 무사히 끝났다. 고맙게도 내가 너희를 이겼다."

새파랗게 질린 일곱 개의 얼굴들이 그를 쳐다보고 있었다. 그들의 눈에는 꺼지지 않을 증오심이 불타올랐다. 에드워즈는 그 눈빛 속에서 영원히 끝나지 않을 복수심을 읽어냈다.

"너희는 아직 승부가 끝나지 않았다고 생각하겠지? 그런 것은 상관없다. 그런 위험쯤은 나도 각오하고 있으니까. 아무튼 너희는 앞으로 오랫동안 세상 구경하기 힘들 게다. 또 너희 말고도 60명이 넘는 놈들이 오늘 밤 감옥 나들이를 하게 될 거다."

"아무렴."

마빈 경감이 범죄자들을 내려다보며 맞장구를 쳤다. 에드워즈는 계속 말을 이어 나갔다.

"솔직히 나는 세상에 이런 조직이 있으리라고는 상상도 하지 못했었다. 신문에서 너희에 대해 떠들어 댔지만 나는 헛소문일 뿐이라고 생각했다. 그래서 내가 그걸 증명해 보이겠다고 다짐했지. 우선 나는 그 조직이 프리맨과 관련 있다는 이야기를 듣고 시카고 지부에 가입했다. 그러고 나니 그것이 헛소문일 거라는 내 믿음은 더욱 강해지더구나. 시카고의 프리맨들은 정말 좋은 일만 하고 있었다. 너희와는 천지차이였지. 그래도 임무는 완수해야 했기에 나는 이곳으로 왔다. 하지만 이곳에 도착하자마자 내 생각이 잘못되었다는 것을 깨닫게 되었다. 누군가 꾸며낸 이야기라고 생각했던 것이 실제 상황이라는 것을 알게 되자 나는 무척 혼란스러웠다. 그래서 일단 어기 머물기로 결정했다."

"하지만 너도 살인자가 아니냐? 시카고에서 저지른 살인 사건은 대체 뭐란 말이냐?"

맥긴티가 에드워즈를 무섭게 쏘아보며 소리쳤다.

"흥, 그것은 당연히 거짓말이었다. 그리고 나는 평생 동안 단 1달러도 위조한 일이 없다. 내가 너희에게 줬던 돈은 모두 진짜 돈이었다. 나는 너희의 환심을 사는 방법을 알고 있었기 때문에 일부러 범죄자이자 도망자 흉내를 냈던 거다. 그리고 모든 일이 내가 생각했던 대로 이루어졌다."

에드워즈의 말을 들은 패거리는 분하다는 듯 고개를 저으며 발을 굴렀다.

"나는 악마 같은 너희 조직에 가입해서 회의 때마다 얼굴을 내밀며 친분을 쌓았다. 나도 너희만큼 나쁜 인간이라고 말할지도 모르겠다. 하지만 네놈들을 잡을 수만 있다면 그런 소리쯤은 웃으며 넘길 수 있다. 내가 지부에 가입했던 날을 기억하는가? 너희는 그날 스탠저 씨를 막무가내로 구타했다. 특히 볼드윈! 너는 노인인 그를 거의 죽일 뻔했다. 내가 막지 않았다면 그는 이미 죽은 목숨이었을 거다. 그동안 나는 내 지위를 다지기 위해서 너희에게 많은 조언을 했었다. 하지만 그것은 끔찍한 일이 벌어지는 것을 미연에 막기 위한 방지책이었다. 안타깝게도 던과 멘지스의 일은 사전정보가 없었던 탓에 손을 쓸 수 없었지만. 그러나 그들을 살해한 자들은 반드시 교수대에 오르게 할 것이다."

"그렇다면 체스터 윌콕스도?"

맥긴티가 이를 갈며 물었다.

"맞다. 내가 미리 경고한 덕에 그는 가족들과 안전한 곳으로 피신할 수 있었다. 물론 내가 미리 막을 수 없었던 범죄도 많았다. 하지만 잘 생각해봐라. 너희가 누구를 해치려고 할 때 그가 다른 길을 통해 집으로 간 적은 없었나? 목표했던 자의 집에 쳐들어갔는데 그가 집에 없지는 않았나? 집 밖으로 나오기만을 기다리고 있었는데 집 안에만 머무르고 있지는 않았나? 그게 다 내가 한 일이라는 것은 까맣게 몰랐을 테지."

에드워즈는 통쾌하다는 듯 웃었다.

"천벌을 받을 놈! 이 배신자야!"

맥긴티가 분을 참지 못하고 악을 질러댔다.

"그렇게 해서 속이 시원해진다면 얼마든지 욕해봐라. 너와 너희 패거리는 신과 이 지방 사람들의 적이자 원수였다. 너희에게 시달리는 사람들을 구해내기 위해서는 새로운 인물이 개입해야만 했다. 방법은 그것뿐이었다. 그래서 내가 이곳을 찾은 거다. 너는 나를 배신자라고 불렀지만 수천 명의 사람들이 나를 구원자라고 부를 것이다. 너희 같은 악마들로부터 자신들을 구해준 사람이 바로 나니까. 나는 이곳에서 지옥 같은 석 달을 보냈다. 워싱턴 재무부에 있는 돈을 다 준다고 해도 다시는 이런 일을 하지 않을 거다. 나는 너희 범죄자와 관련된 모든 비밀들이 내 손에 들어오기 전까지는 이곳을 떠날 수가 없었다. 만약 내 비밀이 누설됐다는 걸 몰랐다면 좀 더 기다렸겠지만. 하지만 너희가 내 정체를 눈치 챌 수 있는 편지 한 통이 여기로 날아들었다. 그래서 나는 신속하게 행동에 돌입할 수밖에 없었다."

"억울하고 분하다!"

볼드윈은 원통한 표정을 하고 주먹을 움켜쥐며 에드워즈를 노려보았다.

"이제 더는 할 말이 없다. 다만 내가 죽을 때가 되면 나는 여기서 했던 일을 생각하며 편안한 마음으로 눈을 감을 수 있을 것 같다."

에드워즈는 이렇게 말한 뒤 마빈 경감을 불렀다.

"경감, 이제는 당신이 알아서 처리하십시오."

이후의 이야기는 다음과 같다. 스캔런은 절친한 친구의 편지를 들고 에티 샤프터의 집으로 향했다. 그리고 다음 날 이른 아침, 아름다운 아가씨와 얼굴을 완전히 가린 남자가 기차역에 나타났다. 그들은 철도회사에서 특별히 마련한 기차를 타고 위험한 땅을 떠났다. 기차는 어느 곳에서도 멈추지 않고 앞으로만 내달렸다. 그것은 에티와 그녀의 연인이 공포의 계곡을 벗어난 마지막 순간이었다. 열흘 뒤 두 사람은 시카고에서 결혼식을 올렸다. 결혼식의 증인은 다름 아닌 제이콥 샤프트였다.

스코러즈들에 대한 재판은 그 일당이 설치는 곳에서 멀리 떨어진 곳에서 이루어졌다. 혹시라도 법관을 위협하는 일을 방지하기 위해서였다. 그들은 공갈과 협박으로 뜯어낸 돈을 마구 뿌려대며 빠져나갈 틈을 찾았지만 소용없는 일이었다. 그들이 저지른 범죄와 조직 구성을 낱낱이 알고 있는 증인의 진술 앞에서 날고 긴다는 변호사의 반박은 무용지물이었다. 그로부터 오랜 시간이 흐른 뒤, 조직은 결국 무너지고 말았다. 마침내 오랫동안 계곡을 뒤덮고 있던 검은 구름은 깨끗이 사라졌다.

맥긴티는 교수대 위에서 최후를 맞이했다. 운명의 시간이 다가오자 그는 미친 듯이 울부짖으며 살려달라고 애원했다. 핵심 단원으로 활동했던 여덟 명의 부하들도 그와 운명을 같이했다. 그리고 50명이 넘는 단원들이 각자의 죗값에 걸맞은 징역형을 선고받았다. 이렇게 해서 버디 에드워즈의 임무는 마무리되었다.

그러나 안타깝게도 승부가 완전히 끝난 것이 아니었다. 볼드윈은 징역형을 받아 목숨을 구했다. 윌라비 형제나 그 외에 흉포한 단원들 몇몇도 징역형을 선고받았다. 10년 동안 그들은 감옥에 갇혀 지냈다. 하지만 그들이 자유의 몸이 된 순간 승부는 다시 시작되었다. 세상 누구보다 그들을 잘 아는 에드워즈는 자신의 평화가 끝났음을 직감했다.

악마 같은 패거리들이 자기에게 복수하기 위해 얼마나 칼을 갈고 있을지 짐작하고도 남았다. 그의 생각은 정확히 들어맞았다. 놈들은 시카고에서부터 그를 뒤쫓기 시작했다. 그들은 무려 두 번 씩이나 에드워즈를 기습 공격했다. 죽을 고비를 넘긴 에드워즈는 더 이상은 버티기 힘들 것 같다고 생각했다. 그래서 이름을 바꾼 뒤 캘리포니아로 이사했다. 그런데 생각지도 못했던 일이 벌어졌다. 그곳에서 유일한 삶의 빛이었던 에티를 병으로 잃고 만 것이었다. 그는 고통의 나날을 보내며 몹시 방황했다. 결국 그는 성을 더글러스로 바꾼 뒤 어느 외딴 협곡으로 들어갔다. 그곳에서 그는 영국인 동업자 바커를 만나 큰돈을 벌었다. 하지만 뒤를 쫓는 사냥개들이 다시 냄새를 맡았다는 경고를 받자마자 서둘러 영국으로 피신했다. 그리고 런던에서 훌륭한 아내를 만나 재혼한 뒤 서섹스의 저택으로 이사했다. 평화로운 5년을 보낸 끝에 그는 이미 우리가 알고 있는 기괴한 사건을 겪게 되었다.

8
에필로그

경찰의 심리가 끝나자 존 더글러스 사건은 고등법원으로 회부되었다. 그는 순회재판을 통해 정당방위를 인정받고 석방되었다. 어느 날 더글러스 부인은 홈스로부터 한 통의 편지를 받았다.

> 무슨 일이 있더라도 남편과 함께 영국을 떠나십시오. 이곳에는 지금까지 남편을 뒤쫓던 위험보다 더 큰 위험이 도사리고 있습니다. 여기에 머무는 한 남편은 안전하지 못할 겁니다.

그로부터 두 달이 흘렀다. 시간이 흐른 만큼 우리의 머릿속에서도 그 사건은 지워져 가고 있었다. 그러던 어느 날 아침, 우편함에 이상한 편지 한 통이 꽂혀 있었다.

수수께끼 같은 편지에는 오직 그 말만 적혀 있었다. 받는 사람의 이름은 물론 보낸 사람의 이름도 없었다. 나는 그 편지를 읽으며 키득거렸다. 편지라고 말하기도 우스울 정도로 어이없는 글이었기 때문이다. 하지만 홈스의 표정은 심각하기 짝이 없었다.

"왓슨, 이것은 분명 악마의 짓이네."

그는 얼굴을 찌푸린 채 오랫동안 자리에 앉아 있었다. 그 말이 무슨 의미인지 나는 도무지 알 수가 없었다. 그날 밤 아주 늦은 시각에 하숙집 주인인 허드슨 부인이 방문을 두드렸다.

"어느 신사 분이 홈스 씨를 만나고 싶어 하는군요. 아주 중요한 일이랍니다."

언뜻 보니 허드슨 부인의 뒤로 낯익은 얼굴이 눈에 띄었다. 그는 바로 더글러스의 친구인 세실 바커였다. 그런데 무슨 일인지 그의 얼굴은 무척 초췌해 보였다.

"홈스 씨, 나쁜 소식이 있습니다. 정말 끔찍합니다."

바커가 멍한 얼굴로 중얼거렸다.

"나도 걱정하고 있었습니다."

홈스가 말했다.

"혹시 전보를 받으셨습니까?"

"전보를 받은 누군가가 내게 편지를 보냈더군요."

"불쌍한 더글러스가 죽었습니다. 사람들은 그를 에드워즈라고 부르지만 내게 있어 그는 영원히 존 더글러스입니다."

바커는 고통스러운 얼굴로 가슴을 내리치며 한숨을 내쉬었다.

"나의 가장 친한 친구인 더글러스 부부는 3주 전에 팔미라 호를 타고 남아프리카로 떠났습니다."

"알고 있었습니다."

"배는 어젯밤에 케이프타운에 도착했습니다. 그런데 오늘 아침 더글러스 부인이 이런 전보를 보냈더군요."

세인트헬레나에서 폭풍을 만났는데 존이 갑판 너머로 떨어져 실종되었음. 사고의 경위를 아는 사람이나 목격한 사람은 아무도 없음.

 -아이비 더글러스

"저런! 일이 그렇게 되고 말았군요. 그런데 이건 아주 교묘하게 연출된 사건입니다."

홈스가 어두운 표정으로 말하자 바커가 화들짝 놀라며 물었다.

"사고가 아니란 말입니까?"

"절대 사고가 아닙니다."

"설마 살해당한 겁니까?"

"분명히 그렇습니다."

"악마 같은 스코러즈 놈들! 복수만 생각하는 더러운 범죄자 놈들이……."

"그게 아닙니다."

홈스가 단호하게 고개를 저었다. 나와 바커는 놀란 표정으로 서로의 얼굴을 쳐다보았다.

"이번 사건은 범죄의 거장이 저질렀습니다. 이건 톱으로 총신을 자른 엽총이나 6연발 권총 따위를 상대하는 것과는 차원이 다른 문제입니다. 붓 터치만 보고도 거장의 작품임을 알아보듯, 이 사건에서는 모리어티의 흔적이 느껴지는군요. 이건 분명 미국이 아닌 런던에 있는 사람의 소행입니다."

"하지만 무슨 증거로 그런 말을 하십니까?"

"이 일은 절대 실패하지 않으려는 사람이자 모든 일을 반드시 성공시키려는 사람이 저질렀기 때문입니다. 뛰어난 두뇌와 거대한 조직이 뭉쳐 한 사람을 짓밟은 셈이지요. 그건 거대한 망치로 호두 한 알을 깨는 것과 같습니다. 터무니없을 정도로 힘을 낭비하긴 했지만 호두는 완전히 부숴버렸으니 목적은 달성한 거지요."

"도대체 그자가 더글러스와 무슨 상관입니까?"

"스코러즈 단원들은 영국에서 처리할 일이 생기자 범죄계의 거물인 모리어티에게 자문을 했습니다. 바로 그 순간부터 더글러스 씨의 운명은 결정된 겁니다. 처음에 모리어티는 자신의 조직을 이용해 더글러스 씨의 행방을 찾았습니다. 그런 뒤에는 일을 어떻게 처리해야 할지 계획하고 지시하는 작업을 거쳤습니다. 하지만 신문 기사에서 암살이 실패한 사실을 알게 된 모리어티는 자신이 직접 일처리를 하겠다고 나섰습니다. 내가 벌스톤 저택에서 지금보다 더 큰 위험이 닥쳐오고 있으니 조심하라고 경고했던 걸 기억하십니까? 결국 그 위험을 피하지 못하고 말았군요."

바커는 맥없이 당해버린 것이 억울한 듯 주먹으로 자신의 머리를 내리쳤다.

"이렇게 당하고도 바보처럼 가만히 있어야 합니까? 그런 악마의 화신과 상대할 자가 아무도 없다는 말입니까?"

"꼭 그렇지는 않습니다. 아무도 그를 이기지 못한다는 뜻은 아니에요. 하지만 내게는 시간이 필요합니다. 시간이!"

방 안에는 무거운 정적만이 감돌았다. 그리고 운명에 당당하게 맞서는 홈스의 두 눈은 저 먼 미래를 날카롭게 응시하고 있었다.

바스커빌 가의
개

The Hound of the Baskervilles

헨리 바스커빌

명문 귀족 가문인 바스커빌 가의 상속자. 일찍부터 외국에 나가 살던 젊은 헨리는 집안에서 전해 내려오던 전설을 미신이라고 굳게 믿지만, 큰아버지인 찰스 경이 밤중에 황야에서 끔찍한 죽음을 당하자 불안감에 휩싸이고, 홈스에게 도움을 청한다.

제임스 모티머

영국 외과의사협회 소속의 의사. 찰스 바스커빌 경의 담당 의사였다. 키가 아주 크고 비쩍 마른 사내로 긴 매부리코에 미간이 좁은 편이다. 아직 젊은 나이지만 등은 약간 구부정하다. 바스커빌 가문의 저주에 대한 진상을 풀어달라고 홈스에게 사건을 의뢰한다.

배리모어 부부

4대째 바스커빌 저택의 관리자로 일하고 있는 집사 부부. 남편 배리모어는 유난히 흰 피부에 잘 손질한 검은 턱수염을 기른다. 그는 키도 큰 데다 기품도 넘쳐 보인다. 배리모어 부인은 무뚝뚝한 얼굴에 말이 없으며 체격이 상당히 비대한 여자다. 배리모어 부부는 성실하고 좋은 사람들이라고 알려져 있지만 어떤 비밀을 숨기고 있는지 모른다.

스태플턴

황무지 근처 메리핏 가의 주인. 여동생과 함께 살고 있는 박물학자로 알려져 있다. 대략 30대로 키가 작고 호리호리한 체격이다. 황금빛 머리칼에 날카로운 턱을 갖고 있다. 식물 표본을 담기 위한 양철 상자와 녹색 포충망을 들고, 황무지를 돌아다니며 여러 곤충과 식물들을 채집한다.

베릴 스태플턴 양

박물학자 스태플턴의 여동생. 그녀는 가무잡잡한 피부와 새까만 머리에 키가 크고 호리호리한 체격이다. 늘씬한 데다 우아한 품위까지 갖추고 있는 미인. 이목구비가 또렷해서 자칫 도도하고 냉정하다는 느낌이 들기도 한다.

프랭클랜드 씨

황무지 근처 래프터 저택의 주인. 그는 붉은 얼굴에 툭하면 화를 잘 내는 백발의 괴짜 노인이다. 현재 7건이나 되는 소송에 휘말려 있을 정도로 소송을 통해 싸우는 것을 즐긴다. 이런 소송들을 통해 가산을 거의 탕진했다. 그는 아마추어 천문학자로 성능이 좋은 망원경을 가지고 있다.

로라 라이언스 양

프랭클랜드 씨의 딸. 아버지가 반대한 결혼을 하고 아버지와 의절한 채 살아가고 있다. 빛나는 갈색 눈과 머리카락을 하고 있다. 상당한 미인이지만 갈색 눈동자 속에는 차가움이 숨어 있고 잘 맞지 않는 입술 모양도 왠지 부자연스럽게 보인다. 생전의 찰스 경에게 어떤 도움을 받은 것으로 보이나 쉽게 입을 열지 않는다.

탈옥수 셀든

노팅힐 살인 사건의 주범. 프린스타운 교도소를 탈옥했다. 데번셔의 황무지 근처에서 은거하며 외국으로 도피할 기회를 엿본다.

레스트레이드

런던 경찰청 형사로 마른 체형에 체구가 작다. 『주홍색 연구』에서부터 홈스의 도움으로 사건을 해결한 경험이 있어 홈스를 신뢰한다. 홈스의 연락을 받고 데번셔의 황무지로 홈스를 찾아온다.

찰스 바스커빌 경

온화하고 관대한 성품으로 지역 주민들에게 존경을 받는다. 재산이 상당히 많았음에도 불구하고 검소한 생활을 한다. 한동안 건강이 좋지 않았는데, 특히 심장이 나빴다고 한다. 사건 당일 집 앞의 오솔길을 산책하러 나갔다가 시체로 발견된다.

『바스커빌 가의 개』(원제: The Hound of the Baskervilles)는 1901년에 발표된 아서 코난 도일의 셜록 홈스 시리즈 중 장편이다. 잡지 〈스트랜드〉에 9회분으로 나뉘어 연재된 『바스커빌 가의 개』는 30만 부라는 경이적인 발행 부수를 기록한 작품으로, 셜록 홈스 시리즈 중 가장 사랑받은 이야기이자 가장 섬뜩한 이야기로 평가받는다.

사건이 일어난 작품 속 연대는 대략 1889년이라 추정된다. 이는 작품 맨 처음에 홈스와 왓슨의 대화를 통해 알 수 있다. 즉, 작품 맨 처음에 등장하는 모티머 박사가 홈스의 방에 깜박 잊고 두고 갔던 지팡이에 '1884'라고 연호가 새겨져 있는데, 홈스가 바로 그것이 지금으로부터 5년 전의 일이라고 말하기 때문이다. 그런데 여기에는 큰 오류가 있다. 작품에서 홈스와 왓슨은 동거하고 있는 것으로 되어 있는데, 1889년에는 왓슨이 결혼을 해서 홈스와 따로 살고 있었기 때문이다.

한편 이 소설의 주인공은 무서운 개와 맞섰으나 극도의 스트레스를 받아 결국 심장마비를 일으키게 되는데, 숫자 4에 대한 동양인의 미신에 착안하여 4일에 동양인들의 사망률이 높은 현상을 발견한 미국 연구진들은 이러한 현상을 '바스커빌 효과(Baskerville effect)'라고 명명하기도 했다.

1
의문의 방문객

셜록 홈스는 종종 밤을 새워 일을 하곤 했다. 그렇지 않은 날에는 대개 느지막이 침대에서 일어나 늦은 아침 식사를 했다. 그날도 홈스는 아침 겸 점심을 먹고 있었다. 벽난로 앞에 깔아놓은 매트 위에 서 있던 나는 벽에 기대놓은 지팡이를 집어 들었다. 〈페낭 로여〉라는 이름으로 알려진 그 지팡이는 전날 밤에 우리를 방문한 손님이 두고 간 것이었다. 두껍고 무거우며 질이 좋은 나무로 만들어졌는데, 손잡이는 뭉툭하고 둥근 모양이었다. 손잡이 바로 아래에는 폭이 3센티미터 정도 되는 넓은 은테가 둘러져 있었다. 그 위에는 '영국 외과의사협회 회원 제임스 모티머에게, C.C.H의 동료들이'라는 글씨가 '1884'라는 숫자와 함께 새겨져 있었다. 글귀로 추측해 보건대, 이 지팡이는 고리타분한 개업의가 남들에게 자신의 품격과 신뢰를 드러내기 위해 가지고 다닐 법한 물건이었다.

"여보게, 왓슨! 그 지팡이를 보고 무슨 생각을 했나?"

내게 등을 돌린 채로 앉아 있던 홈스가 불쑥 질문을 던졌다. 순간 나는 흠칫 놀랐다. 홈스는 내가 잡고 있는 물건에 대해 아무런 내색도 하지 않고 있었기 때문이다.

"아니, 자네는 뒤통수에도 눈이 달린 건가? 내가 이걸 잡고 있다는 걸 대체 어떻게 알았나?"

그러자 홈스가 키득키득 웃으며 대답했다.

"그리 어렵지 않아. 여기 탁자를 보게. 내 앞에 반짝반짝 빛나는 은제 커피 주전자가 놓여 있는 게 보이나?"

과연 홈스 앞에는 얼룩 없이 잘 닦인 주전자가 놓여 있었다. 그는 거기에 비친 내 모습을 훤히 들여다보고 있었다.

"어서 말해보게. 어제 방문했던 사람의 지팡이를 보고 무엇을 알아냈는지 말이야."

홈스는 내가 어떤 답을 내놓을까 궁금했던지 호기심 가득한 목소리로 말했다.

"왓슨, 어제는 우리 모두 외출을 해서 그 손님을 만나지 못했네. 그러니 유감스럽게도 그가 무슨 용건으로 우리를 찾아왔는지 알 수 없어. 하지만 그가 깜빡하고 놓고 간 지팡이는 중요한 단서가 된다네. 그러니 지팡이를 잘 살펴보고 그 손님에 대한 자네의 추리를 내게 들려주게."

"내 생각은 이렇다네."

나는 최대한 홈스의 방식대로 이야기하려고 애쓰고 있었다.

"모티머 선생은 나이가 상당히 지긋한 사람이야. 그리고 자기 분야에서 성공한 의사가 분명하네. 이런 증표를 받는 것을 보면 남들의 존경과 감사를 받는 사람일 것 같네."

"오호! 훌륭하군!"

홈스가 미소를 지으며 말했다.

"그리고 모티머 선생은 걸어서 왕진을 많이 다니는 시골 의사일 가능성이 높네."

"그것은 왜 그렇지?"

"이 지팡이는 원래 근사하고 멋진 물건이었을 거야. 하지만 지금은 상당히 많이 닳아 있다네. 땅에 부딪힌 흔적이 아주 많아. 도시 의사들은 이런 걸 가지고 다닐 리가 없네. 지팡이 끝의 두꺼운 쇠테가 닳은 것으로 봐서 이걸 가지고 꽤나 많이 걸어 다녔다는 것을 알 수 있지."

"아주 완벽해!"

홈스가 무릎을 탁 치며 말했다.

"그리고 'C.C.H의 친구들'이라고 새겨진 부분을 보게. 나는 여기 'H'가 사냥한다는 'HUNT'의 약자로, 어떤 사냥 클럽 같은 것을 가리킨다고 생각하네. 모티머 선생은 분명 이 단체의 회원을 진료하거나 수술해줬을 거야. 그러자 치료받은 사람이 감사의 표시로 지팡이를 선물한 것이 틀림없네."

"왓슨! 정말이지 감탄사가 절로 나오는군!"

홈스는 야릇한 표정을 지으며 자리에서 일어났다. 그리고 담배 파이프에 불을 붙이며 말했다.

"자네가 꼭 알아둬야 할 사실이 있네. 지금까지 내가 거둬온 작은 성공들을 돌이켜보면 자네가 제때 적절한 조언을 해준 덕이 크다네. 하지만 자네는 자신의 능력을 과소평가하는 버릇이 있어. 자네는 스스로 빛을 발하는 사람은 아닐지도 몰라. 하지만 적어도 빛을 끌어당기고 그것을 전달해주는 능력을 가지고 있는 것만은 분명하네."

홈스는 내 얼굴을 뚫어져라 쳐다보며 말을 이었다.

"본인이 천재는 아니지만, 천재성을 자극하는 특별한 능력을 가진 사람들이 있지. 바로 자네처럼 말이야. 왓슨! 정말이지 나는 자네에게 크나큰 빚을 지고 있다네."

홈스의 얼굴에는 진지함이 가득했다. 솔직히 고백하자면 나는 홈스의 말을 듣는 순간 미친 듯이 환호성을 지르며 자리에서 뛰어오를 뻔했다. 사실 나는 홈스에게서 이런 찬사를 들어본 적이 없었다. 그동안 나는 홈스의 논리정연한 추리 방식을 널리 알리기 위해 노력해 왔다. 그리고 그의 추리를 들으면서 진심으로 찬사를 아끼지 않았었다. 하지만 홈스는 나의 노력에 대해 어떠한 관심도 나타내지 않았다. 그럴 때마다 나는 마음이 불편했다. 그러나 이제 홈스의 말을 듣고 보니 서운함은 눈 녹듯 사라지고 기분이 너무 좋아 어깨가 절로 으쓱해질 지경이었다. 드디어 내가 홈스의 추리 체계를 완전히 익혀서 그의 인정을 받을 정도가 되었다니!

홈스는 내가 들고 있던 지팡이를 받아들더니 날카로운 눈빛으로 이리저리 살펴보았다. 그리고 매우 흥미롭다는 표정을 지으니 창기로 다가갔다. 그는 일단 담배를 내려놓았다. 그리고 볼록렌즈를 눈 가까이에 대고 지팡이를 세밀히 들여다보기 시작했다.

"흠, 별것 아니긴 하지만 꽤나 재미있는걸."

홈스는 자신이 좋아하는 긴 의자로 돌아가면서 말했다.

"지팡이에 한두 가지 표시가 남아 있는 것은 분명하네. 이제 그것을 바탕으로 해서 몇 가지 사항을 유추해볼 수 있겠어."

"혹시 내가 놓친 내용이라도 있나?"

나는 자신감이 넘치는 목소리로 물었다.

"내가 중요한 것을 놓쳤을 것 같진 않네만."

그러자 홈스가 짧은 한숨을 내쉬며 말했다.

"왓슨, 유감스럽지만 자네가 내린 결론의 대부분은 틀렸네. 결함투성이란 말이야."

"그럴 리가!"

뜻하지 않은 말에 당황한 나는 멍하게 홈스를 쳐다보았다.

"솔직히 말하자면, 아까 자네에게 자극받는다고 했던 말의 의미를 잘 이해하길 바라네. 그것은 자네가 범한 오류를 내가 발견함으로써 그것이 진실을 밝히는 데 결정적인 역할을 한 경우가 종종 있었다는 의미였어. 물론 이번 경우에 자네의 추리가 완전히 틀렸다는 말은 아닐세. 어제 우리를 찾아왔던 이 지팡이의 주인은 시골 의사가 틀림없어. 그리고 상당히 많이 걸어 다니는 사람이라는 것도 맞는 말이야."

"그렇다면 내 추리가 맞지 않는가!"

나는 억울하다는 듯 볼멘소리를 했다.

"거기까지는 그렇지."

"하지만 내가 했던 추리는 거기까지일세! 그것 말고 다른 게 더 있단 말인가?"

"물론이지. 예를 들면 의사에게 공식적인 선물을 증정하는 곳은 사냥 클럽보다는 병원일 가능성이 더 높아. 첫 글자 'C.C'를 병원, 즉 'Hospital'이라는 단어 앞에 놓아 보게. 그럼 〈채링 크로스 병원(Charing Cross Hospital)〉이라는 단어가 아주 자연스럽게 떠오르게 되지."

"흠, 상당히 그럴듯하군."

나는 고개를 끄덕이며 홈스의 이야기에 귀를 기울였다.

"가능성이 매우 높은 이야기야. 만약 이것을 유효한 가정으로 받아들인다면 우리는 어제 왔던 손님의 정체에 대해 추측할 수 있는 새로운 근거를 찾아낸 셈이지."

"좋아. 'C.C.H.'가 〈채링 크로스 병원〉을 말한다고 치세. 그럼 다음에는 어떤 추리를 할 수 있지?"

이렇게 묻자 홈스는 손가락으로 자신의 턱을 톡톡 치며 말했다.

"그다음으로 생각나는 게 없나? 자네는 누구보다도 내 추리 방법을 잘 알고 있으니 그걸 적용해보게."

"글쎄, 내가 생각할 수 있는 것은 모티머 선생이 시골로 내려가기 전에 도시에서 일을 했을 거라는 정도네."

"흠, 그보다 좀 더 과감한 추측도 할 수 있을 것 같은데. 일단 이 지팡이에 대해서 이런 식으로 생각해보세. 첫째, 이런 감사의 선물은 어느 경우에 주는가? 그의 동료들이 감사의 증표를 줄 때는 과연 언제일까? 만날 때이겠는가, 헤어질 때이겠는가?"

"그야 당연히 헤어질 때겠지."

"그래. 분명 모티머 선생이 개업하기 위해 병원을 그만두었을 때가 맞을 걸세."

"맞아. 사람들은 대개 그런 상황에서 선물을 주고받으니까."

"왓슨, 자네는 그가 도시 병원에서 시골 의원으로 옮겼다고 생각하고 있지? 그러면 그 지팡이는 도시 병원을 그만둘 때 받았던 선물이라고 추리해볼 수 있겠군."

"정말 그럴듯하군."

"그리고 모티머 선생은 그 병원에서 교수나 간부급 인사는 아니었을 걸세."

"어째서 그렇지?"

"만약 그가 런던에서 상당히 정평 있는 인물이었

다고 한다면 시골 병원을 전전할 필요가 없지 않겠나?"

"흠, 그렇군."

"그렇다면 그는 크로스 병원에서 어떤 지위에 있었을까? 병원에서 근무하기는 했지만 교수가 아니었다면, 아마 내과 레지던트 정도였을 거야. 즉 의대 학생과 다를 바가 없었다는 말이지. 그리고 지팡이에 새겨진 날짜를 보면 그가 5년 전에 병원을 떠났다는 사실을 알 수 있어. 왓슨, 이제 이 사람이 자네가 말한 사람과 같게 느껴지는가?"

홈스는 애초에 내 대답을 들으려 했던 것이 아니라는 듯 곧바로 말을 이었다.

"자, 자네가 말했던 지팡이의 주인은 나이가 지긋한 중년의 개업의였네. 하지만 내 추리에 따르고 보니 그런 사람은 온데간데없이 사라지고, 서른도 안 된 젊은 친구가 등장하게 되는군. 그는 사람 좋고 소박하지만 별다른 야심이 없고 치밀하지 못한 성격이야. 또 그는 작은 개 한 마리를 기르고 있다네. 아마 그 개는 테리어보다는 크고 마스티프보다는 작은 개일 거야."

홈스는 한껏 여유로운 표정을 지으며 의자에 몸을 묻었다. 그리고 담배 연기를 깊숙이 들이마시더니 천장을 향해 고리 모양으로 뿜어내었다. 나는 홈스의 말을 믿을 수가 없어 피식 웃어버렸다.

"홈스, 개에 대해서는 내가 뭐라고 말할 수가 없네. 하지만 방금 자네가 묘사한 사람의 나이나 경력을 갖춘 실제 인물을 찾아내는 일은 그리 어렵지 않아."

나는 의학 서적을 꽂아둔 작은 선반으로 가서 개업의 주소록을 꺼내들었다. 그리고 '모티머'라는 이름을 찾기 시작했다. 그 이름을 가진 사람을 몇 명 찾기는 했지만 어제 우리를 방문한 사람이라고 짐작

되는 이는 한 명뿐이었다. 나는 주소록에 적힌 내용을 큰 소리로 읽었다.

제임스 모티머, 1882년 영국 외과의사협회 회원.

데번셔 주 다트무어 그림펜에 거주. 1882~1884년 채링 크로스 병원에서 외과 레지던트로 근무. 〈질병은 격세유전인가?〉라는 제목의 논문으로 비교병리학에 수여되는 잭슨상 수상, 스웨덴 병리학회의 객원. 〈격세유전의 돌연변이(랜싯, 1882년)〉의 저자. 〈인류는 진보하는가?(심리학 저널, 1883년 3월)〉의 저자. 하이 배로우 소슬리 그림펜의 의무관.

"왓슨, 지방 사냥클럽에 대한 언급은 없군. 그래도 어제 온 방문객이 시골 의사일 거라는 추측은 정확히 들어맞았어."

홈스가 장난기 가득한 미소를 지으며 말했다.

"나는 내 추리가 정확히 들어맞았다고 생각해. 제대로 기억하는 거라면, 방금 전에 나는 모티머 선생을 가리켜 사람 좋고 소박하지만 치밀하지 못한 성격이라고 했을 거야."

"어떻게 성격을 알아낸 건가?"

"별로 어렵지 않아. 내 경험에 따르자면 어떤 단체에서 감사의 선물을 받을 정도의 사람은 대체로 심성이 나쁘지 않아. 또 시골에서 의사가 되려고 런던 시내의 일자리를 그만둔 사람이라면 야심만만하기보다는 상당히 소박한 성품을 지닌 사람이겠지. 또 자네 방에서 한 시간이나 기다리고도 명함 대신 지팡이를 놓고 간 걸 보면 치밀한 사람은 아닌 게 분명해."

"그렇다면 개는?"

"개는 주인 뒤를 졸졸 따라다니다 지팡이를 물어뜯는 습관이 있네. 그런데 지팡이가 무겁기 때문에 가운데 부분을 힘껏 물고 다녔지. 여기 개의 이빨 자국이 아주 선명하게 남아 있는 게 보이지?"

홈스는 내 쪽으로 지팡이를 내밀며 말을 이었다.

"이빨 자국의 간격을 보게. 이 개의 턱은 테리어에 비해 넓다는 걸알 수 있네. 하지만 마스티프라고 하기에는 좀 좁지. 그 개는 아마도 털이 북슬북슬한 스패니얼일 거야."

홈스는 자신감 넘치는 목소리로 말을 하면서 방 안을 돌아다니고 있었다. 그러다 갑자기 창가에 멈춰 섰다. 나는 홈스의 목소리가 지나칠 정도로 확신에 차 있어서 속으로 의심을 품고 있었다.

"홈스, 자네는 어떻게 그렇게 자신 있게 말하는 건가?"

홈스는 재미있다는 듯 키득대며 말했다.

"왜냐하면 그 개가 지금 우리 집 현관의 계단 앞을 오르고 있거든. 자, 이제 개 주인이 벨을 누르는군."

과연 홈스의 말이 끝나기도 전에 아래층에서 벨이 울리는 소리가 들렸다.

"왓슨, 손님이 오더라도 나와 함께 여기 있어주면 좋겠네. 아무래도 그는 자네와 같은 직업에 종사하는 사람이니 자네가 여기 있는 게 내게도 도움이 될 것 같아."

홈스의 말에 나는 고개를 끄덕이며 옷매무새를 바로 잡았다. 바로 그때 계단을 올라오는 소리가 들렸다.

"자, 이제 가슴을 조이는 운명의 순간이 다가오는군. 정체를 알 수 없는 방문객의 발소리가 점점 가까워지고 있네. 대체 제임스 모티머 선생은 범죄 전문가 셜록 홈스에게 무엇을 부탁하려는 것일까?"

홈스는 호기심 가득한 눈으로 방문 쪽을 바라보며 이렇게 말했다.
이내 방문을 가볍게 두드리는 소리가 들려왔다.

"들어오십시오."

방 안으로 들어온 사람은 내 예상과는 전혀 다른 모습을 하고 있
었다. 그저 평범한 시골 의사처럼 생겼을 거라는 추측이 완전히 빗
나간 것이었다. 그는 키가 아주 크고 비쩍 마른 사내로 긴 매부리코

에 미간이 좁은 편이었다. 날카롭게 빛나는 회색 눈동자는 금테 안경 뒤에서 반짝거리고 있었다. 정장을 입고 있기는 했지만 옷맵시는 그리 좋지 않았다. 프록코트에는 때가 묻어 있었고 바지는 상당히 많이 닳아 있었다. 아직 젊은 나이였지만 긴 등은 벌써 구부정했고 머리를 앞으로 쑥 빼고 걷는 버릇이 있었다. 하지만 전체적으로 따뜻한 분위기가 느껴지는 사람이었다. 방 안으로 들어온 그는 갑자기 환호성을 지르며 홈스 쪽으로 달려갔다. 홈스가 들고 있던 지팡이를 발견했기 때문이었다.

"오! 다행입니다!"

그는 환하게 웃으며 안도의 한숨을 내쉬었다.

"이걸 여기에 뒀는지 선박 회사 사무실에 뒀는지 도무지 기억나지 않았는데! 이렇게 찾게 돼서 정말 다행입니다. 세상을 다 준다 해도 이 지팡이와는 바꾸지 않을 겁니다."

"선물로 받은 지팡이입니까?"

홈스가 물었다.

"그렇습니다."

"채링 크로스 병원에서요?"

"네. 제가 결혼하던 날에 같이 근무하던 동료들이 선물했지요."

"이런! 정말 유감이로군!"

홈스가 아쉽다는 듯 주먹을 불끈 쥐며 말했다. 그러자 모티머 선생은 동그랗게 커진 두 눈을 깜빡이며 물었다.

"홈스 씨, 대체 뭐가 유감이라는 겁니까?"

"아! 우리의 추리가 보기 좋게 빗나갔다는 말입니다. 그러니까 지팡이를 결혼식 때 받으셨단 말이지요?"

"맞습니다. 그런데 결혼을 하면서 제 힘으로 가정을 이끌고 가야만 했습니다. 그래서 병원을 그만둘 수밖에 없었지요. 개업의가 되어 돈을 벌어야 했으니까요. 덕분에 교수 전문의가 되려는 꿈은 접어야만 했습니다."

모티머 선생이 담담한 표정으로 말했다.

"흠, 그렇다면 우리가 완전히 틀린 것은 아니로군요."

선생의 대답이 만족스러웠는지 홈스의 입꼬리가 살짝 올라갔다.

"그러면 제임스 모티머 박사님!"

"오! 저를 그렇게 부르지 마십시오. 저는 그냥 영국 외과의사협회의 회원일 뿐입니다."

모티머 선생이 양손을 내저으며 말했다.

"당신은 겸손하면서도 명확하며 과학적인 성격의 소유자이시지요."

"과찬이십니다. 과학을 조금 즐겼을 뿐인걸요. 저는 그저 거대한 미지의 바닷가에서 조개껍질을 줍는 사람에 불과합니다."

모티머 신생은 창피한 듯 얼굴을 붉히며 말했다. 그러다 문득 조용히 앉아 있는 나의 존재를 깨닫고는 약간 혼란스러운 표정으로 물었다.

"지금 저와 대화를 나누시는 분이 셜록 홈스 씨가 맞지요?"

"그렇습니다. 이쪽은 제 친구인 왓슨 박사입니다."

홈스가 내 소개를 하자 모티머 선생이 활짝 웃으며 고개를 끄덕였다.

"만나 뵙게 돼서 반갑습니다. 왓슨 박사님의 이름도 익히 들어 잘 알고 있습니다. 홈스 씨와 함께 언급되는 것을 여러 번 들었거든요."

모티머 선생은 홈스의 얼굴을 이리저리 살펴보더니 다음과 같이 말했다.

"홈스 씨, 당신의 외모는 정말 흥미롭군요. 이제껏 저는 안면의 상하 길이가 이렇게 긴 장두(長頭)는 처음 봅니다. 그리고 이렇게 발달한 전두골도 처음 봅니다. 허락해주신다면 홈스 씨의 얼굴을 직접 만져보고 싶군요. 당신의 두개골 모형은 어느 인류학 박물관에 가져다 놓아도 훌륭한 전시품이 될 겁니다. 일부러 꾸며서 하는 말이 아닙니다. 정말이지 홈스 씨의 두개골은 너무나 탐이 나는군요."

"선생은 나와 성격이 비슷한 것 같군요. 이런 성격의 소유자는 자신의 사고 체계를 굳게 신봉하지요. 또 어떤 일이든 시작하면 거기에 푹 빠져버리고요."

홈스는 모티머 선생을 흘낏 보더니 다시 말을 이었다.

"선생의 검지손가락을 보니 직접 담배를 말아 피우시는 것 같군요. 어서 한 대 피우시지요."

그 말이 떨어지기가 무섭게 모티머 선생은 종이와 담배를 꺼냈다. 그리고 놀랄 만큼 능숙한 솜씨로 담배를 둘둘 말았다. 그의 기다란 손가락은 곤충의 더듬이처럼 예민하게 파르르 떨렸다. 홈스는 별다른 말을 하지 않았다. 하지만 모티머 선생의 행동을 지켜보는 그의 두 눈은 날카롭게 빛나고 있었다. 그것은 곧 홈스가 이 방문객에게 상당히 흥미를 느끼고 있음을 의미했다. 잠시 후 홈스는 침묵을 깨고 입을 열었다.

"설마 어젯밤과 오늘, 이곳을 방문한 이유가 내 두개골을 관찰하기 위한 것은 아니겠지요?"

"물론이지요. 홈스 씨의 두상을 관찰할 기회를 갖게 된 것이 기쁘기는 하지만 그 때문에 온 것은 아닙니다."

모티머 선생은 속이 타는 듯 혀로 입술을 축이며 말을 이었다.

"홈스 씨, 제가 이곳에 온 것은 저 자신이 별로 쓸모 있는 사람이 아니라는 것을 알게 되었기 때문입니다. 얼마 전 제게 아주 중요한 일이 일어났습니다. 그것은 매우 이상한 일이기도 했지요. 어찌할 바를 모르고 있던 제게 유일하게 떠오른 이름이 바로 셜록 홈스였습니다. 적어도 제가 알기로 당신은 유럽에서 두 번째로 뛰어난 전문가니까요."

순간 홈스의 얼굴이 차갑게 굳어버렸다. 그는 매우 무뚝뚝한 목소리로 물었다.

"그런가요? 그렇다면 유럽 제일의 전문가는 누굽니까?"

"프랑스의 인류학자 베르티용은 엄밀한 과학적 사고의 소유자에게 강렬한 호소력을 발휘한답니다."

"그렇다면 그 사람에게 자문을 하지 그러십니까?"

"홈스 씨, 저는 분명히 '베르티용은 엄밀한 과학적 사고의 소유자에게' 효과를 발휘한다고 말씀드렸습니다. 하지만 현실적인 문제에 있어서는 홈스 씨를 따를 만한 사람이 없지요. 그것은 분명한 사실입니다. 혹시라도 제가 아무 생각 없이……."

"잠깐만요!"

홈스가 모티머 선생의 말을 잘랐다.

"이제 본론으로 들어가는 게 좋겠군요. 제 도움이 필요한 문제가 어떤 것인지 간단하게 설명해주신다면 고맙겠군요."

그러자 모티머 선생이 소리가 날 정도로 침을 꿀꺽 삼키며 홈스를 쳐다보았다. 그의 눈동자가 흔들리고 있었다.

2
바스커빌 가의 저주

"지금 제 주머니에 사건의 단서가 되어줄 문서가 있습니다."

모티머 선생이 말했다.

"선생께서 방 안에 들어오실 때부터 알고 있었습니다."

홈스가 여유 있는 목소리로 말했다.

"이것은 아주 오래된 문서입니다."

"흠, 위조한 게 아니라면 18세기 초에 작성된 것 같군요."

홈스의 말에 모티머 선생의 두 눈이 휘둥그레졌다.

"대체 그걸 어떻게 아셨습니까?"

홈스는 대수롭지 않다는 듯 입을 열었다.

"선생이 말씀하시는 동안 선생 주머니에서 조금 삐져나와 있던 문서를 살펴봤거든요. 문서의 작성 연대를 10년 이상 오차가 나게 추정하는 사람은 제대로 된 전문가라고 할 수 없지요. 나는 전에 그런 주제에 대한 논문을 발표한 적도 있습니다. 아무튼 나는 그 문서가 1730년대에 작성되었다고 생각합니다."

"정확한 연도는 1742년입니다."

모티머 선생은 주머니에서 종이를 꺼내 홈스에게 내밀었다.

"이것은 바스커빌 경이 제게 맡긴 문서입니다. 그분은 3개월 전에 비극적인 죽음을 맞이하셨지요. 너무나 갑작스러운 일이라 데번셔 지방이 온통 떠들썩했습니다."

"바스커빌 경과는 어떤 관계였습니까?"

"저는 그분의 주치의였습니다. 또 친한 친구이기도 했지요. 그분은 강인할 뿐만 아니라 매사에 빈틈없고 과감했으며 현실적인 분이었습니다. 또 저처럼 미신을 믿지 않는 사람이었습니다. 그런데도 이 문서의 기록만큼은 대단히 심각하게 받아들였습니다. 그래서인지 자신에게 다가올 무시무시한 최후를 예감하고 있었는지도 모르지요."

홈스는 모티머 선생이 내민 문서를 받아 들더니 자신의 무릎 위에 펼쳤다.

"왓슨, 이것 좀 보게. 긴 'S'와 짧은 'S'를 번갈아 사용하고 있네. 이것은 내가 이 문서의 연대를 추정해내는 데 기초가 된 몇 가지 단서 중 하나라네."

나는 홈스의 어깨 너머로 누런 문서에 적힌 빛바랜 글씨를 살펴보았다. 머리 부분에는 '바스커빌 저택'이라는 글자가, 맨 아래쪽에는 '1742'라는 숫자가 큼지막하게 휘갈겨 쓰여 있었다.

"이것은 무언가를 전하려고 쓴 것 같군요."

"맞습니다. 그것은 바스커빌 가에 전해 내려오는 어떤 전설에 대해 쓴 것입니다."

"그런데 선생께서 상담하려는 내용은 좀 더 최근의 문제이자 현실적인 내용일 것 같은데, 맞습니까?"

홈스가 묻자 모티머 선생이 고개를 끄덕이며 답했다.

"그렇습니다. 아주 현대적이면서도 실질적인 문제입니다. 그것도 24시간 내에 결정을 내려야 하는 긴급한 문제입니다. 그런데 이 기록이 제가 말씀드리려는 사건과 관련이 있기 때문에 반드시 이것부터 읽어야만 합니다. 짧은 내용이니 허락하신다면 제가 읽어보겠습니다."

홈스는 체념한 듯 의자에 깊숙이 기대어 앉았다. 그리고 양 손가락 끝을 모은 채로 눈을 감고 모티머 선생이 문서를 읽기만을 기다렸다. 모티머 선생은 등불 옆에 서서 문서를 펼쳐 들었다. 그는 톤이 높고 떨리는 목소리로 다음과 같이 기이한 옛날이야기를 읽어 내려가기 시작했다.

바스커빌 가의 개의 기원에 대해서는 다양한 설이 존재한다. 하지만 나는 휴고 바스커빌의 직계 자손이고, 아버지로부터 이 이야기를 직접 들은 사람이다. 내 아버지 또한 그 아버지로부터 이 이야기를 직접 들으셨다. 그래서 나는 여기에 기록하는 사건이 분명 일어났던 일이라는 것에 대해 믿어 의심치 않는다. 그리고 나는 죄를 벌하시는 정의의 신께서 실은 가장 자비롭게 용서하시는 분이라는 사실과 아무리 무시무시한 저주라도 기도와 참회로 없앨 수 있다는 사실을 나의 자손들이 알게 되기를 바란다. 그러므로 나의 자손들은 이 이야기를 교훈 삼아 과거의 잘못으로 인한 결과를 두려워하지 말았으면 한다. 무엇보다 우리 가문에 혹독한 고통을 안겨주었던 사악한 욕정이 다시 고개를 들어 우리 집안을 파멸로 몰아넣는 일이 없도록 모든 일에 신중을 기해줄 것을 바라는 바이다.

때는 청교도 혁명의 시대였다. (박학다식한 클라렌든 경이 쓴 역사서를 참조

할 것) 바스커빌 영지의 주인은 휴고 바스커빌이었다. 그는 매우 거칠고 상스러우며 신을 믿지도 두려워하지도 않는 사람이었다. 이웃 사람들은 그의 그런 성격을 지적하기보다는 대충 눈감아주고 있었다. 그 지역에 성인들이 나타난 적이 거의 없기 때문에 가능한 일이었던 것 같다. 아무튼 휴고 바스커빌은 잔인한 짓을 서슴지 않고 저지른 탓에 서부 지방에서 사악한 망나니로 악명을 떨치고 있었다.

그런데 예상치 못한 일이 발생했다. 휴고가 바스커빌 영지 근처에 땅을 소유하고 있는 자작농의 딸을 사랑하게 된 것이었다. (그렇게 음침한 욕정을 사랑이라는 아름다운 이름으로 둔갑시킬 수 있는 것인지는 모르겠지만) 그러나 행실이 바르고 사려 깊었던 어린 처녀는 휴고의 이름만 들어도 두려움에 온몸을 벌벌 떨었다.

그러던 어느 해, 성 미카엘 축일에 끔찍한 사건이 벌어지고 말았다. 휴고가 자신처럼 사악하고 게으른 대여섯 명의 친구들을 몰고 가 처녀가 사는 농장을 덮친 것이었다. 처녀의 아버지와 오빠들이 집을 잠시 비운 사이 무서운 일이 벌어지고 말았다. 그들은 처녀를 납치해 바스커빌 저택으로 끌고 갔다. 그리고 그녀를 2층 방에 가둬놓은 뒤 여느 때처럼 흥청거리며 늦은 밤까지 술판을 벌였다. 2층에 갇힌 불쌍한 처녀는 온몸의 털이 곤두서는 것만 같았다. 아래층에서 들려오는 노랫소리와 고함소리, 무시무시한 욕지거리 때문에 한시도 견디기가 힘들었다. 전해지는 말에 따르면 휴고 바스커빌이 술에 취했을 때 내뱉는 말은 그저 입에 담기만 해도 죽임을 당한다고 할 정도로 저주스러운 말들뿐이었다. 나중에 휴고 자신도 그 말을 듣고 까무러치게 놀랄 정도였다고 한다.

공포에 질린 처녀는 마침내 죽을 각오를 하고 건장한 남자들도 꺼렸을 만한 일을 시도하기에 이르렀다. 그녀는 남쪽 벽을 덮고 있던 담쟁이덩굴(지금도 여전히 벽을 덮고 있다)을 아슬아슬하게 타고 내려와 처마 밑에 다다랐다. 그리고 히스 꽃이 자라는 황무지 저편의 집을 향해 마구 내달리기 시작했다. 바스커빌 저택과 처녀의 집은 무려 14킬로미터나 떨어져 있었다. 가녀린 처녀의 심장은 금방이라도 몸 밖으로 튀어나올 듯 요동쳤다.

얼마쯤 지났을까. 휴고는 처녀에게 먹을 것과 마실 것을 가져다주기 위해 2층으로 올라갔다. 하지만 새장 속의 새는 이미 날아가버린 뒤였다. 처녀가 사라진 것에 분노한 휴고는 그 자리에서 끔찍한 악마로 돌변해버렸다. 그는 미친 듯이 계단을 뛰어내려와 1층 식당으로 달려 들어갔다. 그리고 포도주 병들과 고기 접시가 어지럽게 널려 있는 커다란 식탁 위로 뛰어올라가 고래고래 소리를 질러댔다.

"여자가 도망쳤다! 만약 그 여자를 잡지 못한다면 악마에게 내 영혼과 몸뚱이를 바치겠다!"

그는 망나니 같은 친구들 앞에서 목이 터져라 악다구니를 썼다. 잔뜩 술에 취해 흥청대던 사람들이 순간 입을 다물었다. 그들은 휴고가 미친 듯이 발광하는 모습을 그저 멍하게 쳐다보고 있었다. 그때 누군가가 소리쳤다.

"사냥개를 풀어라! 그 여자 뒤를 쫓게 해라!"

아마도 그는 사람들 중에 가장 사악하거나 혹은 술에 만취한 사람이었을 것이다. 이 말을 듣자마자 휴고는 비열한 표정을 지으며 바깥으로 달려나갔다.

"마부! 어서 안장을 얹어라! 사냥개를 풀어라! 개들에게 여자의 냄새를 맡게 하라!"

휴고는 처녀의 손수건을 개들에게 던져주었다. 그리고 곧바로 목표물을 향해 달릴 것을 명령했다. 그의 말이 떨어지기가 무섭게 사냥개들이 미친 듯이 달려 나가기 시작했다. 환한 달빛을 받아 아름답게 빛나던 황무지는 개 짖는 소리로 순식간에 뒤숭숭해졌다.

흥청망청 즐기던 그의 친구들은 눈앞에 벌어진 상황에 대해 전혀 이해하지 못하고 있었다. 너무나 순식간에 벌어진 일이었기 때문이다. 하지만 이내 정신을 차리고 앞으로 황무지에서 벌어질 일에 대해 조금씩 깨닫기 시작했다. 그러자 갑자기 모든 일들이 소란스럽게 진행되는 것이었다.

"어서 총을 가져와라!"

"서둘러 말을 준비해라!"

"포도주를 챙겨라! 술이 더 필요하다!"

마침내 한 자리에 모인 13명의 망나니들은 말에 올라타 여자를 추격하기 시작했다. 그날따라 달은 유난히 밝게 빛나고 있었다. 그들은 처녀가 집에 가기 위해 거쳐 갔을 길을 따라 말을 타고 내달렸다.

3킬로미터 정도를 추격해 갔을 때였다. 그들은 황무지에서 양을 지키는 목동과 마주쳤다.

"여봐라, 목동! 이곳을 지나가는 처녀를 보았느냐?"

목동은 고래고래 소리를 지르는 난봉꾼들을 보자 겁에 질린 나머지 온몸을 부들부들 떨었다. 어찌나 무서웠는지 한 마디도 말을 내뱉을 수가 없었다. 그러자 화가 난 사내 한 명이 목동을 죽일 듯이 노려보며 소리쳤다.

"어서 말하지 않으면 다리를 부러뜨려 버리겠다!"

목동은 거칠게 뛰는 심장을 애써 진정시키며 겨우 입을 열었다.

"처녀 한 명이 지나가는 것을 보았습니다. 또 그 뒤를 쫓아가는 사냥개도 보았습니다."

공포에 질린 목동은 저도 모르게 이를 딱딱 부딪치며 말을 이었다.

"그런데 그게 다가 아닙니다. 검정 말을 탄 휴고 바스커빌 경이 쏜살같이 제 옆을 지나쳐 갔습니다. 그리고 그 뒤를…… 오! 신이시여! 저희를 지켜 주소서! 지옥의 사냥개가 그 뒤를 조용히 뒤따르고 있었습니다.”

목동의 말이 끝나기가 무섭게 13명의 망나니들은 무서운 욕설을 퍼부어 댔다. 그리고 계속해서 말을 달렸다.

그런데 잠시 후, 그들은 온몸의 피가 얼어붙는 것만 같았다. 입에 하얀 거품을 문 검은 암말이 바람처럼 그들 곁을 지나쳐 갔기 때문이다. 그런데 그 말은 빈 안장에 고삐를 늘어뜨린 채였다. 순간 간담이 서늘해진 그들은 서로의 곁에 바짝 붙어서 달리기 시작했다. 만약 주변에 아무도 없는 혼자 몸이었다면 말머리를 돌려 도망쳤을 게 분명했다.

한참 동안 한데 뭉쳐 달려가던 그들은 마침내 사냥개 떼를 만났다. 그 사냥개들은 용맹하기로는 둘째가라면 서러운 명견들이었다. 하지만 웬일인지 지금은 깊은 구덩이 위에서 떼로 모여 낑낑거리고 있었다. 어떤 놈들은 꼬리를 확 내린 채로 슬금슬금 도망치고 있었고, 어떤 놈들은 목덜미의 털을 빳빳하게 세운 채로 눈앞의 골짜기를 내려다보고 있었다. 망나니 패거리들은 일단 자리에 멈춰 섰다. 그들 대부분은 출발했을 때보다 술이 많이 깬 상태였다. 대개는 더 앞으로 나가지 못하고 주춤거리고 있었다. 그중 가장 용감한 세 명(어쩌면 술이 가장 덜 깬 세 명)이 골짜기 아래쪽으로 내려갔다. 골짜기는 널따란 평지로 이어져 있었다. 그곳에는 이름 모를 옛 사람들이 놓아둔 거대한 선돌 두 개가 세워져 있었다. 달은 여전히 환한 빛을 내며 골짜기 곳곳을 비추었다. 덕분에 평지 한가운데 쓰러져 있는 불쌍한 처녀의 모습이 도드라지게 눈에 띄었다. 그녀의 심장은 더 이상 뛰지 않았고 따스했던 살결은 얼음처럼 차가워졌다.

그런데 무모하리만큼 용감무쌍한 세 명의 술꾼을 기겁하게 만든 것은 처녀의 시신도, 그 옆에 쓰러져 있는 휴고 바스커빌의 시신도 아니었다. 그것은 바로 휴고의 시신에 올라가 날카로운 이빨로 그의 목을 물어뜯고 있는 무시무시한 괴물이었다. 언뜻 보기에 사냥개처럼 보이기도 했다. 그러나 몸뚱이가 어찌나 거대한지 그중 누구도 그만한 크기의 개를 본 적이 없었다.

바로 그때였다. 인기척을 느낀 괴물이 이글거리는 눈과 피가 뚝뚝 떨어지는 턱을 들고 그들을 노려보는 것이었다. 세 사람은 공포에 찬 비명을 지르며 있는 힘을 다해 도망치기 시작했다. 그들 머릿속에는 어떻게 해서든지 그 자리를 피해 도망쳐야만 한다는 생각밖에 없었다. 훗날 전해지는 이야기에 따르면 세 사람은 용케도 그곳을 벗어났다고 한다. 하지만 그중 한 명은 그날 밤에 죽어버렸고, 나머지 두 사람은 평생 폐인으로 살았다고 한다.

아들들아! 이것이 바로 우리 가문에 크나큰 재앙을 몰고 온 지옥의 개에 대한 이야기이다. 내가 이 내용을 기록하는 이유는 한 점 의혹이 없이 사실을 아는 것이 막연히 짐작하고 추측해서 아는 것보다 훨씬 덜 두렵기 때문이다. 그리고 우리 집안에서는 급사하거나 사고사를 당하는 사람들이 유난히 많았다. 이렇게 처참한 불운을 이해할 수 없는 것은 당연한 일이다. 하지만 우리는 무한히 자비로우신 신께서 우리의 후손들을 지켜주시리라는 성경의 말씀을 굳게 믿어야만 한다. 그러니 아들들아! 너희는 악의 기운이 미쳐 날뛰는 어두운 밤에 절대로 황무지를 지나지 말아야 한다. 부디 너희 후손들도 이 당부를 반드시 지켜주기를 바란다.

- 휴고 바스커빌로부터 유래한 이 이야기를 그의 후손인 로저와 존에게 전하며.

단, 누이인 엘리자베스에게는 이 내용을 반드시 비밀에 부칠 것을 당부하며.

모티머 선생은 이 기이한 이야기를 다 읽고는 길게 한숨을 내쉬었다. 그리고 이마 위로 안경을 밀어 올리더니 홈스의 표정을 살폈다. 상상 이상으로 자극적인 이야기를 들은 홈스가 어떤 반응을 보일까 궁금한 모양이었다. 그런데 웬일인지 홈스는 길게 하품을 하더니 벽난로 속으로 담배꽁초를 튕겨 넣는 것이었다.

"그게 다입니까?"

홈스가 따분하다는 듯 물었다.

"흥미롭지 않습니까?"

"뭐, 옛날이야기 수집이 취미인 사람에게라면 그럴 수도 있겠지요."

그러자 모티머 선생은 주머니에서 꼬깃꼬깃 접혀 있는 신문지를 꺼냈다.

"그렇다면 좀 더 최근의 사건을 알려드리지요. 이것은 올해 5월 14일자 〈데번셔 소식〉입니다. 신문에는 찰스 바스커빌 경이 갑작스레 급사한 사건에 대한 간략한 기사가 실려 있습니다. 물론 찰스 경은 신문이 발행된 날짜보다 며칠 전에 돌아가셨지요."

홈스는 그제야 관심이 가는지 귀를 쫑긋 세우며 자세를 고쳐 앉았다. 모티머 선생은 안경을 고쳐 쓰고 기사를 읽기 시작했다.

최근 찰스 바스커빌 경이 갑작스럽게 사망한 사건으로 데번셔 주 전체에 어두운 그림자가 드리워졌다. 찰스 경은 차기 선거에서 데번셔 주 중부 민주당 후보로 출마할 가능성이 높았다. 그가 바스커빌 저택에서 거주한 기간은 짧았다. 하지만 그의 온화하고 관대한 성품 때문에 그를 알게 된 사람은 누구나 애정과 존경의 마음을 가질 수밖에 없었다. 신흥 졸부들이 판을 치는 이 시대에, 데번셔 주의 유서 깊은 가문의 후손인 찰스 경은 제 힘으로 출세해 재산을 일구었다. 게다가 한때 몰락했던 가문을 되살리기 위해 이곳으로 돌아온 것은 화젯거리가 되기에 충분했다.

알려진 바와 같이 찰스 경은 남아프리카에 투자해 많은 돈을 벌었다. 또 상황이 나빠질 때까지 투자를 계속한 사람들과는 달리, 그는 적당한 시기에 이익을 거두고 영국으로 돌아오는 투자의 지혜를 발휘했다. 그가 바스커빌 저택에 정착한 것은 불과 2년 남짓밖에 되지 않았다. 하지만 건물 보수 및 재건축에 대해서는 원대한 구상을 가지고 있었다. 그러나 안타깝게도 그의 죽음과 동시에 거대한 계획은 물거품으로 사라지고 말았다. 찰스 경은 슬하에 자식이 없었다. 그래서 자신의 재산을 지역 주민들을 위해 사용하고 싶다는 바람을 공공연히 밝혀왔었다. 실제로 찰스 경은 그동안 지역의 자선 단체에 아낌없이 기부한 일이 많았기 때문에 본지에서는 그를 자주 취재하고 보도해왔다. 이제 그의 뜻을 기쁘게 반겼던 지역 주민들은 찰스 경의 갑작스러운 죽음에 큰 충격을 받고 슬픔을 감추지 못하고 있다. 현재 찰스 경의 죽음과 관련된 모든 정황들이 수사를 통해 완전히 밝혀졌다고 볼 수는 없다. 그러나 최소한 이 지역의 미신에서 비롯된 소문이 근거 없다는 것은 밝혀졌다. 그가 살해당했을 가능성이나 혹은 초자연적인 원인으로 죽었으리라 의심할 만한 근거는 전혀 없는 것이다.

생전에 찰스 경은 아내를 잃고 홀로 살았다. 그는 남다른 기질을 가진 사람이었다. 재산이 상당히 많았는데도 검소하게 생활했다. 바스커빌 저택에도 배리모어 부부만을 고용해 남편은 집사 일을, 아내는 가정부 일을 시켰을 뿐이었다.

그의 친구들과 배리모어 부부의 말에 따르면 찰스 경은 한동안 건강이 좋지 않았는데, 특히 심장이 나빴다고 한다. 그는 안색이 매우 창백했고 호흡 곤란 증세를 보였으며 갑작스럽게 생긴 우울증으로 고통 받았다고 한다. 고인의 친구이자 담당의사였던 제임스 모티머 박사도 똑같은 증언을 했다.

이 사건의 진상은 매우 단순하다. 찰스 바스커빌 경은 매일 밤 잠자리에 들기 전에 바스커빌 저택의 상록수가 우거진 오솔길을 산책하는 습관이 있었다. 배리모어 부부는 이것이 꽤 오래된 습관이었다고 증언했다. 5월 4일, 찰스 경은 배리모어에게 다음 날 런던으로 갈 예정이니 짐을 꾸려놓으라고 지시했다. 그리고 그날 밤에도 어김없이 밖으로 산책을 나갔다. 평소 그는 산책을 하는 동안 담배를 피우는 습관이 있었다. 그런데 자정이 되도록 경은 집으로 돌아오지 않았다. 배리모어는 밤이 늦도록 현관문이 열려 있는 것을 보고 깜짝 놀랐다. 그는 등불을 켜들고 찰스 경을 찾아나섰다. 그날은 낮에 비가 왔었기 때문에 산책로에는 찰스 경의 발자국이 선명하게 찍혀 있었다. 길을 따라 내려가다 보면 산책로의 중간쯤에 황무지로 통하는 쪽문이 있다. 그런데 바로 그곳에 찰스 경이 한동안 서성였던 흔적이 남아 있었다. 배리모어는 서둘러 길을 따라 내려가기 시작했다. 그리고 산책로가 끝나는 지점에서 찰스 경의 시신을 발견했다. 그런데 배리모어의 증언 가운데 설명하기 힘든 사실이 한 가지 있었다. 찰스 경의 발자국이 황무지로 통하는 문을 지날 때부터 그 모양이 달라졌다는 점이다. 거기서부터는 마치 발꿈치를 들고 걸은 것 같은 모양이 찍혀 있었다. 당시 황무지 근처에는 집시 말 판매상인 머피가 있었다. 하지만 술에 잔뜩 취해 있었기 때문에 제정신이 아닌 상태였다. 머피의 증언에 따르면 비명소리를 듣기는 했지만 그 소리가 어디서 들려온 것인지는 알 수 없었다고 했다.

찰스 경의 몸에서는 폭행당한 흔적이 전혀 발견되지 않았다. 그런데 모티머 박사의 증언에 따르면 경의 얼굴이 믿을 수 없을 정도로 뒤틀려 있었다고 한다. 그 정도가 어찌나 심했는지 박사는 눈앞에 누워 있는 사람이 자신의 친구이자 환자라는 사실을 믿을 수가 없었다고 했다. 하지만 심장마

비나 극심한 호흡곤란이 있었을 때 이런 증상이 나타나는 경우가 종종 있다고 박사는 설명했다. 이후 부검을 통해 찰스 경이 만성적인 질환을 앓고 있다는 사실이 드러났다. 검시 배심원단은 이러한 의학적 증거를 근거로 판결을 내렸다. 이런 판결이 내려진 것은 다행스러운 일이었다. 찰스 경의 상속인이 바스커빌 저택에 정착해서 중단된 복구 사업을 계속하기 위해서는 이 사항이 중요하기 때문이다. 배심원단이 이 사건과 관련해 항간에 떠도는 비현실적인 소문을 끝내 잠재우지 못했다면 바스커빌 저택의 주인을 영영 찾지 못했을지도 모른다. 지금까지 알려진 바에 따르면 저택의 상속인은 찰스 바스커빌 경의 동생의 아들인 헨리 바스커빌 씨이다. 그에 대한 소식이 마지막으로 전해진 곳은 미국으로, 관계자들은 그에게 막대한 유산 상속 소식을 전하기 위해 그의 행적을 추적 중이다.

모티머 선생은 신문을 접어서 다시 주머니에 집어넣었다.

"홈스 씨, 이것이 찰스 바스커빌 경의 죽음에 관해 공식적으로 알려진 내용입니다."

"먼저 감사 인사를 전해야겠군요. 흥미로운 요소들이 가득한 사건에 대해 알려주셨으니 말입니다."

홈스가 말했다.

"나도 그 사건이 실린 신문 기사를 읽은 기억이 납니다. 하지만 그때는 바티칸의 카메오 사건을 해결하느라 영국에서 발생한 흥미로운 사건들에 신경을 쓸 틈이 없었습니다. 그런데 이 기사 내용이 공식적으로 알려진 사실의 전부입니까?"

"그렇습니다."

"흠, 그러면 이제는 비공식적인 사실에 대해 말씀해주시지요."

홈스는 양손의 손가락 끝을 모은 뒤 의자에 몸을 기댔다. 그의 얼굴에는 냉정함과 침착함이 가득 떠올랐다.

"알겠습니다. 그런데 지금 제가 하는 이야기는……."

모티머 선생은 잔뜩 긴장한 얼굴로 침을 꿀꺽 삼켰다.

"아무도 들은 적이 없습니다. 검시관이 수사할 때도 이 이야기를 털어놓지 않은 까닭은 과학자인 제가 미신 같은 이야기에 동조하는 것 같은 인상을 주고 싶지 않았기 때문입니다. 신문 기사에도 언급된 것처럼 바스커빌 저택에 대해서 가뜩이나 꺼림칙한 이야기들이 돌고 있지 않습니까. 여기에 더 보탤 필요가 없다고 판단했던 것이지요. 나쁜 이미지가 더 쌓여간다면 아무도 바스커빌 저택에 들어가 살려고 하지 않을 테니까요."

"그래서 차라리 입을 다물기로 한 거로군요."

"맞습니다. 하지만 홈스 씨에게라면 솔직히 털어놓아도 아무런 상관이 없을 것 같군요."

모티머 선생은 심호흡을 한 뒤 다음과 같은 이야기를 시작했다.

황무지에는 불과 몇 안 되는 사람만이 살았다. 그 때문에 가까이 사는 이웃들은 가족처럼 친하게 지내고 있었다. 모티머 선생이 찰스 경과 자주 만나 가까워진 것도 바로 그런 이유 때문이었다. 또 래프터 저택의 프랭클랜드 씨와 박물학자인 스태플턴 씨를 제외하고는 인근에 정식교육을 받은 사람이 없었다. 찰스 경은 조용한 성격으로 사교적인 사람은 아니었다. 하지만 지병을 앓게 된 것을 계기로 모티머 선생과 친분을 유지하게 되었다. 찰스 경은 남아프리카에서 상당한 양의 과학적 정보를 수집해왔다. 그래서 두 사람은 부시맨과 호텐토트 부족 간의 비교해부학에 대해 토론하면서 즐거운 시간을 함께 보내곤 했다.

그런데 지난 몇 달 동안, 모티머 선생은 찰스 경의 신경이 극도로 날카로워져서 폭발 직전에 있다는 것을 분명하게 느낄 수 있었다. 사실 찰스 경은 바스커빌 가의 전설에 대해 심각하게 염려하고 있었다. 그 정도가 지나쳐서 밤중에 산책을 할 때도 절대 황무지 쪽으로는 발을 옮기는 일이 없었다. 찰스 경은 정말로 무서운 운명이 자신의 집안을 휘감고 있다고 굳게 믿고 있었다. 그는 윗대 조상들만 보더라도 그 사실을 알 수 있다고 확신했다. 게다가 찰스 경은 초자연적이고 무서운 존재가 자신의 주위를 맴돌고 있다고 생각했다. 그래서 모티머 선생을 만날 때면 여러 가지 질문을 퍼붓곤 했다.

　"밤에 왕진을 다니다가 이상한 동물을 본 적은 없습니까? 혹시라도 무시무시한 사냥개를 본 적은 없습니까? 아니면 그것이 울부짖는 소리를 들은 적은 없습니까?"

　찰스 경은 파르르 떨리는 목소리로 사냥개에 대한 질문을 여러 차례 되풀이했다.

　운명적인 사건이 일어나기 3주 전, 모티머 선생은 바스커빌 저택을 찾아갔다. 모티머 선생은 그날 저녁의 일을 생생하게 기억하고 있었다. 마침 찰스 경은 현관에 나와 있었다. 이륜마차에서 내린 모티머 선생은 공포에 질려 얼어붙어버린 찰스 경의 얼굴을 보았다. 찰스 경은 모티머 선생의 어깨 너머를 뚫어져라 쳐다보고 있었다. 이상한 기운을 직감한 모티머 선생은 재빨리 뒤를 돌아보았다. 그러자 커다란 검은 소만한 무언가가 집으로 향하는 길 저편으로 휙 지나가는 것이었다. 한순간이었지만 모티머 선생은 그것을 정확히 보았다. 찰스 경은 너무나 놀라고 흥분한 상태라 이미 제정신이 아니었다. 모티머 선생은 애써 두려움을 가라앉히며 그 소가 있던 곳으로 황급히 내려갔다. 고개를 돌려 주위를 살펴보았지만 이미 소는 사라지고 없었다.

이 사건으로 찰스 경은 마음에 커다란 충격을 받았다. 걱정스러운 마음에 모티머 선생은 그날 저녁 내내 찰스 경과 함께 있었다. 그러자 찰스 경은 자신의 두려운 마음을 솔직히 털어놓았고, 그것을 증명하기라도 하듯 가문에 내려온 문서를 모티머 선생에게 맡겼다. 모티머 선생이 이 일을 홈스에게 말하는 이유는 이후에 발생했던 비극적인 사건과 관련이 있다고 생각했기 때문이다. 그날 저녁에 있었던 일은 의미심장한 사건임에 분명했다. 하지만 그때 당시만 해도 모티머 선생은 그 일에 별다른 의미를 부여하지 않았다. 또 찰스 경이 지나치게 신경과민 증세를 보이고 있다고 생각했다.

그날 이후, 찰스 경은 모티머 선생의 권유에 따라 런던으로 가기로 결정했다. 찰스 경은 끊임없는 불안과 두려움 속에서 살고 있었기 때문에 심장에 무리가 갈 수밖에 없었다.

그렇게 약해진 건강상태로 계속 살다가는 목숨을 위협받을 수 있는 상황이었다. 그래서 모티머 선생은 단 몇 달만이라도 도시에서 기분 전환을 하고 나면 정상적인 삶을 되찾을 수 있을 거라고 생각했다. 찰스 경과 모티머 선생의 친구였던 스태플턴 씨도 같은 의견이었다. 평소에 찰스 경의 건강을 걱정했던 그는 찰스 경의 도시행을 적극 권유했다.

그런데 마지막 순간, 끔찍한 재난이 일어나고 말았다. 찰스 경이 갑작스레 사망한 것이었다. 집사 배리모어는 마부 퍼킨스를 모티머 선생에게 보내 찰스 경의 사망 소식을 알렸다. 모티머 선생은 마침 늦게까지 깨어 있었다. 그래서 사건이 일어난 지 한 시간도 채 안 된 시각에 바스커빌 저택에 도착할 수 있었다. 모티머 선생은 신문 기사에 난 것과 같은 모든 사항들을 두 눈으로 직접 확인했다. 그는 찰스 경의 발자국 흔적을 따라 산책로를 내려갔다. 황무지로 통하는 쪽문 앞에 이르자 과연 그 지점부터 발자국의 모양이 바뀐 것을 확인할 수 있었다. 모티머 선생은 자갈이 깔린 길 위에 집사 배리모어의 발자국 이외에 다른 사람의 발자국이 없다는 것까지 눈여겨보았다. 찰스 경의 시신은 모티머 선생이 도착할 때까지 아무도 손대지 않은 상태였다. 찰스 경은 두 팔을 벌리고 손가락을 땅에 푹 파묻은 채 엎드린 자세로 쓰러져 있었다. 또 말로 표현하기 힘들 만큼 강렬한 감정 때문에 얼굴 모양이 심하게 뒤틀려 있었다. 그런데 신기하게도 외상은 전혀 없었다.

그때였다. 무엇인가를 발견한 모티머 선생의 두 눈이 동그랗게 커졌다.

"그것은 흔적이었습니다. 그 부분에 있어서는 배리모어가 잘못된 진술을 했습니다."

모티머 선생은 그 장면이 눈앞에 떠오르는 듯 몸을 부르르 떨었다.

"흔적이라면?"

이야기에 빠져 있던 나는 궁금증을 참지 못하고 소리쳤다.

"시신에서 약간 떨어진 자리에 아주 선명한 자국이 있었습니다."

"발자국이었습니까?"

홈스가 물었다.

"맞습니다!"

모티머 선생의 입술이 파르르 떨렸다.

"남자 발자국이었습니까? 아니면 여자 발자국?"

홈스의 질문에 모티머 선생은 잠시 이상한 눈으로 우리를 쳐다보았다. 그리고 들릴 듯 말 듯한 목소리로 속삭였다.

"홈스 씨, 그것은 엄청나게 거대한 개의 발자국이었습니다!"

3
기이한 죽음

그 말을 들은 순간, 나는 온몸의 털이 곤두서는 것 같았다. 모티머 선생의 목소리도 미세하게 떨리고 있었다. 그 역시 극심한 감정의 동요를 일으키는 모양이었다. 홈스도 몸을 앞으로 쑥 내밀고 시선을 고정시켰다. 두 눈이 날카롭게 빛나는 것을 보니 그도 무척이나 흥미를 느끼는 모양이었다.

"직접 보셨습니까?"

"지금 제가 홈스 씨를 보고 있는 것처럼 똑똑히 봤습니다!"

"그런데 왜 그것에 대해 아무런 말도 하지 않았습니까?"

"말해봤자 무슨 소용이 있겠습니까?"

모티머 선생은 힘없이 고개를 떨어뜨리더니 고개를 가로저었다.

"그런데 다른 사람들은 왜 그것을 보지 못했을까요?"

"발자국은 시신이 있는 곳에서 18미터 정도 떨어져 있었습니다. 그래서 아무도 그것을 눈여겨보지 않았던 거지요. 만약에 저도 그 전설을 몰랐다면 주변을 샅샅이 살피지는 않았을 겁니다."

"황무지에는 양치기 개들이 많지 않습니까?"

"물론입니다. 하지만 그것은 분명 양치기 개의 발자국이 아니었습니다."

"그러니까 발자국이 아주 컸단 말이지요?"

"엄청나게 컸습니다."

"하지만 발자국이 시신에 접근하지는 않았고요?"

"그렇습니다."

"그날 밤 날씨는 어땠습니까?"

"안개가 많이 끼고 습기가 많은 데다 쌀쌀하기까지 했습니다."

"비가 내리지는 않았지요?"

"네."

"산책로 주변은 어떻습니까?"

"길 양쪽으로는 높이가 3.6미터 정도 되는 오래된 상록수 울타리가 **빽빽이** 늘어서 있습니다. 밖에서 뚫고 들어가기 힘들 만큼 우거져 있지요. 그 가운데로 폭이 2.5미터가량 되는 산책로가 있습니다."

"울타리와 산책로 사이에는 뭐가 있습니까?"

"산책로 좌우로 폭이 2미터 정도 되는 잔디밭이 있습니다."

"울타리 안으로 들어갈 수 있는 문이 있다고 했지요?"

"네, 황무지로 통하는 쪽문이 있습니다."

"또 다른 통로가 있습니까?"

"없습니다."

"그러니까 상록수 산책로 안으로 들어가려면 바스커빌 저택에서 내려오든지 황무지의 쪽문을 통하는 방법밖에는 없겠군요."

"산책로 맨 끝에 여름 별장이 있는데 그곳을 통해서도 갈 수 있습니다."

"찰스 경이 거기까지 갔습니까?"

"아니요. 그분은 거기에서 50미터 정도 떨어진 곳에 쓰러져 있었습니다."

홈스는 모티머 선생의 눈을 똑바로 쳐다보며 물었다.

"모티머 선생, 이건 매우 중요한 사항입니다. 당신이 봤다는 발자국이 잔디가 아니라 산책로 위에 찍혀 있었습니까?"

"잔디에는 발자국이 찍혀 있지 않았습니다."

"개의 발자국은 황무지 쪽으로 나 있었습니까?"

"그렇습니다. 개 발자국은 산책로의 가장자리에 찍혀 있었는데, 황무지와 가까운 쪽이었습니다."

홈스는 보일 듯 말 듯 고개를 끄덕이며 말했다.

"아주 흥미롭군요. 한 가지 더! 그 쪽문은 닫혀 있었습니까?"

"닫힌 상태로 자물쇠가 채워져 있었습니다."

"쪽문의 높이는 얼마나 됩니까?"

"1미터 정도 됩니다."

"그 정도 높이는 뛰어넘기에 어렵지 않겠군요."

"그렇지요."

"그런데 쪽문 옆에 다른 발자국은 없었습니까?"

"특별히 본 건 없었습니다."

모티머 선생의 대답을 들은 홈스가 갑자기 인상을 찌푸리면서 말했다.

"세상에! 아무도 그곳을 조사하지 않았습니까?"

"아니요, 제가 조사했습니다."

"그런데 아무것도 발견하지 못했다고요?"

홈스가 다그치듯 묻자 모티머 선생이 어깨를 으쓱하며 대답했다.

"저도 그게 이상했습니다. 찰스 경은 분명 그곳에서 5분 내지 10분을 서 있었거든요."

"그것을 어떻게 알았습니까?"

"그 주위에 담뱃재가 수북이 쌓여 있더라고요."

"훌륭하군요! 탐정 못지않은 실력이에요."

홈스는 나를 쳐다보며 싱긋 웃더니 질문을 이어갔다.

"그런데 발자국은?"

"찰스 경의 발자국은 쪽문 옆 자갈길 근처에 무수히 찍혀 있었습니다. 하지만 다른 사람의 발자국은 눈에 띄지 않았습니다."

"내가 거기 있었어야 했는데!"

홈스는 안타까운 표정으로 무릎을 탁 내리치며 탄식했다.

"이건 정말 흥미로운 사건입니다. 특히나 과학적인 사고를 하는 전문가에게는 흔치 않은 기회지요. 만약 내가 그 자갈길에 있었다면 나는 수많은 사실들을 알아냈을 겁니다. 하지만 지금 그 길은 빗물에 씻겼을 테고, 농부들의 발에 밟힌 지 오래되었겠지요."

홈스는 천장을 향해 고개를 쳐들고 큰 소리로 외쳤다.

"오! 모티머 선생! 모티머 선생! 왜 나를 빨리 부르지 않았습니까? 풀지 못한 의혹들이 너무나 많습니다. 이건 모두 당신 책임입니다!"

그러자 모티머 선생이 볼멘소리로 말했다.

"하지만 홈스 씨, 제가 당신을 불렀다가는 온 세상이 그 일을 다 알게 됐을 겁니다. 저는 절대로 그렇게 되기를 바라지 않았습니다. 그리고……."

"말해보십시오. 무엇 때문에 그렇게 망설이십니까?"

"아무리 경험이 풍부하고 명석한 탐정이라고 해도 어쩔 수 없는 영역이 있는 거니까요."

모티머 선생의 말에 홈스의 입꼬리가 묘하게 올라갔다.

"지금 초자연적인 현상에 대해 말씀하시는 겁니까?"

"아니, 꼭 그렇다는 말은 아닙니다."

"선생은 분명 그렇게 생각하고 있습니다."

홈스가 확신에 찬 어조로 말하자 모티머 선생이 고개를 저으며 말했다.

"실은 이 비극적인 사건이 있은 후로 자연 법칙으로는 절대 이해하기 어려운 사건들에 대한 이야기를 들었습니다."

"예를 들면?"

"그 끔찍한 사건이 일어나기 전에 황무지에서 무시무시한 괴물을 목격했다는 사람들이 있었습니다. 바스커빌 저택에 나타났던 짐승의 모양과 아주 비슷한 괴물이었답니다. 그것은 분명 과학적으로 증명된 어떠한 동물의 모양과도 닮지 않았다고 합니다. 목격자들은 모두 한목소리로 말했습니다. '그 괴물은 엄청나게 큰 데다 빛을 뿜어내는 무시무시한 짐승이다.'라고 말입니다."

"선생께서 그 사람들을 직접 만나보셨습니까?"

"물론입니다. 저는 그들을 일일이 만나서 그 짐승에 대해 자세히 물었습니다. 그중 한 명은 매우 완고한 시골 사람이었고, 다른 한 명은 대장장이였으며, 또 다른 사람은 황무지의 농사꾼이었습니다. 모두들 무시무시한 유령을 보았다고 말하더군요. 그들이 본 것은 전설에 등장하는 지옥의 개와 완전히 똑같았습니다. 그 때문에 현재 그 지역 사람들은 공포에 몸을 떨고 있고, 밤중에는 절대로 황무지에 나가지 않는답니다."

"모티머 선생, 당신은 제대로 된 교육을 받은 과학자로서 그 짐승이 초자연적인 존재라는 말을 믿으십니까?"

"실은 무엇을 믿어야 할지 저도 잘 모르겠습니다."

모티머 선생이 풀 죽은 듯한 목소리로 대답하자 홈스가 어깨를 으쓱했다.

"지금까지 내 수사의 범위는 현실 세계에 한정된 것이었습니다. 나는 지극히 합리적인 방법으로 악에 맞서왔습니다. 그런데 갑자기 지옥의 악마와 싸워야 한다니, 정말 지나치게 거창한 일이 될 것 같군요."

홈스는 다시 한 번 힘주어 물었다.

"하지만 그 발자국이 실제로 존재했다는 사실은 틀림없지요?"

"그렇습니다. 그리고 발자국의 주인은 원래 악마적인 존재였지요. 사람의 목을 물어뜯는 존재 말입니다."

"이제 보니 선생은 완전히 초자연주의자가 된 것 같군요. 그런 생각을 가지고 있으면서 왜 나에게 상담을 하러 오신 겁니까? 찰스 경의 죽음을 조사해봤자 아무 소용없다고 했으면서 지금에 와서 왜 사건을 의뢰하신 겁니까?"

홈스의 말에 모티머 선생이 두 손을 저으며 다급히 말했다.

"찰스 경의 죽음에 대해 조사해달라는 게 아닙니다."

"그럼 내가 어떻게 하기를 바라는 겁니까?"

"헨리 바스커빌 경에게 어떻게 해야 할지 몰라서 조언을 듣고 싶었습니다."

모티머 선생은 시계를 보며 말했다.

"이제 1시간 15분 후면 그가 워털루 역에 도착합니다.

"그가 상속인인가요?"

"그렇습니다. 찰스 경이 사망한 이후로 우리는 그분에 대해 수소 문하기 시작했습니다. 찾고 보니 캐나다에서 농사를 짓고 있더군요. 우리가 수집한 정보에 따르면 그는 여러 가지 면에서 뛰어난 인물이라고 합니다. 이것은 의사로서가 아니라 찰스 경의 대리인이자 유언 집행인으로서 말씀드리는 겁니다."

"상속인이라고 나설 만한 또 다른 사람은 없습니까?"

"없습니다. 조사한 바에 따르면 불운한 찰스 경은 삼형제 중에 장남이었습니다. 둘째는 젊은 나이에 죽었습니다. 지금 상속인으로 지정된 헨리 바스커빌 경이 그분의 아들입니다. 셋째인 로저는 집안의 골칫덩이였습니다. 제멋대로 행동하는 바스커빌 가문의 기질을 이어받았는지, 휴고 바스커빌과 똑같다는 소리를 많이 들었답니다. 로저는 온갖 나쁜 짓을 많이 해서 더는 영국에서 살 수 없게 되었습니다. 결국 남미로 쫓기듯 도망쳤지만 1876년에 그곳에서 황열병으로 죽었습니다."

"그러니까 헨리 씨가 바스커빌 가문의 마지막 자손이로군요."

"맞습니다. 이제 저는 1시간 5분 뒤에 워털루 역에서 헨리 씨를 만날 것입니다. 오늘 아침에 그가 사우스햄프턴에 도착했다는 전보를 받았습니다. 홈스 씨, 이제 제가 어떻게 하면 좋겠습니까?"

모티머 선생은 간절한 눈빛으로 홈스를 바라보았다.

"헨리 경이 조상 대대로 살았던 집으로 들어가면 되지 않습니까?"

"물론 당연히 그래야겠지요. 하지만 바스커빌 저택에 들어갔던 자손들은 모두 불행한 죽음을 맞이하고 말았습니다. 만약 찰스 경이 사망하기 전에 저와 이야기를 나눌 수 있었다면, 그분은 가문의 마지막 자손이자 거대한 유산의 상속자를 죽음의 저택으로 데리고 오지 말라고 경고했을 겁니다."

"그러나 그 지방 사람들의 입장은 달랐겠지요."

"그렇지요. 인근에 가난한 사람들의 장래가 바스커빌 저택과 밀접한 관련이 있으니까요. 만약 저택에 아무도 살지 않게 된다면 찰스 경이 추진해온 모든 자선 사업은 중단되고 말 것입니다. 저는 저 자신의 일방적인 생각 때문에 이 모든 일이 좌우될까 걱정입니다. 객관적인 자세를 유지할 자신이 없습니다. 그래서 홈스 씨의 조언을 구하러 온 것입니다."

홈스는 한 손으로 턱을 쓸며 잠시 생각에 잠겼다. 그리고 이내 입을 열었다.

"간단히 말하자면, 선생은 다트무어의 황무지에 악마의 힘이 있다고 믿고 있습니다. 그래서 바스커빌 가문의 사람이 그곳에 사는 것은 위험하다는 생각이지요?"

"그럴 가능성이 있는 증거가 있으니까요."

"좋습니다. 하지만 선생의 초자연적인 이론이 옳다고 한다면 헨리 경이 데번셔에 있건 런던에 있건 위험하기는 마찬가지일 겁니다. 교구 위원회처럼 정해진 지역에서만 냉항틱을 끼치는 악마는 없으니까요. 그렇지 않습니까?"

그러자 모티머 선생은 길게 한숨을 내쉬었다.

"홈스 씨는 이 일을 가볍게 생각하시는 것 같군요. 하지만 이 사건을 직접 접하셨다면 분명 생각이 달라졌을 겁니다. 아무튼 홈스 씨께서는 헨리 경이 런던에 있으나 데번셔에 있으나 상관없을 거라는 말씀이시지요?"

홈스가 어깨를 으쓱해 보이자 모티머 선생은 다시 한 번 시계를 보았다.

"이제 50분 후면 그가 도착합니다. 정말 어떻게 하면 좋을까요?"

"우선 마차를 부르십시오. 그리고 계속 우리 집 현관문을 긁어대고 있는 스패니얼을 데리고 워털루 역으로 가십시오."

"그다음에는요?"

"일단 내가 이 사건에 대해 검토를 끝낼 때까지는 헨리 경에게 아무 말도 하지 마십시오."

"시간이 얼마나 걸릴까요?"

"24시간이면 됩니다. 모티머 선생, 내일 10시에 여기로 와주십시오. 헨리 바스커빌 경과 함께 오신다면 앞으로의 계획을 세우는 데 도움이 될 것입니다."

"알겠습니다, 홈스 씨."

그는 셔츠 소매에 약속 시간을 재빨리 휘갈겨 썼다. 그리고 멍하니 응시하는 것 같기도 하고 무언가를 살피는 것 같기도 한 이상한 표정을 하고는 방을 나섰다. 모티머 선생이 계단을 내려갈 때였다. 갑자기 홈스가 그를 불러 세웠다.

"모티머 선생! 한 가지만 더 묻겠습니다. 찰스 경이 사망하기 전에 황무지에서 유령을 본 사람이 몇 명이라고 했지요?"

"세 사람입니다."

"그 후에 또 그것을 본 사람이 있었습니까?"

"그런 이야기를 들은 적은 없습니다."

"좋습니다. 안녕히 가십시오."

홈스는 만족스러운 듯 고개를 끄덕이며 다시 자리에 앉았다. 지금 홈스의 얼굴에 떠오른 표정을 보아하니 홈스는 이 사건이 꽤나 마음에 드는 모양이었다.

"왓슨, 외출할 건가?"

"글쎄, 특별히 자네를 도울 만한 일이 없을 것 같은데."

"지금은 그렇지. 하지만 행동을 개시할 때는 자네 도움이 필요해."

"홈스, 이 사건이 자네 구미를 당기는 모양이지?"

내 질문에 홈스가 피식 웃으며 말했다.

"맞아. 이건 아주 특이한 사건이야. 어떤 점에서 보자면 이제껏 이런 사건은 없었다네. 일단 지금은 자네 일을 보게. 그리고 브래들리 가게를 지날 때, 가장 독한 담배 5백 그램만 내게 배달해달라고 말해주게."

"알겠네. 또 내가 도울 일이라도 있나?"

"고맙네. 그리고 자네만 괜찮다면 저녁때까지 집을 비워주면 좋겠어. 우리에게 주어진 이 흥미로운 사건에 대해 생각할 시간이 필요하거든."

나는 누구보다도 홈스의 작업방식을 잘 알고 있었다. 그는 일단 혼자서 조용히 방에 틀어박힌다. 그리고 모든 증거를 하나도 빠짐없이 자세히 살펴본 뒤 중요도에 따라 나누어 놓는다. 그런 다음 여러 가지 가설을 세워 그것들을 서로 비교해보고 무엇이 중요한지를 결정하는 것이다. 이 작업은 고도의 집중력이 필요하기 때문에 누구의 방해도 받지 않는 것이 중요하다. 그래서 나는 하루 종일 클럽에서 시간을 보내고 늦은 저녁이 되어서야 베이커 가로 돌아갔다.

거실에서 홈스와 다시 만나게 된 것은 저녁 9시 무렵이었다. 그런데 방문을 열자마자 나는 집에 불이 난 줄 알았다. 온 방 안에 연기가 자욱했기 때문이다. 탁자 위에 놓인 등불의 불빛도 흐려 보일 정도로 연기가 가득 차 있었다. 하지만 잠시 후 코를 찌르고 목을 아프게 할 정도로 매운 연기가 실은 담배 연기라는 것을 알아차리고는 안도의 한숨을 내쉬었다. 실내복 차림의 홈스는 검정 사기 파이프를 문 채로 안락의자에 비스듬히 앉아 있었다. 그 모습 또한 연기 때문에 흐릿하게만 보였다. 그가 앉아 있는 의자 주변으로는 여러 개의 신문 뭉치가 지저분하게 흩어져 있었다.

"왓슨, 감기에 걸렸나?"

내가 기침을 하자 홈스가 물었다.

"아니, 이 지독한 공기 때문이야."

"그런가? 그러고 보니 연기가 꽤나 많이 차 있군."

"꽤나 차 있다고? 숨이 막힐 지경이네!"

나는 잔기침을 하며 소리쳤다.

"그렇다면 창문을 열게! 그나저나 자네는 하루 종일 클럽에 가 있었군."

"아니, 홈스!"

깜짝 놀란 내 얼굴을 본 홈스가 장난스러운 미소를 지으며 물었다.

"맞나?"

"그렇다네. 그런데 어떻게 알았나?"

홈스는 당황한 내 모습이 재미있다는 듯 키득키득 웃기 시작했다.

"왓슨, 자네는 정말 순진하고 귀여운 사람이야. 그 덕분에 나는 내 재능을 살짝 이용해서 자네를 놀리는 재미를 느끼곤 하지. 자, 생각해보게. 비가 내려 길이 진창이 된 어느 아침이었네. 한 신사가 외출을 했지. 그런데 늦은 저녁 집으로 돌아온 그 신사의 모자와 신발에는 흙탕물이 한 방울도 묻지 않았네. 반질반질한 구두를 그대로 신고 돌아온 것을 보면 그 신사는 하루 종일 어딘가에 틀어박혀 있었던 게 분명해. 그런데 그에게는 친한 친구가 없어. 그러면 그는 어디에 있다가 온 것일까? 너무 쉬운 게 아닌가?"

"그렇겠군."

나는 고개를 끄덕이며 자리에 앉았다.

"세상은 뻔히 눈에 보이는 사실들로 가득 차 있네. 모두 다 그것을 알아보지 못하는 게 문제지만."

홈스는 별것 아니라는 듯 어깨를 으쓱하며 말했다.

"왓슨, 자네는 오늘 내가 어디에 있었다고 생각하나?"

"하루 종일 집에 틀어박혀 있지 않았나?"

"아니! 나는 데번셔에 다녀왔네."

"영혼만?"

"맞았어."

홈스는 장난기 가득한 얼굴로 킥킥대며 말했다.

"유감스럽게도 내 몸은 이 의자에 남아 있었지. 그 상태로 커피를 두 주전자나 마시고 줄담배를 피워댔다네. 자네가 외출한 뒤 나는 스탠퍼드 상점에 가서 데번셔 지방의 지도를 사왔어. 내 영혼은 하루 종일 그곳을 돌아다녔지. 나는 혼자서 어디든 갈 수 있다네."

"대축척 지도겠지?"

"물론이야. 아주 큰 지도지."

홈스는 지도 한 장을 무릎 위에 펼쳐놓더니 손가락으로 한 곳을 가리켰다.

"여기가 바로 우리가 주목하는 곳일세. 가운데 있는 것이 바스커빌 저택이지."

나는 고개를 쑥 내밀고 홈스가 가리키는 곳을 자세히 살펴보았다.

"저택이 숲으로 둘러싸여 있군."

"맞아. 이 지도에는 표시되지 않았지만, 나는 상록수 오솔길이 이 선을 따라 뻗어 있다고 생각하네. 여기를 보면 알겠지만 황무지는 그 오른쪽에 있네. 그리고 여기 건물들이 오밀조밀 모여 있는 곳이 바로 그림펜 마을이네. 이곳이 친애하는 모티머 선생이 사는 곳이지. 보다시피 반경 8킬로미터 안쪽으로 사람이 사는 집이 얼마 되지 않는다는 것을 알 수 있네."

홈스의 손가락을 따라 지도를 살펴보던 나는 한 곳을 가리키며 물었다.

"여기는 어딘가?"

"모티머 선생이 말했던 래프터 저택이네. 여기 표시된 집은 스태플턴이라는 박물학자의 집이야. 황무지에는 농가 두 채가 있는데, 하이 토르와 풀미르 농장이네. 그리고 여기서 20킬로미터쯤 떨어진 곳에 프린스타운 교도소가 있지."

"그 사이에 드문드문 흩어진 점들은 황무지겠군."

"맞아. 그리고 비극이 펼쳐진 무대는 바로 이곳이네. 그 비극이 어떤 것이었는지 밝혀내야 할 장소가 바로 여기란 말이지."

홈스는 손가락에 힘을 주어 지도의 한 지점을 톡톡 치며 말했다.

"아무도 살지 않겠군."

"그래. 무대 장치로는 아주 적합한 곳이지. 만약 악마가 인간세계의 일에 간섭하려고 작정을 했다면 말이야."

"그러고 보니 자네도 초자연적인 해석에 마음이 쏠리는 것 같은데?"

"악마의 대리자는 분명 살과 피를 가진 인간의 몸뚱이를 갖고 있을 거야. 내가 품은 의문은 두 가지네. 하나는 처음부터 범죄가 일어난 것이 분명한가, 다른 하나는 그렇다면 그것은 어떤 범죄이고 어떻게 저질러졌는가 하는 점이야. 물론 모티머 선생의 추측이 옳다면 우리는 초자연적인 힘에 맞서는 꼴이 되니 더 이상 수사를 할 필요가 없네. 하지만 그의 의견에 따르기 전에 모든 가능성들을 다 규명해 봐야 해."

홈스는 날카롭게 눈빛을 반짝이며 말했다.

"왓슨, 일단 창문 좀 닫아주게. 내가 유난스러운 성격인지는 모르 겠지만, 생각을 집중하는 데는 밀폐된 공기가 도움이 되는 것 같거 든. 그렇다고 생각을 집중하기 위해 골방으로 들어가고 싶은 것은 아니지만."

내가 창문을 닫자 홈스는 만족스러운 표정으로 내게 물었다.

"그나저나 자네는 이 사건에 대해 생각 좀 해봤나?"

"하루 종일 생각해보긴 했네."

"결론은?"

"머릿속이 정말 혼란스러웠어."

"이 사건은 굉장히 특이하면서 나름대로 특징이 있어. 몇 가지 눈 에 띄는 부분이 있지."

"예를 들면?"

"찰스 경의 발자국 모양이 변한 것 말이네. 자네는 어떻게 생각하 나?"

"모티머 선생은 찰스 경이 그 지점에서부터 발꿈치를 들고 걸은 것 같다고 하지 않았나?"

내 말에 홈스는 한심하다는 듯 고개를 가로저었다.

"그건 배심원 심리 때 어떤 바보가 했던 말을 그대로 되풀이한 것 에 불과해. 생각해보게. 발꿈치를 들고 산책로를 걸어갈 이유가 대 체 뭐란 말인가?"

"그렇다면 대체 뭐란 말인가?"

"찰스 경은 달리고 있었어. 그것도 아주 필사적으로! 살기 위해서 심장이 터져 나갈 때까지 뛰었던 거야."

"뭐에 쫓기고 있었단 말인가?"

"바로 그게 문제야. 분명 찰스 경은 달려가기 전에 공포심으로 미쳐 있었던 게 틀림없어."

홈스는 자신감 넘치는 얼굴로 단정하듯 말했다.

"무슨 근거로 그렇게 말하는 건가?"

"찰스 경을 공포에 질리게 한 원인은 황무지 쪽에서 나타난 것이 분명하네. 그는 정신이 나간 상태에서 집 쪽이 아닌 집과 반대되는 방향으로 뛰기 시작했어. 만약 집시의 진술이 사실이라면, 찰스 경은 도와줄 사람이 나타날 리 없는 방향으로 뛰어가면서 도와달라고 소리쳤던 거야. 최소한 누군가의 도움을 받을 수 있는 곳으로 뛰어갔어야 했는데 말이야."

"그렇지."

"그리고 그날 밤 찰스 경은 누군가를 기다리고 있었네. 과연 그는 누구였을까? 대체 무엇 때문에 자신의 집에서 기다리지 않고 산책로에서 만나려고 했을까?"

"홈스, 자네는 찰스 경이 누굴 기다리고 있었다고 생각하나?"

"물론이야. 왓슨, 그는 매우 건강이 좋지 않은 사람이었네. 나이도 많았지. 물론 저녁마다 산책을 하는 습관이 있긴 했지만, 그날 밤은 날씨가 좋지 않았어. 땅은 축축하게 젖어 있었고 공기는 쌀쌀했네. 그런 날에는 굳이 산책을 하지 않는 게 좋지. 하지만 모티머 선생이 담뱃재를 보고 추리한 것처럼 찰스 경은 5분이나 10분 정도 그 자리에 서 있었어. 고로 찰스 경은 그 자리에서 누군가를 기다리고 있

었던 거야. 모티머 선생이 상상 이상으로 실제적인 감각을 가졌다는
걸 더 칭찬해줬어야 하는데."

"하지만 찰스 경은 매일 저녁 나갔다고 하지 않았나?"

"나는 찰스 경이 매일 밤 황무지로 통하는 쪽문 앞에 서 있었다고
생각하지는 않네. 오히려 그가 황무지 근처로 가는 것을 피했다는
증거도 있으니 말이야. 다만 사건이 일어난 밤에는 달랐다는 걸세.
그는 분명 그곳에서 누군가를 기다렸어. 그날은 또 찰스 경이 런던
으로 떠나기 바로 전날 밤이었어."

말을 하는 도중에 생각이 정리되었는지 홈스는 기지개를 켜며 싱
긋 웃었다.

"이제야 앞뒤 상황이 이해가 되는군. 왓슨, 거기 있는 바이올린 좀
건네주게. 일단 내일 아침 모티머 선생과 헨리 바스커빌 경을 만날
때까지 이 일에 대한 생각을 접어둬야겠어."

4
새로운 상속자

홈스와 나는 일찍 아침 식사를 마쳤다. 홈스는 실내복을 입은 채로 약속된 방문객을 기다리고 있었다. 우리의 손님들은 약속시간을 정확히 지켰다. 시계가 10시를 치자마자 모티머 선생과 젊은 준남작이 방 안으로 들어섰다. 준남작은 30세가량으로 행동이 민첩해 보이는 사람이었다. 비록 키는 작았지만 다부진 체격에 싸움꾼 같은 얼굴을 하고 있었다. 또 숯으로 그린 것처럼 굵고 검은 눈썹과 작지만 강렬한 눈동자는 강인한 기운을 내뿜었다. 그는 붉은색 트위드 정장을 입고 있었는데, 얼굴이 상당히 그을린 것으로 보아 대부분의 시간을 야외에서 보내는 것 같았다. 그러나 침착하고 자신감 넘치는 태도는 그가 신사임을 여실히 증명하고 있었다.

"이분이 헨리 바스커빌 경입니다."

모티머 선생이 우리를 보며 말했다.

"제가 헨리 바스커빌입니다."

헨리 경이 살짝 고개를 숙이며 인사했다.

"홈스 씨, 참으로 이상한 일입니다. 오늘 아침에 모티머 선생이 이곳으로 오자고 하지 않았다면 저 혼자라도 찾아왔을 겁니다."

"특별한 일이라도 생겼습니까?"

홈스가 묻자 헨리 경이 심각한 얼굴로 고개를 끄덕였다.

"홈스 씨께서 어려운 문제에 대해 심사숙고하고 계신다는 것은 잘 알고 있습니다. 그런데 오늘 아침에 제 머리로는 도저히 이해가 되지 않는 사건이 벌어졌습니다."

홈스는 의자를 가리키며 말했다.

"일단 여기 앉으시지요. 헨리 경, 그러니까 런던에 도착하신 뒤에 이상한 일이 일어났다는 말씀입니까?"

"아주 대단한 일은 아닙니다. 어쩌면 단순한 장난일지도 몰라요."

헨리 경은 미간을 찌푸린 채로 주머니에서 편지를 꺼냈다.

"오늘 아침에 배달된 편지입니다. 아니, 이것을 편지라고 할 수 있는지도 모르겠군요."

그가 탁자 위에 내놓은 것은 흔하게 볼 수 있는 회색 편지봉투였다. 주소에는 조잡한 글씨체로 〈노섬버랜드 호텔, 헨리 바스커빌 경〉이라고 씌어 있었고, 〈채링 크로스〉 소인이 찍혀 있었다. 소인이 찍힌 날짜는 어제 저녁이었다.

"경이 노섬버랜드 호텔에 묵을 예정이라는 사실을 누가 알고 있습니까?"

홈스가 날카로운 시선을 던지며 물었다.

"아무도 없습니다. 모티머 선생을 만난 뒤에 숙소를 결정했으니까요."

"하지만 모티머 선생은 이전부터 그 호텔에 묵고 계셨지요?"

"아닙니다. 저는 친구 집에 머무르고 있습니다."

모티머 선생이 두 손을 저으며 말했다.

"헨리 경이 그 호텔로 갈 거라는 것은 누구에게도 말한 적이 없습니다."

"그렇다면 누군가가 선생의 모든 행동을 주시하고 있는 게 분명하군요."

홈스는 이렇게 말하며 편지봉투에서 편지를 꺼냈다. 그는 네 번접힌 종이를 탁자 위에 평평하게 펼쳐 놓았다. 오로지 한 문장만이 편지지 한가운데 적혀 있었다. 그것은 인쇄된 단어를 오려서 조각조각 풀로 붙인 방식으로 만든 것이었다.

> 자신의 삶이나 이성을 가치 있게 생각한다면 황무지에 접근하지 말라.

이 문장 중에서 오로지 '황무지'라는 단어만이 잉크로 쓰여 있었다. 헨리 경이 딱딱하게 굳은 얼굴로 말했다.

"홈스 씨, 이게 무슨 의미일까요? 대체 어떤 자가 내 일에 이렇게 관심이 많은 걸까요?"

홈스는 그 말에는 대답하지 않고 모티머 선생을 보며 물었다.

"선생, 이걸 보니 어떤 생각이 드십니까? 어쨌거나 이 사건은 초자연적인 존재와는 아무런 상관이 없다는 걸 인정하시겠습니까?"

"인정합니다. 하지만 그 사건이 초자연적인 것이라고 믿는 누군가가 이 편지를 보냈을 수도 있지 않습니까?"

모티머 선생이 여전히 의심스러운 얼굴로 말했다.

"사건이라니요?"

갑자기 헨리 경의 눈초리가 매섭게 올라갔다.

"아무래도 두 분께서는 내 일에 대해서 나보다 더 많이 알고 계신 것 같군요."

헨리 경이 다소 격앙된 목소리로 말하자 홈스가 침착하게 다독였다.

"헨리 경, 우리가 알고 있는 사실에 대해서는 당신이 이 방을 나서기 전까지 모두 알려드리겠습니다. 그러니 그 점에 대해서는 걱정하지 마십시오. 다만 지금은 이 흥미로운 편지에 대해서 얘기를 나누었으면 좋겠습니다."

그 말을 들은 헨리 경은 애써 마음을 진정하며 살짝 고개를 끄덕였다.

"좋습니다. 우선 이 편지는 어제 저녁에 만들어서 보낸 것이 틀림없습니다. 왓슨, 어제 나온 〈타임스〉가 어디 있지?"

"이쪽에 있네."

"미안하지만 그것 좀 가져다주게."

나는 홈스에게 곧바로 신문을 건넸다. 홈스는 신문을 받아 들더니 사설이 실린 면을 찾아냈다. 그리고 재빨리 사설을 훑어보았다.

"여기 자유무역에 관한 사설이 있군요. 제가 일부분을 읽을 테니 잘 들어봐주십시오. '사람들은 보호관세가 특정 무역 거래나 산업 발전에 도움이 될 것이라 생각한다. 하지만 이성적으로 보면 보호관세 제도는 결국 국가를 부(富)에서 멀어지게 하고, 수입품의 가치를 하락시켜 나라 전체의 경제 수준을 저하시킬 것이 분명하다.' 왓슨, 이 내용에 대해 어떻게 생각하나?"

홈스는 매우 만족한 듯 두 손을 비비더니 활짝 웃으며 외쳤다.

"정말 그럴듯하지 않나?"

모티머 선생은 홈스의 태도에 흥미를 느끼는 듯 그의 얼굴을 유심히 쳐다보았다. 다만 헨리 경은 당황한 표정으로 나를 쳐다보는 것이었다.

"저는 관세 같은 것에 대해서는 아는 게 없습니다. 그리고 그 신문 사설이 편지와 관련 있을 것 같지는 않은데요."

헨리 경이 이해할 수 없다는 듯 인상을 찌푸리며 말했다. 하지만 홈스는 자신만만한 표정으로 단호하게 고개를 저었다.

"전혀 그렇지 않습니다. 이것은 아주 중요한 단서입니다. 헨리 경, 여기 있는 왓슨 박사는 내 추리 방식에 대해서 누구보다 잘 알고 있는 사람입니다. 하지만 저 친구조차도 이 문장의 중요성을 완전히 파악하지 못했을 겁니다."

"맞네. 나도 그것이 어떤 관련이 있는지 모르겠네."

홈스는 그럴 줄 알았다는 듯 미소를 지으며 말했다.

"하지만 왓슨, 이 문장은 저 편지와 아주 밀접한 관련이 있다네. '자신의', '삶', '이성', '가치', '생각한다', '접근하지' 등의 단어들을 생각해보게. 과연 이 단어들을 어디서 오려냈는지 이제 알겠나?"

"오호! 정말 굉장합니다. 홈스 씨!"

모티머 선생이 손뼉을 마주치며 홈스를 쳐다보았다. 헨리 경 또한 고개를 끄덕이며 감탄사를 내뱉었다.

"'생각한다면'과 '접근하지'라는 말이 통째로 사용된 것을 보면 이 사설에서 잘라다 쓴 것이 분명해."

홈스가 별일 아니라는 듯 말하자 모티머 선생이 존경 어린 시선을 보내며 물었다.

"그런데 홈스 씨, 그 단어들을 신문에서 오려냈다는 것 정도는 다른 사람들도 알아낼 수 있을 겁니다. 하지만 당신은 특정 신문 이름 뿐만 아니라 사설에 들어 있던 단어라는 사실까지도 알아내셨습니다. 대체 어떻게 아신 겁니까?"

"모티머 선생, 당신은 흑인의 두개골과 에스키모의 두개골을 구별할 수 있지요?"

"그렇습니다."

"어떻게 그럴 수 있지요?"

"그건 저의 전문분야니까요. 흑인과 에스키모의 차이는 분명합니다. 전두골의 상안과 턱뼈의 곡선, 안면각 등 많은 부분에서 말입니다."

"나 역시 마찬가지입니다. 이것이 내 전문분야입니다. 그래서 나는 그 차이점을 분명히 알아낼 수 있었지요. 흑인과 에스키모의 차이를 구별하는 선생처럼 나 또한 각 신문의 인쇄 활자의 특징을 정확히 구별해낼 수 있습니다. 예를 들면 버조이스 활자로 정연하게 찍힌 〈타임스〉와 되는 대로 찍어낸 싸구려 석간신문의 차이를 잘 안다는 것입니다. 사실 범죄 전문가에게 있어서 활사체를 구분할 줄 아는 능력은 가장 초보적인 것에 속합니다. 물론 나도 초보 시절에는 〈리즈 머큐리〉와 〈웨스턴 모닝 뉴스〉를 혼동하기도 했지요. 하지만 〈타임스〉의 경우 특징이 뚜렷하기 때문에 이 단어들을 다른 곳에서 오려냈다고 보기는 힘듭니다. 게다가 이 편지는 어제 만들어진 것이니 당연히 어제 날짜의 신문을 사용했을 가능성이 높지요."

홈스의 똑 부러지는 설명을 들은 모티머 선생과 헨리 경은 입을 다물지 못했다.

"홈스 씨, 그러니까 누군가가 단어를 가위로 오려내서……."

헨리 경의 말이 끝나기도 전에 홈스가 소리쳤다.

"손톱 깎는 가위입니다!"

헨리 경은 말문이 막힌다는 듯 멍한 표정으로 홈스를 쳐다보았다.

"여기 '접근하지 말라'는 단어를 보십시오. 그 위쪽을 두 번 자른 흔적이 보이지요? 칼날이 짧은 가위를 쓸 때 이런 흔적이 생기지요."

"오호! 그렇군요. 그렇다면 누군가가 칼날이 짧은 가위로 단어를 오려내서……."

이번에도 홈스는 헨리 경의 말을 가로막고 나섰다.

"고무풀입니다."

"흠, 고무풀로 종이를 붙였다는 말이군요. 그런데 '황무지'라는 단어는 왜 손으로 쓴 것일까요?"

헨리 경이 묻자 홈스가 답답하다는 듯 말했다.

"그야 신문에서 그 단어를 찾지 못했기 때문이지요. 다른 단어들이야 흔하게 찾을 수 있는 것들이지만 '황무지'라는 단어는 그리 흔하게 쓰이지 않으니까요."

"아! 그렇겠군요."

헨리 경은 무릎을 탁 치며 감탄했다.

"그런데 홈스 씨, 이 편지에서 또 다른 것도 알아내셨습니까?"

"한두 가지 생각해볼 만한 것들은 있습니다. 일단 이 편지를 보낸 사람은 최대한 단서를 없애려고 노력했습니다. 여기 주소를 보면 글씨가 매우 조잡하다는 걸 알 수 있습니다. 하지만 〈타임스〉를 읽는 사람들은 거의 대부분 교육 수준이 높습니다. 따라서 이 편지를 쓴 사람은 교육 수준이 상당히 높지만 일부러 못 배운 사람처럼 가장하는 것일 수도 있다는 추측이 가능합니다. 또 필체를 감추려고 애쓴 것으로 보아 헨리 경이 이미 그 필체를 알고 있거나, 알게 될 가능성이 높다는 사실도 알 수 있습니다."

홈스의 설명에 모두들 고개를 끄덕였다.

"또 편지를 잘 살펴보면 단어들이 나란히 붙어 있지 않고 들쭉날쭉하다는 것을 알 수 있습니다. 풀로 붙여놓은 상태가 상당히 엉성하지요. 특히 '삶'이라는 단어는 다른 단어에 비해 상당히 높은 위치에 붙어 있습니다. 이것은 편지를 만든 사람이 조심성이 없는 성격이기 때문일 수도 있지만, 이 부분에서 심적인 동요를 일으켜 서둘렀기 때문일 수도 있습니다."

"홈스 씨는 둘 중 어느 쪽이 더 맞다고 생각하십니까?"

"아무래도 후자 쪽입니다. 이런 편지를 만든 사람이 조심성이 없을 거라고는 생각되지 않습니다."

"그렇다면 그자는 왜 그렇게 서둘렀을까요?"

"헨리 경이 아침에 호텔에서 나오기 전까지는 반드시 편지가 배달되어야 했기 때문입니다. 어쩌면 이 편지 작성자는 누군가가 방해할 것을 두려워했을 수도 있습니다. 그렇다면 그를 방해할 사람은 대체 누구일까요?"

"이제 본격적인 추리의 영역으로 들어섰군요."

모티머 선생이 두 눈을 반짝이며 말했다.

"정확히 말하자면 여러 가지 가능성을 비교해보고 그중에서 가장 타당한 것을 선택하는 영역에 들어섰다고 해야겠지요. 이는 상상력을 과학적으로 활용하는 것입니다. 우리는 항상 고찰을 시작할 수 있는 물질적이고 구체적인 근거를 가지고 있습니다. 지금 선생께서는 우리가 하는 일을 추측이라고 생각하겠지만, 나는 이 주소를 쓴 것이 호텔이라는 것을 완전히 확신하고 있습니다."

"도대체 그걸 어떻게 아십니까?"

"편지의 주소를 자세히 살펴보면 금방 알 수 있습니다. 한 단어를 두 번이나 펜으로 겹쳐 쓴 게 보이지요? 이 짧은 주소를 쓰는 데는 세 번이나 잉크를 다시 찍어야 했습니다. 만약 개인 소유의 잉크나 펜을 사용했다면 이런 일이 일어나기 힘듭니다. 더구나 펜과 잉크가 동시에 말썽을 일으키는 일은 더 드뭅니다. 하지만 호텔에 비치되어 있는 잉크와 펜으로 편지를 쓸 때는 이런 일들이 종종 발생하곤 합니다. 그러니 이제 우리가 해야 할 일이 무엇인지 아시겠지요?"

홈스는 모티머 선생과 헨리 경을 차례로 쳐다보았다. 하지만 원하는 대답이 바로 나오지 않자 답답하다는 듯 말했다.

"일단 채링 크로스 근방의 호텔을 돌며 쓰레기통을 뒤져야 합니다. 만약 가위로 오려진 〈타임스〉 사설을 찾아낸다면 이 기괴한 편지를 보낸 사람이 누군지 알아낼 수 있을 겁니다."

그때 갑자기 홈스가 말을 멈추고 편지를 집어 들더니 세밀히 살피기 시작했다.

"왜 그러나?"

내가 묻자 홈스는 편지를 내려놓으며 고개를 저었다.

"별것 아닐세. 이건 투명무늬조차 넣지 않은 흰 종이일 뿐이야. 이제 우리는 이 편지에서 알아낼 만한 것은 다 알아낸 것 같네. 그런데 헨리 경, 런던에 도착한 후에 흥미로운 일은 없었습니까?"

"글쎄요, 특별한 일은 없었습니다."

"누군가가 뒤를 미행하거나 감시한다는 낌새는 없었나요?"

"흠, 갑자기 탐정 소설 속으로 뛰어 들어온 것 같은 기분이군요."

헨리 경이 씁쓸한 표정으로 말했다.

"대체 누가 저를 미행하고 감시한단 말입니까? 무슨 이유로요?"

"이제 그 부분에 대해 이야기를 해야겠군요. 하지만 이 문제를 논의하기 전에 헨리 경께서는 우리에게 얘기할 만한 일이 없습니까?"

"글쎄요, 무슨 이야기를 해야 할지 모르겠군요."

"너무 일상적인 일만 제외하고 이야기를 해보는 게 좋을 것 같군요."

헨리 경은 자세를 고쳐 앉은 뒤 입을 열었다.

"저는 평생 동안 미국과 캐나다에서 살았습니다. 그래서 영국인들의 생활방식에 대해서는 거의 모른답니다. 하지만 구두가 한 짝만 없어지는 일이 영국에서 일상적인 일은 아니겠지요?"

"구두 한 짝을 잃어버렸다고요?"

"하지만 헨리 경!"

그때 갑자기 모티머 선생이 손을 저으며 나섰다.

"어딘가에 벗어놓고 잊어버린 거겠지요. 호텔로 돌아가면 금방 찾을 수 있을 겁니다. 그렇게 사소한 일로 홈스 씨를 괴롭혀드릴 필요는 없는 것 같군요."

"일상적이지 않은 사건을 얘기해달라기에……."

헨리 경은 미간을 찌푸리며 말끝을 흐렸다.

"좋습니다. 아무리 사소한 일이라고 해도 괜찮으니 말씀해보십시오."

홈스가 말했다.

"그러니까 구두 한 짝이 없어졌다는 말이지요?"

"어쩌면 어딘가에 벗어놓고 기억을 못하는지도 모르겠습니다. 아무튼 어젯밤에 방문 밖에 구두 한 켤레를 내놓았는데 아침에 보니 한 짝밖에 없었습니다. 그래서 구두 닦는 아이에게 물어보았지만 모르겠다는 얘기만 들었습니다.

유감스럽게도 그 구두는 바로 어젯밤에 스트랜드 가에서 새로 산 것입니다. 아직 한 번도 신어보지 못한 새 구두였습니다."

"한 번도 신지 않은 새 구두를 왜 닦으라고 밖에 내놓으신 거죠?"

"그 구두는 광택제를 바른 적이 없는 무두질한 가죽 구두였습니다. 그래서 밖에 내놓았습니다."

"그러니까 어제 런던에 도착하자마자 바로 밖으로 나가서 구두를 샀단 말이지요?"

"구두뿐만이 아닙니다. 저는 어제 상당히 많은 물건을 샀습니다. 여기 모티머 선생과 함께 다니면서요."

"물건을 많이 산 이유라도 있습니까?"

홈스가 묻자 헨리 경은 멋쩍게 머리를 긁적이며 답했다.

"시골 지주가 되려면 그에 어울리는 옷차림을 해야 한다고 생각했기 때문입니다. 그동안 미국 서부에 살면서 복장에는 별로 신경을 쓰지 않고 살았거든요. 그 많은 물건 중에 하필이면 6달러짜리 갈색 구두를 훔쳐가다니! 신어보기도 전에 말입니다."

"그런 물건은 훔쳐 가도 별 쓸모가 없었을 텐데."

홈스가 말했다.

"하지만 모티머 선생 말처럼 없어진 구두를 금방 찾을 수 있을 겁니다."

헨리 경이 당연하다는 듯 고개를 끄덕이며 말했다.

"지금까지 제가 겪은 사소한 일에 대해서 충분히 말씀드렸습니다. 이제 여러분이 약속을 지킬 차례군요. 대체 어찌 된 일인지 자초지종을 말씀해주십시오."

헨리 경이 굳은 표정으로 단호하게 말했다.

"당연한 요구입니다. 이 문제에 대해서는 모티머 선생이 말씀해주시는 것이 좋겠군요."

과학적 사고로 무장된 모티머 선생은 심호흡을 한 뒤 주머니에서 종이를 꺼내들었다. 그것은 어제 아침 우리에게 보여주었던 바로 그 종이였다. 그는 사건의 전모가 적힌 종이를 읽기 시작했다. 헨리 경은 하나도 놓치지 않겠다는 듯 귀를 쫑긋 세우고 이야기를 들었다. 그러다 간간이 놀란 표정으로 탄성을 터뜨리기도 했다.

"세상에! 저는 유산과 함께 원한까지도 상속받은 거로군요!"

헨리 경은 긴 한숨을 내쉬었다.

"헨리 경, 혹시 사냥개에 대한 이야기를 들은 적이 있습니까?"

홈스가 묻자 그는 상기된 표정으로 대답했다.

"물론입니다. 아주 어렸을 때부터 들었지요. 그것은 집안에서 대대로 내려오는 이야기였습니다. 가족들은 그 이야기를 즐겨 했지만, 나는 그것이 진짜일 거라고는 생각해본 적이 없습니다. 하지만 숙부의 죽음에 대해서는……."

헨리 경은 심란한 얼굴로 머리칼을 쓸어 올렸다.

"머릿속이 온통 뒤숙박죽입니다. 홈스 씨도 이 사건을 경찰에 신고해야 할지 성직자의 힘을 빌려야 할지 결정 못 하신 것 같군요."

"맞습니다. 게다가 이 이상한 편지가 호텔에 배달되는 의문의 사건이 벌어졌지요. 내 생각에 이는 별개의 사건이 아닙니다."

그때 모티머 선생이 낮은 목소리로 말했다.

"아무래도 황무지에서 벌어진 일에 대해 우리보다 더 잘 알고 있는 사람이 있는 것 같습니다."

"하지만 이렇게 위험을 경고한 것을 보면 특별히 악의를 품고 있는 것 같지는 않군요."

홈스가 말했다.

"어쩌면 자신들의 목적을 이루기 위해 나를 쫓아버리려는 의도일 수도 있지요."

헨리 경이 홈스를 보며 말했다.

"물론 그렇게 추측할 수도 있지요. 모티머 선생, 아무튼 선생 덕에 여러 가지로 추리가 가능한 사건을 알게 되었습니다. 나는 이렇게 흥미진진한 사건을 좋아한답니다. 정말 고맙습니다."

홈스는 모티머 선생을 향해 미소를 지으며 살짝 목인사를 건넸다. 그리고 금세 심각한 표정을 하고 헨리 경을 쳐다보았다.

"헨리 경, 우리는 당신이 바스커빌 저택으로 들어가는 것이 과연 바람직한지에 대해 결정을 해야 합니다."

"거기 가면 안 될 이유라도 있습니까?"

헨리 경이 의아한 표정으로 물었다.

"위험할 수 있으니 그렇지요."

"위험요? 우리 집안의 악마를 말하는 겁니까? 아니면 인간으로부터 오는 위험을 말하는 겁니까?"

"우리가 알아내야 할 게 바로 그겁니다."

그러자 헨리 경이 마음을 굳힌 듯 단호한 목소리로 말했다.

"그것이 무엇이건 간에 제 마음은 정해졌습니다. 홈스 씨, 세상에 악마는 없습니다. 그리고 세상 그 누구도 제가 바스커빌 저택으로 가는 길을 막을 수는 없습니다. 그곳은 대대로 조상이 물려준 우리 집안의 유산입니다. 이 결심은 절대 변하지 않을 겁니다."

새까만 눈썹을 잔뜩 찌푸린 헨리 경의 얼굴은 벌겋게 상기되어 있었다. 바스커빌 가의 불같은 기질이 이 마지막 상속자에게도 고스란히 대물림된 게 분명해 보였다.

"다만 방금 들은 이야기에 대해 차분히 생각해볼 시간이 필요합니다. 당장 여기서 모든 상황을 이해하고 결정하기에는 사건이 너무 중대하기 때문입니다."

헨리 경은 손목시계를 보며 시간을 확인했다.

"홈스 씨, 이제 11시 30분입니다. 저는 모티머 선생과 함께 호텔로 돌아가려고 합니다. 괜찮다면 왓슨 박사와 함께 2시까지 호텔로 와 주시겠습니까? 점심식사를 함께 하면 좋겠습니다. 그때 이 일에 대한 제 생각을 분명히 말씀드리겠습니다."

"왓슨, 괜찮은가?"

홈스의 질문에 나는 흔쾌히 찬성했다.

"좋습니다. 그러면 그때 뵙기로 하지요. 헨리 경, 마차를 불러드릴까요?"

"아닙니다. 사건 때문에 마음이 혼란스러우니 지금은 걷는 게 낫겠습니다."

"그게 좋겠군요."

모티머 선생이 말했다.

잠시 후 두 사람이 계단을 내려가는 발사국 소리와 현관문이 닫히는 소리가 들려왔다. 그러자 순식간에 홈스의 표정이 뒤바뀌는 것이었다. 그는 힘없는 몽상가의 모습을 벗어던지고 에너지가 넘치는 활동가로 돌변했다.

"왓슨! 어서 모자와 신발을 신게! 서둘러! 꾸물거릴 시간이 없어!"

실내복 차림이던 홈스는 자신의 방으로 뛰어 들어가더니 몇 초도 안 돼서 프록코트로 갈아입고 나왔다. 우리는 나는 듯이 급하게 계단을 뛰어내려와 거리로 나섰다. 그러자 모티머 선생과 헨리 경이 2백 미터가량 앞에서 옥스퍼드 가를 향해 걷는 모습이 보였다.

"내가 가서 그들을 부를까?"

"왓슨! 절대 안 돼!"

홈스는 낮은 목소리로 말하며 내 팔을 잡았다. 그리고 이내 평온한 표정으로 주위를 둘러보는 것이었다.

"자네만 좋다면 나는 이렇게 함께 산책하고 싶네. 흠, 저 친구들은 아주 현명한 선택을 했어. 걷기에 너무나 화창한 날이 아닌가!"

한껏 여유를 부리는 것 같았지만 사실은 달랐다. 홈스는 앞서 걷는 두 사람과의 거리가 절반 정도로 좁혀질 때까지 발걸음을 재촉하고 있었다. 100미터 정도의 거리를 유지하면서 우리는 옥스퍼드 가로, 리젠트 가로 그들의 뒤를 따라 걸었다. 두 사람이 어느 상점 앞에 서서 진열장을 들여다보면 홈스도 같은 곳에 서서 그들과 똑같이 행동했다.

그리고 잠시 후, 홈스가 낮은 목소리로 기쁨에 찬 환성을 질렀다. 그는 길 건너편의 이륜마차를 뚫어져라 쳐다보고 있었다. 마차 안에는 한 남자가 타고 있었다. 이윽고 맞은편에 서 있던 마차가 서서히 움직이기 시작했다.

"저자야, 왓슨! 적어도 저 남자의 얼굴만큼은 똑똑히 봐둬야 하네!"

바로 그때였다. 마차 옆 유리창에서 날카로운 시선이 우리 쪽으로 꽂히는 것이 느껴졌다. 아니나 다를까, 검은 수염을 덥수룩하게 기른 한 남자가 우리를 노려보고 있었다. 이내 마차의 지붕이 확 젖혀지더니 남자가 마부를 향해 고래고래 소리를 질러댔다. 그러자 마부가 마구 채찍을 휘둘러댔고 마차는 미친 듯이 앞으로 내달리기 시작했다. 홈스는 다른 마차를 찾으려고 사방을 둘러보았다. 하지만 안타깝게도 주변에 빈 마차는 한 대도 없었다. 그러나 홈스는 포기하지 않았다. 그는 마차가 물결을 이루는 거리 한복판으로 달려들더니

남자가 탄 마차를 맹렬히 추격했다. 하지만 마차를 따라잡기에는 역부족이었다. 그것은 이미 시야에서 사라지고 없었다.

"맙소사!"

홈스는 거친 숨을 몰아쉬며 마차의 물결을 헤치고 나왔다. 그는 잔뜩 상기된 얼굴로 분하다는 듯 소리쳤다.

"이렇게 재수가 없다니! 왓슨, 자네가 정직한 사람이라면 내 성공담 옆에 오늘의 일도 기록해주게."

"홈스, 대체 그 남자는 누구였을까?"

"전혀 모르겠네."

"밀정일까?"

"글쎄, 아까 들은 얘기로 판단하자면 그럴 가능성이 매우 높네. 헨리 경은 런던에 도착한 이후로 계속 미행을 당했어. 누군가가 아주 용의주도하게 그의 뒤를 쫓은 거지. 그렇지 않았다면 헨리 경이 노섬버랜드 호텔에 묵는다는 사실을 그렇게 빨리 알아내지 못했을 거야."

"그렇겠군."

"그들이 첫날부터 헨리 경을 미행했다면, 둘째 날도 분명히 미행할 걸세. 아까 모티머 선생이 이야기하는 동안 내가 창가로 갔던 것을 기억하나?"

"그럼, 두 번씩이나 가지 않았나."

홈스는 내가 그 상황을 기억하는 것이 만족스러웠는지 미소를 지으며 말했다.

"그때 나는 거리를 배회하는 사람이 있는지 찾고 있었네. 하지만 그런 자는 없더군. 왓슨, 우리는 지금 아주 영리한 사람을 상대하고 있네. 게다가 이 사건은 아주 복잡하고 해결의 실마리도 찾기가 힘들어. 또 나는 아직 상대가 선의를 품고 있는지 악의를 품고 있는지 결론을 내리지 못한 상태야. 하지만 여러 가지 정황으로 볼 때 음모를 꾸미는 세력이 있다는 것만큼은 확실하네."

"홈스, 그래서 두 사람을 미행하기로 한 거로군."

"맞아. 나는 그들이 떠나자 보이지 않는 미행자를 찾아내기 위해 곧바로 뒤를 쫓았네. 하지만 미행자는 아주 교활했어. 걷는 대신 마차를 이용했으니 말이야. 마차를 타고 있으면 눈에 띨 위험이 적지. 그냥 천천히 뒤를 따라가다가 혹시라도 들켰을 때는 곧바로 도망칠 수 있으니까 말이야. 하지만 마차를 탈 때 한 가지 불편한 점이 있네."

"마부의 시선까지 피하지는 못하지."

내 말에 홈스는 빙긋 미소를 지었다.

"맞았네."

"그러고 보니 마차의 번호를 보지 못했군."

내가 안타깝다는 듯 소리치자 홈스는 짧은 한숨을 내쉬며 손가락을 저었다.

"왓슨, 내가 아무리 서툰 짓을 했다고 마차 번호까지 놓쳤을 것 같나?"

"역시! 자네는 대단하군."

"마차 번호는 2704번이었네. 하지만 지금 당장은 별로 쓸모가 없어."

홈스가 씁쓸한 표정으로 말했다.

"그게 무슨 소린가? 누구도 그보다 더 잘할 수는 없었을 걸세."

"아니야, 나는 그 마차를 본 순간 다른 방향으로 갔어야 했어. 그리고 상황을 봐서 다른 마차를 탄 뒤 적당한 거리를 두고 그 마차를 따라가야만 했네. 아니면 마차를 타고 노섬버랜드 호텔로 가서 기다리는 편이 나았을 수도 있지. 정체 모를 미행자가 헨리 경을 미행할 때, 우리는 그를 미행해서 어디로 가는지 알아내야만 했어. 하지만 부주의하게 뒤를 쫓다가 그 사람에게 들키고 말았네. 덕분에 그 자는 바람처럼 빠르게 사라져버렸지."

우리는 이런 대화를 나누면서 리젠트 가를 천천히 걸어 내려가고 있었다. 그사이 모티머 선생과 헨리 경은 우리 시야에서 사라지고 없었다.

"이제 저 두 사람을 쫓아갈 이유가 없어졌네. 미행자는 사라졌고 다시는 돌아오지 않을 거니까."

홈스가 아쉽다는 듯 입맛을 다셨다.

"그나저나 왓슨, 마차에 타고 있던 남자의 얼굴을 정확히 묘사할 수 있겠나?"

"글쎄, 생각나는 거라곤 수염밖에 없군."

"나도 그래. 하지만 그 수염은 가짜일 가능성이 높아. 그렇게 치밀하게 미행을 하는 자라면 변장용으로 턱수염을 붙였겠지."

그사이 우리는 심부름센터가 한데 모인 곳에 도착했다. 홈스는 그 중 한 곳으로 들어갔다. 그곳의 지배인은 홈스를 보자 반갑게 웃으며 인사를 건넸다.

"잘 지냈나? 윌슨! 운 좋게도 내가 자네를 도왔던 사건을 잊지는 않았겠지?"

"물론이지요. 어떻게 그것을 잊을 수 있겠습니까? 선생님께서 제 누명을 벗겨주시고 명예를 지켜주셨으니 생명의 은인이나 마찬가지입니다."

"하하, 과장이 지나치군. 윌슨, 자네가 데리고 있는 애들 중에 카트라이트라는 아이가 있지? 지금도 여기 있나?"

"물론입니다."

"좀 불러주게. 조사 과정에서 꽤나 일을 잘했던 게 기억나는군. 그리고 이 5파운드짜리 지폐를 잔돈으로 바꿔주면 고맙겠네."

잠시 후, 야무지고 영리하게 생긴 14살의 소년이 지배인의 호출을 받고 나타났다. 홈스를 우러러보는 소년의 두 눈에는 존경심이 가득했다.

"호텔 명부를 가져다주겠니?"

홈스의 말이 끝나기가 무섭게 소년은 호텔 명부를 가지고 왔다.

"고맙다, 카트라이트. 여기 23개의 호텔이 있다. 모두 채링 크로스 병원 부근에 있는 호텔이야. 알겠니?"

"네, 선생님."

"너는 이 호텔들을 한 군데도 빠지지 말고 다녀야 한다. 그리고 각 호텔의 수위에게 1실링씩 건네라. 그런 후에 일을 시작해야 해."

홈스는 소년에게 23실링을 건네주었다.

"일단 수위에게 어제 나온 폐휴지를 봐야겠다고 해라."

"왜냐고 물으면 뭐라고 답하면 됩니까?"

"어제 중요한 전보가 잘못 배달돼서 폐휴지함을 뒤져봐야겠다고 해라."

"알겠습니다, 선생님."

"그런데 네가 찾아야 할 것은 전보가 아니야. 너는 가위로 오려낸 흔적이 있는 〈타임스〉 사설을 찾아내야 해."

홈스는 손에 들고 있던 신문 하나를 소년에게 건넸다.

"여기 〈타임스〉의 견본이 있다. 네가 찾아야 할 것은 바로 이 페이지야. 무슨 말인지 알아듣겠지?"

"네, 선생님!"

소년은 가슴을 쭉 펴며 다부지게 대답했다.

"어느 호텔에서든지 수위가 호텔 안의 급사를 부를 게다. 그 사람에게도 1실링씩 주거라."

홈스는 이번에도 23실링을 소년에게 건넨 뒤 말을 이었다.

"그러면 대부분의 호텔에서 어제 나온 폐휴지를 벌써 태웠거나 치웠다고 말할 것이다. 하지만 그런 말이 없는 곳에서는 폐지 더미가 있는 곳으로 안내해줄 거야. 그러면 너는 〈타임스〉의 이 페이지를 찾아보거라. 솔직히 네가 그것을 찾기란 쉽지 않은 일이야. 혹시 모르니 위급할 경우를 대비해서 10실링을 더 주겠다."

홈스에게서 10실링을 더 건네받은 소년은 큰 소리로 자신 있게 외쳤다.

"최선을 다하겠습니다!"

홈스는 고개를 끄덕이며 소년의 어깨를 두드렸다.

"자, 왓슨, 이제 2704번 마차의 마부에 대해 알아볼 일만 남았군. 일단 전보를 쳐야겠네. 그리고 약속 시간이 될 때까지 본드 가의 화랑에서 시간을 보내자구."

5
세 가닥의 실

셜록 홈스는 자기 뜻대로 마음을 제어할 수 있는 뛰어난 능력을 갖고 있었다. 그는 무려 두 시간 동안이나 자신의 마음을 빼앗았던 기괴한 사건을 완전히 잊은 듯했다. 그 시간 동안 그의 머릿속에는 오로지 현대 벨기에 거장들의 작품들만이 자리하고 있었다.

화랑을 나와 노섬버랜드 호텔에 도착할 때까지 홈스는 그림에 대해서만 이야기했다. 그런데 실은 홈스도 그림에 해박한 지식이 있는 것 같지는 않았다.

"헨리 바스커빌 경이 위층에서 기다리고 계십니다."

호텔 프런트 담당이 말했다.

"도착하시는 대로 즉시 안내해달라고 부탁하셨습니다."

"숙박부를 봐도 괜찮겠나?"

홈스가 물었다.

"물론입니다."

숙박부에 적힌 헨리 경의 이름 아래로 나중에 온 두 사람의 이름이 적혀 있었다. 한 사람은 뉴캐슬에서 온 테오필루스 존슨과 그의 가족이었고, 다른 한 사람은 하이로지에서 온 올드모어 여사와 하녀였다.

"이 사람은 내가 알고 있는 존슨일 것 같은데."

홈스가 프런트 담당에게 물었다.

"여기 적힌 존슨 씨가 혹시 백발에 발을 저는 변호사가 아닌가?"

"아닙니다. 선생님, 그분은 변호사가 아니라 탄광주이십니다. 아주 활동적인 신사 분으로 선생님보다 나이도 적을 겁니다."

"분명한가?"

"물론입니다. 이분은 아주 오랫동안 저희 호텔을 이용해오셨기 때문에 잘 알고 있습니다."

"그렇다면 알겠네. 그런데 올드모어 여사라……. 상당히 낯이 익은 이름이야."

혼잣말처럼 중얼거리던 홈스가 프런트 담당에게 다시 물었다.

"자꾸 물어서 미안하네만, 친구를 만나러 왔다가 다른 친구를 만나게 되는 일도 종종 있으니 자네가 이해하게."

"괜찮습니다. 여사님은 몸이 상당히 불편하십니다. 부군께서는 과거에 글루체스터의 시장을 지내셨지요. 여사님은 런던에 오실 때마다 저희 호텔을 찾아주신답니다."

"고맙네. 내가 아는 분은 아닌 것 같군."

홈스는 짧게 눈인사를 건넨 뒤 나와 함께 2층 계단을 올라갔다. 그는 주위를 둘러보며 나지막한 목소리로 말했다.

"왓슨, 지금 아주 중요한 사실을 확인했네. 우리의 친구인 헨리 경에게 깊은 관심을 갖고 있는 자들이 이 호텔에 묵고 있지 않다는 사실 말이야. 우리 생각대로 그들은 헨리 경을 치밀하게 감시하면서도 들키지 않으려고 애쓰고 있는 게 분명해. 이건 아주 중요한 사실이야."

"중요하다?"

"그것은……."

무언가 말하려던 홈스가 갑자기 소리쳤다.

"헨리 경! 대체 무슨 일입니까?"

계단을 돌아 올라가던 우리 앞에 헨리 경이 서 있었다. 얼굴이 붉으락푸르락하는 걸로 봐서 단단히 화가 난 모양이었다. 그는 한 손에 먼지가 잔뜩 묻은 낡은 구두 한 짝을 들고 서 있었다. 어찌나 화가 났는지 제대로 말도 잇지 못할 정도였다. 그는 애써 마음을 달래며 입을 열었는데, 아침에 들었던 것보다 훨씬 심한 서부 사투리가 튀어 나오는 것이었다.

"이놈의 호텔에서 나를 완전히 바보 취급하려는 모양입니다!"

헨리 경이 씩씩거리며 소리쳤다.

"사람 잘못 본 겁니다! 계속 이런 식으로 나온다면 나도 가만있지 않겠습니다. 제대로 쓴 맛을 보여줄 거라 이 말입니다. 빌어먹을 아이 놈이 사라진 내 구두 한 짝을 찾아놓지 않는다면 혼쭐을 내줄 겁니다."

"대체 무슨 일인데 그러십니까?"

홈스가 묻자 헨리 경이 억울하다는 듯 말했다.

"웬만하면 참겠습니다. 기분이 좋을 때야 이런 일도 그냥 넘길 수 있지요. 하지만 이번에는 정도가 너무 지나칩니다."

"아직도 구두를 찾고 계신 겁니까?"

"네, 꼭 찾아내고 말 겁니다."

"아침에 말씀하시기로는 새로 산 갈색 구두를 분실하셨다고 했지요?"

"그렇습니다. 하지만 지금은 검정색 헌 구두 한 짝입니다."

헨리 경은 벌겋게 상기된 얼굴을 하고는 손에 든 구두를 흔들어 보였다.

"그럼 또 다른 신발을?"

홈스가 의외라는 듯 묻자 헨리 경은 길게 한숨을 내쉬었다.

"제 말이 바로 그겁니다. 제가 가진 구두라고는 딱 세 켤레뿐입니다. 어제 샀던 갈색 새 구두, 오래된 검정 구두, 그리고 지금 신고 있는 에나멜가죽 구두! 세상에! 어젯밤에는 갈색 구두 한 짝을 가지고 가더니 오늘은 검정 구두 한 짝을 몰래 훔쳐 갔습니다. 이게 말이 되는 일입니까?"

헨리 경은 두 손을 허리에 올린 채로 씩씩거렸다. 바로 그때 독일인 급사가 우리 앞에 나타났다. 헨리 경은 무섭게 인상을 찌푸리며 말했다.

"이봐! 솔직히 말하게! 자네가 가져간 게 아닌가? 멍청하게 서 있지만 말고 어서 말해보란 말이야! 그게 아니면 호텔을 다 뒤져서라도 어서 찾아와!"

헨리 경이 숨 돌릴 틈도 없이 다그치자 급사는 억울하다는 듯 손을 내저었다.

"호텔 안을 구석구석 뒤졌지만 없었습니다. 호텔 직원들에게도 물어봤지만 그것에 대해 아는 사람은 아무도 없었습니다."

"그런 말 따윈 필요 없어. 만약 오늘 저녁까지 구두를 찾아오지 않으면 당장 이 호텔을 나가겠다고 지배인에게 말하겠어."

헨리 경은 두 눈을 부릅뜨고 급사를 을러멨다.

"분명 어딘가에 있을 겁니다. 조금만 기다려주신다면 반드시 구두를 찾아오겠습니다."

급사는 연신 허리를 굽히며 안절부절못했다.

"당연히 그래야지. 그렇지 않으면 이 도둑 소굴에서 더는 참고 있지 않을 테니!"

마구 소리를 질러대던 헨리 경은 이 상황을 유심히 관찰하던 홈스와 시선이 마주치자 미안한 표정을 지었다.

"홈스 씨, 이렇게 사소한 일로 시끄럽게 해서 죄송합니다."

"아, 저라도 화가 났을 겁니다."

"그런데 홈스 씨께서는 이 사건을 매우 심각하게 생각하시는 것 같습니다."

"그러는 경께서는 이 일을 어떻게 생각하십니까?"

"특별히 생각하고 말 것도 없습니다. 세상에 태어나서 이렇게 해괴망측한 일은 처음입니다."

"이상한 일임은 분명하지요."

홈스가 멍한 표정으로 생각에 잠긴 채 중얼거렸다.

"홈스 씨는 어떻게 생각하십니까?"

"아직은 잘 모르겠습니다. 아시다시피 이 사건은 매우 복잡합니다. 찰스 경의 죽음만 하더라도 내가 그동안 처리했던 5백여 건의 사건 중에 가장 특이한 사례에 속할 정도니까요."

"그렇다면 해결하기 힘들겠습니까?"

"그보다는 이 사건에 단서가 전혀 없지 않다는 말씀을 드리고 싶군요. 비록 실오라기 같긴 하지만 진실을 규명하는 데 충분히 도움이 될 겁니다. 물론 엉뚱한 실을 따라가다 시간을 낭비하게 될지도 모르지만 조만간 올바른 실을 잡게 될 것입니다."

홈스의 자신감 넘치는 태도에 헨리 경은 조금이나마 마음이 놓이는 눈치였다.

일단 우리는 편안하고 즐겁게 점심 식사를 마쳤다. 우리를 함께 모이게 만든 이 사건에 대해 입을 여는 사람은 아무도 없었다.

잠시 후 우리는 헨리 경이 묵고 있는 방으로 향했다. 홈스는 기다렸다는 듯이 헨리 경을 향해 질문을 던졌다.

"이제 어떻게 할 생각입니까?"

"바스커빌 저택으로 들어갈 겁니다."

"언제요?"

"이번 주말쯤이 될 겁니다."

"잘 생각하셨습니다. 아주 현명한 결정을 내리셨군요. 경은 런던에 온 순간부터 미행을 당해왔습니다. 그 증거는 한두 가지가 아니지요. 하지만 수백만 명이 뒤엉켜 사는 거대한 도시에서 그 자들이 누군지, 목적이 무엇인지 알아내기란 결코 쉬운 일이 아닙니다. 만약 그들이 사악한 의도를 가지고 있다면 경에게 해를 끼칠 게 분명합니다. 하지만 우리가 그것을 잘 막아낼지는 의문입니다."

홈스는 심각한 표정으로 앉아 있는 모티머 선생에게 물었다.

"선생은 오늘 아침에 우리 집에서 나간 뒤에 미행당한 사실을 모르고 계셨지요?"

순간 모티머 선생이 상기된 얼굴로 자리에서 벌떡 일어섰다.

"미행이라고요? 대체 누가 우릴 미행했단 말입니까?"

"안타깝지만 아직은 나도 모릅니다. 혹시 다트무어에 사는 이웃이나 지인들 중에 검은 턱수염을 덥수룩하게 기른 사람이 있습니까?"

"없습니다. 아니, 잠깐만요……."

모티머 선생은 눈알을 이리저리 굴리며 생각을 떠올리려 애썼다.

"아! 찰스 경의 집사 배리모어! 그 사람이 검은 수염을 덥수룩하게 길렀습니다."

모티머 선생이 요란스레 박수를 치며 말하자 홈스의 눈이 반짝 빛났다.

"그 사람은 지금 어디에 살고 있습니까?"

"바로 그자가 바스커빌 저택을 관리하고 있습니다."

"흠, 그가 진짜로 그곳에 있는지 아니면 런던에 있는지 확인해볼 필요가 있겠군요."

"그걸 어떻게 확인하죠?"

"일단 전보용지가 있으면 한 장 주십시오."

헨리 경이 전보용지를 건네자 홈스는 그것을 모티머 선생에게 주었다.

"종이에 '헨리 경을 맞을 준비가 다 되었습니까?'라고 쓰십시오. 주소는 바스커빌 저택의 배리모어 씨 앞으로 하면 됩니다. 여기서 가장 가까운 전신국이 어딥니까?"

"그림펜입니다."

"좋습니다. 그러면 그림펜의 우체국장 앞으로도 전보를 보내야 합니다. '배리모어 씨에게 보낸 전보는 반드시 본인에게 직접 배달할 것. 만약 부재중이면 노섬버랜드 호텔의 헨리 바스커빌 경에게 반송하기 바람'이라는 내용으로요. 그러면 오늘 저녁 안에 배리모어가 현재 데번셔에서 제자리를 지키고 있는지 여부를 알게 될 겁니다."

"그렇군요. 그런데 모티머 선생, 배리모어가 대체 누굽니까?"

헨리 경이 물었다.

"배리모어 집사는 이미 고인이 된 관리인의 아들입니다. 4대째 바스커빌 저택의 관리자로 일하고 있지요. 적어도 내가 아는 한 배리모어 부부는 성실하고 좋은 사람들입니다."

모티머 선생이 말하자 헨리 경이 이해가 되지 않는다는 표정으로 고개를 갸웃했다.

"하지만 현재 바스커빌 저택에는 주인이 살고 있지 않습니다. 그렇다면 그들 부부는 자기 마음대로 놀고먹을 수 있지 않습니까?"

"그렇긴 하지요."

"혹시 찰스 경의 유언 속에 배리모어 씨에 대한 언급이 들어 있었습니까?"

홈스가 묻자 모티머 선생이 곧바로 답했다.

"물론이지요. 부부가 각각 5백 파운드씩을 받았습니다."

순간 홈스의 눈이 빛났다.

"오호! 그 사람들도 자신들이 유산을 받게 될 거라는 사실을 알고 있었습니까?"

"네, 찰스 경은 평소에 자신의 유언 내용에 대해 말씀하는 것을 즐기셨습니다."

"그것 참 흥미롭군요."

그때 모티머 선생의 표정이 급격히 어두워졌다.

"홈스 씨, 찰스 경에게 유산을 받은 사람들을 모두 의심하지는 마십시오. 저 역시 그에게 1천 파운드를 받았으니까요."

"아하! 알겠습니다. 또 유산을 받은 사람은 누굽니까?"

"평소 찰스 경과 친분이 있던 몇몇 사람들과 공공 자선단체가 상당한 액수의 유산을 받았습니다. 그것을 제외한 나머지는 헨리 경에게 돌아갈 것입니다."

"헨리 경의 몫은 얼마나 됩니까?"

"74만 파운드입니다."

모티머 선생의 입에서 흘러나온 액수를 들은 홈스와 나는 너무나 놀라 한동안 입을 다물지 못했다.

"액수가 정말 대단하군요."

"부자라는 소문이 있어서 짐작은 했습니다만, 이 정도일 줄은 저희도 몰랐습니다. 찰스 경의 유가 증권을 조사한 뒤에야 재산의 규모를 알고 깜짝 놀랐지요. 그가 소유한 영지의 가치는 100만 파운드에 달했습니다."

"놀랍군요! 그 정도라면 목숨을 걸고 모험을 해볼 만하겠어요. 그런데 모티머 선생, 한 가지 더 묻겠습니다."

그리고 홈스는 갑자기 헨리 경을 향해 짧게 고개를 숙였다.

"헨리 경, 썩 달갑지 않은 가정을 하는 걸 양해해주십시오. 만약 헨리 경에게 무슨 일이라도 생긴다면 누가 영지를 상속받게 됩니까?"

"찰스 경의 동생인 로저 바스커빌 경이 독신으로 사망했기 때문에, 먼 사촌뻘 되는 데스먼드 집안으로 넘어갈 겁니다. 제임스 데스먼드 씨는 웨스트모어랜드에서 목사로 재직 중입니다."

"고맙습니다. 이 모든 사항들을 알고 나니 더 흥미로워지는군요. 모티머 선생, 혹시 제임스 데스먼드 씨를 만나본 적이 있습니까?"

"네, 전에 찰스 경을 방문하러 온 적이 있습니다. 성인 같은 삶을 사시는 분으로 외모에서도 덕망이 느껴질 정도였습니다. 그래서인지 찰스 경께서 경제적 지원을 해주겠다고 제안했지만 모두 거절하셨습니다."

"아무튼 아주 소박한 생활을 하는 데스먼드 씨가 찰스 경의 어마어마한 재산을 상속받을 수 있다는 말이로군요."

"만약 현재 소유자가 전혀 다른 내용의 유언을 남기지 않는다면 현금까지 함께 상속받게 될 겁니다."

홈스는 헨리 경에게 물었다.

"헨리 경, 혹시 유서를 작성해 두셨습니까?"

"아닙니다. 상속에 대한 유언을 알게 된 것도 겨우 어제였기 때문에 유언장을 작성할 시간이 없었습니다. 하지만 어떤 경우에도 돈과 작위, 그리고 영지가 함께 움직여야 한다고 생각합니다. 그것이 바로 가엾은 숙부님의 생각이었습니다. 만약 영지를 유지할 만한 돈이 충분히 없다면, 바스커빌 가문의 영광을 되살리기는 힘들 테니까요. 그러므로 저택과 토지와 현금을 나눠서는 안 됩니다."

"맞는 말씀입니다. 헨리 경, 나는 경이 하루라도 빨리 데번셔로 가야 한다고 생각합니다. 하지만 절대 혼자서 내려가서는 안 됩니다."

"모티머 선생과 함께 가겠습니다."

"하지만 모티머 선생은 병원 일을 해야 합니다. 또 집도 바스커빌 저택과 멀리 떨어져 있지 않습니까? 그러니 급박한 상황에서 경을 돕지 못할 수도 있습니다. 따라서 경께서는 항상 옆을 지켜줄 믿음직한 사람이 필요합니다."

홈스의 말에 헨리 경의 얼굴이 어두워졌다.

"그렇다면 홈스 씨가 함께 가주시면 안 될까요?"

"일이 급박하게 돌아간다면 기꺼이 갈 생각입니다. 하지만 지금 저는 수많은 사건의 자문을 맡고 있습니다. 또 여러 지방에서 끊임없이 지원 요청이 들어오기 때문에 오랫동안 런던을 떠나 있기가 힘듭니다. 실은 지금 이 순간에도 영국에서 가장 존경받는 유명 인사가 공갈범들에게 협박을 받고 있습니다. 지금 나라를 뒤흔들 만큼 지독한 스캔들을 잠재울 수 있는 사람은 나밖에 없습니다. 그러니 경께서는 내가 다트무어에 직접 내려가지 못하는 것을 이해해주시기 바랍니다."

"그러면 누구와 함께 가야 할까요?"

헨리 경이 한숨을 내쉬며 말했다. 그러자 홈스가 내 팔 위에 손을 얹더니 손가락으로 톡톡 치는 것이었다.

"내 친구 왓슨이 허락한다면 이보다 좋을 수는 없겠죠. 경이 위기에 처했을 때 믿을 만한 사람으로 왓슨만한 사람이 없습니다."

갑작스러운 말에 당황한 나는 아무 말도 못하고 있었다. 그런데 뭐라 대답할지 생각하기도 전에 헨리 경이 내 손을 덥석 쥐는 것이었다.

"왓슨 박사님! 부탁입니다. 저와 함께 가주십시오."

헨리 경은 간절한 눈빛으로 호소했다.

"당신은 제가 어떤 상황에 처해 있는지 잘 아시지 않습니까. 만약 바스커빌 저택에 오셔서 도와주신다면 그 은혜는 평생 잊지 않겠습니다."

언제나 그렇지만 놀라운 경험에 대한 기대감은 항상 나를 들뜨게 만들었다. 게다가 홈스는 사람들 앞에서 나에 대한 찬사의 말을 아끼지 않았다. 이런 상황에서 준남작의 간곡한 부탁을 거부하기란 어려운 일이었다.

"기꺼이 가겠습니다. 이보다 보람된 일은 없을 겁니다."

"왓슨, 자네는 하루의 일과를 빠짐없이 내게 알려줘야 하네. 그러면 나는 위기가 닥칠 때 어떻게 해야 할지에 대해서 알려주겠네."

"알겠네."

홈스는 만족한 듯 미소를 지었다.

"여러분 모두 토요일쯤이면 준비를 끝낼 수 있겠습니까?"

"왓슨 박사님만 괜찮다면 저는 좋습니다."

헨리 경이 나를 보며 말하자 나는 긍정의 의미로 고개를 끄덕였다.

"앞으로 특별한 상황이 벌어지지 않는 한 토요일에 떠나면 될 것 같군요. 패딩턴발 10시 30분 기차를 타기로 약속합시다."

상황이 정리되자 우리는 집으로 돌아가기 위해 자리에서 일어났다. 그때였다. 헨리 경이 갑자기 환성을 지르며 방 한구석으로 달려가는 것이었다. 그는 장식장 밑으로 힘껏 손을 밀어 넣고 끙끙대더니 이내 갈색 구두 한 짝을 끄집어냈다.

"오! 잃어버렸던 내 구두!"

헨리 경이 소리쳤다.

"흠, 우리가 직면한 어려움도 이렇게 쉽게 사라질지 모르겠군."

홈스가 혼잣말처럼 중얼거렸다.

"그런데 정말 이상하군요. 점심 식사 전에 이 방을 샅샅이 찾아봤지만 구두는 없었거든요."

모티머 선생이 고개를 갸웃거리며 말했다.

"맞습니다. 방 안을 꼼꼼히 살폈었는데 그때는 분명 구두가 없었습니다."

헨리 경이 맞장구를 쳤다.

"그렇다면 우리가 식사하는 사이 급사가 거기에 신발을 가져다 놓은 게 분명합니다."

헨리 경은 다급히 독일인 급사를 찾았다. 하지만 급사는 두 손을 휘휘 내저으며 말했다.

"전혀 모르는 일입니다. 제가 한 일이 아니에요."

"기회를 줄 때 솔직히 말하는 게 좋을 거야!"

헨리 경이 무서운 표정으로 윽박질렀지만 급사는 똑같은 대답만 되풀이했다.

결국 꼬리에 꼬리를 물고 연달아 일어난 수수께끼 같은 사건에 희한한 사건 하나가 더 추가된 셈이었다. 찰스 경의 죽음과 관련한 기이한 이야기는 내버려 두더라도, 단 이틀 사이에 일어난 사건들만으로도 우리의 머릿속은 복잡해져만 갔다. 신문을 오려 만든 편지를 받은 일, 이륜마차를 타고 미행하던 검은 턱수염의 사내, 새로 산 갈색 구두를 잃어버린 일, 낡고 검은 구두를 잃어버린 일, 게다가 잃어버렸던 새 갈색 구두를 찾은 일까지…….

마차를 타고 베이커 가로 돌아오는 동안 홈스는 아무런 말도 하지 않았다. 그는 미간을 잔뜩 찌푸린 채로 골똘히 생각에 잠겨 있었다. 홈스는 서로 연관성이 없어 보이는 이상한 사건들을 어떤 틀에 맞춰 넣느라 고심하는 중이었다.

집에 도착한 후로도 그는 입을 열지 않았다. 굳은 얼굴로 줄담배를 피우며 끊임없이 이어지는 생각의 물줄기를 타고 있을 뿐이었다.

그날 저녁 식사 전, 전보 두 통이 도착했다. 첫 번째 전보는 다음과 같았다.

> 배리모어 씨가 저택에 있다는 소식을 방금 들었음
>
> -헨리 바스커빌

두 번째 전보의 내용은 다음과 같았다.

> 지시하신 대로 호텔 23곳을 모두 돌아다녔지만, 오려낸 흔적이 있는
> 〈타임스〉는 찾아내지 못했음
>
> -카트라이트

두 통의 전보를 손에 든 홈스는 아쉽다는 듯 입맛을 다셨다.

"왓슨, 결국 희망을 걸고 있던 두 가닥의 실이 끊어져버렸군. 하지

만 상황이 불리해 보이는 사건이 더 자극적인 법이야."

"홈스, 이제 어떻게 할 셈인가?"

"제3의 단서를 찾아야겠지."

"오호라! 미행자를 태웠던 마부가 아직 남아 있었지!"

내가 무릎을 탁 치며 소리치자 홈스가 가볍게 고개를 끄덕였다.

"맞았어. 안 그래도 나는 그 마부에 관한 정보를 알아내기 위해 마차 등기소에 전보를 쳤네."

그때였다. 아래층에서 벨이 울리는 소리가 들려왔다. 그러자 홈스가 기다렸다는 듯 말했다.

"흠, 지금 밖에 온 사람이 내 의문에 대한 답을 갖고 올 것 같은데."

아니나 다를까, 잠시 후 방 안으로 들어선 방문객은 우리의 예상보다 훨씬 더 만족스러운 정보를 가지고 왔다. 거실로 들어서서 우리와 마주한 그 사람은 바로 문제의 마차를 몰던 마부였다.

"사무실에서 저를 찾는다는 연락을 받았습니다. 이 주소에 사시는 신사 분이 2704번 마차에 대해 문의하셨다고 하더군요."

마부는 긴장한 듯 눈동자를 이리저리 굴리며 말했다.

"저는 7년 동안 마차를 몰아왔지만 아직까지 손님들에게 불평을 들은 적이 없습니다. 그래서 대체 뭐가 못마땅하셨는지 직접 여쭤보려고 이렇게 찾아왔습니다."

"불만 따위는 없으니 걱정 말게."

홈스가 편안한 미소를 지으며 마부를 다독였다.

"그보다 만약 내 질문에 솔직히 대답해준다면 금화 반 파운드를 주겠네."

생각지도 못했던 제안에 마부는 횡재라도 한 듯 기분이 좋아져서 히죽거리기 시작했다.

"헤헤, 오늘 저는 실수 하나 하지 않고 하루를 잘 보냈습니다. 그나저나 뭘 알고 싶으십니까?"

"일단 다음에 또 자네를 찾게 될지도 모르니 이름과 주소를 가르쳐주게."

홈스가 말하자 마부는 곧바로 대답했다.

"존 클레이튼, 주소는 버로우 시 터페이 3번가, 그리고 마차는 워털루 역 근처의 시플레이 집합소에 있습니다."

홈스는 마부가 불러주는 대로 종이에 받아 적었다.

"좋아, 자네는 오늘 아침 10시경에 손님을 태운 채로 이 집을 감시하고 있었지? 그러다 나중에 두 신사를 따라 리젠트 가까지 미행했지?"

"네, 맞습니다."

"이제 자네 마차를 탔던 그 승객에 대해 말해주게."

순간 마부의 얼굴이 벌겋게 달아올랐다. 잔뜩 긴장한 모양이었다.

"선생님께서는 이미 다 알고 계시는 것 같은데요. 제가 더 말씀드릴 내용이 없습니다."

"이보게, 어떤 것이라도 좋으니 그자에 대해 아는 대로 말해보게."

잠시 망설이던 마부는 길게 심호흡을 하더니 입을 열었다.

"그분은 자신이 탐정이라고 하셨습니다. 그리고 어떤 중요한 사건을 맡았으니 아무에게도 자신에 대한 이야기를 하지 말라고 당부하셨습니다."

홈스는 머릿속을 꿰뚫을 것처럼 날카로운 시선으로 마부를 쳐다보며 말했다.

"여보게, 이건 아주 중요한 일이야. 혹시라도 내게 무엇 하나 숨기려 했다가는 나중에 분명히 후회하게 될 거야."

마부는 떨리는 눈으로 홈스를 바라보며 침을 꿀꺽 삼켰다.

"그러니까 그 손님이 자기를 탐정이라고 했단 말이지?"

"네, 맞습니다."

"언제 그런 말을 하던가?"

"마차에서 내릴 때 그랬습니다."

"다른 말은?"

"성함을 말해주셨습니다."

홈스는 자신만만한 눈으로 나를 쳐다보았다.

"오호! 자기 이름을 말해주었다고? 참으로 경솔한 사람이군. 아무튼 그가 말한 이름이 뭐였나?"

"그분의 이름은⋯⋯."

마부가 홈스를 똑바로 쳐다보며 말했다.

"셜록 홈스라고 했습니다."

마부의 대답을 들은 홈스는 머리를 세게 얻어맞은 사람처럼 멍하니 서 있었다. 여태껏 나는 나의 친구가 그토록 놀라는 것을 본 적이 없었다. 그는 그저 눈만 깜빡거리면서 아무 말 없이 있어 있었다. 그러더니 갑자기 큰 소리로 웃기 시작했다.

"왓슨, 내가 당했네! 깨끗하게 당했어!"

홈스는 의자를 탁 내리치며 고개를 저었다.

"그자는 분명 나만큼이나 훌륭한 솜씨를 가졌네. 벌써 내게 한 방 먹인 것을 보게."

잠시 무언가를 생각하던 홈스는 자세를 고쳐 앉더니 다시 마부에게 말했다.

"그러니까 그의 이름이 셜록 홈스였다는 말이지?"

"네, 그렇게 말씀하셨습니다."

"좋아. 그런데 그를 어디서 태웠나? 그때 무슨 일이 있었는지 모두 말해보게."

"그 손님은 9시 30분경에 트래펄가 광장에서 마차를 타셨습니다. 그리고 자신은 탐정이라고 하시면서 하루 종일 아무것도 묻지 않고 시키는 대로 해준다면 2기니를 주겠다고 했습니다. 저는 당연히 그렇게 하겠다고 했습니다. 가장 먼저 우리는 노섬버랜드 호텔로 향했습니다. 거기서 신사 두 분이 나올 때까지 기다렸지요. 그분들이 마차를 타자 그 뒤를 쫓았습니다."

"그들이 멈춘 곳은 이 집 앞이었겠지?"

"네. 저는 잘 모르겠습니다만, 그 손님은 모든 것을 다 알고 계신 것 같았습니다. 우리는 반 블록쯤 떨어진 곳에 마차를 세우고 기다렸습니다. 아마 1시간 30분쯤 기다렸을 겁니다. 그러자 두 신사 분이 우리 마차 옆을 지나쳐 걸어가더군요. 그래서 우리는 그분들을 다시 쫓아가기 시작했습니다."

"역시 예상했던 대로군."

홈스가 한 손으로 턱을 쓸며 말했다.

"그런데 리젠트 가를 4분의 3 정도 내려갔을 때였습니다. 그 손님이 갑자기 소리쳤습니다. '미행을 멈추고 전속력으로 워털루 역으로 가게! 지금 당장!' 저는 정신없이 말을 몰았습니다. 마구 채찍을 휘둘러 댄 덕분에 채 10분도 안 걸려서 역에 도착했습니다. 그러자 손님은 약속했던 2기니를 기분 좋게 건네주시더군요. 그리고 역을 향해 가려다 갑자기 돌아서서 말씀하셨습니다. '궁금해할 것 같아서 말해 주겠네. 자네가 하루 종일 태우고 다닌 이 사람은 셜록 홈스라네.'라고 말입니다. 그래서 그 손님의 성함을 알게 된 겁니다."

"알겠네. 그 이후로 그 사람을 다시 보지 못했나?"

"역 안으로 들어가신 뒤로는 보지 못했습니다."

"셜록 홈스라는 사람이 어떻게 생겼는지 자세히 설명해주겠나?"

마부는 머리를 긁적이며 고개를 갸웃거렸다.

"글쎄요. 설명하기 쉽지 않은 얼굴이었습니다."

"나이는 얼마쯤 돼 보였나?"

"대략 40대로 보였습니다. 키는 아마 선생님보다 5 내지 6센티미 터쯤 작을 겁니다."

"옷차림은 어땠지?"

"아주 멋쟁이 신사처럼 입었더군요. 딱 보기에도 상류층 인사처럼 보였으니까요. 또 끝을 각지게 다듬은 검은 수염에 창백한 얼굴이었 습니다. 그 이상은 별로 생각나는 것이 없군요."

"눈동자 색깔은?"

"전혀 모르겠습니다."

"이제 더 이상 기억나는 것이 없나?"

"그렇습니다."

홈스는 고개를 끄덕이더니 주머니를 뒤석거렸다.

"여기 금화 반 파운드가 있네. 만약 더 많은 정보를 가지고 온다면 그때 하나를 더 주겠네. 잘 가게."

"감사합니다! 나리! 안녕히 계십시오."

마부는 입이 찢어져라 웃으며 금화를 받아들고 떠났다.

홈스는 나를 향해 돌아서더니 어깨를 으쓱거렸다. 그의 얼굴에는 슬픈 미소가 떠올라 있었다.

"이렇게 해서 세 번째 실도 끊어져버리고 말았군. 결국 다시 원점 으로 돌아온 거야. 하지만 끝은 또 다른 시작을 의미하지."

홈스는 주먹을 불끈 쥐더니 허공을 향해 휘저었다.

"교활한 놈 같으니라고! 놈은 내 직업뿐만 아니라 집 주소까지도 알고 있었어. 게다가 헨리 경이 내게 자문을 할 것이라는 사실도! 또 리젠트 가에서 나를 알아봤어. 내가 마차 번호를 기억해뒀다가 마부를 찾아낼 거라는 것까지 알아맞혔지. 그래서 이렇게 대담한 메시지를 보낸 거야."

"만만한 놈이 아니로군."

"왓슨, 이번 상대는 상당히 겨뤄볼 만한걸. 런던에서는 생각지도 못한 사이에 내가 지고 말았지만, 데번셔에서는 행운이 따라주길 바라야겠군. 하지만 여전히 마음이 놓이질 않아."

"대체 뭣 때문에 그러나?"

"자네를 그곳으로 보내는 것이 탐탁지 않네."

홈스는 미간을 잔뜩 찌푸린 채로 나를 쳐다보았다.

"왓슨, 이번 사건은 매우 위험하네. 내용을 깊이 알면 알수록 더 싫어지는군."

"너무 걱정 말게. 잘 해결될 테니."

나는 애써 미소를 지으며 홈스를 안심시켰다.

"자네는 웃을지 모르겠지만, 자네가 안전하게 베이커 가로 돌아온다면 나는 더 이상 바랄 게 없다네."

6
황무지와 바스커빌 저택

헨리 바스커빌 경과 모티머 선생은 약속한 날짜에 맞춰 준비를 끝마쳤다. 우리는 예정대로 데번셔를 향해 출발했다. 셜록 홈스는 나와 함께 마차를 타고 역까지 배웅을 나왔다. 열차에 올라타기 전, 홈스는 마지막 지시와 충고를 건넸다.

"왓슨, 이 사건에 대한 내 개인적인 생각은 밝히지 않겠네. 의심스러운 인물에 대해서도 마찬가지네. 미리 이야기해서 자네가 선입견을 갖게 하고 싶진 않아."

"알겠네."

"왓슨, 일단 자네는 최대한 객관적인 시선으로 사실을 바라봐주게. 그리고 자네가 보고 들은 모든 사실을 있는 그대로 내게 알려주게. 그 사실들을 바탕으로 가설을 세우는 것은 내가 알아서 하겠네."

"어떤 사실을 말하는 건가?"

"무엇이든 좋아. 자네가 보기에 사건과 전혀 관련이 없어 보이는 일도 포함되지. 헨리 경과 그 이웃들의 관계나 찰스 경의 죽음과 관련된 새로운 사실을 알게 되면 무조건 알려주게."

"걱정 말게."

"지난 며칠 동안 나는 몇 가지 사항을 조사했었네. 하지만 결과는 그리 좋지 않았어. 다만 한 가지 분명한 사실은 다음 상속자인 제임스 데스먼드 씨는 인품이 훌륭한 신사이기 때문에 이런 일을 벌일 리가 없다는 점이네. 나는 우리가 고려해야 할 의심 인물 목록에서 그를 제외해야 한다고 생각해. 그러면 황무지에서 헨리 경과 이웃한 사람들이 남게 되지."

"배리모어 부부도 아예 제외하는 편이 낫지 않을까?"

내 말에 홈스는 단호하게 고개를 가로저었다.

"절대로 안 되는 일이야! 그랬다가 돌이킬 수 없는 실수를 저지를 수도 있어. 물론 그들이 범인이 아니라면 조금 미안한 일이겠지. 하지만 그들이 범인이라면 진실을 밝혀낼 가능성을 원천봉쇄해 버리는 거나 다름없어. 그러니 그들을 용의선상에 올려놓는 게 맞아."

"그들 말고 또 누가 있지?"

"내 기억이 맞다면 바스커빌 저택에는 마부가 한 명 있어. 황무지에서 농사를 짓는 농부도 두 명 있지. 그리고 우리의 친구 모티머 선생도 있네."

"하지만 모티머 선생은 믿을 만한 사람이 아닌가?"

"맞아. 나는 그를 전적으로 믿어도 좋다고 생각하네. 다만 선생의 부인을 빼놓을 수는 없네. 아직 그녀에 대해서 아는 바는 없지만 말이야."

"박물학자 스태플턴도 있지?"

"그래, 또 그의 여동생도 있어. 미모가 아주 뛰어난 매력적인 처녀라고 하더군. 그리고 래프터 저택의 프랭클랜드 씨도 우리가 잘 모르는 인물이네. 그 외에 한두 명의 이웃이 더 있네. 자네는 이 사람들 모두에게 특별한 관심을 가져야만 해. 힘들겠지만 이들의 행동을 잘 지켜보게. 어때? 할 수 있겠나?"

"최선을 다하겠네."

홈스는 만족스럽다는 듯 미소를 지으며 내 어깨를 툭 쳤다.

"참, 무기는 가지고 있나?"

"안 그래도 가지고 있는 편이 나을 것 같아서 챙겨두었네."

"잘했네. 밤이고 낮이고 권총을 지니고 있게. 절대 방심해서는 안 되네."

우리의 친구들은 이미 1등실 객실을 예약해놓은 상태였다. 그들은 플랫폼에 서서 우리가 오기만을 기다리고 있었다. 홈스가 모티머 선생에게 물었다.

"그 사이 새로운 소식이라도 있습니까?"

"아니요. 전혀 없습니다. 다만 지난 이틀 동안 우리를 미행한 사람이 없었다는 것만은 확실합니다."

"분명합니까?"

"그럼요. 밖에 나갈 때마다 세심하게 주위를 살피면서 한시도 경계를 늦추지 않았습니다. 우리에게 들키지 않고 뒤를 쫓는 것은 불가능했을 겁니다."

"그런데 두 분은 계속 함께 계셨습니까?"

"어제 오후만 빼면 줄곧 같이 있었습니다."

"어제 오후에는 어디를 다니셨습니까?"

"저는 항상 런던에 오면 순수한 즐거움을 위해 하루를 비워놓는답니다. 그래서 외과대학 박물관에 갔습니다."

모티머 선생이 답하자 곧이어 헨리 경이 대답했다.

"저는 사람 구경이나 하자 싶어 공원에 갔었습니다. 하지만 별 문제 없었습니다."

두 사람의 말을 들은 홈스는 심각한 표정으로 고개를 저었다.

"하지만 경솔한 행동이었습니다. 앞으로는 절대 혼자 다니지 마십시오. 혹시라도 큰 사고를 당할 수도 있으니까요."

홈스가 낮은 목소리로 주의를 주자 두 사람은 굳은 표정으로 고개를 끄덕였다.

"그런데 잃어버렸던 구두 한 짝은 찾으셨습니까?"

"아니요. 영원히 사라진 모양입니다."

"이상한 일이로군요. 아무튼 조심해서 가십시오."

기차가 서서히 움직이기 시작하자 홈스가 마지막으로 덧붙였다.

"헨리 경, 모티머 선생이 읽어준 이상한 전설 속의 구절을 명심하십시오. '악의 세력이 판치는 어둠의 시간에는 부디 황무지를 피하라.'는 구절 말입니다."

기차가 미끄러지듯 플랫폼을 빠져나가자 나는 뒤를 돌아보았다. 키가 훌쩍 큰 홈스는 여전히 그 자리에 서서 우리의 모습을 바라보고 있었다.

기차 여행은 즐거웠다. 빠르게 달리는 기차 안에서 나는 모티머 선생의 스패니얼과 재미있는 시간을 보냈다. 그러면서도 두 사람과 더욱 친해지기 위해 많은 대화를 나누었다. 몇 시간이나 지났을까, 차창 밖으로 지나가는 갈색 대지는 어느새 붉은빛으로 바뀌어 있었다. 군데군데 화강암 바위가 나타나기도 했다. 비가 많고 토양이 비옥한 덕분인지 수풀이 무성하게 자라 있었다. 초록이 풍성한 들판에서는 붉은 소떼가 풀을 뜯고 있었다. 열심히 창밖을 내다보던 헨리 경은 데번셔의 낯익은 풍경을 보자 기쁨에 찬 탄성을 질렀다.

"왓슨 박사님! 저는 이곳을 떠난 뒤로 세계를 방방곡곡 돌아다녔습니다. 하지만 여기처럼 멋진 곳은 한 번도 보지 못했습니다."

헨리 경은 꿈을 꾸는 듯 몽롱한 표정이었다.

"데번셔 출신의 남자들은 누구나 맹세를 할 때도 자신의 고향을 내세우더군요."

내가 말했다.

"데번셔라는 지역적 특징 때문이기도 하지만 실은 인종의 영향도 큽니다."

모티머 선생이 말을 이었다.

"헨리 경의 머리 모양을 잘 보세요. 켈트족 특유의 둥근 머리 모양이지요?"

나는 모티머 선생이 가리키는 대로 헨리 경의 머리를 자세히 살펴보았다. 과연 그의 말이 맞았다.

"이런 머리 모양에는 켈트족 특유의 정열과 애착이 담겨 있습니다. 그런데 가엾은 찰스 경의 머리는 아주 희귀한 유형이었습니다. 게일족과 이베리아족의 특징이 반반씩 섞여 있었거든요."

모티머 선생의 설명에 헨리 경은 자신의 머리를 매만지며 고개를 끄덕였다.

"그런데 헨리 경, 바스커빌 저택을 마지막으로 본 게 언제였습니까? 아주 어릴 때였겠지요?"

모티머 선생이 묻자 헨리 경은 짧은 한숨을 쉬며 말했다.

"어린 시절 저는 남쪽 해안의 작은 집에서 살고 있었습니다. 그래서 바스커빌 저택을 본 적이 없었지요. 제 아버지는 제가 십대일 때 돌아가셨는데, 이후로 저는 미국에 있는 친구에게 갔습니다. 그래서 여기 왓슨 씨처럼 한 번도 저택을 본 적이 없습니다. 그 때문인지 한 시라도 빨리 황무지를 보고 싶은 마음뿐입니다."

"그렇습니까? 그렇다면 이제 소원을 이루셨습니다. 헨리 경! 창밖을 보십시오!"

모티머 선생이 약간 호들갑스럽게 말하며 창밖을 가리켰다.

과연 차창 밖으로 푸른 들판이 펼쳐져 있었다. 그리고 얕은 수풀 너머로 음울한 회색빛 언덕이 솟아 있었다. 아득히 먼 곳에 있어 흐릿하게 보이는 황무지는 꿈속에서나 볼 수 있는 기이한 풍경 같았다. 헨리 경은 한참 동안이나 그곳에서 눈을 떼지 못했다. 그의 얼굴은 마치 무엇엔가 홀린 것처럼 보였다. 자신의 조상이 그토록 오랫동안 지배했던 곳, 그들이 깊고 굵은 흔적을 남긴 곳, 하지만 처음 보는 낯선 곳! 헨리 경의 얼굴에는 이 모든 감정들이 뒤섞여 있었다. 그러고 보니 검게 그을리고 표정이 풍부한 그의 얼굴에서 혈통 좋고 불같은 기질을 가진 바스커빌 가문의 후손이라는 징표가 보이는 듯했다. 아무리 트위드 정장을 입고 미국식 영어로 이야기한다고 해도 말이다. 그의 짙은 눈썹과 날카로운 콧날, 커다란 갈색 눈동자에는 자부심과 용기, 그리고 힘이 담겨 있었다. 저 무서운 황무지에서 얼마나 위험하고 어려운 문제와 맞부딪히게 될지 아무도 모른다. 하지만 헨리 경은 위험에 처한 동료 곁을 떠나지 않고 용감하게 그를 지켜줄 사람임에 분명했다.

잠시 후, 기차가 자그마한 역에 멈춰 섰다. 우리가 기차에서 내리자 하얗고 낮은 울타리 밖에서 한 쌍의 말이 이끄는 사륜마차가 기다리고 있었다. 게다가 역장과 짐꾼들이 우리 곁으로 우르르 몰려들더니 야단법석을 떨며 짐을 나르는 것이었다. 아무래도 우리가 이곳으로 온 것이 큰 사건임에 틀림없는 모양이었다. 그곳은 공기가 맑고

상쾌하며 소박한 아름다움이 풍기는 시골 마을이었다. 하지만 검은 제복을 입은 군인 두 사람이 소총에 기댄 채 우리의 행동을 지켜보는 것을 보고 나는 깜짝 놀랐다.

역 밖으로 나서자 우락부락하게 생긴 마부가 헨리 경을 맞이했다. 얼마 지나지 않아 우리가 탄 마차는 앞길이 훤하게 트인 넓은 길을 날 듯이 달려갔다. 길 양쪽으로는 완만히 솟아 있는 목초지가 펼쳐져 있었다. 박공지붕을 머리에 인 낡은 집들이 짙푸른 잎들 사이로 모습을 드러내기도 했다. 하지만 평화로이 햇빛이 비추는 시골 풍경 너머로 길고 음울한 황무지가 나타났다 사라지기를 반복했다.

마차는 이내 샛길로 접어들었다. 그 좁고 구불구불한 길은 수백 년 동안 마차 바퀴에 깊이 패여 있었다. 길 양쪽에는 높다랗게 쌓인 제방이 있었다. 축축하게 물기를 잔뜩 머금은 이끼와 양치류가 그곳을 빽빽하게 뒤덮고 있었다. 청동 빛의 고사리와 얼룩덜룩한 가시나무는 붉은 노을빛을 받아 어슴푸레 빛났다. 마차는 비좁은 화강암 다리를 지나 시냇물을 끼고 돌아갔다. 시냇물은 회색 자갈돌 위로 요란스럽게 거품을 일으키며 세차게 흘러갔다. 마찻길과 시냇물이 흐르는 길 모두 참나무와 전나무 잡목이 빽빽하게 늘어선 계곡을 꼬불거리며 지나가고 있었다.

헨리 경은 마차의 방향이 바뀔 때마다 탄성을 터뜨렸다. 그는 무엇 하나 놓치지 않으려는 사람처럼 끊임없이 사방을 두리번거리며 계속해서 질문을 퍼부었다. 그의 눈에는 모든 것이 다 아름답고 신비로워 보이는 모양이었다. 하지만 내게 있어 이곳은 우울함을 불러일으키는 공간일 뿐이었다. 또한 그저 지나간 세월의 흔적을 그대로 가지고 있으며 해가 저물고 있다는 사실만을 알려주는 장소였다. 달리는 마차 위로 노란 잎사귀들이 팔랑거리며 내려앉았다. 땅 위로도 무수히 많은 잎들이 쌓인 채로 썩어가고 있었다. 내 눈에 그것은 마치 귀향하는 바스커빌 가의 후손에게 자연이 던져주는 슬픈 선물처럼 보였다.

"맙소사!"

내 생각을 끊은 것은 모티머 선생의 외침이었다.

"저게 뭐지?"

그가 가리키는 곳에는 히스 꽃으로 뒤덮인 가파른 바위산이 버티고 있었다. 그 위에는 기수의 동상처럼 무표정한 얼굴의 군인이 서 있었다. 언뜻 보기에도 위협적으로 보이는 군인은 소총을 들고 우리가 달려온 길을 감시하는 중이었다.

"퍼킨스, 대체 무슨 일인가?"

모티머 선생이 물었다. 마부는 자리에 앉은 채로 반쯤 고개를 돌리고 말했다.

"프린스타운에서 죄수 하나가 도망쳤답니다. 벌써 3일이나 지났는데 아직 못 잡고 있다는군요. 경비대가 모든 도로와 기차역을 지키고 있어도 흔적조차 발견하지 못했습니다. 그래서 근처 농부들이 모두 겁에 질려 있습니다."

"흠, 신고하면 5파운드를 받을 수 있겠군."

"그렇긴 하지만 5파운드 때문에 목숨이 위험해질 수도 있는걸요."

"아주 위험한 놈인가 보군."

"말도 마십시오. 세상에 무서울 게 하나도 없는 놈이라 일반 죄수들과는 완전히 다릅니다."

"대체 그자가 누군가?"

"노팅힐 살인 사건의 범인 셀든입니다."

나는 그 사건을 똑똑히 기억하고 있었다. 그 사건은 유난히 잔인했기 때문에 홈스가 특별한 관심을 두고 있었다. 그런데 그는 사형을 면하고 무기징역형을 받았다. 그의 정신 상태가 정상이 아니었기 때문에 범죄가 잔인했다는 판단이 내려진 것이었다.

이윽고 사륜마차가 오르막길 끝에 올라섰다. 우리의 눈앞으로 바위산이 울퉁불퉁 솟아 있는 황무지가 펼쳐졌다. 황무지 쪽에서 차가운 바람이 불어닥치자 우리는 온몸을 떨며 몸을 움츠렸다. 저 황량한 평원 어딘가에 인간을 증오하는 야수가 몸을 웅크리고 복수의 칼을 갈고 있을 것이다.

그는 어두컴컴한 굴속에 몸을 숨기고 하루하루 증오심을 키우고 있을 게 분명했다. 완벽하게 버려진 황무지, 냉기를 머금은 바람, 빛을 잃어가는 하늘까지 주변을 둘러싼 모든 것이 불길한 기운을 뿜어내고 있었다. 헨리 경조차 입을 꼭 다문 채 코트 깃을 여미고 있었다.

우리는 비옥한 땅을 뒤로하고 계속 올라갔다. 문득 뒤를 돌아보니 저녁 햇살을 받은 시냇물이 황금빛으로 반짝이고 있었다. 막 갈아놓은 붉은 내지와 드넓은 숲도 석양을 받아 금빛으로 물들고 있었다. 눈앞에 펼쳐진 붉고 누런 산비탈을 넘어가는 길은 삭막함 그 자체였다. 또 산비탈 곳곳에는 크고 작은 바윗덩어리들이 굴러다니고 있었다.

그러다 갑자기 컵처럼 오목하게 패인 분지가 나타났다. 그곳에는 오랜 세월 거센 폭풍우에 시달려 모양이 비틀어진 나무들이 뒤엉켜 숲을 이루고 있었다. 뾰족한 탑 두 개가 나무들 위로 불쑥 솟아 있었다. 마부가 채찍을 들고 그것을 가리키며 말했다.

"바스커빌 저택입니다."

저택의 새로운 주인은 상기된 표정으로 자리에서 벌떡 일어났다. 그의 두 눈은 흥분과 기대로 가득 차 있었다.

몇 분 후 우리는 저택 정문 앞에 도착했다. 정문에는 무쇠로 만든 화려한 모양의 장식 창살이 달려 있었다. 오랜 시간 비바람에 시달린 정문 기둥은 온통 이끼에 덮여 있었고, 기둥 위에는 바스커빌 가의 상징인 수퇘지 머리가 세공되어 있었다. 검은 화강암으로 만들어진 별관은 서까래가 다 떨어져 나가 폐허나 다름없어 보였다. 그 맞은편에는 반쯤 짓다 만 새 건물이 덩그러니 서 있었다. 그것은 불운한 찰스 경이 남아프리카 금광에서 모아온 재산의 첫 결실이었다.

우리는 정문을 지나 키가 큰 나무들이 줄지어 선 진입로로 들어섰다. 나뭇잎 더미에 파묻혀 마차바퀴 굴러가는 소리가 들리지 않았다. 오래된 나무들이 우리 머리 위에서 어두운 터널을 만들고 있었다. 헨리 경은 길고 어두운 진입로를 바라보며 몸을 부르르 떨었다. 진입로 끝에는 바스커빌 저택이 유령처럼 희미하게 모습을 드러내고 있었다.

"여기 이 자리였습니까?"

헨리 경이 나지막한 목소리로 물었다.

"아닙니다. 상록수 산책로는 저쪽입니다."

헨리 경은 우울한 눈빛으로 주위를 둘러보았다.

"이곳을 직접 보고 나니 숙부께서 불안에 떠셨던 것이 이해가 됩니다. 언제 위험이 닥칠지 모른다는 생각을 하셨을 법도 하군요."

긴 한숨을 내쉬던 헨리 경은 다소 마음을 진정시킨 듯 이렇게 말했다.

"이곳에 오는 사람은 누구라도 이상한 기분을 느낄 것 같군요. 저는 6개월 안에 이 진입로에 가로등을 설치하겠습니다. 현관문 바로 앞에는 아주 밝은 등을 달아서 누구도 두려움을 느끼지 않도록 하겠습니다. 그렇게만 한다면 이곳의 분위기는 완전히 달라질 겁니다."

진입로는 넓은 정원으로 이어져 있었다. 불빛이 매우 희미했지만 앞쪽에 거대한 건물의 중앙부와 앞으로 돌출된 현관의 형태를 보기에는 충분했다. 건물의 앞면 전체는 담쟁이로 뒤덮여 있었다. 다만 창문이나 가문의 문장이 있는 곳은 담쟁이를 잘라낸 상태였다. 건물의 중앙 부분에는 수많은 총안(銃眼: 몸을 숨긴 채로 총을 쏘기 위하여 성벽, 보루 따위에 뚫어 놓은 구멍 - 편집자 주)이 뚫린 고풍스러운 모양의 쌍둥이 탑이 솟아 있었다. 탑 옆으로는 검은 화강암으로 지은 현대식 건물이 세워져 있었다. 묵직한 쇠창살 사이로 희미한 불빛이 새어 나왔고, 가파르게 각진 지붕 위로 솟은 높다란 굴뚝에서는 한 줄기 검은 연기가 피어오르고 있었다.

　"어서 오십시오, 주인님! 바스커빌 저택에 오신 것을 환영합니다!"

　키가 훌쩍 큰 사내가 현관 그늘에서 성큼성큼 걸어 나오더니 마차 문을 열었다. 현관 앞에는 노란 불빛을 뒤로한 채로 한 여자가 서 있었다. 그녀는 사내 옆으로 걸어 나와 짐을 내리는 일을 도왔다.

　"헨리 경, 저는 곧장 집으로 가야 할 것 같습니다. 아내가 기다리고 있어서요."

　모티머 선생이 말했다.

　"저녁 식사라도 하고 가시지요?"

　"아니요, 가야 합니다. 그동안 미뤄둔 일들이 산더미 같답니다. 제가 직접 저택을 안내해드리고 싶지만 집 안내라면 배리모어가 훨씬 더 잘해드릴 겁니다."

　배리모어는 자신만 믿으라는 듯 어깨를 쭉 펴고 고개를 끄덕였다.

　"그럼 안녕히 계십시오. 혹시 제 도움이 필요하다면 언제든지 연락하십시오. 곧바로 달려오겠습니다."

헨리 경과 나는 간단한 인사를 건넨 뒤 현관 안으로 들어섰다. 우리 등 뒤에서 현관문이 철커덩 소리를 내며 무겁게 닫혔다. 우리가 들어온 곳은 오랜 세월을 잘 견뎌낸, 아주 깨끗하고 고상한 방이었다. 시원스레 높은 천장에는 시간의 흐름을 고스란히 간직한 참나무 서까래들이 묵직하게 자리하고 있었다. 커다랗고 고풍스러운 벽난로에서는 굵은 통나무가 탁탁 소리를 내며 타올랐다. 헨리 경과 나는 난로 가까이에서 불을 쬐며 오랜 시간 마차를 타고 오느라 꽁꽁 얼었던 몸을 녹였다. 그러면서 오래된 색유리를 끼워 넣은 창과 참나무 창틀, 수사슴들의 머리, 벽에 새겨진 문장들을 둘러보았다. 그것들은 모두 방 한가운데에 놓인 희미하게 흔들리는 등불 빛을 받아 어둡게만 보였다.

"내가 상상하던 그대로군요."

헨리 경이 말했다.

"이곳은 조상 대대로 내려온 본가의 모습을 고스란히 간직하고 있습니다. 바로 여기서 나의 조상들이 5백 년 동안이나 살아왔다니! 생각할수록 마음이 숙연해집니다."

그 순간 나는 헨리 경의 얼굴에서 호기심이 가득한 소년의 표정을 볼 수 있었다. 그는 눈동자를 반짝이며 주위를 둘러보았다. 춤을 추듯 흔들리는 불빛은 그의 그림자를 벽 아래로 길게 끌어내기도 했고 그의 머리 위쪽에 검은 덮개처럼 걸쳐 놓기도 했다.

몇 분 후 배리모어가 우리 짐을 들고 방으로 들어왔다. 제대로 된 하인 교육을 받은 사람답게 그의 태도는 매우 조심스러웠다. 그러고 보니 그의 외모는 매우 훌륭했다. 유난히 흰 피부에 잘 손질한 검은 턱수염을 기른 그는 키도 큰 데다 기품도 넘쳐 보였다.

"지금 저녁 식사를 하시겠습니까, 주인님?"

"준비됐나?"

"네, 주인님. 방에는 따뜻한 물도 준비해 뒀습니다. 저희 부부는 주인님이 새로운 하인을 들일 때까지 기쁜 마음으로 주인님을 모실 생각입니다."

"고맙네."

배리모어의 공손하고 깍듯한 태도에 헨리 경은 흡족한 표정을 지었다.

"그런데 주인님, 이전과는 상황이 많이 달라졌기 때문에 이 저택을 꾸려 가는 데 더 많은 사람이 필요할 것 같습니다."

"상황이 달라졌다니?"

"사실 찰스 나리께서는 홀로 조용히 생활하시는 것을 좋아하셨습니다. 그래서 저희 부부만으로도 나리를 충분히 모실 수 있었지요. 하지만 새로 오신 주인님께서는 보다 많은 분들과 교제하기를 바라실 게 분명합니다. 그러다 보면 집안 살림을 꾸려 가는 데 변화가 생길 것 같다는 말씀입니다."

"그 말은 자네 부부가 이곳을 떠나고 싶다는 뜻인가?"

"모든 일이 정리가 되고 나면 그러고 싶습니다."

헨리 경은 생각지도 못했던 말을 듣자 약간 당황한 기색이었다.

"하지만 자네 가족은 대대로 우리 집안과 함께해왔다고 들었네. 그것은 굉장한 인연이지. 그런데 내가 이 집에서 새로운 생활을 시작하자마자 그토록 오래된 인연을 깨게 된다는 것은 별로 좋은 일이 아닌 것 같네."

헨리 경의 진심이 담긴 말을 들은 집사는 감회가 새로운 표정이었다.

"저 역시 그렇게 생각합니다. 제 아내도 마찬가지지요. 하지만 솔직히 말씀드리자면 저희 부부에게 찰스 나리는 모셔야 할 주인님 그 이상이었습니다. 그래서 찰스 나리의 죽음을 감당하기가 힘듭니다. 그분을 모셨던 이 저택에서 하루하루 살아가는 일은 고문을 받는 것과도 같습니다. 이곳에서 계속 지내는 한 저희 부부는 편안한 마음으로 살아갈 수 없을 게 분명합니다."

배리모어의 두 눈에는 그리움과 슬픔이 가득 차올랐다.

"여기를 떠나면 무엇을 할 생각인가?"

"무엇이든 사업을 해볼 생각입니다. 너그러우신 찰스 나리께서 저희가 독립하기에 충분한 돈을 남겨주셨거든요."

배리모어는 북받치는 슬픔을 애써 참으며 목소리를 가다듬었다.

"주인님, 이제 방으로 안내해드리겠습니다."

오래된 홀에는 계단이 두 개 있었는데 그것을 통해 2층의 회랑으로 갈 수 있었다. 2층 중앙의 회랑 양쪽으로는 두 개의 긴 복도가 건물 끝까지 통해 있었다. 침실로 들어가는 문은 모두 이 복도로 나 있었다, 내 침실은 헨리 경의 침실과 같은 쪽 복도에 있었는데, 거의 붙어 있다고 볼 수 있었다.

우리가 사용할 방은 저택의 중앙부에 비해서 더 현대적으로 꾸며져 있었다. 밝은 색깔의 벽지와 수많은 촛불들 덕분에 어둠침침하게만 보였던 저택의 첫인상이 조금씩 바뀌어가는 듯했다.

하지만 홀과 붙어 있는 식당은 어둡고 그늘진 공간이었다. 꽤나 길게 만들어진 식당은 바닥의 높낮이가 달랐다. 높은 단은 바스커빌 가족을 위한 것이었고, 낮은 단은 하인들을 위한 것이었다. 한쪽 구석에는 음유 시인을 위한 작은 무대가 마련되어 있었다. 연기에 그을린 아래로는 검은 서까래들이 얹혀 있었다. 만약 활활 타는 횃불이 식당 안을 환하게 밝히고 옛날식 연회의 흥겨움이 더해졌더라면 이곳의 분위기는 훨씬 부드러웠을 것이다. 하지만 지금 이곳에는 검은 옷을 입은 신사 둘이 흐릿한 등불이 만들어낸 작고 동그란 불빛 아래에 앉아 있을 뿐이었다. 그러자니 말소리는 점점 잦아들고 기분은 무겁게 가라앉았다. 게다가 엘리자베스 시대의 기사로부터 섭정기의 멋쟁이에 이르기까지 다양하고 화려한 복장의 의상을 입은 조상들이 말없이 우리를 내려다보고 있다고 생각하니 침울함은 극도로 더해갔다. 어두운 공간 속에서 죽은 자들과 함께하고 있다고 한다면 누구라도 오금이 저릴 것이다. 이제 헨리 경과 나 사이에 대화는 완전히 끊겨 버렸다

식사가 끝나자 우리는 방으로 돌아와 담배를 피웠다. 일단 식당에서 벗어날 수 있다는 사실만으로도 나는 기뻤다.

"세상에! 여기는 정말 기분 좋은 곳이 아니로군요."

헨리 경이 씁쓸하게 말했다.

"금세 익숙해질 거라 생각했지만 아무래도 시간이 더 걸릴 것 같군요. 제 숙부께서 이런 집에서 혼자 사셨으니 예민하고 불안해하셨던 것도 당연합니다."

맞는 말이었다. 사람이 환경에서 자유로울 수는 없으니 말이다.

"왓슨 씨, 괜찮으시다면 오늘 저녁에는 일찍 잠자리에 드는 게 나을 것 같습니다. 아침이 되면 오늘보다는 훨씬 나아 보이겠지요."

나는 잠자리에 들기 전에 커튼을 걷고 창밖을 바라보았다. 창밖으로 현관문 앞 잔디밭이 보였다. 한 줄기 거센 바람이 잡목 숲을 뒤흔들고는 저 멀리로 사라져버렸다. 그 바람처럼 빠르게 흘러가는 구름 사이로 반달이 모습을 드러냈다. 잡목 숲 너머로는 울퉁불퉁한 바위들이 차가운 달빛에 몸뚱이를 내맡기고 있었다. 그리고 그곳에 음산한 기운을 내뿜는 황무지가 자리하고 있었다. 그 모습을 바라보는 내

머릿속은 복잡하기만 했다. 오늘 하루 동안 내 가슴에 새겨진 수많은 감정들, 사물에 대한 인상들이 뒤엉키기 시작한 것이었다. 나는 이 모든 것이 오늘을 마지막으로 사라지기를 바라며 커튼을 닫았다.

하지만 그것은 마지막이 아니었다. 몸은 물에 젖은 솜이불처럼 무거웠지만 도무지 잠이 오지 않았다. 애써 몸을 뒤척이며 잠을 청해봤지만 허사였다. 사방은 고요했다. 죽음과도 같은 적막감만이 감돌았다. 멀리서 15분 간격으로 시계 종이 울릴 때만 제외하고는.

그런데 갑자기 이상한 일이 벌어졌다. 밤의 정적을 뚫고 어디선가 울음소리가 선명하게 들려오는 것이었다. 나는 온몸에 소름이 돋는 것만 같았다. 그것은 분명 여자의 울음소리였다. 나는 떨리는 마음을 진정시키며 그 소리에 귀를 기울였다. 울음소리는 먼 곳에서 들려오는 것이 아니었다.

분명 집 안 어디에선가 흘러나오는 소리였다. 하지만 어느 순간 그 소리가 뚝 그쳐버렸다. 나는 무려 30분 동안이나 신경을 곤두세우고 소리를 들으려 애써봤지만 더 이상 울음소리는 들려오지 않았다. 그저 시계 종소리와 담벼락에서 담쟁이넝쿨이 바스락거리는 소리만이 무심히 들려올 뿐이었다.

7
메리핏 가 사람들

다음 날 아침이 밝았다. 싱그러운 아침빛을 받은 바스커빌 저택은 전날 품고 있던 음침함을 싹 벗어던진 모습이었다. 헨리 경과 나는 높이 난 창문으로 들어오는 따스한 햇살을 받으며 아침 식사를 했다. 방 안으로 들어온 투명한 햇살은 유리창을 덮은 문장을 통과하며 아름다운 색색의 무늬를 만들어냈다. 전날 밤에 무섭게만 보였던 검은 창살은 황금빛 햇살 속에서 청동 빛으로 반짝였다. 과연 이 방이 어제 저녁 암울한 그림자를 만들어냈던 그 방과 같은 곳인지 의심스러울 정도였다.

"아무래도 문제는 집이 아니라 우리 자신에게 있었던 것 같습니다."

준남작이 옅은 미소를 지으며 말했다.

"여행에 지친 데다 마차를 타고 오느라 몸 상태가 말이 아니었지 않습니까. 아무래도 그 때문에 이곳이 온통 우울하게만 느껴졌나 봅니다. 하룻밤을 푹 쉬고 가벼운 몸이 되고 보니 유쾌하게만 보이는군요."

"하지만 모든 것이 생각 탓만은 아닌 것 같습니다."

나는 다소 딱딱하게 굳은 표정으로 말했다.

"혹시 어젯밤에 여자의 울음소리를 듣지 못하셨습니까?"

그러자 헨리 경이 식탁을 탁 치며 말했다.

"아니요, 들었습니다. 거참 희한한 일이로군요. 실은 어제 깜빡 잠이 든 상태에서 그런 소리를 들었답니다. 하지만 한참을 기다려도 더 이상 소리가 들리지 않길래 꿈을 꾼 모양이라고 생각했습니다."

"꿈이 아닐 겁니다. 내 귀로 똑똑히 들었으니까요. 그것은 분명 여자가 흐느끼는 소리였습니다."

나는 확신에 찬 어조로 말했다.

"그렇다면 이 일에 대해 당장 알아봐야겠군요."

헨리 경은 식탁 위의 벨을 울려 배리모어를 불렀다. 배리모어는 금세 식탁 앞으로 달려왔다.

"배리모어, 왓슨 씨와 나는 어젯밤에 여자의 울음소리를 들었네. 거기에 대해 아는 것이 있으면 자세히 설명해주게."

갑작스러운 질문에 배리모어의 얼굴이 새하얗게 질려버렸다. 원래 창백했던 얼굴이 더욱 창백해 보이는 것이었다.

"주인님, 이 집에는 여자가 두 명뿐입니다. 한 명은 부엌에서 일하는 하녀로 바깥 건물에서 생활을 합니다. 다른 한 명은 제 아내입니다. 하지만 제가 보장하는데 제 아내는 어젯밤 절대로 운 적이 없습니다."

배리모어가 단호한 목소리로 말했다. 하지만 그것은 거짓말이었다. 아침 식사 후에 나는 긴 복도에서 그의 아내와 마주쳤다. 부인은 무표정하고 무뚝뚝한 얼굴에 말이 없었으며 체격이 상당히 비대한 여자였다. 부인과 지나쳐가던 순간, 나는 햇살에 환하게 드러난 그녀의 얼굴과 두 눈을 보았다. 슬쩍 보기에도 퉁퉁 부은 두 눈은 붉게 충혈되어 있었다. 누가 보더라도 어젯밤 부인이 상당히 오랫동안 울었다는 것을 눈치 챌 수 있었다. 그렇다면 그녀의 남편이 그 사실을 몰랐을 리는 없었다. 그런데 왜 배리모어는 들통 날 게 뻔한 거짓말을 한 것일까? 그리고 배리모어 부인은 대체 무슨 일 때문에 그토록 슬피 울었을까? 그저 창백하고 잘생긴 검은 수염의 남자라고만 생각했던 집사의 주변에서는 무슨 일이 벌어지고 있는 것일까? 정확히 알 수는 없지만 그의 주변에 어둡고 우울한 분위기가 짙게 깔려 있는 것만큼은 확실했다.

생각해보면 그는 찰스 경의 시신을 발견한 최초의 목격자였다. 오로지 그의 증언만으로 우리는 찰스 경이 죽음에 이르게 된 상황을 파악할 수 있었다. 혹시 그가 리젠트 가에서 봤던 마차 속 검은 수염의 사나이일지도 몰랐다. 그런데 수염만 같은 것일 수도 있다. 다만 마부는 그 남자의 키가 조금 작은 편이라고 했었다. 하지만 그 정도 착각은 얼마든지 할 수 있는 것이었다. 그렇다면 이제 이 문제를 어떻게 해결해야 할까? 나는 잠시 정신을 집중하고 내가 해야 할 일에 대해 곰곰이 생각해보았다. 일단 홈스가 보낸 전보가 배리모어에게 직접 배달되었는지를 알아볼 필요가 있었다. 그러기 위해서는 그림펜의 우체국장을 만나야 했다. 사실이 어떻든지 간에 적어도 홈스에게 보고할 거리는 얻을 수 있을 것이었다.

아침 식사를 마친 뒤 헨리 경은 검토해야 할 서류가 많았다. 덕분에 나는 혼자서 이런저

런 일을 보러 다닐 수 있었다. 나는 편안한 마음으로 황무지의 가장
자리를 따라 걷기 시작했다. 6킬로미터쯤 걸어가자 작은 마을 하나
가 모습을 드러냈다. 그곳에는 다른 건물보다 키가 훌쩍 큰 건물 두
채가 있었다. 하나는 여인숙이고 다른 하나는 모티머 선생의 집이었
다. 나는 일단 우체국장을 찾아갔다. 마을에서 식료품점도 운영하고
있는 우체국장은 그 전보를 분명히 기억하고 있었다.

"물론입니다. 그 전보는 배리모어 씨에게 정확히 전달했습니다."

"누가 전달했습니까?"

"제 아들이 했습니다."

우체국장은 바로 옆에 서 있던 건장한 청년을 가리키며 말했다.

"제임스, 네가 지난주에 배리모어 씨에게 전보를 전달했었지?"

"네, 아버지."

"그에게 직접 전달했나?"

내가 제임스에게 물었다.

"아닙니다. 제가 갔을 때 배리모어 씨는 다락방에 올라가 계신다
고 했습니다. 그래서 배리모어 아주머니께 전달해드렸습니다. 아주
머니가 바로 전해주시겠다고 하셨거든요."

"혹시 그때 배리모어 씨를 보았나?"

"보지는 못했습니다. 다락방에 계셨으니까요."

"직접 본 것도 아닌데 다락방에 있다는 걸 어떻게 알았나?"

내가 묻자 우체국장이 답답하다는 듯 퉁명스럽게 말했다.

"배리모어 부인이 자기 남편이 있는 곳을 모를 리가 있습니까? 대
체 무슨 일입니까? 배리모어 씨가 전보를 못 받았습니까? 만약 문제
가 있다면 그 사람에게 가서 직접 물어보십시오."

이런 상황에서 더 이상 조사하는 것은 소용없는 일이었다. 상황이

이렇게 되고 보니 홈스가 미리 계획을 세웠음에도 불구하고 배리모어가 이곳에 없었다는 확증을 얻기는 힘들었다. 만약 배리모어가 찰스 경이 살아 있는 것을 본 마지막 인물이었다면, 그리고 상속자가 영국에 도착하자마자 그를 미행했던 인물이라면? 그렇다면 그는 무엇 때문에 그런 일을 벌인 것일까? 배리모어를 사주한 제3의 인물이 따로 있는 것일까? 바스커빌 가의 사람들을 괴롭히고 그가 얻는 것은 과연 무엇일까?

나는 〈타임스〉의 사설을 오려 만든 이상한 경고 편지에 대해서도 생각했다. 그것 또한 배리모어의 짓일까? 아니면 누군가 그의 계획을 방해하기 위해 꾸민 짓일까? 아무리 생각해봐도 가장 그럴듯한 동기라고 한다면 헨리 경이 말했던 것밖에는 없었다. 즉 바스커빌 가의 사람들이 저택을 떠나버린다면 배리모어 부부가 새로운 주인으로 등극할 것이라는! 하지만 이러한 가정은 젊은 준남작의 주위에서 보이지 않게 일어나는 음모를 제대로 설명해주지는 못한다. 복잡한 생각이 줄을 이은 탓에 머리가 지끈거려왔다. 하기야 세상을 놀라게 한 대단한 사건들을 많이 맡아왔던 홈스조차 이번 일처럼 복잡한 사건은 없다고 말하지 않았던가. 나는 한적한 외길을 따라 걸으며 줄곧 생각했다. 나의 친구 홈스가 하루 빨리 그런 선입견을 버리고 내 어깨에 올려진 무거운 짐을 벗어주러 왔으면 좋겠다고!

바로 그때였다. 빠르게 달려오는 발소리가 들리는가 싶더니 곧바로 내 이름을 부르는 목소리가 들려왔다. 나는 꼬리에 꼬리를 물고 이어지던 생각을 멈추고 뒤를 돌아보았다.

모티머 선생이 나를 찾는 것이라 생각했다. 하지만 놀랍게도 나를 향해 달려오고 있는 이는 난생처음 보는 사람이었다. 그는 키가 작고 호리호리한 체격이었다. 또 무표정한 얼굴은 말끔하게 면도를 한 상태였고 황금빛 머리칼에 날카로운 턱을 갖고 있었다. 30대가량으로 보이는 그는 회색 정장에 밀짚모자 차림이었다. 어깨에는 식물 표본을 담기 위한 양철 상자를 메고 있었고, 한 손에는 녹색 포충망을 들고 있었다.

"초면에 죄송합니다. 왓슨 박사님."

그는 거친 숨을 힘겹게 몰아쉬며 내게로 다가왔다.

"여기 황무지 사람들은 모두 가족처럼 지내기 때문에 격식 같은 건 잘 따지지 않습니다. 그래서 정식으로 소개를 받을 때까지 기다리지 않는답니다."

"실례지만 누구십니까?"

"모티머 선생에게 제 이름을 들으셨을 것입니다. 저는 메리핏 가의 스태플턴이라고 합니다."

"선생께서 들고 계시는 상자와 포충망만 봐도 알겠습니다."

내가 미소를 지으며 말하자 스태플턴의 얼굴에도 웃음이 떠올랐다.

"그런데 스태플턴 씨, 어떻게 저를 알아보셨습니까?"

"방금 전에 저는 모티머 선생을 만나러 갔었습니다. 그런데 때마침 왓슨 박사께서 진찰실 창밖으로 지나가는 모습이 보이더군요. 그러자 모티머 선생이 박사에 대해 이야기를 해주었습니다. 저희 집도 이쪽 방향이라 함께 가면서 내 소개를 해야겠다 생각하고 이렇게 따라왔습니다."

"그렇군요. 아무튼 반갑습니다."

"그나저나 헨리 경은 오랫동안 여행을 하느라 많이 지치셨겠습니다."

"별로 그렇지도 않습니다."

"찰스 경께서 안타깝게 돌아가시자 우리는 상속자가 여기서 살지 않겠다고 할까봐 많이 걱정했었습니다. 준남작 같은 대단한 재산가가 이런 시골에 사는 것을 탐탁해하지는 않겠지요. 사실 그런 사람에게 여기서 묻혀 살라고 하는 것은 지나친 요구일 수도 있습니다. 그렇다 해도 시골 사람들에게 그것은 굉장히 큰 의미라는 것은 굳이 말할 필요도 없을 정도입니다."

차분히 말을 잇는 스태플턴의 얼굴은 매우 진지했다.

"그런데 헨리 경은 그 사건에 대해 미신적인 공포심을 가지고 있습니까?"

"그런 것 같지는 않습니다."

"박사께서는 바스커빌 가문을 괴롭히고 있는 지옥의 개에 대한 전설을 알고 계십니까?"

"들어서 알고 있습니다."

"이 지역 농부들은 왜 그렇게 미신을 믿는지 모르겠습니다. 게다가 남의 말은 왜 그리도 잘 믿는지, 너도나도 황무지에서 그런 짐승을 보았다고 맹세하니 말입니다."

스태플턴은 어처구니없다는 듯 웃으며 말했지만 사실 그의 눈빛은 심각했다.

"특히나 찰스 경은 그 이야기의 그늘에서 벗어나지 못했습니다. 한시도 마음에서 떨쳐버리지 못했을 정도니까요. 그분이 두려움을 이겨내셨다면 좋았을 것을, 그렇지 못했던 탓에 돌아가신 게 분명합니다."

"그렇게 생각하신 근거라도 있습니까?"

"찰스 경은 신경이 아주 예민해져 있었습니다. 몸도 마음도 쇠약해질 대로 쇠약해져 있었지요. 사실 그런 상태에서라면 눈앞에 어떤 개가 나타난다고 해도 그분의 병든 심장에 치명적인 영향을 미쳤을 겁니다. 사고가 있던 날 밤, 찰스 경은 산책로에서 그러한 무언가를 보았을 게 분명합니다. 저는 그렇게 확신합니다."

그는 잠시 말을 멈추더니 안타깝다는 표정으로 짧은 한숨을 내쉬었다.

"저는 정말로 찰스 경을 좋아했습니다. 또 그분의 심장이 약하다는 것을 알고 있었기 때문에 혹시라도 나쁜 일이 일어날까 항상 걱정이 많았습니다."

"그런데 찰스 경의 심장이 나쁘다는 것은 어떻게 아셨습니까?"

"내 친구인 모티머 선생이 말해주었지요."

"그렇다면 당신은 찰스 경이 어떤 개에 쫓겼다, 그 때문에 극심한 공포심을 느낀 찰스 경이 놀라서 사망하게 되었다, 이렇게 생각하시는 겁니까?"

"그것 이외에 이 사건을 설명할 또 다른 이유를 찾을 수 있을까요?"

스태플턴이 확신에 찬 어조로 말했다.

"글쎄요, 아직 아무런 결론도 내리지 못한 상태라 뭐라 말하기 힘들군요."

"셜록 홈스 씨는 어떻게 생각하십니까?"

갑자기 그의 입에서 홈스의 이름이 튀어나올 거라고는 생각하지도 못했다. 나는 약간 놀란 표정으로 스태플턴의 얼굴을 쳐다보았다. 하지만 그의 침착한 태도와 흔들림 없는 눈빛을 보자 그가 나를 놀라게 하려고 일부러 말한 것은 아님을 알 수 있었다.

"왓슨 박사님, 당신에 대해 모르는 척하는 게 무슨 소용이겠습니까?"

그가 어깨를 으쓱하며 말했다.

"박사의 이름은 시골 마을에 사는 우리에게도 잘 알려져 있습니다. 솔직히 홈스 씨의 수사 능력에 대해 이야기할 때 박사의 이야기가 나올 수밖에 없지 않습니까. 모티머 선생이 당신의 이름을 말한 순간, 저는 당신이 누구인지 곧바로 알아차릴 수 있었습니다. 그리고 당신이 여기 계시다는 것은 셜록 홈스 씨도 이 사건에 흥미를 가지고 있다는 것을 의미한다는 것도요. 그래서 저는 자연스럽게 홈스 씨의 생각을 물었던 겁니다."

"유감스럽지만 그 질문에 대해서는 답을 드릴 수가 없겠군요."

나는 최대한 차분하게 상황에 대처하려고 노력하고 있었다. 홈스가 나를 믿고 있는 이상 그 믿음을 저버리는 행동을 할 수는 없기 때문이었다.

"왓슨 박사님, 홈스 씨가 언제 이곳을 직접 방문하실 예정인지 말씀해주실 수 있습니까?"

"지금 당장은 힘듭니다. 여러 개의 사건을 담당하고 있거든요."

그는 아쉽다는 듯 손바닥으로 허벅지를 탁 내리치며 말했다.

"유감입니다! 그분은 어둠 속에 있는 우리에게 빛을 던져줄 수 있는 분입니다. 하지만 당장에는 힘들다니 할 수 없군요. 아무튼 박사께서 사건을 조사하는 중에 도움이 필요하다면 언제든지 제게 말씀하십시오. 혹시 의심스러운 점이 있을 때도 말씀만 하시면 최선을 다해 도와드리겠습니다."

"말씀은 고맙습니다. 하지만 저는 헨리 경을 방문하러 왔을 뿐 다른 도움은 필요치 않습니다."

거절의 말을 들었음에도 스태플턴은 기분 나빠하기는커녕 더욱 신이 나서 말했다.

"오! 정말 훌륭하십니다. 생각했던 대로 아주 신중하고 사려 깊으시군요. 그런데 아무것도 모르는 제가 참견하려 했으니 비난받아 마땅합니다. 앞으로 다시는 이 일에 대해 언급하지 않겠습니다."

나도 그의 말에 더 이상 대꾸하지 않았다.

우리는 그저 도로 옆길로 빠져나와 수풀이 우거진 좁은 오솔길에 이르렀다. 길은 두 갈래로 갈라져서 꼬불꼬불 황무지를 넘고 있었다. 오른쪽 언덕은 원래 화강암 채석장이었던 곳으로 돌멩이가 흩어진 가파른 바위산이었다. 우리 쪽을 향하고 있는 면은 바위가 잘려나간 시커먼 낭떠러지 쪽으로, 바위 틈새에서는 양치류나 가시나무 같은 것들이 자라고 있었다. 저 멀리 언덕 너머에서 깃털 모양의 회색 연기가 피어오르고 있었다.

"이 길을 쭉 따라가다 보면 메리핏 가가 나옵니다."

스태플턴이 길을 가리키며 말했다.

"왓슨 박사님, 혹시 한 시간 정도만 시간을 내주실 수 없겠습니까. 제 여동생을 소개시켜드리고 싶습니다."

그때 내 머릿속에 가장 먼저 떠오른 생각은 헨리 경을 지켜야 한다는 것이었다. 그런데 문득 헨리 경의 책상 위에 잔뜩 널려 있던 영수증과 서류더미가 떠올랐다. 사실 그런 일에 있어서 내가 도울 수 있는 일은 없었다. 게다가 홈스는 황무지에 사는 이웃들을 잘 알아보라고 특별히 당부했었다. 생각을 종합한 결과 나는 스태플턴의 초대를 받아들였다. 그래서 우리는 함께 갈림길로 접어들었다.

"황무지는 정말 멋진 곳입니다."

물결치듯 굽이치는 고원을 바라보며 스태플턴이 말했다.

드넓은 황무지 곳곳에는 울퉁불퉁한 화강암괴가 환상적인 자태를 뽐내고 있었다.

"황무지에서는 결코 지루할 틈이 없습니다. 이곳이 얼마나 엄청난 비밀을 품고 있는지 상상도 못하실 겁니다. 이 황무지는 너무도 광대하고 신비스러운 땅입니다."

스태플턴은 두 눈을 가늘게 뜨고 감회에 젖은 목소리로 말했다.

"스태플턴 씨, 당신은 황무지에 대해 잘 아시는 것 같군요."

"사실 저는 여기에서 고작 2년을 살았습니다. 그래서 이곳 주민들은 아직까지도 저를 '새로 이사 온 사람'이라고 부르지요. 우리는 찰스 경이 바스커빌 저택에 정착한 이후부터 여기에 살았습니다. 아무튼 저는 취미 삼아 이 고장을 샅샅이 누비며 탐색했습니다. 덕분에 여기 황무지를 저보다 더 잘 아는 사람은 없을 겁니다."

"흠, 황무지를 아는 것이 쉬운 일은 아니지요?"

"물론입니다. 생각보다 어려워요. 예를 들어보죠. 여기서 북쪽으로 기묘한 봉우리들이 솟아 있는 대평원을 보십시오. 뭔가 눈에 띄는 것이 보입니까?"

나는 두 눈에 힘을 주면서 그가 가리키는 곳을 열심히 쳐다보았다.

"말을 타고 질주하기에 좋은 곳 같군요."

"누구나 그렇게 생각할 겁니다. 그런데 그런 생각 때문에 많은 사람들이 귀한 생명을 잃었지요. 그 위쪽에 흩어져 있는 연한 녹색 점들이 보이십니까?"

이번에도 나는 그가 가리키는 곳에 시선을 고정시켰다

"흠, 다른 곳보다 훨씬 비옥해 보이는군요."

내 대답을 들은 스태플턴이 참지 못하겠다는 듯 웃음을 터뜨렸다.

"저곳은 그림펜 늪지대입니다. 만약 한 발자국이라도 발을 디뎠다가는 사람이건 짐승이건 모두 죽고 마는 곳이지요. 실은 어제도 저는 그런 장면을 목격했습니다. 황무지를 돌아다니던 조랑말이 늪지대에 빠졌더군요. 그놈은 한참 동안 고개를 내밀고 빠져나오려고 발버둥을 쳤지만 결국엔 늪 속으로 빨려 들어가고 말았습니다."

그는 눈앞에 그 일이 펼쳐지는 듯 몸을 부르르 떨었다.

"건기에도 저곳을 건너다니는 것은 위험합니다. 그러니 가을장마가 끝난 후에는 말할 것도 없지요. 하지만 저는 늪지 한가운데서도 길을 찾아내어 살아 돌아올 수 있습니다. 오직 저만 가능한 일이지요."

그때였다. 두 눈이 동그래진 스태플턴이 늪 쪽을 가리키며 날카롭게 소리쳤다.

"세상에! 불쌍한 조랑말 한 마리가 또 늪으로 걸어 들어가고 있습니다."

아니나 다를까, 녹색의 사초들 사이에서 어두운 갈색 물체가 발버둥을 치고 있었다. 조랑말이었다. 목을 쭉 늘여 뺀 녀석은 몸부림을 치며 끔찍한 비명을 질러댔다. 조랑말이 울부짖는 소리가 황무지 곳곳으로 울려 퍼졌다. 그 장면을 보자 나는 등골이 오싹해졌다. 하지만 스태플턴은 덤덤한 표정이었다.

"사라졌군요!"

그가 말했다.

"늪이 불쌍한 조랑말을 삼켜버렸습니다. 이틀 동안 무려 두 마리나 말입니다. 어쩌면 그보다 더 많을지도 모르지요. 왜냐하면 짐승들은 건기에 아무것도 모르는 상태로 저 늪을 지나다니기 때문이지요. 사실 늪에 빠지기 전까지는 저곳의 실체를 전혀 눈치 채지 못합니다. 그만큼 그림펜 늪지대는 무시무시하고 불길한 곳입니다."

"그런데도 당신은 저곳을 통과할 수 있단 말입니까?"

내가 믿기지 않는다는 표정으로 묻자 스태플턴은 자신만만하게 대답했다.

"물론입니다. 아주 민첩한 사람만 갈 수 있는 길 두어 곳을 찾아냈습니다."

"하지만 저렇게 끔찍한 곳으로 일부러 들어갈 이유가 있습니까?"

"저 너머의 언덕이 보이십니까? 그곳은 접근이 불가능한 늪의 한가운데 떠 있는 섬이나 다름없습니다. 오랜 세월 사람의 발길이 닿지 않았기 때문에 희귀한 식물과 나비들이 많이 서식하고 있습니다. 그러니 갈 수만 있다면 제게 있어서 그보다 좋은 일은 없지요."

"그렇다면 언제 한번 시도해보고 싶군요."

내 말에 스태플턴의 두 눈이 동그랗게 커졌다.

"왓슨 박사님! 그런 생각은 하지도 마십시오. 박사께서 저곳에 들어갔다가 살아나올 가능성은 거의 없습니다."

"하지만 선생은 할 수 있지 않습니까?"

"그 복잡한 표식들을 기억하고 따라가기 때문에 가능한 겁니다."

그때였다. 뭐라 말로 표현하기 힘들 정도로 구슬픈 신음소리가 황무지에 차오르기 시작했다. 대기는 온통 신음소리로 가득했다.

"이게 대체 무슨 소립니까?"

나는 그 소리의 정체를 도무지 알 수가 없었다. 단순한 신음소리인가 싶다가도 이내 굵고 우렁찬 울부짖음으로 커지는 것이었다. 그러다 다시 낮고 구슬픈 신음소리로 가라앉았다. 스태플턴은 호기심이 가득한 눈을 빛내며 나를 보았다.

"황무지는 정말 묘한 곳입니다."

"이 소리의 정체를 아십니까?"

"농부들은 저 소리를 바스커빌 가의 사냥개가 먹잇감을 부르는 소리라고 말합니다. 전에 한두 번 들은 적이 있지만 이렇게 큰 소리로 들은 것은 저도 처음입니다."

나는 온몸에 소름이 돋았다. 내 몸 주변에는 두려움의 그림자가 자리했다. 애써 심호흡을 하며 푸른 골풀이 자라고 있는 거대한 황무지를 둘러보았다. 뒤쪽의 험준한 바위산에서 갈까마귀 두 마리가 시끄럽게 우짖는 소리만 들릴 뿐, 황무지에서 살아 움직이는 것은 하나도 없었다.

"스태플턴 씨, 당신은 제대로 된 교육을 받은 사람입니다. 설마 그렇게 말도 안 되는 소리를 믿는 것은 아니겠지요? 솔직히 말씀해주십시오. 저 이상한 소리가 어디서 나는 거라고 생각하십니까?"

내 질문에 스태플턴은 한 손으로 턱을 쓰다듬으며 말했다.

"가끔씩 늪은 이상한 소리를 내곤하지요. 진흙이 가라앉거나 물이 솟아오르거나 할 때 말입니다."

"그건 절대로 아닙니다! 저것은 분명 살아 있는 짐승이 내는 소리입니다."

내가 단호하게 고개를 가로젓자 그는 어깨를 으쓱하며 말했다.

"그럴지도 모르지요. 혹시 알락해오라기 울음소리를 들어보신 적이 있습니까?"

"아니요."

"매우 희귀한 새지요. 지금 영국에서는 거의 멸종된 상태이지만, 아직 황무지에는 살아 있을 가능성도 있습니다. 그러니 방금 들은 소리가 마지막으로 남은 알락해오라기의 울음소리였다고 해도 그리 놀랄 만한 일은 아닙니다."

"하지만 내 평생 그렇게 섬뜩하고 사나운 소리는 처음 들어봤습니다."

"말씀드렸다시피 여기는 아주 이상한 곳이니까요."

그는 대수롭지 않다는 듯 말을 내뱉더니 손을 들어 먼 곳을 가리켰다.

"왓슨 박사님, 저쪽 산비탈을 보십시오. 서세 뭐라고 생각하십니까?"

그가 가리킨 곳은 가파른 산비탈로 고리 모양의 회색 바위들이 덮여 있었다. 언뜻 보기에 20개가량 되는 것 같았다.

"저게 뭡니까? 양 우리인가요?"

"아닙니다. 저것은 우리의 위대한 조상들이 살던 곳입니다. 선사 시대 사람들은 이 황무지에서 모여 살았습니다. 하지만 그 이후로는 아무도 황무지에 살지 않았지요. 그 때문에 선사 시대 사람들이 남겨놓은 그대로 모든 것이 보존되어 있습니다."

"그렇군요."

"저기 고리모양의 바위들이 보이시죠? 지금은 지붕이 무너져 내리고 없지만 원래 오두막이었습니다. 안에 들어가 보면 선사 시대에 쓰던 화덕과 침상이 아직도 남아 있답니다."

"오호, 상당히 큰 마을이었나 봅니다. 그런데 어느 시대의 것입니까?"

"정확히는 알 수 없지만, 신석기 시대로 추정하고 있습니다."

"그 시대 사람들은 여기서 무슨 일을 하고 살았습니까?"

"여기 산비탈에서 소를 방목하며 살았지요. 그리고 돌도끼를 대신해 청동 칼을 쓰게 되면서 주석을 캐는 법도 배웠습니다. 저편 언덕에 있는 커다란 웅덩이를 보십시오. 저것이 신석기인이 남긴 흔적입니다. 박사님! 어디서도 보지 못했던 것을 이 황무지에서 볼 수 있다는 사실이 놀랍지 않습니까?"

약간 흥분한 스태플턴의 목소리가 가늘게 떨렸다. 그는 진심으로 황무지를 아끼는 사람이었다.

"잠깐만요! 저건 사이클로피데스가 분명합니다!"

우리의 눈앞으로 파리인지 나방인지 하는 작은 날벌레가 날아가자 스태플턴이 외쳤다. 그는 빠르게 날아가는 곤충을 잡겠다며 곧장 뒤를 쫓기 시작했다. 그런데 당황스러운 일이 발생했다. 그 곤충이 늪지로 날아가버리는 것이었다. 하지만 스태플턴은 포기하지 않았다. 그는 푸른 풀이 자라 있는 곳만 용케도 골라 디디며 녹색 포충망을 마구 휘저었다. 회색 옷을 입은 그가 지그재그로 뛰어다니는 모습을 보고 있자니 바로 그 자신이 나방처럼 보이는 것이었다. 나는 생각보다 민첩하게 움직이는 모습을 보고 감탄사를 내뱉으면서도, 혹시나 늪에 발을 헛디뎌 나쁜 일을 당하지나 않을까 하는 마음에 불안해하고 있었다. 하지만 어떻게도 그를 도울 방법은 없었다. 그저 멍하니 그의 모습을 지켜볼 수밖에.

그런데 그 순간 나는 발자국 소리를 들었다. 뒤를 돌아보니 한 여자가 이쪽으로 걸어오고 있었다. 그녀는 연기가 피어오르는 메리핏 가 방향에서 걸어왔는데, 움푹 들어간 황무지 때문에 가까이 올 때까지 모습이 보이지 않았다.

나는 그녀가 스태플턴 양이 틀림없다고 생각했다. 사실 황무지에서 이렇게 아름다운 여자를 만나기란 쉽지 않은 일이었다. 또 누군가가 그녀를 가리켜 상당한 미인이라고 말했던 기억이 떠올랐다. 나를 향해 걸어오는 저 여자는 눈에 띄는 미인이었다. 그리고 보니 오빠와 동생이 이렇게 다르게 생겼다는 것도 재미있는 일이었다. 스태플턴은 하얀 피부에 옅은 색 머리카락과 회색 눈동자를 갖고 있었다. 하지만 그녀는 가무잡잡한 피부와 새까만 머리에 키가 크고 호리호리한 체격이었다. 늘씬한 데다 우아한 품위까지 갖추고 있어 그야말로 완벽한 아름다움이란 이런 것이구나 하는 생각이 들 정도였다. 이목구비가 너무나 또렷해서 자칫 도도하고 냉정하다는 느낌이 들었지만 섬세한 입매와 열정적인 눈동자를 보는 순간 그런 생각은 눈 녹듯 사라졌다. 완벽한 외모에 우아한 드레스를 차려입은 그녀는 황량한 황무지에 전혀 어울리지 않았다. 순간 내가 지금 환영을 보고 있는 것인가 하는 착각이 들 정도였다.

내가 뒤를 돌아보았을 때 그녀의 시선은 오빠를 향해 있었다. 하지만 서둘러 나를 향해 걸어왔다. 그런데 생각지도 못한 일이 벌어졌다. 내가 막 모자를 벗고 인사를 건네려는 순간, 그녀는 나를 향해 엉뚱한 말을 내뱉는 것이었다.

"어서 돌아가세요!"

그녀가 단호하게 말했다.

"당장 런던으로 돌아가세요!"

나는 어안이 벙벙해진 채로 그녀를 멍하니 쳐다보았다. 그녀는 불타는 시선으로 나를 쏘아보더니 초조한 듯 발을 구르기까지 했다.

"제가 왜 돌아가야 합니까?"

"말로 설명하기는 힘들어요."

그녀는 주위를 살피더니 나지막한 목소리로 힘주어 말했다. 재미있는 사실은 그녀의 말투에 혀 짧은 소리가 섞여 있다는 점이었다.

"부탁입니다. 제발 제 말대로 해주세요. 당장 런던으로 돌아가서 다시는 황무지에 발을 들여놓지 마세요."

"하지만 저는 이제 막 왔습니다."

"오! 세상에!"

그녀가 답답하다는 듯 발을 구르며 외쳤다.

"당신을 위한 경고라는 걸 정말 모르시겠어요? 제발 런던으로 돌아가세요! 오늘 밤 당장 출발하세요! 무슨 일이 있더라도 이곳을 떠나셔야 해요!"

그러다 갑자기 그녀의 눈빛이 불안하게 흔들리기 시작했다.

"쉿! 오빠가 오고 있어요. 제가 말씀드린 것에 대해서는 절대 입 밖에 내지 마세요."

나는 그녀를 안심시키기 위해 곧바로 고개를 끄덕였다. 재빠르게 주위를 둘러보던 그녀가 낮은 목소리로 말했다.

"저기 쇠뜨기 사이에서 난초를 꺾어주세요. 황무지에는 원래 난초가 아주 많습니다. 하지만 그 아름다움을 감상하기에는 때가 좀 늦었군요."

나는 그녀의 말대로 난초 몇 포기를 꺾어 건네주었다. 그때 곤충 쫓기를 포기한 스태플턴이 우리 쪽으로 다가왔다. 그는 벌겋게 달아오른 얼굴로 숨을 쌕쌕 몰아쉬고 있었다.

"안녕, 베릴!"

스태플턴이 말했다. 그런데 동생에게 건네는 인사치고는 어딘가 냉랭함이 감돌았다.

"오빠, 얼굴이 너무 빨개졌군요."

"사이클로피데스를 쫓고 있었거든. 아주 희귀한 놈이라 늦가을에는 좀처럼 찾아보기가 힘들지. 꼭 잡았어야 하는데!"

그는 아쉬운 표정으로 땀을 닦았다. 그런데 스태플턴의 회색 눈동자가 쉴 새 없이 나와 그녀를 살피는 것이었다.

"두 사람이 서로 소개를 한 모양이군."

"네, 지금은 황무지의 진정한 아름다움을 감상하기에 약간 늦었다는 이야기를 헨리 경에게 하던 참이었어요."

"오! 너는 대체 이분이 누구라고 생각하는 거니?"

생각지도 않은 대답에 스태플턴이 고개를 갸웃하며 물었다.

"헨리 바스커빌 경이 아닌가요?"

"오, 아닙니다."

나는 두 손을 내저으며 말했다.

"전 그저 보잘것없는 평민일 뿐입니다. 물론 헨리 경의 친구이기는 하지요. 저는 왓슨 박사입니다."

당혹스러웠는지 그녀의 얼굴이 붉게 달아올랐다.

"저런! 서로 전혀 다른 이야기를 하고 있었군요."

그녀가 중얼거리듯 말했다.

"어차피 얘기할 시간이 많지 않았을 텐데."

스태플턴이 여전히 의심스러운 눈길로 우리를 살피며 말했다.

"나는 왓슨 박사님이 단순한 방문객인 줄은 몰랐어요. 이곳 주민이라고 그냥 믿어버렸거든요."

그녀는 분홍빛 입술을 살짝 깨물며 말을 이었다.

"난초를 구경하기에 늦은 시간인지 빠른 시간인지 따위는 박사님께 중요하지 않겠군요. 아무튼 박사님께서는 지금 저희 집에 오시는 길이지요?"

"그렇습니다."

우리는 별다른 말 없이 걷기 시작했다. 얼마 가지 않아 황량한 황무지 한가운데 낡은 집 한 채가 덩그러니 자리하고 있었다. 과거 번창하던 시절에는 어느 목축업자의 농장이었지만 지금은 현대적인 주택으로 개조되어 있었다. 집 주변에는 과수원이 있었는데, 황무지에서 자라는 대부분의 나무들처럼 제대로 자라지 못하고 발육이 멈쳐진 상태였다. 말라비틀어진 가지가 뒤틀려 있는 모습 때문에 집은 더욱 초라하고 음산하게 보였다.

집 밖에서 우리를 맞이한 사람은 깡마르고 냄새가 고약한 늙은 하인이었다. 그는 이 집과 함께 평생을 함께해온 듯 보였다. 하인의 안내에 따라 집 안으로 들어가 보니 바깥 분위기와는 사뭇 다른 공간이 눈앞에 드러났다. 집 안은 안주인의 고상한 취향을 반영하는 듯 우아한 가구들이 놓여 있었다. 창밖에는 화강암이 군데군데 박힌 황무지가 지평선까지 뻗어 있었다. 문득 나는 궁금해졌다. 이렇게 교육을 많이 받은 남자와 손에 꼽을 정도로 아름다운 여자가 무엇 때문에 거친 황무지에 사는 것일까. 아무리 생각해봐도 도무지 이유를 알 수 없었다.

"왜 하필 이런 곳에 사는지 이상하지요?"

마치 내 생각을 읽기라도 한 듯이 스태플턴이 미소를 지으며 말했다.

"하지만 우리는 그런 대로 행복하게 지내고 있답니다. 그렇지, 베릴?"

"당연하죠."

그러나 건성으로 하는 여자의 대답에는 진심이 담겨 있지 않았다.

"저는 과거에 학교를 운영했습니다."

스태플턴이 몽롱한 눈빛으로 천장을 바라보면서 이야기를 시작했다.

"물론 나 같은 기질을 가진 사람에게 학교 일처럼 단조롭고 재미없는 일도 없지요. 하지만 젊은이들과 함께 생활하는 일은 흥미로웠습니다. 미성숙한 젊은 영혼을 성숙하게 만들고 그들에게 꿈과 희망을 갖게 하는 일은 누구나 할 수 있는 일이 아니니까요. 어쩌면 그것은 제게만 주어진 특권 같았습니다. 그런데…….”

순간 스태플턴의 얼굴이 고통스럽게 일그러졌다.

“운명의 여신은 내 편이 아니었습니다. 무서운 전염병이 학교에 돌아 불쌍한 아이들이 세 명이나 목숨을 잃고 말았습니다.”

“저런! 학교 경영에 치명타를 입었겠군요.”

내가 혀를 끌끌 차면서 말하자 스태플턴이 힘없이 고개를 떨어뜨렸다.

“물론입니다. 학교의 명예가 땅에 떨어진 것은 물론이고 자본은 금세 바닥을 드러내고 말았습니다. 사실 학교를 운영하기 전의 저였다면 그런 불행을 더 좋아했을지도 모릅니다. 학교보다는 식물학과 동물학에 더 관심이 깊었고 제가 연구할 일도 무궁무진하게 많았으니까요. 게다가 제 동생도 자연에 빠져 있으니 더욱 그러하지요. 하지만 아이들과 함께 보냈던 시간들이 너무나 행복하고 즐거웠기 때문에 제 마음은 한없이 슬펐습니다.”

“마음을 추스르기 힘드셨겠습니다.”

그는 애써 미소를 지으며 나를 보고 말했다.

“왓슨 박사님, 방금 말씀드린 이 일들을 궁금해하고 계셨지요?”

“맞습니다. 그런데 어떻게 아셨습니까?”

“창문 밖에 펼쳐진 황무지를 보는 박사님의 얼굴에 다 적혀 있었습니다.”

우리는 고개를 끄덕이며 소리 내어 웃었다.

“제가 그런 생각을 한 것은 분명합니다. 그리고 아직도 스태플턴 양에게는 지루할 것 같다는 생각이 드는군요.”

“아니요, 절대 그렇지 않아요.”

내 말이 끝나기가 무섭게 그녀가 대답했다.

"여기 서재에는 책이 잔뜩 쌓여 있는 데다 연구할 과제도 많습니다. 재미있는 이웃들도 있고요. 특히나 모티머 선생은 자기 분야에 상당히 조예가 깊은 분입니다. 가엾은 찰스 경 또한 존경할 만한 분이었지요. 저희 남매는 그분을 잘 알고 있었고, 뭐라 말할 수 없을 만큼 그분이 그립습니다."

스태플턴은 착잡하기 그지없다는 표정이었다.

"그나저나 왓슨 박사님, 오늘 오후에 바스커빌 저택을 방문해서 헨리 경과 인사를 나누고 싶은데요. 괜찮겠습니까?"

"물론입니다. 헨리 경이 매우 반가워하실 겁니다."

"그렇다면 제가 찾아뵙겠다고 대신 전해주십시오. 저희는 헨리 경이 새로운 환경에 적응하실 때까지 무슨 일이든 돕고 싶습니다."

"알겠습니다."

"왓슨 박사님, 2층으로 올라가서 제가 수집한 나비 표본을 구경하시겠습니까? 영국 남서부에서 이보다 완벽한 표본은 없을 겁니다. 표본을 구경하시고 나면 점심 준비가 되어 있을 겁니다."

스태플턴은 나비 표본을 자랑하고 싶어 안달이 나 있었다. 하지만 나는 어서 저택으로 돌아가 내 책임을 다하고 싶었다. 우울한 황무지, 불쌍한 조랑말의 죽음, 바스커빌 가문의 불길한 전설을 떠올리게 하는 섬뜩한 울음소리, 이 모든 것은 내 마음마저 우울하게 만들고 있었다. 게다가 다소 모호한 인상들 위에 스태플턴 양의 단호하고 분명한 경고가 덧붙여진 상황이었다. 그녀의 확신에 찬 목소리를 떠올려보니 무언가 그럴 수밖에 없는 이유가 있을 것만 같았다. 나는 더 이상 그곳에 머무르며 마냥 시간을 보낼 수가 없었다. 그래서 점심을 먹고 가라는 스태플턴의 권유도 뿌리치고 곧장 바스커빌 저택 쪽으로 발걸음을 옮겼다.

그런데 대체 어디에 지름길이 있었던 것일까? 내가 갈림길에 도착하자 스태플턴 양이 길 옆 바위에 걸터앉은 채로 나를 기다리고 있었다. 나는 깜짝 놀라지 않을 수 없었다.

여기까지 뛰어온 모양인지 그녀의 얼굴은 붉게 달아올라 있었고 옆구리에 손을 대고 있었다. 그런 모습이 왠지 더 아름답게 보였다.

"왓슨 박사님, 당신을 따라잡으려고 여기까지 달려왔답니다."

말을 하니 더욱 숨이 찬지 그녀는 가녀린 손을 가슴에 대고 있었다. 하지만 이내 숨 돌릴 틈도 없이 말을 쏟아냈다.

"모자를 쓸 시간도 없었어요. 게다가 바로 돌아가야만 해요. 그렇지 않으면 오빠가 저를 찾을지도 모르니까요. 우선 당신을 헨리 경으로 착각했던 어리석은 실수를 용서해주세요. 그리고 부디 아까 제가 했던 말은 모두 잊어주세요. 그건 박사님과 전혀 상관없는 얘기니까요."

"하지만 그 말을 잊을 수는 없을 것 같군요."

나는 그녀의 검은 눈동자를 바라보며 말을 이었다.

"저는 헨리 경의 친구입니다. 따라서 그의 안전 여부는 제게도 중요합니다. 그러니 헨리 경이 런던으로 돌아가야만 한다고 굳게 믿는 이유를 설명해주십시오."

"왓슨 박사님, 그건 여자의 변덕스러운 마음일 뿐입니다. 저를 좀 더 알게 되신다면 제 말과 행동에 특별한 이유가 있는 것은 아니라는 사실을 알게 될 겁니다."

그녀는 애써 내 눈을 피하며 딴청을 피웠다.

"아닙니다! 저는 당신의 떨리는 목소리를 생생하게 기억합니다. 또 강렬했던 당신의 눈빛도 기억합니다. 그러니 제발 솔직히 말씀해주십시오! 이곳에 도착한 후로 저는 주위에 깔려 있는 어둠의 그림자를 느끼고 있었습니다. 이곳에서의 삶은 저 거대한 그림펜 늪과도 비슷한 것 같습니다. 발 디딜 곳도 없고 길잡이도 없는, 그러다 언제든 사람의 발목을 잡아당길 수 있는 늪 말입니다."

잠시 잠깐 그녀의 얼굴에 망설이는 빛이 떠올랐다.

"스테플턴 양, 부탁입니다. 당신이 한 얘기가 무슨 뜻인지 알려주십시오. 그러면 헨리 경에게 그 경고를 반드시 전달하겠습니다."

나는 간절한 목소리로 부탁했다. 그러나 그녀의 얼굴에는 어느새 냉정함이 가득 차 있었다.

"왓슨 박사님, 제 말을 너무 심각하게 받아들이신 것 같군요."

그녀가 짧은 한숨을 내쉬며 말했다.

"저희 남매는 찰스 경과 아주 각별한 사이였습니다. 그분은 황무지를 가로질러 우리 집까지 산책하는 일을 즐기셨지요. 그렇게 친하게 지냈던 분이 돌아가시자 저희는 큰 충격을 받았지요. 사실 찰스 경은 가문에 내린 저주에 몹시 불안해하셨어요. 그때는 별 신경을 쓰지 않았었는데, 막상 경께서 돌아가시고 보니 그분이 그렇게 두려워하신 데는 그만한 이유가 있었을 거란 생각이 들더군요."

그녀는 매우 침통한 표정으로 말을 이었다.

"바스커빌 가의 상속자가 이곳으로 온다는 소식을 듣고 걱정했던 이유가 다 그 때문입니다. 저는 그분이 겪게 될 위험에 대해 경고해야 한다고 결심했습니다. 그래서 그런 말씀을 드리게 된 겁니다."

"대체 그 위험이란 게 뭐지요?"

"박사님도 바스커빌 가의 이야기를 들으셨지요?"

"물론입니다. 하지만 그렇게 터무니없는 소리는 믿지 않습니다."

내 말을 들은 그녀는 단호하게 고개를 저으며 입술을 꽉 깨물었다.

"하지만 저는 믿습니다. 그러니 할 수만 있다면 그분을 이곳에서 최대한 멀리 가게 하세요. 바스커빌 가를 어둠 속에 몰아넣은 것으로부터 멀어지게 하세요. 어차피 세상은 넓잖아요. 그런데 왜 이렇게 위험한 곳에서 살려고 하는 거지요?"

"위험하기 때문에 살고 싶다는 겁니다. 헨리 경도 타고난 천성만은 어쩔 수 없는 모양입니다. 스태플턴 양, 방금 말씀하신 것보다 훨씬 더 확실한 얘기를 해주시지 못한다면, 헨리 경을 다른 곳으로 보낼 수 없을 겁니다."

"더는 말할 것이 없어요. 자세한 내용은 알지 못하거든요."

그녀는 힘없이 고개를 떨어뜨렸다.

"그런데 스태플턴 양, 그 정도 이야기는 당신의 오빠가 들어도 상관없을 것 같은데요? 그런데 왜 오빠가 듣지 못하게 하신 겁니까? 대체 뭘 두려워하시는 겁니까?"

"오빠는 바스커빌 저택에 주인이 살기를 바라고 있어요."

"왜죠?"

"황무지의 가난한 사람들을 위해 필요하다고 생각하는 거죠. 그러니 제가 헨리 경이 황무지를 떠나기를 바란다는 걸 알면 몹시 화를 낼 거예요. 아무튼 이제 제가 할 일을 다 했으니 더 이상 아무 말도 하지 않겠어요. 지금 돌아가지 않으면 오빠는 제가 당신을 만나러 갔다고 의심할 게 분명하니까요."

그녀는 바위에서 일어나더니 가볍게 고개를 숙여 인사했다.

"그럼, 안녕히 가세요."

그녀의 뒷모습은 여기저기 흩어진 바위 사이로 금세 사라져버렸다. 그 모습을 보고 있자니 웬일인지 내 마음속에 두려움이 차오르기 시작했다. 나는 애써 그것을 부정하며 바스커빌 저택을 향해 바삐 걸음을 옮겼다.

8
첫 번째 보고서

지금 내 앞의 탁자 위에는 내가 셜록 홈스에게 보낸 편지들이 잔뜩 쌓여 있다. 이제부터 나는 이 편지의 내용을 바탕으로 사건의 진행 상황을 설명할 것이다. 아쉽게 분실한 편지 한 장을 제외하고 나머지 편지에 적힌 내용을 그대로 전달함으로써 당시의 비극적 사건을 정확히 표현할 수 있을 것이다. 지금 이 순간에도 그 당시 내가 느낀 감정과 의심이 생생하게 떠오른다.

10월 13일, 바스커빌 저택에서

친애하는 홈스에게

그동안 내가 보낸 편지와 전보를 바탕으로 이곳 상황을 파악했으리라 믿네. 이곳은 신에게 버림받은 곳처럼 황폐한 세상이네. 여기에 오래 머물수록 황무지의 광대하고 기묘한 마력이 내 영혼 속으로 파고들어오는 느낌이야. 일단 거대한 황무지의 품에 나 자신을 맡기고 나면 현대 영국의 모든 것은 저 멀리 사라지는 것만 같네. 황무지 곳곳에는 신석기인들의 집과 그들이 만들어놓은 삶의 자취가 남아 있다네. 한마디로 걸어 다니는 모든 곳에 지금은 잊혀진 신석기인들의 무덤이 있고 사원임을 알리는 거대한 바윗돌이 자리하고 있지. 황무지 한구석에 가만히 앉아 저 멀리 회색 바위가 점점이 박힌 산허리를 바라보고 있노라면 지금 내가 사는 시대에 대해서는 완전히 잊어버리게 된다네. 이를테면 동물의 가죽을 뒤집어쓴 털북숭이 사나이가 부싯돌 활촉을 매단 화살을 시위에 놓고 당기는 모습을 보게 된다고 상상해보게. 자네에게 그 장면은 낯설게만 느껴질지 모르겠네. 하지만 황무지에 있다 보면 그 모습이 너무나 자연스럽고 주위 상황과 잘 어울린다는 것을 알게 될 걸세. 그런데 참으로 이상한 사실이 있네. 그때도 분명 척박한 황무지였을 텐데 여기서 그토록 오래 살았다니 말이야. 물론 나는 선사 시대를 연구하는 사람이 아니고 역사에도 특별한 관심이 없네. 하지만 그들이 이곳에서 살 수밖에 없었던 이유는 어렵지 않게 추측할 수 있어. 그들은 분명 평화를 사랑하지만 힘이 약한 종족이었을 거야. 그래서 이리저리 밀려다니다 결국 아무도 찾지 않는 땅에 터전을 세울 수밖에 없었을 테지.

사실 이 모든 것은 자네가 내게 내린 임무와는 아무런 상관이 없네. 게다가 자네처럼 실용적인 정신을 가진 사람의 흥미를 끌 만한 내용도 아니지. 나는 아직도 태양이 지구 주위를 도는지, 지구가 태양 주위를 도는지의 문제에 대한 자네의 철저한 무관심을 기억하고 있다네. 그래서 지금부터는 헨리 바스커빌 경에 대한 이야기를 시작하려 하네.

지난 며칠 동안 나는 자네에게 아무런 보고도 하지 못했지. 사실 별로 할 만한 이야깃거리가 없었기 때문이라네. 그러던 중 아주 놀라서 기절할 만한 일이 벌어졌네. 일단 그 이야기는 조금 있다가 하기로 하고, 먼저 그와 관련된 몇 가지 사항들부터 알려주겠네.

우선 황무지로 달아난 탈옥수에 관한 이야기를 해야겠군. 나를 비롯해 이곳 주민들은 지금 그자가 멀리 도망쳤다고 믿고 있다네. 그가 탈옥한 지 2주나 지났지만 놈의 얼굴은커녕 그림자를 봤다고 하는 사람도 없기 때문이지. 그래서 우리 모두 안도의 한숨을 내쉬고 있다네. 물론 그가 황무지에서 버티고 있다고 생각할 수도 있어. 산비탈의 돌집 중 하나에서 숨어 지내면 되니까. 하지만 황무지의 양을 잡아먹지 않는 한 그곳에는 먹을 것이 전혀 없다네. 그래서 우리는 그자가 아주 먼 곳으로 도망쳤다고 생각하고 있지. 덕분에 부근에 사는 농민들은 발을 뻗고 자게 되었다네.

특히나 바스커빌 저택에는 건장한 남자가 넷이나 있어서 아무런 걱정이 없다네. 하지만 스태플턴 남매를 생각하면 마음이 편하지 않아. 그 집은 너무 외진 곳에 있어서 위급상황 때 다른 사람의 도움을 받기란 거의 불가능하지. 그곳에는 하녀 한 명과 늙은 하인 한 명만이 스태플턴 남매와 함께 살고 있어. 게다가 스태플턴은 별로 힘이 센 남자가 아니라네. 만약 노팅힐 살인범처럼 잔인한 누군가가 침입하기라도 한다면 스태플턴 남매는 제대로 저항도 해보지 못하고 끔찍한 일을 당할 게 분명해. 헨리 경도 나처럼 그들의 안전을 걱정했다네. 그래서 마부 퍼킨스를 그곳으로 보내려고 했지. 하지만 스태플턴은 그러지 않아도 된다면서 여러 번이나 헨리 경의 호의를 거절하더군.

그러는 사이 흥미로운 일이 생겼다네. 우리의 친구 헨리 경이 아름다운 이웃 아가씨에게 상당한 관심을 보이기 시작한 거야. 사실 그처럼 활동적인 사람이 한적한 시골 마을에 사는 것은 쉬운 일이 아니지. 게다가 그녀는 무척이나 매력이 넘치고 아름다운 여인이라네. 그리고 보면 헨리 경이 스태플턴 양에게 관심을 보이는 것은 너무나 당연한 일일 거야. 그녀에게서는 이국적인 매력과 열정적인 분위기가 물씬 풍겨나니까. 하지만 오빠인 스태플턴은 상당히 냉정하고 감정에 좌우되지 않아. 물론 그도 마음속에는 불타는 열정을 가지고 있을 거란 생각은 드네. 아무튼 이들 남매는 상당히 대조적인 성격을 가지고 있지.

그런데 스태플턴 양은 무슨 이야기를 할 때마다 계속해서 오빠의 얼굴을 살피더군. 마치 그의 동의를 구하는 것처럼 말이야. 사실 스태플턴의 냉정한 눈빛과 꼭 다문 입술을 보고 있노라면 그가 강한 신념과 냉정함을 가진 사람이라는 생각을 하게 되지. 아무튼 자네가 스태플턴을 만난다면 흥미로운 관찰 대상이 생겼다고 좋아할 게 분명하네.

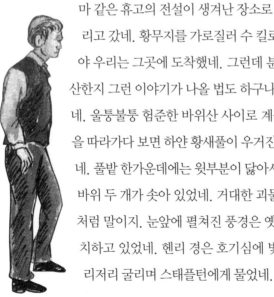

스태플턴은 첫날 바스커빌 저택을 방문했네. 그리고 다음 날 악마 같은 휴고의 전설이 생겨난 장소로 나와 헨리 경을 데리고 갔네. 황무지를 가로질러 수 킬로미터를 걸은 후에야 우리는 그곳에 도착했네. 그런데 분위기가 어찌나 음산한지 그런 이야기가 나올 법도 하구나 하는 생각이 들었네. 울퉁불퉁 험준한 바위산 사이로 계곡이 있는데, 그곳을 따라가다 보면 하얀 황새풀이 우거진 풀밭에 닿게 된다네. 풀밭 한가운데에는 윗부분이 닳아서 뾰족해진 커다란 바위 두 개가 솟아 있었네. 거대한 괴물의 커다란 송곳니처럼 말이지. 눈앞에 펼쳐진 풍경은 옛 비극의 장면과 일치하고 있었네. 헨리 경은 호기심에 빛나는 눈동자를 이리저리 굴리며 스태플턴에게 물었네.

"당신은 정말로 초자연적인 존재가 인간의 일에 개입할 가능성이 있다고 생각합니까?"

그런데 스태플턴은 분명한 생각을 말하기보다는 그저 '글쎄요' 정도의 말만 내뱉더군. 하지만 나는 알고 있었지. 그는 마음속으로 전혀 다른 생각을 하고 있다는 걸 말이야. 그는 분명 헨리 경의 기분을 고려해서 자기 의견을 솔직히 말하지 않았던 거야. 대신 그는 악마적인 존재 때문에 고통당했던 다른 가문들의 이야기를 들려주었네. 이런 상황을 종합해보면, 스태플턴은 이 사건에 대해서 이곳 주민들과 비슷한 생각을 갖고 있는 것 같아.

집으로 돌아가는 길에 우리는 메리핏 가에 들러서 점심 식사를 했네. 그곳에서 헨리 경은 처음으로 스태플턴 양과 인사를 나누었지. 나는 한눈에 알 수 있었네. 우리의 친구 헨리 경이 스태플턴 양의 매력에 강하게 이끌렸다는 사실을 말이야. 식사를 마치고 바스커빌 저택으로 돌아오는 동안 헨리 경은 몇 번씩이나 그녀 이야기를 하더군.

그날 이후로 우리는 매일같이 스태플턴 남매와 만났네. 만약 어제 그들이 바스커빌 저택에서 식사를 했다고 하면, 오늘은 우리가 메리핏 가에서 식사를 하는 식으로 말이야.

사람들은 스태플턴 양과 헨리 경의 만남을 스태플턴이 좋아할 것이라 생각할지도 몰라. 아름다운 남녀의 만남을 굳이 반대할 이유가 없으니까 말이지. 하지만 나는 분명히 보았네. 헨리 경이 스태플턴 양에게 관심을 보일 때마다 그의 얼굴에 불쾌한 기색이 가득 차오르는 걸 말이야. 물론 스태플턴 입장에서는 사랑하는 여동생이 다른 남자와 결혼해 떠나고 나면 홀로 외롭게 살아야 하니 마냥 좋아할 수만은 없을 수도 있지. 그러나 스태플턴 양이 그렇게 훌륭한 청년과 결혼하는 것을 반대한다면 그는 지나치게 이기적인 사람이라고 밖에 설명할 수 없어. 이런 내 생각과는 상관없이 스태플턴은 두 남녀의 관계가 발전하는 것을 전혀 원치 않았어. 이것은 분명한 사실이네. 헨리 경과 스태플턴 양이 단둘이 이야기를 하거나 둘만의 시간을 가지려고 하면 수단과 방법을 가리지 않고 막으려고 한 적이 한두 번이 아니었거든. 내 두 눈으로 똑똑히 확인한 사실이라네. 홈스 자네는 내가 헨리 경의 곁에 반드시 붙어 있어야 한다고 당부했지. 하지만 안 그래도 힘든 상황에서 두 사람의 연애 문제까지 더해진다면 그 당부를 지키기 힘들어질 것 같네. 내가 그의 곁에서 떨어지지 않고 모든 행동을 감시하는 인상을 풍기면 헨리 경은 나를 싫어할 게 분명해.

지난 목요일에는 모티머 선생이 우리와 함께 점심 식사를 했네.

"요즘 롱다운에서 고분을 발굴하느라 눈코 뜰 새 없이 바빴습니다. 거기서 선사 시대의 두개골을 찾아내게 되어 얼마나 기뻤는지 모릅니다."

모티머 선생은 잔뜩 흥분한 얼굴로 두개골에 대한 얘기를 늘어놓았지. 그 사람처럼 한 가지 일에 정열을 쏟아붓는 사람도 드물 걸세.

잠시 후 스태플턴 남매가 도착하자 모티머 선생은 우리 모두를 사건이 일어난 산책로로 데리고 갔네. 그는 무시무시한 일이 일어났던 그날 밤의 상황에 대해 자세히 설명해주었지. 주목 산책로는 매우 길고 음침하더군. 길 양쪽으로는 폭이 좁은 잔디밭과 높은 벽처럼 다듬어진 주목 울타리가 길게 이어져 있었지. 산책로가 끝나는 지점에는 심하게 낡아서 금방이라도 무너질 것 같은 여름 별장이 서 있었네. 그리고 산책로의 중간쯤에 황무지로 통하는 쪽문이 있었네. 찰스 경이 담뱃재를 털었던 바로 그곳이었어. 하얗게 칠해 놓은 쪽문은 빗장이 질러진 상태였네. 그 문 너머로 드넓은 황무지가 펼쳐

져 있었지. 그곳을 바라보면서 나는 이 사건에 관한 자네의 가정을 기억해냈네. 그리고 그때의 일을 머릿속에 그려보기 시작했지.

'어두운 밤, 찰스 경은 쪽문 옆에 서 있었다. 그런데 시커먼 그림자가 황무지를 가로질러 그에게 다가오는 것이었다. 공포에 질린 찰스 경은 넋이 나간 상태로 도망치기 시작했다. 터질 듯한 심장을 움켜쥐며 달려가던 그는 결국 쓰러져 죽고 말았다.'

나는 찰스 경이 도망쳤던 길고 어두운 터널을 보았네. 도대체 그의 뒤를 쫓았던 것의 정체는 무엇일까? 황무지의 양치기 개였을까? 괴물처럼 소름끼치고 불길한 사냥개의 유령이었을까? 이 사건의 배후에 인간이 있는 것일까? 분명한 것은 아무것도 없었네. 모든 것이 뿌연 안개 속에 가려져 있었지. 하지만 사건의 배후에 어두운 범죄의 그림자가 드리워져 있다는 것만은 분명했네.

최근에 나는 새로운 이웃을 만났다네. 바스커빌 저택에서 6킬로미터 정도 떨어진, 래프터 관에 사는 프랭클랜드 씨라네. 그는 붉은 얼굴에 툭하면 화를 잘 내는 백발의 노인이지. 또 한평생 영국법에 정열을 쏟아부었는데, 어찌나 소송을 많이 했는지 가산을 거의 탕진했다더군. 프랭클랜드 씨는 싸우는 기쁨을 즐기는 사람인 것 같아. 그래서 기분이 내키면 언제라도 어떤 문제에 대해서든지 반론을 제기할 준비가 되어 있지. 물론 그도 자신의 취미에 값비싼 대가가 따른다는 것을 잘 알고 있어. 어떤 때는 마음대로 길을 막은 뒤에 군 당국과 통행권을 놓고 싸운 일도 있었다네.

또 어떤 때는 남의 집 문을 마구 부숴놓고서 예전부터 그곳을 지나는 길이 있었다고 박박 우겼다는군. 그러면 집주인이 그를 무단침입 죄로 고소하는데 희한하게도 그것을 즐긴다고 하네. 그는 영지와 공유재산권에 대해서는 상당히 조예가 깊은데, 때로는 마을 사람들을 위해서 그 지식을 사용하기도 한다는군. 그래서 프랭클랜드 씨는 자기가 벌인 일의 최근 공적에 따라 월계관을 쓰고 거리를 행진하기도 하고, 자기 형상을 본떠 만든 허수아비 화형식을 벌이기도 한다네. 지금 그는 7건이나 되는 소송에 휘말려 있어. 사람들은 그 소송이 끝나면 그나마 남아 있던 재산도 모조리 사라지게 될 거라고 수군거리고 있네. 그렇게 된다면 그는 이빨 뽑힌 호랑이처럼 아무런 힘도 쓰지 못하게 될 거라고 말이야. 하지만 소송 문제를 제외한다면 그는 마음씨 따뜻하고 친절한 사람이라네. 지금 내가 그에 관한 이야기를 늘어놓는 것은 자네가 주변 인물들에 대해 알아보라고 당부했기 때문이지.

프랭클랜드 씨에 대해 한 가지 더 알려주지. 그는 아마추어 천문학자로 성능이 좋은 망원경을 가지고 있다네. 요즘 그는 자기 집 지붕 위에서 하루 종일 망원경만 들여다보고 있다네. 그가 어디를 관찰하고 있을 것 같나? 그는 온종일 황무지를 쳐다보고 있다네. 탈옥수의 흔적을 찾으려고 말이야. 프랭클랜드 씨가 이런 일에만 신경을 쏟는다면 좋겠지만, 그는 기질적으로 문젯거리를 찾아다니는 사람이야.

그래서 우리들의 친구인 모티머 선생을 상대로 소송을 할 생각이라는군. 모티머 선생이 후손들의 동의 없이 롱다운의 무덤을 파헤쳐서 신석기 시대 두개골을 파헤친 일을 걸고넘어지려는 게지. 아무튼 프랭클랜드 씨는 우리가 시골 마을에서 지루하지 않도록 끊임없이 화젯거리를 제공해주고 있어. 이렇게 따분한 곳에서 그런 사람을 만난 것은 어쩌면 행운일 수도 있다는 생각이 드네.

이렇게 해서 탈옥수와 스태플턴 남매, 모티머 선생, 래프터 저택의 프랭클랜드 씨에 대한 최근 소식을 모두 전했네.

이제부터는 보다 중요한 일에 대해 이야기할까 하네. 배리모어 부부에 관해, 특히나 어젯밤에 일어났던 놀라운 사건에 대해 알려 주겠네.

가장 먼저 배리모어가 정말 여기에 있는지 확인하기 위해 런던에서 자네가 보냈던 전보에 대해 말하겠네. 이미 나는 우체국장의 증언을 통해 그 방법이 소용없었다는 것과 우리가 따로 확인할 방법이 없다는 것을 자네에게 설명했었지.

헨리 경에게 이 사실을 이야기하자 성격이 급한 헨리 경은 곧바로 배리모어를 불러들였네. 그리고 런던에서 보낸 전보를 직접 받았는지 물었지. 그러자 배리모어는 그렇다고 대답하더군.

"배달 소년이 자네에게 직접 전달했나?"

헨리 경이 이렇게 묻자 배리모어는 깜짝 놀란 표정으로 잠시 머뭇거리더군.

"아닙니다. 그때 저는 다락방에 있었습니다. 나중에 제 아내가 전보를 들고 올라오더군요."

"자네가 직접 답장을 써서 보냈나?"

"아니요. 제가 답장에 쓸 내용을 불러주고 아내가 대신 답장을 보냈습니다."

이렇게 해서 이 일은 마무리되는 듯했네. 그런데 그날 저녁, 배리모어가 우리를 찾아와 그 이야기를 다시 꺼내더군.

"주인님, 오늘 아침에 제게 하신 질문의 의도가 무엇입니까? 아무리 생각해도 도무지 이해할 수가 없습니다."

마치 화가 난 사람처럼 그의 얼굴은 딱딱하게 굳어 있었어.

"제가 주인님의 신뢰를 잃을 만한 일을 했다고 생각하신 겁니까? 그래서 그런 질문을 하신 겁니까?"

헨리 경은 그게 아니라고 해명하느라 진땀을 흘려야 했네. 그리고 말만으로는 부족하다고 생각했는지 자기가 입던 옷가지를 내주기까지 하더군. 때마침 런던에서 새로 맞춘 옷이 도착하기도 했지만 말이야.

배리모어 부인은 상당히 흥미로운 인물이지. 몸집이 꽤나 큰 그녀는 품행이 단정하지. 약간 고지식한 면도 있어서 청교도적 기질이 다분하다고 말할 수 있어. 그녀처럼 자신의 감정을 잘 드러내지 않는 사람을 만나기도 힘들 거야. 수많은 사람을 만나본 자네라 할지라도 말이네. 이곳에 온 첫날밤에 그녀가 흐느껴 우는 소리를 들었다는 이야기는 이미 자네에게 전했네. 그런데 그날 이후로도 그녀의 얼굴에 눈물자국이 있는 것을 몇 번이나 보았다네. 표현하지 못하는 깊은 슬픔이 마음속에 가득 차 있는 게 분명했어. 나는 그녀를 옥죄는 슬픔의 이유를 알고 싶었네. 어느 날에는 그녀가 죄의식에 시달리고 있는 게 아닐까 하는 생각을 했어.

또 어느 날엔 배리모어가 부인을 괴롭히는 게 아닐까 하는 의심을 품어보기도 했지. 어쩐지 배리모어는 성격이 특이하고 의심스럽다는 느낌이 들었거든. 그런데 어젯밤에 일어난 그 사건은 내 모든 의혹들을 한꺼번에 확인시켜주었네.

자네가 볼 때는 대수롭지 않은 일일 수도 있어. 자네도 알다시피 나는 잠을 깊이 자지 못 하는 편이지. 게다가 이 집에 온 뒤로 경계심을 늦추지 않고 있다 보니 평소보다 더 잠을 못 자고 있는 형편이야. 어젯밤에도 마찬가지였네. 늦도록 잠을 이루지 못하고 있는데 내 방문 앞을 지나가는 발자국 소리가 나더군. 시계를 보니 새벽 2시였네. 나는 살그머니 자리에서 일어나 조심스럽게 방문을 열고 밖을 살펴보았네. 복도에 검은 그림자가 길게 드리워져 있더군. 그것은 촛불을 손에 들고 살금살금 복도를 걷고 있는 남자의 그림자였네. 그는 셔츠와 바지는 입었지만 희한하게도 맨발이더군. 어두워서 자세한 모습을 보지는 못했지만 키가 훌쩍 큰 것으로 볼 때 배리모어가 분명했네. 그는 소리가 나지 않도록 아주 조심스럽게 걷고 있었어. 그런데 어쩐지 떳떳치 못한 일을 하고 있다는 느낌이 강하게 들더군.

앞서 말했던 것처럼, 복도 가운데 부분은 홀 전체가 내려다보이는 발코니로 이어지고 또 반대편 복도로 연결되지. 나는 배리모어가 발코니로 들어설 때까지 기다렸다가 그의 뒤를 따르기 시작했네. 내가 발코니를 돌았을 때 그는 반대쪽 복도 끝에 서 있더군. 문틈 사이로 희미한 불빛이 새어 나오는 것을 보니 그가 방으로 들어간 게 분명해 보였네. 그런데 그쪽에 있는 방들은 대부분 가구도 없는 데다 사용하는 사람도 없다네. 그러니 그의 행동이 얼마나 수상쩍어 보였겠는가. 문틈으로 새어나오는 불빛이 흔들리지 않는 것으로 봐서 그는 조금도 움직이지 않고 서 있는 게 분명했네. 나는 최대한 소리를 내지 않고 복도를 내려가 문틈으로 방 안을 엿보았네.

배리모어는 촛불을 손에 들고 창문에 몸을 바짝 기대고 있었네. 그의 옆얼굴이 반쯤은 내 쪽으로 향하고 있었는데, 시커먼 어둠에 싸인 황무지를 바라보는 표정이 무척 굳어 있더군. 그는 한참 동안 무엇인가를 열심히 지켜보기만 했네. 그러다 갑자기 무슨 말인가를 중얼거리더니 서둘러 촛불을 꺼버렸네. 나는 들키지 않기 위해 서둘러 내 방으로 돌아왔네. 잠시 후 내 방문 앞을 조심스럽게 지나가는 발소리를 들을 수 있었지. 그렇게 얼마나 지났을까. 까무룩 잠이 들었던 나는 어딘가에서 열쇠를 돌리는 소리를 들었네. 하지만 그것이 정확히 어디서 나는 소리인지 알 수는 없었어.

이 모든 일이 무엇을 의미하는지 나는 잘 모르겠네. 하지만 적어

도 이 음산한 집에서 무언가 비밀스러운 일이 벌어지고 있다는 것만
큼은 확실한 것 같아. 사실만을 알려달라는 자네 부탁이 있었기에
나는 내 생각 따위로 정신을 어지럽히고 싶지는 않네. 아무튼 나는
오늘 아침에 헨리 경과 오랫동안 이 문제에 대해 대화를 나누었네.
그리고 어젯밤에 내가 목격한 내용을 바탕으로 일종의 작전 계획도
세웠지. 하지만 지금 당장 그것을 가르쳐주지는 않겠네. 그래야 다
음번 편지가 흥미진진해지지 않겠나.

9
두 번째 보고서

10월 15일, 바스커빌 저택에서

친애하는 홈스에게

이곳에 내려온 후로 자네에게 많은 소식을 전하지 못한 것은 사실이야. 하지만 지금은 내가 헛되게 보낸 시간을 밀충하는 중이리는 사실만큼은 인정해야 할 걸세. 희한하게도 이제 와서야 사건들이 한꺼번에 터지고 있다네.

지난번에 배리모어에 관한 이야기로 편지를 끝맺었던 걸 기억하지? 이제 자네를 깜짝 놀라게 할 만큼 굉장한 소식이 있다네. 이것은 정말 나조차도 전혀 예상치 못했던 일이야. 채 48시간도 지나지 않았지만 그사이 상황이 더 분명해진 것 같기도 하고, 더 복잡해진 것 같기도 하네. 어찌 됐든 자네에게 모든 정황을 설명해줄 테니 알아서 판단하길 바라네.

다음 날 아침 식사 전, 나는 전날 밤에 배리모어가 있었던 방을 조사했네. 자네도 그가 창밖으로 무엇을 쳐다본 건지 궁금했었지? 서쪽으로 난 창문 앞에 서자 나는 그것이 다른 창문과는 다르다는 것을 알 수 있었네. 즉, 그 창은 집안의 다른 창문과는 달리 황무지를 가깝게 살펴볼 수 있더군. 창밖에는 나무 두 그루가 있었는데 그사이로 구멍이 확 트여 있었네. 덕분에 창가에 서면 황무지를 자세히 볼수가 있었지. 다른 창문으로는 황무지의 모습을 희미하게밖에 볼 수 없다네. 따라서 배리모어가 이 창문을 선택한 이유는 황무지에 있는 무언가 혹은 누군가를 찾기 위해서였다는 결론을 내릴 수가 있어.

그렇다면 어젯밤에 배리모어는 무엇을 봤을까? 아쉽게도 그는 아무것도 보지 못했을 걸세. 어젯밤은 칠흑처럼 어두웠기 때문에 황무지에 있는 무언가를 분간해낸다는 것은 불가능한 일이지. 그러다 문득 이런 생각이 들었네. 혹시 배리모어가 부인 모르게 바람을 피우고 있는 것은 아니었을까? 이런저런 상황을 따져보니 그럴 가능성도 충분히 있더군. 예를 들어 그는 매우 비밀스럽게 행동하고 있었어.

또 배리모어 부인도 요즘 들어 계속 불안한 행동을 보이고 있으니 말이야. 사실 배리모어는 순진한 시골처녀의 마음을 단숨에 빼앗을 정도로 훌륭한 외모를 가졌다네. 그래서 이런 가정도 꽤나 신빙성이 있어 보이더군. 그렇다면 내가 선잠을 잘 때 들었던 열쇠 돌리는 소리는 그가 비밀스러운 약속을 지키기 위해 밖으로 나가는 소리였을지도 모르지. 아무튼 나는 아침 내내 이런 식으로 추리를 해보았네. 하지만 결과적으로 근거 없는 추측일 뿐이었지.

하지만 배리모어가 왜 그런 행동을 했는지 모른다고 해서 무조건 입을 다물고 있을 수만은 없었네. 그 궁금증을 나 혼자 감당하기 힘들었거든. 그래서 아침 식사 후에 헨리 경과 서재로 가서 내가 목격한 내용을 모조리 얘기했지. 그런데 헨리 경은 별로 놀라지 않더군.

"왓슨 박사님. 배리모어가 밤마다 돌아다니는 것은 이미 알고 있었습니다. 그래서 박사님께 이야기를 하려던 참이었습니다."

"그러니까 그런 일이 자주 있었단 말씀이지요?"

"그렇습니다. 박사가 말씀한 그 시간쯤에 복도를 오가는 그의 발소리를 두세 번 들었습니다."

"흠, 밤마다 그 창문을 찾아간단 말이군요."

"아마 그럴 겁니다. 일단 배리모어를 미행해봅시다. 그리고 그가 찾는 게 뭔지 알아봐야겠습니다. 만약에 홈스 씨가 여기 있었다면 어떻게 했을까요?"

헨리 경이 심각한 얼굴로 물었네.

"홈스도 방금 경이 말씀하신 대로 행동했을 겁니다. 일단 배리모어가 무슨 짓을 하는지 알아내는 게 중요하니 뒤를 밟자고 했겠지요."

"그러면 오늘 밤에 함께 해봅시다."

헨리 경은 마치 굳은 결심이라도 한 사람처럼 나를 향해 고개를 끄덕였네. 하지만 나는 무작정 찬성할 수만은 없었어.

"그런데 두 사람이 움직이면 배리모어에게 들킬 가능성이 높습니다. 아무래도 따라가는 소리가 크게 날 테니까요."

"괜찮습니다. 그는 귀가 좀 어둡습니다. 그리고 그런 위험쯤은 감수해야 한다고 생각합니다. 일단 오늘 밤 제 방에서 배리모어가 지나갈 때까지 기다리기로 합시다."

헨리 경은 흥분한 얼굴로 두 손바닥을 마구 비벼댔네. 황무지에서의 단조로운 삶에 재미난 탈출구가 생겼다고 생각하는 것 같더군.

그는 또 찰스 경에게 의뢰를 받았던 건축가, 그리고 런던에서 온 토건업자와 한창 논의 중이라네. 아무래도 조만간 이곳에 커다란 변화가 있을 것 같아. 플리머스에서 온 실내장식가와 가구업자도 자주 드나들고 있어. 내 생각에 우리의 친구 헨리 경이 가문의 권위를 회복시키기 위해 대단한 노력과 비용을 아끼지 않을 생각인 것 같네. 이제 저택을 개조하고 가구를 배치하고 나면 그에게 필요한 것은 오직 아내뿐이겠지. 사실 스태플턴 양만 허락한다면 별로 어렵지도 않은 일일 텐데 말이야. 솔직히 나는 이제껏 여자에게 저렇게 푹 빠져 있는 남자를 본 적이 없네. 헨리 경은 스태플턴 양과 함께 있을 때 세상을 다 가진 듯 행복한 모양이야.

하지만 헨리 경의 진실한 사랑의 길은 험난하기만 하다네. 오늘만 해도 전혀 예상하지 못했던 일이 생기는 바람에 헨리 경은 적잖이 당황하고 힘들어했지.

앞서 언급했던 대로, 배리모어에 대한 이야기를 마치고 나자 헨리 경은 모자를 챙기고 외출 준비를 하더군. 나도 자연스럽게 그를 따라 나갈 준비를 했네.

"왓슨 박사님, 같이 가시게요?"

그는 이상한 눈으로 나를 보며 물었네.

"경이 황무지로 가시느냐 여부에 따라 다르겠지요."

"저는 황무지로 갑니다."

헨리 경은 당연하다는 듯 대답했지.

"헨리 경, 제가 자꾸 당신의 사생활에 끼어드는 것 같아 미안합니다. 하지만 홈스가 제게 뭐라 당부했는지 잘 알고 계시지요? 특히나 황무지에 혼자 가는 것은 절대 안 됩니다."

헨리 경은 환하게 웃으며 내 어깨에 손을 얹었네.

"아무리 지혜로운 홈스 씨라 해도 예측할 수 없는 일이 있지요. 제가 여기 온 후에 어떤 감정에 휘말리게 될지 몰랐던 것처럼 말입니다.

박사님은 제 입장을 이해하시지요? 당신은 분명 남의 기분을 망치는 분이 아니리라 믿습니다."

헨리 경은 모자를 고쳐 쓰더니 눈을 찡긋하더군.

"그럼 저는 이만 나가겠습니다."

나는 어찌할 바를 모른 채 그 자리에 멍하니 서 있었네. 그러는 사이 헨리 경은 지팡이를 집어 들고 나가버렸지. 그때까지도 나는 무슨 말을 해야 할까, 어떻게 그를 붙잡아 놓을 수 있을까 등등을 고민하고 있었지만 소용없는 일이었네. 결국 나는 어떤 이유로든 그를 혼자 보내버린 것에 대해서 스스로를 비난했네. 내 양심에게도 떳떳하지 못한 일이었으니까. 그 순간 내 머릿속에 자네의 얼굴이 떠올랐네. 이대로 런던으로 돌아가서 자네의 당부를 어기는 바람에 불행한 일을 당하게 되었다고 고백하게 된다면! 오! 그때의 기분을 상상하는 것만으로도 얼굴이 붉어지고 어디론가 숨고 싶어만지는군. 그래서 나는 헨리 경을 뒤쫓기로 했네. 그를 따라잡기에 아직 늦지 않은 것 같아 즉시 메리핏 가 쪽으로 달려가기 시작했지.

나는 황무지로 향하는 갈림길이 나올 때끼지 그야말로 전력질주했네. 하지만 헨리 경의 그림자도 찾을 수가 없었어. 순간 나는 길을 잘못 든 것이라 판단했네. 그래서 아래를 내려다볼 수 있는 작은 언덕으로 올라갔네. 그곳은 버려진 채석장이 있는 산이었네. 아니나 다를까, 언덕 위로 올라가자 헨리 경의 모습이 보이더군. 그는 내 앞쪽으로 500미터쯤 떨어진 곳에 서 있었네. 그런데 그 옆에 한 여인이 함께 있더군. 그녀는 바로 스태플턴 양이었네. 그들은 미리 약속을 한 게 분명했어. 두 사람은 천천히 걸으며 무언가 심각한 이야기를 나누는 것 같았네. 스태플턴 양은 아주 진지하게 이야기를 하면서 손짓을 빠르게 했네. 헨리 경은 매우 주의 깊게 그녀의 이야기를 들는 것 같았어. 그러다 강한 부정을 하듯 고개를 크게 흔들더군. 나는 언덕 위 바위틈에 서서 두 사람의 모습을 조용히 지켜보았네. 하지만 언제까지 그들을 지켜볼지, 앞으로 어떻게 해야 할지 판단이 서지 않았어. 그야말로 진퇴양난이었네. 괜히 두 사람의 은밀하고 사적인 대화를 방해하는 짓은 절대 하고 싶지 않았네. 그렇다고 헨리 경을 두고 돌아올 수도 없었지. 내게 주어진 임무는 헨리 경을 곁에서 잘 지켜보는 것이니까 말이야. 물론 친구의 뒤를 몰래 밟은 일만은 정말 피하고 싶었다네. 그러다 생각했지. '나중에 헨리 경에게 오늘의 일을 고백하자. 그는 분명 내 행동을 이해해줄 것이다'라고 말일세. 아무튼 헨리 경에게 갑작스러운 위험이 닥쳤을 때 내가 너무 먼 거리에 있었던 것은 사실이네. 하지만 그 당시 내가 매우 곤란한 처지에 있었고, 더 이상 할 수 있는 일이 없었다는 것은 자네도 동의할 걸세.

그런데 그때 나는 새로운 사실을 깨달았네. 우리의 친구인 헨리 경과 스태플턴 양이 길 위에 멈춰 선 채로 대화를 나눌 때, 그들의 모습을 지켜보는 사람이 나 말고 또 있다는 사실을 말일세. 그것을 어떻게 알았냐고? 무언가 푸르스름한 것이 공중에 떠 있는 것을 목격했기 때문이지. 울퉁불퉁한 땅 사이에서 움직이던 기다란 막대기, 그것은 바로 포충망이었네. 그 포충망의 주인은 당연히 스태플턴이었지. 그는 나보다 훨씬 더 두 사람에게 가까운 위치에 있었는데 갑자기 그가 두 남녀 쪽으로 달려가기 시작했네.

공교롭게도 바로 그 순간 헨리 경이 스태플턴 양을 와락 끌어안았네. 그런데 스태플턴 양은 그의 얼굴을 외면하면서 가슴팍을 마구 밀어내더군. 그러자 헨리 경이 그녀를 향해 고개를 숙였고, 그녀는 저항하는 듯 한 손을 들어 올렸네. 다음 순간 나는 두 남녀가 화들짝

놀라며 황급히 떨어지는 모습을 보았네. 바로 스태플턴 때문이었지. 그는 우스꽝스럽게도 포충망을 등 뒤에 매단 채 두 사람을 향해 미친 듯이 뛰어오고 있었네. 스태플턴은 극도로 흥분했는지 두 사람을 앞에 두고 손짓 발짓을 마구 해대더군. 어찌 보면 춤을 추는 것 같기도 했고, 어찌 보면 욕설을 퍼붓는 것 같기도 했어. 헨리 경이 그를 달래며 뭔가 해명하려고 했지만 들으려고 하지 않더군. 헨리 경은 그 상황을 참기 힘든 것 같았어. 두 남자가 옥신각신하는 동안에도 스태플턴 양은 아무 말이 없더군. 고고하게 침묵을 지키면서 옆에 서 있기만 했지. 마침내 스태플턴이 홱 돌아서서 그녀에게 손짓을 했네. 그녀는 약간 망설이는 표정으로 헨리 경을 흘낏 쳐다보더니 오빠 옆으로 가더군. 스태플턴은 그런 누이동생을 매우 못마땅한 눈초리로 흘겨보았어. 준남작은 잠시 그들의 뒷모습을 멍하니 바라보다가 뒤돌아 걷기 시작했네. 고개를 힘없이 수그리고 어깨는 축 처진 채로 걷는 모습이 안쓰럽기까지 하더군.

나는 이 모든 일이 무엇을 의미하는지 알 수 없었네. 다만 친구 몰래 그가 감추고 싶어할지도 모르는 사적인 일을 지켜보았다는 것이 한없이 부끄럽더군. 그래서 나는 재빨리 언덕을 뛰어 내려갔네. 집으로 향하는 헨리 경과 만날 수 있도록 말이야. 언덕 아래에서 마주친 헨리 경의 얼굴은 시뻘겋게 달아올라 있었네. 그는 미간을 잔뜩 찌푸린 채 어찌할 바를 몰랐지.

"아니, 왓슨 박사님! 어디서 오시는 길입니까?"

그가 의심스러운 눈초리로 나를 보며 물었네.

"설마 그렇게 말렸는데도 제 뒤를 쫓아오신 건 아니겠죠?"

나는 그에게 그동안의 일을 다 말해주었네. 내가 그를 따라올 수밖에 없었던 이유, 그를 찾아서 미친 듯이 달려왔던 것, 그리고 그들 사이에 있었던 모든 일을 다 목격한 것까지 모조리 얘기했지. 내 말을 듣는 동안 그는 치밀어 오르는 화를 꾹 참는 것 같았네. 잠시 동안이지만 나를 무섭게 노려보기도 했지. 하지만 내가 솔직하게 고백하고 나자 화가 풀렸는지 피식 웃더군. 왠지 처량한 느낌이 나는 미소였네.

"황무지 한가운데라면 안전할 거라고 생각했습니다. 남의 눈에 쉽게 띄지 않는 장소니까."

힘없이 말을 잇던 그는 갑자기 무슨 생각이 떠올랐는지 두 손을 뺨에 가져다댔다네.

"오! 세상에! 그렇다면 온 동네 사람들이 다 내가 구애하는 장면을 구경하고 있었단 말입니까? 구애라고 말하기에도 형편없는 것을? 오! 도대체 당신은 어디에 있었습니까?"

"저 언덕 위에 있었습니다."

그는 내가 가리키는 곳을 보더니 한숨을 내쉬며 고개를 저었다.

"우리 바로 뒤에 있었군요. 박사님은 그 오빠라는 작자가 우리에게 다가오는 것을 보셨습니까?"

"봤습니다."

"우리를 덮치는 꼴이 마치 미친 사람 같지 않았습니까? 당신은 이제껏 그를 만나오면서 그가 정말 제정신이 아니라고 생각한 적이 있나요?"

"그런 적은 없었습니다."

"나 역시 그랬습니다. 적어도 바로 몇 분 전까지는 말입니다. 하지만 이제 보니 그와 나 둘 중 누군가는 반드시 병원에 가야 할 것 같군요."

"그가 왜 그러는지 모르십니까?"

내가 묻자 그는 답답하다는 듯 가슴을 내리치며 말했네.

"대체 나한테 뭐가 못마땅한 건지 도무지 알 수가 없습니다. 답답해서 죽을 지경이에요. 박사님! 당신은 나와 몇 주 동안 지내셨으니 솔직히 말씀해주십시오. 내가 사랑하는 여자에게 좋은 남편이 되지 못할 것 같습니까? 내가 그렇게 믿을 수 없는 남자입니까?"

"절대로 그렇지 않지요."

"솔직히 그가 저의 세속적 지위를 두고 반대할 이유는 없습니다. 그러니 그 사람은 바로 나 자신을 싫어하는 거지요. 도대체 왜 저를 반대할까요? 저는 이제껏 누구에게 해를 끼친 적이 한 번도 없습니다. 그런데 그자가 제게 뭐라고 한 줄 아십니까? 자기 누이동생의 손끝 하나라도 건드리면 가만두지 않겠답니다. 절대로!"

"정말 그렇게 말했습니까?"

그들 사이에 대충 그런 말이 오갔으리라 예상은 했지만 직접 듣고 보니 놀랍더군.

"그보다 더한 말도 했습니다. 물론 제가 스태플턴 양을 안 지는 몇 주밖에 되지 않았습니다. 하지만 그녀를 처음 본 순간부터 저는 그녀가 내 사람이라고 느꼈습니다. 그녀 역시 저와 함께 있을 때면 행복해했답니다. 그것을 어떻게 아느냐고요? 사랑스러운 그녀의 눈빛에서 진심을 봤으니까요."

헨리 경은 잠시 스태플턴의 얼굴을 떠올리는 듯 눈을 감더군. 하지만 금세 그의 얼굴이 일그러지기 시작했네.

"하지만 스태플턴 씨는 우리가 함께 있는 것을 수단과 방법을 가리지 않고 막으려고 했습니다. 그래서 생각 끝에 황무지에서 몰래 만나기로 약속했던 겁니다. 우리는 오늘에야 처음으로 단둘이 대화할 수 있는 기회를 가진 거였습니다."

"서로 무슨 이야기를 나눴습니까?"

내 질문에 헨리 경은 허탈하게 웃으며 한숨을 내쉬더군.

"그저 떠나라고만 하더군요. 이곳은 위험하니 런던으로 빨리 떠나라는 말만 반복했습니다."

"오! 세상에!"

"그녀가 흔쾌히 만날 약속을 하는 것을 보고 저는 달콤한 사랑을 속삭이는 상상만 했습니다. 그런데 상상치도 못했던 엉뚱한 이야기만 들은 셈이지요."

"그래서 경은 뭐라고 했습니까?"

"절대 그럴 수 없다고 했지요. 그녀를 만난 이상 헤어질 수는 없다고요. 그래도 그녀는 떠나라는 말만 하더군요. 그래서 진정으로 그것을 바란다면 차라리 함께 떠나자고 했습니다. 그 말은 곧 청혼이나 다름없었습니다."

힘없이 말을 잇는 헨리 경의 얼굴은 극심한 고통으로 일그러져 있었네.

"스태플턴 양이 뭐라고 답하던가요?"

"그녀가 대답하기도 전에 오빠라는 작자가 미치광이처럼 덤벼들었습니다. 그는 반쯤 정신이 나간 상태였어요. 얼마나 화가 났는지 얼굴은 새하얗게 질려 있었고 회색 눈은 이글이글 타오르고 있었다니까요. 대체 제가 그녀에게 무슨 짓을 했다고? 만약 그녀가 싫다고 거절했다면 저는 그녀를 깨끗이 포기했을 겁니다. 제가 준남작이기 때문에 마음대로 아무 짓이나 할 거라고 생각한 걸까요? 그가 만약 그녀의 오빠가 아니었다면 정말 가만있지 않았을 겁니다."

그는 분노가 치밀어 오르는 듯 두 주먹을 불끈 쥐고 온몸을 부르르 떨었다.

"내가 보기에 경도 스태플턴 씨에게 뭐라고 말하는 것 같던데요."

"저도 더는 참을 수가 없어서 소리쳤습니다. 당신 누이동생에 대한 내 감정은 진실이며 한 점 부끄럼도 없는 것이라고, 그녀가 내 아내가 되어준다면 정말 좋겠다고 말입니다. 하지만 스태플턴 양이 내 옆에 있다는 것을 생각해서 좀 참았어야 했는데……."

헨리 경의 얼굴에 후회의 빛이 어렸다.

"그런데 박사님도 보셨듯이 그 작자는 그녀를 데리고 가버렸습니다. 박사님, 도대체 이게 어떻게 된 일인지 말씀 좀 해주십시오. 제 머리로는 도저히 이해를 못하겠습니다. 도와주십시오."

나는 한두 가지 측면에서 설명을 해보려고 애썼지만 사실 나도 납득하기 힘들었네. 솔직히 헨리 경은 작위나 재산, 나이, 성격, 인품, 외모 등 어느 면에서도 나무랄 데가 없는 사람 아닌가? 바스커빌 가문에 내려오는 저주만 신경 쓰지 않는다면 굳이 그를 싫어할 이유는 없네. 그런데 헨리 경은 자신의 구애에 대한 그녀의 생각을 들어볼 기회조차 갖질 못했네. 아니, 기회를 강탈당했다고 해야 맞겠지. 그런데 스태플턴 양이 그런 상황을 너무나 담담히 받아들이고 있다는 것은 정말 의외였네.

하지만 이 모든 궁금증은 바로 그날 오후 다 해결되었네. 생각지도 못했는데 스태플턴이 바스커빌 저택으로 찾아왔다네.

"오늘 아침에 헨리 경에게 큰 무례를 저지른 것 같아 사과하러 왔습니다."

그는 헨리 경과 서재에 들어가 한참 동안이나 이야기를 나누었네. 한참 후에 서재에서 나오는 두 사람의 표정은 무척이나 밝더군. 그들이 서로에 대한 나쁜 감정을 정리하고 완전히 화해했다는 것을 알 수 있었어. 그 표시로 우리는 금요일에 메리핏 가에서 저녁 식사를 하기로 약속했지.

"이제부터는 스태플턴 씨가 미쳤다고 하지 않겠습니다."

헨리 경이 말했네.

"하지만 오늘 아침에 그가 달려들 때의 눈빛은 잊을 수가 없어요. 물론 아까처럼 그 누구보다도 정중하게 사과했다는 점은 인정해야겠지만 말입니다."

"그런데 왜 그런 행동을 했는지 말해주던가요?"

"네, 그는 누이동생이 자기 인생에서 가장 중요한 존재라고 하더군요. 그야 당연한 일이지요. 솔직히 스태플턴 양이 얼마나 귀한 사람인지 잘 알고 있는 것 같아 무척 기뻤습니다. 두 사람은 서로에게 유일한 가족이었답니다. 특히나 외로움을 잘 타는 자신에게 누이동생은 유일한 의지처였다는군요. 그래서 동생을 잃게 되는 걸 참을 수가 없었답니다."

"그럴 수도 있겠군요."

"그는 제가 그녀를 사랑하고 있다는 것을 몰랐답니다. 그러다 자기 눈으로 직접 목격하고 나니 너무 충격이 컸다고요. 누이동생이 떠날지도 모른다는 생각 때문에 순간 이성을 잃었다고 했습니다."

"그런데 어떻게 마음을 돌린 걸까요?"

"흥분을 가라앉히고 보니 누이동생처럼 아름다운 여인을 평생 자기 옆에 붙들어두는 것은 어리석고 이기적인 일이라는 생각이 들더랍니다. 그래서 누이동생이 자기 곁을 떠나야 하는 게 운명이라면 다른 사람보다는 저 같은 이웃에게 보내는 것이 낫겠다는 결론을 내렸다는군요. 하지만 지금 당장은 힘들다고 합니다. 우리의 결혼을 받아들이기까지는 마음을 다스릴 시간이 필요하다고 했습니다."

"얼마 동안이나요?"

"세 달입니다. 그동안 제가 결혼 이야기를 꺼내지 않는 조건입니다. 또 그녀의 사랑을 요구하기보다는 우정을 키워가는 것만으로 만족한다면 자기는 아무런 반대도 하지 않겠다고 했습니다."

"경께서는 그 제안에 동의하셨습니까?"

"그렇습니다. 일단 결혼 문제는 뒤로 미뤄졌지만 복잡한 문제는 풀린 셈이지요."

이렇게 해서 작은 수수께끼 하나가 풀렸네. 깊고 어두운 늪 속에서 허우적대다가 겨우 바닥을 치고 올라온 느낌이야. 이제 우리는 스태플턴이 왜 헨리 경처럼 훌륭한 구혼자를 못마땅하게 여겼는지 그 이유를 알게 되었네.

그래서 나는 또 다른 실타래를 풀어보려고 하네. 한밤중에 흘러나오는 울음소리, 배리모어 부인의 눈물로 얼룩진 얼굴, 집사가 밤마다 서쪽 창가를 찾아가는 이유 등 복잡하게 얽힌 일들 말이야.

친애하는 홈스! 나를 격려하고 칭찬해주게! 적어도 자네의 대리인으로서 실망스럽지 않았다고 말이야. 나를 믿고 이곳으로 보낸 것을 후회하지 않을 걸세. 내가 왜 이렇게 흥분하는지 눈치 챘나? 그건 바로 이 모든 수수께끼를 하룻밤 고생한 후에 다 풀어냈기 때문이야.

방금 하룻밤이라고 했지만, 실은 이틀 밤의 수고였네. 첫째 날은 허탕을 쳤다네. 나는 헨리 경의 방에서 거의 새벽 3시가 될 때까지 배리모어가 움직이기만을 기다렸네.

하지만 계단에서 울리는 시계 종 치는 소리를 빼고는 어떤 소리도 듣지 못했어. 결국 두 사람 다 의자에 앉은 채로 잠들어버리고 말았지. 아주 우울하고 처량한 불침번이었네.

하지만 우리는 실망도 포기도 하지 않았어. 다음 날 다시 시도하기로 했지. 둘째 날 밤, 우리는 등불을 희미하게 켜둔 채 아무 소리도 내지 않고 가만히 앉아 있었네. 일 초 일 초가 정말 한없이 느리게 지나더군. 우리는 지루하기 그지없는 그 시간을 담배를 피우며 견디고 있었어. 힘들었지만 인내심과 호기심을 가지고 끝까지 기다렸지. 사냥감이 덫에 걸리기만을 기다리는 사냥꾼의 마음이 그런 걸까? 시계가 한 시를 알리고 두 시를 알리는 사이 우리는 점점 지쳐갔고 나중에는 자포자기의 심정이 되더군.

바로 그때였네. 복도 마루가 삐걱거리는 소리가 들리는 것이었어. 헨리 경과 나는 눈빛을 반짝이며 두 귀를 쫑긋 세웠지. 우리는 숨을 죽인 채로 발소리가 멀리 사라질 때까지 기다렸네. 그런 뒤에 준남작이 조심스럽게 방문을 열었어.

그리고 손에 땀을 쥐게 하는 추격전이 시작되었어. 촛불을 든 집사는 벌써 복도를 돌아간 뒤였네. 그래서 복도는 매우 어두웠어. 하지만 우리는 두 눈을 크게 뜨고 맞은편 복도를 향해 조심스럽게 걸어갔네. 저만치에서 큰 키에 검은 수염을 기른 집사가 복도를 걸어가는 모습이 보이더군. 그는 어깨를 잔뜩 움츠린 채 뒤꿈치를 들고 걸어가고 있었어. 배리모어는 예전의 그 방으로 들어갔네. 순간적으로 촛불에 비친 방 안이 드러나는가 싶더니 이내 문이 닫혔네. 그리고 어두운 복도로 노란 빛줄기가 새어 나오더군. 우리는 그 방을 향해 조심스럽게 걸었네. 한 발 한 발 걸을 때마다 소리가 나지 않게 최대한 노력했지. 미리 구두를 벗고 양말만 신은 채로 뒤를 쫓는 주도면밀함을 보이기까지 했지만 낡은 마루가 삐걱거리는 것은 어쩔 도리가 없더군. 혹시라도 배리모어가 그 소리를 들었을까 싶어 등줄기에 식은땀이 흘렀네. 하지만 다행히도 그는 귀가 약간 어두운 데다 자신이 하는 일에 정신이 팔려 있었어. 드디어 방문 앞에 도착한 우리는 문틈으로 방 안을 들여다보았지. 역시나 집사는 손에 촛불을 든 채로 창가에 기대 서 있었어. 이틀 전에 내가 보았던 것과 똑같은 자세로 말이야.

사실 우리는 그의 뒤를 쫓는다는 것까지만 계획을 세워두었지, 그 다음 일에 대해서는 논의하지 않았었네. 그런데 역시나 헨리 경은 거침없고 직선적인 사람이었어. 내게 아무런 말도 없이 방문을 덜컥 열더니 성큼성큼 걸어 들어가는 것이 아니겠나. 갑작스러운 주인의 등장에 배리모어는 귀신이라도 본 듯 놀라 온몸을 벌벌 떨었네. 그의 목구멍에서 쇳소리 같은 비명소리가 터져 나왔지. 그는 새파랗게 질린 얼굴로 부들부들 떨며 창가에서 비켜서더군. 그리고 두려움이 가득한 눈으로 헨리 경과 내 얼굴을 번갈아 바라보았네.

"배리모어, 여기서 뭘 하고 있지?"

헨리 경이 무섭게 쏘아보며 물었네.

"아무것도 아닙니다, 주인님."

배리모어는 제대로 말을 잇지도 못할 정도로 긴장한 상태였네. 어찌나 몸을 떨었는지 손에 든 촛불이 이리저리 흔들거려 마치 그림자들이 춤을 추는 듯 보였어.

"차, 창문을 점검하고 있었습니다. 창문이 제대로 잠겼는지 밤마다 검사를 하니까요."

"2층을 말인가?"

"그럼요, 창문 전부를 다 살핀답니다."

"여보게, 배리모어!"

헨리 경이 엄격하고 위엄 있는 목소리로 말했네.

"우리는 자네에게 진실을 듣고 싶네. 그러니 지금 당장 말하게. 괜히 거짓을 말해서 수고롭게 하지 말란 말이야! 어서 말하게! 저 창문 앞에서 무엇을 하고 있었나?"

배리모어는 두 손을 꽉 맞잡은 채로 이리저리 몸을 비틀어대고 있었네. 불안하게 흔들리는 눈동자로 우리를 쳐다보면서 말이야.

"주인님, 저는 아무 짓도 하지 않았습니다. 그저 촛불을 들고 창문 옆에 서 있었을 뿐입니다."

"그러니까 왜 촛불을 들고 창가에 서 있었냔 말이야!"

헨리 경이 무섭게 다그치자 배리모어의 얼굴은 고통스럽게 일그러졌다네.

"제발 묻지 마십시오. 부탁입니다. 이 일은 저의 비밀이 아닙니다. 그러니 주인님께 아무런 말씀도 드릴 수가 없습니다. 만약 제 일이었다면 벌써 말씀드렸겠지요."

그때 문득 내 머릿속에 어떤 생각이 떠올랐네. 그래서 나는 떨고 있는 집사의 손에서 촛불을 빼앗아 들었지.

"이건 누구에게 신호를 보내기 위해 사용한 게 틀림없습니다."

내가 말했네.

"무슨 신호가 돌아오는지 한번 두고 봅시다."

나는 집사가 했던 것처럼 촛불을 들고 칠흑 같은 어둠 속을 응시했네. 달이 구름에 가려져 있었기 때문에 검은 덩어리처럼 보이는 나무들과 희미하게 보이는 황무지를 겨우 구분할 수 있었지. 몇 초의 시간이 흘렀을까, 나는 짙은 어둠 속에서 타오르는 노란 불빛을 보았네. 내 입에서는 절로 탄성이 새어나왔지.

"찾았다!"

"아닙니다! 저건 아무것도 아닙니다! 제발 믿어주십시오!"

집사가 다급히 소리쳤네.

"왓슨 박사, 그 촛불을 움직여보십시오!"

준남작이 소리쳤네. 나는 그가 말한 대로 촛불을 좌우로 움직여보았지. 그러자 저쪽의 불빛도 이리저리 움직이는 게 아닌가! 준남작은 잔뜩 흥분해서 달아오른 얼굴로 소리쳤네.

"나쁜 자식! 이래도 저게 신호가 아니라고 우길 테냐? 어서 말해 보아라! 저쪽에 있는 네 패거리는 누구냐? 대체 무슨 음모를 꾸미고 있는 게냐?"

그런데 이때까지 공포에 질려 있던 집사의 얼굴에 반항의 빛이 떠오르기 시작했네. 그는 못마땅한 표정으로 대답했네.

"이건 제 일입니다. 주인님의 일이 아니란 말입니다. 그러니 말하지 않겠습니다!"

"그렇다면 당장 이 집에서 나가라!"

헨리 경이 무섭게 소리쳤네. 이번에도 집사는 당당하게 맞서더군.

"알겠습니다. 나가야 한다면 나가겠습니다."

"집사 당신은 이 바스커빌 저택에서 매우 불명예스럽게 쫓겨나는 거다. 젠장! 부끄러운 줄 알아라. 너희 집안은 백년도 넘는 시간 동안 우리와 함께 살아왔다. 그런데 이제는 나를 해칠 끔찍한 음모를 꾸미려는 것이냐?"

그때였네. 갑자기 여자 목소리가 우리 등 뒤에서 들려왔네. 돌아보니 배리모어의 아내가 서 있었어. 그녀는 남편보다 더 창백하고 공포에 질린 표정으로 문 옆에 서 있더군. 숄과 스커트를 걸친 그녀의 뚱뚱한 몸집이 상당히 우스꽝스럽게 보였어. 만약 진지한 표정만 아니었다면 웃음이 터졌을지도 모를 정도로 말이야.

"엘리자, 우리는 이제 떠나야 해. 다 끝났어. 서둘러 짐을 싸도록 해."

집사가 힘없이 말했지.

"오! 여보! 제가 왜 당신을 이 일에 끌어들였을까요?"

그녀는 금방이라도 울음을 터뜨릴 것 같은 표정으로 소리쳤어.

"주인님! 다 제 탓이에요. 모든 게 저 때문이에요. 남편은 저를 위해서, 제 부탁을 받고 이 일을 한 것뿐이랍니다."

"좋아, 그렇다면 다 말해보게. 지금 그게 무슨 말인가?"

헨리 경이 엄하게 묻자 그녀는 두 손으로 붉게 달아오른 뺨을 가리고 말을 시작했네.

"제 불쌍한 남동생! 그 아이가 황무지에서 굶어 죽어가고 있습니다. 저희는 그 아이가 이 집 문 앞에서 굶어 죽게 내버려둘 수는 없었습니다. 그래서 이 촛불을……."

"이것은 신호가 맞지?"

"네, 음식이 준비되었다는 걸 알리는 신호랍니다."

"그럼 저쪽에서 보내는 불빛은?"

"우리가 음식을 가져갈 장소를 알려주는 신호지요."

"혹시 그 동생이……?"

"탈옥수입니다, 주인님. 죄수 셀든이지요."

그녀는 무겁게 고개를 떨어뜨리며 말했네.

"사실입니다, 주인님."

굳은 표정으로 아내를 바라보던 배리모어가 말했네.

"아까 저의 비밀이 아니기 때문에 말씀드릴 수 없었다고 한 이유가 바로 그겁니다. 이 일이 주인님을 두고 음모를 꾸민 것이 아니라는 것은 이제 아시겠지요."

세상에! 한밤중에 몰래 집 안을 돌아다니고, 창가에 촛불을 밝혔던 것이 모두 그 때문이었단 말인가! 헨리 경과 나는 놀라움을 금치 못하고 배리모어 부인을 쳐다보았네. 이 무표정하고 행실 바른 여인이 나라에서 가장 악명 높은 범죄자와 같은 핏줄을 타고났다니! 내

귀로 듣고도 믿기 힘든 이야기였네. 배리모어 부인은 이제 모든 것을 체념한 표정으로 담담히 이야기를 시작했네.

"주인님, 이제 모든 사실을 말씀드리겠습니다. 제 처녀 시절의 성은 셀든이었습니다. 그리고 저 무서운 황무지에서 외롭게 방황하는 아이는 제 막내 동생이고요. 그 아이가 어렸을 때부터 어른들이 너무 응석을 받아준 탓에 하고 싶은 일은 모두 하고 컸습니다. 그래서 세상이 온통 자기를 위해 존재한다고 생각했고 결국 뭐든지 제 맘대로 행동하게 되었지요. 자라면서는 아주 질이 나쁜 친구들을 사귀더니 거의 악마처럼 변해버리더군요. 집안에 먹칠을 한 일도 한두 번이 아니었습니다. 그 때문에 불쌍한 제 어머니의 마음은 숯처럼 시커멓게 타버렸지요. 결국 점점 더 죄의 구덩이 속으로 빠져 들어간 그 아이는 형장의 이슬로 사라질 처지에 놓이게 되었습니다. 오직 하나님의 자비심으로 간신히 목숨을 구할 지경에 이르렀지요."

배리모어 부인은 북받치는 감정을 이기지 못하고 어깨를 들썩이더군. 그러더니 눈물 젖은 두 눈으로 헨리 경을 바라보며 말했네.

"하지만 주인님, 제게 있어 그 아이는 그저 함께 놀아주고 돌보아주었던 어린 소년일 뿐입니다. 사실 그 애가 탈옥한 것은 저 때문이랍니다. 누나인 제가 여기 산다는 것과 제가 자신의 부탁을 거절하지 못하리라는 것을 잘 알고 있었지요. 어느 날 밤, 지치고 굶주린 몸을 겨우 이끌고 저를 찾아온 아이에게 제가 어떻게 할 수 있었겠습니까? 경비대원들에게 바짝 쫓기고 있는 그 아이를 말입니다."

"그래서 집 안에 들였나?"

"네, 일단 집에 데리고 와서 음식을 먹이고 옷을 내주었습니다. 그러던 중에 주인님이 돌아오신 겁니다. 제 동생은 아무래도 이곳보다는 황무지가 더 안전할 거라고 생각하고 그곳에 숨어 있답니다."

"그 이후로는 촛불로 신호를 보냈단 말이지?"

"이틀에 한 번씩 신호를 보냈습니다. 아직 그 아이가 거기에 있는지 확인하려고요. 저희 신호에 응답이 오면 남편은 빵과 고기를 그 애에게 가져다주었습니다. 믿지 못하실지 모르지만, 저희는 매일같이 그 애가 다른 곳으로 가기만을 기도하고 있습니다. 하지만 이곳에 있는 만큼은 동생을 외면할 수 없었습니다."

배리모어 부인은 아까보다 훨씬 홀가분한 표정으로 짧은 한숨을 내쉬었네.

"주인님, 저는 하나님을 믿는 정직한 여인입니다. 지금 제가 말씀드린 것은 모두 사실입니다. 이제 주인님께서는 이 일에 비난을 받아야 할 사람은 제 남편이 아니라 저라는 사실을 아셨을 겁니다. 남편은 오직 저를 위해서 그처럼 위험한 일을 했던 것뿐입니다."

그녀의 말 속에는 진실한 감정이 섞여 있었네. 도저히 그 말을 의심할 수 없을 정도로.

"배리모어, 모두 사실인가?"

헨리 경이 물었네.

"그렇습니다. 모두 사실입니다."

배리모어가 담담하게 대답했지.

"흠, 나는 자네가 아내를 도왔다는 사실을 비난할 생각은 없네. 그러니 아까 내가 했던 말은 모두 잊게. 그리고 이제 방으로 돌아가서 쉬도록 하게. 이 문제에 대해서는 내일 아침에 다시 이야기하도록 하지."

헨리 경이 차분하게 말하자 배리모어 부부는 고개를 숙인 채로 방을 나갔네. 헨리 경이 창가로 다가가 창문을 확 열어젖혔네. 차가운 밤바람이 얼굴을 파고들더군. 창밖을 내다보자 저 멀리 어둠 속에서 자그마한 노란 불빛이 여전히 빛나고 있었네.

"왓슨 박사님, 그는 아주 위험한 존재예요."

헨리 경이 미간을 찌푸리며 말했네.

"분명 저 불빛은 여기서만 보이도록 장치했을 겁니다."

"그렇군요. 여기서 거리가 얼마나 될까요?"

헨리 경은 두 눈을 가늘게 뜨고는 불빛이 있는 곳을 응시하며 물었네.

"클레프트 바위산 바로 옆인 것 같군요."

"흠, 3~4킬로미터쯤 돼 보이는군요."

"맞아요. 그쯤 될 겁니다."

"배리모어가 음식을 가져다 줘야 하니 아주 먼 곳에 있을 리가 없지요. 지금 저 악당은 촛불을 켜놓고 음식이 오기만을 기다리고 있을 겁니다. 왓슨 박사님! 당장 저놈을 잡으러 갑시다!"

헨리 경은 주먹을 불끈 쥐고 불빛을 노려보았네. 그런데 홈스! 실은 나도 그와 똑같은 생각을 하고 있었다네. 솔직히 배리모어 부부는 스스로 비밀을 털어놓았던 게 아니었어. 어쩔 수 없는 상황이라 말할 수밖에 없었던 거지.

아무튼 셀든은 피도 눈물도 없는 위험인물이네. 반드시 사회에서 추방해야만 하지. 나는 그렇게 극악무도한 자는 영원히 가둬놓아야 한다고 생각하네. 어떤 사람에게도 해를 끼치지 못하도록 말이야. 만약 우리가 아무런 조치도 취하지 않는다면 다른 누군가가 피해를 당할 게 뻔해. 예를 들면 우리의 각별한 친구인 스태플턴 남매가 습격을 당할 수도 있으니까. 헨리 경이 그렇게 신경을 바짝 곤두세운 것도 바로 그 때문이었을지 몰라.

"저도 가겠습니다."

내가 말했네.

"그러면 어서 신발을 신고 권총을 챙기세요. 되도록 빨리 출발합시다. 시간을 끌었다가 놈이 불을 끄고 다른 곳으로 가버릴 수도 있으니까요."

5분 뒤, 헨리 경과 나는 문을 나섰네. 서늘한 가을바람이 목덜미를 스쳐 지나더군. 발밑으로 바스락거리는 낙엽소리를 들으며 우리는 어두운 관목 숲을 서둘러 지나갔네. 공기에는 축축하게 썩은 냄새가 진하게 배어 있었네. 구름 사이로 달이 잠깐 얼굴을 내밀었지만, 밤하늘은 온통 시커먼 구름으로 뒤덮여 있었지. 우리가 막 황무지로 들어서자 이슬비가 내리기 시작했네. 여전히 노란 불빛은 우리 눈앞에서 타오르고 있었네.

"경은 어떤 무기를 가져오셨습니까?"

내가 물었네.

"사냥용 채찍을 가져왔습니다."

"최대한 빨리 놈을 제압하는 게 가장 중요합니다. 물불 안 가리고 덤빌 게 분명하니 최대한 저항할 틈을 주지 말아야 합니다."

"왓슨 박사님, 만약 홈스 씨가 여기 있다면 뭐라고 할 것 같습니까? 악의 세력이 판치는 어둠의 시간에 우리가 하려는 일에 대해서 말입니다."

헨리 경은 다소 긴장한 듯 침을 꿀꺽 삼키며 물었네.

그런데 바로 그때였네. 마치 헨리 경의 말에 대답이라도 하듯, 드넓은 황무지의 어둠 속에서 괴이한 울음소리가 들려왔네. 그것은 분명 그림펜 늪지 근처에서 전에 들어봤던 소리였어. 그 소리는 고요한 밤의 적막을 깨뜨리고 있었네.

처음에는 낮고 긴 웅얼거림이었지만 점점 소리가 커지더니 울부짖음으로 변했네. 그러다 다시 구슬픈 신음소리가 되어 잦아들기를 반복하더군. 무섭고 소름끼치는 소리가 공기 중에 가득 차오르자 온몸에 소름이 돋았네. 준남작은 새파랗게 질린 얼굴로 내 옷소매를 붙잡았지.

"세상에! 대체 저 소리는 뭡니까?"

"잘 모르겠지만 황무지에서 나는 소리 같군요. 전에도 들어본 적이 있습니다."

우리가 몇 마디 나누는 동안 갑자기 소리가 사라져버렸네. 사방은 쥐죽은 듯 고요했지. 우리는 귀를 쫑긋 세웠지만 끝내 아무런 소리도 들려오지 않았어.

"왓슨 박사님, 그건 사냥개의 울부짖음이었을 겁니다."

헨리 경이 갈라진 목소리로 말했네. 그는 최대한 침착하려 애썼지만 공포에 사로잡혔다는 사실을 감출 수는 없었던 거야. 그의 목소리를 듣고 보니 나도 어쩐지 등골이 오싹해지는 것 같았네.

"사람들은 이 소리를 뭐라고 한답니까?"

헨리 경이 물었네.

"어떤 사람들 말입니까?"

"이 지방 사람들 말입니다."

"그들은 무지한 사람들입니다. 그들이 뭐라고 하든 신경 쓸 필요는 없을 것 같군요."

나는 애써 딴청을 피웠지만 헨리 경은 집요하게 물고 늘어졌네.

"말씀해주십시오. 사람들이 저 소리에 대해 뭐라고 합니까?"

나는 잠시 망설였지만 그 질문을 피할 방법이 없었지.

"바스커빌 가의 사냥개가 우는 소리라고 합니다."

헨리 경의 입술 사이로 고통스러운 신음소리가 터져 나왔네. 그는 한동안 아무 말도 하지 않고 그저 하늘만 바라보았지.

"맞아요. 그건 사냥개였습니다."

마침내 그가 입을 열었네.

"하지만 그 울음소리는 여기서 몇 킬로미터나 떨어진 곳에서 나는 것 같았습니다."

"소리가 어디서 나는지 확실히 분간하기 힘들군요."

"그 소리는 바람을 타고 왔습니다. 혹시 그림펜 늪 쪽에서 난 게 아닐까요?"

"아무래도 그런 것 같군요."

"왓슨 박사님, 당신도 그 울음소리가 사냥개의 울부짖음이라고 생각하십니까?"

헨리 경은 심각한 표정으로 내 눈을 응시하며 말했네.

"저는 어린아이가 아닙니다. 아무런 걱정 마시고 진실을 말해주십시오."

"지난번에 그 소리를 들었을 때 스태플턴 씨와 함께 있었습니다. 그는 그 소리가 희귀조(稀貴鳥: 드물어서 매우 진귀한 새 – 편집자 주)의 울음소리라고 하더군요."

내가 말하자 헨리 경은 정색하며 고개를 저었네.

"아닙니다. 그건 분명 사냥개의 소리였어요. 맙소사! 이 모든 일들 속에 도대체 어떤 진실이 들어 있는 걸까요? 정말 저주받은 운명 때문에 제가 위험에 처하게 될까요? 박사님도 그럴 거라 믿으시나요?"

"당연히 믿지 않습니다!"

나는 헨리 경을 안심시키기 위해 일부러 힘주어 말했지.

그러나 헨리 경은 이마에 식은땀을 흘리고 있었네. 극심한 긴장감에 시달리고 있는 게 분명했어.

"런던에서 그 이야기를 들었을 때는 모든 게 우습기만 했습니다. 하지만 지금 어두운 황무지에 서서 저 울음소리를 듣고 보니 웃음은 커녕 온몸이 굳어가는 것만 같습니다. 게다가 내 숙부님이 쓰러진 곳 옆에는 사냥개의 발자국이 찍혀 있었습니다. 이제야 모든 것이 맞아 들어가는군요!"

그는 내 팔을 붙들고는 정신없이 말을 쏟아냈네.

"오! 저는 절대로 겁쟁이가 아닙니다. 하지만 저 소리를 듣고 보니 온몸이 얼어붙는 것만 같습니다. 여기! 제 손을 만져보십시오!"

과연 내 손을 붙잡은 그의 손은 대리석처럼 차가웠네.

"내일이면 괜찮아질 겁니다."

나는 그를 안심시키려고 최대한 침착하게 말했네.

"하지만 제 머릿속에서 저 울음소리를 지워버리지는 못할 것 같습니다. 이제 우리는 어떻게 해야 합니까?"

"차라리 돌아갈까요?"

내 말에 헨리 경은 강하게 고개를 저었네. 그는 이를 아물더니 어둠에 싸인 황무지를 노려보았지.

"그건 절대 안 됩니다! 마음먹고 나왔으니 반드시 셀든을 잡아야 합니다. 우리는 지금 탈옥수와 지옥의 사냥개를 동시에 쫓고 있습니다. 적어도 우리가 쫓기고 있는 것은 아니란 말이지요. 자, 갑시다! 지옥의 악마들이 황무지에서 활개를 치고 있는지 어떤지 우리 눈으로 확인해봅시다!"

헨리 경의 말대로 우리는 다시 어둠 속으로 전진했네. 주위에는 울퉁불퉁하고 시커먼 바위산들이 서 있었고 저 멀리 노란 불꽃이 또 렷하게 빛나고 있었네. 그런데 앞도 분간하기 어려울 정도로 어두운 밤에 불빛이 있는 곳까지의 거리가 얼마나 되는지 가늠하기란 정말 어려웠네. 어느 때는 불빛이 지평선 저 멀리 있는 것 같았고, 또 어느 때는 바로 몇 미터 앞에 있는 것처럼 보였지. 하지만 분명한 것은 불빛이 어디에서 오는지 방향이 정확하다는 것과 생각보다 멀지 않은 곳에 있다는 점이었네.

얼마나 지났을까, 앞을 향해 무작정 걷던 우리는 드디어 불빛 가까이에 도착했네. 촛농이 흐르는 초 하나가 바위틈에 꽂혀 있더군. 초 양쪽으로는 바위가 병풍처럼 둘러 있어서 바람을 막아줄 뿐만 아니라 바스커빌 저택을 제외한 다른 방향에서는 불빛이 보이지 않게 가려주고 있었네. 우리는 커다란 화강암 뒤에 몸을 숨긴 채로 신호용 촛불을 바라보았지. 순간 이상한 기분이 들더군. 인적이라고는 없는 황무지 한가운데서 초 한 자루가 저 혼자 타는 모습을 보는 것은 흔한 일이 아니니까.

"이제 어떻게 할까요?"

헨리 경이 낮은 목소리로 속삭였네.

"일단 여기서 기다리는 게 좋겠습니다. 놈은 분명히 촛불 근처에 있을 겁니다."

그런데 정말 내 말이 끝나기도 전에 그자가 나타났네. 촛불이 타고 있는 바위 틈새로 흉악하기 그지없는 얼굴이 드러났네. 진흙으로 뒤범벅이 된 얼굴에는 수염이 덥수룩하게 자라 있었고 머리는 수세미처럼 헝클어져 있더군. 그 모습은 마치 그 옛날 굴속에 살았던 야만인의 모습과 같았어.

그자의 발아래 놓인 촛불이 작고 교활한 눈에 반사가 되었네. 그자는 사냥꾼의 발소리를 들은 사납고 교활한 짐승처럼 두 눈을 좌우로 굴리며 어둠 속을 노려보고 있었네.

그자는 지금의 상황을 의심하고 있는 게 분명했어. 어쩌면 배리모어가 우리가 모르는 은밀한 신호를 보냈을지도 모르지. 아니면 다른 이유 때문에 그자가 눈치를 챈 것일지도 몰라. 아무튼 그자의 흉악한 얼굴에 한 줄기 공포가 드리워져 있다는 사실만큼은 분명했네. 그런데 갑자기 일이 벌어졌어. 그자가 매우 빠른 속도로 어둠 속으로 사라져버린 것이었네. 깜짝 놀란 우리는 재빨리 앞으로 뛰쳐나갔어.

그 순간 탈옥수는 입에 담기조차 힘든 욕설을 마구 퍼부으며 우리에게 돌멩이를 집어던졌지. 다행히도 돌은 우리가 숨어 있던 화강암에 정통으로 맞았네. 그자가 벌떡 일어나 달아날 때 나는 그의 몸을 볼 수 있었어. 순간 운이 좋게도 달이 구름 밖으로 얼굴을 내밀었기 때문이야. 그는 비록 키는 작았지만 체구는 단단하고 힘이 세 보였네. 우리는 서둘러 산언저리로 달려갔네. 앞서 도망치는 탈옥수는 산양처럼 앞에 놓인 돌들을 껑충껑충 뛰어넘으며 엄청난 속도로 뛰어가더군. 솔직히 그 정도 거리에서라면 권총으로 그를 맞힐 수 있었네. 하지만 내가 권총을 가지고 나간 것은 공격당할 경우를 대비하기 위한 것이었지 무기도 없이 도망치는 사람을 뒤에서 쏘려는 것이 아니었네.

나나 헨리 경 모두 체력이 좋은 편인 데다 달리기도 잘하는 사람들이라네. 우리는 숨이 턱에 닿을 정도까지 달리고 또 달렸네. 하지만 그를 따라잡기에는 역부족이었어. 그자와의 거리는 점점 더 벌어졌을 뿐이었지. 마침내 그자는 저 멀리 산비탈 바위 사이에서 빠르게 움직이는 작은 점처럼 보이더군. 결국 우리는 달리기를 멈추고 숨을 헐떡이며 바위에 주저앉아버렸네. 더 이상 우리가 할 수 있는 일은 없었어. 그저 그가 사라져가는 것을 지켜보는 것밖에는 말이야.

그런데 전혀 예상치 못했던 일이 벌어졌네. 바위에 멍하니 앉아 있던 우리가 추적을 포기하기로 하고 자리에서 일어났을 때였네. 그때 내 눈에 보인 것은 뾰족하게 솟은 화강암 바위산 위로 살짝 걸린 은빛 달이었네. 그리고 빛나는 달빛 아래에 한 남자가 서 있었네. 순간 나는 흑단으로 만든 동상을 세워둔 것일까 생각했지. 그것은 분명 환영이 아니었네. 홈스! 나는 평생토록 무언가를 그렇게 똑똑하게 본 적이 없다고 장담할 수 있어. 그 사람은 키가 크고 야윈 남자였어. 그는 마치 눈앞에 펼쳐진, 이탄(땅속에 묻힌 시간이 오래되지 않아 완전히 탄화하지 못한 석탄 – 편집자 주)과 화강암으로 이루어진 거대한 황무지에 대해 깊이 생각하는 것처럼 보였어. 그는 다리를 약간 벌린 채로 팔짱을 끼고 서서 고개를 숙이고 있었지. 어쩌면 그는 저 무시무시한 황무지의 유령이었을지도 몰라. 아무튼 분명한 것은 그가 탈옥수는 아니었다는 점이야. 그는 탈옥수가 사라진 곳과 전혀 다른 방향에 서 있었거든. 게다가 그는 탈옥수보다 훨씬 키가 컸네.

그 모습을 보고 소스라치게 놀란 나는 헨리 경에게 그쪽을 보라고 손짓했지. 하지만 내가 경의 팔을 잡기 위해 돌아선 그 짧은 순간에 그 남자는 사라져버리고 없었네. 달은 여전히 화강암 바위산의 날카로운 봉우리 끝에 걸려 있었지만, 조용히 그 자리에 서 있던 사람은 흔적조차 없어진 거야.

나는 당장에 그 바위산 주변을 다 뒤져보고 싶었어. 하지만 그곳까지 거리가 상당히 멀었다네. 게다가 준남작은 집안에 내려오는 암울한 이야기를 연상시키는 사냥개의 울음소리 때문에 여전히 신경이 곤두서 있었지. 그런 상태에서는 새로운 모험을 하고 싶을 리가 없었네. 게다가 헨리 경은 바위산 정상에 서 있던 사람을 직접 보지 못하지 않나.

그러니 그 이상한 사내의 당당한 모습을 본 내가 느꼈던 전율을 이해하기 힘들었지.

"아마 경비원일 겁니다."

헨리 경이 말했네.

"탈옥수 때문에 황무지에 경비원이 쫙 깔렸으니까요."

물론 그의 말이 맞을 가능성은 매우 높네. 하지만 일을 보다 분명히 처리하고 싶다는 생각이 들더군. 그래서 우리는 프린스타운 교도소에 연락을 해볼 생각이라네. 아무튼 우리 손으로 놈을 잡을 수 있었는데 놓쳐버린 것은 너무나 아쉬운 일이었어.

친애하는 홈스, 여기까지가 어젯밤에 일어난 사건의 전모라네. 이제 자네는 내가 훌륭하게 보고서를 완성해 자네에게 큰 도움을 주었다는 사실을 인정해야만 하네. 물론 지금까지 내가 한 이야기의 상당 부분이 바스커빌 저택의 사건과는 별 상관이 없어 보일 수도 있어. 하지만 나는 사소한 것 하나까지도 자네에게 알려야만 한다고 생각하네. 그중에서 도움이 될 만한 것을 선택하는 것은 자네가 해야 할 일이지. 그리고 그것이 최선의 방법일 걸세. 이제 수사를 좀 더 진전시킬 수 있을 거야. 적어도 배리모어 부부에 대해서 우리는 그들의 동기를 밝혀냈고 상황을 분명히 이해할 수 있었네. 하지만 황무지에서 퍼져 나오는 무시무시한 울음소리와 수수께끼 같은 거주자들의 비밀은 아직도 풀리지 않았어. 아무래도 이 문제를 풀기 위해서는 자네가 직접 내려오는 것이 가장 좋을 것 같아. 어쨌든 며칠 안으로 또 소식 전하겠네.

10
왓슨의 일기장

지금까지 나는 초기에 셜록 홈스에게 보냈던 편지 내용을 인용했다. 하지만 이제는 그 방법을 버리고, 당시에 썼던 일기장의 도움을 받아 내 기억력에 의존해야 하는 시점에 이르렀다. 그 당시 일기장을 읽다 보니 마음속에 뚜렷이 새겨진 기억이 선명하게 되살아났다. 이제 나는 탈옥수 추적을 포기하고 황무지에서 이상한 경험을 했던 다음 날 아침의 일부터 이야기를 시작하려고 한다.

10월 16일. 가랑비가 흩뿌리고 안개가 낀 날씨

바스커빌 저택은 짙게 피어오르는 뭉게구름 속에 둘러싸여 있었다. 가끔씩 구름이 솟아오를 때면 그 사이로 황량한 황무지의 굴곡이 드러났다. 황무지의 산비탈에는 은빛 암맥이 새겨져 있고, 저 멀리 비에 젖은 바위들은 햇빛을 받아 반짝거리고 있었다.

오늘 하루, 집 안팎이 온통 침울한 분위기였다. 어젯밤 사건 이후 헨리 경은 깊은 우울감과 무기력증에 빠져 있었다. 극도의 긴장감 때문인 듯했다. 나 역시 가슴에 무거운 돌덩이를 올려놓은 것 같은 중압감을 견디기가 힘들었다. 게다가 급박한 위기의식까지도 느껴졌다. 그 위험은 분명 존재하는 것이지만 무엇인지 분명하게 실체를 밝혀낼 수 없기에 더욱 끔찍했다.

도대체 이런 느낌이 자꾸 드는 까닭은 무엇일까? 이제 우리 주변에서 일어났던 일련의 불길한 사건들에 대해서 차분히 생각해볼 필요가 있었다. 일단 찰스 경의 죽음! 그것은 가문에 대대로 내려오는 전설에 예언된 그대로 실현되고 말았다. 그리고 황무지에서 이상한 짐승을 보았다는 농부들의 증언이 반복되고 있다. 나 역시 두 번씩이나 무시무시한 사냥개의 울음소리를 직접 들었다. 그렇다면 정말 이것이 자연의 법칙을 벗어난 일이라는 것을 믿어야만 하는 걸까?

하지만 유령 사냥개가 실제로 발자국을 남기고, 황무지가 울리도록 울부짖었다니, 이게 대체 있을 수 있는 일인가? 스태플턴이나 모티머 선생이라면 그런 미신에 빠질 수도 있을 것이다. 하지만 나는 상식적인 사람이다. 그것도 다른 사람들에 비해서 훨씬 상식적인 사람이다. 그러므로 나는 유령이나 악마 같은 존재를 결코 믿을 수가 없다. 세상 그 누구도 내게 그것을 믿으라고 강요할 수 없다. 내가 그런 미신을 믿고 허우적거린다면 그것은 악마의 개가 지옥불을 내뿜는다고 흥분하는 가엾은 농부들과 같은 수준이라는 소리밖에 되지 않는다.

홈스라면 어땠을까? 그는 분명 말도 안 되는 소리라며 듣는 척도 안 할 게 뻔했다. 그런데 나는 바로 그의 대리인이 아닌가? 오! 하지만 사실은 사실이다. 나는 황무지에서 짐승의 울부짖음을 들었다. 그것도 두 번씩이나! 어쩌면 거대한 사냥개가 실제로 황무지를 돌아다닐지도 모른다. 그렇다면 이 모든 상황을 설명할 수 있을 것이다.

하지만 대체 그런 사냥개가 어디에 숨어 있단 말인가? 그것은 무엇을 먹고 살 것이며, 또 어디에서 왔단 말인가? 무엇보다도 낮에 그놈을 발견한 사람은 왜 아무도 없을까? 그러고 보니 진짜 사냥개가 있다는 가정조차도 전설의 개 이야기 못지않게 설명할 수 없는 부분이 너무나 많았다.

사냥개 이야기와는 별도로, 런던에서 마차를 타고 있었던 사내는 누구였을까? 헨리 경에게 황무지로 가지 말라고 경고했던 편지는 누가 보낸 것일까? 물론 편지는 헨리 경의 안전을 걱정하는 친구가 보낸 것일 수도 있다. 아니면 정반대로 헨리 경을 싫어하는 적이 보낸 것일 수도 있다. 그가 친구건 적이건 과연 그는 지금 어디에 있는가? 런던에 있을까, 아니면 우리를 따라 이곳까지 내려왔을까? 내가 바위산에서 보았던 그 사람은 아닐까? 바위산 정상에 서 있던 사내! 나는 그를 언뜻 보았을 뿐이지만 적어도 장담할 수 있는 사실이 몇 가지 있다. 일단 그는 내가 이 지방에서 만났던 사람이 아니다. 나는 적어도 이 근방에 사는 사람들을 모두 다 만나봤다. 바위산에 서 있던 사내는 스태플턴보다는 키가 훨씬 크고, 프랭클랜드보다는 더 말랐다. 그가 배리모어일 수도 있지만 그는 저택에 있었으니 가능성은 낮다. 그렇다면 런던에서 그랬던 것처럼 어느 누군가가 아직도 우리를 미행하고 있단 말인가? 아! 그가 누군지 알아낼 수만 있다면 우리 앞에 놓인 모든 어려움은 사라지게 될 텐데! 이제부터 나는 이 한 가지 목표를 이루기 위해 모든 힘을 쏟아부어야만 한다.

처음에 나는 이 모든 계획에 대해 헨리 경에게 말하려 했다. 나의 친구이자 현명한 조력자인 헨리 경은 나를 도와줄 게 분명했다. 하지만 지금 헨리 경은 그럴 만한 상황이 아니었다. 요즘 그는 아무 말도 없이 멍하게 앉아 있기만 해서 마치 넋이 나간 사람처럼 보였다.

황무지에서 기이한 울음소리를 들은 이후로 그는 이상할 정도로 신경을 곤두세우고 있었다. 이런 상황에서 그를 더 불안하게 만들 만한 이야기를 할 필요는 없는 듯했다. 나는 그저 내가 세운 목표를 이루기 위해 홀로 일을 추진하는 것이 낫겠다고 판단했다.

오늘 아침 식사를 마친 후, 작은 소동이 있었다.

"주인님, 잠깐 드릴 말씀이 있습니다."

굳은 얼굴의 배리모어가 헨리 경에게 말했다. 두 사람은 서재로 들어가 한참 동안 이야기를 나누었다. 그사이 나는 방에 앉아 있었다. 그런데 얼마 지나지 않아 서재에서 큰 목소리가 터져 나오는 것이었다. 덕분에 나는 그들이 어떤 이야기를 나누는지 짐작할 수 있었다. 잠시 후 준남작이 서재 문을 열고 나를 불렀다.

"배리모어가 우리에게 불만이 있답니다."

그가 한숨을 내쉬며 말했다.

"그는 우리를 믿고 비밀을 털어놓았는데, 어젯밤 우리가 처남을 잡으러 갔던 것은 옳지 못하다고 하는군요."

배리모어는 창백한 얼굴이었지만 최대한 침착함을 유지하고 있었다.

"주인님, 제가 너무 흥분했을지도 모르겠군요. 그랬다면 용서해주십시오."

배리모어는 헨리 경을 향해 가볍게 고개를 숙였다.

"하지만 저는 두 분이 셀든을 잡으러 나갔었다는 사실을 알고 너무나 놀랐습니다. 비록 죄인이기는 하지만 셀든은 정말 불쌍한 녀석입니다. 안 그래도 뒤를 쫓는 사람이 많은데 두 분까지 그를 쫓는다는 것은 너무 잔인하지 않습니까?"

배리모어가 미간을 찌푸린 채로 말했다. 그러자 헨리 경이 못마땅한 표정으로 손가락을 내저었다.

"자네가 자진해서 말했다는 건 사실과 다르지. 자네, 아니 자네 아내는 더는 피할 수 없게 되자 어쩔 수 없이 말한 게 아닌가?"

"하지만 저는 주인님께서 그 말을 듣고 그렇게까지 하실 줄은 정말 몰랐습니다. 진짜 생각지도 못했습니다."

배리모어는 억울한 듯 볼멘소리를 했다. 그러나 헨리 경은 조금도 흔들리지 않았다.

"셀든이 얼마나 위험한 존재인지 몰라서 그러나? 자네도 알다시피 황무지에는 외딴 집들이 많아. 우리와 친분이 깊은 스태플턴 씨 집을 생각해보게. 그 집을 지킬 수 있는 사람은 스태플턴 씨뿐이야. 스태플턴 양이나 늙은 하인이 무슨 일을 할 수 있겠나? 그들은 셀든이 감옥으로 돌아가야만 맘 편하게 잠을 잘 수 있을 거야."

그러자 배리모어가 다급하게 소리쳤다.

"처남은 남의 집에는 절대 침입하지 않을 겁니다. 제가 맹세할 수 있습니다. 그 녀석은 이 나라에서 다시는 문제를 일으키지 않을 겁니다. 주인님!"

"대체 그걸 어떻게 믿으라는 소린가?"

"실은 며칠 안에 준비가 끝나면 처남은 남미로 떠나겠다고 했습니다. 그러니 주인님! 그가 황무지에 있다고 경찰에게 알리지 말아주십시오! 지금 경찰은 황무지 수색을 중단한 상태입니다. 그래서 처남은 배가 준비될 때까지 조용히 지낼 겁니다. 이런 상황에 주인님께서 경찰에 사실을 알려버리신다면 저희 부부도 곤경에 처할 겁니다. 제발 부탁입니다! 경찰에 알리지 말아주십시오!"

배리모어는 간절한 표정으로 헨리 경을 향해 소리쳤다.

"왓슨 박사님, 어떻게 생각하십니까?"

헨리 경이 미간을 찌푸린 채로 내게 물었다.

"만약 그가 이 나라를 조용히 떠난다면 납세자들의 부담이 줄긴 하겠군요."

내가 말했다.

"하지만 그가 떠나기 전에 누구에게 해라도 끼치면 어떻게 합니까? 강도짓을 할 수도 있지 않을까요?"

헨리 경이 의심 가득한 얼굴로 말하자 배리모어가 두 손을 내저으며 말했다.

"주인님! 그런 걱정은 마십시오. 다시는 그런 미친 짓을 하지 않을 겁니다. 저희 부부는 그에게 필요한 것을 다 가져다주었습니다. 또 죄를 지으면 자기가 숨어 있는 곳을 드러내는 거나 마찬가진데 그런 위험을 감수하고 강도짓을 하겠습니까?"

"그것도 맞는 소리군."

헨리 경이 말했다.

"좋아, 그렇다면 경찰에 알리지는 않겠네."

"오! 주인님! 신의 축복이 함께하시길! 정말 감사합니다! 고맙습니다! 처남이 다시 감옥으로 들어간다면 제 불쌍한 아내는 가슴이 터져 죽고 말 겁니다."

배리모어는 두 손을 뺨에 가져다 대고는 안도의 한숨을 내쉬었다.

"왓슨 박사님, 이렇게 되고 보니 우리가 중죄인을 감싸고 있는 꼴이 되어버렸습니다. 하지만 사정 이야기를 다 듣고 나니 경찰에 연락하기도 쉽지 않군요."

헨리 경은 미간을 찌푸린 채로 입술을 깨물었다. 잠시 후 그는 결심을 굳힌 듯 말했다.

"그럼 이 이야기는 끝내기로 합시다. 자, 이제 됐으니 배리모어 자네는 나가보게."

배리모어는 감사의 인사 몇 마디를 남기고 돌아섰다. 그런데 무슨 일인지 밖으로 나가지 않고 문 앞에 서서 잠시 망설이더니 되돌아오는 것이었다.

"주인님, 저희에게 큰 자비를 베푸셨으니 저도 보답을 하고 싶습니다. 실은 저만 알고 있는 일이 있습니다. 이 이야기는 진작 말씀드려야 했지만, 저 역시도 수사가 끝난 후에야 사실을 알게 되었답니다. 그래서 이제껏 누구에게도 그 얘기를 해본 적이 없습니다."

"대체 무슨 일인가?"

"돌아가신 찰스 주인님에 대한 일입니다."

배리모어가 떨리는 목소리로 대답하자마자 우리는 자리에서 벌떡 일어났다.

"그분이 어떻게 돌아가셨는지 알고 있단 말인가?"

"아닙니다! 그건 모릅니다."

"그럼 뭘 알고 있다는 소리지?"

"저는 찰스 주인님께서 그 시간에 왜 쪽문 앞에 나가셨는지를 알고 있습니다."

"오호! 어서 말해보게."

배리모어는 긴장한 얼굴로 마른 침을 꿀꺽 삼키고는 대답했다.

"그건 바로 어떤 여자 분을 만나기 위해서였습니다."

"여자를 만나기 위해서? 숙부님이?"

"그 여자의 이름이 뭔가?"

"아쉽지만 이름은 모릅니다. 하지만 첫 글자가 'L. L'이라는 건 알고 있지요."

"배리모어, 자넨 그걸 어떻게 알게 되었나?"

"사건이 있던 그날 아침, 찰스 주인님께서는 편지 한 통을 받으셨습니다. 그분은 워낙 유명하기도 하시고 인정이 많다는 소문도 퍼져 있어서 평소에 편지를 많이 받으셨지요. 대부분 어려움에 처한 사람들이 도움을 청하는 내용이었습니다. 그런데 희한하게도 그날은 편지가 한 통밖에 안 와 있더군요. 그래서 저는 그것을 유심히 보았답니다."

"누가 어디서 보낸 편지였나?"

"쿰 트레이시에서 보낸 편지였는데, 주소는 여자의 필체로 적혀 있었습니다."

"그래서?"

"실은 그다음의 일은 까맣게 잊어버릴 뻔했습니다. 그런데 제 아내 덕분에 그 편지를 다시 떠올리게 되었지요. 저희는 주인님께서 돌아가신 후로 서재를 치우지 않고 있었습니다. 그런데 몇 주 전에 제 아내가 서재를 청소하러 들어갔지요. 그러다 벽난로의 재 받침 뒤에서 불에 태운 편지를 발견했습니다."

"어떤 내용이 적혀 있었나?"

"거의 불에 타서 알 수는 없었습니다. 하지만 맨 끝부분에 적힌 내용만은 읽을 수 있었지요. 그것은 편지 끝에 쓰는 추신 같았습니다. 거기에는 '간절히 부탁드립니다. 당신은 신사시니 이 편지를 태워주세요. 그리고 10시까지 쪽문 앞으로 나와주십시오.'라고 적혀 있었습니다. 그리고 바로 밑에 'L.L'이라는 첫 글자가 적혀 있었습니다."

"혹시 그 종이를 가지고 있나?"

"아닙니다. 아내가 그것을 집어 들자마자 부서져버렸습니다."

"찰스 경께서 같은 필적의 다른 편지를 받으신 적이 있는가?"

내가 물었다.

"저는 원래 찰스 주인님 앞으로 온 편지를 자세히 보지 않습니다. 그날은 다른 날과는 다르게 한 통만 배달되었기 때문에 눈여겨본 거지 그렇지 않았다면 주의 깊게 보지도 않았을 겁니다."

"자네는 'L. L'이 누군지 알겠나?"

"전혀 모르겠습니다. 하지만 그 여자 분이 있는 곳을 알아낸다면 찰스 주인님의 죽음에 대해 자세히 알게 될 거라 생각합니다."

"그런데 배리모어, 이렇게 중요한 정보를 왜 그동안 숨기고 있었지?"

헨리 경의 얼굴에 다시 의심의 빛이 떠올랐다. 그러자 배리모어가 긴 한숨을 내쉬며 말했다.

"그 편지 조각을 본 것은 처남이 이곳으로 온 직후였습니다. 그래서 저희 머릿속에는 온통 처남에 대한 생각뿐이었답니다. 그리고 저희 부부는 찰스 주인님을 진심으로 좋아했습니다. 그분이 저희에게 베풀어주신 은혜를 평생 잊지 못할 겁니다. 그런데 이 일을 들추어냈다가 혹시라도 그분께 누가 될까 걱정이 되더군요. 어떤 사건이든 여자가 개입되면 복잡해지는 게 사실이니까요. 그래서 신중하게 처리하려고 했던 겁니다."

"자네는 그 편지가 숙부님의 명예를 훼손시킬 수도 있다고 생각한 모양이군."

"맞습니다. 그런 일을 들춰내봤자 좋을 게 없지요."

"그런데 지금 이 이야기를 하는 이유는?"

"헨리 주인님께서 저희에게 자비를 베풀어 주셨으니까요. 그러니 제가 알고 있는 사실을 다 말씀드리는 게 옳다는 생각이 들었습니다."

"알겠네. 이제 나가보게."

배리모어가 방에서 나가자 헨리 경이 심각한 표정으로 물었다.

"왓슨 박사님, 방금 들은 정보에 대해 어떻게 생각하십니까?"

"아무래도 사건이 더 복잡해지는 것 같군요."

"저도 그렇게 생각합니다. 다만 'L.L'이라는 사람만 찾을 수 있다면 사건을 해결할 수도 있을 것 같은데! 그렇게 보면 사건 해결에 한 발짝 다가갔다고 할 수도 있겠군요. 이제 어떻게 해야 할까요?"

"우선 홈스에게 이 사실을 알려야겠습니다. 분명 홈스는 이 정보를 듣고 사건의 실마리를 찾아낼 겁니다. 그리고 곧장 여기로 내려올 가능성이 아주 높아요."

나는 당장 방으로 가서 아침에 나눈 대화 내용을 보고서로 작성했다. 아마도 홈스는 요사이 매우 바쁜 듯했다. 베이커 가에서 날아든 짧은 답장에는 내가 보낸 정보나 나의 임무에 대한 언급이 전혀 없었다. 그것은 홈스가 다른 사건에 온 힘을 쏟고 있음을 의미했다. 아마도 그는 협박 사건에 집중하고 있는 모양이었다. 하지만 오늘 들은 새로운 정보는 홈스의 호기심을 자극할 게 분명했다. 오! 홈스가 이곳으로 와준다면 얼마나 좋을까.

10월 17일. 하루 종일 비

창가의 담쟁이덩굴에 비가 떨어지는 소리를 들으며 나는 깊은 생각에 잠겼다. 온종일 내 머릿속에는 저 차갑고 황량하며 변변히 쉴 곳도 없는 황무지에 있는 탈옥수가 자리했다.

불쌍한 사람! 가엾은 악마! 그동안 지은 죄가 무엇이었든 그는 지금 혹독하게 죗값을 치르는 중이다. 그리고 이어서 나는 또 다른 인물을 떠올려보았다. 이륜마차를 타고 있던 사내, 어둠 속에서 달빛

을 받고 서 있던 남자! 눈에 보이지 않는 미행자, 어둠의 인간인 그도 지금 저 황무지에 있을까? 저 쏟아지는 비를 온몸으로 맞고 있을까? 내 머리는 온통 암울한 생각으로 가득했다.

저녁이 되자 나는 비옷을 걸치고 황무지로 나갔다. 비에 흠뻑 젖은 황무지는 질퍽하게 젖어 있었다. 거센 빗줄기가 얼굴을 때리고 바람은 날카로운 소리를 내며 귓가를 스치고 지나갔다. 오늘 같은 날에는 딱딱하게 굳은 땅도 발이 푹푹 빠지는 습지로 변했다. 나는 온몸으로 비를 맞으며 고독한 감시자가 서 있던 검은 바위산을 찾아 냈다. 그리고 뾰족한 꼭대기에 올라서서 황량한 산비탈을 내려다 보았다. 비와 함께 내린 진눈깨비들이 적갈색의 땅 위로 흩어지고 있었다. 또 황무지 위로 낮게 드리운 먹구름들이 산비탈을 따라 회색 소용돌이를 이루며 흘러 내려갔다. 저 멀리 안개에 반쯤 가려진 나무들 위로 바스커빌 저택의 뾰족한 탑 두 개가 솟아 있었다. 그것들은 산비탈에 오밀조밀 모여 있는 선사시대의 주거지들을 제외하고, 이곳에 인간이 살고 있음을 보여주는 유일한 표시였다. 그뿐이었다. 어느 방향으로 고개를 돌려봐도 이틀 전에 보았던 고독한 남자의 흔적은 없었다.

별다른 성과 없이 바스커빌 저택으로 돌아가는 길에 나는 마차를 탄 모티머 선생을 만났다. 그는 파울마이어의 외딴 농가에 갔다가 울퉁불퉁한 황무지를 따라 돌아오는 중이었다. 그는 헨리 경과 내가 어떻게 지내는지 보기 위해 거의 매일같이 바스커빌 저택을 방문하고 있었다. 그는 매우 세심하고 친절한 사람이었다.

"집에 모셔다 드릴 테니 어서 타십시오."

나는 괜찮다고 사양했지만 그는 내 팔을 끌어당기며 고집을 피웠다. 결국 마차에 오른 나는 그와 이런저런 이야기를 나누었다.

"왓슨 박사님, 제 스패니얼을 잃어버렸답니다."

"저런! 얼마나 속이 상하십니까."

"게다가 녀석이 황무지 쪽으로 가버려서 더 걱정입니다. 그곳을 배회하고 있을 것을 생각하면 마음이 너무 아픕니다."

"분명히 찾을 수 있을 겁니다. 너무 걱정하지 마세요."

솔직히 나는 입으로는 그를 위로하고 있었지만 머릿속으로는 다른 생각을 하고 있었다. 전에 그림펜 늪에 빠져 허우적거리던 조랑말이 떠오른 것이었다. 아무래도 모티머 선생은 두 번 다시 강아지를 볼 수 없을 것만 같았다.

"그런데 모티머 선생, 이 지역에 사는 사람들을 거의 다 알고 계시지요?"

울퉁불퉁한 길을 달리느라 심하게 흔들리는 마차 속에서 내가 물었다.

"아마 그럴 겁니다."

"그렇다면 이름의 첫 글자가 'L.L'인 여자를 아십니까?"

그는 손을 턱에 괸 채로 잠시 생각에 잠겼다.

"글쎄요, 없는 것 같습니다."

몇 분 후에 모티머 선생이 입을 열었다.

"집시나 막노동꾼들 중에 이름을 모르는 사람들이 있기는 합니다. 하지만 이 지방 농부들이나 상류층 사람들 중에 그런 머리글자를 가진 사람은 없습니다."

그러다 문득 그가 말을 멈추었다. 무언가 떠오른 표정이었다.

"잠깐만요! 로라 라이언스라는 여자가 있습니다. 그녀의 이름 첫 글자가 바로 'L.L'이지요. 하지만 지금은 여기를 떠나 쿰 트레이시에 살고 있습니다."

"로라 라이언스가 누굽니까?"

내가 황급히 물었다.

"프랭클랜드 씨의 딸입니다."

"네? 그 괴짜 노인 프랭클랜드 씨 말입니까?"

생각지도 않았던 대답에 나는 깜짝 놀랐다.

"그렇습니다. 그녀는 황무지를 그리러 온 화가 라이언스와 결혼했지요. 그런데 그는 별로 질이 좋은 사람이 아니었어요. 나중에 그녀를 버리기까지 했지요. 그런데 제가 듣기로 두 사람 사이에 일어난 일이 꼭 한쪽의 잘못만은 아니었던 것 같더군요. 아무튼 프랭클랜드 씨는 딸과의 관계를 완전히 끊어버렸답니다. 그럴 법도 하지요. 자기가 반대한 결혼을 한 것뿐만 아니라 딸을 보고 싶지 않은 몇 가지 이유가 더 있었으니까요. 결국 로라 라이언스는 아버지와 남편 사이에서 아주 힘겨운 시간을 보내야만 했습니다."

"지금 그녀는 어떻게 살고 있습니까?"

"아마 프랭클랜드 씨가 돈을 좀 줬을 겁니다. 하지만 프랭클랜드 씨 자신도 사정이 썩 좋지 못하기 때문에 많은 돈을 주지는 못했지요. 그러자 마을 사람들은 그녀가 아무리 잘못했다고 하더라도 그렇게 희망 없이 살게 할 수는 없다는 생각을 하게 되었지요. 그래서 몇몇 사람들이 힘을 모아 일을 할 수 있게 도와주었어요. 특히 스태플턴 씨와 찰스 경이 앞장서서 도와주었지요. 별것 아니긴 하지만 저도 그녀가 타자 치는 일을 할 수 있게 주선해주었답니다."

그는 이런 이야기를 쏟아내면서 내가 왜 그녀에 대해 물었는지 궁금해했다. 하지만 나는 속사정을 완전히 이야기할 수는 없었다. 그래서 그의 호기심을 적당히 만족시켜주면서도 이야기는 비밀로 감추어두었다. 그러고 보니 아무래도 나는 뱀의 지혜를 갖게 된 게 분명했다. 모티머 선생이 질문의 강도를 점점 높이며 나를 궁지로 몰아넣었을 때, 프랭클랜드의 두개골이 어떤 유형에 속하냐고 태연하게 물었으니 말이다. 다행스럽게도 모티머 선생은 집으로 돌아가는 내내 골상학에 대한 이야기만 떠들어댔다. 역시 오랜 시간 홈스와 살아온 것이 헛된 일만은 아니었다.

이제 로라 라이언스라는 여자를 찾아냈으니 내일 아침 쿰 트레이시를 찾아가는 일만 남았다. 이 지역에서 애매모호한 평판을 받는 그녀를 만나게 된다면 이 복잡한 사건을 해결할 수 있는 가능성이 높아질 것이다.

그런데 비바람이 쏟아진 이 음산한 날에 한 가지 사건이 더 발생했다. 이것은 반드시 기록으로 남겨야만 할 일이다.

방금 나는 배리모어와 대화를 나누었다. 그것은 적절한 시기에 비장의 카드로 쓸 만한 내용이었다.

바스커빌 저택을 방문한 모티머 선생은 저녁 식사를 한 뒤 준남작과 함께 카드놀이를 했다. 나는 서재에서 책을 읽고 있었는데 그때 배리모어가 커피 한 잔을 들고 나타났다. 나는 그 기회를 놓치지 않고 그에게 몇 가지 질문을 던졌다.

"자네의 처남은 이곳을 떠났나? 아니면 아직도 황무지에 숨어 있나?"

"잘 모르겠습니다. 하지만 저희는 그 녀석이 빨리 떠나기만을 바라고 있답니다. 그는 이곳에 폐만 끼칠 뿐이에요."

"마지막으로 연락을 주고받은 게 언제인가?"

"3일 전에 음식을 가져다준 뒤로 소식을 듣지 못했습니다."

"혹시 그때 얼굴을 보았나?"

"아니요. 다음 날 가보니 음식만 없어졌더군요."

"그렇다면 아직도 그곳에 있는 게 틀림없군."

"만약 다른 사람이 가져간 게 아니라면 그럴 겁니다."

생각지도 못한 말을 들은 나는 커피 한 모금을 마시다 말고 그의 얼굴을 빤히 쳐다보았다.

"황무지에 다른 사람이 있다는 말인가?"

"네, 처남 말고 황무지에 사는 사람이 또 있습니다."

"그를 본 적이 있나?"

"없습니다."

"그런데 그곳에 사람이 있다고 어떻게 확신하는 건가?"

"일주일쯤 전에 처남이 말해주더군요. 그도 숨어 지내고 있다고 했습니다. 하지만 제 생각에 그는 범죄자는 아닌 것 같습니다."

배리모어는 말을 하다 말고 온몸을 부르르 떨었다.

"오! 왓슨 박사님! 저는 정말이지 이런 상황이 너무 싫습니다. 정말 싫습니다."

그는 몹시 흥분한 목소리로 소리쳤다.

"배리모어! 내 말을 잘 들어보게. 나는 자네의 주인과 관련된 일 이외에는 전혀 관심이 없다네. 내가 여기에 온 것은 오직 헨리 경을 돕기 위한 것뿐이야. 그러니 아무 걱정 말고 뭐가 그토록 싫은지 솔직히 말해주게."

배리모어는 입술을 꽉 다물더니 잠시 고민하는 표정이었다. 방금 너무 흥분한 상태로 말을 내뱉었던 것을 후회하는 모양이었다. 아니면 자신의 감정을 말로 표현하기가 힘들어서 그런 것인지도 몰랐다.

"지금의 이 상황 전부가 그렇습니다!"

배리모어는 쥐어짜는 듯한 목소리로 외쳤다. 그리고 황무지로 난 창 쪽을 가리키며 발을 굴렀다.

"저기! 바로 저기에서 천벌을 받을 일이 일어나고 있습니다! 아주 사악한 음모가 진행되고 있단 말입니다. 솔직히 말씀드리자면 저는 헨리 주인님이 다시 런던으로 돌아가셨으면 좋겠습니다."

"왜 그렇게 생각하는 건가?"

"찰스 주인님이 돌아가신 일만 봐도 알 수 있지 않습니까! 검시관이 한 말 따위는 전혀 상관없습니다. 그 상황 자체가 이상한 일이니까요. 게다가 밤마다 황무지에서 들려오는 기이한 울음소리를 들어보십시오. 누군가가 돈을 준다고 해도 해가 진 뒤에 황무지를 건너갈 사람은 한 명도 없을 겁니다. 게다가 저기 어딘가에 숨어서 무언가를 지켜보는 낯선 사내를 생각해보십시오! 그 사람은 도대체 무엇을 기다리는 걸까요? 그것은 무엇을 의미하는 걸까요?"

그는 절규하듯 두 팔을 휘저으며 소리쳤다.

"박사님! 그건 바스커빌이라는 성을 가진 사람에게 불행이 닥친다는 것을 뜻합니다. 제발이지 헨리 주인님을 모실 새 하인들이 올 때쯤이면 이 모든 일이 해결되었으면 좋겠습니다."

"그 낯선 사내 말이네. 자네 처남은 그에 대해서 뭐라고 하던가? 그가 어디에 숨어 있는지, 무엇을 하는지 조금이라도 아는 게 없던가?"

"처남은 그자를 한두 번 봤을 뿐이라고 했습니다. 워낙 속을 알 수 없는 사람이라 자기에 대한 이야기는 조금도 하지 않았다고 하더군요. 그래서 처음에는 경찰인 줄만 알았답니다. 그런데 나중에 보니 그자도 숨어 지내야 할 처지라는 걸 알게 되었다는군요. 처남이 보기에 신사 같은 느낌이 강했는데, 확실하게는 알 수가 없었다고 했습니다.”

“그 사람은 지금 어디에 살고 있나?”

“산기슭에 있는 돌집이라더군요.”

“고대인들이 살던 곳 말인가?”

“그렇습니다.”

“그러면 먹을 것은?”

“처남이 보니 어느 소년 하나가 필요한 물건들을 가져다주고 있더랍니다. 그 아이는 아마 필요한 것을 구하러 쿰 트레이시로 갈 겁니다.”

“알겠네. 나중에 이 일에 대해 다시 이야기하도록 하지.”

대화를 마치자 배리모어는 서재를 나갔다. 나는 어두워진 창가로 다가갔다. 흐릿한 창문 저 너머로 거센 바람에 몰려가는 먹구름과 마구 흔들리는 나무들이 보였다. 집 안에서도 마음이 우울해질 정도로 나쁜 날씨인데 황무지의 돌집에서는 오죽할까. 나는 마음속으로 어두운 돌집 안에 우두커니 앉아 있을 사내를 그려보았다. 그는 얼마나 깊은 원한을 품고 있기에 이런 때에 저런 곳에 숨어 들어가 사는 것일까? 그리고 어떤 목표를 갖고 있기에 이토록 힘겨운 시련을 견디고 있는 것일까? 아무래도 저 황무지의 돌집에 나를 지독하게 괴롭혀온 문제의 핵심이 있는 게 분명한 것 같다. 그렇다면 더 이상 시간을 끌 필요가 없다. 이제 나는 복잡하게 얽힌 실타래를 풀어내기 위해 어떤 일이든지 다 해볼 것이다.

11
바위산 위의 낯선 사내

지금까지 나는 내 일기장에서 발췌한 글을 가지고 10월 18일까지 일어났던 일을 설명했다. 그다음부터 일어난 사건들은 소름 돋는 결말을 향해 미친 듯이 진행되었다. 그때의 사건들은 아직도 내 머릿속에 깊고 또렷하게 아로새겨져 있다. 당시에 적어놓은 메모를 참고하지 않고도 말을 할 수 있을 정도로.

이제 나는 아주 중요한 두 가지 사실을 확인했던 그날의 일부터 이야기를 시작하겠다. 하나는 쿰 트레이시의 로라 라이언스 부인이 만나자는 내용의 편지를 찰스 경에게 보냈다는 사실에 관한 것이다. 다른 하나는 황무지에 숨어 지내던 사람에 관한 내용이다. 그 당시 나는 이렇게 생각했다. 내가 이 두 가지 사실을 알아내고도 사건의 수수께끼를 풀어내지 못한다면 그것은 내 지성이나 용기가 부족한 탓이라고!

나는 로라 라이언스 부인에 대해 알게 되었다는 사실을 그날 저녁이 되도록 준남작에게 말하지 못했다. 모티머 선생이 밤늦게까지 준남작과 카드놀이를 했기 때문이다. 다음 날 아침 식사 자리에서야 나는 헨리 경에게 라이언스 부인에 대해 알렸다.

"헨리 경, 쿰 트레이시로 가야 할 것 같습니다."

"좋습니다. 당장 출발하지요!"

헨리 경은 자리에서 벌떡 일어서며 소리쳤다. 그런데 그 순간 내 머릿속에 다른 생각이 떠올랐다. 아무래도 그곳에 혼자 가는 것이 더 많은 정보를 얻는 데 도움이 될 것 같았다. 공식적으로 방문했을 경우에 얻을 수 있는 정보가 더 적다는 사실을 떠올린 것이었다. 그래서 나는 헨리 경에게 미안한 마음을 접기로 했다. 그는 매우 아쉬워했지만 나는 새로운 사실을 알아내기 위해 서둘러 마차에 올랐다.

쿰 트레이시에 도착하자마자 나는 퍼킨스에게 마차를 세워두라고 이르고 라이언스 부인의 집을 수소문했다. 의외로 그녀의 집을 찾는 일은 간단했다. 그녀가 세 들어 사는 집은 찾기 쉬운 위치에 있었고 꽤나 시설이 잘 갖추어져 있었다.

현관을 두드리자 하녀가 나와서 특별한 격식을 차리지 않고 나를 집 안으로 안내했다. 거실에 들어서자 레밍턴 타자기 앞에 앉아 있던 숙녀가 방긋 웃으며 자리에서 일어났다. 하지만 이내 그녀의 얼굴에서 웃음기가 사라졌다. 내가 낯선 사람이기 때문인 듯했다.

"무슨 일로 찾아오셨지요?"

이렇게 물으며 나를 바라보는 라이언스 부인은 눈에 띄는 미인이었다. 그녀의 눈과 머리카락은 빛나는 갈색이었고, 주근깨가 많은 두 뺨은 사랑스러운 분홍빛으로 물들어 있었다. 누구라도 그녀를 처음 보면 감탄사를 내뱉을 정도였다.

하지만 시간을 들여 자세히 들여다보면 몇 가지 흠을 알아챌 수 있었다. 얼굴은 어딘가 균형이 맞지 않았고 표정은 우아하기보다는 천

박한 기운이 느껴졌다. 또 갈색 눈동자 속에는 차가움이 숨어 있었고 잘 맞지 않는 입술 모양도 왠지 부자연스럽게 보였다. 하지만 이 모든 것은 나중에 든 생각이었다. 그녀와 처음 마주하게 된 그 순간 내 머릿속에는 대단한 미인과 한자리에 있게 되었구나 하는 생각뿐이었다.

그리고 그런 그녀가 내게 방문 이유를 물었다는 사실만 의식하고 있었다. 나는 그때까지도 내 임무가 얼마나 미묘하고 예민한 것인지에 대해 깨닫지 못하고 있었던 것이었다.

"저는 부인의 아버님과 친교를 쌓고 있답니다."

내 첫마디는 이랬다. 최대한 예의를 갖추어 한 말이었지만, 사실 이것은 매우 서툰 접근방식이었다. 역시나 그녀에게서 돌아온 대답은 차갑기만 했다.

"저와 아버지 사이에는 공통점이 없답니다."

그녀는 고개를 빳빳이 세우고 말을 이었다.

"저는 아버지에게 빚진 게 하나도 없어요. 그리고 아버지 친구는 아버지 친구일 뿐 저와는 상관없습니다. 제가 이렇게 굶어 죽지 않고 지낼 수 있는 것은 아버지가 아닌 돌아가신 찰스 경과 친절하신 다른 분들 덕분이랍니다."

"오늘 제가 부인을 만나러 온 것은 돌아가신 찰스 바스커빌 경 때문입니다."

내 말이 떨어지기가 무섭게 그녀 얼굴의 주근깨가 더욱더 도드라졌다.

"그분에 대해서 무슨 말씀을 듣고 싶으신 거죠?"

그녀는 타자기 자판을 신경질적으로 치면서 물었다.

"부인은 그분을 알고 계셨지요?"

"방금 말씀드렸다시피 저는 그분에게 많은 도움을 받았어요. 제가 지금 생활을 꾸려갈 수 있는 것은 그분이 제 딱한 처지에 관심을 보여주셨기 때문입니다."

"찰스 경과 편지를 주고받으셨습니까?"

"왜 그런 질문을 하는 거죠?"

순간 그녀의 눈빛이 날카롭게 빛났다.

"일단 쓸데없는 소문이 나는 걸 피하고 싶어서입니다. 다른 사람들이 모르는 게 낫지 않겠습니까?"

창백한 얼굴의 라이언스 부인은 입을 꼭 다물었다. 무슨 생각을 하는지 그녀의 눈동자가 파르르 떨렸다. 몇 분이나 흘렀을까, 마침내 그녀는 매우 도전적인 태도로 나를 쳐다보며 말했다.

"좋아요. 말씀드리지요."

그녀는 허리를 꼿꼿이 세운 채로 말했다.

"뭘 알고 싶으신 거죠?"

"찰스 경과 편지를 주고받으셨습니까?"

"그분의 너그러운 배려에 감사하기 위해 한두 번 편지를 보낸 적이 있어요."

"편지 보낸 날짜를 기억하십니까?"

"아니요."

"그를 만난 적이 있나요?"

"네. 그분이 쿰 트레이시에 오셨을 때 한두 번 만났었지요. 찰스 경은 아주 조용하고 수줍음이 많은 분이셔서 좋은 일도 남몰래 하셨지요."

"그런데 이해가 되지 않는 부분이 있습니다. 그분을 만나거나 편지를 주고받은 일도 별로 없다고 하셨는데, 대체 찰스 경은 어떻게 부인의 일을 알고 그렇게 많이 도와주셨던 걸까요?"

나는 그녀가 이 질문에 당황할지도 모를 거라고 생각하고 있었다. 하지만 그녀는 아주 쉽게 질문을 받아넘겼다.

"제 딱한 사정을 알고 도와주신 분들이 몇 분 계셨습니다. 그중 한 분이 스태플턴 씨였죠. 아실지 모르겠지만 그분은 찰스 경과 아주 친하게 지내셨답니다. 워낙 친절하고 마음이 착한 분이라 찰스 경에게 제 이야기를 전하신 모양이에요."

나는 찰스 경이 스태플턴을 통해서 여러 차례 선행을 베풀었다는 사실을 이미 알고 있었다. 그래서 그녀의 말이 상당히 믿을 만하다고 생각했다.

"찰스 경에게 만나자는 내용의 편지를 보낸 적이 있습니까?"

드디어 나는 본론에 해당하는 내용을 물었다. 그러자 부인의 얼굴이 금세 붉게 달아오르는 것이었다.

"선생님, 정말 이상한 질문을 하시는군요."

"죄송합니다. 하지만 저는 꼭 그 사실을 알아야겠습니다."

"그렇다면 대답해드리죠. 저는 그런 편지를 쓴 적이 없습니다."

그녀는 두 눈을 아래로 내리깔고 냉랭하게 말했다.

"찰스 경이 사망한 바로 그날에도 말입니까?"

내 말을 들은 순간 발그레하던 그녀의 얼굴이 순식간에 하얗게 질려버렸다. 그녀는 메마른 입술을 겨우 움직여 '아니요.'라고 말했다. 그러나 그 소리는 거의 들을 수 없었고 그저 입술 모양으로 알아봤을 뿐이었다.

"기억이 잘 나지 않는 모양이군요."

내가 말했다.

"저는 부인이 쓴 편지의 한 구절을 인용할 수도 있습니다. '간절히 부탁드립니다. 당신은 신사시니 이 편지를 태워주세요. 그리고 10시까지 쪽문 앞으로 나와 주십시오.'"

내 입에서 흘러나오는 편지 구절을 듣는 동안 그녀의 얼굴은 마치 시신처럼 변해버렸다. 금방이라도 그녀가 기절하지는 않을까 걱정이 될 정도였다. 하지만 그녀는 정신을 차리기 위해 안간힘을 쓰고 있었다.

"찰스 경을 신사라고 생각했었는데!"

그녀는 흥분한 나머지 숨을 몰아쉬며 말했다.

"그건 오해입니다. 찰스 경은 분명히 편지를 태우셨습니다. 하지만 때로는 불타 버린 편지도 읽을 수 있는 경우가 있지요. 자, 이제는 그 편지를 썼다는 것을 인정하시겠습니까?"

"그래요! 제가 썼습니다! 이제 만족하나요?"

그녀는 두 눈에 독기를 가득 품은 채 소리를 질러댔다.

"내가 그 편지를 썼다는 걸 부정할 이유는 없어요. 그걸 부끄럽게 생각할 이유도 없고요. 난 단지 찰스 경의 도움을 받고 싶었을 뿐이에요. 그래서 만나자고 청했던 거예요."

"그런데 왜 하필 그 시간을 선택했습니까?"

"다음 날이면 그분이 런던으로 가서 몇 달 동안 지낼 예정이라는 사실을 전날에야 들었거든요. 그래서 그곳에 더 일찍 갈 수가 없었어요."

"그러면 집으로 찾아가지 않고 밖에서 만난 이유는 뭡니까?"

내가 묻자 그녀는 어이없다는 듯 코웃음을 쳤다.

"선생님, 그런 시간에 남자 혼자 사는 집에 찾아갈 수 있는 여자가 얼마나 된다고 생각하시나요?"

"알겠습니다. 그러면 부인이 그곳에 갔을 때 무슨 일이 있었습니까?"

"전 거기 가지 않았어요."

그녀가 고개를 저으며 말하자 내가 소리쳤다.

"라이언스 부인!"

"정말이에요! 신에게 맹세할 수도 있어요! 때마침 다른 일이 생기는 바람에 약속을 지킬 수 없었다고요!"

"무슨 일이었습니까?"

"그건 개인적인 일이라 말씀드리기 곤란해요."

"그렇다면 부인은 찰스 경이 사망한 그 시간에 그 장소에서 경과 만나기로 약속했다는 것은 인정하지만, 약속은 지키지 못했다는 거지요?"

"맞아요. 사실입니다."

나는 그녀의 말을 믿을 수가 없었다. 그래서 여러 차례 질문을 퍼부었지만 그 이상의 대답을 얻어내기는 어려웠다.

결국 나는 원했던 결론은 찾지도 못한 채 긴 대화를 마칠 수밖에 없었다.

"라이언스 부인, 당신은 분명 알고 있는 사실을 솔직히 털어놓지 않았습니다. 어쩌면 그 때문에 중대한 책임을 떠안게 될 수도 있고, 큰 곤경에 처할 수도 있습니다. 만약 제가 이 길로 경찰에게 가서 도움을 요청한다면 부인은 분명 위기에 직면하게 될 겁니다."

내가 다그치듯 말하자 그녀의 입술이 파르르 떨렸다.

"저는 정말 이해가 되지 않는군요. 부인께서 진실로 결백하다면 찰스 경에게 편지를 보낸 사실을 처음에 부정했던 이유는 뭡니까?"

"그 편지 때문에 괜한 오해를 받고 싶지 않았어요. 추악한 소문에 휘말리고 싶지 않았다고요."

그녀는 팔짱을 낀 채로 미간을 찌푸렸다.

"그렇다면 찰스 경에게 편지를 없애달라고 간청한 이유는 뭡니까?"

"편지를 다 읽었다면 아실 텐데요?"

"그 편지를 전부 읽었다고 말하지는 않았습니다."

"아까 편지의 일부를 인용하셨잖아요."

"맞습니다. 추신 부분을 인용했지요. 이미 말씀드렸다시피 편지는 태워졌기 때문에 전체 내용을 다 읽을 수는 없었습니다. 이제 다시 한 번 묻겠습니다. 찰스 경에게 그 편지를 태워달라고 부탁한 이유가 뭐였습니까?"

"그건 사적인 일이에요."

그녀는 애써 내 시선을 피하며 고개를 돌려버렸다. 하지만 나는 포기하지 않았다.

"그 정도 대답으로는 경찰의 심문을 피하기 힘들 것 같군요."

또다시 경찰 이야기가 나오자 그녀는 원망이 가득한 눈으로 나를 쳐다보았다. 잠시 입술을 깨물며 고민하던 그녀는 이내 입을 열었다.

"좋아요. 말씀드리겠어요. 이미 들으셨을지 모르겠지만 저는 경솔하게 결혼을 하는 바람에 매우 불행한 삶을 살았습니다. 지금까지도 그 일을 후회하고 있지요."

"들어서 알고 있습니다."

"제 남편은 악마 같은 사람이었어요. 저는 그에게 끊임없이 괴롭힘을 당하며 살아야 했지요. 하지만 어찌된 영문인지 법은 남편에게 유리한 편에 있더군요. 그 때문에 저는 그와 강제로 살아야 하는 형편에 놓여 있답니다. 법원에서 동거 명령이 떨어지는 순간 저는 그 사람에게로 끌려가겠지요."

그녀는 남편을 떠올리는 것만으로도 끔찍하다는 듯 온몸을 부르르 떨며 몸서리쳤다.

"그런데 저는 어느 정도의 비용만 있다면 다시 자유를 얻을 수 있다는 사실을 알게 되었어요. 하지만 제게는 돈이 없었고, 그렇다면 누가 나를 도울 수 있을까 생각하기 시작했지요."

"결국 찰스 경을 떠올리게 되었군요?"

"맞습니다. 그분이라면 분명 저를 도와줄 것 같았어요. 너무도 친절하고 너그러운 분이니까요. 그렇게만 된다면 저는 마음의 평화와 행복, 자존감 같은 것들을 다 찾을 수 있을 것 같았어요. 그래서 그분을 직접 만나서 부탁해보려고 했던 거예요."

"그런데 왜 가지 않았습니까?"

"찰스 경에게 편지를 보낸 직후에 다른 곳에서 도움을 받았으니까요."

"왜 찰스 경에게 그 사실을 알리지 않았습니까?"

"다음 날 조간신문에서 그분의 사망 소식을 보지 못했다면 편지를 썼겠지요."

라이언스 부인은 내 질문에 담담한 태도로 대답하고 있었다. 그녀의 이야기에는 일관성이 있었다. 게다가 내가 계속해서 질문을 이어갔지만 결코 흔들리는 법이 없었다. 그렇다면 이제 내가 할 수 있는 일은 부인이 정말 남편을 상대로 이혼 소송을 냈는지 여부와 비극이 발생한 시간에 대해 확인하는 것뿐이었다.

이제까지의 대화 내용으로 볼 때 그녀의 말은 사실일 가능성이 높았다. 적어도 바스커빌 저택에 갔으면서 그런 적이 없다고 거짓말을 하는 것 같지는 않았다. 왜냐하면 쿰 트레이시에서 바스커빌 저택까지 가려면 마차가 필요했을 것이기 때문이다. 그렇다면 다음 날 새벽까지 쿰 트레이시로 돌아오기가 거의 불가능하다. 게다가 이 정도의 여행은 비밀에 부치기가 힘들다. 따라서 결론적으로 부인이 사실을 말하고 있거나, 아니면 적어도 사실의 일부를 말하고 있는 것이 확실했다.

나는 실망감과 낭패감에 짓눌려 어깨를 축 늘어뜨린 채로 부인의 집을 나섰다. 갑자기 내 심장을 무거운 바윗돌로 찍어 누르는 것 같은 압박감이 몰려들었다. 이제 나는 또다시 막다른 골목에 몰려 있었다. 내 주변으로 어둠의 장벽이 높이 쌓이는 것 같은 느낌이었다. 그런데 라이언스 부인의 모습을 떠올릴수록 그녀가 내게 무언가를 감추고 있다는 생각이 강하게 드는 것이었다. 그녀의 얼굴이 그토록 창백해진 까닭은 무얼까? 왜 모든 사실을 고백하기보다는 감추기에 급급했을까? 특히 비극이 발생한 시간에 대해 묵묵부답인 이유는 무엇일까? 솔직히 이 궁금증에 대해 생각해보면 부인이 결백하다는 사실을 도저히 믿기가 힘들었다. 하지만 현재로서는 더 이상 알아낼 수 있는 여지가 없었다. 결국 현재 내가 찾을 수 있는 단서는 황무지의 돌집뿐인 듯했다.

그런데 다른 단서를 찾는 일도 결코 만만하지 않았다. 그것은 아주 애매모호하고 막연한 일이었다. 나는 마차를 타고 집으로 돌아가는 길에 황무지 바위산 곳곳에 고대인의 흔적이 남아 있다는 사실을 깨달았다.

'배리모어는 미지의 사내가 황무지의 돌집에 살고 있다고 말했다. 그런데 황무지에는 그런 돌집들이 수백 개나 되지 않는가?'

황무지를 바라보는 내 마음은 답답하기만 했다. 하지만 그 남자가 검은 바위산 정상에 서 있었다는 사실을 새삼 떠올리자 답답함이 풀리기 시작했다. 그것은 어쩌면 하나의 힌트가 될 수 있었다. 즉, 바위산 정상을 시작으로 그 주변부터 꼼꼼히 살피기 시작한다면 의외로 그를 쉽게 찾을 수 있을지도 몰랐다. 아무튼 나는 그가 사는 곳을 찾아낼 때까지 돌집들을 차근차근 뒤지기로 결심했다. 그리고 만약 그를 찾아내게 된다면, 나는 그의 머리에 권총을 들이대고 위협을 가해서라도 알아내고야 말 것이다. 대체 그는 누구인지, 왜 그렇게 오랫동안 우리를 미행했는지 말이다. 사람들로 북적이는 리젠트 가에서는 우리를 따돌리기 쉬웠겠지만 이 황량한 황무지에서는 그렇게 하기가 결코 쉽지 않을 것이다. 하지만 그자의 거처를 찾아냈더라도 그가 자리를 비웠을 경우에는 돌아올 때까지 무작정 기다리는 수밖에 없었다. 전에 홈스는 그를 놓쳤다. 그러니 내가 그자를 잡을 수만 있다면 그것이야말로 대단한 영예이자 값진 승리가 될 게 분명했다.

이번 사건을 풀어가는 동안 행운의 여신은 우리를 외면해왔다. 하지만 이제 드디어 나를 돕기로 결심한 모양이었다. 행운을 가져다준 사람은 바로 프랭클랜드 씨였다. 불그스름한 얼굴에 잿빛 구레나룻을 기른 그는 자신의 정원 문 바로 밖에 난 큰길 쪽에 서 있었다.

"안녕하십니까, 왓슨 박사님!"

무슨 일인지 평소와는 다르게 기분 좋은 목소리로 그가 인사했다.

"말도 쉬어야 하니 들어오시오. 포도주 한잔하면서 나를 축하해주시겠소?"

그런데 솔직히 나는 그가 딸인 라이언스 부인을 어떻게 대했는지 들은 후로 그를 좋게 보기가 힘들었다. 하지만 마부 퍼킨스와 마차를 집에 돌려보낼 구실을 찾게 된 셈이라 흔쾌히 그의 초대를 받아들였다.

"퍼킨스, 헨리 경에게 저녁 식사 전에는 돌아가겠다고 전하게."

퍼킨스는 고개를 끄덕이고는 바스커빌 저택 쪽을 향해 마차를 몰았다. 나는 프랭클랜드 씨가 안내하는 대로 그의 집 식당으로 들어갔다.

"왓슨 박사, 오늘은 내게 아주 기쁜 날이오. 내 인생을 두고 기념할 만한 날이에요."

그는 한껏 들뜬 목소리로 소리쳤다.

"그동안 걸려 있던 소송 두 건이 한꺼번에 해결됐단 말이오. 나는 이 지역에 사는 사람들에게 법은 법이라는 것과 법에 호소하는 것을 절대 두려워하지 않는 사람이 여기 있다는 것을 알려주고 싶었소."

그는 입이 찢어져라 웃으며 말을 이었다.

"나는 미들턴 영감의 정원 한가운데를 당당히 통과할 수 있는 통행권을 얻어냈소. 그 영감 집 현관문에서 1백 미터 안쪽 땅을 보란 듯이 지나갈 수 있게 되었단 말이오. 어떻소? 이로써 나는 부자들에게 서민들을 함부로 대해서는 안 된다는 것을 따끔하게 가르쳐준 셈이외다."

갑자기 그는 분통이 터진다는 듯 주먹을 꽉 움켜쥐고 흔들었다.

"망할 놈들! 그리고 나는 그 못된 놈들이 자주 소풍을 다니는 숲도 폐쇄시켜버렸소. 놈들은 그 숲이 사유지가 아니라고 생각하고 있었소. 그래서 자기들이 좋은 곳이면 떼 지어 몰려다니며 신문과 술병을 늘어놓곤 했소. 하지만 이제 더 이상은 그런 짓을 할 수가 없게 되었지. 두 사건 모두 내가 다 승소했기 때문이오. 존 몰란드 경이 자기 소유의 야생 조수 사육 허가장에서 총을 쏘았을 때 내가 불법 침입죄를 물어 소송을 건 이후로 이렇게 기쁜 날은 처음이오."

"오! 어떻게 그렇게 하신 겁니까?"

"왓슨 박사, 판례집을 찾아보면 잘 알 수 있소. 퀸스 벤치 법정의 프랭클랜드 대 몰란드 사건을 찾아보면 된다오. 소송 비용을 200파운드나 썼지만 내가 승소했으니 상관없지."

그의 얼굴에는 자부심이 가득했다.

"그런데 그게 어떤 도움이 되던가요?"

"아니요, 그런 것 없었소. 나는 그런 문제와 관련해서 어떠한 이득도 취하지 않소. 그저 공적인 책임감을 가지고 하는 일이니 말이오. 예를 들면 오늘 밤 페른워시 놈들이 나를 본뜬 허수아비를 만들어 태울 게 분명하지. 전에도 이런 일이 있었는데, 그때 나는 경찰에게 그렇게 사악한 시위는 사전에 막아야 한다고 말했었소."

프랭클랜드는 몹시 못마땅한 표정으로 고개를 저었다.

"그런데 이 지역 경찰력은 한심하기 그지없소. 마땅히 보호받을 권리가 있는 나 같은 사람을 제대로 지켜주지 못하고 있으니. 프랭클랜드 대 레지나 소송사건은 사람들에게 이 문제에 대해 알리는 계기가 될 거요. 나는 경찰들에게 나를 이렇게 대접한 것에 대해 후회하게 될 거라고 말해줬소. 그런데 그 말이 벌써 실현되고 있다오."

"어떻게 말입니까?"

내가 묻자 그는 고개를 뻣뻣이 쳐들고 거만한 표정으로 답했다.

"나는 그자들이 알고 싶어하는 정보를 갖고 있소. 하지만 그들이 어떤 방법으로 나를 구슬린다고 해도 절대 도와줄 생각이 없소."

솔직히 나는 프랭클랜드 씨 같은 사람과의 대화를 별로 좋아하지 않는다. 그러나 지금은 그의 이야기가 좀 더 듣고 싶었다. 하지만 일부러 관심이 별로 없는 듯 행동했다. 왜냐하면 속이 배배 꼬인 그와 같은 사람은 누군가가 호기심을 보이면 아예 입을 다물어버리는 경우가 많기 때문이다.

그래서 나는 무관심한 척 질문을 던졌다.

"사유지 침범쯤 되나 보군요."

"하하! 왓슨 박사! 그 정도밖에 안 될 것 같소?"

역시 내 생각이 맞았다. 그는 내 쪽으로 몸을 내밀더니 이렇게 속삭였다.

"황무지의 탈옥수 얘기라면 어떻겠소?"

탈옥수라는 말에 나는 깜짝 놀랐지만 애써 태연한 척 말했다.

"그러니까 그자가 숨어 있는 곳을 아신단 말씀입니까?"

"정확하게는 모르오. 하지만 놈에게 음식을 가져다주는 심부름꾼을 보았으니 말 다한 것 아니오? 그 심부름꾼만 잡는다면 탈옥수를 잡는 것도 식은 죽 먹기겠지. 안 그렇소?"

프랭클랜드는 진실에 거의 근접해 있었다. 이렇게 되면 배리모어가 위험했다. 가뜩이나 참견을 좋아하는 심술쟁이 영감에게 잘못 걸리다니! 이것은 보통 일이 아니었다. 하지만 나는 침착하게 물었다.

"그런데 어떻게 그걸 알게 되셨습니까?"

"지붕에 있는 망원경으로 보았소. 매일 같은 시간에 같은 길을 지나가는 아이를 말이오. 그 아이가 탈옥수에게 가는 게 아니라면 대체 어디로 가는 거겠소?"

나는 속으로 안도의 한숨을 내쉬었다. 실은 소리라도 지르고 싶은 심정이었다. 하지만 그런 감정이 조금도 드러나지 않게 하느라 애를 써야만 했다. 아이라니! 배리모어의 말에 따르면 어느 소년이 우리가 알지 못하는 사내에게 음식을 날라준다고 했었다. 그러니 프랭클랜드가 알아낸 정보는 탈옥수에 관한 것이 아니라 어느 은둔자에 대한 것이었다. 하지만 내가 만약 그의 정보를 얻을 수만 있다면 일일이 돌집을 다 돌아다닐 필요가 없었다. 그러나 지금은 호기심을 드러낼 수 없었다. 오직 믿을 수 없다는 태도로 무관심하게 말하는 것만이 필요했다.

"황무지에서 목동 일을 하는 아버지에게 식사를 날라다주는 소년이 아닐까요?"

내가 반대의 뜻을 비치자 늙은 독재자의 얼굴이 일그러지기 시작했다. 내 예상대로 그는 독기를 품은 눈으로 나를 노려보았고, 잿빛 구레나룻은 성난 고양이의 털처럼 바짝 곤두섰다.

"그게 말이나 되는 소리요?"

그는 드넓게 펼쳐진 황무지를 가리키며 소리쳤다.

"저 너머에 있는 검은 바위산이 보이시오? 가시덤불이 뒤엉킨 언덕은? 저기가 바로 황무지에서 가장 바위가 많은 곳이요. 저런 곳에서 양을 치는 목동이 어디에 있단 말이오? 방금 그 말은 정말 어리석기 짝이 없는 소리요."

"그러고 보니 제가 잘 모르고 한 소리로군요."

나는 그의 말이 당연히 맞다는 듯 순순히 말했다. 그러자 기분이 풀린 그는 더 많은 이야기를 풀어놓기 시작했다.

"내가 근거 없는 소리는 안 한다는 걸 이제 알겠소? 나는 그 아이가 짐 보따리를 들고 저 길을 지나가는 걸 여러 번 보았소. 하루에 한 번씩, 어떤 때는 두 번도……."

바로 그때였다. 프랭클랜드가 두 눈을 가늘게 뜨고 황무지 저편을 살피는 것이었다.

"헛것이 보이는 건가? 아니면 지금 산비탈에서 뭔가 움직이고 있는 건가?"

나는 그가 바라보는 곳을 쳐다보았다. 과연 몇 킬로미터 떨어진 곳이기는 했지만, 흐릿한 녹색과 회색이 뒤섞인 산비탈을 따라 작고 검은 점 하나가 움직이고 있었다.

"어서 가봅시다!"

프랭클랜드가 황급히 층계를 뛰어 올라가며 소리쳤다.

"당신 눈으로 직접 보고 판단하시오!"

평평한 지붕 위로 올라가자 거대한 망원경이 삼각대 위에 놓여 있었다. 프랭클랜드는 서둘러 망원경을 들여다보더니 만족스러운 탄

성을 질러댔다.

"왓슨 박사! 어서 여기를 보시오. 녀석이 언덕을 넘어가기 전에!"

망원경을 들여다보자 과연 언덕을 오르는 소년이 보였다.

소년은 어깨에 짐 보따리를 메고 조심스럽게 발걸음을 옮기고 있었다. 소년이 산꼭대기에 올라 푸른 하늘을 배경으로 하고 서자 아무렇게나 주워 입은 듯한 초라한 옷차림이 또렷하게 보였다. 그는 혹시라도 미행하는 사람이 있을까 두려워하는 모습이었다. 이리저리 고개를 돌리며 아주 은밀하게 주위를 살피더니 순식간에 언덕 너머로 사라져버렸다.

"내 말이 맞지요?"

프랭클랜드가 거만하게 말했다.

"그렇군요. 정말 비밀스러운 심부름을 하는 것처럼 보입니다."

"그 심부름이 어떤 건지는 시골 경찰이라도 알 수 있을 거요. 하지만 나는 한 마디도 해주지 않겠소."

그는 갑자기 내 쪽으로 바짝 다가서더니 다소 위협적인 목소리로 말했다.

"왓슨 박사! 당신도 비밀을 지켜야 해요. 알겠소?"

"걱정 마십시오. 누구에게도 말하지 않을 테니."

"경찰 놈들이 나를 얼마나 고약하게 대했는지 모르오. 내 분명히 말하지만, 프랭클랜드 대 레지나 소송 사건이 터지면 이 지역 전체가 분노하게 될 거요. 아무튼 내가 경찰을 돕는 일은 결코 없을 거요. 내 목에 칼이 들어온다고 해도! 페른워시의 악당 놈들이 내 허수아비를 매달아 화형시킨다고 해도 놈들은 두 손 놓고 가만히 있겠지. 그들은 내게 더 많은 신경을 써야만 했소!"

프랭클랜드가 제 감정에 빠져 허우적거리고 있을 때 나는 슬그머니 자리에서 일어섰다.

"아니, 왜 일어서시오? 벌써 집에 가려고? 오늘처럼 기쁜 날을 축하하려면 나와 포도주 한잔해야지!"

하지만 나는 그의 청을 들어줄 수가 없었다. 게다가 그가 바스커빌 저택까지 함께 가겠다는 것을 막느라 진땀을 빼야만 했다. 겨우 그를 달래 혼자 길을 걷기 시작한 나는 그의 시선이 닿는 곳까지만 길을 따라 걸었다. 그러다 옆길로 빠져나와 황무지를 가로지르기 시작했다. 그리고 소년이 사라졌던 바위산 언덕으로 향했다. 생각해보면 모든 일이 순조롭게 진행되고 있었다. 나는 행운의 여신이 모처럼 던져준 소중한 기회를 인내와 끈기로 붙잡고 말겠다고 굳게 다짐했다.

바위산 꼭대기에 다다르자 해는 벌써 지고 있었다. 발밑으로 길게 이어진 한쪽 산비탈은 지는 해를 받아 온통 황금빛으로 물들어 있었고, 다른 한쪽은 어둠 속에 그늘져 있었다. 벨리버와 빅센 바위산의 환상적인 자태가 그려낸 지평선에는 안개가 낮게 깔려 있었다. 드넓은 평원은 고요하기만 했다. 어떠한 소리도, 어떠한 움직임도 없었다. 그저 푸른 하늘 높이 갈매기인지 마도요인지 모를 커다란 새 한 마리가 날아오르고 있을 뿐이었다. 순간 거대한 하늘과 드넓은 황무지 사이에 존재하는 것은 그 새와 나밖에 없다는 착각이 들기도 했다. 황량한 풍경과 적막감, 내가 맡은 풀리지 않는 수수께끼와 가슴을 죄는 긴박감! 이 모든 것이 떠오르자 온몸에 소름이 돋았다.

그런데 주위를 아무리 둘러보아도 소년은 보이지 않았다. 다만 발밑에 있는 바위산의 오목한 틈새에 오래된 돌집들이 원을 이룬 채로 서 있는 것이 보일 뿐이었다. 그런데 여러 돌집 가운데 유독 눈에 띄는 집 하나가 있었다. 그것은 비바람을 막을 수 있을 정도로 지붕이 멀쩡하게 남아 있었다. 그것을 본 순간 내 가슴은 거칠게 뛰기 시작했다. 낯선 사내는 분명 저 집에 숨어 있을 것이다! 드디어 내가 그자의 은신처를 찾아낸 것이다! 그의 비밀은 이제 내 손안에 들어왔다.

나는 그 돌집을 향해 아주 조심스럽게 걸어갔다. 마치 포충망을 들고 나비에 접근하는 스태플턴처럼 말이다. 집 가까이로 가자 그곳이 정말 은신처로 사용되고 있다는 것을 확인할 수 있었다. 돌 사이로 난 희미한 오솔길이 문으로 사용되는 낡은 통로로 이어져 있었다. 귀를 쫑긋 세워봤지만 집 안에서는 아무런 소리도 들리지 않았다. 문제의 낯선 사내는 저기에 숨어 있든지, 아니면 황무지를 어슬렁거리며 돌아다니고 있을 것이다. 숨 막히는 긴장감 때문에 내 등줄기에서는 쉴 새 없이 땀이 흘러내렸다.

나는 물고 있던 담배를 던져버린 뒤 권총을 단단히 쥐고 재빨리 문으로 다가갔다. 조심스럽게 문을 열고 안을 들여다보았는데 그곳은 텅 비어 있었다.

하지만 돌집 안에 남은 흔적을 보니 내 판단이 잘못된 것은 아니었다. 의문의 사나이는 이곳에 사는 것이 틀림없었다. 신석기인들이 침상으로 사용했던 석판 위에 방수포로 싼 담요가 놓여 있었던 것이다. 또 조잡하게 만든 화로에는 재가 수북이 쌓여 있었다. 그 옆에는 요리 기구 몇 개와 물이 반쯤 채워진 양동이도 놓여 있었다. 게다가 빈 주석 깡통이 흩어져 있는 것을 보니 한동안 사람이 살았던 것이 분명해 보였다. 증거는 충분했다. 누군가가 이곳에 살고 있다는 것을 의심할 이유는 없었다.

내부가 어두웠기 때문에 돌집 틈새로 스며드는 빛에 눈이 익숙해지기까지는 시간이 약간 걸렸다. 일단 눈이 편해지고 나니 방구석에 독한 술과 술잔이 놓인 것이 보였다. 돌집 한가운데는 식탁 역할을 하는 평평한 돌이 놓여 있었고, 그 위에 작은 꾸러미가 놓여 있었다. 그것은 아까 망원경으로 보았던 소년이 메고 있던 짐 보따리가 분명했다. 속을 살펴보자 빵 한 덩어리와 통조림 두 개가 들어 있었다. 음식이 맞다는 것을 확인하고 보따리를 내려놓으려는데 밑바닥에 깔린 종이 한 장이 눈에 띄었다.

순간 내 가슴은 거세게 뛰기 시작했다. 나는 흥분된 마음을 가라앉히기 위해 심호흡을 하며 종이를 집어 들었다. 종이에는 연필로 마구 갈겨 쓴 글이 적혀 있었다.

왓슨 박사가 쿰 트레이시로 갔습니다.

메모 내용을 확인한 순간 나는 온몸이 얼어붙는 것만 같았다. 나는 메모지를 손에 든 채로 한동안 멍하니 서 있었다. 도대체 이 메모의 의미는 무엇이란 말인가? 수수께끼의 사나이가 미행한 깃은 헨리 경이 아니라 나였단 말인가?

그는 나를 직접 미행하지 않고 그 소년을 시켜서 대신 미행하게 만들었단 말인가? 이것은 그 소년이 쓴 보고서일 것이다. 그렇다면 황무지로 온 이후로 나는 모든 말과 행동을 감시당하고 있었다는 말이 된다. 가끔씩 나는 무언가 눈에 보이지 않는 힘이 나를 둘러싸고 있다는 느낌을 받곤 했다. 하지만 너무나 가볍고 흔적 없이 둘러싸였기 때문에 놈이 쳐놓은 그물에 걸려들었다는 것을 모르고 있었던 것이다. 그리고 바보처럼 마지막 순간에서야 이런 사실을 깨닫게 되다니!

그때 문득 머릿속을 스치는 생각이 있었다.

'이것 말고 또 다른 보고서가 있을지도 모른다.'

나는 서둘러 돌집 안을 뒤지기 시작했다. 그런데 메모지를 숨길 만한 곳을 샅샅이 살펴보았지만 아무것도 찾을 수가 없었다. 그뿐만 아니라 이곳에 사는 사내의 정체나 의도를 파악할 만한 단서도 보이지 않았다. 다만 분명한 것은 그가 스파르타식 생활 습관을 가지고 있다는 점, 그리고 편안한 삶에 별다른 관심이 없다는 점뿐이었다. 그리고 틈이 심하게 벌어진 지붕을 보니 요즘처럼 폭풍우가 심하게 몰아친 날에 이곳에서 사람이 살았다는 사실을 도무지 믿기 힘들었다. 하지만 그는 불편함을 감수하고 이곳에서 지낸 것이 분명했다. 그 말은 곧 그가 가진 목표가 그 불편함을 뛰어넘을 만큼 대단하고 절대적인 것임을 의미했다. 그는 어떤 사람일까? 우리를 증오하는 악마일까? 아니면 우리를 보호하려는 천사일까? 나는 적어도 이 사실을 알아내기 전까지는 이곳을 떠나지 않겠노라 스스로에게 맹세했다.

어느덧 태양은 지평선 너머로 사라졌고, 서쪽 하늘은 진홍빛과 황금빛으로 물들어 있었다. 저 멀리 거대한 그림펜 늪지대의 물웅덩이도 석양의 붉은빛에 흠뻑 젖어 있었다.

바스커빌 저택의 탑 두 개는 여전히 하늘을 향해 솟아 있었고, 그림펜 마을에서는 저녁을 짓느라 모락모락 연기가 피어올랐다. 그리고 언덕 뒤로 스태플턴의 집이 보였다. 빛나는 황금빛 햇살 속에서 모든 것이 아름답고 평화로운 모습이었다. 하지만 그것을 바라보는 내 영혼은 전혀 평화롭지 않았다. 자연이 주는 감동을 느끼기에는 두려움의 크기가 너무 컸다. 하지만 내 목적의식은 명확했기에 나는 그곳에 머무르는 것을 주저하지 않았다. 그저 돌집 안의 어두운 구석에 앉아 낯선 사내가 돌아오기만 기다렸다.

 드디어 누군가가 다가오는 소리가 들렸다. 돌 위를 걷는 구두소리는 점점 커졌다. 한 걸음 한 걸음 가까워지는 소리를 들으며 나는 소리가 날 정도로 침을 꿀꺽 삼켰다. 그리고 주머니 속 권총을 꽉 움켜쥐고 공이치기를 잡아당겼다. 혹시라도 그에게 먼저 발각되지 않도록 가장 어두운 구석으로 몸을 숨겼다. 이윽고 발소리가 뚝 멈췄다. 그리고 한참 동안 아무 소리가 들리지 않았다. 내 몸의 모든 신경은 바깥으로 향해 있었다.

 바로 그때 발자국 소리가 다시 나기 시작하더니 돌집 입구에 그림자가 드리워지는 것이었다.

 "여보게, 왓슨! 정말 멋진 저녁이로군!"

 친숙한 목소리가 내 귓속으로 날아들었다.

 "아무래도 밖에 있는 것이 편하겠군."

12
또 다른 죽음

나는 숨을 쉴 수가 없었다. 내 귀도 믿을 수가 없었다. 나는 얼마 동안 구석에 주저앉은 채로 상황을 정리하려 애쓰고 있었다. 얼마나 지났을까, 내 몸의 감각과 목소리가 되살아나면서 내 영혼을 짓누르고 있던 무거운 책임감이 한순간에 날아가는 것이 느껴졌다. 저렇게 차갑고 날카로우며 빈정대는 듯한 목소리의 주인공은 세상에 단 한 명밖에 없었다.

"홈스!"

내가 외쳤다.

"홈스!"

"밖으로 나오게."

홈스가 말했다.

"권총 조심하고."

나는 몸을 숙이고 무너질 것 같은 문틀 아래를 빠져나왔다. 밖으로 나와 보니 홈스는 평평한 돌 위에 앉아 있었다.

홈스는 나의 놀란 얼굴을 보고는 재미있어 죽겠다는 듯 싱글거리고 있었다. 그런데 어쩐 일인지 그의 얼굴은 수척하게 말라 있었다. 그래도 안색은 밝았고 홈스 특유의 날카로운 얼굴도 그대로였다. 다만 햇볕에 그을렸는지 얼굴이 구릿빛으로 변해 있었고 바람 때문인지 꽤나 거칠어진 상태였다.

트위드 정장에 천 모자를 쓴 그의 모습을 보고 있자니 황무지의 여행자나 다름없어 보였다. 그리고 고양이처럼 청결함을 좋아하는 성격 그대로 말끔하게 면도를 하고 깨끗한 셔츠를 갖춰 입고 있었다. 그 모습은 베이커 가에서 보았던 것과 조금도 다르지 않았다.

"내 평생 사람을 보고 이렇게 반갑기는 처음이네."

나는 홈스의 손을 맞잡고 활짝 웃었다.

"이렇게 놀란 적도 없겠지? 그렇지 않나?"

"정말 그렇다네."

"그런데 자네만 놀란 게 아니야. 나 역시 자네가 내 은신처를 찾아낼 줄은 꿈에도 몰랐어. 문에서 20걸음 떨어진 곳에 와서야 자네가 그 안에 있다는 걸 알았네."

홈스는 어깨를 으쓱하며 나를 보았다.

"발자국을 보고 알았나 보군."

"그렇지 않네. 내게는 세상의 모든 발자국 중에 자네의 발자국만 알아볼 재주가 없어."

"그렇다면 나라는 걸 어떻게 알았나?"

"정말 나를 속이고 싶다면 담배를 다른 것으로 바꿔야 할 걸세. '옥스퍼드 가 브래들리'라는 글씨가 찍힌 담배꽁초를 보자마자 자네가 여기 온 것을 알아차렸지."

"담배꽁초라고?"

기억이 나지 않아서 고개를 갸웃하자 홈스가 길가를 가리키며 말했다.

"바로 저 길가에 떨어져 있더군. 자네는 분명 이 돌집을 덮치기 전에 꽁초를 버렸을 거야."

"맞아! 이제 기억나는군!"

내가 손뼉을 치며 소리치자 홈스가 빙긋 웃으며 말했다.

"게다가 나는 자네가 얼마나 끈기 있는 사람인지 잘 알고 있지. 그래서 자네가 권총을 들고 집 안에 몰래 숨어서 주인이 돌아오기를 기다릴 거라 확신했네."

"역시 자네는 못 당하겠군."

"왓슨, 그런데 자네는 정말 내가 범인이라고 생각한 건가?"

"아니, 자네가 누군지 몰랐어. 하지만 반드시 알아내리라 작정하고 있었네."

내 말에 홈스는 만족스러운 미소를 지으며 고개를 끄덕였다.

"정말 훌륭하네! 그런데 나에 대해 어떻게 알게 된 건가? 탈옥수를 쫓던 날 밤에 나를 본 모양이시?"

"맞아, 그날 밤에 자네를 보았지."

내 말에 홈스는 아쉽다는 듯 무릎을 내리쳤다.

"달이 떠오르는데 그 앞에 서 있던 게 잘못이었어!"

홈스는 어쩔 수 없다는 표정으로 머리를 긁적이더니 말을 이었다.

"이 돌집을 찾을 때까지 모든 돌집을 뒤지고 다녔겠군?"

"아니야. 자네의 심부름을 하던 소년을 본 사람이 있었어. 덕분에 이 집을 쉽게 찾아냈다네."

"그 영감의 망원경으로 봤겠군. 처음에 저 멀리 렌즈에서 번쩍이는 빛을 봤을 때는 그게 뭔지 몰랐었지."

그는 자리에서 일어서서 돌집 안을 들여다보았다.

"오, 카트라이트가 음식을 갖다 놓았군."

그는 짐 보따리 속에서 내가 읽었던 종이를 찾아냈다.

"왓슨, 쿰 트레이시에 다녀왔나?"

"그렇네."

"로라 라이언스 부인을 만나려고?"

"맞아."

"잘했네! 지금까지 우리의 수사는 같은 방향으로 진행되고 있었어. 각자가 알아낸 결과물을 서로 합해보면 사건의 전모를 이해하는데 큰 도움이 될 거야."

"홈스, 자네가 여기 있다는 것만으로도 기쁘기 그지없네. 솔직히 수수께끼처럼 얽힌 이 사건을 감당하기란 어려운 일이었지."

그런데 순간 이상한 생각이 들었다. 왜 홈스가 내 앞에 있는 것일까?

"어떻게 여기에 온 건가, 홈스? 베이커 가에서 협박 사건을 해결하고 있을 거라 생각했는데."

"자네가 그렇게 생각해주길 바라고 있었다네."

"흠, 그 말은 곧 나를 이용하기만 하고 믿지 못했다는 거로군!"

나는 기분이 상해서 소리쳤다.

"홈스, 나는 자네에게 훨씬 더 좋은 대접을 받을 만한 가치가 있다고 생각하네."

"여보게, 왓슨! 이번에도 자네는 다른 사건들을 해결했을 때처럼 아주 중요한 역할을 해주었네. 만약 내가 자네를 속였다는 생각이 들었다면 용서하게. 실은 내가 그렇게 한 이유 중에 하나는 자네를 위한 것이라네."

"나를 위한 것이라니?"

"자네에게 어떤 위험이 닥치고 있다는 판단이 들었거든. 만약 내가 바스커빌 저택에서 자네와 함께 지냈다면 내 견해는 자네와 비슷했을 걸세. 그리고 나의 존재는 우리의 무서운 적들에게 경계심을 불러일으켰을 게 분명해. 하지만 내가 황무지에서 지낸 덕분에 나는 자유롭게 돌아다닐 수 있었네. 적의 시야에서 완전히 벗어날 수 있었지. 그러니까 나는 이 사건의 숨은 패라고 할 수 있지. 모습을 감추고 있다가 결정적인 순간에 달려들 수 있는!"

홈스는 나를 위로하려는 듯 자세히 설명했지만 나는 여전히 섭섭함을 감추지 못했다.

"그렇다고 해도 내게 비밀로 할 것까진 없었을 텐데!"

하지만 홈스는 단호하게 고개를 저으며 말했다.

"그건 절대 안 되는 일이야. 만약 자네가 사실을 알았다면 내가 발각될 확률은 더 커졌을 거야. 자네는 분명 내게 무언가를 알려주고 싶었을 거야. 또 내가 불편하게 생활하는 것이 마음에 걸려 이런저런 물건들을 가져다주는 호의를 베풀었겠지. 하지만 그건 정말 위험한 짓일 뿐이야. 그래서 난 이곳으로 카트라이트를 데리고 왔어."

"심부름센터에 있던 꼬마였지?"

"맞아. 그 녀석은 매일같이 간단한 생필품들을 챙겨다 주었지. 빵이나 깨끗한 셔츠 같은 것을 말이야. 그 이상 더 필요한 것은 없어. 또 그 아이는 두 개의 눈과 재빠른 발을 내게 더해 주었어. 그 둘 다 내게는 아주 귀중한 역할을 했지."

"그러면 내가 썼던 보고서는 아무 필요 없었겠군!"

나는 또다시 속이 상해 목소리가 바르르 떨렸다. 그동안 보고서를 쓰느라 시간과 정성을 얼마나 들였던가! 그리고 힘들었지만 얼마나 자부심을 느끼고 있었던가!

그때 홈스가 주머니에서 종이 뭉치를 꺼냈다.

"왓슨, 자네가 정성스럽게 쓴 보고서는 여기 다 있네. 나는 이것을 두 번씩이나 자세히 읽어보았지. 또 확실한 전달 체계를 마련해 두었기 때문에 하루 정도만 늦게 편지를 받았을 뿐이야."

홈스는 진심 어린 표정으로 나를 바라보며 힘주어 말했다.

"이 사건은 보기 드물게 까다롭고 어려워. 하지만 자네는 그 어느 때보다도 열정을 발휘했지. 그에 대해서 나는 깊은 경의를 표하는 바이네."

나는 홈스가 나를 속였다는 사실 때문에 여전히 기분이 상해 있었다. 하지만 평소의 홈스답지 않게 열렬한 찬사를 보내는 것을 보자 금세 노여움이 풀려버렸다. 솔직히 나도 마음속으로는 그의 말이 옳다고 생각하고 있었다. 그가 황무지에 있다는 것을 내가 모르는 것이 우리의 목적을 달성하는 데 도움이 되는 최선의 방법이었다는 것은 사실이었으니까.

"기분이 나아진 모양이로군."

홈스는 내 얼굴에서 그늘이 사라지는 것을 보고는 싱긋 웃으며 말했다.

"이제 로라 라이언스 부인을 방문한 결과를 말해주게."

"그런데 내가 그녀를 만났다는 걸 어떻게 알았나?"

"자네가 라이언스 부인을 만나러 갔으리라 추측하기는 어렵지 않았어. 나는 이 사건을 해결하는 데 도움이 될 만한 사람이 그녀라는 것을 알고 있었거든. 만약 자네가 가지 않았다면 내가 내일 직접 찾아갔을 거야."

그사이 해는 완전히 지고 황무지에는 어둠이 짙게 깔렸다. 공기가 꽤나 차가웠기 때문에 우리는 추위를 피하려고 돌집 안으로 들어갔다. 나는 어두운 돌집 안에서 라이언스 부인과 나눈 대화를 홈스에게 들려주었다. 그가 관심 있어 하는 대목에서는 그가 만족할 때까지 두 번씩이나 이야기를 되풀이하기도 했다.

"정말 중요한 이야기로군."

내가 말을 마치자 홈스가 말했다.

"자네의 이야기는 이 복잡한 사건에서 내가 메우지 못했던 부분을 채워주고 있어. 자네 혹시 라이언스 부인과 스태플턴의 사이가 아주 가깝다는 것을 알고 있나?"

"그것은 전혀 몰랐네."

"그 문제에 대해서는 의심의 여지가 없어. 두 사람은 자주 만나고 편지도 주고받는 사이야. 그러는 동안 아주 친한 관계가 되었지. 이 사실은 우리에게 아주 강력한 힘이 되어줄 거야."

"어떻게?"

"만약 스태플턴 부인에게 이 사실을 알려준다면?"

나는 전혀 생각지도 못했던 말에 깜짝 놀랐다.

"스태플턴 부인이라니?"

"자네도 내게 정보를 알려주었으니 나도 보답을 해야겠군. 이곳에서 스태플턴 양으로 알려진 그 여성이 사실은 스태플턴 부인이라네."

나는 너무나 놀란 나머지 숨이 턱 막히는 느낌이었다.

"세상에! 홈스! 그게 정말 확실한 소린가? 자네 말대로라면 스태플턴 씨는 헨리 경이 자기 부인을 사랑하도록 놔뒀단 말인가?"

"그야 헨리 경이 사랑에 빠지는 것은 헨리 경 자신 말고는 아무에게도 해가 되지 않으니까. 자네도 봤다시피 스태플턴은 헨리 경이 그녀에게 어떠한 구애도 하지 못하게 각별히 주의했다네. 다시 말하지만 그 여성은 스태플턴의 누이동생이 아니라 부인이야."

"정말 놀랍군. 하지만 굳이 그렇게 남들을 속일 이유가 뭐지?"

"그야 사람들이 그녀를 처녀로 알고 있으면 자기에게 더 쓸모가 있다고 생각했기 때문일 거야."

그동안 말로 표현할 수 없었던 막연한 의심들은 갑자기 스태플턴을 중심으로 구체화되기 시작했다.

그동안 스태플턴은 밀짚모자를 쓰고 포충망을 든 박물학자일 뿐이었다. 하지만 이제는 창백하고 무표정한 그의 얼굴을 떠올리자 잔인하고 무서운 무언가가 느껴지는 것만 같았다. 그에게는 무한한 인내심과 교묘한 계략이 있었던 것이다. 한마디로 그는 선량한 얼굴을 한 범죄자처럼 무서운 인물이었다.

"홈스, 런던에서 우리를 미행했던 사람이 스태플턴이었단 말인가?"

"내 추리에 따르면 그렇다네."

"그러면 그 경고 편지는 스태플턴 부인이 보낸 것이겠군."

"맞았네."

그동안 나를 둘러싸고 있던 무서운 악행의 실체가 어둠 속에서 절반쯤 그 모습을 드러내는 순간이었다.

"그런데 자네는 그 여자가 스태플턴 부인이라는 걸 어떻게 알았나?"

"자네를 처음 만났던 그때, 스태플턴은 중대한 실수를 했네. 자네에게 자신의 과거를 솔직히 말하는 바람에 스스로 단서를 내준 꼴이 돼버린 거지. 어쩌면 그자는 그 말을 내뱉은 순간부터 후회했을지도 몰라. 아무튼 그는 오래전에 영국 북부에서 학교 교장을 지낸 적이 있더군."

"그 내용을 조사한 모양이군."

"맞아. 이 세상에 학교 교장만큼 추적하기 쉬운 사람도 없지. 교육기관을 통하면 교직에 몸담았던 사람의 신원은 쉽게 확인할 수 있어. 내가 약간 조사를 해본 결과, 북부에 위치한 한 학교가 지독한 경영난에 시달렸더군. 비록 이름이 다르긴 하지만 학교를 소유했던 사람은 부인과 함께 자취를 감췄다네. 게다가 그 인물은 곤충학에 심취해 있었다고 하니 그가 스태플턴이라는 사실을 확신할 수 있었지."

"진짜로 스태플턴 양이 그의 아내라면, 로라 라이언스 부인은 어떻게 된 거지?"

내가 묻자 홈스가 손가락으로 나를 가리키며 말했다.

"그게 바로 그동안 자네가 조사했던 것이 빛을 발하는 부분이야. 내게 라이언스 부인과 만났던 이야기를 해줬었지? 이야기를 듣기 전에 나는 그녀가 남편과 이혼을 계획하고 있다는 사실은 몰랐어. 생각해보니 그녀는 아마도 스태플턴이 미혼이라고 생각하고 그와 결혼하려고 마음먹었을 거야."

"그러면 라이언스 부인에게 사실을 알려줘야 하지 않을까?"

"글쎄, 어쩌면 그녀가 우리에게 도움이 될지도 모르지. 일단 내일은 다른 일은 제쳐두고서라도 그녀를 만나야겠군."

나는 홈스의 결정이 옳다고 생각하고 고개를 끄덕였다. 홈스는 손으로 까칠해진 턱을 쓸며 밖을 내다보았다.

"왓슨, 자네 본래 임무에서 너무 오랫동안 벗어나 있었군. 지금 자네가 있어야 할 곳은 바스커빌 저택이야."

그러고 보니 서쪽 하늘에 남아 있던 마지막 붉은 빛마저 사라지고 없었다. 황량한 황무지에 짙은 어둠이 찾아든 것이었다.

"홈스, 마지막으로 하나만 더 묻겠네."

나는 자리에서 일어서며 말했다.

"자네와 나 사이에 더 이상 비밀은 필요 없을 테니 말이야. 도대체 이 모든 일이 의미하는 게 뭐지? 스태플턴은 뭘 바라는 걸까?"

홈스는 목이 잠긴 듯 낮은 목소리로 대답했다.

"왓슨, 그것은 살인이야. 교묘하고 치밀하게 계획된 살인!"

홈스의 입에서 살인이라는 단어가 튀어나오자 나는 숨이 막히는 것만 같았다.

"살인이라니!"

"더 이상은 묻지 말게. 다만 그자가 헨리 경을 향해 그물을 치고 있는 것처럼 나 또한 그자를 향한 그물망을 좁혀가고 있다는 것만 알아두게. 특히나 자네가 도와준 덕분에 그자는 이미 내 손에 들어온 것과 같아."

홈스는 다시 한 번 나를 추켜세우며 고개를 끄덕였다.

"이제 우리 앞에 놓인 위험은 하나뿐이야. 우리가 미처 준비를 끝마치기도 전에 그가 먼저 공격하는 거지. 하지만 나는 이 사건을 하루나 이틀 안에 끝낼 수 있어. 그러니 자네는 그때까지만 헨리 경을 잘 지켜주게. 아픈 자식을 밤새도록 지키는 어머니처럼 말이야. 사실 오늘 자네가 한 일은 정당한 것이었지만, 그보다는 헨리 경의 옆을 지키는 것이 더 나았을지도 몰라."

홈스는 아쉬운 표정으로 나를 바라보았다. 그런데 바로 그때였다. 어디선가 무시무시한 비명소리가 우리의 귓속을 파고들었다. 적막한 황무지를 뒤흔든 것은 공포와 고통에 찬 외침이었다. 어찌나 끔찍한 소리였는지 나는 온몸의 피가 다 얼어붙는 것만 같았다.

"오! 세상에!"

나는 숨을 헐떡이며 속삭였다.

"저게 무슨 소리지? 누가 내는 소리지?"

홈스는 튀어 오르는 용수철처럼 재빨리 자리에서 일어나 문 앞에 섰다. 운동선수처럼 다부진 몸의 윤곽이 검게 드러났다. 홈스는 상체를 앞으로 내민 채 어둠 속을 응시했다.

"조용히!"

홈스가 손가락을 입에 가져다 대며 나지막이 속삭였다.

"조용히!"

또다시 비명소리가 들려왔다. 그것은 아까보다 더 격렬하고 큰 소리였다. 하지만 그것은 저 멀리 어두운 평원에서 터져 나온 것이었다.

"두대체 어디지?"

홈스가 떨리는 목소리로 속삭였다. 놀라운 일이었다. 무엇에도 흔들리지 않는 강철 같은 사나이가 내 눈앞에서 떨고 있는 것이었다.

"왓슨, 저 소리가 어디서 나는 것 같나?"

"저쪽 같은데."

나는 어둠 속을 가리켰다.

"그쪽은 아니야."

또다시 고통에 찬 비명소리가 고요한 밤하늘을 뒤흔들기 시작했다. 그런데 이번에는 아까 듣지 못했던 새로운 소리가 뒤섞여 있었다. 그것은 끊임없이 몰아치는 파도소리처럼 굵게 웅얼거리는 것도 같고 으르렁거리는 것도 같았다. 또 어찌 들으면 음악적인 소리 같기도 하고 달리 들으면 위협적인 소리 같기도 했다.

"사냥개다!"

홈스가 눈을 번득이며 소리쳤다.

"왓슨! 어서 가세! 우린 너무 늦었어!"

홈스는 황무지 쪽으로 재빠르게 달려가기 시작했다. 나 역시 그 뒤를 따라 있는 힘을 다해 질주했다. 그런데 눈앞에 펼쳐진 울퉁불퉁한 땅 어딘가에서 절망에 찬 외마디 비명이 들려오는 것이었다. 그리고 바로 뒤이어서 무거운 것이 쿵 떨어지는 소리가 들렸다. 우리는 그 자리에 멈춰선 채로 귀를 기울였다. 하지만 바람 한 점 없는 밤에 무거운 침묵을 깨는 소리는 더 이상 들려오지 않았다.

홈스는 마치 넋이 나간 사람 같은 표정으로 이마에 손을 가져다 댔다. 그는 속상해 죽겠다는 얼굴로 발을 동동 굴렀다.

"왓슨! 우리가 그자한테 진 거야!"

"설마! 절대 그렇지 않아!"

"아니야. 우린 너무 늦었어. 이 얼마나 바보 같은 짓이란 말인가! 자기 꾀에 넘어간 꼴이니 말이야. 왓슨, 자기가 맡은 임무를 게을리 하면 어떤 결과를 맞게 되는지 이제 알겠나?"

홈스는 잔뜩 인상을 찌푸린 채로 머리를 쥐어뜯었다. 그러고는 이를 악문 채로 어둠 속을 노려보며 말했다.

"오! 이럴 수가! 그렇다고 가만히 당하고만 있지는 않겠어. 최악의 상황이 벌어진다고 해도 그자에게 반드시 복수하고 말겠네!"

우리는 어둠 속을 내달리기 시작했다. 그러는 동안 돌에 걸려 중심을 잃기도 하고, 날카로운 가시덤불에 긁히기도 하고, 숨이 턱에 차도록 언덕을 오르내리기도 했다. 우리는 오로지 무시무시한 소리가 난 방향을 향해 달려갔다. 언덕 위에 오를 때마다 홈스는 열심히 고개를 돌리며 주위를 살펴보았다. 하지만 황무지에는 어둠만이 짙게 깔려 있었고, 움직이는 것은 하나도 없었다.

"뭐가 보이나?"

"전혀."

"잠깐! 들어보게! 저게 무슨 소리지?"

그것은 낮은 신음 소리 같았다. 가만히 귀를 기울이자 우리의 왼쪽에서 어떤 소리가 들려왔다. 그곳은 깎아지른 듯한 절벽과 울퉁불퉁한 자갈밭이 만나는 곳이었다. 우리는 두 눈을 가늘게 뜨고 소리가 나는 쪽을 뚫어져라 응시했다.

그러자 자갈밭 위에 시커먼 물체가 누워 있는 것이 보였다. 우리는 곧장 그곳으로 달려갔다. 가까이 다가가자 희미했던 몸의 윤곽이 분명한 형태로 드러났다. 그 물체는 다름 아닌 남자였다. 그는 얼굴을 땅 쪽으로 한 채 앞으로 고꾸라져 있었다. 정확히 볼 수는 없지만 옆에서 언뜻 본 그의 얼굴은 소름 끼칠 정도로 일그러져 있었고, 고개는 끔찍한 각도로 꺾여 있었다. 그리고 그의 어깨와 몸통은 마치 공중제비를 하는 사람처럼 둥글게 구부러져 있었나. 침으로 괴상한 자세였다. 그제야 나는 아까 들었던 신음소리가 사람의 영혼이 빠져나가는 소리였다는 것을 깨달았다. 하지만 이제 저 몸뚱이에서는 아무런 소리도 흘러나오지 않았다. 또다시 적막감이 흘렀다.

홈스는 조심스럽게 그의 몸에 손을 댔다. 그러다 외마디 비명을 지르며 얼른 손을 뗐다. 그가 성냥불을 켜자 피가 엉겨 붙은 희생자의 손가락이 보였다. 성냥불을 좀 더 위로 올리자 희생자의 부서진 두개골에서 흘러나온 피가 웅덩이를 이루고 있는 모습이 드러났다. 그것을 본 순간 온몸의 털이 쭈뼛 서는 것만 같았다. 소름 끼치는 장면이었지만 우리는 침을 꿀꺽 삼키고는 성냥불로 아래쪽을 비춰보았다. 오! 시신의 정체를 알아차린 그 순간 우리는 정신이 혼미해져서 당장 쓰러질 것만 같았다. 그것은 바로 헨리 바스커빌 경의 시신이었다.

그는 베이커 가에서 우리를 처음 만났을 때 입었던 붉은 트위드 정장을 입고 있었다. 나와 홈스 모두 특이했던 그 정장을 잘 기억하고

있었다. 그때 성냥불이 이리저리 흔들리며 깜빡거리더니 휙 꺼져버렸다. 그것은 마치 우리의 영혼에서 희망이 빠져나가는 모습처럼 보였다. 홈스는 고통에 찬 신음소리를 토해냈다. 창백한 그의 얼굴이 어둠 속에서 하얗게 떠올랐다.

"그 짐승을! 그 짐승을!"

나는 두 주먹을 불끈 쥐고 허공에 마구 휘둘렀다.

"아! 홈스! 헨리 경을 혼자 두는 게 아니었어! 그를 비극적인 운명으로 몰아넣고 말다니, 내 자신을 용서할 수 없네."

나는 두 손으로 내 머리카락을 쥐어뜯으며 절규했다.

"왓슨, 그 비난은 내가 받아야 마땅해. 나는 사건을 완벽히 마무리 짓는 것에만 집중하느라 의뢰인의 생명을 경시했어. 탐정 일을 시작한 이후로 이렇게 치명적인 타격을 받은 적은 없었네."

홈스의 표정은 착잡하기 그지없었다.

"하지만 도저히 이해할 수 없군. 내가 그렇게 경고했는데도 헨리 경은 왜 황무지로 나왔을까? 그것은 목숨을 건 무모한 일일 뿐이었는데."

하지만 나는 홈스의 말이 귀에 들어오지 않았다. 지금 내 눈앞에 놓인 상황을 받아들이기가 너무 버거웠던 것이다.

"그렇다면 아까 들었던 비명소리는? 오! 헨리 경이 고통스럽게 비명을 질러댔지만 우리는 이분을 구하지 못했군."

자책만 하며 괴로워하던 나는 문득 범인의 존재를 떠올렸다. 나는 두 눈을 번득이며 어둠 속을 노려보았다.

"경을 죽인 악마 같은 사냥개는 어디에 있을까? 어쩌면 바로 옆 바위틈에 숨어 있을지도 몰라. 그런데 스태플턴은 어디 있지? 그자는 자신이 한 행동에 대해 책임을 져야만 해."

"당연하지. 무슨 일이 있어도 그렇게 될 거야. 숙부와 조카가 살해 당했어. 숙부는 초자연적인 존재로 생각했던 짐승을 보자 극도의 공포심을 느껴 죽고 말았지. 조카는 사력을 다해 짐승으로부터 도망치다가 죽음을 맞이했고."

"홈스, 이제 우리가 어떻게 해야 할까?"

"우선 스태플턴과 사냥개가 어떤 관련이 있는지를 알아내야 해. 아직 우리는 그 짐승의 존재에 대해 증명할 수 없어. 단지 소리로만 들었을 뿐이야. 게다가 헨리 경은 추락사한 게 분명하지 않나. 하지만 그자가 제아무리 날고 기는 인물이라고 해도 내일이 지나기 전에 반드시 내손으로 잡고 말겠네."

홈스와 나는 처참하게 뭉개진 시신을 비통한 마음으로 쳐다보았다. 길고도 힘들었던 그동안의 노력이 헛수고로 돌아가버린 상황과 마주하기란 너무 힘겨운 일이었다. 그때 달이 떠올랐다. 우리는 우리의 불쌍한 친구가 추락했던 바위 꼭대기로 올라갔다. 황무지의 절반은 희뿌연 은빛을 띠고 있었고 나머지 절반은 시커먼 암흑천지였다. 우리는 황무지를 내려다보았다. 수 킬로미터나 떨어진 그림펜 늪 쪽에서 노란 불빛 하나가 빛나고 있었다. 그 밖에 불빛이 새어나오는 곳이라고는 스태플턴의 외딴집뿐이었다. 나는 그 집을 향해 불끈 쥔 주먹을 흔들어대며 저주의 말을 쏟아냈다.

"홈스, 당장 스태플턴을 체포하면 안 되는 이유라도 있나?"

"아직 사건에 대한 조사가 끝나지 않았어. 그자는 아주 신중하고 조심성이 많은 놈이야. 지금 중요한 것은 우리가 무엇을 알고 있느냐가 아니라, 무엇을 증명할 수 있느냐야. 만약 우리가 대처를 잘못하면 놈을 놓칠 수도 있어."

"그럼 어떻게 해야 한단 말인가?"

"내일 해야 할 일이 많아. 오늘 밤에는 우리의 가없은 친구를 위해 마지막 임무를 다 하도록 하세."

산비탈을 내려온 우리는 다시 헨리 경의 시신이 있는 곳으로 향했다. 바닥의 자갈들이 은백색이라 경의 시신은 더욱 시커멓게 보였다. 고통스럽게 뒤틀린 몸을 보자 그가 느꼈을 아픔이 떠올라 절로 눈물이 핑 돌았다.

"홈스, 도움을 청해야겠네. 우리 둘이서는 저택까지 시신을 운반할 수 없어."

그때였다. 홈스가 짧은 비명을 내지르더니 시신 위로 몸을 숙이는 것이었다. 그러고는 미친 사람처럼 빙글빙글 웃으며 춤을 추기 시작했다. 입으로는 노래를 흥얼거리면서 내 손을 꽉 쥐었다. 과연 이 사람이 자제력 있고 엄격한 나의 친구란 말인가? 홈스에게 이런 면이 있으리라고는 상상도 못했다.

"수염! 수염! 이 사람에게 수염이 있어!"

홈스가 입이 찢어져라 웃으며 소리쳤다.

"수염이라니?"

"왓슨, 잘 보게. 이 사람은 준남작이 아니야. 그러니까 이 사람은……. 옳거니! 나의 이웃이었던 탈옥수로군."

홈스의 말에 내 심장은 거세게 뛰기 시작했다. 우리는 서둘러 시신을 뒤집어 보았다. 과연 피에 젖은 수염이 차갑게 빛나는 달을 가리키고 있었다. 시신의 얼굴을 유심히 살펴보니 정말 튀어나온 이마와 움푹 꺼진 눈은 헨리 경의 것이 아니었다. 그것은 바위 너머로 나를 노려보던 흉악범, 셀든의 얼굴이었다.

그렇다면 그가 입고 있던 옷은? 그 순간 복잡하게 뒤엉킨 상황이 분명하게 정리되기 시작했다. 나는 준남작이 자신의 낡은 옷들을 배리모어에게 주었다는 이야기를 했던 것을 떠올렸다. 아마도 배리모어는 셀든이 탈출하는 것을 도와주기 위해 그 옷가지를 전달한 모양이었다. 구두나 셔츠, 모자 등 모든 게 헨리 경의 것이었다.

아무튼 이 사건이 비극적인 것만큼은 사실이었다. 물론 이 탈옥수는 엄격한 나라 법에 의해 사형 선고를 받아 마땅한 사람이지만 말이다. 나는 홈스에게 이런 상황에 대해 설명해주었다. 말하는 동안에도 내 마음은 기쁨과 흥분으로 가득해 하늘 위를 걷는 기분이었다.

"그러니까 이 옷 때문에 저 불쌍한 악마 녀석이 죽게 된 거로군."

홈스가 말했다.

"그 사냥개에게 헨리 경의 소지품 냄새를 맡게 했을 거야."

"소지품이라면?"

"호텔에서 훔친 구두가 아니었을까? 그래서 이 사내가 사냥개에게 쫓긴 거지."

팔짱을 낀 채 주위를 둘러보던 홈스가 뭔가 이상하다는 듯 고개를 갸웃거렸다.

"그런데 셀든은 이런 어둠 속에서 사냥개가 자기를 쫓아온다는 걸 어떻게 알았을까?"

"개가 쫓아오는 소리를 들었겠지."

"황무지에서 사냥개가 쫓아온다고 이 정도의 사내가 비명을 질러댔을까? 쫓기는 신세에 다시 붙잡힐 위험까지 감수하면서?"

"그렇다면?"

"왓슨, 아까 들었던 비명소리로 판단해보자면, 그는 사냥개가 쫓아온다는 사실을 알고 꽤나 오랫동안 도망친 것이 틀림없어."

홈스는 손바닥으로 까칠해진 자신의 얼굴을 쓰다듬으며 말했다.

"그런데 홈스, 그보다 더 궁금한 것은 말이지, 우리의 추측이 전부

맞는다는 것을 전제로 왜 이 사냥개가…….”

내 말이 끝나기도 전에 홈스가 말을 자르며 단호하게 말했다.

“아니! 나는 아무것도 추측하지 않네.”

“알겠네. 그러면 이 사냥개를 왜 오늘밤에 황무지에 풀어 놓았을까? 나는 그 개가 항상 황무지를 돌아다닌다고 생각하지 않아. 아마도 헨리 경이 황무지에 나올 거라는 확신이 있었기 때문에 스태플턴이 개를 풀어놓은 걸 거야.”

“왓슨, 자네의 궁금증은 쉽게 해답을 얻을 것 같군. 하지만 내 문제는 영원히 미스터리로 남을지도 몰라. 일단 지금은 이 탈옥수의 시신을 어떻게 처리할 것인지 생각해봐야겠군. 여기서 여우와 까마귀 밥이 되게 할 수는 없으니까.”

“우선 돌집에 옮겨 두었다가 경찰에 연락하는 게 어떨까?”

내 말에 홈스도 찬성했다.

“그게 좋겠군. 우리 둘이서 거기까지는 옮길 수 있을 거야.”

그런데 홈스의 시선이 내 등 뒤로 향했다. 순간 홈스의 두 눈이 날카롭게 빛났다. 그는 나지막한 목소리로 내게 속삭였다.

“왓슨, 저기 배짱 좋은 사내가 오고 있네. 우리가 의심하고 있다는 걸 눈치 채지 못하게 해야 하네. 그렇지 않으면 내 계획은 물거품이 되고 말 거야.”

뒤를 돌아보자 과연 황무지 저편에서 우리 쪽을 향해 다가오는 형체가 흐릿하게 보였다. 짙은 어둠 속에서 붉은 담뱃불이 희미하게 빛났다. 우리를 향해 가까이 다가오자 나는 달빛에 비친 스태플턴의 모습과 걸음걸이를 알아볼 수 있었다. 그는 우리를 보자 잠시 자리에 멈춰 서더니 다시 걷기 시작했다.

“왓슨 박사님! 이런 시간에 황무지에서 뵙게 될 줄은 꿈에도 몰랐습니다.”

반갑게 인사를 건네던 그는 바닥에 쓰러진 시신을 보고 화들짝 놀랐다.

“어이쿠! 이게 뭡니까? 누가 다치기라도 했나요? 설마……! 헨리 경은 아니겠지요?”

스태플턴은 황급히 시신 쪽으로 다가갔다. 시신을 살펴본 그가 가쁜 숨을 몰아쉬는 소리가 크게 들려왔다. 그는 들고 있던 담배를 떨어뜨릴 정도로 양손을 벌벌 떨고 있었다.

“이게 대체 누굽니까?”

그는 새파랗게 질린 입술로 더듬거리며 물었다.

“탈옥수 셀든입니다.”

스태플턴은 유령 같은 얼굴로 우리를 돌아보았다. 애써 감추려 했지만 그의 표정 속에는 놀라움과 실망감이 떠돌고 있었다. 그는 날카로운 눈초리로 우리를 번갈아 쳐다보았다.

“정말 충격적인 일이로군요. 어쩌다 죽은 거죠?”

“저 바위에서 떨어져 목이 부러지고 머리가 깨진 것 같습니다. 저는 이 친구와 함께 황무지를 산책하다가 비명 소리를 들었답니다.”

내 말에 스태플턴은 고개를 끄덕였다.

“저도 끔찍한 비명소리를 듣고 깜짝 놀라 나오는 길입니다. 혹시라도 헨리 경에게 무슨 일이 생겼을까 걱정이 돼서 말이지요.”

“헨리 경을 걱정할 만한 이유라도 있습니까?”

나는 궁금증을 참을 수가 없었다.

“제가 헨리 경을 우리 집으로 초대했거든요. 그런데 그분이 오지 않아서 이상하다 생각하고 있었습니다. 그러던 차에 황무지에서 비명소리를 들었으니 제 마음이 어땠겠습니까?”

말을 하는 도중에도 스태플턴의 시선은 자꾸만 홈스에게 꽂히고 있었다.

"비명소리 말고 다른 소리는 못 들으셨습니까?"

스태플턴이 홈스에게 물었다.

"네."

홈스는 짧게 대답하더니 이번에는 자기가 질문을 던졌다.

"당신은 무슨 소리를 들으셨습니까?"

"못 들었습니다."

"그런데 그건 왜 물으셨지요?"

"이 지역에 떠도는 소문을 모르십니까? 유령 사냥개가 나온다는 이야기 말입니다. 밤이면 황무지를 돌아다닌다는 말이 있기에, 혹시 그에 대한 증거를 찾을 수 있지 않을까 싶어서 물었던 겁니다."

"저희는 그런 소리를 전혀 듣지 못했습니다."

이번에는 내가 말했다.

"그러면 이 불쌍한 친구는 왜 죽었을까요?"

시신을 내려다보던 스태플턴이 인상을 씨푸리며 물었다.

"아마 도피 생활을 오래하다 보니 제정신이 아니었던 모양입니다. 극도로 흥분한 상태에서 황무지를 돌아다니다 여기로 떨어져 목이 부러진 거겠죠."

내가 대답했다.

"흠, 그럴듯한 설명이군요."

스태플턴이 긴 한숨을 내쉬며 말했다. 어쩐지 내가 듣기에 그 한숨 소리는 안심의 의미인 것 같았다.

"홈스 씨께선 어떻게 생각하십니까?"

소개도 하지 않았는데 자기를 알아본 것이 싫지 않은 듯 홈스는 가볍게 목례를 건넸다.

"사람을 알아보시는 눈이 대단하시군요."

홈스가 말했다.

"안 그래도 왓슨 박사님이 내려오신 뒤로 홈스 씨가 오시기만을 기다리고 있었습니다. 그런데 여기 오시자마자 비극적인 사건을 목격하셨군요."

"정말 그렇군요. 어쨌든 나는 왓슨의 말이 옳다고 생각합니다. 아무래도 내일은 별로 유쾌하지 못한 기억만 가지고 런던으로 돌아가게 되겠군요."

"내일 돌아가십니까?"

스태플턴의 두 눈이 반짝 빛났다.

"그럴 생각입니다."

"이렇게 오신 김에 이제껏 우리를 힘들게 만들었던 사건의 내막을 시원하게 밝혀주시길 바랐는데요."

홈스는 어깨를 으쓱했다.

"아무리 원한다고 모든 일에 성공할 수는 없는 거니까요. 특히 탐정에게 필요한 것은 전설이나 소문 따위가 아니라 사실일 뿐입니다. 게다가 이 사건은 별로 내키지도 않군요."

내 친구는 최대한 솔직하면서도 가장 무관심한 태도로 말했다. 스태플턴은 마치 속을 들여다보려는 사람처럼 계속해서 홈스를 쳐다보았다. 그러다 나를 향해 돌아섰다.

"이 불쌍한 친구를 저희 집으로 옮겨 놓고 싶지만 그러면 동생이 너무 놀랄 것 같군요. 지금은 이 사람 얼굴만 가려놓기로 합시다. 내일 아침까지는 별일 없을 겁니다."

우리는 그의 말대로 일을 처리했다. 그리고 식사를 대접하겠다는 그를 겨우 뿌리친 뒤 바스커빌 저택으로 향했다.

한참을 걷다 잠시 뒤를 돌아보니 스태플턴이 황무지 저편으로 사라지는 모습이 보였다. 그의 뒤로는 끔찍한 최후를 맞이한 탈옥수가 누워 있는 자리가 검은 얼룩처럼 어른거리고 있었다.

"이제 모든 것이 내 손안에 있네."

황무지를 건너가며 홈스가 말했다. 그의 목소리에는 자신감이 묻어 있었다.

"배짱이 아주 좋은 사람이로군. 자신이 쳐놓은 그물에 엉뚱한 사람이 걸려들었다는 걸 보고도 아무렇지도 않은 척하는 걸 보게. 누구라도 그 상황에 놓이면 온몸의 털이 쭈뼛 서는 것 같은 충격을 받을 텐데 말이야. 아무튼 왓슨, 런던에서도 말했듯이 우리는 지금 가장 좋은 적수를 만난 거라네."

홈스는 두 손을 비비며 입맛을 다셨다.

"그런데 홈스, 스태플턴이 자네를 본 것은 마음에 걸리네."

"나도 그렇게 생각해. 하지만 어쩔 수 없지."

"자네가 여기 있다는 걸 알았으니, 그자가 계획을 바꾸지 않을까?"

"조금 더 신중하게 행동하거나 마지막 수단을 쓸지도 모르지. 아니면 대부분의 영리한 범죄자들이 저지르는 실수를 똑같이 되풀이할 수도 있어."

"실수?"

"그래. 자기 능력을 과신한 나머지 우리를 완전히 속였다고 착각하는 거지."

"홈스, 당장 그자를 체포하면 안 될까?"

내 말에 홈스는 단호하게 고개를 저었다.

"왓슨, 자네는 타고난 행동주의자야. 무슨 일이든 열정적으로 하는 천성을 지녔지. 하지만 오늘 밤 우리가 그를 체포한다고 무슨 이득이 있겠나? 그자의 혐의를 입증할 증거가 없는데. 게다가 그는 악마 같은 계략을 부릴 줄 아는 사람이야. 그가 다른 사람을 사주해서 일을 벌인 거라면 증거가 남아 있겠지. 하지만 우리가 그 개를 세상에 폭로한다고 해도 스태플턴을 체포하는 데는 도움이 되지 않아."

"지금 우리가 범죄 사건을 다루는 것은 분명하지 않나!"

"그렇지. 하지만 아직까지는 추측과 짐작만 있을 뿐이야. 만약 우리가 그 정도의 증거만 들고 법정에 나간다면 비웃음이나 사고 말 거야."

"하지만 홈스, 찰스 경이 죽었잖아."

홈스는 답답하다는 듯 열변을 토했다.

"찰스 경은 몸에 상처 하나 남기지 않은 채로 사망했어. 자네와 나 모두 그가 극도의 공포를 경험했기 때문에 죽었다는 것을 알고 있어. 게다가 무엇이 그를 겁에 질리게 했는지도 알고 있지. 어디 자네가 한번 얘기해보게. 그가 유죄라고 12명의 배심원들을 어떻게 설득하겠나?"

홈스는 내 얼굴을 빤히 쳐다보며 물었다. 내가 딱히 대답을 못하자 그는 다시 말을 이었다.

"사냥개의 흔적은? 개의 이빨 자국은? 물론 우리는 사냥개가 시신을 물어뜯지 않았다는 걸 알고 있어. 또 찰스 경은 개가 덤벼들기 전에 죽었다는 사실도 말이야. 그런데 우리는 이 내용을 배심원들에게 증명해야만 해. 하지만 우리에게 증거는 하나도 없지."

"그렇다면 오늘 밤 사건은?"

나는 혹시나 하는 생각에 질문을 던졌지만 이번에도 홈스는 못마땅한 얼굴이었다.

"오늘 밤 사건이라고 더 나을 건 없어. 일단 사냥개와 셀든의 죽음 사이에 직접적인 관련이 있다고 확신할 수 있겠나? 우리는 사냥개를 본 적도 없는데 말이야."

"하지만 울음소리는 들었지 않나."

"그랬다고는 해도 사냥개가 셀든을 쫓아갔다는 것은 어떻게 증명할 건가? 지금으로선 동기도 전혀 없는데."

"이것도 저것도 안 되면 어떻게 하자는 말인가?"

나는 답답한 마음에 짜증스러운 목소리로 말했다. 그런데 홈스는 별일 아니라는 듯 대수롭지 않게 대답했다.

"위험이 따른다고 해도 범죄 사실을 입증해볼 만한 가치가 있으니 너무 걱정 말게."

"홈스, 따로 생각해둔 방법이라도 있나?"

"나는 로라 라이언스 부인에게 기대를 걸고 있네. 모든 상황을 알려주면 그녀는 우리에게 협조할 거야. 그리고 나는 또 다른 계획도 가지고 있다네. 아마도 그 악당에 대한 일은 내일 하루로 충분할 거야. 아무튼 내일 밤이 되기 전에 이 모든 싸움을 끝내고 싶군."

이 말을 끝으로 홈스는 한동안 말이 없었다. 혼자만의 생각 속에 깊이 빠진 모양이었다. 바스커빌 저택 앞에 도착할 때까지 나도 입을 열지 않았다.

"집에 도착했군. 홈스, 들어가겠나?"

"그러지. 더 이상 숨어 있을 필요가 없으니까. 그런데 왓슨, 한 가지 말할 게 있네. 헨리 경에게는 사냥개 이야기를 절대 하지 말게. 그냥 셀든이 절벽에서 추락사했다고만 해두세. 그래야 헨리 경이 앞으로 다가올 고통과 시련을 잘 견딜 수 있을 거야."

"그렇게 하지."

"그런데 자네 편지를 보니 헨리 경이 내일 메리핏 가에서 스태플 턴 남매와 저녁 식사를 하기로 되어 있더군."

"나도 함께 가기로 했네."

"그러면 자네는 빠지고 헨리 경만 보내게. 그 정도 일정은 쉽게 조정할 수 있을 거야."

"알겠네."

"자, 이제 서두르세. 식사 시간에 너무 늦으면 우리 둘이서만 식사를 하게 될 테니 말이야."

홈스는 나를 쳐다보고 싱긋 웃고는 저택 안으로 성큼성큼 걸어 들어갔다.

13
초상화의 비밀

헨리 경은 셜록 홈스를 보자 놀라기보다는 오히려 기뻐했다. 그동안 그는 런던에서 홈스가 와주기를 은근히 기다리고 있었기 때문이었다. 하지만 홈스가 왜 짐도 없이 맨몸으로 찾아왔는지에 대한 설명을 듣지 못하자 속으로 놀라는 눈치였다. 일단 헨리 경과 나는 홈스에게 당장 필요한 물건들을 챙겨주었다. 그런 뒤 늦은 저녁을 먹으면서 준남작이 알아도 될 정도의 이야기만 들려주었다.

그런데 그보다 전에 나는 상당히 힘겨운 임무를 수행해야만 했다. 배리모어 부부에게 셀든이 죽었다는 소식을 전해야 했던 것이다. 배리모어는 이제야 안심이 된다는 듯 짧은 한숨을 내쉬었다. 그러나 배리모어 부인은 피붙이가 맞이한 끔찍한 최후를 듣고 비통하게 흐느꼈다. 세상 사람들에게 셀든은 난폭한 짐승이나 사악한 악마쯤으로 인식되었겠지만, 적어도 그녀에게만은 치맛자락에 매달리던 어린 남동생일 뿐이었다. 치마폭에 얼굴을 묻고 우는 배리모어 부인을 보자 진짜 악마는 자신을 위해 울어줄 사람 하나 없는 남자가 아닐까

하는 생각이 들었다.

"아침에 왓슨 박사가 외출한 뒤로 온종일 집에 틀어박혀 있었습니다."

헨리 경이 말했다.

"약속을 잘 지켰으니 신용을 얻을 만하지요? 솔직히 혼자서 황무지에 나가지 않겠다고 약속하지만 않았다면 오늘 저녁을 훨씬 재미있게 보냈을 겁니다. 스태플턴 씨에게 초대를 받았거든요."

헨리 경이 아쉽다는 듯 말했다.

"그랬을 테죠. 훨씬 재미있는 시간을 보내셨겠지요."

홈스가 차디찬 목소리로 대꾸했다.

"하지만 아까 절벽에서 떨어져 죽은 사람이 경인 줄 알고 우리가 얼마나 슬퍼했는지 모르시죠?"

예상치 못한 말을 들은 헨리 경의 두 눈이 휘둥그레졌다.

"그게 무슨 말씀입니까?"

"그 불쌍한 사내는 당신 옷을 입고 있더군요. 어쩌면 이 댁 집사가 그에게 옷을 준 일 때문에 경찰에 불려갈지도 모르겠습니다."

"그럴 리가요! 그 옷이 제 옷이라는 표시도 없는걸요."

헨리 경이 두 팔을 내저으며 강하게 부정했다.

"그렇다면 다행이군요. 이 집 사람들 모두가 조금씩 불법을 저질렀다는 점을 고려해보면 더욱 다행스러운 일이지요. 양심적인 탐정이라면 이 집안사람들을 모두 체포할 겁니다. 유력한 증거물인 왓슨의 보고서까지 있으니 말입니다."

"그런데 사건 조사는 어떻게 됐습니까?"

헨리 경이 간절한 얼굴로 물었다.

"어떤 단서라도 찾으셨습니까? 왓슨 박사와 저는 여기에 내려온 뒤로 별다르게 알아낸 것이 없습니다."

"조만간 사건의 진상에 대해 좀 더 명확하게 설명해드릴 수 있을 겁니다. 이 사건은 매우 복잡하고 까다롭습니다. 게다가 아직 밝혀내지 못한 몇 가지 문제도 있고요. 하지만 사건은 반드시 해결될 겁니다."

홈스의 태도에서는 특유의 자신감이 넘쳐흘렀다.

"왓슨 박사님께 전해 들으셨겠지만, 우리는 황무지에서 사냥개 소리를 들었습니다. 아무래도 전설 속 이야기만은 아닌 것 같습니다. 예전에 서부에서 살 때 개를 키워본 적이 있습니다. 그래서 개 짖는 소리로 종류를 구분할 수 있지요. 만약 홈스 씨가 문제의 개를 잡아 쇠사슬로 묶어서 끌고 오신다면, 저는 선생을 역사상 가장 위대한 탐정으로 인정할 겁니다."

"경이 도와주신다면 그쯤은 문제없을 것 같군요."

"말씀만 하십시오! 무슨 일이든 돕겠습니다!"

헨리 경은 기대감에 부푼 얼굴로 외쳤다.

"좋습니다. 그리고 제가 부탁한 일에 대해서는 이유를 묻지 마십시오. 그냥 지시를 따라주시기만 하면 됩니다."

"알겠습니다."

"그렇게만 해주신다면 문제는 아주 신속하게 해결될 겁니다. 내 생각에는 분명히……."

홈스는 갑자기 말을 멈추더니 내 머리 위를 뚫어져라 쳐다보았다. 한곳에 시선을 고정시킨 채 그것에만 열중하는 홈스의 얼굴 위로 등불이 비추자 그 모습이 섬세하게 깎아 놓은 조각상처럼 보였다.

"왜 그러나?"

"왜 그러시죠?"

나와 헨리 경이 동시에 소리쳤다.

홈스의 얼굴을 살펴본 나는 그가 내면의 감정을 억누르고 있다는 것을 알 수 있었다. 그의 표정은 여전히 차분했지만 두 눈은 즐거움으로 가득 차 있었다.

"훌륭한 그림을 감상하느라 잠시 실례했습니다."

홈스는 맞은편 벽에 걸려 있는 초상화들을 가리켰다.

"왓슨은 내가 그림에 대해서 잘 모른다고 합니다만, 그것은 작품에 대한 관점이 서로 다른 것뿐입니다. 그런데 저기 걸린 초상화들은 아주 훌륭하군요."

"그렇게 말씀해주시니 기쁘군요."

뜻밖의 말에 약간 놀란 듯 홈스를 바라보며 헨리 경이 말했다.

"솔직히 그림에 대해서 아는 체하고 싶지는 않습니다. 저는 그림보다 말이나 수송아지를 감별하는 능력이 더 뛰어나니까요. 그나저나 홈스 씨께서 저런 것들에도 신경을 쓸 여유가 있다고는 생각지도 못했습니다."

"좋은 작품을 알아볼 정도는 됩니다. 특히 저 앞에 작품들은 상당히 훌륭하군요. 저기 푸른 비단옷을 입은 부인의 그림은 넬러의 작품이 틀림없습니다. 그리고 가발을 쓴 뚱뚱한 신사 그림은 레이놀즈의 작품이고요."

"오호! 대단하시군요."

"모두 이 집안 조상들의 초상화지요?"

"그렇습니다."

"이름을 알고 계십니까?"

"배리모어가 알려줘서 꽤 많이 알고 있지요."

"망원경을 든 저 신사는 누굽니까?"

"해군 소장 바스커빌입니다. 서인도제도에서 로드니 제독을 모시고 있었지요. 파란 코트를 입고 종이 두루마리를 든 분은 윌리엄 바스커빌입니다. 윌리엄 피트 시절에 하원의장을 지냈지요."

"그러면 레이스 장식이 달린 검은 벨벳을 입은 사람은 누구입니까?"

홈스가 묻자 헨리 경이 인상을 찌푸리며 답했다.

"홈스 씨가 당연히 알아야 할 사람입니다. 저 사람이 바로 모든 화를 불러온 악당 휴고입니다. 바스커빌 가의 사냥개를 불러온 사람이니 절대 잊을 수가 없지요."

나는 호기심을 이기지 못하고 초상화를 유심히 살펴보다 이상한 점을 발견했다. 그런데 홈스도 나와 같은 생각인 모양이었다.

"이럴 수가! 그는 아주 온화하고 유순해 보이는군요. 실은 그가 매우 건장하고 난폭해 보이는 사람일 거라고 생각했었는데 말입니다. 하지만 바로 저 눈에 사악한 악마가 숨어 있었을 겁니다."

홈스는 두 눈을 반짝이며 휴고의 그림을 이리저리 살펴보았다.

"이 그림은 실물을 그린 게 맞군요. 캔버스 뒤에 적힌 이름과 1647이라는 연대로 볼 때 의심할 여지가 없습니다."

홈스는 더 이상 그림에 대해 말하지 않았다. 하지만 식사를 하는 내내 휴고의 초상화에서 눈을 떼지 못하고 있었다. 그는 분명 그 그림에 푹 빠져 있었다.

헨리 경이 자기 방으로 돌아간 후에야 나는 홈스의 생각을 들을 수 있었다. 그는 자신의 방에서 가지고 온 초를 들고 오더니 다시 연회장으로 나를 이끌었다. 그리고 세월의 때가 묻은 초상화 앞으로 초를 들어올렸다.

"왓슨, 뭔가 생각나는 게 없나?"

나는 홈스가 가리키는 대로 초상화를 자세히 들여다보았다. 깃털 장식이 달린 챙이 넓은 모자, 어깨까지 늘어뜨린 곱슬머리, 하얀 레이스 칼라, 그리고 그 사이에 자리하고 있는 진지하고도 냉혹한 얼굴을 바라보았다. 하지만 그것은 절대 짐승의 얼굴이 아니었다. 꽉 다문 입술과 냉정함이 가득한 눈빛은 그의 얼굴을 모질고 엄격하게 보이게 할 뿐이었다.

"자네가 알고 있는 사람과 닮지 않았나?"

"흠, 턱 부분이 헨리 경과 닮은 것 같은데."

"그럴지도 모르지. 그렇다면 잠깐만 기다리게."

의자 위로 훌쩍 올라선 홈스는 왼손으로 촛불을 들었다.

그리고 오른손을 구부려 초상화의 넓은 모자와 긴 고수머리를 가렸다. 순간 내 입에서 짧은 비명이 터져 나왔다.

"세상에! 이게 누군가!"

놀랍게도 초상화에서 스태플턴의 얼굴이 나타난 것이었다.

"이제 알겠나? 내 눈은 그냥 장식품이 아니야. 사람의 얼굴을 관찰하도록 훈련받았다는 사실을 모르지는 않겠지? 뛰어난 수사관이라면 변장한 사람의 본래 얼굴을 꿰뚫어 볼 수 있는 능력을 갖고 있어야 해."

자신만만한 표정의 홈스가 어깨를 쫙 펴며 말했다.

"정말 놀라운 일이로군. 이건 마치 스태플턴의 초상화를 그려놓은 것 같아."

나는 두 눈으로 똑똑히 보고 있으면서도 눈앞의 사실을 믿기 힘들었다.

"이건 아주 흥미로운 사례야. 육체적, 정신적으로 동시에 나타나는 격세유전[隔世遺傳: 생물의 성질이나 체질 등 열성 형질이 일대(一代)나

여러 대를 걸러서 나타나는 현상–편집자 주]의 대표적인 예가 될 수 있어. 이렇게 한 가문의 초상화를 연구하다 보면 모르는 사이 환생설을 믿게 되지."

"그렇다면?"

"맞아. 스태플턴은 바스커빌 가문의 자손이야."

"놀랍군! 그런 흉계까지 대물림한다니 말이야."

나는 혀를 내두르며 홈스를 보았다.

"저 그림 덕분에 우리는 찾기 어려웠던 연결 고리를 발견한 셈이야. 왓슨, 이제 놈은 우리 손에 있네. 적어도 내일 밤이 되기 전에 그는 우리가 쳐놓은 그물에 걸리게 될 거야. 그동안 자기가 휘두른 포충망에 잡힌 나비처럼 말이지. 우리에게 핀과 코르크와 카드만 있으면 그자를 베이커 가에 있는 우리의 수집품 목록에 추가할 수 있겠어."

홈스는 키득키득 웃으며 즐거워했다. 홈스가 크게 웃는 일을 보기란 쉽지 않았다. 하지만 그가 그렇게 웃을 때마다 누군가에게 나쁜 일이 생긴다는 것만은 확실했다. 그 누군가는 항상 사건을 일으킨 범인이었지만.

다음 날 아침 나는 자리에서 일찍 일어났다. 그러나 홈스는 나보다 훨씬 먼저 일어난 모양이었다. 옷을 입으며 창밖을 내다보니 그가 진입로를 걸어오고 있었다.

"오늘은 아주 바쁜 하루를 보내게 될 걸세."

홈스는 드디어 행동에 돌입하게 되었다는 기쁨에 두 손을 마구 비비며 말했다.

"그물은 모두 쳐놓은 상태야. 이제 끌어당기기만 하면 되네. 오늘이 가기 전에 우리가 턱이 뾰족한 대어를 잡게 될지, 놈이 그물망을 뚫고 달아날지 알게 될 걸세."

"홈스, 벌써 황무지에 다녀온 건가?"

"프린스타운 감옥으로 셀든이 죽었다는 전갈을 보냈네."

그 말을 듣자 내 머릿속에 배리모어 부부가 떠올랐다. 홈스는 그런 내 마음을 알고 있다는 듯 미소를 지으며 말했다.

"걱정 말게. 이 집안사람들에게는 아무런 피해가 가지 않을 테니까. 그리고 충실한 카트라이트에게도 연락을 해놓았네. 내가 안전하다는 사실을 모르면, 그 아이는 주인의 무덤을 지키는 개처럼 돌집 문 앞에서 떠나지 않을 게 분명하거든."

"다음으로 해야 할 일은 뭔가?"

"헨리 경을 만나는 거지."

때마침 헨리 경이 우리 쪽으로 다가왔다. 그는 밝은 얼굴로 아침 인사를 건넸다.

"홈스 씨, 지금 당신 모습은 마치 참모와 함께 전투 계획을 짜는 장군처럼 보이는군요."

"맞습니다. 왓슨은 제 지시를 기다리고 있으니까요."

"그렇다면 제게도 지시를 내려주세요."

헨리 경이 적극적으로 나서며 말했다.

"좋습니다. 경은 오늘 저녁에 스태플턴과 저녁 약속을 하셨지요?"

"홈스 씨도 함께 가시지요. 그들도 당신을 보면 무척 반가워할 겁니다."

"아쉽지만 왓슨과 나는 런던으로 가야 합니다."

홈스의 말에 헨리 경의 두 눈이 동그랗게 커졌다.

"런던이라니요?"

"네, 그곳에서 해야 할 일이 있거든요."

그 순간 헨리 경의 얼굴에 이해할 수 없다는 표정과 함께 실망감이 떠올랐다.

"사건이 해결될 때까지 저를 도와주실 거라 생각했는데요. 황무지도 그렇지만 이 서택도 혼자 지내기에 좋은 곳이 아닙니다."

홈스는 볼멘소리를 하는 헨리 경을 쳐다보며 힘주어 말했다.

"헨리 경, 무조건 저를 믿고 제 말을 따르셔야 합니다. 스태플턴 남매에게 가서 우리는 런던으로 돌아갔다고 하세요. 함께 방문하고 싶었지만 런던에 급한 일이 생겨서 어쩔 수 없었다고요. 우리는 빠른 시간 안에 데번셔로 돌아올 겁니다. 아시겠죠? 이 내용을 그분들에게 빠짐없이 전해야 합니다."

"홈스 씨께서 시키시는 일이라면 해야지요."

"헨리 경, 다른 도리가 없습니다."

홈스의 말에 헨리 경의 표정이 눈에 띄게 굳어버렸다. 그는 지금 우리가 이 사건을 포기하고 떠나려 한다고 생각하고 있었다.

"언제 떠나실 겁니까?"

그가 냉랭한 목소리로 물었다.

"아침 식사를 마치고 떠나겠습니다. 일단 쿰 트레이시까지 마차를 타고 갈 겁니다. 하지만 왓슨이 다시 돌아오겠다는 의미로 짐은 남겨두고 갈 겁니다."

홈스는 내게 눈짓을 하더니 말을 이었다.

"왓슨, 자네는 스태플턴 씨에게 저녁을 함께 하지 못하게 돼서 유감이라는 편지를 쓰게."

"저도 두 분과 함께 런던에 가고 싶습니다!"

헨리 경이 다급하게 소리쳤다.

"저 혼자 여기 남아 있을 필요는 없지 않습니까?"

그러자 홈스가 침착한 목소리로 그를 달랬다.

"이곳은 경이 지켜야 합니다. 그것이 경의 임무라는 걸 잊지 마세요. 그리고 어제 당신은 제가 지시하는 대로 하겠다고 약속하지 않으셨습니까? 그러니 여기 계십시오."

"알겠습니다. 남아 있겠습니다."

헨리 경이 풀죽은 목소리로 대답했다.

"한 가지 더 지시할 사항이 있습니다. 이따 메리핏 가에 가실 때 마차를 타고 가십시오. 그곳에 도착하면 마차를 돌려보내세요. 그리고 스태플턴 남매에게 집까지는 걸어서 돌아가겠노라고 말하십시오."

"황무지를 걸어서 오라고요?"

"그렇습니다."

"하지만 혼자서 황무지를 다니지 말라고 경고하지 않으셨습니까?"

헨리 경이 이해할 수 없다는 표정으로 물었다.

"걱정 마십시오. 이번에는 안전할 거니까요. 제가 경의 용기와 담력을 믿지 못한다면 이런 지시를 내리지 않을 겁니다. 아무튼 경은 제 지시대로 꼭 따라야만 합니다."

홈스의 말에 기분이 풀린 헨리 경은 기분 좋게 대답했다.

"알겠습니다."

"그리고 목숨이 소중하다면 메리핏 가에서 그림펜 도로로 통하는 길만 이용하십시오. 황무지의 다른 방향으로는 절대 가면 안 됩니다."

"말씀하신 대로 하겠습니다."

"좋습니다. 그럼 우리는 식사를 마친 뒤에 바로 출발하겠습니다. 오후까지 런던에 도착하려면 서둘러야겠군요."

아무 말도 하지 않았지만, 나는 속으로 무척 놀라고 있었다. 어젯 밤 홈스가 스태플턴에게 런던으로 떠날 거라 말했던 것을 기억하고 는 있었다. 그러나 나까지 함께 갈 거라고는 생각지 못했기 때문이 다. 게다가 지금이 가장 중요한 시기라고 말해놓고 우리 둘 다 이곳 을 떠나기로 한 것은 도무지 이해하기 힘들었다. 하지만 홈스의 말 을 무조건 따를 수밖에 다른 도리는 없었다. 그래서 우리는 섭섭함 을 토로하는 친구를 뒤로하고 마차에 올랐다.

두 시간 뒤, 우리는 쿰 트레이시 기차역에 도착했다. 거기서 홈스 는 우리가 타고 온 마차를 돌려보냈다. 우리가 플랫폼으로 들어가자 한 소년이 우리를 기다리고 있었다.

"선생님, 지시하실 내용이 있으십니까?"

소년이 홈스를 올려다보며 물었다.

"카트라이트, 너는 이 기차를 타고 런던으로 가거라. 도착하자마 자 헨리 바스커빌 경에게 내 이름으로 전보를 쳐라. 내용은 '실수로 그곳에 수첩을 두고 왔습니다. 등기우편으로 베이커 가로 보내주십 시오.'라고 하고."

"알겠습니다."

"그리고 역 사무실에 가서 내게 온 전보가 있는지 물어보아라."

잠시 후 소년이 전보 한 장을 들고 왔다. 홈스는 내게 그것을 건네 주었다.

전보 잘 받았음. 영장을 가지고 내려가겠음.

5시 30분 도착 예정.

　　　　　　　　　　　　　　　　　　　　　　　- 레스트레이드

"오늘 아침에 내가 보낸 전보에 대한 답신일세. 레스트레이드는 이 분야 최고의 전문가니 우리에게 도움이 될 걸세."

"잘됐군."

"왓슨, 이제 자네와 구면인 로라 라이언스 부인을 만나러 가세."

드디어 홈스의 계획이 수면 위로 떠오르기 시작했다. 그는 준남작을 이용해서 스태플턴 남매에게 우리가 이곳을 떠났다고 믿게 만들려는 것이다. 나중에 가장 필요한 순간에 모습을 드러내기 위해서 말이다. 게다가 런던에서 홈스의 전보가 도착했다는 소식을 듣게 되면 스태플턴은 더 이상 의심을 품지 않을 것이 분명했다. 생각이 여기에 이르자 턱이 뾰족한 창꼬치 고기가 우리가 쳐놓은 그물망에 걸려든 모습이 눈에 보이는 것만 같았다.

로라 라이언스 부인은 그녀의 사무실에 있었다. 그녀와 마주한 셜록 홈스는 아주 솔직하고 직선적인 태도로 말문을 열었다. 그녀는 무척 당황하는 모습이었다.

"저는 돌아가신 찰스 바스커빌 경의 죽음에 대한 정황을 수사하고 있습니다."

홈스가 말했다.

"여기 있는 왓슨의 말을 들으니 그 문제에 대해 부인께서 숨기는 것이 있다고 하더군요."

"제가 무슨 말을 안 했다는 거죠?"

라이언스 부인은 사납게 눈초리를 올리고는 도전적으로 물었다.

"사건이 일어난 날 밤에 부인은 찰스 경에게 만나자고 했다지요? 우리는 당신이 정한 약속 시간과 장소에서 헨리 경이 사망한 것을 알고 있습니다. 그런데 부인은 두 사건이 어떤 관련이 있는지 털어놓지 않으셨습니다."

"그야 저와 상관없는 일이니까요."

그녀는 도도하게 고개를 돌리며 말했다. 홈스는 조금도 동요하지 않고 그녀의 얼굴을 뚫어져라 쳐다보았다.

"그렇다면 정말 우연의 일치인가 보군요. 하지만 우리는 두 사건의 관계를 밝혀내고야 말 겁니다. 라이언스 부인, 솔직히 말씀해드리지요. 우리 생각에 이것은 살인 사건이 분명합니다. 우리의 조사에 따르면 부인의 친구인 스태플턴 씨뿐만 아니라 그의 부인도 이 사건에 연루되어 있더군요."

순간 라이언스 부인이 자리에서 벌떡 일어섰다.

"스태플턴 부인이라니요?"

그녀는 입술을 파르르 떨며 소리쳤다. 그러자 홈스가 말했다.

"스태플턴 씨의 누이동생이라고 알고 있는 그 여성! 그녀가 바로 그의 아내입니다."

그녀는 다리가 풀린 듯 자리에 털썩 주저앉았다. 부들부들 떨리는 손으로 의자 팔걸이를 어찌나 세게 움켜쥐었는지 분홍빛 손톱이 하얗게 변할 정도였다.

"그의 부인이라고요?"

그녀가 다시 소리쳤다.

"스태플턴 씨는 결혼하지 않았어요."

홈스는 깍지 낀 손을 턱에 대고는 고개를 저었다.

"증거를 대세요! 증거를 대보라고요! 할 수 있으면 해보란 말입니다!"

그녀의 두 눈에서는 살기에 가까운 기운이 뿜어져 나왔다.

"당연히 준비해 왔습니다."

홈스는 주머니에서 종이 몇 장과 사진을 꺼내들었다.

"이것은 스태플턴 부부가 4년 전에 찍은 사진입니다. 뒷면에 '반데로 부부'라고 씌어 있지요? 부인께서도 스태플턴 부인을 본 적이 있는지 모르겠지만 얼굴을 알아보기 어렵지는 않을 겁니다."

그는 부인에게 종이를 건네며 말을 이었다.

"이것은 반데로 부부가 세인트 올리버 사립학교를 경영했다는 것을 증명하는 진술서입니다. 믿을 만한 증인들이 작성해준 것이지요. 이걸 읽어보시고 의심 가는 내용을 확인해보십시오."

그녀는 덜덜 떨리는 손으로 사진과 서류를 받아들었다.

잠시 후 그녀는 절망으로 굳어버린 얼굴을 하고는 우리를 쳐다보았다.

"홈스 씨, 이 사람은 제가 남편과 이혼하는 것을 조건으로 제게 청혼했습니다. 지금 생각해보니 그 악당이 했던 말들은 모두 거짓말뿐이었군요. 진실은 하나도 없었어요. 그 모든 게 저를 위한 거라고 생각했었는데……. 저는 그 사람의 손아귀에 걸려든 노리개일 뿐이었어요. 오! 그런데 왜! 왜!"

그녀는 창백해져버린 얼굴을 길고 하얀 두 손으로 감싸 쥐며 울부짖었다.

"이제는 저를 속이고 악행을 저지른 사람을 감싸줄 필요가 없게 되었군요! 눈도 깜짝하지 않고 나쁜 짓을 저지른 그 사람을 왜 도와야 하지요? 아니, 절대 그러지 않겠어요. 홈스 씨! 뭐든지 물어보세요. 아무것도 감추지 않고 다 말씀드릴게요."

"좋습니다."

"정말이지 저는 제 편지가 찰스 경에게 해가 될 거라는 걸 전혀 몰랐어요. 맹세할 수도 있어요. 그분은 제게 은인이나 마찬가지였으니까요."

"염려 마십시오. 저는 부인의 말을 다 믿습니다."

홈스는 그녀를 안심시키려는 듯 온화한 표정으로 말했다.

"그때의 일을 반복하는 것은 견디기 힘들 겁니다. 그래서 제가 질문을 할 테니 부인께서는 사실 여부만 확인해주십시오."

"알겠습니다."

"찰스 경에게 그 편지를 보내도록 제안한 사람이 스태플턴이었나요?"

"그가 편지 내용을 불러주었습니다."

"부인의 이혼과 관련된 법률 비용을 충당하기 위해 찰스 경의 도움을 받으라고 하던가요?"

"그렇습니다."

"그런데 편지를 보낸 뒤 부인에게 그 자리에 나가지 말라고 했지요?"

"맞습니다. 그 사람은 그런 목적으로 쓸 돈을 다른 남자에게 받는 것은 자존심이 허락하지 않는다고 했어요. 비록 가난하긴 하지만 전 재산을 털어서 우리를 갈라놓은 장애물을 제거하겠다고 말했어요."

"상당히 양심적인 사람처럼 말했군요. 그런데 부인은 신문에서 찰스 경의 사망 기사를 읽을 때까지 아무 얘기도 듣지 못했습니까?"

"네."

"나중에 부인과 만난 스태플턴은 찰스 경에게 편지를 보낸 사실을 누구에게도 알리지 말라고 했겠군요."

"그랬습니다. 그는 찰스 경의 죽음에 이상한 점들이 많기 때문에 그 사실이 알려지면 제가 의심받을 게 분명하다고 말했어요. 한마디로 제게 겁을 줘서 입막음을 해둔 거지요."

그녀의 얼굴이 마음속 고통 때문에 서서히 일그러지고 있었다.

"하지만 부인은 스태플턴을 의심하지 않았습니까?"

"그런 마음이 들긴 했어요."

그녀는 눈을 내리깐 채로 주저하며 말했다.

"그래도 저는 그를 믿고 싶었어요. 만약 그 사람이 제게 신의를 지켰다면 저도 계속해서 신의를 지켰을 겁니다."

"그동안 부인은 아주 운이 좋으셨습니다."

홈스가 말했다.

"부인은 스태플턴을 의심했고, 그도 그 사실을 알고 있었습니다. 하지만 지금 부인은 무사합니다. 지난 몇 달 동안 부인은 벼랑 끝을 걷는 사람과도 같았습니다. 목숨을 건 모험을 한 셈이지요."

홈스의 말에 그녀의 얼굴이 새파랗게 질려버렸다.

"라이언스 부인, 이제 가봐야겠군요. 조만간 다시 연락드리겠습니다."

우리는 작별인사를 한 뒤 사무실을 나섰다. 기차역에 도착한 우리는 런던에서 출발한 급행열차가 도착하기를 기다렸다. 그사이 홈스가 말했다.

"나는 머지않아 이 시대에 가장 괴이하고 충격적인 범죄의 전모를 풀어낼 수 있을 걸세. 범죄학자들은 1866년에 소러시아의 그로드노에서 일어났던 유사한 사건을 기억해낼 거야. 물론 노스캐롤라이나에서 일어난 앤더슨 살인 사건도 있었지. 하지만 이 사건은 다른 사건과 비교할 수도 없을 만큼 독특한 면모를 띠고 있어. 우리는 아직도 이 교활한 사내의 범죄를 입증할 만한 증거를 확보하지 못했네. 그러나 오늘 밤 안으로 사건의 진상을 밝혀낼 테니 두고 보게."

잠시 후 런던발 급행열차가 요란한 기적소리를 울리며 역으로 들어왔다. 작고 단단한 체구에 불도그처럼 생긴 남자 하나가 일등석에서 뛰어내렸다. 그는 바로 레스트레이드였다. 우리는 서로 악수를 나누며 인사했다. 나는 레스트레이드가 나의 친구 홈스를 존경의 눈길로 바라본다는 사실과 그것이 진심이라는 것을 눈치 챘다. 홈스와 함께 일한 뒤로 그에게서 많은 것을 배운 게 틀림없었다. 물론 처음에는 논리적인 인간의 이론을 실용인으로서 받아들이기 힘들어했지만 말이다.

"좋은 일이라도 있습니까?"

홈스의 밝은 표정을 보고 레스트레이드가 물었다.

"오랜만에 아주 큰 사건이 일어났습니다."

홈스가 말했다.

"출발하기까지 두 시간 정도 남았군요. 그동안 저녁 식사나 합시다. 레스트레이드, 식사 후에 다트무어의 신선한 밤공기를 마셔보세요. 목구멍에 낀 런던의 안개가 깨끗이 씻겨 나갈 겁니다."

"그렇습니까? 그곳에는 한 번도 가본 적이 없습니다."

"오, 좋습니다. 당신은 분명 그곳을 찾은 첫날밤을 결코 잊지 못할 겁니다."

14
지옥의 사냥개

과연 그것을 결점이라고 할 수 있을지는 모르겠다. 하지만 홈스의 결점 중 하나는 계획을 실행에 옮기는 순간까지 다른 사람에게 절대 알려주기를 꺼린다는 것이다. 그것은 분명 주위 사람들을 압도하고 놀라게 하는 것을 좋아하는 홈스의 성격 때문이기도 하다. 다른 한편으로는 만약의 경우를 대비하려는 직업적인 조심성 때문이기도 했다. 비록 그렇다고는 해도 홈스의 대리인이나 조수 역할을 하는 이들에게 그것은 그리 유쾌한 일이 아니었다. 전에도 나는 그 때문에 고통 받았던 적이 많았다.

하지만 오랜 시간 어둠 속에서 마차를 타야만 했던 이번 경우만큼 괴로웠던 적은 없었다. 우리 앞에는 엄청난 시련이 시커먼 아가리를 벌린 채 우리를 기다리고 있었다. 우리도 마침내 최후의 행동을 개시할 작정이었다. 하지만 홈스는 아직 아무런 말도 하지 않았다. 그래서 나는 앞으로 그가 어떻게 행동할지 오직 추측으로만 알 수 있을 뿐이었다.

드디어 마차가 황무지에 도착했다. 차가운 바람이 얼굴을 스치고 지나갔고, 좁은 길 양쪽으로 텅 빈 공간이 눈앞에 나타났다. 다시 황무지로 돌아왔다고 생각하자 온몸의 신경이 곤두서는 것만 같았다. 말들이 한 걸음씩 앞으로 내디딜 때마다, 마차 바퀴가 한 번씩 구를 때마다 우리는 지상 최대의 모험이 기다리는 장소에 점점 더 가까워지고 있었다.

사실 우리는 마차 안에서 자유롭게 대화하기가 힘들었다. 마부가 들을까 신경이 쓰였기 때문이었다. 어쩔 수 없이 우리는 가슴속에 차오르는 흥분과 기대를 억누르고 시시한 이야기들만 주저리주저리 늘어놓았다. 그렇게 힘겨운 시간이 흐르고, 마차는 드디어 프랭클랜드 씨의 집을 거쳐 바스커빌 저택 쪽으로 향하고 있었다. 우리는 저택의 진입로로 들어가지 않고 대문 근처 길에서 내렸다. 요금을 치른 홈스는 마부에게 곧장 쿰 트레이시로 돌아가라고 지시했다. 그리고 우리는 메리핏 가를 향해 걷기 시작했다.

"레스트레이드, 무기는 가지고 왔겠지요?"

홈스가 묻자 땅딸막한 형사가 피식 웃었다.

"제가 바지를 입고 있는 한 뒷주머니에는 항상 총이 들어 있을 겁니다. 염려 마세요."

"훌륭합니다. 내 친구와 나도 위급한 상황에 대처할 준비를 해두었습니다."

"그런데 홈스 씨, 이 사건에 대해서 너무 말을 아끼시는군요. 이제 어떻게 할 건지 말씀해주시지요."

레스트레이드가 홈스의 눈치를 보며 말했다.

"기다려야 합니다."

"저런! 그런데 이곳은 별로 기분 좋은 곳이 아니로군요."

형사는 몸에 한기가 스미는지 몸을 부르르 떨었다. 그리고 어두운 산비탈과 음산한 그림펜 늪지 너머에 웅크리고 있는 거대한 안개 호수를 둘러보았다.

"저 앞쪽에서 불빛이 보이는군요."

"저기가 바로 우리의 목적지인 메리핏 가입니다. 이제부터는 발꿈치를 들고 걸어야 해요. 절대 소리를 내지 않도록 주의하십시오."

레스트레이드는 긴장한 얼굴로 고개를 끄덕였다. 우리는 메리핏 가를 향해 난 길을 따라 조심스럽게 걸어갔다. 그 집에서 200미터 정도 떨어진 곳에 도착하자 홈스가 멈춰 섰다.

"이 정도면 되겠군."

홈스가 말했다.

"오른쪽에 있는 바위가 보호막 역할을 해줄 겁니다."

"여기서 기다릴 건가?"

"그렇네. 여기서 매복을 해야 해. 레스트레이드, 당신은 이 구멍으로 들어가십시오."

홈스가 바위틈에 난 구멍을 가리키며 말했다.

"왓슨, 자네는 메리핏 가에 들어가본 적이 있지? 집 구조를 자세히 알려주게. 일단 저기 끝부분의 격자창들은 뭔가?"

"부엌 창문 같네."

"그러면 저쪽에 아주 밝게 빛나는 창은?"

"저기는 식당이 분명하네."

"흠, 커튼이 활짝 젖혀져 있군. 왓슨, 자네가 이곳 지형을 가장 잘 알고 있으니 조용히 저기로 기어가서 그들이 뭘 하는지 살펴보게. 하지만 절대 들켜서는 안 되네."

나는 뒤꿈치를 들고 살금살금 식당 쪽으로 걸어갔다. 그리고 털

자란 과수목들을 둘러싸고 있는 낮은 담 뒤에 몸을 숨겼다. 다행히 커튼이 열려 있어서 식당 안을 훤히 들여다볼 수 있었다. 방 안에는 스태플턴과 헨리 경만이 원탁 앞에 앉아 있었다. 내 쪽에서는 두 사람의 옆모습만 볼 수 있었다. 두 명 다 담배를 피우고 있었고, 탁자 위에는 커피와 포도주가 놓여 있었다. 스태플턴은 신이 나서 떠들어대고 있었지만, 준남작의 얼굴에는 근심이 가득했다. 아마도 불길한 황무지를 혼자 걸어갈 생각에 마음이 무거운 모양이었다.

내가 지켜보기 시작한 지 얼마 지나지 않아 스태플턴이 방을 나갔다. 헨리 경은 빈 잔에 술을 따르더니 의자에 등을 기대고 담배를 피웠다. 고요한 밤의 적막 속에서도 문이 삐거덕 열리는 소리와 자갈을 밟는 구두소리가 들려왔다. 그 소리는 내가 웅크리고 있는 벽의 반대쪽 길을 따라 지나고 있었다. 담 위로 살짝 고개를 내밀자 스태플턴이 과수원 한쪽 구석에 있는 헛간 앞에 서 있는 것이 보였다. 그는 자물통을 열고 어두운 헛간 속으로 사라졌다.

그런데 무슨 일이 일어난 것일까. 그가 들어가자마자 헛간 안에서 몸싸움을 벌이는 듯한 소리가 들리는 것이었다. 나는 그 자리에 선 채로 귀를 쫑긋 세우고 있었다.

1분쯤 흘렀을까, 다시 열쇠 돌아가는 소리가 들리더니 스태플턴이 밖으로 나왔다. 그는 내가 숨어 있는 곳을 지나 집 안으로 들어갔다. 그리고 식당으로 돌아가 헨리 경과 어울렸다. 나는 조심스럽게 홈스가 기다리는 곳으로 돌아가 방금 내가 본 것들에 대해 이야기를 해주었다.

"스태플턴 부인이 거기에 없었단 말이지?"

보고를 끝마치기가 무섭게 홈스가 물었다.

"그렇네."

"그러면 그녀는 어디에 있을까? 부엌 말고는 불 켜진 곳이 없는 데."

"어디에 있는지 나도 모르겠네."

그리고 나는 그림펜 늪지대 너머에 짙은 안개가 무겁게 깔려 있다는 사실을 알려주었다. 안개는 낮지만 하나의 벽처럼 경계를 이루며 우리 쪽으로 서서히 이동하고 있었다. 달빛을 받은 안개의 무리는 마치 거대한 얼음판처럼 보였고, 멀리 있는 바위산 봉우리 부분은 얼음판에 박힌 바위처럼 보였다. 홈스는 그쪽으로 고개를 돌리더니 안개가 이동하는 모습을 지켜보았다. 그는 못마땅한 표정으로 투덜거렸다.

"왓슨, 안개가 이쪽으로 오고 있어."

"그게 무슨 문제라도 되나?"

"물론이지. 저 안개가 내 계획을 송두리째 망쳐버릴 수도 있거든. 하지만 헨리 경이 오래 있지는 않을 걸세. 벌써 10시가 되었으니까. 우리의 성공과 헨리 경의 목숨은 그가 언제 밖으로 나오느냐에 달려 있어. 저 안개가 길을 덮치기 전에 나와야 할 텐데."

고개를 들어 바라본 밤하늘은 무척이나 맑았고 별들은 밝게 빛나고 있었다. 희미한 빛에 싸인 달빛도 세상을 부드럽게 어루만지는 중이었다. 우리 눈앞에는 스태플턴의 집이 시커멓게 자리하고 있었다. 오돌토돌 톱니 모양의 지붕과 삐죽이 솟은 굴뚝이 별빛 가득한 하늘을 배경으로 강렬한 윤곽을 그려내고 있었다. 아래쪽 창문에서 새어나온 황금색 불빛은 과수원과 황무지 위에 넓게 걸쳐져 있었다. 그런데 그중 하나가 갑자기 사라져버렸다. 하인들이 불을 끄고 부엌에서 나간 모양이었다. 이제 남은 것은 잔인한 집주인과 아무것도 모르는 손님이 담배를 피우며 잡담하고 있는 식당의 불빛뿐이었다.

황무지의 절반을 뒤덮고 있는 새하얀 양털 같은 안개가 스멀스멀 집 쪽으로 이동하고 있었다. 옅은 안개는 불이 켜진 황금빛 창을 온몸뚱이로 휘감고 있었다. 저 멀리 있는 과수원 벽은 이미 안개에 덮여 모습이 보이지 않았고, 나무들도 안개의 소용돌이 속에 휘감겨 있었다. 우리가 지켜보는 동안 안개는 집의 양쪽 모서리를 휘감더니 이내 하나로 합쳐져 짙은 안개 봉우리를 만들어냈다. 그 위로 솟아 있는 2층과 지붕은 마치 유령의 바다에 떠 있는 환상의 배처럼 보였다. 홈스는 치밀어 오르는 화를 참지 못하고 우리 앞에 있는 바위를 손바닥으로 마구 내리쳤다. 그러고도 분이 풀리지 않는 듯 발을 굴렀다.

"헨리 경이 적어도 15분 내에 나와야 하는데! 그렇지 않으면 길이 안개에 완전히 뒤덮이고 말 거야. 여기서 30분이 지나면 눈앞에 있는 우리 손도 제대로 못 보게 될 걸세."

"그렇다면 좀 더 높은 곳으로 가는 게 어떨까?"

"그러세. 그게 낫겠군."

끊임없이 밀려드는 짙은 안개 때문에 우리는 메리핏 사에서 8백 미터쯤 떨어진 곳까지 자리를 이동해야만 했다. 그럼에도 희뿌연 안개 바다는 달빛을 받으며 계속해서 밀려들고 있었다.

"이런, 너무 멀리까지 와버렸군."

홈스가 투덜거렸다.

"헨리 경이 여기에 도착하기 전까지 더는 물러나서는 안 되네. 어떻게 해서든지 이 자리를 지켜야만 해."

이렇게 속삭이던 홈스는 갑자기 무릎을 꿇더니 땅바닥에 귀를 갖다 댔다.

"오! 드디어 헨리 경이 나오는 소리가 들리는 것 같네."

과연 빠르게 걸어오는 발자국 소리가 황무지의 정적을 깨트리고 있었다. 우리는 바위 사이에 웅크리고 앉아 저편에 흐르는 안개 바다를 뚫어져라 쳐다봤다. 발자국 소리는 점점 커졌다. 그리고 드디어 우리가 기다리던 사나이가 커튼을 걷고 나오듯 안개 속을 걸어 나왔다. 그는 눈앞을 가리던 안개가 사라지고 별이 반짝이는 맑은 밤의 대기 속으로 나오자 흠칫 놀라며 주위를 둘러보았다. 그리고 역시나 빠른 걸음으로 우리가 숨어 있는 곳을 지나쳐 긴 비탈길을 올라갔다. 길을 걸어가면서도 헨리 경은 불안한 사람처럼 끊임없이 고개를 돌려 주위를 살펴보았다.

"쉿!"

홈스가 소리쳤다. 그리고 이내 권총을 장전하는 날카로운 소리가 들려왔다.

"저기를 보게! 놈이 오고 있어!"

스멀스멀 기어 다니는 안개 봉우리 어디쯤에서 잔걸음으로 움직이는 발소리가 들려왔다. 이제 안개는 우리가 숨어 있는 곳에서 50미터도 안 되는 곳까지 밀려왔다. 우리 세 사람은 안개 속에 몸을 웅크린 채로 앞으로 어떤 무서운 것이 저 안에서 튀어나올까 생각하며 그것을 기다리고 있었다. 홈스 바로 가까운 쪽에 있던 나는 그의 얼굴을 쳐다보았다. 홈스의 얼굴은 여전히 창백했지만 기대감에 부푼 얼굴이었고 두 눈은 밝게 빛나고 있었다. 그런데 뚫어져라 앞을 응시하던 홈스가 석고상이 된 듯 그대로 얼어붙어버렸다. 그의 두 눈은 휘둥그레졌고, 무엇에 놀랐는지 입이 떡 벌어졌다. 그와 동시에 레스트레이드가 공포에 찬 비명을 지르며 땅바닥에 납작 엎드렸다. 나는 덜덜 떨리는 손으로 겨우 권총을 움켜쥐었다. 그리고 자리에서 벌떡 일어섰다. 세상에! 안개 속에서 갑작스럽게 튀어나온 그 무시무시한 형상 앞에서 내 온몸은 마비되고 말았다. 그것은 엄청나게 거대하고 어둠처럼 시커먼 사냥개였다. 이제껏 그 누구도 본 적이 없는 그런 개였다. 탐욕스럽게 쩍 벌어진 입에서는 시뻘건 불길이 뿜어져 나오는 듯했고, 앞쪽을 노려보는 두 눈은 이상한 빛으로 번득이고 있었다. 주둥이와 목덜미는 벌겋게 타오르는 불길에 휩싸여 있었다. 꿈을 꾸는 것일까 아니면 내 머리가 이상해진 걸까. 미친 사람의 꿈에서도 저렇게 무시무시하고 불길하며 사납고 소름끼치는 악마의 모습을 상상해낼 수는 없을 것이다.

거대하고 시커먼 짐승은 긴 다리로 나는 듯 달려서 헨리 경의 발자국을 쫓아갔다. 우리는 악마 같은 개의 모습을 보고 그대로 얼어붙어 그것이 눈앞을 지나갈 때까지도 정신을 차리지 못하고 있었다. 다음 순간 홈스와 나는 동시에 총을 발사했다.

그러자 무시무시한 짐승이 캐갱거리며 울부짖는 소리가 울려 퍼졌다. 적어도 한 방은 명중한 모양이었다. 놈은 끔찍한 비명을 질러 대면서도 그 자리에 멈추지 않았다. 고통을 참고 목표물을 향해 힘껏 내달리는 것이었다. 저 앞에서 공포에 질린 헨리 경이 뒤를 돌아보는 모습이 보였다. 그는 자기를 뒤쫓는 사냥개를 발견하자마자 두 팔을 허공에 마구 내저으며 비명을 질렀다. 하지만 온몸을 파고드는 두려움 때문인지 목구멍에서 아무런 소리도 나질 않았다.

우리는 최대한 차분하게 생각하려고 애썼다. 사냥개가 토해내는 고통스러운 울부짖음! 그것은 우리를 옥죄고 있던 두려움을 한방에 날려 보내버렸다. 저렇게 고통스러워하는 것을 보면 놈은 분명 귀신이 아니었고, 부상을 입혔으니 죽일 수도 있을 것이었다. 그리고 그날 밤 홈스는 세상 누구보다도 날쌔고 빠르게 달려갔다. 나도 달리기라면 빠지지 않는 사람이지만 홈스는 그런 나를 앞지를 정도로 날랬다.

길을 따라 달려가는 동안, 우리는 헨리 경의 비명소리와 사냥개의 굵은 울부짖음을 들었다.

우리는 겨우 헨리 경 가까이에 도착했다. 그 순간, 헨리 경을 땅바닥에 넘어뜨린 사냥개가 그의 목덜미를 물어뜯으려는 것을 보았다. 홈스는 재빨리 사냥개의 옆구리를 향해 다섯 발의 총탄을 발사했다. 짐승은 몸뚱이를 비틀어대며 고통에 찬 울음소리를 질러댔다. 그리고 허공을 향해 입을 쩍 벌리더니 땅바닥에 굴러 떨어졌다. 그리고 네 발을 거칠게 바둥거리다가 옆으로 힘없이 쓰러지고 말았다. 나는 거친 숨을 몰아쉬며 기괴하게 번쩍거리는 놈의 머리에 총구를 들이댔다. 하지만 방아쇠를 당길 필요는 없었다. 괴물처럼 거대한 사냥개의 숨은 이미 끊어져 있었다.

헨리 경은 의식을 잃은 채 땅에 쓰러져 있었다. 우리는 다급히 그의 옷깃을 떼고 목을 살펴보았다. 천만다행으로 목에는 아무 상처도 없었다. 일을 당하기 전에 그를 구출했다는 것을 알자 홈스가 안도의 한숨을 토해냈다. 그때 헨리 경의 눈꺼풀이 파르르 떨리더니 긴장으로 딱딱하게 굳은 몸도 조금씩 움직이기 시작했다. 레스트레이드는 무릎을 꿇고 헨리 경의 머리를 껴안은 다음 주머니에서 꺼낸 브랜디를 입 속에 흘려 넣어 주었다. 그러자 헨리 경이 공포에 질린 눈으로 우리를 올려다보았다.

"오! 신이시여!"

그가 쉰 목소리로 중얼거렸다.

"그게 뭐였습니까? 도대체 뭐였지요?"

"진정하십시오. 그게 뭐였든지 간에 죽었으니까요."

홈스가 침착하게 말했다.

"우리가 바스커빌 가의 유령을 영원히 없애버렸습니다."

어마어마한 크기나 힘만 보더라도 우리 앞에 넘어져 있는 사냥개는 우리의 오금을 저리게 했다. 그것은 순종 사냥개도 순종 마스티프도 아니었다. 포악하고 사나운 성질과 사자처럼 커다란 몸집을 보아하니 차라리 그 두 종이 섞인 잡종에 가까워 보였다. 죽음의 침묵에 휩싸인 지금도 무지하게 거대한 턱에서는 푸른 불꽃이 튀는 듯했고, 움푹 패고 잔혹한 눈에서는 시뻘건 불길이 흘러나오고 있었다. 나는 벌겋게 타오르고 있는 짐승의 주둥이를 만져 보았다. 그리고 눈 가까이로 손을 들어 올리자 내 손에서도 희미한 빛이 묻어 있는 것이었다.

"인이로군."

내가 말했다.

"교활한 놈! 머리 꽤나 굴렸군."

홈스가 죽은 짐승의 냄새를 맡으며 말했다.

"개의 후각에 장애가 될 만한 냄새는 묻어 있지 않군."

홈스는 여전히 몸을 덜덜 떨고 있는 헨리 경 쪽으로 몸을 돌려 말했다.

"헨리 경, 놀라운 일을 겪게 해드려서 죄송합니다. 사냥개가 있는 줄은 알고 있었지만 이렇게 괴물 같은 놈일 거라곤 생각지 못했어요. 게다가 안개가 너무 짙게 끼는 바람에 놈을 미리 막을 시간도 충분하지 않았습니다."

"괜찮습니다. 제 목숨을 구해주셨습니다."

"그보다 먼저 경을 위험에 빠뜨렸는걸요. 이제 일어설 수 있겠습니까?"

"브랜디 한 모금만 더 마시면 괜찮을 것 같군요."

레스트레이드는 헨리 경의 입에 브랜디를 다시 흘려 넣어 주었다. 그제야 헨리 경의 입에서 안도의 한숨이 터져 나왔다.

"조금만 잡아주시면 일어설 수 있을 것 같군요. 이제 어떻게 하실 생각입니까?"

"일단 경은 여기 계십시오. 오늘 밤 더 이상의 모험은 무리입니다. 잠시 후 돌아와서 집까지 모셔다 드리겠습니다."

헨리 경은 휘청거리면서 자리에서 일어섰다. 하지만 그의 얼굴은 여전히 창백했고 팔다리는 심하게 떨리고 있었다. 우리는 그를 부축해 바위에 앉혀 주었다. 그는 온몸을 부르르 떨며 두 손으로 얼굴을 감쌌다.

"우리 세 명은 이제 가야겠습니다. 남은 일을 처리해야 하니까요. 이제 혐의를 잡았으니 한시가 급합니다. 빨리 범인을 잡으러 갑시다."

홈스가 말했다.

"놈이 집에 있을 가능성은 거의 없어."

메리핏 가로 향하는 길로 재빨리 걸어가며 홈스가 말했다.

"총소리를 듣고 자기 계획이 실패했다는 걸 이미 눈치 챘을 거야."

"하지만 집까지 거리가 꽤 멀었잖아. 게다가 안개가 짙어서 잘 모를 수도 있지 않을까?"

내가 말하자 홈스가 심각한 표정으로 고개를 저었다.

"놈은 사냥개를 돌아오게 하려고 그 뒤를 쫓아왔을 걸세. 분명히 그랬을 거야. 하지만 놈은 지금쯤 사라졌을 거야! 그렇다고 해도 우리는 집을 수색해서 확인해야만 해!"

집에 도착하니 현관문이 활짝 열려 있었다. 우리는 곧장 집 안으로 달려 들어갔다. 갑작스레 사람들이 몰려든 것을 보고 놀란 늙은 하인이 온몸을 부들부들 떨며 서 있었다. 식당을 빼고는 불이 켜진 곳이 없었다. 하지만 홈스는 등불을 들고 온 집 안을 샅샅이 뒤졌다. 그러나 우리가 뒤쫓는 사람의 흔적은 어디에도 없었다. 허탈한 마음으로 포기하려던 순간, 2층에 있는 방 중에 문이 잠긴 방이 하나 보였다.

"누가 안에 있습니다!"

레스트레이드가 소리쳤다.

"분명히 소리가 들렸어요. 이 문을 열어야 합니다!"

방문에 귀를 대보자 과연 방 안에서는 희미한 신음소리와 바스락거리는 소리가 들려왔다. 홈스는 구둣발로 문고리 위쪽을 힘껏 걷어찼다. 문이 활짝 열리자 우리 셋은 권총을 움켜쥐고 방 안으로 뛰어들어갔다.

그런데 방 안의 상황은 우리가 예상했던 것과는 전혀 달랐다. 그 안에서 우리를 기다리고 있던 것은 흉포한 악당이 아니었다. 우리는 깜짝 놀라 한동안 그것을 멍하니 쳐다보고만 있었다. 그 방은 작은 박물관처럼 꾸며져 있었다. 벽에는 온통 유리 뚜껑을 덮은 상자가 수없이 줄지어 서 있었고, 그 안에는 나비와 나방 표본이 가득 차 있었다. 이런 것들을 수집하는 것이 이 복잡하고 위험한 사나이의 취미였던 것이다. 방 한가운데는 벌레 먹은 들보를 지탱하는 나무 기둥이 서 있었다. 그런데 그 기둥에 누군가가 묶여 있었다.

온몸을 천으로 완전히 휘감아 놓아서 그가 여자인지 남자인지 도무지 구분할 수가 없었다. 목을 감은 수건은 기둥 뒤에서 매듭지어져 있었고, 또 다른 수건 한 장은 얼굴의 아랫부분을 덮고 있었다. 그 위로 드러난 두 개의 검은 눈동자가 우리 쪽을 바라보고 있었다. 그 눈 속에는 슬픔과 수치심이 가득 차 있었다. 우리는 곧바로 입에 물린 재갈을 빼고 손목의 결박을 풀어주었다. 그러자 스태플턴 부인이 스르르 바닥으로 힘없이 쓰러지는 것이었다. 부인의 아름다운 머리가 내 팔로 떨어진 순간, 나는 그녀의 목에 선명하게 찍힌 붉은 채찍 자국을 보았다.

"이런 짐승 같은 놈!"

분노한 홈스가 몸을 부르르 떨며 소리쳤다.

"레스트레이드! 어서 브랜디를 준비하게! 빨리 부인을 의자에 앉혀야 합니다. 지금 부인은 학대와 피로에 지쳐 기절한 거예요."

그러자 부인이 힘겹게 눈을 떴다.

"그는 무사합니까?"

힘에 부치는지 그녀의 목소리는 갈라져 있었다.

"그는 도망쳤나요?"

"부인, 그는 우리 손에서 절대 도망칠 수 없습니다."

"아니! 제 남편이 아니라 헨리 경 말입니다."

스태플턴 부인이 힘겹게 말했다.

"무사합니다. 걱정 마십시오."

"그러면 개는요?"

"죽었습니다."

그녀는 안도의 한숨을 길게 내쉬었다.

"하나님, 감사합니다! 정말 다행이에요! 오! 그 악당이 제게 무슨 짓을 했는지 보세요!"

그녀는 소매를 걷어 올리더니 두 팔을 우리 앞에 내밀었다. 새하얀 팔에는 시퍼런 멍자국이 가득했다. 그 모습을 본 우리는 경악하지 않을 수 없었다.

"하지만 이것쯤은 아무것도 아니에요. 정말입니다! 그 사람이 고문하고 모독한 것은 제 마음과 영혼이에요. 그가 저를 사랑한다고 믿는 동안에는 학대와 외로움도, 저를 기만하는 것도 다 참을 수 있었어요. 하지만 이제는 저 또한 그의 도구에 지나지 않는다는 사실을 깨달았어요."

그녀는 격렬하게 어깨를 들썩이며 흐느꼈다.

"부인은 이제 남편을 감싸지 않는군요."

홈스가 말했다.

"그렇다면 그가 어디 있는지 알려주십시오. 그동안 부인은 남편의 사악한 행동을 도왔겠지만, 이제는 우리를 도우셔야 합니다. 그것이 당신이 속죄하는 길입니다."

"그 사람이 도망칠 곳은 딱 한 곳밖에 없어요."

그녀가 차가운 목소리로 대답했다.

"늪 한가운데 있는 섬 위에 오래된 주석 광산이 있어요. 그는 거기에 사냥개를 숨겨 두었고 은신처도 만들어 두었지요. 만약 그가 도망쳤다면 분명히 늪으로 갔을 거예요."

짙은 안개는 새하얀 양털처럼 유리창에 붙어 있었다. 홈스는 창가로 다가가 등불을 비췄다.

"보십시오."

홈스가 짧은 한숨을 쉬며 말했다.

"오늘 밤에는 누구도 그림펜 늪지로 들어가지 못할 겁니다."

그러자 갑자기 부인이 손뼉을 치며 깔깔대는 것이었다. 그녀의 두 눈과 이는 감출 수 없는 기쁨으로 반짝이고 있었다.

"그 인간은 그곳으로 들어갈 수는 있겠지만, 절대 나오지는 못할 거예요."

그녀가 날카로운 목소리로 외쳤다.

"무슨 말인지 모르시겠지요? 그 인간과 저는 늪으로 통하는 길을 표시하려고 막대기를 꽂아놓았었지요. 만약 오늘 밤에 그 막대기를 다 뽑아버릴 수만 있다면! 그렇게만 한다면 당신들은 그 인간을 잡을 수 있을 거예요."

하지만 안개가 걷힐 때까지 추적은 불가능했다. 홈스와 나는 일단 레스트레이드를 메리핏 가에 남겨둔 뒤 준남작을 데리고 바스커빌 저택으로 돌아갔다. 우리는 헨리 경에게 스태플턴 남매의 이야기를 더 이상 숨기지 못했다. 그는 사랑했던 여인에 대한 진실을 듣고도 의연하게 잘 버티고 있었다. 하지만 그것은 잠시뿐이었다. 그날 밤 충격적인 일을 한꺼번에 겪은 탓에 신경쇠약과 고열이 한꺼번에 찾아오고야 말았다. 그는 심한 헛소리를 하며 정신을 잃었고, 결국 모티머 선생이 왕진을 와야만 했다.

사건이 해결된 후에 두 사람은 세계 일주 여행을 함께 떠났다. 헨리 경은 여행을 통해 마음속 짐을 벗어던지고서야 활기찼던 본모습을 찾을 수 있었다.

지금까지 나는 이 이상한 이야기의 결말을 향해 열심히 달려왔다. 우리의 삶에 어두운 그림자를 드리웠다가 결국엔 비극적인 결말로 치달았던 그때의 암울한 공포와 막연한 추측들을 독자들과 나누려 애쓰면서 말이다.

사냥개가 죽은 다음 날 아침, 안개가 걷히자 우리는 늪지로 향했다. 스태플턴 부인이 앞장서서 늪지를 통과하는 길로 안내했다. 그녀는 남편을 추적하는 일에 매우 열성적으로 임했다. 그것만 보더라도 그동안 그녀가 얼마나 힘들게 살았는지를 짐작할 수 있었다. 늪지는 단단한 토탄질 토양으로 된 좁은 반도였다. 그 끝에서부터 작은 막대기들이 불규칙한 형태로 여기저기 꽂혀 있었다.

우리는 일단 부인을 뒤에 남겨 두었다. 녹색 거품이 떠 있는 구덩이와 악취가 진동하는 늪지에 그녀를 데리고 갈 수는 없었기 때문이다. 우리는 막대기 표시를 따라 조심스럽게 발을 내디뎠다. 무성한 갈대와 끈끈한 물 위에 빽빽하게 떠 있는 수초들이 얼굴을 때렸고, 발 아래쪽에서는 썩는 냄새와 유독 가스가 끊임없이 코를 자극했다. 우리는 한 발짝만 잘못 디뎌도 허벅지까지 빠지는 시커먼 늪에 여러 차례나 발이 빠졌다.

힘겹게 발을 내디딜 때마다 주변의 습지가 몇 미터에 걸쳐 출렁거리며 진동을 퍼뜨렸다. 그리고 찐득한 진흙탕은 우리의 발꿈치를 끈질기게 잡아당겼다. 그 속에 발이 빠질 때마다 악마의 손이 우리를 음탕한 구멍 속으로 끌어당기는 것 같은 끔찍함을 온몸으로 느꼈다. 그런데 우리보다 먼저 이 위험지대를 건너간 흔적이 보였다. 황새풀 덤불 한복판에 시커먼 진흙투성이의 검은 물체가 튀어나와 있는 것이었다. 홈스는 늪에 허리까지 빠져가며 힘겹게 그것을 건져냈다. 만약 레스트레이드와 내가 힘껏 그를 끌어당기지 않았다면, 홈스는 다시는 단단한 땅에 발을 내딛지 못했을지도 몰랐다. 홈스는 공중으로 허름한 검정색 구두 한 짝을 들어올렸다. '토론토, 메이어스'라는 글씨가 가죽 구두 안쪽에 찍혀 있었다.

"진흙 목욕을 하긴 했지만, 건져낼 만한 가치가 있는 물건이야."

홈스가 피식 웃으며 말했다.

"이건 우리 친구 헨리 경이 잃어버린 구두네."

"스태플턴이 도망가면서 던져버렸나 보군."

"맞아. 스태플턴은 사냥개가 헨리 경의 뒤를 쫓게 하려고 이것을 이용했네. 계획이 실패한 것을 알고 도망치면서 여기에 버렸을 테지. 그 말은 곧 그자가 적어도 여기까지는 무사히 왔다는 걸 뜻하네.”

하지만 우리는 그 이상을 알아내지 못했다. 아래쪽에서 진흙이 계속 솟아오르는 바람에 빠른 속도로 흔적이 사라져버린 것이었다. 결국 늪지에서는 더 이상 발자국을 찾아내기가 힘들었다. 그러나 우리는 포기하지 않았다. 마침내 늪지 건너편의 단단한 땅에 도착하자, 우리는 열심히 발자국을 찾아보았다. 하지만 그곳에서도 우리는 흔적을 발견하지 못했다. 만약 땅이 진실을 말하고 있는 것이라면 스태플턴은 어젯밤 자신의 은신처에 도착하지 못한 게 분명했다. 그 짙은 안개를 헤치고 은신처로 가기 위해 발버둥을 쳤을 테지만. 그렇다면 잔인하고 사악한 악마는 악취를 풍기는 그림펜 늪지대 어딘가에 영원히 묻혀버린 것이다.

우리는 스태플턴이 무시무시한 사냥개를 숨겨놓았던 늪지의 섬에서 많은 흔적들을 발견했다. 커다란 마차 바퀴와 쓰레기로 반쯤 차 있는 굴대는 이곳이 예전에 광산이었음을 알려주고 있었다. 그 옆에는 광부들이 살았던 무너진 오두막들이 줄지어 서 있었다. 아마도 광부들을 몰아낸 것은 늪지에서 새어나오는 지독한 악취였으리라. 그중 한 곳에는 물어뜯은 뼈 무더기가 쌓여 있었고 바로 옆에는 두꺼운 거멀못과 쇠사슬이 굴러다니고 있었다. 아마도 개를 가둬놓고 기른 곳인 듯했다. 뼈의 잔해 가운데는 갈색 털이 한 움큼 엉겨 붙은 해골도 있었다.

“개 뼈로군.”

홈스가 뼈를 들여다보며 말했다.

“저건 북슬북슬한 털을 가진 스패니얼이군. 불쌍한 모티머 선생은 다시는 애완견을 보지 못할 걸세. 아무튼 이곳에서는 더 이상 찾아

낼 게 없어."

홈스는 주위를 둘러보며 손을 털었다.

"스태플턴은 여기에 개를 숨겨놓을 수는 있었지만 소리까지 막지는 못했지. 그래서 대낮에도 개가 울부짖는 섬뜩한 소리가 퍼졌던 거야. 그는 또 급할 때에는 메리핏 가의 헛간에 개를 숨겨놓았어. 하지만 그것은 굉장히 무모한 짓이었지. 그래서 아주 특별한 날, 자신의 노력이 결실을 맺는 날에만 개를 데리고 나왔어."

그는 바닥에 굴러다니는 깡통을 들고 이리저리 살펴보더니 이렇게 말했다.

"여기 깡통 속에 든 반죽은 사냥개에게 발라준 발광체 혼합물이 틀림없어. 이것은 바스커빌 가문에 전해 내려오는 지옥의 사냥개 이야기에서 힌트를 얻은 거였을 테지. 아무튼 연로하고 건강하지 못했던 찰스 경을 공포에 질려 죽게 만들기에는 충분했어. 그리고 보니 그 가엾은 탈옥수가 비명을 지르며 도망쳤던 것도 무리는 아니었어. 아마 우리라도 그랬을 걸세. 우리의 친구 헨리 경도 지옥의 사냥개 모양을 한 개를 보고 미친 듯이 도망쳤으니 말이야."

"정말 그렇군. 아주 교활한 계략이야."

"이것은 목표물을 죽음으로 몰아넣기 위한 것만은 아니었네. 황무지의 농부들이 지옥의 괴물을 봤다고 해서 어느 누가 자세히 살펴봤겠나? 그러니 그의 계획은 아주 효과적으로 성공할 수 있었던 거야."

홈스는 긴 팔을 들어 군데군데 녹색 반점이 흩어진 거대한 늪지대를 가리켰다.

"왓슨, 런던에서도 말했지만 그동안 우리가 추적했던 사람 중에서 저기 영원히 잠들어 있는 자보다 더 위험한 사람은 없었다네."

15
남은 이야기

안개가 자욱하게 내린, 11월의 음산한 밤이었다. 홈스와 나는 베이커 가의 거실에 앉아 난롯불을 쬐고 있었다. 데번셔 방문이 비극적으로 끝난 이후 홈스는 상당히 중요한 두 가지 사건을 처리했다. 하나는 넌싸레일 클럽의 유명한 카드 스캔들에 휘말린 업우드 대령의 비리를 파헤친 일이었고, 다른 하나는 양녀를 살해한 혐의로 구속된 몬펜셔 부인의 변호를 맡은 일이었다. 부인의 양녀, 카레르 양은 6개월 뒤에 뉴욕에서 발견되었는데, 알고 보니 그녀는 살아 있을 뿐만 아니라 이미 결혼까지 한 상태였다.

홈스는 자신이 관여했던 어렵고도 중요한 사건들이 연달아 성공을 거둔 터라 한껏 들떠 있었다. 나는 그가 기분 좋았을 때를 틈타 바스커빌 사건의 수수께끼에 대한 뒷이야기를 들을 수 있었다. 그동안 나는 묻고 싶은 충동을 애써 억누르며 때를 기다리고 있었다. 왜냐하면 홈스는 두 가지 사건에 대해 한꺼번에 생각하는 것을 싫어하기 때문이다.

또 그의 명석하고 논리적인 정신은 과거의 일을 기억하기 위해 현재의 작업을 미뤄놓는 것을 가장 싫어했다. 하지만 이제 현재의 사건들이 정리가 되었으니 나는 가장 적당한 기회를 잡은 셈이었다.

게다가 그때는 헨리 경과 모티머 선생이 긴 여행을 떠나기 위해 런던에 와 있던 참이었다. 헨리 경이 정신적인 충격에서 회복하기 위해서 여행을 하는 것이 좋겠다는 의사의 권고 때문이었다. 바로 그날 오후에 두 사람이 우리를 찾아왔기 때문에 나는 더욱 자연스럽게 그 일을 화제에 올릴 수 있었다.

"그 사건의 전체적인 경위는 스태플턴의 관점에서 보면 아주 간단하고 명확하네. 처음에 그의 동기를 제대로 알지 못한 데다 단편적인 사실만 알고 있었기 때문에 모든 것이 복잡하게 보였던 것뿐이었어. 나는 스태플턴 부인과 두 차례 대화를 나눴는데, 그 내용을 바탕으로 사건의 전모를 파악하게 되었다네. 사건 파일 목록에서 목차 'B'를 찾아보면 그 사건에 대한 기록을 볼 수 있을 거야."

"홈스, 자네가 기억나는 대로 사건의 경위를 설명해주지 않겠나?"

내가 말하자 홈스는 의자 깊숙이 몸을 묻으며 이야기를 시작했다.

"내가 모든 사실을 제대로 기억하고 있는지 모르겠군. 재미있게도 다른 일에 신경을 집중시키다 보면 그 전의 사건에 대한 기억은 희미해져버리거든. 마치 자신이 담당한 사건에 정통해서 그 분야의 전문가와도 논쟁을 벌일 수 있는 변호사가 재판이 끝나고 1~2주일이 지나면 그 일에 대해 완전히 잊어버리는 것처럼 말이야. 나도 카레르양 사건에 신경을 쏟다 보니 바스커빌 사건에 대한 기억이 흐릿해져버렸어. 하지만 내일 또 다른 사건을 접하게 된다면 아름다운 프랑스 여성과 파렴치한 업우드에 대한 기억은 사라지겠지. 그렇다고는 하지만 그 사냥개와 관련한 사건은 하나도 빠짐없이 경위를 설명할 수 있을 것 같네. 혹시라도 내가 잊은 것이 있다면 곧바로 지적해주게."

나는 흥분된 마음을 애써 진정시키며 홈스의 이야기 속으로 서서히 빠져 들어갔다.

"일단 그 집안의 초상화는 거짓말을 하지 않았네. 그 초상화야말로 스태플턴이 정말 바스커빌 가문의 후손이었음을 알 수 있게 해준 중요한 단서였지. 그는 찰스 경의 남동생인 로저 바스커빌의 아들이었네."

"그는 남미에서 독신으로 죽었다고 하지 않았나?"

"맞아. 평판이 워낙 나빠서 남미로 도망친 뒤 결혼을 하지 않고 죽었다고 전해졌지. 하지만 실제로는 결혼을 했고 아이도 하나 있었어. 그 아이가 바로 스태플턴이었던 거지. 그의 진짜 이름은 아버지의 이름을 그대로 물려받은 로저 바스커빌이었네. 그는 코스타리카의 미녀 베릴 가르시아와 결혼한 뒤 상당한 액수의 공금을 횡령했지. 그런 뒤 성을 반데로르 바꾸고 영국으로 도망쳐 와서 학교를 세웠네."

"전혀 다른 종류의 사업을 벌인 거로군."

"맞아. 그가 이렇게 특수한 분야의 사업을 시도한 것은 영국으로 돌아오는 길에 우연히 프레이저 교수를 만났기 때문이야. 교수는 폐병에 걸려 귀향하던 중이었지. 그는 이 교수의 사업 수완을 이용해 사업을 성공적으로 이끌었지. 하지만 프레이저가 죽어버리자 순조롭게 운영되던 학교에 문제가 생기기 시작했어. 평판이 점점 나빠지기 시작하더니 명예가 완전히 땅에 떨어졌지. 그래서 그들 부부는 성을 다시 스태플턴으로 바꾼 뒤 남은 재산을 정리해서 영국 남부로 이사했지."

홈스는 깍지를 낀 손을 턱에 받친 채로 난롯불을 응시하며 말을 이었다.

"스태플턴은 미래에 대한 원대한 계획을 갖고 있었어. 또 곤충학에 대한 취미도 있었지. 나는 대영 박물관에 갔다가 그가 곤충학에 관해서는 상당한 권위자라는 사실을 알게 되었네. 그가 요크셔에 있을 때 최초로 발견한 어떤 나방에 '반데로'라는 이름을 붙여주기도 했다더군."

"오, 그렇게까지나!"

"이제 그의 삶에서 가장 관심 있는 부분을 말할 때가 되었군. 그자는 자기가 어마어마한 재산을 받기까지 방해가 되는 인물이 단 둘뿐이라는 사실을 알아냈어. 처음에 데번셔에 갔을 때만 해도 그의 계획은 막연한 것이었을 거야. 하지만 자기 아내를 동생이라고 속인 것만 보더라도 처음부터 나쁜 짓을 계획했던 것은 분명해. 구체적인 계획은 없었다 해도 자기 아내를 미끼로 사용하려는 생각만은 확실히 갖고 있었지. 그의 가장 큰 목표는 재산이었어. 목적을 위해서는 수단과 방법을 가리지 않을 작정이었지. 그가 맨 먼저 한 행동은 대대로 내려온 저택에서 가까운 곳에 집을 마련하는 것이었네. 다음으로는 찰스 바스커빌 경이나 황무지의 이웃들과 친분을 쌓는 것이었고. 불쌍한 찰스 경은 자기 입으로 가문의 사냥개에 대한 이야기를 해버림으로써 화를 자초한 셈이 되었어. 스태플턴은 찰스 경의 심장이 매우 약하다는 사실과 심한 충격을 받으면 금방 죽을 거라는 것까지 알고 있었어. 또 그가 바스커빌 가문에 내려오는 불길한 전설을 심각하게 받아들인다는 것까지 눈치 챘지. 스태플턴은 아주 영리한 사람이야. 그는 즉시 계획을 짜기 시작했어. 그러다 드디어 찰스 경을 죽이되 진짜 살인자를 찾을 수 없는 방법을 찾아냈다네. 이제 스태플턴은 아주 교묘한 방법으로 계획을 실행했네. 보통 사람이라면 무서운 사냥개 한 마리 정도로 만족했을 걸세. 하지만 스태플턴은 인위적인 수단을 써서 그 짐승이 악마처럼 보이게 만들었어. 아주 천재적인 솜씨였지. 사냥개는 런던 풀햄 가에서 상인 로스 앤 맹글스에게 구입했네. 상인이 소유한 개들 중에서 가장 사납고 힘이 좋은 놈이었지. 스태플턴은 그 개를 데리고 노스데번 열차를 탔네. 그리고 걸어서 황무지를 통과한 뒤 집에 도착했어."

"사람들의 눈을 의식한 거로군."

"그렇지. 그자는 곤충 채집을 하다가 그림펜 늪을 통과하는 방법을 터득해놓은 상태였네. 그래서 그 짐승을 숨겨놓을 만한 장소를 물색해둔 거야. 스태플턴은 그곳에 개를 숨겨놓고 기회가 오기만을 기다렸네. 하지만 기회는 그리 쉽게 오지 않았어. 찰스 경을 밤에 황무지로 나오게 해야 하는데 그렇게 하기가 어려웠던 거야. 스태플턴은 몇 번이나 개를 끌고 나와 황무지에 숨어 있었지만 별다른 소득이 없었네. 거듭해시 헛수고를 하는 동안에 농부들이 그의 개를 보고 전설에 나오는 악마의 개니 지옥의 개니 떠들어댔던 거야."

"오호, 그렇게 소문이 퍼진 거로군."

"스태플턴은 아내가 찰스 경을 유인해주기를 바랐어. 하지만 그녀는 순순히 따라주지 않았지. 찰스 경을 유혹해서 살인자에게 데려다주는 일을 하는 것을 양심이 허락지 않았던 거야. 스태플턴은 갖은 방법을 동원해 부인을 협박하기도 하고 때리기도 했지. 하지만 그녀는 찰스 경의 살인과 관련한 일은 절대 하지 않았어. 그렇게 시간은 흘러갔고 스태플턴은 두 손을 놓고 있을 수밖에 없었네."

"그렇게 끝났으면 좋았을 것을!"

"맞아. 하지만 이 대목에서 로라 라이언스 부인이 등장하게 돼. 스태플턴은 찰스 경에게 로라 라이언스 부인의 딱한 사정을 전하지. 그런 뒤 찰스 경이 그녀의 후원자가 되게끔 옆에서 돕는 거야. 또 자신은 독신남 행세를 하면서, 부인이 남편과 이혼하고 자신과 결혼하기를 바란다고 거짓말을 늘어놓았네. 이렇게 해서 일이 잘 진행되는 듯했어. 그러다 갑자기 찰스 경이 바스커빌 저택을 떠난다는 소식을 듣게 된 거야. 스태플턴은 자기 계획이 수포로 돌아갈까 전전긍긍했지. 그래서 라이언스 부인에게 편지를 쓰라고 부탁했어. 찰스 경에게 밤에 만나자는 내용을 담은 편지를 말이야. 그런 다음 스태플턴은 그럴듯한 핑계로 부인이 약속 장소에 가는 것을 막았네. 그리고 자신은 오랫동안 학수고대했던 기회를 잡았다는 기쁨에 쾌재를 불렀을 테지.

스태플턴은 저녁에 쿰 트레이시에서 돌아왔네. 그리고 약속시간에 맞춰 사냥개를 데리고 나갔네. 그자는 개를 악마처럼 보이게 하려고 미리 준비해둔 도료를 칠했지. 그런 다음 찰스 경이 기다리고 있을 바스커빌의 쪽문으로 개를 데리고 갔어. 찰스 경의 모습을 확인한 스태플턴은 개에게 명령을 내렸네. 목줄이 풀린 개는 곧바로 쪽문으로 달려갔네. 거대한 개의 등장에 깜짝 놀란 찰스 경은 미친 듯이 비명을 지르며 도망쳤어. 개는 상록수 길을 따라 달려가는 찰스 경의 뒤를 빠짝 쫓아갔네. 생각해보게. 그렇게 음침한 밤에 주둥이에서 불을 내뿜는 짐승이 시퍼렇게 눈을 번득이며 뒤를 쫓는다! 상상하는 것만으로도 얼어붙는 것 같지 않나?"

"불쌍한 찰스 경! 얼마나 놀랐을까!"

"공포에 질린 찰스 경은 결국 약한 심장을 비틀어 쥐며 쓰러져 죽고 말았네. 왓슨, 산책로 위에 사람의 발자국만 있었던 걸 기억하나?"

"물론이지."

"그건 찰스 경은 산책로 위로 도망쳤고, 사냥개는 풀밭으로 달려갔기 때문이라네. 찰스 경이 쓰러지자 사냥개는 시신 주변을 어슬렁거리며 냄새를 맡았지. 하지만 그가 죽은 것을 알게 되자 곧바로 돌아갔을 거야. 모티머 선생이 발견했던 개 발자국은 바로 그때 생긴 거야. 스태플턴은 사냥개를 불러서 곧바로 그림펜 늪의 은신처에 가둬두었네. 이 때문에 경찰들이 당황했던 거고, 시골 마을을 공포에 떨게 한 불가사의한 사건이 우리 손까지 들어오게 된 거야. 여기까지가 찰스 바스커빌 경의 죽음에 대한 이야기라네."

"스태플턴은 악마나 다름없는 사람이군."

이야기를 듣고 나자 나는 온몸에 소름이 돋아 올랐다. 스태플턴은 멀쩡한 얼굴을 하고서 상상치도 못할 일들을 태연히 저질렀던 것이었다.

"그의 계략이 얼마나 악랄한지 정말 혀를 내두를 정도였어. 일단 그는 진짜 살인범을 찾아낼 수 없게 만들어놓았어. 공범이라고 해봤자 개뿐인 데다가, 개가 주인을 배신하는 경우는 없으니까. 또 기괴한 전설까지 등에 업고 있었기 때문에 진범을 찾을 확률은 거의 없었네.

또 이 사건에는 두 여자가 관련되어 있어. 스태플턴 부인과 로라 라이언스 부인! 그들은 다행스럽게도 스태플턴에게 의심을 품고 있었어. 스태플턴 부인은 남편이 찰스 경을 죽이려 한다는 것과 사냥개의 존재를 알고 있었어. 라이언스 부인은 이런 사실들은 알지 못했지만, 자기 외에 스태플턴만이 알고 있던 약속 시간에 찰스 경이 죽은 것에 대해 의혹을 갖게 되었지. 하지만 스태플턴은 두 여자 모두 자기의 통제하에 있다고 생각했다네. 그래서 그들을 두려워하거나 의심하지 않았지. 이렇게 해서 스태플턴은 자신의 임무를 절반쯤 완수했네. 그러나 더 어려운 일이 눈앞에 남아 있었지."

홈스는 잠깐 말을 멈추고 물 한 모금을 마셨다. 묻혀 있던 기억을 꺼내서 사건 이야기를 하는 것이 재미있는지 홈스의 두 눈은 흥미진진한 무언가를 발견했을 때처럼 빛나고 있었다.

"어쩌면 처음에 스태플턴은 미국에 상속자가 있다는 사실을 몰랐을지도 몰라. 하지만 그는 모티머 선생을 통해 그 사실을 알게 되지. 그리고 헨리 경의 귀국과 관련된 사항도 상세히 알아두었네. 그래서 그는 젊은 상속자가 데번셔에 내려오기 전에 아예 런던에서 살해해 버릴 계획을 세웠어. 그래서 런던으로 올라왔는데 이때 아내를 데리고 왔다네. 그는 부인이 찰스 경을 살해하는 일을 도우려 하지 않은 이후로 그녀를 불신하고 있었어. 그는 혼자 남겨진 부인이 무슨 일을 벌일지 몰라 런던까지 데리고 온 거였어. 조사 결과 그들 부부가 크레이븐 가에 있는 맥스보로 프라이빗 호텔에서 묵었다는 것을 알아냈네."

"그건 어떻게 알았나?"

"전에 증거를 찾아내라고 호텔마다 심부름꾼을 보냈는데 이곳이 그중 하나였지. 그는 부인을 호텔방에 감금해 놓았네. 그리고 자신은 수염을 달아 변장하고 모티머 선생의 뒤를 밟아 베이커 가까지 쫓아왔지. 나중에는 역과 노섬버랜드 호텔까지 미행했고. 스태플턴 부인은 남편의 사악한 계획을 눈치 채고 있었네. 하지만 학대를 일삼는 남편이 자신을 가만두지 않을 것 같아 전면에 나서서 상황을 알리지는 못했어. 잘못하다가 목숨을 잃을 수도 있으니 말이야. 대신 최후의 수단으로 신문에서 단어를 오려내 메시지를 만든 뒤 몰래 보내는 편법을 썼지."

"헨리 경이 받았던 그 편지!"

"맞아. 그 편지는 마침내 헨리 경의 손에 들어갔지. 그것은 헨리 경이 최초로 받았던 경고였어."

"그렇다면 헨리 경이 잃어버린 구두는?"

"이제 이야기할 테니 잘 들어보게. 스태플턴은 헨리 경의 소지품을 반드시 얻어내야만 했어. 개를 이용해서 헨리 경을 공격하려면 목표물의 냄새를 얻을 수 있는 수단이 필요했으니까. 특유의 민첩성과 대담함을 지닌 스태플턴은 곧바로 일을 해치웠네. 호텔의 구두닦이나 객실담당 여종업원쯤이야 쉽게 매수했겠지. 그런데 처음에 훔쳐갔던 구두는 새 구두였기 때문에 아무런 필요가 없었어. 그래서 그걸 가져다 놓고 다시 헌 구두를 가져갔지. 이것은 아주 뜻깊은 사건이었어. 왜냐하면 이것으로 나는 이 사건에 개가 관련되어 있다는 길 확신하게 되었으니까. 생각해보게. 새 구두에는 관심이 없고 낡은 구두에만 집착하는 것이 뭘 의미하겠나? 아무리 다른 방향으로 생각하려고 해봐도 그 행동을 설명할 방법은 없었어. 그러니 우리는 기상천외한 사건일수록 더 신중하게 관찰할 필요가 있어. 그리고 사건을 복잡하게 만드는 점에 관심을 더욱 기울이고 과학적인 조사를 게을리하지 않는다면 사건의 전모를 밝히는 열쇠를 생각보다 쉽게 찾을 수 있다네."

나는 고개를 끄덕이며 홈스의 충고를 진심으로 받아들였다.

"다음 날 아침 우리의 친구들은 스태플턴이 미행하는지도 모른 채 이곳을 방문했네. 우리 집 주소나 내 인상착의를 아는 것으로 봐서 스태플턴은 바스커빌 사건 외에 다른 사건에도 연루되었을 가능성이 매우 커. 지난 3년 동안 서부 지역에서만 큰 규모의 강도 사건이 네 건이나 일어났었네. 아직까지 그 사건 모두 범인을 잡지 못했지. 이것은 매우 의미 깊은 일이야. 그중 마지막에 일어난 사건은 5월 포크스톤 대저택 강도사건이라네."

"나도 기억나네. 복면을 쓴 강도가 자기를 놀라게 한 소년에게 무자비하게 총질을 했던 사건이지."

"맞아. 나는 스태플턴이 이런 식으로 돈을 취했으리라 믿네. 그는 아주 오래전부터 매우 위험한 인물이었음에 틀림없어. 또 그자는 매우 대담하고 임기응변에도 뛰어나네. 그날 아침에 우리가 보는 앞에서 유유히 도망친 것을 보게. 또 마부에게 내 이름을 언급한 것만 봐도 알 수 있지. 그는 내가 런던에서 사건에 개입했다는 것을 알고 런던에서는 더 이상 기회가 없을 거라 결론을 내렸네. 그래서 다트무어로 돌아간 뒤 헨리 경이 오기만을 기다렸던 거야."

"그런데 홈스! 지금 자네는 시간 순서대로 사건을 잘 설명하고 있어. 그런데 하나 놓친 게 있군. 스태플턴이 런던에 와 있는 동안 사냥개는 어떻게 한 거지?"

"그래. 그것은 아주 중요한 문제야. 그래서 조사해봤지. 스태플턴에게는 앤서니라는 늙은 심복이 있더군. 물론 자기의 모든 계획을 알려줄 정도로 믿지는 않았겠지만. 앤서니가 스태플턴 부부와 인연을 맺은 것은 그들이 학교를 경영하던 때로 거슬러 올라가네. 노인은 스태플턴 남매가 실은 부부라는 걸 알고 있었을 거야. 그런데 실은 노인 자신도 제 나라에서 도망쳐 나온 사람이었네. 영국에서는 앤서니라는 이름이 흔하지 않은 것만 봐도 알 수 있지. 하지만 안토니오는 스페인이나 중남미 지역에서 흔하게 사용하는 이름이야. 또 그 노인은 스태플턴 부인처럼 영어를 잘하기는 하지만 혀가 짧은 것처럼 이상한 말투를 쓰고 있었어. 나는 노인이 스태플턴이 표시해둔 길을 이용해 그림펜 늪을 건너는 걸 본 적이 있네. 아마 그는 자기가 돌본 사냥개가 어떤 목적으로 사용될지 몰랐을 거야. 아무튼 주인이 없는 동안 개를 돌본 것은 그 노인이 틀림없네."

나는 주도면밀하게 수사를 한 홈스를 보며 속으로 또다시 감탄사를 내뱉고 있었다.

"스태플턴 부부가 데번셔로 간 뒤 자네와 헨리 경도 그곳으로 떠났지. 그때 내가 어떤 생각을 했는지 알려주지. 헨리 경이 받았던 경고 편지를 조사할 때 편지에 어떤 흔적이 남아 있지는 않은지 내가 세밀히 살피던 걸 기억하나?"

"물론이야."

"그때 나는 편지에서 화이트 재스민 향이 희미하게 난다는 걸 알게 됐네. 범죄 전문가라면 그 정도의 향은 구분할 줄 알아야지. 세상에 존재하는 75개의 향 정도는 기본으로 말이야. 자네도 알겠지만 그 능력 덕분에 사건을 해결했던 경험이 여러 차례 있었지. 어쨌든 향수 냄새가 난다는 것은 편지를 쓴 사람이 여자라는 것을 암시했네. 나는 이미 스태플턴 부부를 의심하고 있었어. 그래서 우리가 서부 지역으로 가기 전에 이미 범인을 예상하고 있었고, 사냥개의 존재도 확인했지."

"역시 대단하군, 홈스!"

나는 더 이상 참지 못하고 그에 대한 찬사를 쏟아냈다. 하지만 홈스는 별다른 동요 없이 이야기를 계속했다.

"내 목적은 스태플턴을 감시하는 것이었네. 하지만 바스커빌 저택에 함께 지내면서 그럴 수는 없었어. 스태플턴이 우리를 경계할 게 분명하니까. 그래서 자네에게는 미안하지만 내가 런던에 있는 것처럼 속이고 황무지로 간 거라네. 심부름꾼 카트라이트를 데리고 말이야. 그래서 나는 자네가 생각하는 것처럼 많이 고생하지는 않았어. 물론 사소한 불편함이 있긴 했지만 그것들이 사건 수사를 방해할 수는 없었지. 나는 대부분의 시간을 쿰 트레이시에서 보냈고, 현장 가까이에 있을 필요가 있을 때만 황무지의 돌집에서 지냈네. 시골 소년으로 변장한 카트라이트가 음식이나 필요한 옷가지들을 가져다주었지. 또 내가 스태플턴을 감시하고 있을 때 그 아이는 주로 자네를 지켜보았고. 이런 식으로 나는 전체 상황을 통제할 수 있었다네."

"홈스! 자네 정말 철저하군."

역시 홈스다운 일처리였다. 나는 그저 혀를 내두를 수밖에 없었다.

"그런데 전에도 말했듯이 자네가 보낸 보고서는 곧바로 쿰 트레이시로 전송됐기 때문에 내가 바로 받아 볼 수 있었어. 그것은 내게 큰 도움이 되었다네. 특히 스태플턴이 실수로 밝힌 그의 과거는 아주 유용했어. 덕분에 나는 스태플턴 남매의 정체를 알아낼 수 있었거든. 또 내가 어떤 행동을 취해야 할지를 결정할 수 있었네. 그런데 갑자기 사건이 복잡하게 꼬이더군. 탈옥수 사건과 배리모어 부부의 관계까지 얽히는 바람에 골치가 아플 뻔했지. 하지만 자네가 이 부분을 잘 해결해 주었네. 물론 나도 직접 관찰한 뒤에 자네와 똑같은 결론에 도달했지만 말이야."

"그러면 자네는 내가 황무지에서 자네의 그림자를 보았을 때 이미 사건의 전모를 파악하고 있었겠군."

"그렇긴 하지만 그를 체포해서 배

심원 앞에 끌어다놓을 만큼 확실한 증거는 확보하지 못했어. 헨리 경 대신 죽음을 맞게 된 탈옥수 사건도 그자의 살인 혐의를 입증하는 데 도움이 안 됐어. 그래서 나는 그를 현장에서 붙잡는 것만이 유일한 방법이라는 결론을 내렸네. 그러기 위해서는 헨리 경을 미끼로 이용할 수밖에 없었지. 그래서 경을 아무런 보호 조치 없이 황무지로 보냈던 거야. 한마디로 스태플턴을 잡기 위해 헨리 경을 위험에 노출시켰다고 할 수 있지."

"나도 그런 의도가 숨어 있다는 걸 눈치 채고 있었네."

"물론 범인을 잡기 위한 일이긴 했지만, 이 일은 매우 불명예스러울 뿐만 아니라 비난받아 마땅했어. 하지만 나는 갑작스레 안개가 그렇게 많이 낄지는 예측하지 못했고, 바로 그 시각에 무시무시한 괴물이 튀어나올 거라고는 생각지 못했다네."

"정말 누구도 예상치 못했던 일이었어."

"이제 헨리 경은 오랜 여행길에 오를 거야. 새로운 곳을 다니면서 정신적인 충격을 극복하고 상처받은 감정을 다독일 수 있을 걸세. 그가 스태플턴 부인에게 품었던 마음은 진실한 것이었어. 그런 면에서 보자면 이 우울한 사건에서 가장 서글펐던 부분은 바로 그녀가 그를 속였다는 사실일 거야."

나는 헨리 경이 그녀에게 마음을 빼앗기는 모습을 가장 가까이서 지켜본 사람이기에 그의 감정을 가히 짐작할 수 있었다.

"이제 남은 것은 스태플턴 부인이 이 사건에서 어떤 역할을 담당했는지를 밝히는 것뿐이야. 스태플턴은 그녀에게 아주 큰 영향력을 끼치고 있었어. 그것이 사랑이었든, 두려움이었든 간에 말이야. 두 감정이 양립할 수는 없지만 스태플턴이 그녀를 강력하게 지배했던 것만큼은 확실한 사실이야. 그녀는 남편의 명령에 따라 누이동생 행세까지 했으니까. 하지만 스태플턴은 그녀를 살인의 공범으로까지 만들지는 못했어. 부인의 저항이 예상외로 강했기 때문이지. 그는 이제 더 이상은 그녀를 마음대로 조종할 수 없다는 것을 깨닫게 되었네. 이런 상황 속에서 스태플턴 부인은 남편 모르게 헨리 경에게 경고의 메시지를 보냈던 거야. 스태플턴은 헨리 경이 자신의 부인에게 구애하는 모습을 보고 질투를 느꼈던 것 같아. 그 또한 자신이 만든 계획의 일부였음에도 불구하고 남편으로서 치밀어 오르는 화를 참지 못했던 거지. 그는 미친 듯이 화를 내며 두 남녀 사이에 끼어들었고, 덕분에 애써 감춰오던 불같은 기질을 들키고 말았지."

"나도 그 장면을 직접 보면서 참 이상하다고 생각했었네."

"하지만 스태플턴은 마음을 다잡고 두 남녀의 관계를 더욱 깊게 만들었어. 그래서 헨리 경이 메리핏 가에 자주 들르게 만들었지. 그렇게 할수록 자기가 원하는 기회를 잡을 수 있을 거라 생각했던 거야. 하지만 부인의 저항이 생각보다 심해졌네. 탈옥수가 죽었다는 소식을 들은 부인은 불길한 생각을 떨쳐버릴 수가 없었어. 게다가 남편이 헛간에 몰래 사냥개를 데려다놓은 것도 알게 되었어. 부인은 남편에게 범죄를 저지를 셈이냐고 따져 물었어. 그녀가 불같이 화를 내자 가뜩이나 질투심에 사로잡혀 있던 스태플턴도 폭발하고야 말았지. 그래서 그는 부인이 자기를 배신하고 헨리 경에게 사실을 알리지 못하도록 방에 가둬뒀던 거야. 그는 헨리 경이 죽고 나면 사람들은 가문의 저주를 탓할 것이고, 그렇게 되면 아내도 어쩔 수 없이 자기에게 돌아올 것이라고 생각했어. 바로 이 부분에서 그자의 계산이 완전히 어긋난 거였네. 만약 우리가 그곳에 없었더라도 그의 죄는 온 세상에 낱낱이 드러났을 거야. 특히나 스페인 혈통의 여인은 남편에게서 받은 상처를 가볍게 용서해주지 않았을 걸세."

홈스는 잠시 말을 멈추고 나를 쳐다보았다. 표정에 피곤함이 묻어나기는 했지만 자신이 해결한 사건을 기억해내는 일이 여전히 즐거운 듯 보였다.

"왓슨, 사건 기록을 찾아보지 않고서는 더 이상 자세히 설명하지는 못할 것 같네. 그래도 중요한 얘기는 다 한 것 같아."

"그런데 젊은 헨리 경까지 사냥개를 보고 공포에 질려 죽기를 바랐다는 건 무리가 있는 것 같아."

"그 개는 매우 사나운 데다 잔뜩 굶주린 상태였어. 그런 개를 보고 놀라서 죽지는 않을지라도 최소한 온몸이 굳어 버리기는 했을 거야. 어떠한 저항도 할 수 없을 정도로 말이지."

"그렇겠군. 그런데 설명하기 어려운 문제가 하나 더 남아 있네. 만약 스태플턴이 상속을 받게 된다면, 그는 아무에게도 자신의 신분을 알리지 않은 채 바스커빌 가에서 그렇게 가까운 곳에서 살았다는 사실을 어떻게 설명하려 했을까? 아무런 의심을 받지 않고 상속권을 주장할 방법이라도 있었던 걸까?"

홈스는 내 질문이 만족스럽다는 듯 빙긋 웃으며 말했다.

"좋은 질문이야. 하지만 해결하기 어려운 문제이기도 하지. 안 그래도 자네가 그걸 물어볼지도 모른다고 생각은 했었네. 그렇지만 그 해답까지 내게 원한다는 건 지나친 요구야. 내 수사 범위는 과거와 현재에 국한되네. 그가 어떤 미래를 생각하는지, 미래에 어떻게 행동할지는 내가 상관할 바가 아니야."

"스태플턴 부인에게서 들은 이야기는 없었나?"

"남편이 그 문제에 대한 이야기를 몇 차례 꺼낸 적이 있다더군. 대략 세 가지 방법을 말해주었네. 첫째는 남미로 가서 소유권을 주장하는 방법이야. 그곳에 있는 영국 관계자들에게 신원을 확인하게 하고 재산을 손에 넣는 거지. 영국에는 돌아오지 않고 말이야. 아니면 교묘하게 변장을 하고 단기간 영국에 체류하는 방법도 있어. 그것도 아니면 그가 상속인임을 나타내는 신원 증명서와 증거 자료를 제3자를 통해 제출할 수도 있겠지. 아무튼 우리가 아는 스태플턴은 어떠한 수단과 방법을 동원해서라도 상속지분을 받아냈을 거야. 그것만큼은 확실한 사실이지."

홈스는 두 팔을 벌려 기지개를 켜더니 자리에서 벌떡 일어났다. 그리고 홀가분한 표정으로 이렇게 말했다.

"왓슨, 지난 몇 주 동안 너무 힘들었어. 그러니 하루 저녁쯤은 재미있게 보내세. 기분 전환 삼아 말이야. 그래서 오페라 〈위그노 교도〉의 특석을 예약해뒀지. 혹시 레슈케의 노래를 들어본 적이 있나? 일단 30분 뒤에 출발하기로 하세. 그리고 가는 길에 마르시니에 들러서 간단한 저녁 식사도 하고 말이야."

.